# 菩萨皇帝梁武帝

黄复彩 著

中国书籍出版社

图书在版编目（CIP）数据

菩萨皇帝——梁武帝 / 黄复彩著. -- 北京：中国书籍出版社，2020.1

ISBN 978-7-5068-7492-2

Ⅰ.①菩… Ⅱ.①黄… Ⅲ.①长篇历史小说—中国—当代 Ⅳ.①I247.5

中国版本图书馆CIP数据核字（2019）第246229号

## 菩萨皇帝——梁武帝

黄复彩 著

| 图书策划 | 尹 浩 |
|---|---|
| 责任编辑 | 尹 浩 |
| 责任印制 | 孙马飞　马 芝 |
| 封面设计 | 闽江文化 |
| 出版发行 | 中国书籍出版社 |
| 地　　址 | 北京市丰台区三路居路97号（邮编：100073） |
| 电　　话 | （010）52257143（总编室）　（010）52257140（发行部） |
| 电子邮箱 | eo@chinabp.com.cn |
| 经　　销 | 全国新华书店 |
| 印　　刷 | 北京温林源印刷有限公司 |
| 开　　本 | 720毫米×1000毫米　1/16 |
| 字　　数 | 435千字 |
| 印　　张 | 25.5 |
| 版　　次 | 2020年1月 第1版　2020年1月 第1次印刷 |
| 书　　号 | ISBN 978-7-5068-7492-2 |
| 定　　价 | 58.00元 |

版权所有　翻印必究

# 历史小说要经得住历史的检验
## ——《菩萨皇帝：梁武帝》再版前言

黄复彩

中国书籍出版社决定再版我的长篇历史小说《梁武帝》，并易名为《菩萨皇帝：梁武帝》，我想，这无论对于作者还是读者，都是一件很好的事情。

借着再版之机，我重读了十年前写成的这部著作，居然像是在捧读一本别人写的书，一读就放不下手了。那些波诡云谲的宫廷争斗，那些你死我活的刀光剑影，那些令人发指的野蛮杀戮，乃至那些美艳至极的南朝诗歌，让我在重读这本书时，竟然有着不倦的快意，那实在是继我获得盛誉的长篇小说《红兜肚》后，又一次写作的高峰。历史小说的生命即在于能否经得住历史的检验，我相信，即使过了十年、二十年，甚至更长的时间，一部用生命与良知书写的历史小说依然有着不衰的生命力，并随着时间的推移，越发闪烁着文学之光。

文学即是人学，读者自可从我的文字中读出我对梁武帝的同情和喜爱。但是，作为历史小说的作者，我无意，也不可能在我的文字中去极力美化梁武帝，更不可能去为一个封建王朝涂脂抹粉。梁武帝的南梁王朝四十八年的历史，为后人提供了太多的历史教训。而作为作者，我只是客观地叙写了南梁王朝由盛转衰，直至亡国的历史过程，梁武帝的千秋功罪，自有读者评说。

小说的最后一章，维持了四十八年统治的南梁王朝最后的防线被叛军攻破，在金陵台城，八十六岁的梁武帝萧衍与战胜者的叛军首领侯景有着一段意味深长的对话：

武帝问:"你离开寿阳多久了?"

"回陛下,我离开寿阳快七个月了。"

"你离开寿阳时是多少人?"

"回陛下,那时候只有八千来人。"

"渡过长江呢?"

"已经有了八万人。"

武帝伸出手指掐了掐,又说:"现在呢?"

侯景心绪渐渐平静,便又回答说:"整个江南江北,国境之内,现在都是我的人马。"

武帝不再说话,他垂下头,似在思索。

不知道梁武帝思索到了什么,但不等他做出回答,侯景抢先替我回答说:

"我听说曾有一些大臣对陛下放胆直言,结果都遭到陛下的斥责,陛下爱听荒唐谗言,厌恶真情实语。所以才有朱异之流专权于朝廷,从而隔断陛下与大臣们的一切联系。我虽也是陛下的臣子,但我却敢对陛下冒昧直言。这些年来,陛下置天理于不顾,视妖孽为祥瑞。陛下像后汉王莽一样鄙视儒家经典,却只专心于佛经;在陛下的王朝,地痞流氓都能穿上上等的官服,而穿上官服的权贵们不为百姓办事,却只是一味收受贿赂,贪赃枉法,与民为敌。这与那最丑恶的刘玄、司马伦统治时期有什么不同?你滥用人民的资产建寺造佛,与笮融、姚兴如出一辙。在你的都城,那些豪华的宫殿都属于士大夫所有,连和尚尼姑都一个个过着上等人的生活。你的太子萧纲醉心于美色,只会写一些香艳诗词逗女人欢心;邵陵王萧纶言行荒唐,草菅人命,所到之处,人人四散逃离,如避瘟神;湘东王萧绎爱财如命,他手下的人没有一个不是人间蠹虫;你的政策急于黎庶,却缓于权贵,京城所以才有朱异三蠹,萧氏四害,所以才有江千万、陈五百、马新车、魏大宅。你将亲情用于国家利益,视国为家,结果却众叛亲离,豫章王萧综认贼作父,却与他的父亲势不两立,邵陵王萧纶在他父亲尚在人世时就披上孝服。这一切,难道不是你的王朝灭亡前的征兆吗？可你就是视而不见。或者你明明看出来了，却以你狂妄的自尊故意视而不见。你的王朝看起来集市繁华，歌舞升平，其实却是沙土之塔，一触即崩。我侯景自寿阳起事，不过八百余人，但却轻而易举地渡过长江。我兵临城下，也只有八万人马，却击溃你二十余万四方联军。是我的将谋兵勇吗？当然不是。是我侯景有帝王之策吗？也不是。其实陛下与我一样明白，一座失去根基的大厦，任何一阵风都能轻易将其吹倒。"

美国作家约翰·契佛说："文学是一种大众的幸福事业，大众的幸福事业应该时时存在于我们的良知之中。"

1996年，因接受了《中华佛教史·安徽卷》的写作，我阅读了包括《资治通鉴》在内的大批历史资料，并将注意力集中到南北朝这段特殊的历史时期。在这段长达170年的历史时期，黄河两岸，南北双方战火频仍，内乱不止，王朝更迭，勤于翻书。统治者们一边骄奢淫逸，杀人如麻，视百姓生命为草芥，一边大肆造佛像，广建寺庙，以积攒所谓的"功德"，以期他们的统治得以永久。与那些"禽兽王朝"相比，以方镇起义获得成功的梁武帝萧衍，在其当政的四十八年间，勤于政事，体恤民情，先是以儒治国，继而以佛治国，饱受蹂躏的江南百姓的确曾有过一段太平日子。然而，那段太平日子毕竟太短暂了，"天鉴之治"后，历史重新进入一轮怪圈，随着梁武帝晚年对佛教的过度沉湎，任由王公贵族贪污腐败，终于导致亡国灭身，其中的教训令人警醒。梁武帝有着良好的个人品质，称他为"菩萨皇帝"一点也不为过。然而，正如上文梁武帝与叛将侯景的那段对话，当一个王朝柱梁崩坏，人心涣散，大厦之倾，即在吹灰之间。

十年前，我在赵朴初先生的故乡安徽省安庆市太湖县花亭湖畔开始了这本书的写作。写作一开始相当顺利，但初稿完成到一半时，身体出现了情况。虽然最后的结果证明只是一场虚惊，但身体和精神到底还是受到了一定的影响，写作的气脉中断了许久，但最终我还是以极强的生命意志和对文学不倦的精神追求将这本书付梓出版。十年来，我曾被多所大学，以及多座寺院请去做专题讲座。本书初版的那年，红极一时的"百家讲坛"节目也曾主动邀我去北京试拍镜头，但我知道自己只是一个作家，并不具备写作以外的其他

能力，故未前往。

我自1979年开始文学创作，今已四十年矣。在我的文学创作四十周年到来之际，中国书籍出版社再版这本书，对于我是有着纪念意义的。为此，我要感谢中国书籍出版社副总编辑赵安民先生以及本书责任编辑尹浩先生，感谢他们的辛苦与努力，让这本书以一种新的面貌出现在读者面前。

2019年1月15日

# 目 录

## 第一章

| | |
|---|---|
| 人之将死 | 1 |
| 巫术 | 5 |
| 竟陵八友 | 8 |
| 棋非棋，花非花 | 13 |
| 非常之时 | 19 |
| 血染宫门 | 23 |
| 玩的就是心跳 | 31 |
| 密谋大计 | 41 |
| 心有千千结 | 49 |
| 竟陵王之死 | 52 |
| 政变在悄悄进行 | 55 |
| 京城处处屠宰场 | 60 |
| 给我一根杠杆，我就能撬动地球 | 65 |
| 胜利者的欢宴 | 69 |
| 贤首山之战 | 75 |
| 北魏大军一夜蒸发 | 81 |
| 屠杀重新开始 | 84 |
| 世间绝音 | 88 |

## 第二章

| | |
|---|---|
| 镇守石头城 | 95 |
| 鹰子山之战 | 100 |
| 皇子们的噩梦 | 107 |
| 诗人沉浮 | 112 |
| 最后一枚钉子 | 118 |
| 萧宝卷闪亮登场 | 122 |
| 女人如棋 | 130 |
| 表兄外甥与阿舅 | 135 |
| 步步莲花 | 139 |
| 烽烟四起 | 144 |
| 雍州上空有条龙 | 151 |
| 雍州虎 | 159 |
| 京城陷落 | 169 |
| 玩家末日 | 175 |

## 第三章

| | |
|---|---|
| 江山易主 | 181 |
| 头等大事 | 186 |

禅让，禅让 …………… 198
朽索下的马车 …………… 206
天下者，天下人的天下 …… 211
君臣之间 …………… 217
山中日月 …………… 224
佛道之争 …………… 230
赤脚的不怕穿鞋的 …… 238
北伐，北伐 …………… 242
洛口溃败 …………… 246
钟离大捷 …………… 253
一朝文武，皆是诗人 …… 257
腐败就这样开始了 …… 264
帝王后院 …………… 271
飞升之梦 …………… 276
一座大坝的垮塌 …… 281

## 第四章

君臣交恶 …………… 287
兄弟情分 …………… 293
叛逃的王爷 …………… 299
菩萨皇帝 …………… 304

亲人何以成仇家 …… 308
嬉皮士 …………… 313
一个叫达摩的洋和尚 …… 316
一个女人统治下的帝国 …… 319
河阴屠杀 …………… 322
天才战神 …………… 327
乱世英雄（一） …… 334
乱世英雄（二） …… 338
立储风波 …………… 342
同泰寺的钟声 …… 347
向皇上叫板 …………… 352

## 第五章

吉 梦 …………… 358
天上掉下馅饼来 …… 363
灾难已经开始了 …… 368
过河的卒子 …………… 373
最后的防线 …………… 380
西洲曲 …………… 387

后　记 …………… 395

# 第一章

## 人之将死

　　一个人要死，是任何力量也拉不回他的，不管这要死的人是卑贱的草民还是位尊天下的帝王。

　　齐武帝永明十一年（公元493年）七月，首都建康齐武帝寝宫被一片死气久久地笼罩着，在病榻上躺了三个多月的齐武帝萧赜即将驾崩。

　　对于萧赜来说，这一年真的是流年不利。一月，做了十年太平皇帝的他突然心血来潮，命人赶制了三千辆战车，准备收复被北魏长期占据的北方重镇彭城。这件事刚刚开始，他的长子、文惠太子萧长懋就因病去世。不久，他在一次早朝时突然感觉头晕目眩，差点一头栽倒在地。但他不想让人看到他们的皇上病了，那天的早朝照常进行，满朝文武，几乎没有人看出这个早朝与往日有什么不同。然而早朝结束，他却怎么也走不下殿来。皇上不退朝，其他人都不好离去，但他还强撑着，让人唤来皇家乐队，说要在奉天殿看一场别出心裁的演出。直到一口黑血无法遏制地从他的口腔内喷涌而出……

　　这是七月的最后一天，江南伏暑季节。黄昏时分，昏迷了一整天的萧赜再次醒来。他睁开眼，茫然地看了看四周：雕梁画栋的宫殿、穿梭来往的美人——这曾经让他如此熟悉又如此迷恋的一切，竟然又梦幻般地出现在眼前。但他知道，他细若游丝的生命即将耗尽。现在，他不得不接受一个事实：他就要死了，无论是宫殿还是美女，都将不再属于他，身为一代帝王，他将像影子一般消失于世，被人埋在地下，接着就会渐渐地变成腐尸……

一股悲凉袭上心头，黏稠的黑血再一次涌出他的口腔。皇宫里再一次传出娘娘们的哭叫声，太监们尖着嗓子的叫喊声，太医们也装模作样地忙着诊脉、掐人中、灌醒魂汤，垂死的皇上又一次缓过气来。他喘息着，漠然地看了看四周，他看到一张张真真假假的脸上挂着幸灾乐祸的谄笑。是的，他就要死了，而他们却还活着，这就是现实。他无奈地闭上眼睛，他的次子、竟陵王萧子良向在场人挥了挥手，说："都退下吧，让皇上歇息。"

殿内重新陷入一片死一般的沉寂。屋外开始下起雨来，雨滴滴答答地打在瓦楞上，一声比一声紧密。萧子良连日侍候在父亲的床榻旁，此刻，他多想有一张床，好让自己美美地睡上一觉啊，然而他却一点睡意也没有。

"子良……"齐武帝朝空中伸出他的两只干枯的老手，他在黑暗中摸索着，像是要努力抓住什么东西。

萧子良重新伏到父亲的床榻前，他握住父亲的手说："父皇，儿臣在。"

"子良，我就要死了吗？"齐武帝用几乎只有自己才能听到的声音问。

"父皇，我已安排五百名僧人在华林园为您消灾祈福，佛会加被于您的。"

齐武帝呻吟着，额上沁出一粒粒黄汗，看得出，他在与死神作最后的挣扎。

"子良，这个王朝，会是走到尽头了吗？"

"父皇，不会……"

"一切该来的总会来的，这个世界，太可怕了……"

自从受命汤药伺候父亲的那一天起，萧子良就经常听到父亲在睡梦中发出一种可怕的惊叫。他不知道父亲在梦中究竟看到了什么，父亲是感觉到死亡的临近吗？常常一整个夜晚，他总能看到父亲披着睡衣在寝宫的廊檐下独自徘徊。随着日子的逝去，父亲越来越沉默得像块石头。

"尚儿……"齐武帝在唤他的皇太孙萧昭业的乳名。

"已经派人找他去了……"

"子良，你觉得我该把皇权交给他吗？"

"父皇的决定如此英明，儿臣只会尽力辅佐他。"

"我知道，你心里一直都不愉快。"

"没有，真的没有。"萧子良赶紧说，"父皇忘了，尚儿一直是在儿臣身边长大的。他就像儿臣的孩儿。"

齐武帝一共有二十三个儿子，细数起来，有资格做太子的，除了长子萧长懋，也就是这个次子萧子良了。萧子良为人敦厚，在朝廷上下广有人缘，更重要的是，萧子良这些年曾先后做过会稽太守、丹阳尹、扬州刺史等。应该说，他有一定的参政主事的经验，长子死了，让他继任，应该是水到渠成的事情，但之后发生的一件事改变了齐武帝的决定。那一天，当齐武帝走进太子寝宫，去吊唁早逝的长子时，他第一次发现，萧长懋寝宫的奢华，足可以与皇上的寝宫相匹。可是这一切，与太子一向过从甚密的萧子良一次也没有在他面前提过。目睹这些，齐武帝有一种被骗的感觉。如果他最放心的太子都有随时与他争夺天下的野心，这个世界，还有值得信任的人吗？齐武帝当场就将火气发泄到次子萧子良的头上。也正是在一时的激愤之下，齐武帝立即宣布立萧昭业为皇太孙。继位人的事，就这样草草定下来了。

　　明眼人都能看出，齐武帝对于立萧昭业这件事从一开始就充满了矛盾，而且很快就后悔了。太平年代里长大的萧昭业是一个花花公子。朝中很多老臣对立萧昭业这件事都持反对态度。或许正因为如此，齐武帝在刚一卧病时，就将次子萧子良召进宫来。他似乎有什么话要告诉萧子良，却一直没有说出来。

　　暑热的一天终于结束了，从宫墙外吹来一阵带着湿气的凉风，偌大的延昌殿里难得一片宁静。四周一片黑暗，齐武帝知道，他生命中的又一天过去了。这也许是他最后一个黄昏，一个多么宁静的黄昏！他享受着这最后一个黄昏，享受着这生命中难得的宁静，但他知道，这死一般的宁静并不是什么好兆头。在这种宁静里，一场争夺皇权的生死决杀就要开始。

　　临死前的回光返照，让齐武帝的意识异常清晰。在这难得的清醒时刻，往昔的时光像一面镜子，把一幕幕影像映现在面前。

　　十多年前，萧赜的父亲萧道成冒死发动宫廷政变，断然除掉刘宋后废帝，并从傀儡儿皇帝刘胜準那里理所当然地接受了"禅让"，从而让统治南方六十年之久的刘宋王朝彻底垮台，南齐——中国历史上又一个王朝建立。然而开国皇帝萧道成天生福浅命薄，在位只短短四年就命归黄泉了。身为长子，萧赜当然地继承南齐的皇权，成为又一代君主——齐武帝。在那些腥风血雨的年月里，萧赜目睹父亲是怎样冒着生死夺得天下的，他也亲眼看到父亲为了巩固南齐的天下，将一颗颗人头像割麦子一样割落在地。对于一个太平皇帝，他所要做的就是好好守住一份家业就算是大功告成了。应该说，萧赜的确没有辜负父亲的期望。他在位十二年，南齐天下算是稳定，江南百姓也算是过

了几年安安稳稳的日子。

没想到的是，一切似乎刚刚开始，他却不得不步父亲的后尘，很快就要离开这个世界了。

一滴眼泪流到齐武帝的腮边。皇妃们都休息去了，萧子良也偎在他的床榻边打盹。在这个黄昏，没人注意到他的这滴眼泪，大臣们都在忙着，忙着为他做老衣，忙着部署一个帝王死后的隆重葬礼，忙着新皇的登基。

"尚儿……"

萧子良从昏睡中惊醒，他听到父亲仍然在唤皇太孙的乳名，心里忽然有了一种无名的愁绪，但他还是安慰父亲说："西州离这儿有一百多里地，紧赶慢赶，怕也要到明天早上。"其实他知道，这些日子，皇太孙萧昭业一直就在建康，只是，没有人清楚他究竟在哪里。

"子良，刚才我做了一个梦，一个可怕的梦。"

"梦说明不了什么，别太在意。"

"一只巨大的黑鸟张开翅膀，狂叫着，向我扑来……"齐武帝说着，脸上露出惊恐的神情。

"啊！"萧子良清楚地记得，他的长兄、文惠太子临死前也曾向他说过这样的梦，他隐约地感觉到，那绝对是一个不祥之梦。但他还是安慰父亲说："佛经上说，一切颠倒梦想，皆是虚妄，父皇一定是太累了，睡一觉也许就会好的。"

齐武帝换了一个话题，他不再提那个梦，也不再提皇太孙的事。

"子良，今天是什么日子？"

"父皇，今天是永明十一年七月三十。"

"呵，明天是八月初一，那是一个很好的日子。"

萧子良明白父亲的意思了，他再次贴近父亲说："父皇还有什么话要交代儿臣吗？"

"子良……你今年多大了？"

"启禀父皇，儿臣今年已三十四岁。"

"你呀，什么都不错，就是太过软弱。"他听到父亲叹了口气说。

过了一会儿，齐武帝忽然睁大了惊悸的眼睛，他用几乎只有他自己才能听到的声音说："子良，你听到什么声音了吗？"

齐武帝示意萧子良把头俯过来，他用微弱的声音说："子良，你听到什么声音了吗？"

萧子良四顾寻找着，细心谛听着。宫殿的瓦楞间，有几只麻雀在啁啾；雨打在窗外的芭蕉上，雨声细密，远处传来阵阵闷雷。

"我已经听到先皇在地底下发出的笑声。"

像是回应齐武帝的说话，一阵狂风，一只受惊的鸟"嘎"的一声撞到宫殿的窗棂上。在这样的夜晚，这声音让人有一种毛骨悚然的感觉。此刻，萧子良已经失去了耐性，他只希望尽早结束与父亲这样的会见，早点回到自己的寝宫，好好睡上一觉。但父皇却死死地抓住他的手。忽然，齐武帝指着寝宫墙上挂着的那把剑说："竟陵王，替朕把那把剑解下来。"

早有人将那把剑取下来，送到萧子良手里。萧子良握着那把剑，额头上冒出豆大的汗珠来。

齐武帝拼尽最后一点力气，忽然从床榻上坐起，两眼圆睁着，直视萧子良，声色俱厉地说："竟陵王，朕现在问你，朕要是把江山社稷交给你，你敢杀人吗，哪怕是你的佐命大臣，哪怕是皇太孙？"

只听"当啷"一声，那把剑落到地上，萧子良浑身颤抖着，说："父皇陛下，儿臣情愿做一个山中道士，做一个云游孤僧，孩儿只是一心钻研文学和佛学，从来没有此非分之想。"

齐武帝叹了口气，他朝萧子良无力地挥了挥手，示意他回去休息。萧子良像是遇到大赦一般连忙逃离延昌殿。

"尚儿……"齐武帝绝望地呼唤着皇太孙，然而没有人回应他。

## 巫术

垂死的齐武帝在急切地呼唤着他的皇太孙，但这个时候，皇太孙萧昭业既不在西州，也不在来建康的路上，而是在一个有名的巫女杨婆家里。

从去年开始，萧昭业总是借各种理由不惜降尊纡贵，一次次光顾这个平民百姓的寒居。

作为皇帝的长孙，萧昭业早在心里将一笔账算了又算。他的祖父已经五十出头，即使老皇帝能够长寿，也只有大约二十年的时间。问题是他父亲文惠太子正当盛年，等他父亲顺顺当当登上皇位，再在皇位上耗尽生命，自

己的这一盘黄花菜早就凉了。

萧昭业是在去年认识杨婆的，于是当然也就见识了杨婆奇妙的巫术。带着一份好奇心，萧昭业问杨婆："您奇妙的巫术能否让一个人早点到另一个世界？"杨婆说："这有何难？"南北朝时期盛行一种巫术，施术者用桐木雕刻成一个类似仇人相貌的桐人，然后用象征刀剑的铁针扎进桐人的要害部位，或者将女人的经血涂在桐人的周身，再加以最恶毒的诅咒，据说就可以让仇人遭灾或促他早日死亡。

于是，萧昭业向杨婆报了一个名字：萧长懋。这正是他父亲文惠太子的名字。陋巷草居中的杨婆并不清楚这名字的来历，她要的是钱，只要有钱，什么样的巫术她都能施展。今年年初，他父亲文惠太子果真一命呜呼了。尽管当时萧昭业在父亲的遗体旁哭得死去活来，但他内心里高兴啊，他扳着指头又算了一笔账，三级跳变成二级跳，登上帝位的时间从此大大缩短。他父亲死后一个月，老皇帝果然宣布立他为皇太孙。当垂涎已久的东西变得触手可及时，竟越发让人急不可耐了。于是，萧昭业与杨婆签订了一份协议，如果杨婆能够以她的巫术让皇上，也就是他的祖父在今年内一命归天，她将会得到一份数额更大的赏金。而且这份赏金并不固定，随着齐武帝死亡日期的提前，这份赏金将逐次增加。杨婆巫术之灵验在建康城早有传说，五月中旬，皇上在一次早朝时突然昏厥，大口吐血，从此就没有再登上他坐了十二年之久的帝座。

杨婆不无得意地向萧昭业坦言，逢单的日子，她都会在一个桐人的脸部涂上建康城最肮脏的女人的经血。杨婆说："恭喜公子，请公子相信，公子的那个仇人，呵呵，愿他的灵魂饶恕我，您就等着好消息吧，那个人大殓的日期绝对不会超过六月初六。"

然而直到七月将至，仍没有传来皇上驾崩的消息。萧昭业已经有些沉不住气了，他开始怀疑杨婆的巫术，开始觉得父亲的死，不过是一次偶然。这一天，当他再次来到杨婆家时，杨婆又将她的巫术重新演绎了一遍。杨婆念着咒语，将一根锋利的铁钉朝那身穿龙袍的桐人胸部猛力刺去……

齐武帝就要死了，这一天终于到了，萧昭业几乎是一路哭着奔到延昌殿的。二十一岁的皇太孙喊着祖父的尊号，哭叫着，一路跌跌撞撞。皇太孙的悲伤的确令人动容，连东宫的卫士们也不由得流下泪来。然而谁能听得出，皇太孙的哭声分明就是一种欢呼，一种胜利即将到来的狂热歌唱。

昏沉中的齐武帝被这哭声惊醒，紧接着，他感觉皇太孙已经一头扑到他的病榻前。这是一个身材颀长、容貌端美的少年，他继承了家族的高贵与典雅、聪慧、秀美，又写得一手漂亮的隶书。这个长孙，齐武帝是打心里喜欢，他常常不顾威仪，将幼小的长孙抱在膝上玩耍。现在，当这孩子悲痛欲绝地伏在他的床榻前时，他深深地被感动了。

"尚儿，朕，就要死了。"

萧昭业偷看了一眼那床榻上的祖父，他想，杨婆的巫术果然灵验，老东西只剩下最后一口气了。但表面上他却装着悲伤地说："不，太皇，皇爷爷，孩儿不要您死，孩儿愿您万岁万岁万万岁！孩儿愿您像天上的月亮，永远将您耀眼的光芒普照在这大地上，照耀在孩儿我的头顶。"

齐武帝额头映出一抹苦涩的笑来，他在想："或许真有人万岁万岁万万岁，但是，那个人肯定不是我，我就要死了，可我才不过五十四岁。"有一丝玄妙之光从他的额前瞬间闪过，他伸出手来，努力想在空中挽住什么。萧昭业似乎明白祖父的意图，他一把抓住悬在空中的那只枯藤般的老手，说："皇爷爷，您不能走啊，您走了，孩儿我怎么办啊！"

萧昭业的哭声让周围的人潸然泪下，延昌殿里响起一片哭泣之声。齐武帝看不到皇太孙的容貌，但却听到他悲痛的哭声，一滴浑浊的眼泪竟然从齐武帝干枯的眼眶里滚落下来。他拉着皇太孙的手，充满爱意地抚摸着这个鲜嫩的生命，说："别哭，你要，真想念朕……就努力去做一个英明的君主，把天下治理好，让朕的江山社稷如青山不老，朕也就安息九泉了。"

萧昭业等的就是这句话，这一刻，他的心里一片光明。老东西就要死了，终于等到这一天了，他就要坐上那把至尊御座，做一名真正的天子了。他在心里说："快啊，老东西，趁着还有一口气，赶紧让人把遗诏拟好啊！"然而他却仍是一把鼻涕一把泪地唤着："不，太皇，我不要什么天下皇图，我不要什么江山社稷，我只要您，我要您永远活在世上，像白天的太阳，像夜里的星星……"

忽然，齐武帝睁开眼来，在发布他人生最后一道诏书之前，老皇帝要再考察一番这位年轻的继任者。他说："这些年，无论是高帝还是朕，全朝上下，无不节衣缩食，这才使空芜的国库得以充实。现在，我留给你的是五万亿钱

和十万匹绢，另外还有数不清的玉器、琉璃以及玛瑙。你将怎么花这笔钱？"

萧昭业完全被祖父报出来的数字惊呆了。他的眼前出现一座金山、一片银海，他的眼前有一片闪烁的光芒。他想起父亲文惠太子生前对自己的严厉管束，那时候，他想花一笔钱是多么不易啊，现在，他却一下子拥有了这么多的钱和宝物。他想了想，回答说："第一，我要为您老人家修一座自古以来最大的陵寝，那是一座真正的地下宫殿，这座宫殿将会以金为柱，以银为饰，里面堆满了山一样的玉器和宝物，还有无数的奴隶做您的陪葬。"萧昭业抑制不住内心的激动，他满脸是泪，像疯子一样挥舞着双手，大声地抒发着对未来的憧憬：他要建立一支世界上最壮观的皇家仪仗队，让百姓们在他每一次浩荡的出行中感受皇威的不可侵犯；他要建造一座比阿房宫大十倍、百倍的宫殿，让那个埋在地下四百余年的秦始皇为之汗颜；他要建一座庞大的皇家花园，让自己足不出宫，就能感受山的雄伟、海的瑰丽……

他忘情地在祖父的病榻前走来走去，挥舞着双手喋喋不休。

齐武帝向他的最后一位知己挥了挥手，让他离去。目送着皇太孙的背影，他用全身的力气，发出一阵只有自己才能听到的笑声。

宫墙外传来一声声知了的鸣叫："死了，死了。"此刻，这声音已不再令齐武帝烦躁，是啊，死了，死了，一死百了。既然南齐劫数已尽，那就让这些无能的后辈们相互残杀去吧。他决定不再说话，不再作任何念想。

一代帝王，终于快意地闭上了眼睛……

## ▌竟陵八友

这是一个不眠之夜，竟陵王萧子良的府上，一群文人雅士正在慷慨激昂。

应该说，这是永明十一年以来西邸文学集团在竟陵王府上的第二次文学聚会。这年三月，当齐武帝宣布立萧昭业为皇太孙后，他们曾自发聚集于鸡笼山西邸，那次的文学聚会并没有商讨出任何好的应对方案来，却引起齐武帝的反感和警惕。于是，齐武帝对西邸文学集团的态度不再委婉，竟陵八友中的范云被派往湖南任零陵内史，王融从尚书省降至中书省任职，而在荆州随王萧子隆府任谘议参军的谢朓则被召至建康待业家中。那次聚集，被后来的人们称作"西邸文学集团事件"。

生活在南北朝时期，如果一个农夫或贩夫士卒随口吟咏出一首像模像样的诗来，谁都不会觉得惊奇，就像我们所熟知的二十世纪六七十年代新中国一个农民能写几句打油诗、能哼上一两段京剧样板戏一样。南北朝时期的年轻人哪个不渴望做一个诗人，渴望做一个文豪。一个时代有一个时期的流行，那个时代的流行，就是诗歌，就是文学。文学是一个人身份的标志，也是迈向仕途的阶梯；那个时代造就了无数文人雅士，文人雅士也为那个时代创造了辉煌的文学。一百余年的南北文化的冲撞，为南朝诗歌的繁荣奠定了基础，在那个时代产生中国文学史上影响深远的"永明体"诗歌。研究文学史的人们认为，"永明体"为后世唐代近体诗的繁荣开创了道路。如果说"永明体"是"竟陵八友"的集体功劳实不为过，那么其中的旗手是沈约和谢朓。沈约是史学大家，也是南朝著名的大文学家，他不仅撰写了《晋书》和《宋书》这样恢宏的历史著作，还创造了"四声八病"诗歌理论。

李白是谢朓的超级粉丝。后人多是从他的代表作之一《宣州谢朓楼饯别校书叔云》中认识谢朓。我们所知道的谢朓最有代表性的作品之一是《晚登三山还望京邑》，诗曰：

灞涘望长安，河阳视京县。白日丽飞甍，参差皆可见。余霞散成绮，澄江静如练。喧鸟覆春洲，杂英满芳甸。去矣方滞淫，怀哉罢欢宴。佳期怅何许，泪下如流霰。有情知望乡，谁能鬒不变？

评论家们说，"余霞散成绮，澄江静如练"是谢朓所有作品中最脍炙人口的名句。

可以说，整个永明时代，上至帝王，下至百姓，人人都是作家，个个都是诗人，只是各有层次，高下不同。

南北朝文学的流行，与当时的达官显贵们尤其是帝王自身的推崇有极大的关系。齐武帝不主张文人治国，但这并不妨碍他对文学的喜爱。他本身就是一个诗人，出有诗集。在他的带领下，他的几个儿子都在文学上有极高的造诣，除长子萧长懋和次子萧子良外，他的八子萧子隆，十一子萧子罕也都很有文学天赋，且都有诗集问世。萧子良的堂兄弟萧子显，则是《南齐书》的编纂者。我们没有任何根据认为这位皇帝家族中诸多成员的诗歌集是由他人代作，或自费出版的那种平庸之作。那时的达官显贵们多有"养士游谈"的嗜好，每一个达官显贵家就是一个极具规模的文人社团，全国处处是作家协会。这既是达官显贵们显示身份的需要，也是他们为抬高自己声望、扩大政治影响的一个手段。而一些以智谋著称的作家和诗人，往往并不甘心只做一个文士，他们的聚会，往往与政治有关。

前面说过，齐武帝萧赜有二十三个儿子，在他即位不久，就立长子萧子懋为太子，除了长子，在这二十三个儿子中，齐武帝比较看重的就是次子竟陵王萧子良了。为了让这个自幼温文尔雅的儿子身上多一点孔武之气，几乎是在封长子为太子的同时，齐武帝就让萧子良做了护军将军领司徒，让他有实际的领兵权力。天地良心，齐武帝对他的二儿子应该是很器重的吧，偏偏萧子良对政治没有一点兴趣，他宁愿去做一个文学青年，而不愿去做一个丞相。但他还是利用丞相的权力，将他位于鸡笼山西邸的别墅办成文学沙龙场所。他的家里，陈列了古代的服装、兵器以及大量的图书，俨然一座历史文化博物馆；他又招纳四方文人作家汇集于他的这个私人文学沙龙，无偿地供给吃喝，为他们创造一个自由的文学空间。那些游手好闲的骚人墨客蝗虫般地扑过来。其中，最有影响的是范云、沈约、谢朓、王融、萧衍、任昉、萧琛、陆倕八人，号为"竟陵八友"。"竟陵八友"一个个才华出众，被后世誉为"一代辞宗"的沈约很早就写过《晋书》和《宋书》，是当时有名的大学者；谢朓不善言谈，但他却因为山水诗的成就而与东晋时另一位诗人谢灵运并称为"大小谢"；萧衍（也即是后来的梁武帝）则是"少时学周孔，弱冠穷六经"，自然非等闲之辈；范云、王融、任昉、陆倕等也都有文集问世。三国时，曹丕认为，"文人相轻，自古亦然"，但"竟陵八友"之间却不难看到相互颂扬、你唱我和的场面。如沈约说任昉"二百年来无此诗"，萧衍说谢朓的诗"三日不读，即觉口臭"。在政治上，"八友"也差不多是相互鼓励。王融说萧衍将来"宰制天下，必在其人"，而范云则预言王融"三十以内必望为公辅"，更把王融比作周召二公。这是一支庞大的文人集团，又是一支潜在的政治力量。范云是最早追随于竟陵王府的文人，也是萧子良最重要的谋士和私人秘书。萧子良曾不避嫌讳，数次在父亲齐武帝面前举荐范云，遭到父亲的讥讽。"八友"中的沈约、范云、王融都先后在竟陵王府任职，其他人则时聚时散。当社会安定时，他们煮茶烹茗，吟诗作文；而当社会动荡，时局有变，他们成为竟陵王的政治谋臣。

齐武帝以天子的气度默许了萧子良在文学和佛学上的沉迷，以及西邸文学集团的存在，但他同时认为，那些发霉的古书并不适合一个治理天下的人。事实上，萧子良正是受文学和佛学所累，文学让萧子良性格上过于柔弱，处事犹豫不决；佛学让萧子良一直徘徊在出世与入世之间，也让他从骨子里缺少一种做人君的气度。在齐武帝看来，文学就是文学，政治就是政治。当萧子良向他举荐范云时，齐武帝当即讥讽说："你为什么要这样积极举荐那个读书翁，该不是因为他经常在你面前阿谀逢迎吧？"

齐武帝当政时期，"八友"始终不能得到重用。他们或远在湖广，任一个小小的内史；或被派往某藩王府，担任着秘书之类的闲职；或被请到某王公贵族家中，成为他们茶余饭后的闲聊对象。

然而，"八友"并不甘心仅仅被当作文士作家，这样的一个文人团体，足可以建立一个强大的文武兼备的小朝廷，若言所缺，那就是一朝之君了。

"竟陵八友"的存在，曾经被人们视为当时朝廷的一股潜在威胁。一些老臣曾不止一次在齐武帝面前奏议，将这一危险的文人团体扼杀在摇篮里，但是，齐武帝总是回以淡然一笑。

齐武帝病重后，萧子良被赐"甲仗进宫，汤药伺候"，让人们看到一个不容忽视的信号：临终前，齐武帝赐予他的次子萧子良非同寻常的权力，这个权力，当然就不仅仅是"汤药伺候"了。对于父皇的心意，萧子良似乎也心领神会。因此，他几乎是在第一时间即组成一个临时军事机构，任命了七名"帐内军主"，并暗嘱中书郎王融私下招募将士，埋造武器，以备紧急之需。只是，令王融不满的是，这七名高级军事将领中，除了萧懿、萧衍兄弟，大多数是为齐武帝不屑的"不堪经国，于事何用"的书生。

这实在是一个不寻常的夜晚，一个有可能让现实取代梦想的非常时刻。无论是"竟陵八友"还是"帐内军主"，每一个人都显得异常激动，每一个人都被一种即将到来的胜利鼓舞着，他们慷慨激昂、相互激励，泪水从他们的脸颊上流下来。他们吟着诗，诗又非诗；他们歌唱着，唱又非唱。

一场不可避免的政治风暴即将到来，然而这场政治风暴的中心人物萧子良竟比谁都更慌乱。他一个个掂量着到场的人，似乎更加失去信心。他知道，真要有大动作，在场的人只怕没有一个是靠得住的。

萧子良期待的人没有出席今晚的聚会，这让他十分失望。萧子良所看中的这个人，不仅因为他是西邸文学集团的翘楚，而且极具谋略，这个人就是被王融认为"宰制天下，必在其人"的随王萧子隆府谘议参军萧衍。

萧衍为什么没来，萧子良不问，其他人也都不说。但无论是萧子良，还是在场的其他人，都在心里发着同一种疑问：萧衍为什么没有来？

可以认定的理由也不是没有，萧衍的父亲萧顺之于前年病逝，萧衍兄弟至今仍在丁忧期。

按照古代朝廷惯例，逝去父母的官员需在家守孝三年，三年之内，需放下所有的公职事务。否则，是会被人耻为不孝，甚至会受到朝廷惩治。但是在制度严格的古代，也有两种情况可以通融，一种是任上需要，一种是朝廷急令。前一种可以是丧期两年后，再加上第三年的一个月，如果任上需要，也就可以出离丧期了。第二种须是在一年半之后。如刘宋时的官员颜竣，其父颜延之死后刚刚一年，孝武帝却一定要派他去做右将军和丹阳尹。丹阳是都城建康的侧大门，也是朝廷所看重的一个州府，对这样一个肥缺，颜竣当然求之不得。但他却在服丧期，决然不能从命，而孝武帝却一定要他这时候去任上，于是就派人到他的家里，强行脱去他的丧服，再将他捆绑了抱上车，颜竣也就半推半就，堂而皇之地做丹阳尹和右将军。

自萧衍之父、丹阳尹萧顺之死于精神抑郁症，至今不到两年时间。按照当时惯例，萧衍兄弟应该正在丧期，又称丁忧期。但是，人们都不会忘记，丁忧期的萧衍其实仍然十分活跃，其政治欲望并未因其父亲的死而有所消减。就在年初，萧衍还接受了朝廷"中书侍郎"的职务（虽然未到任），不久前又被萧子良提拔为"帐内军主"，成为非常时期的南齐朝廷一名高级军政人员。

在科举尚未实行的南北朝时期，家庭背景高贵和官员的推荐是一个人走上仕途的必备条件。萧衍虽然出身名门（他自己说汉代名相萧何是他的世祖），但其三代以上均无大发迹者。直到其父萧顺之一代，因在萧道成灭宋建齐的过程中筹谋有功，被齐高帝当做重臣，先后任豫州刺史、丹阳尹，成为威震朝野的二品大员。在父亲的这些光环照耀下，萧衍十九岁即在卫将军王俭府上任一个管理文书的七品官员，很受王俭的赏识，王俭曾判定此"萧郎三十岁以内当官至侍中，以后则贵不可言"。

对王俭的判定，萧衍自己当然更有信心，但遗憾的是，很久以来，一直没有出现让萧衍在政治上大显身手的机会。直到他利用出色的文学才干以"竟陵八友"的身份，跻身于当代名流的行列。后又受萧子良举荐，与诗人谢朓同入齐武帝六子随王萧子隆府任谘议参军。现在，当人人都看好萧子良，以为其必然会取代驾崩的齐武帝而为一代新君时，萧衍没有理由不挺身而出，支持萧子良的夺权斗争。然而事实是，萧衍没有来，其兄萧懿也没有来，这就不能不令很多熟悉萧衍与萧子良关系的人无法看懂其中的八卦了。

不等聚会结束，刚刚从零陵内史的任上回到建康的范云就骑上一匹快马，直奔萧衍府上。

## 棋非棋，花非花

齐武帝将死未死，南齐王朝就像突然间被人置于一个巨大的火山口上，随时都会因为一声巨大的岩喷而被掀得个老底朝天。

整个京城被一个老皇帝的死闹得天翻地覆，而在建康南郊同夏里三桥宅萧衍府上，一盘棋局杀得正酣。坐在棋枰另一方的是萧衍的从舅张弘策。远在河北范阳的张弘策虽然也是纹枰高手，但他在这个时候特意赶来，显然并非要与他的侄外甥在棋枰上一比高低。但没等张弘策长途跋涉歇一口气，萧衍就将他按到棋枰上，于是二人围追堵截，纵横交错，似乎都忘记了棋盘以外的前世今生。二人所谈，除了棋语，还是棋语。一盘棋下到七八个时辰，张弘策似乎有些招架不住了。萧衍抬头看一眼他的从舅，说："刚才的一阵透雨下得何等好啊，弘策何以如此大汗淋漓？"

"面对一尊石佛，弘策能不诚惶诚恐？"

"攻守平衡，波澜不惊，这是你一贯的棋风，今天到底是怎么了？"说着，就将一粒白子轻轻落在一个位置，抬起头看着从舅，脸上露出胜利者的狡黠和得意。

张弘策顺手推开面前的棋枰，说："与叔达弈棋，不论输赢，都快意无比。嘿，久不煮局了，今天算是过足了棋瘾。"

两人吃了一点东西，夜已经深了。萧衍意犹未尽，仍要捉对厮杀，张弘策不好扫他的兴，也只好陪坐到棋枰的另一方。

不知什么时候，萧府一阵骚动，萧衍的四个兄弟萧畅、萧融、萧伟、萧憺一阵风涌进府上。四个兄弟，萧畅是萧衍的同胞兄弟，其余则是同父异母，都是感情极好的一族。他们中，最大的萧畅比萧衍小六岁，最小的萧憺则刚刚成年，却都是血气方刚的年龄。几乎是刚一进门，萧憺就叫着："三哥，呵，舅叔也在啊，皇上驾崩了，皇上驾崩了！"

老八萧伟更是一脸的兴奋，说："大快人心，真正是大快人心啊！"

"听听，这满城的鞭炮声……"果然，从台城方向传来此起彼伏的鞭炮声，夹杂着阵阵钟磬之声。

"听到了吗，齐王朝的丧钟敲响了啊。"

张弘策一下子捂住一个兄弟的嘴，说："隔墙有耳！"

萧衍的头仍埋在那棋枰上，显然，这一局张弘策在不经意中给他设置了麻烦。现在的棋势，正是刚才一局的翻版，只是弈局的双方掉了个个儿。

"稍不留神，就被你逮了个正着，弘策的棋艺大有长进啊。"

"这一局，倒是让我占了上风，叔达，你已经是无回天之力了。刚才我输的那一局，就是这样的棋势呢。"

"只怕高兴得太早了吧？"萧衍用手指敲击着棋枰说，"棋枰上千古无同局，现在还只是冰山一角呢。"

一旁的兄弟们已经沉不住气了，萧伟说："皇上驾崩了，三哥你知道吗？"

老五萧融也说："是啊，现在朝廷内外，各方势力都在较量，三哥却有好心思在这里下棋，大丈夫凌云壮志，难道就消弭在这一方棋枰上了吗？"

萧衍头也不抬地说："春雨听蛙，夏雨弈棋，秋雨宜睡，冬雨煮酒，这是古人养生的最高境界。一场夏雨，洗涤了满目尘埃。这宁静夏夜，难道不正是弈棋煮局的大好时光吗？弘策，该你走了。"

"三哥……"连一向寡言少语的老四萧畅也表示不满了。

"这些年来，三哥不是同我们一样，一直在等着报仇雪恨的时机吗？"

张弘策想说什么，萧衍已在棋枰上扣下一子，说："弘策，还愣着做什么？"

果然，棋局因这一子而发生了变化，张弘策不得不认真对待了。

"棋枰上三十六计，计计嗜杀；纵观天下棋谱，谱谱溅血。稍不留神，就会在瞬息间惹火烧身，弘策，这一回该领教了吧？"

性急的老八萧伟再也捺不下性子，一伸手就把那一盘下得正酣的棋局搅乱了，说："三哥，你忘了父亲过世后我们兄弟在一起的誓约，适当的时机，一定要洗雪心耻吗？现在风云变幻、瞬息万变，三哥却拉着从舅在这里悠闲自得，把兄弟们晾在一边，也太不近情理了吧？"

直到这时，萧衍才从棋枰上抬起头来。几个兄弟发现，三哥的眼里，分明有一抹晶亮的泪光，都顿时无语。兄弟们似乎都从那一抹泪光中感受到三哥那看似平静的内心翻滚着怎样的波涛。

现在，让我们回溯一桩几年前发生的震惊朝野的事件。

永明八年（公元490年），齐武帝接到一封密件：荆州刺史萧子响正欲谋反。这封密件犹如一支冷箭，让外忧内患的齐武帝惊出一身汗来。

萧子响是齐武帝的第四个儿子，在他很小的时候，就被过继到没有子嗣的叔父萧嶷家做了养子。永明元年，萧赜继位，世称齐武帝。按照惯例，齐武帝继位后的第一件事就是将所有的儿子分封为王，可有一个儿子未能在分封之列，这就是他的四子萧子响。因过继到叔父家而未能享受分封为王这件事，对萧子响打击太大。等渐渐长大，萧子响的心理开始失衡，尤其是当他看到自己的同胞兄弟们驾着特制的马车，在大街上招摇过市时，总不免感叹命运的不公。坐在自己那辆普通的马车上，痛苦的萧子响禁不住疯狂地用手捶打着车壁。他不明白，同样是父亲的儿子，却为什么会有两样的命运？

齐武帝算得上一位慈爱的父亲，对于四子萧子响的心理变化，他不会不看在眼里，等到萧子响成年后，就立即将他派往富庶的荆州任刺史，也算是对萧子响未能封王的一种补偿。然而，父亲的恩惠，并未能修复萧子响受伤的心灵，长久的心理变态和精神扭曲，使得到任后的萧子响整日想着怎样以一种恶作剧的方式发泄自己对命运造物的愤慨。也就在这时，萧子响的一系列行为给小人提供了向齐武帝溜须拍马的材料。

告密者为证明自己的密报并非空穴来风，举出一二三四，每一条都证据确凿。那其中的任何一条搁在其他人的头上，都足够被定上谋反的罪状杀无赦。

为了弄清真相，齐武帝往荆州方面派去长史刘寅等八人调查核实。当刘寅等人来到荆州城时，萧子响要求对方出示诏文。而刘寅自以为顾命大臣，一定要求萧子响必须先接受调查。萧子响一怒之下，将这八人统统绑了，杀了，就这么简单。

朝廷派去的第二批调查组正在去荆州途中，告密者真实身份也被暴露。萧子响以极其残忍的手段割下告密者的头颅悬挂在城头上，作为欢迎朝廷第

二批调查组的独特仪式。朝廷调查组被这样的欢迎仪式震惊了，但调查组又不能中止自己的工作。此后的结果是，荆州城头又多了两颗人头。

齐武帝意识到，事态的发展比他此前的想象要严重得多。齐武帝觉得，不给这个叛逆的儿子来点儿真的，说不定真会有大祸临头的一天。这一次，他派出一支由二百名军士组成的讨伐团，一路马不停蹄，直达荆州。荆州方面，萧子响也早就布置好了一支精悍的人马。荆州城外，双方战旗猎猎，剑拔弩张。讨伐团首领还算是一个聪明的人，他忽然觉得，与皇帝的儿子打仗是他人生中最为窝囊的一件事情，打赢了，师出无名；打输了，更不会有好结果。

当天夜里，讨伐团派出谈判代表，往萧子响府上送去三坛美酒和十头肥牛，希望能以最温和的方式调解齐武帝父子间的这场军事冲突。然而萧子响就像真的吃错了药，同样毫不手软地杀掉使者，并将对方送来的美酒和牛羊全部扔进大江。

一直等到丹阳尹萧顺之奉齐武帝之命带着五百名将士杀气腾腾地扑到荆州城外时，萧子响这才如梦方醒，意识到自己的确胡闹得有些过分了。萧子响连夜给父亲齐武帝写了一封信，将二十一年来内心的愤懑和盘托出，他跪在堂上，恳求萧顺之能将此信转交父亲，并表示，世间哪有儿子造反去杀老子的？实是因为小人告密惹恼了自己，这才做出后悔莫及的事来，请父皇饶恕。然而萧顺之毫不通融，命人将萧子响当场拿下，几乎不容萧子响再作分辩，就以最快的速度将萧子响带血的人头滚满一地灰尘。

萧顺之临出发前，齐武帝曾叮嘱说，如果那逆子有悔过之心，务必放他一条生路。但荆州萧子响至死也不会想到，萧顺之领命从建康出发之际，还接受了另一个上层人物的指令：文惠太子特意嘱咐萧顺之，务必将萧子响处以极刑，决不可留下后患。文惠太子深知这个四弟性格暴烈、桀骜不驯，这一次正好借刀杀人，为日后登基称帝除去隐患。

听到萧子响被斩杀的消息，朝中上下，没有人不为萧顺之捏一把汗。萧子响与齐武帝之间的矛盾，说到底不过是人家父子之间的矛盾，作为朝廷命官，何必如此认真？

正如人们所料，齐武帝很快就对这件事表现出后悔，尤其是当看到萧子响临死前写给自己的那封言辞恳切的信，字字含情，看得齐武帝老泪纵横。

这一年浴佛节，华林园为萧子响做七七道场，齐武帝每天亲自上香，每次上香时，都禁不住泪如雨下。齐武帝哭，他的文武大臣们不能不哭，以至华林园一片悲哭之声。这对于亲手诛杀了萧子响的萧顺之来说，无疑是一个极其尴尬的时刻。虽然齐武帝一直未因这件事而加罪于萧顺之，但萧顺之却无时不感觉到齐武帝内心的悲伤，无时不感觉到一种越来越大的心理压力。

不久，萧府传来噩耗：萧顺之，死了。

按照当时的惯例，像萧顺之这样的二品大员，朝廷在他逝后是一定要追封谥号的，这是朝廷给予死者的荣誉，也是对死者家属的抚慰。然而，齐武帝不仅没有给萧顺之任何追封，甚至连萧顺之的葬礼也没有派一位朝廷官员参加。

父亲萧顺之的死，对于在政治上大有抱负的萧衍无疑是一次沉重的打击。

中国传统孝道对于孝子在守孝期间的居室、饮食、衣着以及日常生活都有严格的规定。守孝的前半年，孝子须一身缟素，并在先父坟墓的附近搭建一间临时茅棚，用以抵挡风雨，但茅棚一定不能有四壁，也一定不能有床铺。一年之后，可以修建一所临时的屋子，白灰涂墙，泥草为瓦，但屋内不得有床，只能躺在简易的草铺上。两年后，可以回到自己的家中，但仍不可睡宽广大床。整个守孝期间，孝子不得饮酒，不得食荤腥，不得杀生，不得有淫，不得有任何娱乐活动。守丧期间必须放下一切与谋生及公务相关的工作，不得参与任何社会活动，但可以读书、习字，每天需有相当的时间用来追思先父的慈爱和其做人的美德。直到三年孝期圆满，才可以恢复正常的生活。

两年过去了，萧衍兄弟虽均已回府，但仍在丁忧期。

往事如烟，但往事往往并不如烟，父亲的死，无疑在萧氏兄弟心中种下对齐王朝难以泯灭的仇恨。现在，齐武帝死了，这对于萧氏兄弟来说，的确是一件大快人心的事情。聚集在萧衍府上的，除了老大萧懿、二哥萧敷，所有该来的同父异母兄弟，大部分都来了。眼前的这几位，都是与他最亲密、也是他最可信赖的兄弟。他环视了一番这几个膀大腰圆的兄弟，说："好吧，你们搅乱了我的棋局，我不怪罪你们。现在，当着弘策从舅的面，就请你们把要说的都说出来吧。"

"三哥，我们来，没别的意思。皇上驾崩，局势动荡，各种势力都在暗地里集结，我兄弟的丁忧期即将结束，在此时刻，我们若还憋在家里，会憋出病来的啊。"

萧衍说:"也是也是。"

又有人说:"竟陵王被赐甲仗进宫,明眼人都该看出,南齐的天下非竟陵王莫属。难得的是,大哥、三哥都被竟陵王聘为帐内军主,而大哥、三哥全都不受,兄弟们都不知三哥这摆的到底是怎样的棋局。"

又有人抢着说:"竟陵王未必有戏,皇上年初即宣布南郡王为皇太孙,南郡王接掌皇权的可能性最大。"

四位兄弟分成两派,各自坚信自己的判断,一时争得面红耳赤。萧衍打断了几位兄弟,说:"你看,你们都争执不下,在这个关键时刻,你们是想我让尽快加入太子党,还是要让我一头扎到竟陵王怀抱里去呢?"

几个兄弟说:"我们也拿不定主意,我们就是为这个来找您的啊。"

一直没有说话的老五萧融说:"依我看,萧昭业是一个花花公子,萧子良生性软弱,都不是做国君的材料。齐王朝就要完了。我兄弟中,大哥萧懿镇守西南,领军二万,二哥萧敷虽为长沙王谘议参军,但剑指一方,也可统领数千人马,三哥文韬武略,父亲当年最看好你。你我兄弟,哪一个都能独当一面,只要三哥你一声呐喊,即可成摧枯拉朽之势,不愁不成大业。"

又有兄弟随声附和,说:"五哥讲得有道理,三哥您就发话吧。"萧衍看了看他的从舅张弘策,说:"弘策,你大老远地从范阳赶来,不就是要给我说点什么吗,你别再憋着了。现在,当着他们的面,你就把要对我说的话对大家说了吧。"

张弘策说:"我不是一进门,你就拉着我下棋吗,我哪有说话的机会?其实,我从范阳来,本无要紧事。随着皇上的驾崩,目前时局混乱,我也是怕诸位兄弟会按捺不住,扰出什么事来。正如五弟刚才所说,皇上死了,继位者或花哨轻佻,或生性软弱,齐王朝的确到了最后时刻。但是,诸位兄弟没有看到各路诸侯这些年都在积蓄力量,等待着这一时机。在荆州,有随王萧子隆屯兵十万,一旦京城有变,即可在几天内顺江而下;驻守北方寿阳的崔慧景手中捏着五万人马,早就瞅着一个时机。而在王公旧族中,驻守京城的王敬则势力最强,一有雷声,立即能掀起七尺狂浪。随着齐武帝的死,齐王朝的确到了即将土崩瓦解的时候,但这个朝廷自高帝萧道成始,毕竟有着几十年的统治经验,真正是百足之虫,死而不僵。而以我萧氏家族目前的势力,远不能与上述其中的任何一方抗衡。况且大哥、二哥均是一世忠良,就是朝廷将一碗毒酒放在他的面前，他也会气都不喘地仰头喝下。因此，诸位兄弟任何轻举妄动，都有可能遭后悔莫及的后果。"

张弘策的话，让几位性急的兄弟顿时无言，又有人拍着脑袋说："三哥，你不知道，这些日子，我们兄弟几个就这样憋在家里，都快憋出病来了。"

"弘策到底比我们这些人多吃几斤咸盐，"萧衍说，"我敢断言，一切在这时刻蠢蠢欲动者，都将化为历史烟云。那些王公旧族都不足道，目前看来浮在水面上的似乎只有萧昭业和萧子良这两股势力，而在暗里，会有一匹黑马潜伏得更深，这是一个极其危险的人物。我敢断言，最后火中取栗的，定是此人。"

一旁的兄弟同时"啊"了一声，仍是萧伟沉不住气，说："那么，这匹黑马，会是谁呢？"

萧衍一边摆弄着棋子，说："我和从舅都还没过足棋瘾呢，你们都回吧。但是，我要告诫你们，该干什么还干什么，钓鱼也可，喝酒也可，再不济就找几个歌舞伎在府上开几次舞会，总之，在这非常时期，你们都要给我憋在家里，憋出病来也要憋。丑话说在前面了，谁要是给我捅出什么娄子，我可饶不了他。"

说来奇怪，萧伟、萧憺这几位兄弟，上有大哥萧懿、二哥萧敷，但兄弟们偏偏与三哥萧衍最亲，但凡有事，决不去找大哥、二哥，偏偏来找三哥，宁愿挨批挨骂，却也心甘情愿。

## 非常之时

当范老夫子一身热汗赶到萧府时，正见到萧衍、张弘策在摆弄棋子，萧家的几位兄弟萧伟、萧憺站在一旁，气氛似乎有些凝重。

知道范云一定会有要紧的事，萧伟、萧憺兄弟知趣地退去。张弘策本无心在枰上，但萧衍却不罢休，不顾一切地催着张弘策继续把这盘残棋下完，张弘策只得硬着头皮与他对弈，而把范老夫子撂在一边。范云也不在意，捧着家童陈庆之递过来的茶，站在一旁观棋不语。范云知道，张弘策虽也是棋坛高手，但在萧衍面前，其手上功夫显然并不对等。随着棋势的运行，萧衍一会儿天马行空，一会儿如石佛临世，一会儿纵横捭阖，一会儿闭关守禅，

用的都是棋外的功夫。不一会儿，张弘策就招架不住了。张弘策也知道范云在一旁有些着急，便渐渐退了，却被萧衍逮了个正着，紧紧地堵住了后路，再也出气不得。范云在一旁说："古人说，贤者爱棋，而圣者凌驾于黑白之上。弘策到底还是稍逊一筹。"

张弘策趁机将棋枰一推，说："岂止一筹？彦龙兄，我真的困了，你来陪叔达下吧。"说着，就向范云作了个揖，退去了。然而，萧衍不知是对刚才的棋局太过沉迷，还是故意要晾晾深夜造访的范云，仍低着头独自把刚才的那盘棋复来复去。范云知道萧衍的脾气，知道这一刻自己不能太急，便捧着茶碗，独自在屋里闲遛着。他注意到，墙上悬挂着一幅萧衍写于不久前的诗：

绿树始摇芳，芳生非一叶。
一叶度春风，芳华自相接。
杂色乱参差，众花纷重叠。
重叠不可思，思此谁能惬。

一旁的书案上，另有一幅完成一半的画，画面上一只黑骏马正腾起四蹄，欲脱缰而去，却被一根缰绳系于树上，树枝上栖有一鸟，似作嘲弄，画侧有一款：

顿辔从闲放

范云禁不住说："好一个'顿辔从闲放'，明公（萧衍号）的气度真无人可及呀。"说着，便拿起笔，蘸饱了墨，毫不客气地在那画上乱添了几笔，那鸟顿时便成笼中之物，接着又续了一句：

笼鸟易为恩

那边的萧衍终于从棋枰上站起来，两人这才相视一笑。这时，那梁上笼子里一只画眉鸟儿也学着人的声音，怪模怪样地笑了几声。萧衍将那幅画揉成一团，弃之于地。范云连忙伸手将那被弃的画重新捡起来，在案上铺开，一点点抚平，嘴里说："可惜，可惜呀。"却不明白他说的"可惜"是指这画，还是指那被囚入笼中的鸟。

这时，听到谯楼已打二鼓，范云便丢下画，抬起头说："萧参军今夜好精神哪。"

萧衍说："今夜不肯安睡的，又岂止我萧叔达一人？就是内史大人，不也精神气十足，居然在这样的深夜打上门吗？说说看，是要兴师问罪吗？"

范云似乎这才想起深夜造访萧府的目的，于是便有些激愤："今夜的建康城里，的确无人入睡，但如此淡定，闲敲棋子数灯花的，却只有萧参军一人。竟陵王待我等恩重如山，在他处境险恶，极需我等相与辅佐之时，叔达兄却事不关己，只顾自己气闲神定，不觉得有愧于竟陵王吗？"

范云的耿直，在朝廷上下是出了名的，不管是什么人，也不管是什么事，只要他认为该直谏死谏的，他上下嘴唇一磕碰，该讲的，都讲出来了。

对于范云的耿直，萧衍也早就习惯了，萧衍说："不久前读彦龙兄《之零陵郡次新亭》，最后二句：沧流未可源，高帆去何已。如果我理解的不错，当彦龙兄被朝廷贬谪，孤零零地前往零陵赴内史任上时，那种倦怠于游宦的心思真是一目了然。时隔不久，内史大人又要翻唱新篇了吗？"

"可我还是回来了，为了社稷安危，也为了我们共同拥戴的竟陵王。"范云压低声音说，"叔达，皇上就要驾崩了，令尊大人九泉下可得安息了。"

萧衍的棋瘾又上来了，他强拉着范云，说："我与弘策约定要下到天明的，你搅了我们的棋局，败了我的兴致，我岂肯饶你？来，来，来，你必须陪我杀一盘，不杀个鱼死网破，决不放你出门。"说着，就一把将范云强按在对面的椅子上。

范云再无心思与萧衍互斗机锋，他一把推开棋盘，任棋子在方砖地上四处滚落，开始直奔今晚主题："皇上即将驾崩，南齐的天下将落之谁手，整个江南无不为之担忧，你居然还有心思下棋？"

萧衍并不气恼，微笑着，弯腰将满地的棋子一一捡起，说："彦龙兄熟读《老子》，一定知道，天地万物皆有道，徒劳的烦恼，只会让自己愈加躁动不安，这实在是人生的大病。在这种动荡时刻，保持内心的虚静，静观其变才是上策。"

"这可不像你叔达兄说的话，"范云说，"自魏晋以来，整个江南政权更迭频繁，皇室间相互残杀，江南百姓，深受其害。南齐既然不宁，北魏更趁机屡次发兵犯境，这建康上下，表面上是江南佳丽地，金陵帝王洲，实则

外忧内患，满目疮痍。现皇上将崩，朝廷正处新旧交替之际，整个朝野，都在盼着有明君出世。你我受竟陵王恩惠多年，怎能够袖手旁观，眼看着竟陵王的败局呢？"

萧衍说："竟陵王为人敦厚，广结人缘，又好文学。皇室后人中，也只有竟陵王受人拥戴。可是，彦龙兄真的觉得，竟陵王是你所说的'周公吐哺，天下归心'的明君吗？他的魄力何在，他的雄心何在，他的治国方略何在？治理国家可不是写诗作文。这些，彦龙兄不会不明白吧？"

"诚如叔达所说，竟陵王性情柔弱，又过于沉迷于佛学和文学，的确不能与周武相比。但竟陵八友中不乏经国济世之才，凭我们的才学和对竟陵王的忠心拥戴，南齐的天下会逐步走向稳定的。"

萧衍说："彦龙兄真的觉得竟陵八友中有经国济世之才吗？是沈休文（沈约字休文），还是你范彦龙；是王元长（王融字元长），还是谢玄晖（谢朓字玄晖）？"

范云说："想当年周武王死后，周成王尚在年幼，而周、召二公忠心不贰，协助年幼的周成王平定叛乱，分封诸侯，建立一系列典章法籍，从而开创了中国历史上有名的'成康之治'。此时此刻，我南齐也面临着同样的局面，现在看来，也只有王元长能够为国分忧了。"

萧衍冷笑一声说："彦龙兄一定不会忘记春秋时齐桓公尸骨未寒，诸公子争立，而易牙、竖刁二个佞臣却趁机杀害群臣，并挟持太子昭往宋，以致齐国内乱。为什么在我看来，那恃才傲物、立身浮泛的王融倒像是易牙、竖刁之流呢？还有那些只会哼哼唧唧、满口诗文的文人雅士，真的行起事来，请问，他们哪一个又是萧何、韩信？"

萧衍的话，的确让范云有振聋发聩之感。他坐在那里，将那些熟悉的人物一个一个放到心里的天平上衡量，忽然，他的额头沁出一丝冷汗，说："皇上的遗诏，直到现在尚未明朗，竟陵王这边，已经拟好一份伪诏以防万一。王元长暗中集结军士三百人，一旦时局对竟陵王不利，就以非常之举，强推竟陵王坐镇延昌殿。此乃非常之时，叔达兄，万一……"

"没有什么万一。"萧衍说，"一场大格杀即将开始，竟陵王优柔寡断，所缺少的，正是为人君的胆略和气概。王元长孤注一掷，等待他的，必是杀身之祸，而且，还将连累竟陵王。"

范云吓得面如土色，说："那么，有什么办法能够救竟陵王吗？"

"来不及了，谁也救不了他。"

"那么，在这场争夺皇位的格杀中，谁将是真正的胜者？"

"非常之时，必有非常之人，或许等不到天明，这场大格杀就将决定胜负。彦龙兄，你就等着看结果吧。"

范云开始浑身颤抖，他像是染上了摆子，一股彻骨的寒冷，让他的上下牙齿咯咯地响着，说："叔达兄，依你看，这非常之人，会是叔达你吗？"

萧衍笑了起来，说："彦龙兄太看重我了，以我目前的实力和能力，我会是那个非常之人吗？"

"不过，叔达，如果明天的结果果真如此，我要重新看待你了。这一切，你参与了吗？你请告诉我，你在其中，究竟是一个怎样的角色？"

萧衍捏着下巴，只是笑着，那笑里，分明有太多的禅机。

范云忽然明白，关键时刻背弃旧主的萧衍一定早就与那个"非常之人"暗中有约，他们有一个共同的目的。随着齐武帝的死，萧齐时代随之结束。那个人要取而代之，需要萧衍的智谋，而萧衍为雪父耻，更需借助那个人的力量。

范云不想再问那"非常之人"究竟是谁，他已无心逗留萧府。他需要立即回家，好好睡一觉，等到天明，赶紧打点行李，买舟入湘，老老实实去做他的零陵内史。

## 血染宫门

到了后半夜，竟陵王府的人已是寥寥无几了。

萧子良打了一个盹，睁开眼时，眼前的"帐内军主"现在就只剩下"八友"中的王融、沈约、任昉、谢朓和陆倕了。到底是西邸文学集团缔结的友情，关键时刻，其他人都是靠不住的。萧子良一感动，眼泪就滚落下来。

年龄最小的陆倕这时已缩在一角睡着了，一绺清亮的口水顺着他毛茸茸的唇颚一直流到下巴上。这个少年才子一定在梦中遇到什么开心的事情，此刻，他正咧开嘴，天真地笑了一下。任昉、谢朓正在复一盘棋，二人小声地争论着，似乎对刚刚下完的那盘棋都记得不太牢。沈约捧着一本书，却是似睡非睡的

样子。只有王融精神抖擞，在一张地图上点点画画。

"元长，真难为你了，我真不知道该说什么好。"萧子良说。

王融抬起头看了一下萧子良，继续在那张图上画着："什么也不要说，我们只管按计划行事。您看，欲进入云龙门，必得经过中书省，这是通往东宫的必由通道，到时候，我带领一百名士兵把守在中书省大门口，任何人都不得进入东宫。"

萧子良打断了王融有些冲动的叙述，说："其实，您知道，对于继位的事，我从一开始就并不十分热衷。我情愿游离于皇权之外，像当年在鸡笼山一样，与你们这些当今最有才情的文士们在一起多抄写几部经书，多辑录几部古人的典章词籍，这是我愿意做的事。"

"您错了，"王融说，"这不过是您的一厢情愿。在对方的眼里，您是一个潜在的敌手，您的存在，本身对他们就是一种威胁。他们不会让您好好抄写佛经，不会让您悠游咏诗的。这些道理，我说过无数遍了。而且，您该明白，您并不是单个的一人，您的生死，您的利益，牵扯着我们西邸文学集团的所有人，这就叫做一损俱损、一荣俱荣。"

是的，王融所说，并非没有道理，自从当初他们聚会鸡笼山后，人们就一直将西邸文学集团当做一个潜在的政治集团。即使是为了当今这些最饱学之士，他也不能束手待毙。

"我似乎考虑得还不是很成熟，呵，还有这份遗诏，会不会留下什么把柄，让后人耻笑呢？"

"竟陵王，您就是太过犹豫，从现在起，您已不只是您一人，您的命运已经与西邸文学集团所有的同僚，包括他们的家人联结在一起。"王融放下笔，神情中有一丝激愤，这是他惯常的表情。"千秋大业，在此一举，自古以来，胜者为王，败者为寇，这还有什么可怀疑的吗？"

萧子良说："不，我是说，万一事情败露，这份遗诏，或许会成为朝廷将我们治罪的一条最重要的证据。"

"放心吧，我已经调集了三百名军士，现在，他们已经被部署在云龙门、东胜门以及通往东宫的各个大门口。从现在起，任何人都休想踏入东宫半步。您请记住，那边一旦传出皇上驾崩的消息，必有一场混乱，这时您就立即当众宣读遗诏。我再里应外合，一举控制整个东宫。"

"三百名军士，可靠吗？我觉得少了一点。"

王融说："足够了，再说羽林军首领们只会听从最高指令，等宣读了遗诏，您就是皇上，他们敢不听您的？到时候，就不是三百，而是三千、三万。"

"还有那些辅佐大臣们，尚书令徐孝嗣、西昌侯萧鸾、左仆射王晏、大将军陈显达，虽然他们对皇太孙继位都表示担心，但他们对于谁成为新的皇上，似乎还是很暧昧。"

"那些所谓辅佐大臣，您应该清楚，他们都不过是一些见风使舵的角色，关键是我们必须占尽先机，在气势上压住他们。好了，时候不早了，我们该进宫去了。"

萧子良犹豫着，忽然又说："我要不要带一把剑，或者……"

"当然要了，"王融将墙上的一把剑解下来，那剑鞘上镶着七颗宝石，成北斗七星的形状，为春秋时伍子胥使用过的北斗七星剑。当年伍子胥过绍关，情急之下，曾将此剑赠予一渔夫，不知怎么会落到萧子良手里。这柄剑昂贵却并不实用，真打起仗来，并不能派上什么用场，至多显示贵族士大夫们高贵的身份。王融将自己随身携带的一把剑解下，递与萧子良，说："这是家父传下的剑，它没有名目，却削铁如泥，无比锋利。现在，我就把它交给您，您请记住，关键时刻，这就不是一把普通的显示身份的佩剑，而是一把杀人武器，您就用这武器砍下任何一个忤逆者的头颅，哪怕他是皇太孙。"

萧子良握着这把剑，自然想起下午父皇将那把剑让人递到他手中，声色俱厉地问他敢不敢用这把剑去杀人，去杀一切可杀之人时的情形。这一刻，他的手不再颤抖，他知道，留给自己的时间和机会都已不多。情况万分危急，如果需要，他就一定要用这把剑去杀人，去杀一切可杀之人。

"什么时候出手，到时候您要暗示我一下。"他将剑在手里掂量了一下，感觉那剑有些沉重。

"到时候，如果您听到我开始吟咏您的某一首诗时，您就可以出手了。"

从台城方向传来三声更鼓声，王融束了束腰带，站起来说："现在，我们出发吧，陛下……呵，您看我都等不及了，得提前称您一声陛下，我们就等着庆祝又一个王朝的诞生吧。"

萧子良吁了一口气，神情依然显得十分恍惚，他瞥了一眼其他熟睡着的人，说："要不要叫醒他们，人多有人多的好处。"

"您以为真能指望他们？"王融拍了一下那柄父亲留下的剑，"这样的大事，还得靠这个。等您登上宝座再叫醒他们吧。到时候，任昉会把您即位的诏书写得文采飞扬，谢朓会为您献上《贺竟陵王登大宝十章》，沈约会为您制定一整套治国纲领。"

"可惜，萧衍没来。"

"这个家伙，太势利了。"

"叔达，一定有他的难处。他好像不是那种势利的人，毕竟他是在丧期。"

"您就别指望他了，"王融说，"我需要提前警示您，一旦您登上皇位，第一件事，那就是抑制萧衍，千万不要让他的势力扩张。他是一个危险的人物，也是任何一个当今皇上潜在的对手。"

"是的，你说过，宰制天下，必在此人。说不定，将来的天下就是他的。"

"至少他现在没有这种可能，"王融说，"这个天下，眼看就是我们的了。"

天还没亮，但建康城的大街上已开始有三三两两的行人。竟陵王萧子良的马车急急地碾过湿滑的路面，发出吱吱扭扭的声响。驶过东大街，驶过德胜门，进入东宫，终于停在了中书省大门前。这是王融的府阁，恰似一道咽喉，锁住了通往东宫的通道。此时的王融一身戎装，腰别一柄长剑，威风凛凛地从马车上跳下来，他掀开车篷，说："竟陵王，请下车吧。"车内半天没有动静，王融探进身去，经过一夜的劳顿，此刻的竟陵王竟歪倒在车壁上，睡得正香呢。王融厉声喝道："竟陵王，千古大计，即在此时，您请进宫吧，末将在此为您护驾，任何人休想靠近奉天殿半步。"

在这个特别的夏夜，在躁动和急迫中夜不成眠的当然不会仅仅是竟陵王萧子良一人。

天还未亮，上朝的钟鼓尚未敲响，这时，三匹快马踏着一阵热风，飞快地向东宫奔来，中间的一位身材修长的年轻人，正是当今皇太孙、郁林王萧昭业。萧昭业平常很少上朝，再加上一夜未眠，此刻，他站在德胜门外，竟然懵懂着，一时摸不清方向。远远的，他看到中书省大门口有一些人影在晃动，那是一些士兵，有好几百人之多，在晨曦的微白中，那些士兵的枪戟闪着点点寒光，空气陡然凝重起来。萧昭业的心略噔一下，他挥了一下手，飞身上马，与两个随从径直朝通往奉天殿的那道大门奔去，却被几把铁戟挡住，只听王融一声断喝："皇上正在传诏，末将遵命在此把守，任何人不得进入奉天殿。"

萧昭业气得暴跳如雷，说："王元长，你睁开眼看看，我是皇太孙，郁林王，皇上要传诏，也只能是传我，哪有皇上传诏而皇太孙被拒之门外的？你真的是把猪尿泡当豹子胆吃了？快放我进去！"

王融手紧紧按着腰间的剑说："末将手中的剑只认得诏书，不认得什么皇太孙。"

萧昭业几次想闯进去，都被那些士兵凶狠地拦阻在外，萧昭业只急得像陀螺一样团团打转。虽然一夜过去，但那地上的暑气却依然未经散发，萧昭业浑身冒着一股股热汗。他站在那里，大脑急速地旋转着，随即来到奉天殿侧的云龙门。谁知云龙门也被王融的人马牢牢把守。现在，凡所有通往奉天殿的大门，都被王融部署的人马死死地堵住了。萧昭业再次回到中书省，想着自己是皇太孙，哪有皇太孙从侧门进入东宫的道理？中书省仍然被王融的人马堵得水泄不通。萧昭业焦急地朝四周望去，希望此时能出现什么奇迹。然而奇迹并没有出现，从延昌殿方向传来一阵呼天抢地的哭声。他知道，他的祖父齐武帝已经死了，可老东西临死前竟没有把继位的遗诏传给他。萧昭业忽然感觉到空前的绝望，一阵头晕目眩，晕倒在地。

令王融没有想到的是，刚才已经从中书省进入云龙门的竟陵王萧子良却又原路退了回来。原来，东宫的几道大门被另外一支军队把守，萧子良遭遇到同样被拒的结果。王融知道，他的对手已经先下手了，只是，他一时还不明白这个对手究竟是什么人。

等待上朝的官员渐渐多了起来，大家都聚集在中书省的大门口，王融趁机大声说："东晋以来，八王混战，十六国大乱，生灵涂炭，百姓遭殃。直到永初年间，武帝刘裕代晋建宋，江南社会才有过短暂安宁。然自宋至今七十余年，江南朝代更迭频繁，北寇趁机来犯，自宋至齐，内忧外患不断。十一代帝王中，明者少，昏者多，石头城内，演绎了一幕幕兄弟残杀、父子相煎的宫廷闹剧，江南百姓不堪其苦。眼下，百姓呼明君出世望眼欲穿，忠臣欲废昏立明共辅朝政，现在武帝已崩，朝内又有奸臣当道，南齐又将陷入新的内乱，在这生死存亡之际，唯有竟陵王能堪此大任。"

萧昭业气得大叫："王元长，你也不撒泡尿照照自己，你是个什么东西？你不过拟了几个破折子无意中被我皇爷爷看中，这才让你做了一个小小的中书郎，现在你竟然在这里大谈忧国忧民，真不怕人笑掉大牙。"

萧昭业知道，王融只不过是一个跑龙套的角色，真正的对手其实是他的叔父萧子良。于是，他将所有的火气都冲着萧子良发作了："竟陵王，你想篡政吗？"

萧子良一言不发，只是默默地站在那里。

王融忽然吟咏起一首诗来："托性本禽鱼，栖情闲物外。萝径转连绵，松轩方杳蔼。丘壑每淹留，风云多赏会。"这是竟陵王萧子良很多年前写的一首名为《游后园》的诗，一首普普通通的诗。谁都不知道王融在这时候吟咏这首诗的用意所在，只有萧子良明白。萧子良伸手握住腰中的那柄剑，他使出平生最大的力气，那剑却怎么也无法从剑鞘中拔出来。

黑暗里有人叫着："竟陵王为人敦厚，又礼士敬贤，若竟陵王当政，是江东人的福气啊。"

齐武帝的七子萧锵向来不喜欢二哥萧子良，宁愿侄子萧昭业接班，便说："先皇早就于今年三月立皇太孙，立嫡以长不以贤。"萧锵说着，又拉了一把身旁的右仆射王晏说："王大将军，你说是不是啊？"

王晏是有名的官场老滑头，当然不肯轻易表态，见萧七爷点到自己头上，不好再做缩头乌龟，便含含糊糊地应了一声，说："是啊，谁说不是呢？"

萧锵见王晏模棱两可，便又逼着吏部尚书徐孝嗣表态。徐孝嗣是典型见风使舵的人，且又胆小怕事出了名，他只是躲在一旁看风景，也一直没看出名目来，只好继续保持沉默。

萧锵有些恼火，说："随波逐流，模棱两可，这种时候都不发话，要你们这些辅佐大臣有什么用？"偏偏这时候跳出一个人来，这个人是已故老皇帝萧赜的五弟萧晔。萧五爷站在群臣中间尖着嗓子大叫："现在的问题是，立长还是立嫡？如果立长，我是高皇帝五子，辈分最长；如果要立嫡，那就立长子嫡孙。"他分明就是专门来砸萧子良锅的。当然，他也不完全只是来砸锅，萧晔很有才华，会下棋写诗，据说他写的诗才气甚至直逼谢灵运。但这个五爷一张嘴太臊，专门与他的二哥齐武帝明里暗里地作对，齐武帝对这个五弟极其讨厌，生前没少整治他，一次次地给他穿小鞋。萧晔从来就没有进入过真正的权力核心。现在，齐武帝死了，萧晔觉得到了自己该出人头地的时候了，再者，让一个听话且头脑简单的人来做现任皇帝，所提供给自己的机会或许更多一些。

萧晔的这一声尖叫，的确有了连锁反应，老滑头王晏说："是啊，萧五爷的话也有道理。"

"霜轻流日，风送夕云。雕檐结绥，绮井生文。四瑱合旨，八簋舒芬。"王融一边吟诵着萧子良的另一首诗，一边迫不及待地拔出剑来。

就在这时，一阵马蹄之声传来，从远处飞奔来一支人马，直朝云龙门而来。埋伏在暗处的士兵蜂拥而出，死死地堵在那里，挡住来人的去路。只见那人挥起剑来，毫不手软地砍下两颗人头。

王融回过头来，那匹快马已到了眼前，那骑在马上的，正是已故齐武帝族弟，西昌侯萧鸾。这是一只可怕的黑鸟，它蛰伏得太深，不等到关键时刻，决不会从自己的巢穴中飞出来。

萧衍所说的"非常之人"终于露面了，与此同时，萧子良忽然想起父亲所做的那个梦，以及他的兄长萧长懋曾经说过的话："怎么回事啊，我怎么一见到萧鸾就特别反感，这个人太危险了。"奇怪的是，萧子良对这位堂叔倒没多大的偏见，他只是劝着萧长懋："别把人想得太坏，有时候，感觉并不一定可靠。"

王融提着剑挡住去路，高声说道："我受皇上命令在此守候，任何人不得进宫。"

萧鸾说："我受先皇密旨为新皇护驾，中书郎为何敢冒天下之大不韪，在此拦驾？"

王融说："先皇刚刚驾崩，不知西昌侯所说的新皇究竟是谁？"

萧昭业忽然来了精神："王元长，你听着，皇上早就传下遗诏，传位于皇太孙，我看你是活够了，居然三番五次拦驾，你就不怕满门抄斩吗？"

"中书郎出身名门，且学贯周孔，穷读六经，该识大体，顾大局，不要逆潮流而动，否则将追悔莫及，不仅危及自己，更要贻祸他人。"

"武皇帝英明，江南百姓刚刚过了几年太平日子，西昌侯是祖皇高帝堂侄，本是皇室近亲，为萧齐今后福祚计，还望西昌侯把握时局，不要给后人留下骂名。"

"先皇当初将遗诏托付我时，嘱我不到万不得已，不要公开。现在，是到了万不得已的时候了。"

王融早就料到萧鸾会有这一招，便朝萧子良叫着："先皇立下的遗诏分

29

明在一个月前就交于竟陵王,哪来又一份遗诏?竟陵王,趁着大臣们都在,还不赶紧宣读遗诏?"

然而萧子良愣在那里,就像是睡着了。

萧鸾冷峻的脸上露出一丝不易觉察的笑,当着所有文武大臣的面,将那卷黄绢高高举起,说:"遗诏在此,谁敢不拜?"

王融朝萧子良大叫:"竟陵王,此时不作,更待何时?"

"王融,你想犯上作乱吗?"

远处的德胜门一阵厮杀之声传来,两支人马正短兵相接,但很快,王融的人马就被另一支人马团团围住,那场力量并不对等的战斗顿时就偃旗息鼓了。

"先皇遗诏在此,谁敢不拜!"萧鸾声如洪钟,在场的一些老臣疑疑惑惑,不辨真伪,一时都愣在那里。

大司马王晏终于看出这匹杀出来的黑马大有来历,便也合着萧鸾的声音叫了一声:"既有先皇遗诏在此,谁敢不拜?"于是就带头跪下来。王晏一跪,吏部尚书徐孝嗣也跟着跪下来,其他大臣都不由自主地跪下来。王融拔出剑来,那剑刚举过头顶,只听当啷一声,王融的手臂一阵麻胀,那剑溅出一束火花,还没等他省过神来,剑已被萧鸾踏在脚下。这一切发生在一瞬间,快得令在场人全都回不过神来。萧鸾像什么也没有发生,他展开那卷黄绢,清了清喉咙,开始宣读遗诏。

"生死大期,圣贤不免,吾行年六十,亦复何恨?但皇业艰难,直待后人。太孙昭业德行日茂,社稷有寄,子良须善相毗辅,思弘正道。内外事无大小,悉与萧鸾共参怀……"

在场的人流着泪,听完了先皇的遗诏。临终前的悲情之下,先皇将身后事一一交代:

先皇说,皇太孙萧昭业无论在德还是行上,都越来越成熟,江山社稷委寄于他我也就放心了(一个多么值得信任的接班人)。

先皇说,竟陵王萧子良,你要好好辅佐皇太孙啊(说到底只是一个配角)。

先皇说,朝廷内外,事无巨细,都要在西昌侯萧鸾的参与下才能施行(呵呵,这才是真正的权重大臣)。

此外,遗诏中还将有其他一些重要的人事安排:尚书令王晏、徐孝嗣;

御边军旅大臣王敬则、陈显达、王广之、沈文季等。最后，又特别交代皇太孙：你啊，我的孩儿，千万不要有丝毫懈怠呀。

"竟陵王，你还有什么话要说？"萧鸾声色俱厉。

微曦的晨光中，萧子良忽然看见一只巨大的黑鸟凌空飞越，直向他扑来。他终于明白父亲临死前的那个梦了。

"一切都是天意啊！"萧子良默默地念叨了一声，打了一个寒噤，喏嚅着，终于说，"先皇已经交代得很清楚了，为了国家社稷，子良将尽己所能，做好辅佐大臣。"

从奉天殿方向传来一阵钟鼎之声，有人高叫着："开奉天殿，新皇万岁万岁万万岁！"

萧鸾将萧昭业揽上马背，在马屁股上猛击一掌，那马朝着奉天殿飞奔而去。紧接着，萧鸾也跳上马背，他在那马肚子上猛踢一脚，那马腾起四蹄，扬起一阵狂风。

王融说："竟陵王，这就是你最后的结果吗？"

萧子良站在那里，默默地低着头，像是在回忆一桩发生在很久以前的事情。

## 玩的就是心跳

躺在石棺中的齐武帝生前虽然对于他的这个皇孙萧昭业有过警觉，但他永远也不会真正知道，他圈定的这个接班人究竟是一个怎样的人。从这点来说，萧昭业不愧是个天才的演员，他惟妙惟肖的表演能使他最亲近的人都无法识透他的真正面目。直到今天，没有人清楚永明十一年（公元493年）齐武帝的遗诏究竟是何人所拟，但不管怎样，萧昭业终于如愿地继位为新帝。

萧昭业登基后的第一件事就是追尊自己的父亲为世宗文皇帝，封自己的母亲王宝明为宣德太后，封弟弟萧昭文为新安王，其他兄弟也都各自分封为王。

大约是十一二岁时，萧昭业即被父亲文惠太子萧长懋寄养在他的叔父萧子良府上，并随叔父萧子良学习书法和经史。十多年前，萧子良镇守西州，少年萧昭业自然也随同前往。萧子良一心只在佛学和文学，做了一个不负责任的叔父。因无人管教，萧昭业乐得与一群西州阔少整日斗鸡弄狗，醉酒狎妓。萧昭业"眉目如画，容止美雅"，算得上一个美少年。魏晋南北朝是一

个仕女崇拜却又并不排斥男色的时代，那个时代的美男也比比皆是，西晋的潘安自不必说了，据说他每次出门，都会有一群群的妇女围着他，那些大胆的女子用水果去掷他，用出火的眼神勾引他，潘安每次出门都能满载而归。除了潘安，还有"嵇康风仪""沈约腰瘦"等。那时候对美男的标准是人要长得修长高挑，皮肤白皙，再加上飘逸的宽衫大袖，褒衣博带，就构成了一个美男子的全部。萧昭业就符合了这个标准，不仅女人喜欢他，男人也喜欢他。一个美貌的男人不仅在官场上能够畅通无阻，在风月场上同样如鱼得水。对于皇帝的孙子来说，做官的事自然不在考虑之例，萧昭业就成了风月场上的得水之鱼，欢畅之鱼。后来娶了一个妻子何妃又是一个极顶风骚的女人，这对年轻的夫妇，你有狎妓的便当，我有猎色的自由，只是各自心照不宣，互不干涉。不管什么时候，风流都是需要钱来铺路的。萧长懋对儿子管得紧，萧子良又是一个比较清廉的丞相，自然没有多少钱供萧昭业挥霍，于是，萧昭业开始学会"打白条"。"白条"的内容或者是钱，或者是官，萧昭业声言，凭着这些"白条"，等到将来自己做了皇帝，一定一一偿还，决不食言。后来就闹出几桩人命案来，惊动整个西州。皇帝的孙子打死人，谁还敢兴师问罪？萧昭业越发肆无忌惮。这一切，父亲萧长懋以及叔父萧子良都看在眼里，却又都无可奈何，只是瞒着老皇帝。

　　萧长懋死后，萧昭业自认为是杨婆巫术的成功，高兴得手舞足蹈。可当他的爷爷前来吊唁时，萧昭业立即就哭得一发不可收拾，以至老皇帝都觉得心疼。老皇帝觉得，真是难得有这样一个孝顺的孙子啊。但老皇帝哪里知道，这个宝贝孙子正利用杨婆的巫术，巴不得他早一天死掉呢。后来，老皇帝果然就病了，萧昭业每次去探病，都哭得像个泪人儿，老皇帝伸手搂住这个可爱的孙子说："宝贝儿，难得你有这份孝心，将来好好治理天下，也让你爷爷在九泉下安息。"老皇帝又哪里知道，萧昭业背过老皇帝，立即就给何妃写了一封信，信上一个大大的"喜"字，周边再围绕三十六个小喜字。

　　现在，喜事真的降临了，老皇帝爷爷死了，老皇帝的宝贝孙子萧昭业做皇帝啦。

　　老皇帝爷爷的遗体刚刚入殓，做孙子的就迫不及待地回到自己的寝宫。连日来发生的一系列事情让这个新皇帝够心烦的了，随着齐武帝的死以及那一场惊心动魄的权位之争的结束，一切都画上了句号，现在，他可以安安稳稳地做他的皇帝了。从延昌殿方向传来一阵阵哀乐,皇家乐队已经没日没夜地将这哀乐演奏了三天三夜了,这些哀乐,萧昭业都听得耳朵快起茧子了。天气太热了,他想放松一下,萧昭业脱掉最后一层衣服,让自己一丝不挂。又想,应该为自己庆祝一下,庆祝自己终于做了皇帝。他不想再听这种让人心烦的声音。于是,他让人将皇家乐队调到自己的寝宫,命令他们改奏一支欢乐的曲子。皇上的命令,没有人敢不从,于是,整个东宫就响起一支欢乐的曲子。二个月后,先皇遗体移葬景安陵,庞大的皇家仪仗队敲着编钟,举着招魂幡,一路浩浩荡荡。因为是暑天,死者的遗体难免发出阵阵恶臭。不等队伍走出建康城,萧昭业就以头痛为由半途折返。一回到寝宫,他立即让人奏起一种古怪的曲子,跳起一种异族的舞蹈。以后的很多天里,这种古怪的曲子就一直在东宫反复演奏着。这曲子与延昌殿皇妃们的哭哭啼啼实在很不协调,以致老臣王敬则说:"我们到底是该哭还是该笑啊?"连羽林军首领,也是萧家近族萧谌也看不过去了,他说了一句意味深长的话:我们的新皇总会有他哭的时候。这或许就是一句谶语,辽人有首《伎者歌》:

　　百尺竿头望九州,
　　前人田土后人收。
　　后人收得休欢喜,
　　还有收人在后头。

　　用此诗比之萧昭业此时的处境的确十分贴切,接下来我们自然会看到。
　　二十岁的萧昭业顺利登上皇位,做皇帝的感觉实在是够刺激,够新鲜的,但这种刺激也罢,新鲜也罢,也都是经不住时间打磨的。当所有的刺激和新鲜感都消失之后,萧昭业开始以一种新的方式重复过去的生活。
　　这个在太平年代里成长的孩子虽然生于帝王家,却偏偏有一种嗜好,平日里,他专爱扮成布衣平民,只带一二名随从,游走于街头乡坊,混迹于一般的地痞游民中间。那些地痞游民们只把他当做一个富家子弟,又见他用钱阔绰,出手大方,多喜欢与他结交。这样,萧昭业就与杨珉之认识了。偏偏这杨珉之也是一个美男,两下里便都有了故事。
　　萧昭业第一次造访杨珉之家,就被杨珉之的新婚妻子吴阿娇迷住了。皇

宫里有三千佳丽，八百美女，任你挑选，任你临幸，萧昭业怎么偏偏迷恋上一个草民女子？杨珉之当然也从萧昭业的那一双色眯眯的眼睛里看出了内容，起初他还防着萧昭业，后来见萧昭业在他家大把地扔钱，便一下子就想开了。

那一天杨珉之在家里摆了几样时新的菜蔬，两人对面而饮，难免吴阿娇不时过来陪酒。萧昭业一杯又一杯，不一刻就面如桃花，有了几分醉意。杨珉之借故出门办事，于是就带上房门，将一对男女留在房里。

杨珉之刚刚离去，萧昭业酒也不喝了，菜也不吃了，只朝吴阿娇的脸上痴痴地看着，眼里露出色眯眯的神情。萧昭业身材颀长，皮肤白皙，再加上一副富家子弟所特有的风流倜傥，吴阿娇早就有意于他了。丈夫的有意外出，便也就此地无声胜有声了。

吴阿娇说："你怎么总看着我，我脸上有字吗？"

萧昭业说："阿娇你额上有只蚊虫。"

吴阿娇伸手在额上拍了一巴掌，哪里有什么蚊虫？萧昭业说："呵，我眼睛花了，原来那不是苍蝇，是阿娇点的胭脂。"说着，竟无端地哭了起来。

吴阿娇说："你好好的怎么就哭起来了？"

萧昭业说："阿娇，你不知道，我原本有一结发妻子，小名娥娘，常也像阿娇一样，喜欢在额头的正中点上胭脂，娇美无比。娥娘待我如同亲娘，每回我吃酒醉了，就喜欢吃娥娘额头的那颗胭脂，久而久之，就成瘾了。"吴阿娇听着，觉得新奇，就说："那你赶紧回家吧，吃你家娥娘额头上的胭脂去。"萧昭业又哭起来，说："实话告诉阿娇，我的娥娘早在三年前因一场急病死了，所以，今天见到阿娇，自然就想起了娥娘，这才禁不住伤痛，就哭了。"

阿娇听到这里，便有了一丝感动，说："想不到公子竟是这样一个有情有义的人，那位娥娘嫁了你这样的男人，也算是值了。"

"呵呵，阿娇在这个家里过得不舒坦吗？"

"不说也罢，"阿娇说，"我是一个命苦的人，有你家娥娘一半的福分也就知足了。"阿娇说着，竟真的引发一阵伤感，滚下一滴泪来。

"阿娇，阿娇，"萧昭业贴近阿娇，一连声地叫着，那种眼神、那种声音、那种姿态，真正是此地无声胜有声。对于那个吴阿娇来说，杀伤力真的是够大的。吴阿娇就真的被他感动了，触到了自己的伤心处，于是就止不住地哭起来，哭得一发不可收拾。萧昭业止不住心头那小鹿样的撞动，越发不能自禁，嘴里呼着：娥娘，我娘，娘……

吴阿娇抬头瞥了萧昭业一眼，带着眼泪，却破涕一笑，说："我不知怎么就喜欢你叫我娘……"

萧昭业就一口气地叫了十多声娘，每叫一声，就朝吴阿娇身旁贴近一步。那边吴阿娇再也支持不住，两下里就贴到一处了。

两人手忙脚乱、急不可耐地把一件事做了。没想到吴阿娇一边系着纽扣，一边就哭了起来，说："公子，你千不该，万不该，不该做出这等事来，这事迟早要被我婆婆和丈夫知道，到时候非休了我不成。"

萧昭业说："你丈夫要是休了你，你就做我的娥娘，日后等我家老皇帝死了，我登基，坐了皇位，你就是皇后娘娘。"

吴阿娇以为他在说疯话，就说："我做不了皇后娘娘，那就做你娘吧。记住，你要发誓，千万不要辜负阿娇。"

萧昭业的魂就这样丢在杨婆家了。杨婆的家就成了萧昭业的又一处行宫，两人所有的浪声笑语几乎都当着杨婆母子的面。

据说南北朝时，任何一个丈夫都可以为随便一点小事将妻子像一盆水一样泼出大门。东家墙内的枣树将成熟的枝条伸进了西家的院内，西家的妻子顺手摘了一颗给丈夫尝鲜。那丈夫得知枣子是妻子偷摘于东家的枣树，觉得有辱自己的斯文，于是立即就一纸休书将妻子扫地出门。一个嫂子无意中向外人表达了对只专心读书、不事生产的小叔子的不满。丈夫听到了，认为妻子的存在不利于兄弟间的和气，于是就将妻子休回了娘家。奇怪的是，被休掉的妻子固然百口莫辩，而作为娘家，似乎也拿不出什么理由去与婿家争个高低。这样说来，我们就知道杨婆母子居然默许吴阿娇在家里与人通奸在当时是多么开放了。

久而久之，萧昭业皇太孙的真面目就暴露在杨婆一家面前了。一家人先是吓得脸发青、眼泛白，接着一个个喜极而泣，怪不得杨婆半年前卜得一卦，说西方有贵人降临。现在，一个真正的皇太孙、未来的皇上，就真的降临这寒门小院了……呵呵，杨家到底是哪世的阴德，竟然有了今日的造化？

吴阿娇从此就把所有的心思都用在萧昭业身上，吴阿娇练得一手床上功夫，又极会娇声浪语，每次都能让萧昭业遍体骨酥，恨不得立刻就化在吴阿

娇的怀里。每次完事后，萧昭业偎在吴阿娇的怀里总会情不自禁地说："等我做了皇帝，一定封你为后。"这件事到底还是让街坊们知道了，以至建康城里，都知道杨家有个吴皇后了。

杨珉之牺牲了妻子，却换来可以随便出入深宫的自由，这对于出身寻常街巷的杨珉之来说，是做梦都没有想过的美事。杨珉之是一个极会在女人身上下功夫的人，宫城里三千粉黛并没有让杨珉之看花眼。杨珉之偏偏盯上了一个女人，这个女人就是萧昭业的妻子何妃。这何妃本来就是一个风骚的女人，现在萧昭业把心思用在别的女人身上，她又怎能甘于寂寞？杨珉之的到来，正好填补了何妃床榻上的空白。也就在萧昭业的眼皮子底下，杨珉之毫不手软地将备遭冷落的何妃揽入怀抱，让萧昭业戴了一顶大大的"绿帽子"。

为了能尽早当上真正的皇后，吴阿娇当然与萧昭业一样，盼望着齐武帝早一点驾崩。有一次，她忽然对萧昭业说："我的婆婆有一种神奇的巫术，她的诅咒能让一个活得好好的人早早去见阎王。"萧昭业说："啊，老婆子会有这种本事，你为什么不早点说呀？"萧昭业缠住了杨婆，于是，二人也就有了上文所说的那场交易。

新皇登基的第二天，萧昭业带着真假两位皇后以及杨珉之，第一次走进祖父所说的五万亿钱的国库。那真是令人瞠目结舌的时刻，五万亿钱堆放在一座巨大的库房里，那是一座高耸的山、一片恣肆的海，金的山、银的海。他在那金山上攀爬着，他在那银海里畅游着，他闻着那钱的铜臭味，就像闻到了世界上最醉人的气味。他爬到钱的山顶上，双手捧起一把把铜钱，就像捧起一把把沙子。他把那些钱向空中抛去，他听到钱落在钱堆上所发出的锐响，他的泪水禁不住流了出来。过去的二十年里，钱曾经让他疯狂，曾经让他彻夜不眠，为了得到钱，他不得不一次次降尊纡贵，走进那些想尽办法巴结他的王公贵族家里，用种种办法借、讹、骗。到后来，那些王公贵族们开始怕他、躲他，见到他就像见到瘟神。现在，这所有的钱都属于他了，他想怎么用就怎么用，想把这些钱赠给谁就赠给谁。

萧昭业向他的皇后们说："现在，敞开你们肥大的胸怀，尽情地将这些可恶的铜钱揣在你们怀里吧。"他向杨珉之说："解开你的腰带，将这些发着铜臭的钱塞满你那裤裆吧，记住了，这些钱全是我的。"他们在钱的山上追逐着、叫闹着，用钱作为武器相互击打着；将他们原始的激情，尽情地释放在这间散发着铜绿和血腥的房子里。

随后,萧昭业又带着他的奴仆们来到隔壁的一间更大的库房中,那里堆放着玲珑剔透的玉器,以及闪着美丽光泽的翡翠和五颜六色的珊瑚、玛瑙。不知哪位皇后无意间打碎了一块玉器,玉器碎裂的声音竟然是如此清脆,如此动听,那真是世界上最美妙不过的音乐。于是,他们把定期举行的"派对"安排到这间堆满玉器的库房里,乐手们敲击着玉器,舞女们扭动着腰肢,一群人在珊瑚群中翩翩起舞。

不管多么有刺激性的玩法,总有厌倦的时候,萧昭业对宫廷"派对"不再感兴趣了。他还是喜欢郊游,郊游能激发人性中原始的狂野和激情。这一天,他借口要去给皇爷爷守陵,便带着他的卫士们浩浩荡荡地出发了。在建康城外,杨珉之以及一帮少男少女们早就等候在这里。萧昭业回头向他的卫士们说,你们都给我滚回去吧,该干什么干什么去。卫士们乐得清闲,于是就该干什么就干什么去了。离开森严的东宫,萧昭业有获得解放样的轻松和自由。杨珉之带来的这帮少男少女,有的是萧昭业的旧知,有的则是新朋,总之,都是一些时尚男女,玩的就是心跳。

除了少男少女,杨珉之还带来十几条狗、二十几只鹰。一群人一路上人喊马嘶、鹰疾狗跳,扬起一路烟尘,不一刻就来到老皇帝安睡的地方——景安陵。秋天的山岭野菊盛开,自由的风掠过湛蓝的天空,掠过碧绿的池塘,在人的心头荡起一阵涟漪,让久憋在东宫的萧昭业心旷神怡。做皇帝有做皇帝的威风,做野民也有做野民的欢畅,难得的是一个人既有做皇帝的威风,又有做野民的欢畅。萧昭业现在要做的就是两件事:坐稳皇帝的龙椅,死了都要快乐。萧昭业说:"现在,你们谁都不准叫我陛下,你们都得叫我的小名,不,小名也不准叫,从现在起,我就是大黄蜂的屁股,对,你们都叫我大黄蜂的屁股。你,杨珉之,朕现在赐你一个好听的名字:尖叫的狗屎……"

老皇帝一生没打过仗,没出过远门,也没有什么特别的嗜好,唯一的体育运动就是射雉。据说,老皇帝对五弟萧晔的不快,就是从射雉开始的,原因是这个狂妄的五弟每次总是取得第一名的成绩,这让老皇帝在众人面前很没面子。老皇帝每次出行射雉都会带着他的宝贝孙子萧昭业。从小耳濡目染,萧昭业自然也是身手不凡。一群少男少女放出鹰、撵出狗,但却并没有太大的收获。萧昭业并不知道,他的皇爷爷当初所射的雉,其实都是事先有人悄悄放在那些山冈上，现在少了这一环节，射雉的游戏自然就不好玩了。他们换一种新的玩法。将一个个女孩子脱净了，放在不同的路段，然后各骑上一匹马，在同一声口令下开始策马飞奔，谁能在飞奔的马匹上将那些脱净的女孩子捞上马来，那个猎物就归谁。

玩累了，他们坐在老皇帝的陵寝上拾柴野炊，他们喝着美酒，嚼着野味，直到一个个酩酊大醉。在秋天的阳光下，他们尖叫着、呐喊着，全然不顾那睡在地底下老皇帝的幽灵会发出怎样的吟叹。

萧昭业把所有的心思都用在吃喝玩乐上，偶尔上朝，也是草草了事，不等下朝，就一头钻进后宫，再也不肯出来，接着从那里就传来鼓乐笙弦之声。内外事务，只交给他的两位近亲萧谌、萧坦之上下传递，凡有公文，则全都交给宦官徐龙驹处理，自己乐得做一个甩手皇帝。直到有一天，他的宠幸杨珉之家里出了一件大事，就像出了一头的脓疮，所有的事情都一并爆发了。

杨珉之家里出的这件事情说大也不大，说小也不小：就在不久前，杨珉之的小舅子被人打死了。杨珉之小舅子被人打死的事很快闹到皇宫里，引发一桩宫廷血案。

这件事还要从萧昭业的恩人杨婆说起。

建康城里杨婆的巫术果然灵验，齐武帝死，萧昭业认为杨婆有功，按照先前的协议，萧昭业自然不会让杨婆吃亏。杨婆儿媳吴阿娇不断给萧昭业吹枕头风，吴阿娇的丈夫，也就是杨婆的儿子杨珉之则被直接提升到东宫做了后阁舍人（管理皇帝生活起居的官）。

这段日子里，杨婆的家里门庭若市，他们大部分是来求杨珉之解决问题，请求官职的，乃至街坊乡里鸡毛蒜皮类的你争我斗，都希望杨珉之通过萧昭业论个高低，据说没有办不成的。自然，杨珉之也不会白给你办事，所求官职，按照大小取价，所办事务，按难易收费。相比起来，其母杨婆的老本行就小巫见大巫了，于是，杨婆改做杨氏卖官机构的总管，杨家很快就成为建康城首屈一指的巨富。

买官卖官的历史早在秦汉时就有记载，据《后汉书·本纪·孝灵帝纪》说，当时的官位大小与买入价之间已有了明确的规定。不同的价钱去买不同的官阶，甚至让求官者自己投标，就像现在的拍卖行。一位名叫崔烈的人就以五百万的半价买了个司徒；而另一个叫曹嵩的富豪出钱一亿才买得一个小小的太尉，后者自认倒霉。南朝刘宋时，出钱八万，可得五品正令史；钱十二万，赐四品令史；钱十五万，或相当于同等钱价的杂谷一千五百斛，可赐三品令史。当时一位叫邓琬的大臣父子俩都有卖官的权力，父子俩便差家中的婢仆"出市道贩卖，酬歌博弈，日夜不休"，就像贩卖小商品一样。

萧昭业在未当皇帝之前就曾打过无数的白条，虽然做了皇帝的萧昭业可不必全部认账，但有些白条，他还是要兑现的。这样一来，他的宠幸杨珉之在家里开市卖官，也就在情理之中了。

这一天，杨婆家所在的这条街上又是一派热闹景象，因为又到了杨氏卖官机构开门办事的一天。因此，从清晨开始，杨家就门庭若市，请求办事的人络绎不绝，竟然排起了长队。杨珉之的小舅子负责登记事务，杨婆负责收钱，为了保证安全，杨家又雇了一帮打手，帮着维持秩序。一些外地人不知究竟，以为是在卖什么紧俏商品，于是也不问究理，加入到队伍之中，待明白了，知道上当，自认倒霉，退出来，仍不甘心，便问人说："这门前究竟为什么如此热闹？"那人回答说："看来你是个乡下人，竟然不知道建康城里这家有名的卖官机构，你不知道这杨婆的儿媳是当今新皇的御外皇后吗，你不知道这杨婆的儿子把真正的皇后都睡了吗？你不知道这些，你自可筹一笔钱来在这里排上几个时辰的队，交了钱，自然就有官做，这笔生意不比哪样生意强？"

因有杨家雇的打手在场维持秩序，杨家门前虽然人潮涌动，却也一直井然有序。临近中午，杨家门前忽然出现了骚动，一个醉汉气势汹汹地拨开人群，叫人散开，一直挤到杨珉之小舅子处理事务的窗口，接着就递过去一大包东西。小舅子头也不抬，问着："你要谋个怎样的？"醉汉说："你先看看东西再说。"小舅子见那包裹软软的、沉甸甸的，不知道里面是什么东西，便将纸包一层打开，打到最后一层，却只见一堆臭烘烘的牛粪。小舅子火了，待要发作，那醉汉抢先一步，捡起那包牛粪，猛地朝小舅子的脸上砸去，于是，小舅子的脸就成了一只酱钵。醉汉不等小舅子回手，接着就朝着小舅一拳击过去，小舅子的脸上的一钵酱就全都泼散开来，变得鼻子不像鼻子，眼睛不像眼睛了。小舅子捂着脸叫骂着："狗日的东西，活腻了你，你也不睁开眼来，看看老子是什么人。"原来这醉汉一个月前曾托杨珉之买一官职，结果却只得到一个未入流的盐茶大使的小官，这人觉得物非所值，因此三番五次找上门来，要杨珉之退还银子，另求他人重新办事。但这一阵子杨珉之一直待在

萧昭业身边，抽不开身来，杨婆的家人又处理不了这样的事情，只是告诉他，盐茶大使虽然不入流，但却是一个肥缺，换了别人，真是求之不得。但这富家子弟就是不买此账，一口咬定是杨珉之吞了他的银子，这才让他做了这不入流的盐茶小吏。今天，这富家子弟趁着七分醉意，带着一帮打手，专门寻衅滋事来了。杨珉之不在家，杨婆毕竟是个女人，杨珉之的小舅子于是就顶缸做了一回替死鬼。仗着姐姐是新皇的女人，姐夫又是当今皇上萧昭业的红人，小舅子自然不买这帮人的账，一声招呼，杨家雇来的那帮打手立即奋起反击，双方人马从杨家门里打到门外，又从前街打到后街。这一下大街上那些摆水果摊的、卖茶水的、打烧饼的来不及撤走，就全都遭殃了。一时间，大街上一片狼藉。擒贼擒王，那富家子弟因见不到杨珉之，便把杨珉之的小舅子当了主打的对象，混乱中，小舅子就这样不明不白地被打死了。

杨珉之这次吃了亏，当然不肯罢休，而吴阿娇兄弟被人打死，她更是不依不饶。于是，萧昭业就让他的亲信中书舍人綦毋珍之、朱隆之查办这事。但那富家子弟也并非没有背景，这件事很快就在建康城闹得沸沸扬扬，以致新皇与民女吴阿娇私通，杨珉之又与皇后有一腿的事在宫廷里就成了公开的秘密。大臣们议论纷纷，觉得新皇萧昭业的确闹得太不像话了，先帝或先帝爷在天有知，还不伤心致死？

前面所说的"竟陵八友"之一的任昉，不仅没有接受萧鸾委以的"东宫书记"的差事，甚至还上书《上萧太傅固辞夺礼启》，指出萧鸾违背了齐武帝的旨意，未能起到辅佐大臣的责任，以致让萧昭业这样的人当上皇帝，进而引发一系列荒诞至极的事情。任昉的上书，引发了大臣们对萧鸾的讽谏之潮，历数新皇萧昭业自登基以来的所有恶行。有尚书省大臣说，先帝爷和先帝在世时节衣缩食，勤于国事，如履薄冰，才得以让南齐国库丰盈，天下太平。而现在新皇登基，整日就是吃喝玩乐，现在又闹出这样的丑事来，所有这些，作为先帝在遗诏中委任的辅佐大臣、西昌侯萧鸾难道真的一点儿也不知情吗？

有太府卿侍郎报告说，先帝爷和先帝在日时节家缩食，凡有支出，皆经皇上严格审查，以此才有国库存钱五万亿。如今短短数月，国库损耗过半，如此下去，若遇冰雪灾害、南北征战，南齐朝廷拿什么去补那些窟窿？

明眼人知道，这所有的一切，正是萧鸾所需要的结果，一只黑鸟正要从自己的巢穴中飞出，去实现自己的真正目的了。

## 密谋大计

离开喧嚣的建康，出离相互倾轧的宫闱，萧衍虽然说不上心如止水，但内心却是从未有过的安静。受父亲影响，萧衍自幼随顺佛教，偶尔，他会去附近的小庙，与老和尚聊一聊红尘内外的闲事，向老和尚学学禅坐的功夫。好在有棋童陈庆之陪伴在侧，烦闷时，就拉着陈庆之下一盘棋（当然也是不合规矩的），隔一段时间，他的部将吕僧珍会给他们送一些生活必需品，顺便将建康的街谈巷议当作笑话说给他听，当然还有夫人郗氏的叮嘱。日子就这样不紧不慢地逝去。

有一天，从山下的村子里忽然传来一阵古琴声，打破了草庐的沉静。那琴声如水击溪涧，如风摇竹林，时激时缓，时呼时叹，将人带入一种脱尘的情境。他放下书，走出草庐。他听到的这一段古琴是他熟悉的《舞秋风》，本来是描摹秋之萧瑟和人生短暂的。一首原本很沉郁的曲子，但他听到的却是一派秋高气爽、欣喜激越的快板。

丁忧期的生活太单调了，难得听到这样的琴声。陈庆之从萧衍的脸上看到一种久违的欢欣，他说："主公，这琴弹得真好。"

萧衍从琴声中回过神来，"你喜欢吗？"

"喜欢，它能让人从心里生出高兴来。"

"是的，能让人心里生出高兴的曲子，当然算好曲子了。"萧衍索性在草地上坐下来，开始认真谛听那随风而至的琴声。

晋时嵇康酷爱古琴，他说："物有盛衰，而雅音无变；滋味有厌，而乐此不疲。"嵇康是弹着《广陵散》而临刑的，乐曲伴着嵇康走完他生命的始终。现在，在这山野之间，这动人心魄的琴声虽然于他的孝期是那样地不合时宜，但他却无法抗拒这样的乐曲，他知道，他是被那活泼的琴声深深的打动了。

陈庆之看出，他的主公终于从沉闷中走出了，他知道，他的主公太需要听听这样欢乐的曲子了，太需要这曲子来抚慰沉郁的内心了。琴声时而清晰，时而隐约，萧衍返身草庐，拿起笔写了起来，过了一会儿，萧衍将一首新诗拿给陈庆之读。那是一首七言组诗《江南弄》。

其一：众花杂色满上林，舒芳耀绿垂轻阴，连手躞蹀舞春心。

舞春心，临岁腴。中人望，独踟蹰。

其二：江南稚女珠腕绳，金翠摇首红颜兴，桂棹容与歌采菱。歌采菱，心未怡。翳罗袖，望所思。

其三：游戏五湖采莲归，发花田叶芳袭衣，为君艳歌世所希。世所希，有如玉。江南弄，采莲曲。

……

陈庆之说："主公，您的诗也能让我从心里生出高兴来，它让我想起小时候在宜兴乡下的农家生活，采莲、采菱，我仿佛又回到家乡了。"

"等丁忧期满，我和你一同去你的老家宜兴，去听真正的采莲曲。"

"好啊，到时候，我给主公唱采莲曲，对了，我还会唱放牛歌。主公，我给你唱一段吧。"陈庆之说着，就真的放开喉咙唱了起来："哎来哟喂，露洒辣椒亮晶晶，哥哥见妹不作声，想说话，慢吞吞，未开口，转过身，边走边望一样的心……"陈庆之忽然打住了，现在正是主公的丁忧期，唱这样的淫词荡曲是犯大忌的，他吓得脸都白了，都是那琴声惹的祸啊！但所幸的是，他从主公的脸上似乎并没有看到生气的样子。

"主公，你不要坐在草地上，露水重了。"

"庆之，你能猜出那弹琴的是个什么样的人吗？"

"那琴弹得如此之好，没有十年八年的工夫，怕不行吧，一定是个老琴师了。"

萧衍笑了笑，说："你相信吗，这个人年纪不会比你更大。"

"主公，明天我替您打听一下，看这个琴师到底是个什么样的人。"

"我们回草庐去吧，我该打坐了。"

后来，每隔一段日子，从山下的村子里就会传来一阵琴声。奇怪的是，不管是什么乐曲，弹奏者总是将其处理成愉快而活泼的快板。山泉叮咚、春鸟和鸣、冬去春来的欢悦和冰雪消融后的勃勃生机。无论春夏还是秋冬，大自然的一切都充满了热情和欢乐，即使是像《忆故人》这样表现士大夫对尘世的厌弃，对大自然流连的徐缓的慢板，弹奏者也一样用急促的音型来表达一种迥然不同的蓬勃和激情。

接连好几天，那琴声没再响起。看着萧衍魂不守舍的样子，陈庆之知道，主公已离不开那琴声了。陈庆之说:"主公,那弹琴的人不会是生病了吧?"

"有可能吧。但愿他会尽快好起来。"萧衍说。他知道,自己真的离不开这琴声了。

有一天,萧衍说:"庆之,你陪着我守陵,太沉闷了,放你半天假,你去镇上玩玩吧。"

少年的脸上露出欢快,但他随即说:"能这样陪着主公,是庆之的福分,连吕僧珍都说,我的棋艺这半年大有长进。"

"去吧,只此一回,下不为例。"

陈庆之高兴地到吴桥镇去了,到了下午,陈庆之刚一进草庐就大叫大嚷:"主公,你说得不错啊,那弹琴的,果然只比我大一岁,今年才十四岁呢。主公,你相信吗,那是个女娃子,而且,还是谢老员外的女儿,名字叫谢采练。"陈庆之说着,又吐了吐舌头,他觉得自己又犯忌了。主公的小名是叫练儿,这谢老员外家的女儿什么名不好叫,怎么偏偏叫个采练呢?

萧衍的脸上泛起一丝不易觉察的神情,他递给陈庆之一样东西,说:"庆之,今天你不在时,我给你做了一样东西,它可以吹各种曲子,你闷的时候就吹着玩吧。"萧衍递给陈庆之的是一件泥壶样的东西,泥壶上凿了几只小孔,萧衍将那泥壶放在唇边吹了一段曲子,那声音带着一股苍凉,又让人感觉一种高远与厚重。

"真好听,"陈庆之说,"我知道,这是埙。小时候在老家见人吹过的。"

"正好我写了几首怀念老太爷的曲子,你闲时可以学着吹它。"

这天傍晚,从山下镇子方向又传来古琴声,而且,弹奏的正是萧衍前几日所作的《江南弄》七首。萧衍知道,人小鬼大的陈庆之一定将他写的这几首谱了曲的诗拿给谢老员外的女儿了。此后的日子里,几乎每到傍晚,从村子里就传来谢采练的琴声。陈庆之一定告诉她,他的主公喜欢这琴声,萧衍知道,这琴声是为他而弹奏的,这是一个细心的姑娘。

这是齐郁林王隆昌元年(公元494年)三月初五,距萧衍之父萧顺之死已是两年多了,但萧衍似乎仍没有结束草庐守孝的意思。夜已经很深了,陈庆之已耐不住疲倦,趴在棋桌上睡着了,而萧衍却仍然精神得很。他已经叫醒陈庆之三次了,孩子都是贪睡的,他只得意犹未尽地独自在枰上摆弄着。这时,廊上的画眉叫着:"客人来了,客人来了。"

随着一阵马蹄声，已做了尚书令的萧鸾跨进了草庐。这是萧衍之父萧顺之逝后，两人在陵寝的第四次会面。

说起来，萧衍、萧鸾以及已故齐武帝萧赜，同属于兰陵萧氏后人。刘宋王朝建立之前，兰陵萧氏还是一个不起眼的家族，而到了他们的老祖宗萧思话那一代，凭借着与皇家联姻，兰陵萧氏逐渐成为高门大族。萧衍的父亲萧顺之与南齐开国皇帝萧道成既是族兄弟，又是少小时要好的玩伴。建元元年（公元479年），萧道成利用刘宋皇室之间的相互残杀，发动宫廷政变，成为南齐的开国皇帝。而在萧道成代宋建齐的过程中，萧顺之的出谋划策起了关键的作用。为此，高皇帝萧道成曾当着萧顺之的面对他众多儿孙说，如果不是这位老翁，就不会有我们萧家的天下。但是，萧道成很快就死了，萧顺之后来又卷进第二任皇帝萧赜父子之间的纠纷，并且错误地执杀了齐武帝萧赜之子萧子响，引起齐武帝的反感，萧顺之也因此郁闷而死。

历史有时候会有相同的契合，当年萧道成政变，萧顺之成为其最重要的谋士，现在萧鸾专权，萧衍在其中充当了积极的角色。

画眉鸟又叫着："客人来了，客人来了。"

陈庆之揉着惺忪的眼睛，伺候着茶水说："你看，每次客人还未进门，这只鸟老早就报喜了。真是一只神奇的鸟，老太爷在世时，有一次人家拿一只鹦鹉要换这只画眉，老太爷说，除非你那只鹦鹉能下金蛋。"

"狮子洞里岂有异兽。"萧鸾逗弄着画眉鸟说。

"别听他胡说，一只很普通的鸟儿。"萧衍说。

陈庆之说："这只画眉在老太爷手中就开始养了，老太爷登仙后，这只鸟不吃不喝，七天七夜，你看，这只鸟多通人性。"

"你去吧，"萧衍打发着陈庆之说，"我要与尚书令大人下一盘棋。"

"我可不是您的对手。哪次也没赢过您。"萧鸾说着，还是坐到那棋枰前。

"虚怀若谷者，岂在乎区区一盘棋？"

陈庆之将二位大人椅子上的软垫一一抚好，又饶了一句舌说："要说我们主公的棋，真是太厉害了，一般的棋手只看到眼前一着，我们主公却能看五着六着。"

萧衍说："我的家人都被我惯坏了，说话没着没落的。"又对陈庆之说："你睡去吧，这里没你的事了。"

"他说得不错啊，当今天下，能斗得过叔达的棋手怕还没有降世吧。"萧鸾说着，就不客气，执黑先行。枰上的棋子越来越多，越来越密集，显然，萧鸾的棋术与萧衍不在一个档次上，而他今晚的心思也全不在棋上。尽管萧衍连用虚着，双方的棋势还是很快就现出明显的阵势。

萧衍说："看得出，尚书令这个辅佐大臣当得并不轻松。"

萧鸾顺手将棋子一推说："岂止是不轻松，简直是烦不胜烦啊！少主如此昏愦，大臣们都将责任推到我的头上。"

萧衍笑了笑，心里说，你怎么会意想不到呢，萧昭业被你扶上皇位，他继位后的一言一行，哪一样不被你看在眼里，记在心里，这一切，不正是你所需要的效果吗？你不正是要让萧昭业就这样胡闹下去，闹到满城风雨，闹到满朝文武忍无可忍，你才满意吗？你不正是需要萧昭业按照你的意图一直这样烂下去吗？你就是要萧昭业烂到无可收拾的地步，正好伺机行事，取而代之。

这是一个绵长的夜晚，萧鸾、萧衍这两位各怀心志的人物历史性地聚到了一起。这可不是一般的人物，这是中国历史上未来的两位帝王，不管他们今后的格局将会发生怎样的变化，但是今天，也就是这个时候，他们的目标是那样惊人的一致，一个要推翻南齐王朝，取而代之，一个要洗雪心耻、为父报仇。因为即将被推翻的萧昭业是南齐朝廷的第三任帝王，因此，我们姑且将萧鸾、萧衍的这次秘密行动称之为"03号计划"。

"先皇临崩时曾亲口嘱我，如果萧昭业昏愦误国，可将他废去，另立可行之人。"

"废昏立明，是辅佐大臣的责任，尚书令当顺应潮流，当机立断才好。"

"先皇临崩时虽说可另立可行之人，但并未指明谁为可行之人。"

萧衍知道萧鸾希望他说什么话，于是便接过对方抛过来的球，说："尚书令有龙虎之气，难道不明白先皇临崩时的意思吗？"

萧鸾希望萧衍说的，就是这样一句话。他的心里充满了喜悦，然而他却将头摇得像个拨浪鼓，说："不可，不可，叔达是想把我往泥淖里推呢。叔达此话只可私下一说，要是被他人听见，你我都担当不起篡位的罪名。"

"尚书令是高祖至亲堂侄，高祖原就是将尚书令做亲子而宠爱的，废除萧昭业后，难道还有第三人可以代行南齐皇图大业吗？"

萧鸾背着手在室内走来走去，似在苦苦思索，终于说："武帝诸子中的确多庸碌之辈，不过，我看随王、荆州刺史萧子隆倒是文武俱佳，又颇有韬略，而且，荆州为江东大郡，萧子隆兵多将广，难道不是萧昭业后的可行之人吗？"

萧衍笑了笑说："我在荆州做谘议参军多年，对萧子隆最为了解，此人虽然掌握着一定兵权，但其实并无真才实学，只是徒有虚名而已。而且，因为他的唯利是图，真正愿意追随他的人少之又少，你看他的部下，除了垣历生、卞白龙这两员大将，并无真正有为的谋士。"

"虽然如此，也不可小觑他统领下的荆州兵，要是把他逼急了，那五千精兵也足够人对付的吧。"

"萧子隆在荆州多年，急欲回到京城，只要一纸诏书，萧子隆即来。"

"刚才你说的垣历生、卞白龙两员大将，怕是不好对付吧。"

"什么样的主子就会有什么样的奴才，垣历生、卞白龙这两人也像他们的主子一样，个个唯利是图，若能得攀高枝，这二人还有死抱着萧子隆大腿不放的道理吗？"

"制伏了这两个爪牙，萧子隆就成孤家寡人了。"萧鸾有一种难以抑制的兴奋，他在室内来回地走动着，一边喃喃自语，"叔达，真我弟兄也。"

萧衍又说："将萧子隆调至京城，另一个人却必须离开京城。"

"这个人是谁？"

"大司马王敬则，尚书令千万不可将他等闲视之。"

萧鸾笑起来："王敬则大字不识一个，徒有匹夫之勇，江湖上号称蛮牛，他能成什么气候？"

"一个农夫既然能够由都督而南兖州刺史，封寻阳郡公，到如今的大司马，可见王敬则并非等闲之人。尚书令须明白，蛮牛逼急了，那两只犄角也能顶死人。王敬则是高、武两代旧臣，对高、武二帝真正死忠，尚书令相信吗，如果有人代萧昭业而行天子，王敬则必是要给他寻麻烦之人。"

"此话有理。依你计，这个老王该如何对付？"

"打蛇需打在七寸上，挠人需挠在痒处。王敬则贪财爱色，人所共知，会稽为江南富裕之地，又出美女，会稽太守一职他已垂涎已久，有此二件武器，还怕他不被击倒？至于王晏、徐孝嗣这些老臣，他们哪一个不是见风使舵的角色，尤其是王晏，典型的官场老滑头，他在官场的习惯是只看人的下半身，谁的腿粗，他就拼命去抱。萧谌、萧坦之等人莫不如此。"

萧鸾已经难以按捺内心的兴奋，他似乎看到那条通往御龙宝座的红毡已经在他面前缓缓铺开，他握着萧衍的手说："铲除恶弊，匡扶大业，叔达要与我共担大任。"

"尚书令只管大胆行事，叔达愿为尚书令效犬马之劳。"

"事成之后，我决不负你。"

"尚书令言重了，"萧衍说，"为江山社稷，尚书令忠心可鉴，武帝九泉有知，也当感激涕零，更何况你我兄弟一场，又何谈一个负字？"

萧鸾话锋一转，忽然问："叔达今年贵庚？"

萧衍说："痴长二十有九。"

"呵，正当而立。"萧鸾说，"我记得当年卫将军王俭曾品评叔达说，三十以内当做侍中，出三十岁则将贵不可言。"

萧衍吓了一跳，当年他在卫将军府任东阁祭酒时，卫将军的确曾这样评价过他。卫将军的评价，曾让很多人对他倍加警惕，并视他为政敌。现在萧鸾突然旧话重提，当然不可能没有用意。然而他仍然不动声色，说："卫将军人文俱佳，但臧否人物，却多有不当处。"

"不过，如果不是令尊大人得罪了朝廷，叔达的前途，的确未可限量。"

萧鸾的这句话，让萧衍稍稍放心，他淡然一笑，说："叔达自幼喜爱老庄，向往空有的虚境，当年入南郡王府，又多受佛经熏染，知道世间万物，皆是虚妄，唯有不变的生命，才是永恒的道场。"

"叔达的境界，无人匹敌，但是既为人臣，还是要为国家社稷肝脑涂地，死而后已。"

"您相信这句话吗？有什么样的君，就会有什么样的臣。"

"我相信，叔达会遇到明君的，到时候，你就是一匹驰骋天下的宝马，一头无人匹敌的雄狮。"

"尚书令总是这么夸我。"

天蒙蒙亮了，萧鸾要去萧顺之陵祭拜，陈庆之打着一把伞在前面引路。三月，乍暖还寒，雨零星地下着，去陵地的路上湿滑一片，二人都是一夜未眠，现在经冷雨一吹，立刻就清醒了许多。等来到陵地，天也就大亮了。萧鸾在萧顺之墓前磕了三个响头，感慨说："时光真快啊，令尊大人已经逝去两年了。"

"可我感觉那曾经的一切，似乎就发生在不久以前。"曚昽的晨曦中，萧衍眼里闪动着一股仇恨的火焰，那正是萧鸾所需要的。

他们走到一棵开花的紫丁香树前，萧衍摘下一小枝紫丁花在鼻子上嗅着，说："这是家父生前最喜爱的一种花，栽下去不到两年，想不到开得这么好。"

陈庆之说："这棵树还是尚书令亲自栽下的，你看，都长这么高了。"

萧衍说："真难为尚书令，家父地下有知，会从心底里感激尚书令的。"

"应该的，令尊大人是我三叔。"

陈庆之说："就是嘛，尚书令与我们主公，谁跟谁嘛。一笔难写两个萧。"

萧鸾笑起来："这孩子真会说话。"

"他就会饶舌，没大没小。"

"有了这小鬼头，你在这段最灰暗的日子里才不会寂寞。"萧鸾说，"好了，我该回去了。在你丁忧期结束前，说不定我还会再来一次。"

"那只画眉鸟都认得您了。"

陈庆之说："人家刘玄德三顾茅庐，如果我没有记错，尚书令是第四次到我们这个草庐了。"

现场的空气陡然沉闷起来。自命天子的刘玄德三顾茅庐，是为恢复他梦想中的大汉王朝，最后终于在诸葛亮的佐助下与魏、吴鼎立，了却了他的帝王之梦。萧鸾四次前来草庐，其居心也是昭然若揭，只是，这不好说破，也不宜说破，但少年无忌的陈庆之却不管不顾地说了出来。

"都是我平时管教不严，这些下人在主子面前说话越来越放肆。"但萧衍并没有为此而生气，他也乐意萧鸾只将他看做一个谋士，一个卧龙岗上的诸葛孔明。

萧鸾说："他说的并没有错，叔达的天分并不在诸葛亮之下，而且诸葛亮徒有谋略，而叔达却是文武超群。你相信吗，有幸得叔达者，即能得天下。"

没想到陈庆之又接了一句："不是吹的，就是去坐金銮殿，我们主公也绰绰有余。"

这一次，萧衍震怒了，他飞起一脚，将陈庆之踢倒到路旁，接着向萧鸾抱一抱拳说："越发胡言乱语了，回头我再教训他。"

## 心有千千结

三月，雨下了有半个多月，终于放晴了。这一天，萧衍走出草庐，来到父亲的陵地。他已经好久没有活动筋骨了，他脱去宽大的孝服，开始练拳，不一会儿就大汗淋漓。

忽然，从附近传来一阵女子的嬉笑声。几个年轻女子追逐着，无所顾忌地打闹着，一直向这边跑来。萧衍上身只穿着小衣，且又来不及退出，赶紧藏到一尊石马后面，穿好外套，那几个女子就已经到了萧顺之陵地。萧衍是退也退不出，躲也躲不及了。

离开村子，离开各自的家，在这片舒展的天空下，这五个出门采蕨的女子似乎早就有一种约定：今天一定要好好地疯一疯、闹一闹，管他什么三从四德，管他什么唯女子与小人难养也，人生就像裹着的小脚，趁着没有管束难得放他一放。这五个女子大的二十五六，小的十三四五，她们将野花胡乱地插在头上，将树枝做成花环套在脖子上，她们先是玩一种叫"赶羊"的游戏，玩着玩着，规矩被打乱了，有人不依，有人坚持，于是就闹了起来。闹也不是真闹，成心要发泄一番，放肆一回，于是就你挠我一下，我挠你一下，继而笑声一片，闹声一片。

陈庆之到村子里打油去了，没有人前去阻止她们的嬉笑打闹。萧衍已无退路，他知道，他一旦从石马背后走出来，那几个女子一定会发出一阵惊叫，随即仓皇逃去。他不想惊扰她们，于是就只好成了一个无奈的偷窥者。他已经很久没有见过异性了，这五位女子胖瘦不一，年龄各异，但却是一样的活泼，一样的野性，就像这春天的野草，任性地长着，全无节制。她们疯够了，就瘫了一般在草地或坐或躺，一点看相也没有，若是在家里，不被公婆骂死或被丈夫狠扁一顿才怪。但在这片山坡上，这片草地上，她们就这么躺着，全无规矩，全无看相。有人将手帕铺在地上，摆上从家里带来的零食，于是，其他几个也取出早就准备好的糕点或是果蔬，只有最小的那一位什么也没带，大家逗她说："你就只会吃白食，每回都是这样。"最小的那一位就说："看你小气的，人家还懒得吃你的呢，爹娘这几天没在家，我不是在吃百家饭嘛。"老二说："你不能学着自己做？"最小的就伸出手，说："瞧我这双手，它能下厨，它能做饭吗？"老三就说："你只会弹琴，弹琴能当饭吃，将来到

了婆家，看你还能这样悠闲着弹琴。"最小的一位说："就弹，就弹，弹琴怎么了，弹琴碍你什么事了？"说着就翘到一旁，眼泪跟着就下来了。老大去哄她，说："三姐同你逗着玩呢，当起真来。"老四说："谁让她是老小了，都是被爹娘惯的。"老三说："等什么时候嫁到婆家，再这么翘气，小心丈夫一天捶你三顿。"老小"扑哧"一声笑了，说："怪不得你这么瘦了，都是我那木匠姐夫一天三顿捶的。"老三要去打老小，老小倏地闪开了，嘴里只是说："来呀，来呀。"却又跑到老大的身边，狼吞虎咽起来。老大说："吃慢些，别噎着。"五个女子就这样吃了起来，吃相也是难看至极。

老四说："人都说，生得好，不如嫁得好。偏偏大姐原本是美人坯子，自嫁了大姐夫，二十四五的人了，还是这么嫩分。"老二说："谁说不是呢，大姐夫在府衙里当差，虽说不是什么大官，可家里吃的用的，哪一样不是上排场的。"老四说："你也不必嫉妒大姐，二姐夫开的那片当铺，在吴桥镇上还不算是首富？"老二说："我倒情愿像老三一样，日子紧巴些，却是出双入对，就像蝴蝶双飞。你们只说我嫁了个吴桥镇上的首富，竟不知道我过的究竟是什么日子。"老二说着，眼睛就红了，声音也哽咽起来。

老大也说："家家有本难念的经，要让我说，还是老三最有福气，虽说嫁的是个手艺人，可三妹夫为人忠厚实在，对我们老三，捧在手里怕掉了，含在嘴里怕化了，寻遍天下，也难寻到这样的好男人。"最小的就捣了三姐一下说："说说看，怎么个掉了，怎么个化了？"老三说："你真想知道呀，那就让爹娘赶紧给你讲一个婆家。"最小的就说："我有婆家了，我的婆家就是琴，琴就是我的知冷知热的男人，我一辈子就只要它。"老二说："尽讲狠话，世上哪个男子不娶妻，哪个女子不嫁郎。嫁得好与不好，那就是命了。"

老三说："好歹我们都有婆家了，可老小十四五了，至今未曾嫁得郎君，我们这些做姐姐的可不能眼看着她做老姑娘啊。"

"都是爹娘惯的，挑肥拣瘦，老小的事，难办。"

"谁求你们管了，谁巴结你们管了？做老姑娘又怎么了，老姑娘不是人做的吗？"最小的这回真生气了。

老大存心要拿小妹开心，说："女子抚琴，男子配剑，都是人生的大雅。如此看来，也就是萧大人陵地里的这些石人配得上我们小妹了，今天索性就替小妹做一回媒，让小妹嫁一个如意郎君。"

姐妹们不想把刚才的沉闷继续下去，都乐于拿最小的妹妹恶作剧一回，好给这难得的一天再缀上一个快意的结局。老二提议，蒙上老小的眼睛，让她随手将花环掷向那些石人，花环套上哪位石人，那位石人就是小妹的如意郎君。小妹看了看那些或英武高大，或俊雅斯文的石人，觉得这游戏的确好玩，也就默许了。将手帕七手八脚地蒙上最小的那一位的眼，最小的那一位还真配合，将手中的花环随手一抛，飞出去的花环非但没有套住任何一个石人，却偏偏套到一只石马的头上。大家一阵爆笑，觉得一切都是天意，于是吹吹打打，推搡着小妹，一直将她带到石马的面前，要让小妹与石马成亲。

萧衍知道，他要是再不走出来，那就真让人说不清了。但那实在是十分尴尬的一幕，无论是萧衍还是五姐妹，都不愿意看到如此的局面。

"让你们受惊了，"萧衍抱一抱拳说，"我在这儿练拳，来不及回避，就只好藏到这石马的背后，没想到……"

惊愕的表情同时出现在五姐妹的脸上，随即，几个姐妹飞快地向山坡下跑去，老大拉着最小的，老二拉着老四。跑着跑着，那最小的忽然挣开老大的手，站在那里，看看那只石马，又看看眼前的男人，感觉眼前的一切，就像是在梦里，却又分明真真切切。

"对不起，我们不该在这儿胡闹。"

"应该是我说对不起，让你们受惊了。我本想等你们离去后再从这条路回我的草庐。"

"让萧将军看我的笑话了。姐姐们总喜欢拿我开心。"少女的脸上现出一片红晕，这神情让萧衍在刹那间有一些迷醉，这是从未有过的，但随即又恢复了他惯常的冷峻。三月的太阳有些晃眼，这一刻，萧衍与一个叫谢采练的女子就站在这三月的太阳底下，他们像熟人一样地聊着，他们全然不顾身后的陵地，全然不顾那在远处警惕地盯视着这里的谢家姐妹。萧衍知道，眼前的这个女子足可以做他的女儿，但是，这个女子却是他生命中的一个特别。时间仿佛定格在一个永远的时刻，萧衍一时有些迷离。

"天不早了，快回家吧，免得父母着急。"

"今天的事，你不会告诉我父母吧？"

"老人家是？"

"我姓谢，家父是本村的员外。"

"多谢老人家赐我兄弟这块风水宝地，我们弟兄都说等丁忧期结束，就去拜访他老人家呢。"萧衍说，"替我向你的姐姐们道歉。"

　　女子回头看了一眼她的姐姐们，说："这么神圣的地方，是不该这么胡闹的。"

　　"你的琴，弹得真好。"

　　"让你见笑了。"谢采练说着，就往山下那条路走去。走没几步，又扭过头说："我能向将军要求点什么吗？"

　　"你说吧，只要我能做到的。"

　　"将军能为我再写几首曲子吗？就像《江南弄》那样的曲子。"

　　"好的，只要你喜欢。"

　　直到谢采练飞快地跑走，从他的视线中消失，萧衍才回过神来。萧衍知道，他的心里已经放不下这个女子了。

## 竟陵王之死

　　萧子良听到王融下狱并被赐死的消息，是在第二年的四月初八，这一天是佛教中释迦牟尼的诞辰。萧子良从床上挣扎着爬起来，将最后一页《般若三昧经》抄写完。至此，这部大乘经典二部全部抄写完毕。他像是完成了一件大事，虔诚地在最后一页写上"弟子萧子良沐手敬抄于隆昌元年四月初八日"。

　　他刚做完这件事，任昉就来了。这是一年来，唯一前来看望萧子良的"竟陵八友"，这让病中的萧子良感到莫大的安慰。

　　"竟陵八友"中，萧衍早在那场事变发生前就倒戈于萧鸾，范云也在事变的前一天就远赴湖南零陵，现在，王融被下狱处死，萧鸾并没有对"竟陵八友"大动干戈，而是采取了安抚措施。沈约受一纸任命，前往浙江东阳做了太守；谢朓因为其显赫的身世，受到萧鸾的器重，去了他向往的江南宣州，实现了他"凌风翰""恣山泉"的愿望。意外的是，憨直的任昉不仅以父丧为由拒绝了朝廷"东宫书记"的诏命，还直接向萧鸾呈陈了《上萧太傅固辞夺礼启》，直指萧鸾违背齐武帝的意愿，专权于朝廷的野心，明确表达了不与萧鸾合作的态度。

萧子良在书屋里会见了任昉。

这是一间很大的书屋，也兼做了萧子良的私人卧室。堆积如山的图书占据了这间卧室的大半，萧子良的床榻被挤在一个很小的角落。近千卷的《四部要略》几乎占据了整个房间的大部，此外，还有大量的佛经以及散失在民间的历代文人的诗词歌赋，就这样像山一样地堆放在这间书房里，萧子良就像一只虫子，长年就这样在一群文学的群山中蠕动着。

看着那些堆积如山的书籍，两个人的心里都有一种说不出来的快慰和满足。这些典章名籍，大部分是在萧子良担任司徒期间，他与他的西邸文学同好们一笔一笔抄写完的。这些书籍和典章，显示了西邸文学集团的辉煌，同时也见证了他们十多年来的友谊。生命是有限的，但他们相信，这些典章名籍的价值却是无限的，它们必将会追随着历史的潮水，一直流传下去。

"真是怀念在西邸的日子，"任昉说，"那时候，我们秉烛夜游，刻烛限时作诗，真是无忧无虑啊。"

"是的，我们收集了那么多散佚在民间的优秀诗文，这些，都是难得的文学珍宝。"萧子良指着那些分门别类的典章，竟能准确指出哪部书抄于哪一年，那书里的典故又出于哪个典籍。他说着这些，如数家珍。他病了很久了，很久都没有像今天这样兴奋过。

自从萧子良病倒于床榻之后，就再也没有出过门，对于这一年来建康发生的一切，萧子良并不知晓。王融在被捕下狱之前曾前来找过萧子良，王融造访的目的很明了：哥们，拉兄弟一把，要知道，我都是为了你呀！但那时的萧子良是泥菩萨过江，自身难保，他又哪里能够救得了王融呢？据说，王融死得特别惨烈，直到临刑的那一刻，仍大骂萧鸾野心篡政，挟天子以令诸侯。对于王融的死，萧子良心里多少有些内疚。现在回过头来看那场未遂的政变，一切都在预料之中，正如齐武帝当初所说，他所统领的这一帮文士们"不堪经国""于事何用"。王融的死，固然由他的"自恃人地"的个性所致，而萧子良的失败，更在于他在那样的形势下失去了主见，完全被王融牵着鼻子走上了一条注定要失败的不归之路。据说，王融临死前大呼："竟陵王误我！"其实，萧子良和王融，当然还有其他一些西邸文学集团的文士们，谁也说不上被谁所误，在权力的角逐场上，每个人都像一片树叶，随着一股无形的潮流，汹涌着，不可阻挡地被裹挟着，走向一个深不见底的漩涡。

在很多人看来，萧子良有长期从政的经验，但是说到底，他还只是一个文人，不适应朝廷中那些权臣之间的明争暗斗，他厌恶官场上的尔虞我诈，只想独处一室，在佛经的深邃和文学的华美中陶醉自己的性灵。正缘于此，他在十年前就移居鸡笼山，将他的西邸别墅开放成一个文学博物馆，他的身边会聚了当今的饱学之士，西邸文学集团也成为江南社会最大的文学社团。除了抄写佛经和文学，这些年来，西邸文学集团做的最大的一件事就是与范缜之间的一场关于有佛和无佛的大辩论。虽然那场大辩论至今没有赢家，但他却因此结识了更多的文士，其中当然包括范缜本人。他欣赏范缜的气度和胸襟，虽然是在同一个强大的皇家集团进行辩论，但是范缜却一点也不怯懦。比起其他官场人物，范缜要坦荡得多，也光明得多。他欣赏的，就是这种坦荡和光明。

任昉此来，一是将他为已故卫将军、也是南朝著名学者王俭的诗文集《王文宪集》所作的序请萧子良过目，二是准备告诉萧子良，自己将隐于家乡的山水，做一个局外之人。

"我特意来告诉殿下，明天，我即将扶老父亲的灵柩回山东老家，守孝三年，孝满后，我会在老家种薄田数亩，做一个真正的山野村夫。"

对于任昉的选择，萧子良不好再说什么。在"竟陵八友"中，任昉的诗文不仅连自恃高人的王融在第一次读到时就有"怅然若失"之感，而任昉憨直和高洁的品行，更是受人称道。在"竟陵八友"中，任昉是最受排挤的一位。正因如此，他对赏识过他，并给予他的诗文最大创作空间自由的卫将军王俭，从内心里表达感激。这篇《王文宪集》，是任昉在王俭逝后，为表达对故友的尊敬和怀念之情，而费时三年精心编纂而成，现在，他又为这部文集亲自作序，可见他是一个多么注重旧情的人。

"你都想好了吗？"萧子良问。

"是的，人一生的命运并不可捉摸，而不与浊世同流则可以选择。"

"仕途艰险，如履薄冰，你能暂时抽身事外，也不失为明智的选择。只是……"萧子良只能这样抚慰着这位昔日的幕僚，但他又何尝不清楚，虽然任昉与王融等人并不相同，但他骨子里以才报国的愿望却没有一天真正熄灭过。

任昉说："先皇说得对，我们都不过是些不堪经国的文士，我们并不熟悉官场，也不懂得游戏人生的规则。到头来，我们却毁了自己，毁了西邸文学。"

"应该说，是我害了你们。"萧子良说。

"殿下千万不要这样说，"任昉说，"希望殿下贵体安康，我们还会有重振西邸文学的一天。"

萧子良哽咽无语，他知道，他再也等不到这一天了。

"殿下，你要保重身体……"

萧子良让任昉扶他起来，他指着那一堆未经校勘的书目说："《四部要略》始终是我的一块心病，我可能无法继续做下去了，只能拜托诸位，千万不要让这部文献失传于后人。"

任昉知道，这是竟陵王对自己的最后交代了。他一面答应着萧子良，一边也哽咽无语。

在萧子良的案头，任昉发现一首刚刚写就的诗：

五涂无恒宅，三清有常舍。精气因天行，游魂随物化。
鹏鹍适大海，蜩鸠之桑柘。达生任去留，善死均日夜。
委命安所乘，何方不可驾。翘心企前觉，融然从此谢。

任昉知道，这算是萧子良的绝笔了。

四月初八的晚上，萧子良在昏厥中做了一个奇怪的梦，他梦见门前那方池子里的水沸腾般翻滚着，无数的鱼翻着雪白的肚皮，死于非命。萧子良从梦中醒来，让家人去门前的池子里看看，家人看到，满池子的鱼果如梦中所现，全都死了。家人忙着将这件事告诉萧子良，但萧子良已经再无声息。

萧子良隐约看到先皇的御驾，于是，他乘着一片白云，向遥远的天边缓缓驶去。

## 政变在悄悄进行

隆昌元年（公元494年）正月，新皇萧昭业发布了一系列诏命。

事情就是这么简单，萧子隆的爪牙被顺利拔除。萧子隆也即刻返回建康，高高兴兴地做起了京官。

拿下萧子隆，萧鸾、萧衍用的是调虎离山之计，而对付高帝和武帝的旧臣王敬则，用的是美人计。会稽历来是鱼米之乡、富庶之地，自古不仅生产稻米，且出美女。王敬则做了会稽太守，自然是乐不思蜀。

"03号行动"继续实行，第一颗落下的人头将是杨珉之。除掉杨珉之无须严密的部署，萧鸾要以行动告诉其他辅佐大臣：闭上你们的臭嘴。现在，请睁大你们的眼睛，看我怎样调教小皇帝吧。

诛杀杨珉之的行动颇有戏剧性，第一个为杨珉之求情的居然是何皇后。何皇后一路哭哭啼啼，一直找到萧昭业的寿昌殿，请求赦免杨珉之。萧昭业被何皇后的泪水感动了，那支决定杨珉之生死的朱笔捏在手里迟迟不肯落下。

何皇后呼天抢地："杨郎到底犯了什么罪，你们为什么要杀他？"

"是啊，"萧昭业问羽林军首领萧谌，"杨珉之到底犯了什么罪，你们为什么一定要杀他？"

周围的人禁不住笑了。萧昭业说："你们笑什么呢？杨珉之不就是卖了几个官，收了几个钱吗？可如果就为这点屁事杀他，建康城里该杀的人多着呢？"萧昭业说着，就有点怒不可遏的样子。

人们又笑了起来。这时，萧谌附在萧昭业的耳边说："陛下问杨珉之到底犯了什么罪，皇后在此，有些话不便讲出。"

萧昭业安慰着哭哭啼啼的何皇后说："你请暂避，我自有办法处理此事。"

何皇后抹着眼泪出去了，萧谌附在萧昭业耳边说："陛下，你真的蒙在鼓里吗？何皇后与杨珉之的事情，建康城里闹得沸沸扬扬，再不除掉杨珉之，只怕还要闹出更大的事来。"

萧昭业说："啊，什么事情弄得这样神神秘秘的。"

萧谌不得不把那四个字吐出口来："床上之事。"

萧昭业"啊"了一声说："竟有这事？那么，他一定得死吗？"

"一定得死，否则，大臣们不答应。而且，这也是尚书令的意思。"

说到尚书令，萧昭业知道他不能不依命而行了。他在那奏章上猛力一画，扔下笔，一脸忧愤地走了。何皇后哭得死去活来，萧昭业陪着皇后一边哭着，一边说："都是我的错，都是我的错啊！"

何皇后用手捶打着地面，一副寻死觅活的样子。萧昭业看不过，立即就又命令卫士："传我的旨，赦免杨珉之。"但已迟了，卫士们报告说，杨珉之的人头已经落地。

调教皇上的行动继续进行，萧鸾列出了一份"清君侧"的名单，他们是：冠军将军周奉叔、直阁将军曹道刚、中书舍人綦毋珍之、朱隆之、溧阳令王文谦。

短短一个多月里，萧鸾以萧昭业的名义将萧昭业身边的近臣宠幸几乎都斩尽杀绝，这不能不引起萧昭业的警觉。他开始意识到，萧鸾接下来的目标就该是自己了。他把父亲生前最亲密的兄弟鄱阳王萧锵找来，萧昭业说："萧鸾、王晏他们正在背地里密谋要除掉我，你没有听说吗？"

"饶舌妇们的流言，皇上也信吗？"

"我身边的人一个个都被萧鸾杀了，这些日子我夜夜都做噩梦，七叔，你一定要帮我，不除掉萧鸾这个恶魔，我这个皇帝做不下去啊。"

"不可不可啊！"萧锵说，"你想想看，我们都没有治理国家的经验，而萧鸾是宗族中辈分最大、年龄最长的一个，而且受先帝遗命辅政，杀了他，会引起朝中新旧大臣们共愤的。"

萧昭业知道跟这个老东西再无废话的必要了，临走前，他恶狠狠地说："你这个老混虫，你就等着人家来拿你的人头祭祀吧。"

萧昭业接着将何皇后的堂叔中书令何胤找来，何胤也说："陛下怎么会有这样的想法？你忘了当初你是怎样登上帝位的了？现在朝中人臣大都心怀叵测，唯有萧鸾是最忠于朝廷的人。"萧昭业终于知道，虽然他是当今皇上，但到了关键时刻，没有一个人肯真心帮他，所有的人都对他阳奉阴违。或许，他的劫数真的到了。

在那段日子里，萧昭业整日提心吊胆，一有风吹草动，立即惊魂失魄，他感觉随时会有一把冰冷的剑刃突然间就刺到自己的心脏。好在他还有先帝爷留给他的两个本族亲信：步兵校尉萧谌，东宫直阁萧坦之。这两人，按辈分，他都要叫爷爷的。但二萧爷爷却说："小祖宗，你也该收敛收敛了，再这样下去，我们也护不了你啊。"萧昭业听了就气不打一处来，说："我到底怎么了？比起刘宋时的小皇帝刘昱，我这个皇帝当得够不错了。"是的，当初刘昱拿他的辅佐大臣萧道成的肚子当射箭的靶子，平心而论，萧昭业的确没拿萧鸾怎么样啊？

而在这段时间内，萧鸾抓紧做二萧的策反工作，前后三次亲自找二萧谈话，晓之以理，动之以情。二萧是多聪明的人，他们知道，萧昭业保不住了，

于是就一头倒在萧鸾这边。

与此同时，萧鸾利用自己的侄辈萧遥光等人，开始做典签的工作，让他们认清形势，把握方向，严密监视诸藩王，控制他们与外界的交往，一有风吹草动，立即向萧鸾汇报。

一些高、武时代的重臣眼看着萧昭业大势已去，纷纷倒戈，主动献媚，很快就归附到萧鸾的政治集团。王晏是高祖时代的重臣，在当年萧道成灭宋建齐的宫廷政变中立下功劳。王晏天生有一双慧眼，他能在每一次朝廷更迭的大洗牌中辨别方向，站错队的事在他是没有过的。王晏的堂弟王思远看不过去，说："你受世祖恩惠，本应当极力护驾，怎么可以见风使舵，帮助萧鸾篡政夺权呢？"王晏说："你不过是个书生，你哪里懂朝廷的事？"

齐武帝逝去还不到一年，萧鸾实际上已掌控了齐王朝所有的内政大权。新皇萧昭业已成了象牙塔里的一只苍蝇。

惶恐而不可终日的萧昭业有一天不知怎么闯入他祖父曾经的寝宫，在那里，他意外地有了新发现。这里有几个貌若天仙的女子，是先帝爷生前宠幸过的妃子。先帝爷死很久了，可怜的妃子们，只能守着这座冷清清的宫殿，打发着寂寞的日子。萧昭业一下子就看中了一个姓潘的妃子，潘妃额头上点着一颗圆圆的红痣，乍看起来，倒真的像被赶出宫的吴阿娇。

很长的一段日子，东宫一直平安无事。或许天下从此太平了吧，萧昭业想。皇帝还是要做的，做皇帝的感觉真好，一个宠爱的女人走了，又一个宠爱的女人来了。于是，萧昭业继续沉醉在美酒欢歌之中。

愚蠢的天子，荒诞的少年，有一天不知怎么突然想着自己是个皇帝，怎么倒怕起一个辅佐大臣来？于是，他自拟了两道诏书：一道是以镇守边陲的名义，要调萧鸾去做豫州刺史；一道是派他的亲信周奉叔去做青州刺史。这两道诏书，前一道是要把萧鸾从京城支开，后一道是要让亲信周奉叔去悄悄积蓄军事力量，随时防备不测。

萧昭业的那点花花肠子，早就被萧鸾看得清清楚楚。萧鸾知道，动手的时候到了。

萧鸾在自己的宫邸召开了最后一次秘密会议，参加会议的除了辅佐大臣王晏、徐孝嗣和王广之，还有中书郎江祐、骁骑将军萧遥光、秘书郎萧遥欣、给事中萧遥昌、冠军司马裴叔业等人。其中，江祐是萧鸾的表弟，萧遥光兄弟是萧鸾的亲侄。这伙人或是萧鸾的亲属，或是亲信，组成萧鸾集团的政治核心。

会议决定，政变分以下几步进行。

其一，策反：顺利策反萧昭业贴身近臣萧谌、萧坦之。一旦行动开始实施，此二人先除掉萧昭业的铁杆亲信周奉叔、曹道刚等人，进而刺杀萧昭业。

其二，特务行动：充分发挥典签们的作用，让他们严密监视诸王，不许诸王相互串联，封锁往来消息。

其三，舆论控制：一旦刺杀萧昭业成功，召集京中重臣王晏、徐孝嗣、陈显达等进殿议事，逼这些老臣表态，让他们历数萧昭业的恶行，阐述此次政变的必要性和深远意义，再借他们之口，向全国发布诏书，以向外界证明此次宫廷事变的无比正确。

其四，过渡政府（其实是傀儡政府）：扶萧昭业弟新安王萧昭文上台做傀儡皇帝，作为下一步的过渡。

政变原定于七月廿三日进行，但廿一日晚，萧谌来报，萧昭业铁杆亲信周奉叔、曹道刚等人似乎闻到什么风声，正欲起兵。于是，萧鸾临时决定政变提前一天进行。一个刚刚建立不到一年的朝廷开始了它垮台的倒计时。

这一天，周奉叔接到前往青州任职的诏书，正兴冲冲地前来东宫向萧昭业衔命。在中书省，尚书令萧鸾以及步兵校尉萧谌正笑容可掬地等在那里。萧谌说："恭喜啊刺史大人，皇上正等着您哪。"周奉叔毫无防备地跟着萧谌进了中书省大门，刚进第二道小门，几名壮汉冷不丁扑上来，还没等周奉叔省过事来，就已经命归黄泉了。接着，萧谌又以同样的方法处置了萧昭业的另外几个亲信，如綦毋珍之和曹道刚等人。

此时的萧昭业所要面对的是一群人，而萧鸾，他把萧昭业当做最后一道大菜，他要不急不忙，慢慢品尝。

有一天，萧昭业似乎听到什么风声，说萧鸾要割他的人头，于是他去问他的叔爷爷萧谌。萧谌说："谁这么吃饱了撑着，胡诌出这种话来？放心吧，天下太平着呢。"

隆昌元年四月初八，继萧昭业的政治对手二叔萧子良逝世后，他的另一个对手五叔萧子晔也终于结束了他吵吵嚷嚷的人生。萧昭业在这种看似平静的生活中度过了自己二十一岁的生日。他又开始相信萧谌的话，天下或许真的无事，他终于可以安安稳稳地做自己的太平皇帝了。然而，他并未能意识到，萧鸾的箭矢正对准着他，只要萧鸾一松手，他就会应声倒下。

　　隆昌元年七月廿二日黎明时分，萧昭业拥着他祖父的遗妾潘妃还正在睡梦之中，忽然听到宫门外一片喊杀之声。起初，他以为是他的羽林军在操练，他咕噜了一句什么，继续抱着他的美人进入沉沉的梦中。声音越来越近，萧昭业再也无法睡着，听到有人在他的窗外一声大喝："萧昭业荒淫无道，该当被诛，羽林军们，大家都不要轻举妄动。"他知道发生什么事了，血一下子涌上了脑门。远远地，他看到萧鸾带着他的侄子萧遥光、尚书右仆射王晏以及吏部尚书徐孝嗣等人从尚书省那边杀气腾腾地扑过来。或许是走得很急，他看见萧鸾竟然在出中书省大门时摔了一跤，他的侄子萧遥光连忙将他搀扶起来，这时，王晏已冲到前面了。萧昭业意识到自己的死期已到，忽然有了一股豪气，说："他们不就是来要我的命吗，给他们就是了。"说着就拔剑出鞘，说："与其让他们杀了我，不如我自己结果了自己吧。"潘妃扑上前去苦苦哭求："陛下死了，贱妾有何依靠？"萧昭业说："我死了，自会有人纳你为妾的，现在，我顾不了你了。"然而，面对寒光刺目的利剑，萧昭业哆嗦着，朝脖子抹去，终还是下不了狠手。

　　萧鸾等人已经闯进了萧昭业的寝宫，萧谌提着一把明晃晃的刀走在最前面，萧昭业像是见到救星，哭叫着说："爷爷，有人要来杀我，快来救我。"萧谌说："你可不要怪我，我早劝过你，你要是听我一句话，何至于会有今天？"

　　萧鸾说："昏君，先皇临崩时曾亲口嘱我，如果萧昭业有负皇图，可除了他。现在，我就代先皇行命，取你的人头。"

　　寝宫内卫士想要动手抵抗，萧昭业却双眼无神地一言不发走出了寝宫，朝西弄走去，终于在黑暗中被人夺走了性命。

## ▎京城处处屠宰场

　　废除萧昭业，萧鸾借用的是齐皇室的名义，文惠太子妃王宝明为保住自己及其他皇室成员，不得不忍痛宣布萧昭业的十大罪状，废萧昭业为郁林王，另立她的次子新安王萧昭文为帝。封萧鸾为骠骑大将军、录尚书事、扬州刺史、宣城郡公。一个月后，萧鸾又被晋爵宣城王。至此，权力已达登峰造极的萧鸾开始独揽朝政，他离自己的目标也越来越近。

十四岁的萧昭文接过兄长萧昭业的皇印，在懵懵懂懂中做了天子。萧昭文即位后，改元延兴，这一天是延兴元年（公元494年）七月廿五日。

只是宣德太后这可怜的老太太，儿子被人杀了，却要强撑着笑脸，感谢那个杀子的魔王，这实在是一个不幸的女人。

历史是无情的，这无情中饱含着血腥，一切泛黄的历史，都是被血洗过的，当猩红的血经若干年后的风化雨蚀之后，就变成一部泛黄的历史大书。

萧昭业虽然荒淫，但到底是高、武旧帝的子孙。诸多的皇室成员忽然意识到，末日或许就要来临，说不定哪一天，萧鸾的屠刀就会带着一股寒气，砍到自己的脑袋上。

最先觉悟的是随王萧子隆。当初他一时糊涂，被萧鸾用调虎离山计从荆州调回京城，现在他终于明白，萧鸾许诺他的，不过是一团美丽的肥皂泡。现在，当萧鸾的真面目一步步暴露之后，他开始有一种可怕的预感，他似乎已听到萧鸾霍霍的磨刀之声。

这一天，萧子隆终于走进自己的七叔，也是目前皇室成员中年龄最长的武陵王萧锵府中。萧子隆把自己的预感告诉七叔，他希望得到七叔的回应。萧锵自然会想到不久前萧昭业找自己商量如何除掉萧鸾的事，萧昭业死后，萧锵曾为自己的软弱和犹豫后悔过。但是，当萧子隆再次向他说起同样的意见时，萧锵却仍然劝慰他说："萧昭业是萧昭业，我们是我们。萧鸾到底是先皇的顾命大臣，他杀萧昭业，应该是迫不得已吧。"

萧子隆找萧锵的事很快就被人添油加醋地告密到萧鸾那里，萧鸾说："萧锵为人忠厚，而且一向与我不薄，他岂会做出谋反的事？"

萧锵不知从哪里闻到风声，说有人告他谋反，吓得裤裆都湿了。当天下午，他立即驱车赶到萧鸾府上，准备向萧鸾一表忠心。萧鸾听说萧锵来了，连鞋都来不及穿，立即惶恐至极地来到前庭迎接，及至见过，萧鸾伏身便拜，那情景令萧七爷感激涕零。

"尚书令辛苦啊！这么一个烂摊子，先皇说丢就丢给尚书令了，为了南

齐的天下，你可要多保重啊！"

"哪里哪里，这一切都是应该的啊，谁让我是先皇的顾命大臣呢。我总觉得自己做得不够啊。"

"可就是这样，还有人在背后说三道四，我告诉他们，尚书令是我们萧家最至亲的人，没有他，就没有我们齐室的天下。"

"是啊是啊，如果不是七爷，我的小命早就没了，七爷的大恩大德，我萧鸾没齿难忘啊。"

"昨天，老臣还和子隆说到尚书令，大家都是感激涕零啊。"

"哪里哪里，大家不都是一家人吗，有我在，您放心吧。"

萧锵说："那就这样，我走了啊。"

萧鸾说："您老走好啊，我就不送了。"

可怜的萧七爷带着满足和微笑离开了萧鸾的家，没等天黑，就倒头大睡。这些日子，他因担惊受怕，睡得实在是太少太少。他哪里知道，此刻，萧遥光正带着二百余人杀气腾腾地直奔他的府第而来。

萧锵从睡梦中惊醒，面对着刽子手们，萧锵说："臣都一把年纪了，对尚书令的事还有什么妨碍吗？"

萧遥光说："正因为你一把年纪了，怕你看到以后的事情会伤心。"

"臣是第一个吗，为何最先对臣下手？"

"因您年长。"

萧遥光命刽子手首先剁下萧锵的两手。萧锵说："剁去臣手，臣拿什么吃饭？"

萧遥光说："到那边，自有人伺候您老人家。"

接着要剁萧锵的双脚。萧锵说："臣没有脚，怎么能去参见陛下？"

"让先帝爷给配匹马吧。"

萧锵圆睁双目怒视萧遥光，萧遥光便让人剜去萧锵双目。萧锵又叫着："剜臣双目，臣如何能见乱臣逆贼之死？"

萧遥光说："眼不见为净，还是剜了吧。"

带着一股黑血，萧锵双目滚落在地。萧锵又叫着："臣本无罪，请赐臣全尸。"

萧遥光说："你该早说，已经不全了。"于是，刽子手手起刀落，萧锵的人头滚落在地，一直滚到萧遥光脚边。

结果了萧锵，萧遥光又直奔萧子隆府。萧子隆府一夜血光，直达天明。

　　萧锵是皇室中最老的成员，而萧子隆是皇室中最有势力的成员。两人先后被诛，绝望的皇室成员们最后一根救命稻草就只剩下齐武帝七子晋安王、江州刺史萧子懋了。萧子懋手中握有兵权，如果他能领兵，萧家的天下或许还有一线生机。萧子懋自己当然也不甘心束手待毙，当萧锵与萧子隆被诛的消息传到江州后，萧子懋立即与他的亲信们商议如何起兵江东，讨伐萧鸾。

　　萧子懋在江州正商议起兵，而在建康，不知是有意，还是偶然，一些失魂落魄的嫔妃们来到萧子懋母亲阮淑媛家中。说起这些日子以来发生的事，嫔妃们抱头痛哭，互诉着即将到来的末日。嫔妃们说，现在，我们就指望子懋了啊，姐姐呀，赶紧给子懋写信，让他发兵江东，讨伐萧鸾逆贼吧。阮淑媛觉得，这或许正是儿子萧子懋人生中一次千载难逢的机会，杀掉萧鸾，南齐王朝的头把交椅不就是自己儿子的了吗？老太太到底还是拿不定主意，便找到自己同母异父的哥哥于瑶之那里。于瑶之听了妹妹的话，沉吟片刻后便说："你给子懋写封信吧，我负责冒死将信送到子懋手里。"阮淑媛觉得哥哥比自己有见识，当下就给远在江州的儿子写了一封信，让他赶紧发兵江东，成就大业。可怜的女人，她哪里知道自己信任的兄长竟是一个蛇蝎心肠的家伙。阮淑媛前脚刚出了于家大门，于瑶之后脚就把那封信交给了萧鸾。

　　萧鸾正要将旧皇室的成员斩尽杀绝，可就是拿不出可以昭示天下的理由，得到这封信，萧鸾高兴啊。第二天，萧鸾就以这封信为证据，命宁朔将军裴叔业领兵讨伐，于瑶之主动请缨，愿意随裴叔业一同前往江州剿杀亲外甥。

　　裴叔业和于瑶之领兵逆流而上，直达江州，几千兵马将小小的江州城围个水泄不通。萧子懋知道自己不是裴叔业的对手，便城门紧闭，以守为攻。

　　双方人马对峙了十多天，萧子懋的另一个舅舅于琳之出面了。于琳之生怕这天上掉下来的大饼被裴叔业和自己的哥哥平分了，于是献计说："我这外甥听我的，看来非我出马不可。"于琳之站在城门口向外甥喊话："子懋，你把城门打开，我有话同你说。你舅舅我从来就不相信你会谋反，好好的，谋反做什么？"萧子懋知道这样僵持下去总不是事，于是便放舅舅于琳之进了城门。然而，城门刚一打开，于琳之就率二百壮汉直扑萧子懋府，以迅雷不及掩耳之势，将萧子懋拿下。萧子懋做梦也不会想到，一个舅舅出卖了自己，另一个舅舅居然带人来剿杀自己。萧子懋破口大骂舅舅的无耻，于琳之被外

甥骂得羞愧难当，连忙掩过头去，让手下人赶紧将萧子懋杀了，取了人头，好去领功。

萧子懋被诛，萧鸾接着又下达了第二道指令，让裴叔业顺道再赴湘州，诛杀高帝第十五子、南平王萧锐。裴叔业第二天即直达湘州，于是，十九岁的萧锐人头落地。

紧随着萧锐的灵魂直上九天的还有十八岁的宜都王萧铿和十六岁的晋熙王萧銶。

在这段时间内，一处处旧皇室，就成了一处处屠宰场。

在这场屠杀中，萧鸾经常与之密谋的人是他的侄子、扬州刺史萧遥光。萧遥光每隔几天就会被萧鸾召到皇宫。等到萧遥光离去，萧鸾开始哭泣，开始焚香，左右侍从们知道，萧鸾又要开始杀人了。开始杀人前的萧鸾总会哭泣，总会焚香。

萧鸾要求，每一个被屠杀的对象必须有充足的罪证，这些罪证由吏部提供。对于每一份罪证，萧鸾都仔细审核，决不马虎。有些材料会三番五次被他以"证据不足""罪不当死"而打下，于是，吏部就再次整理材料，搜集更有力的证据，萧鸾这才含泪批准。有些必死的对象已经死去很久了，但萧鸾仍然觉得吏部的材料不够充分，坚决发下，要求重新搜集。有时候，他会发脾气，他要骂人，他会为那些已经埋在地下的人竭力论辩，据理力争，认为哪条罪名不能成立，哪一位王子罪不该死。吏部不得不再次为那已死的冤魂再添加几条罪状。萧鸾就是要让所有官员相信，那每一个死在他屠刀下的人都死有余辜，他每一次杀戮都是迫不得已。

齐王朝开国皇帝萧道成自十三岁生下第一个儿子，直到他临死的前一年，他的生育活动一直没有停止过。萧道成十九个儿子中四人早夭，七人短命而善终，剩下八人均在这次宫廷政变中被萧鸾所害。

萧道成长子文惠太子因病死于他三十六岁这一年，文惠太子共有四子，长子萧昭业、次子萧昭文先后被萧鸾扶为皇帝，也先后被萧鸾所害。

齐王朝的第二个皇帝，也即齐武帝萧赜，共有二十三个儿子。这二十三个儿子四人早夭，两人善终，一人被他自己赐死，其他十六人均死在萧鸾的屠刀之下。

齐室诸王以及他们的子子孙孙全都成了萧鸾诛杀的对象，这些人有的被乱刀砍死，有的被白绫系死，有的被毒酒药死。

萧鸾清点了一下齐皇室所有尚存人员名单，他决定，第一轮屠杀告一段落。在这轮屠杀中，齐皇室诸王共二十八位倒在萧鸾的屠刀之下。现在，萧鸾需要歇一口气，好饭不怕时间长，剩下的那些皇室子孙留待适当的时候再一一消受。

## ▎给我一根杠杆，我就能撬动地球

主要的障碍都已清除，现在，萧鸾开始从幕后走到台前，他要实现自己最终的目标，让自己做了很久的帝王之梦变成现实了。然而，从北方传来的一个坏消息让萧鸾惊出一身汗来：握有五万重兵的豫州刺史崔慧景暗中与北魏联络，寿阳一线危在旦夕。

这些年来，南北双方几年一大仗，一年一小仗。无论是北魏还是南齐，都在淮河两岸频繁布兵，这一对冤家新仇旧恨，不断累积，谁都不能容忍对方的存在，谁都想伺机吃掉对方。现在，南齐这边朝廷更迭，内乱频生，北魏更是虎视眈眈。在这种时刻，身为豫州刺史的崔慧景如果真与北魏暗中勾结，那就不会是一件小事了。谁都知道，寿阳是南齐北方重镇，在战略上具有极其重要的意义，一旦这座北大门丢失，新生的南齐朝廷将处于被动局面。

不论这消息是真是假，是可靠还是不可靠，对于正欲登上帝位的萧鸾来说，都不是一件愉快的事情。于是，他将萧衍召进东宫，任他为御边大臣，派给他五千精兵，命他即刻前往寿阳一线，名义上是为协助御边，实际上是为监视崔慧景。

对于萧衍的这一次出征，朝中人幸灾乐祸者有之，冷眼观望者也有之。以五千去战五万，不是痴人说梦，也是顶级笑话。更有人分析，这是萧鸾的又一借刀杀人之计，或者让萧衍杀掉属于高、武旧臣的崔慧景，或者是过河拆桥，让崔慧景像捏死一只臭虫一样捏死为他篡位立下大功的萧衍。萧衍的几个弟兄再次聚到三哥的府上，然而，萧衍的面前仍然是那盘似乎永远也下不完的残棋，他仍然以冷处理的方式打发了他的那几个热心却羽毛未丰的兄弟。

只有张弘策以始终不变的微笑坐在棋枰的另一面，他知道，在钟山脚下

的那块老坟地里,萧衍就像他的几个兄弟所说,"那七斤二两都快憋出屎来了"。这些年来,萧衍先是在卫将军王俭府任职,后被派往荆州随王萧子隆府做谘议参军,虽官至五品,总不过是一个文职官员。虽然,他把文学做得极好,并跻身于当时著名的"八友"行列,但是,又有谁能真正体察他内心的郁闷?现在,他被萧鸾委以重任,终于第一次有了领兵的权力。虽然只是区区五千人马,但对于他,却是一次真正的热身。他要让全世界的人都知道,萧衍并不仅仅只会写诗作赋,"给我一根杠杆,我就能撬动整个地球"。

萧衍率部很快抵达寿阳一线。然而,除了他的随从,谁都不知道,除了这五千人马,萧衍手中另携一颗重磅炸弹,这颗重磅炸弹就是崔慧景年过七旬的母亲。崔慧景年幼丧父,老母亲含辛茹苦,将他抚养成人。然而,自从五年前崔慧景被派往寿阳一线后,他的老母亲思儿心切,哭瞎了眼睛。听说要带她去见儿子,老人家立即让人卷起简单的衣包,随萧衍而行。

萧衍将他的军队驻扎在寿阳城东,淮水南岸。隔着一条淮水,可以看到密密驻扎的北魏大营里北魏士兵操练的身影。而在淮水这边,南齐的兵勇三步一岗,五步一哨,其戒备森严,真正是无懈可击。寿阳城头,一面巨大的南齐大旗在朔风中猎猎作响。南齐的兵勇们喊着口号,迈着整齐划一的步伐,正在紧张地演练中。冬天的淮河几近干枯,无论是北魏的军队还是南齐的士兵,似乎只要一伸腿,就能跨过淮河,到达对岸。表面看来,崔慧景的防务森严壁垒,但是,如果没有南北双方的暗中默契,一直以来剑拔弩张的寿阳一线不可能会是这样一派风和日丽。显然,说崔慧景有投敌嫌疑并不全是空穴来风,但如果说崔慧景真的决定投敌,或许并不确切。崔慧景目前属于推一推,就成了朝廷叛臣,拉一拉,就又是御敌大将的角色。

这天晚上,萧衍差人将崔慧景的老母亲用一顶小轿秘密送到崔慧景大营。同时给崔慧景捎去一信,大意是说:西昌侯念崔将军御边有功,又念令堂大人思儿心切,特命在下携老母同行,令母子团圆。

不出萧衍的判断,第二天一早,崔慧景就来了。崔慧景白衣白袍在帐外停下,随后便额头着地,长跪不起。萧衍亲自迎到帐外,一把将崔慧景扶起,说:"崔大人何必如此?"

"将军一片苦心,慧景都明白了。"

"现在,崔大人已母子团圆,崔大人意欲何为,尽可自便了。"

"将军如此仁义，我又岂能做出坑害将军的小人之举？况且，我的老母虽在我帐下，但我仍在建康的妻小犹如西昌侯栏里猪羊，随时听凭宰割，我敢自便吗？"崔慧景脱去白袍，赤裸着上体，又扑地跪下，说："我也知道叔达兄此次御边的真意，现在，崔某未带一兵一卒，就此束手就擒，也不劳叔达兄亲自动手了。"

萧衍摆一摆手，说："什么也别说了，我已备下酒宴，犒劳将军。将军御边辛苦了。"

那边早已摆好酒席，二人觥筹交错，你来我往，就像一对多年未见的老友。崔慧景一边大碗喝酒，一边大骂他痛恨的小人，从尚书省骂到中书省，又从御史台骂到大理寺，几乎所有的人都被他骂遍了。这些年来，朝中不断传言崔慧景"意有反复"，传了好多年了，但崔慧景并没有"反复"。崔慧景性格太张扬、太外露了，又喜欢发些牢骚，喝醉了就口无遮拦地骂人，朝中大臣，差不多都被他得罪遍了，这就怪不得有些小人要拿他说事，要拿他当做茶余饭后的谈资了。他骂累了，也醉得不省人事了，直到让人抬到歇息地，仍然是鼾声如雷。

看着酣睡的崔慧景，萧衍部下房伯玉抽出随身的腰刀就要下手，却被萧衍拦住了。房伯玉说："狡兔落入陷阱，雏鸡扑进鹰嘴，现在正好捉拿反贼，将军为何拦我？"

萧衍指着那条淮水说："渡过淮水，就是北魏的领地。如果真如小人所言，崔慧景意有反复，南北双方又何必如此壁垒森严，水火不容？现在崔慧景身穿白衣，自行请罪，身边不带一兵一卒，言谈中多有怨语，且开怀畅饮，毫无防备，世上会有这样的反贼吗？错杀了一个崔慧景不要紧，寿阳一旦骚乱，后果不堪设想。"

"西昌侯此次派萧大人前来寿阳，意思再明白不过了，大人一旦除掉崔慧景，这豫州刺史，可就是大人的了啊。"

"胡说。"萧衍怒斥部下，"我萧某如果以这种方式谋取高位，又与豺狼何异？"为防备手下人盲目惹祸，萧衍一直守候在崔慧景的帐前。直到下午，崔慧景酒醒过来，及至见了萧衍，说："慧景失礼了，将军为何不就此将罪臣擒拿归案？"

萧衍说："崔大人镇守西陲，功比天高，为何说出这等话来？"

"寿阳为我南齐的北大门，防务之重，可想而知。正如崔大人所言，的确有小人向朝廷进谗言，说崔大人有投敌嫌疑。既然这样，就不能不引起朝廷警觉。据我今日观察，寿阳城防备严密，无懈可击，北魏那边同样也是虎视眈眈。崔大人胸怀坦荡，虚怀若谷，是忠是奸，难道还不能一目了然吗？"

崔慧景听了萧衍的话，眼里顿时就涌出一丝泪花，激起一阵伤感，说："新朝当政，冷落旧臣，一些高、武旧臣哪一天不是人心惶惶，只怕随时就会有杀身之祸。西昌侯又好猜忌，几次派人探我行踪，一些小人趁机向朝廷告密，说什么崔慧景不自安，甚至说我已有反迹，还有说我已拿了北魏的俸禄，做了北魏的卧底，越说越玄。笑话啊！说我不自安倒是真，依朝廷对我的猜忌，依我目前处境，我能自安吗？北魏那边的确多次放话，许我高官厚禄，我若真有反迹，也不会等到今天了。再者，我一家老小均在建康，我能撇下家小，投奔胡虏，那不是要把我一家老小往西昌侯萧大人的刀口上送吗？"崔慧景说着，就禁不住落下泪来。

崔慧景的话句句真切，饱含怨尤，萧衍安慰他说："眼下主上幼弱，时局动荡，朝廷求贤若渴。西陲之地，关乎全局，崔大人镇守之功，有目共睹。我会将今日所见如实向朝廷禀报。不过，空口无凭，刺史大人不妨亲书效忠信一封，由我转呈朝廷，谣言将不攻自破。"

从发兵前往寿阳，到从寿阳撤兵，前后不过半个月时间。萧衍的寿阳之行令萧鸾大为满意，他知道，除掉崔慧景，现在的确还不是时候。只要他不叛逆，不给自己制造麻烦就好。萧衍的坦荡，也让萧鸾进一步认识到，萧衍是可以信赖的人。正好萧衍丁忧期满，萧鸾便授萧衍太子中庶子、给事黄门侍郎一职，晋升为四品。

北边的麻烦事被萧衍摆平了，现在，萧鸾就要正式走到台前了。提线木偶宣德太后再次被拎到台上，可怜的老太太眼看着亲人一个个被斩尽杀绝，不得不签署诏书说：海陵王萧昭文自幼多病，身体羸弱，身为帝王，难以胜任，为国祚计，现主动退位，禅让于皇室宗亲萧鸾。

公元494年，萧鸾称帝，史称"齐明帝"，改年号建武，这是南齐在这一年里第三次更改年号。随即，根据惯例举行大赦。

## 胜利者的欢宴

萧鸾称帝后的第一件事就是追谥自己的亡父为景皇，亡母为懿皇后，长子萧宝义因有废疾，且是庶出，由此而封十一岁次子萧宝卷为皇太子，其他子侄都有所封。所有在他的政变过程中拥护过他，且立有大功的人，都得到不同的提升。

在每一次的官场大洗牌中，王晏这个老滑头总能抓到一张最大的牌。此次，他被提升为尚书令，成为一人之下，万人之上的重臣。萧鸾的侄子萧遥光在这次宫廷政变中一马当先，充当杀手，原以为这个位置非他莫属，结果却落到王晏的头上，萧遥光对王晏恨得直咬牙。萧鸾当然看出侄子内心的不满，于是将扬州刺史这样的肥缺给了萧遥光，算是对萧遥光的一种安抚。但这个职务萧鸾原先是许诺了萧谌的，萧谌在背地里足足骂了一夜的娘。

萧鸾同样没有冷落文人们。在政变开始阶段，除了王融，"竟陵八友"中的其他文人应该说还算听话，政变发生后，大家个个相安，都没给萧鸾惹事，文人总还是需要的，在湖南任零陵内史的范云被破格提拔到广州任刺史，沈约调任东阳太守，谢朓在宣州干得不错，继续留用，只有任昉坚持不合作的态度，对于这样的迂夫子，萧鸾不作理睬。总之，称帝后的萧鸾调制的一钵糨糊将各方面糊得基本严丝合缝。

这一年的十二月初八，佛成道日，萧鸾效法当年齐高帝萧道成和齐武帝萧赜，在华林园举行八关斋戒，宴请文臣武将。萧鸾当然也希望这次的八关斋戒大会也像当年萧道成称帝时一样，是一次庆祝的盛宴，然而却有很多大臣称病不到，这令萧鸾相当恼火且十分尴尬。此前，他想请前财政大臣虞悰任尚书仆射，派人前去通知他，虞悰说："主上圣明，有那么多大臣相辅佐，南齐大有可为，我已年老，就请让我告老还乡吧。"说着就悲痛大哭。

萧鸾听说后，要治虞悰的罪，但老臣徐孝嗣说："生在这样的社会，难得有士大夫能保持清正的气节，陛下应当加以鼓励。"

萧鸾说："如果士大夫都像虞悰一样，谁还来替朕的朝廷服务。"

徐孝嗣自己是士大夫出身，因此他对那些读书的士大夫最为了解，说："陛下放心，到一定的时候，陛下不请他出山，他也会主动找上门来。"

果然，过了不到两个月，虞悰果然就耐不住寂寞，进宫向明帝请罪，一

再解释大哭的原因。萧鸾果然就给他派了另外的官职。出席华林园八关斋戒大会的帖子送到另一名在吏部担任要职的官员谢瀹家时，他也以老病为由，表示不能出席。然而八关斋戒大会开到一半，谢瀹还是来了。只是在整个宴会过程中，他一直板着副面孔，独坐一隅。当萧鸾提议为有功人员干杯时，官场老滑头王晏把腰挺得笔直，谢瀹不仅不肯干杯，而且讥讽王晏说："陛下上承天命，下顺民意，臣下不过做了自己应该做的，有什么可以论功行赏的？"弄得王晏十分没趣。

八关斋戒大会结束，谢瀹问王晏："你现在去哪里？"

王晏说："回家呀。"

谢瀹说："你有家吗？"

王晏立即反唇相讥："你出席了今天的宴会，你连最后的巢穴都没有了。"谢瀹无言。

大将陈显达被萧鸾任命为骠骑将军，但陈显达三次推辞。今天的八关斋戒大会，他原也是说有病，不能来参加，但还是被人抬到华林园。萧鸾端着酒杯向他走来，他竟然吓得浑身哆嗦，几次努力，都站不起来。

明帝说："老将军何以至此？"

陈显达哆哆嗦嗦，说："陛下，微臣有一事请求，不知能否开口。"

萧鸾说："老将军但说无妨。"

陈显达伸出手来，指着萧鸾的御座，只是说不出话来，萧鸾问："你有什么请求吗？"

陈显达指着自己的腰说："臣已年老，别无他求，只求陛下的那只靠枕一只，好给子孙后代留作纪念。"

萧鸾说："北魏孝文帝拓跋宏率二十万人马大举南下，朕正要派老将军前往前线御边呢？"陈显达立即绷直了腰说："为了陛下的宏图大业，微臣宁可死在前线。"

相反，那些门第原本低贱，靠着滑头和自贬而爬到一定位置上的官员，就毫不掩饰自己对权力的向往。已做了会稽太守的王敬则带着一个年轻人走到萧鸾面前说："陛下坐镇朝廷，微臣欢喜得一连几夜都难以入睡，今天特意将犬子王仲雄带来，他善奏古琴，恳请陛下恩准他奏一支曲子给您逗乐。"

一直板着脸的萧鸾露出一丝笑容，说："好啊，就请公子弹奏一曲吧。"

王仲雄是王敬则的长子，自幼喜爱弹琴，只是他对官场并不热衷，加上平时深居简出，至今毫无名气。今天被父亲带到这儿，于是就弹了一曲屈原的《九歌》：

> 吉日兮辰良，穆将愉兮上皇。
> 抚长剑兮玉珥，璆锵鸣兮琳琅。
> 瑶席兮玉瑱，盍将把兮琼芳。
> 蕙肴蒸兮兰藉，奠桂酒兮椒浆。
> ……

王仲雄琴声悠扬，歌喉婉转，所有的人都凝神静气，贯注于这风神谐畅的音乐声中。曲终，萧鸾问了一些王仲雄的情况，说："难得公子有如此才艺，前日巡查东宫，发现汉人蔡邕焦尾琴一把，朕现在就赐你吧。"

过了一会儿，就有人将那把焦尾琴取来，当场交给王仲雄。据说，当初蔡邕作客他乡，因行旅疲倦，到了客栈就睡着了。客栈厨子为他烧饭，所烧柴禾为当地桐木。忽然听到一声锐响，蔡邕立即从昏睡中惊醒，只见厨子正将一截桐木送进灶内，那锐响即是火烧桐木所发出的声音。蔡邕立即将那截桐木从灶里抢出，后用这截桐木制成一把琴，因琴尾仍留有火烧的焦痕，遂被称作"焦尾琴"。

这焦尾琴也算得上琴中至宝，王仲雄听过这段典故，却没有见过这把琴，现在这把琴却归自己所有，真是喜出望外，当即又为萧鸾演奏了一曲古乐，至此，宴会才有了一丝生气。

王敬则趁机说："微臣请求将犬子留在宫里，随时听候陛下调遣，陛下若是闷了，就听犬子弹琴解闷，不知陛下可准？"

萧鸾便欣然答应，立即授王仲雄协律都尉，入中书省。

王仲雄的琴声，让萧鸾一扫心头郁闷，他举着酒杯说："今天参加这八关斋戒的，都是朕的有功之臣，朕要敬大家一杯酒。"说着，就将那杯酒一饮而尽。现场气氛活跃起来。乐师们奏起音乐，宫女们跳起轻盈的舞蹈，这才有了皇家音乐会气氛。这时，从大臣们那边传来笑声，那王晏近七十岁的人了，现在却脱去上衣，露出肚皮，扭着屁股，跟在那些宫女后面跳起舞来。

当年在高帝萧道成的八关斋戒大会上，司徒褚彦回乘醉弹了一曲《明君曲》，当时有人怂恿冠军将军沈文季和唱一曲。沈文季立即大叫："我沈文季可不想当伎儿！"嘲笑褚彦回在皇宴上弹曲是将自己当作歌舞伎儿了。但几年之后，沈文季在齐武帝的八关斋戒大会上却领头唱了一支《子夜歌》，终于都扯平了。现在，装疯卖傻的王晏受到萧鸾的鼓励，大家都一下子清醒过来，萧谌说："我嗓子不好，唱一段《露雀枝》吧。"于是大家你一曲，我一歌，八关斋戒大会气氛达到高潮。

明帝萧鸾一扫心头阴霾，端着酒杯挨个与大臣们碰杯。当走到诗人谢朓面前，说："谢爱卿近来又有新诗问世吗？朕最近很想一读呢？"他希望谢朓能再写一首"江南佳丽地，金陵帝王洲"的歌颂现时制度的诗来，他现在正需要这样的诗人来为他歌功颂德。

自从永明年间谢朓被齐武帝萧赜召到京城，至今一直赋闲在家。在此期间所写的诗，多是一些忧愤之作。现在明帝让他吟诗，他没有别的选择，便将最近的一首郁闷诗即口诵出。没想到刚诵了几句，被当年"八友"之一的范云打断。范云竖起大拇指赞叹说："好诗，好诗，玄晖的境界真是非同一般呀。"

萧鸾还没来得及听出谢朓诗的全部，但他却从谢朓的郁闷中感受到他对现实的不满，似乎也明白范云的用意，萧鸾说："谢爱卿，朕本想留你在京城，现在看来，朕不敢留你了。爱卿，你想去哪里呢？"

谢朓说："微臣本不是经国济世之才，留在京城，也派不上用场，微臣听说宣州任上暂有空缺，如果能得陛下龙恩，微臣就想去那个地方。"

"好的。"萧鸾说，"那倒是个'安得凌风翰，聊恣山泉赏'的好地方。爱卿去了那里，只会写出更多脍炙人口的好诗来。"

萧鸾又走到范云面前。此前，范云接到诏命，将前往广州任刺史，这是萧鸾对文人们发出的一个重要信号。现在，当萧鸾走到他跟前时，范云竟突然激动得泪流满面，失声痛哭。萧鸾问他为何哭泣，是否遇有伤感之事。范云说："微臣流泪，是为欢泪，恭逢盛世，有此盛景，微臣怎能不欢喜呢？"

"爱卿也应该有一首好诗啊。"

"诗是一定要做的，但此情此景，倒让微臣想起几年前的一个梦来。"于是，范云便说起几年前的那个梦，他说："我梦见微臣与文惠太子以及竟陵王一同往一座山头爬去,当接近山顶时,文惠太子突然一失足,就掉到山涧里去了,紧接着,竟陵王也滑到了山脚,臣吓得不敢再爬。这时,臣只见山顶上出现一座放出万道金光的金殿,一只大鹏蹲在那盘龙御座上。此梦臣不敢告诉别人,只告诉了竟陵王一人。竟陵王说,将来的天下,必是西昌侯无疑。"

人群中发出一阵微细的窃笑声,范云的这个马屁拍得真是太蹩脚了。然而只有谢朓明白,范云此举,旨在保护他的旧友、已故竟陵王萧子良的早就被写上死亡黑名单的儿孙。

果然,这次华林园八关斋戒大会结束后,萧鸾将竟陵王的几个儿孙全都从那死亡名单上画掉了。

王敬则自从调任会稽太守后,真是乐不思蜀。会稽是江南富裕之地,温柔之乡,老王头在这里真的是找到了自己的第二春。虽然他家里已有十八位美妾,但老王头一点也没有收敛的意思。此刻,他的一双色眯眯的眼睛正盯着一位领舞的宫女。那宫女豆蔻之年,却已经略懂风情,她注意到了王敬则的那双眼睛,于是便不时以其轻佻的舞步挨到王敬则跟前,故意掀一下裙裾,并用她勾魂摄魄的眼神来挑逗这个年过花甲的老头。王敬则举着酒杯竟不知所以。

萧鸾看到这一幕,便走到王敬则跟前,说:"王爱卿,此女与你府上那十八位女子相比,究竟如何?"

王敬则意识到自己的失态,露出一脸的尴尬,说:"呵,呵,实不相瞒,如此绝色的女子,微臣还是第一次见到,第一次见到呀!"

萧鸾挥了挥手,将那位舞女叫过来,说:"你可认识这位大人?"

那宫女偷偷瞥了一眼王敬则,躬一躬身,发出娇柔之声:"小女早闻王大人名,只是今天才得见王大人真颜。"

"今天有缘见到王大人,觉得王大人人如何?"

"风流倜傥,果然不一般啊。"

萧鸾哈哈大笑说:"王大人不仅风流倜傥,而且还怜香惜玉,你不要再做宫女了,今晚就随王大人到他的府上去吧。"

王敬则受宠若惊,说:"这怎么可以,怎么可以?"而那宫女却小鸟依人一般地靠到王敬则的身边。王敬则忍不住拉起这宫女的手,轻轻地抚拭着,他感觉自己的手触到了一块稀世的美玉,通体滑腻、柔和。

"呵呵，美人儿，你叫什么名字？"

"婢女姓吴，小名阿尼。"

那边萧鸾的几个侄子调笑："阿尼、阿尼……"

王敬则说："你随了我，我就给你重起一个名字，一个大名，以后你就叫俞尼吧。"

这一幕正好被那边的萧鸾侄子萧遥光看到，他向刚做了太子的萧宝卷挤了挤眼，示意那边王敬则的丑态。太子萧宝卷扭过头朝王敬则那边挖了一眼，说："这个老色鬼倒有艳福。"

萧遥光说："你要是喜欢，过不了多久，我保证会把她送到你的宫里。"

老臣那边终于闹出大动静来，原来有人醉了，正借酒装疯，嘴里骂骂咧咧。那骂人的，是在此前萧鸾篡政时出过大力、立过大功的萧谌。政变前，萧鸾曾许诺，事成之后，一定让萧谌任扬州刺史，时至今日，却毫无动静。此刻，萧谌借酒装疯，指桑骂槐。

萧鸾端着酒杯走到萧谌面前说："将军喝多了，来人啦，帮老将军醒醒酒吧。"那边他的侄儿萧遥光立刻带着几个人来，将萧谌强行架到殿后，朝他嘴里灌了一瓢大粪，萧谌这才把嘴闭上。

曲终人尽，太子萧宝卷他们仍乐此不疲地在与几个堂兄弟玩那种斗鸡的游戏。有人过来，说让萧宝卷去见他父亲。萧宝卷显得很不情愿，但却不得不牵着他的爱犬向那边走去。

萧鸾那边，几个老臣正在商谈着什么，萧宝卷懒洋洋地走进来，说："你找我吗，人家正玩得好好的呢。"

萧鸾严厉地说："你现在是太子了，能不能学着做点正经事呢，以后不要把那些狗狗猫猫的带到宫里来。"

萧鸾的堂侄萧遥光在一旁说："是啊，太子就要有太子的样子。"

"上次让你背的文章，你背会了吗？"

"前天已经会背了，昨天又忘了。谁让那狗屁文章那么长呢？"萧宝卷一边挖着指甲，一边说。

"你怎么就知道玩，要知道，你现在是太子了。"萧鸾严厉地说。

父亲发火，萧宝卷不得不低下头，一副知错认罚的样子。萧遥光立即在一旁说："士大夫们读书是为了进阶做官，皇太子何必要读那么多书呢。"

"做别的不会，做皇帝谁还不会？"萧宝卷虽然只是小声地嘟哝了一句，但还是被萧鸾听见了。萧鸾说："狂妄、轻浮、无知，朕问你，将来有一天你做了皇帝，有人要反你。要推翻你，要砍你人头，要篡你位，你怎么办？"

萧宝卷低着头，在他的爱犬头上轻轻地摸着，忽然，他猛地将那根拴在狗身上的链子提起，那只狗被悬在空中，惊叫了一声，努力踢蹬着四肢，做殊死的挣扎。萧宝卷接着又从腰里抽出佩剑，随手一挥，那只银毛犬立即就身首异处了。这一系列动作在瞬间完成，周围的人都看得目瞪口呆，萧宝卷却若无其事地掏出手绢擦了擦手，继续精心地挖着自己的指甲。

萧鸾的脸上露出满意的神态。

## 贤首山之战

北魏孝文帝拓跋宏摆出一副要打大仗的样子，其实只有他自己知道，他并无意于这场战争。

有人说拓跋宏是南北朝皇帝中最有人情味的一个人，也有人说拓跋宏是一个疯子。这个北方草原游牧民族后裔的年轻皇帝是在一种完全汉化的环境中成长起来的，他对汉文化，可以说有一种痴迷的热爱。自从二十四岁亲政以来，拓跋宏一直在做两件事，一件是汉化改革，另一件是迁都洛阳。可惜这两件事都遭到鲜卑贵族的强烈反对。于是，他以讨伐南齐篡政逆贼萧鸾的名义发动这场战争，以换取那些总想扩大疆域，恨不得在一个早晨就把大半个中国划归鲜卑版图的上层贵族的支持。后来有人说，拓跋宏对有着汉文化传统的南方太钟情了，以至当他听说萧鸾篡政，大肆屠杀高、武时代皇室子弟及旧臣时，竟然不能自已。于是，他要以一个汉文化超级粉丝的名义前往建康，以捍卫儒家文化的正统。拓跋宏太可爱了，可爱而又天真。而无论可爱还是天真，对于一个帝王，却并不是什么好事。

拓跋宏此次南下的直接原因是北魏方面得到一条未经证实的消息：南齐雍州刺史曹虎有投降北魏的倾向。雍州无论对于南齐还是北魏，在战略意义上都极为重要，如果曹虎真的请降，就会不费吹灰之力得到中原的这块肥沃的土地，以堵塞鲜卑贵族的口，而占领雍州的北魏大军更好比是一把插入南齐胸肋上的尖刀，这一着，就够新近登基的齐明帝萧鸾掉几层皮了。

总之，这几十年来，南北双方都热衷于打仗，双方都打出瘾来了。要打仗，要杀人，要让千万颗人头落地，似乎总应该有一点什么理由的吧，于是，随便捡来的一条新闻，对方一个叛臣的投奔，甚至一个哈欠、一个喷嚏，都有可能成为南齐和北魏向对方发动战争的理由。

拓跋宏命令一位年轻的将领镇守刚刚建立的首都洛阳，自己带着二十万人马兵分四路，分别向南齐的义阳、襄阳、钟离、南郑四座城镇进发。

但是，当拓跋宏的二十万大军千里劲进，逼近雍州时，却再也没有听到任何南齐雍州刺史曹虎的任何消息。偏偏连日阴雨，道路泥泞，北魏士兵长途跋涉，不堪其苦。有人开始抱怨这场该死的战争，拓跋宏也开始相信，一切都是一场闹剧，天上并没有掉下馅饼。战，还是撤，这是一个两难的问题，拓跋宏一时陷入困境。但是，就像第一只纽扣扣错了位置，接下来的纽扣也就任其错位下去了。被战争这股邪劲鼓动起来的拓跋宏似乎再也收不住自己飞扬的激情，这场战争，他打定了，有利也得打，不利也得打。

再看南齐这边，文人任昉并不甘心躬耕于乡野，竟然接连上书，直指萧鸾违背先帝意旨，篡位夺权，大肆杀戮高、武帝子孙。萧谌在政变中帮了萧鸾大忙，却没有得到萧鸾许诺的扬州刺史一职，一直心怀不满。会稽的王敬则也不老实，据说正暗地里培植亲信，集结军队，反心已明。此外，骠骑将军王晏自恃功高，倚老卖老，不时在暗地里搅局，完全不把萧鸾放在眼里。所有这些，对于刚刚坐上帝位的萧鸾来说，都是一个又一个麻烦。萧鸾决定动用一切力量，对这些异己进行镇压。后来的史家中有人说，南朝二十四个皇帝中，萧鸾是一个最乏味的皇帝，他在位的第一年，没有任何政绩，但有一点却是独一无二的，那就是杀人。在杀人的成绩册上，历史上没有任何一位帝王能与齐明帝萧鸾比敌。

建武二年（公元495年）正月廿四，这是一个血腥的日子。南齐的开国皇帝萧道成大约不会想到，在他临死前围在榻前痛哭的侄儿萧鸾会在十六年后，把屠刀一次次挥向他的儿孙。这是自萧鸾以政变的方式称帝以来的第三次大屠杀。

一颗颗人头落地，一处处血流成河，萧鸾就像一个嗜血成性的魔王，在不断的杀戮中享受着无与伦比的快感。当然，与明帝一同享受这场政变成功快乐的除了明帝的至亲，还有另外一个人，这个人就是为洗雪心耻而积极出谋划策的兰陵人萧衍。杀人总应有限，越来越多的人头落地，萧衍不能不为之震惊，内心的不安也日渐加剧。

正在这时，他得到明帝的召见。

这是萧鸾称帝后两人的第一次见面。明帝仍然摆出一副苦大仇深的样子，向他的老朋友加亲戚萧衍叹说称帝的不易，说我是多么羡慕你啊，我是多么向往闲居的生活啊，可不行啊，谁让我受先帝遗诏，一不小心就被推到这把龙椅上了呢？明帝接着又说到王敬则在会稽如何狂妄，如何另立山头，培植力量；说萧谌因为没有得到扬州刺史一职，就整日牢骚满腹，甚至当众骂娘；又说文人任昉一次次上书，直陈他滥杀无辜、残害忠良等。明帝说："对这个天下，朕已经尽职了，还要朕怎样啊？比起高帝，朕够仁慈了啊！"说着，甚至落下一颗委屈的泪来。

虽然知道这是明帝一向的做派，而且明帝在这个时候召见他，必有另外意图，但萧衍还是为明帝冷静地分析了当前的形势。他认为，王敬则虚张声势并不足虑，可先将他调到京城，多发几枚糖衣炮弹就能轻易将他搞定；萧谌出言不逊，虽然该杀，但目前镇守北方的司州刺史萧诞正是萧谌的兄弟，杀萧谌，必然会引起萧诞的消极抵抗，这对前线局势不利；至于任昉，可暂不理睬他，文人造势，闹得再凶，杀伤力却很有限。

果然，明帝话锋一转，说到北魏的入侵。萧衍知道，这才是明帝当前最为头疼的事情，也是他特意召见自己的目的。

萧衍没说二话，接受了明帝的指派。明帝派给他一个辅助将军的角色，让他协助另一位朝廷重臣王广之前往司州，以解司州之危。萧衍知道，虽然明帝让他感觉已受到朝廷特别信任，但他一时还无法走进明帝的权力中心。他要让萧鸾知道，自己的才能不仅是在谋略上，更是在战场上。司州御敌，或许对自己又是一次重要的机会。

建武二年（公元495年）一月，北魏大将军刘昶、平南将军王肃率领二十万大军逼近南齐的北方重镇司州（治所在今河南信阳）。这天晚上，北魏大营里灯火通明。南征主帅刘昶对着一张军事地图分析说："南齐北方重镇司州与我北魏一水之隔，又南通荆州，东达寿阳，为水陆战略要地。欲钳制南齐，必先占领司州，进者，可形成对南齐的夹击之势；退者，可保我北魏要地长治久安。谁愿担任前锋将军？"

平南将军王肃说:"末将愿意前往。"

此二人何许人也?刘昶是前宋文帝第九子,此人曾任徐州刺史。泰始元年(公元465年),有人诬刘昶谋反,宋明帝刘彧派兵讨伐。刘昶被逼武装反抗,失败后只身逃往北魏。王肃出身名门,其父王奂曾任南齐雍州刺史。永明十一年(公元493年),王奂因事触怒齐武帝,被满门抄斩,王肃侥幸逃脱,奔往北魏。此二人或出自帝室,或世袭大家,自幼受过良好的教育,熟悉各种典章制度,并有丰富的作战经验。北魏孝文帝得此二人真正是如获至宝。此二人正是北魏孝文帝精心挑选的一对黄金组合。二人决心以死报效北魏,为家族报仇,为父兄雪恨。

南齐朝廷多年未经征战,而且,由于连年的朝政更迭,国力空虚,军事薄弱。面对如此强大且来势凶猛的北魏大军,无论是明帝萧鸾还是御敌将领,每一个人都心事重重。御敌总指挥王广之的年龄与萧衍相仿,但资历却比萧衍要老。王广之与北魏人有过十多次交手,打过胜仗,也吃过北魏人的苦头。王广之深知,当今乱世,要想再有作为已经很难,因此,他只求稳,并不求成。王广之将他的军队集结在离司州二十华里处,他对部下说:"魏军易地作战,战线太长,且准备不足,只要他不真的攻城,咱就这样同他耗着,看谁耗得过谁。"

萧衍则不同,这是他丁忧期后第一次出征,虽然萧鸾只封给他一个辅助将军,但他相信,只要给他机会,他就有办法扭转目前的战局,给包括明帝在内的所有人一个意外。

这真是一场奇怪的战争,无论是南齐的军队还是北魏的大营,都久久地驻扎在二十华里开外,倒像是一对不即不离的邻居,彼此都在考验各自的心力。这天夜里,从北魏的大营里忽然传来阵阵歌声。此起彼伏的歌声,将南齐士兵一个个从草铺上惊扰而起,大家都不知道今夜无眠的北魏人究竟会有怎样的行动。连王广之都沉不住气了,他把萧衍请到帐内一起喝酒。王广之说:"北魏人今夜会发动进攻吗?"

"不会,"萧衍肯定地说,"正像将军所说的,北魏人经不住耗,他们的精神防线开始垮了,从这些胡歌声就能听出。"王广之细细地听来,倒真的从那声声胡歌中听出一种凄楚、一种无奈、一种思乡的怨尤。

"索虏到底抗不住了。"

"但是，更禁不住耗的是司州的萧诞，"萧衍说，"司州军民抗敌已达半年之久，城中粮草将尽，一旦发生粮荒，司州城将不攻自破。"

"呵，这种担心也是必然。"王广之不置可否地说。

"南北之间的心理战可以结束了。魏军对司州虽包围有一月之久，却一直未能破城，这一方面得力于司州城内军民的顽强抵抗，一方面是北魏人对司州城内我守城兵力部署吃不准，不敢有大规模行动。现在，是我们开始出击的时候了。如果这时候对魏军来一次伏击，即使不能将魏军一举击溃，至少能摧毁他们的斗志，让他们赶紧撤兵。"

"好的，萧将军请说下去。"王广之说。

萧衍走到地图前说："我军大部队可做出撤退的架势，以麻痹魏军，实则将主力悄悄绕到魏军背面下梁城，再派一支小分队以最快的速度占据司州以北贤首山，直插魏军腹地，与司州城守军形成对魏军的三面夹击之势，再统一号令，一举破营。"他向王广之提出，自己愿带领五千精锐，趁夜行动，秘密登上贤首山。

"天明之后，一旦贤首山那边打响，将军可迅速将大军从魏营背后下梁城压向魏军，两支人马里应外合，不愁不破魏军。"

在王广之眼里，萧衍并不是一个十分起眼的角色。的确，萧氏一门，其先祖萧承之曾经在与北魏的战争中有过出色的表现，萧承之以下，至今未曾出现智慧过人的将帅。王广之说："我军兵力本来就弱于魏军，如果再将兵力一分为二，岂不更显被动？索虏惯于声东击西，我军还是要静观时变。"

萧衍无奈，他在心里说，等着吧，总有一天，我要让你知道我萧衍是怎样的角色。

正如萧衍此前所分析的那样，魏军固然经不住耗，而更不经耗的是萧诞的司州城。司州城中粮草几近断绝，骚乱开始频频发生，局势眼看难以自控。万分危急之下，司州刺史萧诞不得不公开放出话来：迫于魏军攻城压力，如果仍然得不到官兵增援，他将与魏军作城下之盟。

萧诞的放言起了作用，建康方面一天几道诏命，让王广之必须采取行动，击退魏军，解司州之危，否则将以军法处之。迫于压力，王广之不得不同意了萧衍的作战方案。

王广之留下一部分兵力驻守原地，自己率领大部队做出悄悄撤退的假象，

萧衍则带领五千精兵秘密抄小路向贤首山方向而去。萧衍知道,明帝要重用他,必须有说服众臣的理由;他要进入南齐的权力中心,必须有过人的表现,因此,贤首山一仗对于他至关重要。

半夜时分,萧衍的五千精兵在人不知鬼不觉中登上司州北面贤首山上。站在山顶上,借助熹微的星光,可以看到山下魏军营中灯火点点。魏军一连唱了几夜的胡歌,现在,或许都疲倦了,除了某一处营房中有猜拳行令之声,魏军大营安静得就像整个睡死了。萧衍命士兵们枕戈待旦,等待即将开始的一场恶战,他自己则被一股激情冲动着,毫无睡意。对着满天繁星,他占出一卦,结果为:离上坎下,为未济之卦。卦辞为"君子之光,其晖吉也"。这实在是一个上上之卦。萧衍一喜,他知道,天明后的一场恶战,也正是他以辅助将军之职为南齐建立功勋的时候,人们将会看到,先祖萧承之之后,又一位杰出的将领在中原问世。

天将拂晓,王肃的士兵向他报告,在刘昶的营寨前捡到一封奇怪的信件。王肃打开信,信中内容是要让刘昶某月某日当南齐军队发起总攻时,只需带领人马在某处堵塞,以断王肃后路,如此如此。信的落款为:萧衍。这时,忽然从附近的贤首山上传来此起彼伏的歌声,一座贤首山上,遍插南齐的大旗。真不知道这些南齐的士兵是怎样趁着夜色登上贤首山的。

这歌声,这密密麻麻的南齐大旗,让北魏大营一片震惊,但却让司州城内的萧诞守军看到了希望,他们知道,援助的官兵终于到了。随着歌声,贤首山的南齐士兵们挥舞着战旗,潮水般向山下扑来。萧诞不敢怠慢,立即打开城门,带领司州守军对北魏大营发动猛攻。秘密开拔到下梁城的王广之见这边已经打响,十万大军全线压境。南齐的三支人马从南、北、西三面向魏军全面包抄而来。王肃为了防备刘昶断其后路,久久不见出营,而刘昶的人马见王肃并不出兵,也不敢单独出战。直到南齐大军以锐不可当之势向这边扑来,魏军且战且退,不得不沿一小路向北方退却。

此次战役,北魏军八万人马,死伤大半。

刘昶、王肃司州攻城大败,大将薛真度又在南阳遭到南阳太守房伯玉的重挫。北魏孝文帝没有沮丧,第二天,他亲自率领一路人马迅速渡过淮河,直达寿阳城下。

## 北魏大军一夜蒸发

这天傍晚，孝文帝拓跋宏信步登上附近的八公山。夕阳西下，八公山下一派宁静，几个牧牛的孩子坐在牛背上唱着高昂的牧牛歌，远处的淮河在夕阳下波光粼粼。多少年来，拓跋宏一直向往着江南的文化，希望能有一天去长江边走走，看一看江边的杨柳，听一听与漠北雄浑曲调迥然不同的江南小曲，现在，他终于来到这"中州咽喉，江南屏障"的八公山，他也离江南越来越近了。一只鸟从他的头顶掠过，一声尖脆的鸟鸣，拓跋宏从惊悸中猛醒，就是这条河流，就是这块地方，一百多年前，东晋名相谢安在棋局前指挥若定，让前秦苻坚的八十万大军遭遇一次最惨烈的溃败，从而演绎了一场"风声鹤唳，草木皆兵"的惨剧。一百多年过去了，淝水之战的硝烟早已荡去，但那场大战的胜利者东晋谢安却成了拓跋宏幼时崇拜的偶像。

> 伊昔先子，有怀春游。
> 契兹言执，寄傲林丘。
> 森森连岭，茫茫原畴。
> 迥霄垂雾，凝泉散流。

天色渐晚，拓跋宏一边往山下走去，一边吟咏着谢安的《兰亭诗》。
走到一处，耳畔传来隐隐的吟咏：

> 浴兰汤兮沐芳，华采衣兮若英……

循着吟咏之声，拓跋宏走进附近的一间草庐。院子里，一位须髯尽白的老者正拿着剪刀，修剪着一株株玫瑰。看见拓跋宏进来，老者放下工具，双手一合，说："将军别来无恙，那盘棋，我们已下三年了，至今还未定出胜负。等我弄完了这些，就陪您再来。须知下棋也如同打仗，贵在不战而屈人之兵。兵书又云：'一而鼓，再而衰，三而竭。'将军三番五次进攻，却又未出新招，又何谈取胜？"老者的神情像是遇见了久违的熟人，又像是在独自与灵魂对话。
拓跋宏的侍从说："见了陛下，为何不拜？"

老者这才抬起头打量了一下客人，说："年轻人不懂规矩，既然上门做客，当然是客先拜主，岂有主人拜客之理？"

侍从正要动粗，拓跋宏说："不为难老人家了，他是南人，只会拜南主吧。"

老者说："不管你是东主、西主、南主、北主，只要能给百姓带来生机和安宁，自然就是百姓的主。"老者说着，又自顾吟咏起一首诗来：

潜虬媚幽姿，飞鸿响远音。
薄霄愧云浮，栖川怍渊沉。
……

这是江南有名的山水诗人谢灵运的《登池上楼》。拓跋宏和着老者的音节，接着吟咏起来：

池塘生春草，园柳变鸣禽。
祁祁伤豳歌，萋萋感楚吟。

"可惜，可惜呀！"老者说，"如此江南雅音从将军口中吟出，却多杀戮之气。可悲，可悲呀！"

拓跋宏知道，这是一个并不一般的老者，在这个傍晚，他有心要与老者好好聊一聊，他要与老者聊一聊这场即将开始的战争，聊一聊此时此刻各自的心境。当然，如果老者有意，他还想与老者聊一聊屈原或是谢灵运。

"我的军队已经兵临城下，或许不等到明天，这一大片土地就在我北魏大军的铁蹄之下，那时候，也就无所谓南主、北主了。"

老者呵呵一笑，说："昨天已经过去，明天尚未到来，将军又何必言明天之事？将军如果不急，可与老朽将一盘棋下完，明天也就到了。"

"说得不错。明天尚未到来，但是眼下这一刻，如果我手中的剑轻轻一挥，老者的六斤半就连吃晚饭的机会都没了。"

老者又是一笑，说："要是那样，我这个吃了一百一十七年饭的家伙就该换一个新的了，老朽谢你还来不及呢？"

拓跋宏打量着满园的玫瑰以及眼前这位鹤发童颜的老者，现在，他似乎明白父皇为什么一生里都向往着闲居的生活，一生里都在为永远也无法实现的乡居做着准备了。拓跋宏伸手摘下一枝带着晚露的玫瑰在鼻子上嗅着，说："老伯的玫瑰如此娇艳妩媚，难道是谛听屈大夫九歌之音的结果吗？"

"除了屈夫子，我也给它们吟咏胡歌。"老者说着，就又吟咏起来，那是让拓跋宏一听到就落泪的歌："敕勒川，阴山下，天似穹庐，笼盖四野。天苍苍，野茫茫，风吹草低见牛羊。"

"胡歌也一样能滋润花草吗？"

"那要看歌唱的是什么人了。"

"自我亲政以来，尊周孔，习礼仪，歌黄钟大吕，诵窈窕之诗，使我北朝百姓安居乐业，疆域稳固，我做的还有什么错吗？"

老者扔一块蒲团让拓跋宏坐下，自己却将不远处一块百十斤重石锁顺手移到身下做了凳子，说："齐魏两国互为睦邻，两国之间鸡犬相闻，齐魏二主各依祖制，各有法统。你看这淝水两岸，齐魏百姓男耕女织，好一派安宁祥和，眼看战争在即，生民涂炭，北主眼里纵然没有南齐的百姓，难道也不为北魏的百姓想想吗？"

拓跋宏说："想你南齐朝廷，连年演绎父子相背、兄弟相残之宫廷闹剧，这等国度，又有何安宁祥和而言？今南主萧鸾违背先皇遗命，连废二主，自立为帝，且又滥杀诸王，致血流成河，是为国君，老伯不认为未免太残忍了吗？"

"北主的话，倒是让老朽想起一件事来，北主先皇道武帝为效法汉人父死子承的继位方式，决定改变鲜卑人旧有的母系制度，采取一经确立储子地位，立即将母亲处死的传承方式。北主五岁继位的那一天，就已经尝到丧母之痛，这样的方式，就不残忍吗？北主先皇道武帝的那次宫廷政变，其结果是道武帝死于其次子清河王拓跋绍之手，而拓跋绍又被其长兄拓跋嗣所杀，这就不是父子相背、兄弟相残吗？"

拓跋宏招架不住了，说："我族虽原为北方游牧部落，但同样为黄帝后裔，自我先祖道武帝起，效法汉地传统，推崇汉人文字，遵从汉地风俗，先祖太武帝马踏漠北，一统北方，从而结束一百五十余年的中原战争，我北魏天下得以日渐强大。今见南齐社会人心浮泛，民风奢靡，娼妓市化，盗贼横行，实有悖祖宗法统，为天下大一统计，我今大兵压境，只要朕振臂一呼，顷刻间，建康城就将为我所据。"

老者说:"我的妻子在杀鸡之前总要念念有词,说什么脱掉毛衣换布衣啦,还说什么早死早超生啦,等等。总之,我杀你,我有理,我打家劫舍,是为你好。看来,北主与我的妻子好有一比,更与北主所说的横行盗贼好有一比啊。至于北主刚才所说振臂一呼,即可将建康占据的大话,一百多年前也曾有人说过,但最终却在这淝水之滨唱了一曲风声鹤唳、草木皆兵的悲歌。前秦苻坚的悲剧,北主总不至于这么快就忘了吧?"

拓跋宏在与老者的唇枪舌剑中始终未占上风。这天晚上,老者一家为客人做了一桌八公山豆腐宴,让拓跋宏真正胃口大开。

第二天清晨,寿阳城头的哨兵忽然发现,昨天黑压压驻扎在城外的北魏大军像是被风刮走一般,没有一点踪影。士兵将这一情况报告给南齐守军将领,将领们登上城头,只见那片空旷的营地上留下拔去帐篷的痕迹。没有人能清楚北魏大军一夜退走的真正原因,也没有人知道那不战而屈人之兵的究竟是何人。拓跋宏沿着黄河一路北归,在山东,拓跋宏虔诚地祭拜了孔庙,接着就回到洛阳,继续他的汉化改革去了。

## ▎屠杀重新开始

拓跋宏的不战而退,让齐明帝萧鸾一颗悬着的心又重新落到了实处。萧鸾准备在南郊举行祭天大典。为了祭天大典的顺利,萧鸾在萧遥光拟就的屠杀名单上圈了几人:他们是齐武帝十子西阳王萧子明、十一子南海王萧子罕、十四子邵陵王萧子贞等十四人。萧遥光对这样的圈定甚为不满,因为明帝再次放过了他的政敌:骠骑将军、尚书令王晏。

"陛下,王晏这个老滑头自恃四朝元老,根本不把陛下放在眼里,最近又写诗说什么要开新宇,这样的人,还不该杀吗?"

王晏确实是一个十足的官场老滑头。想当年萧赜做太子时,王晏像狗一样围在萧赜的鞍前马后,后来萧赜不知为了什么事而得罪了父亲高帝萧道成,高帝一怒之下,差一点就要另立次子萧嶷为太子。王晏眼看着萧赜就要失势,立即又掉转头跑到萧嶷那里去了。王晏在官场不断攀升的秘诀除了谁的腿粗就抱谁,还有就是拼命挤对对他的升迁有妨碍的政敌。他的嘴特别损,从他嘴里蹦出来的,就没有一个好人。对于他的这些阴招,无论是高帝萧道成还是武帝萧赜，乃至明帝萧鸾都看得清清楚楚。但奇怪的是，无论哪一次官场大洗牌，王晏总能捞到好处，竟至做了一人之下、万人之上的尚书令。萧遥光一想到那个期待中的尚书令竟落到王晏的手中，就恨不得把王晏生吞活剥了。

萧鸾说："王晏是四朝元老，现在杀他，于理于情都不容。"萧遥光说："虽然王晏效忠于齐高帝萧道成，但在陛下您推翻萧昭业的行动中，他不照样一马当先。现在王晏看起来对陛下忠心耿耿，但陛下百年后，如果再有人图谋不轨……"

"好了，"萧鸾朝萧遥光挥了挥手说，"要杀他，总得有杀他的理由吧。"

"这有何难？"他知道，这是明帝在给他支招儿了。萧遥光想起古人所说的"欲加之罪，何患无辞"这句话，只要他动一动嘴，王晏的材料，中书省的人能够为他搜集一箩筐。

南北朝时有一种"送故"和"迎新"的官场制度，无论是故人离去，还是新人升迁，都须向曾经举荐自己做官的人表示尊敬。尊敬的方式可用钱财，也可用物质。这种规定为行贿受贿提供了合法的渠道。尚书令在朝廷负责人事，对于王晏来说，这真是如鱼得水，于是，王晏开始不断在要害部门安插自己的亲信。官员们频繁调动，"送故"和"迎新"愈加频繁，王晏自然也就是财源滚滚。

或许王晏真的是财迷心窍了，他根本没有意识到，萧遥光到底是第几次将他列上了屠杀黑名单。王晏的相貌如何，史书上没有详细的描述，从他不断让人替他看相这一点看，王晏对自己的相貌颇不自信。但是，那些马屁精们总是把他的相貌夸大到让人发笑的程度，从一开始的"吉人天相"到后来的"龙虎之相"，王晏真的有些头晕了，以至他自己也开始相信，他的相貌的确有非一般之处。这一切，当然难逃情报机构人员鹰犬般的眼睛。然而，这些材料报到萧鸾那里，萧鸾认为都不足以成为杀王晏的理由。萧遥光于是再派人搜集对王晏更为不利的材料。

不久，一份当年齐武帝当政时的奏章递到明帝萧鸾手里。这条王晏亲撰的奏章内容是劝齐武帝不要任命萧鸾为尚书省领选事官。看到这份材料，萧鸾不禁再次想起当年他委身尚书省寄人篱下的遭遇，也终于知道他当时为什么得不到升迁的缘由。

王晏的危险已到了人人尽知的时候，偏偏他自己仍蒙在鼓里。

　　当初王晏在萧鸾诛杀萧昭业的政变中表现积极时，他的堂弟御史中丞王思远就警告他说："似你这样东家摇尾，西家作揖，不顾廉耻，卖身求荣，迟早会惹来杀身之祸。"王晏却不以为然，说："难道你要我像你一样一辈子甘愿做一个穷酸秀才吗？"萧鸾称帝后，王晏一下子就做了丞相，王晏再遇到他的那位堂弟时，便得意地说："当初我要是听了你的话，哪还有今天的荣华富贵？"王思远说："你现在自杀还来得及啊！"王晏说："等我有一天登了龙位，第一个就赐你一条白绫。"王晏说这话时，真正是怒不可遏。王思远说："世上竟还有死到临头还不知死的人。"

　　随着萧遥光对王晏的弹劾步步紧逼，所有的亲戚都开始回避王晏，王晏这个精明的老傻瓜竟毫无察觉，依然在利用一切机会捞钱，依然在做着帝王之梦。

　　但是，萧鸾还是绕过了王晏，却把目标锁定在司州刺史萧诞的身上。说到底，萧鸾对在自己政变之初临时倒戈而来的萧诞兄弟还是不放心。建武二年（公元495年）五月，萧鸾授萧衍司州别驾，却特别派给他五千人马，让他北上司州。其实，萧衍的司州别驾，只是萧鸾用来麻痹萧诞的一个幌子。萧衍比谁都清楚，这一次明帝派他前往司州，与之前派他前往寿阳完全不同。前次对付崔慧景，明帝旨在安抚；此次对付萧诞，明帝必将除之而后快。明帝在萧衍临行前交代说："萧诞守城不力，并以投敌威胁朝廷，现在朕派你去司州，他必会采取行动，与北魏私下联络，务必要拿到他投敌的证据，而后以朝廷之命诛杀之。"

　　依然像前次寿阳对付崔慧景一样，萧衍将他的五千人马驻扎在司州城外，切断了司州与外界的一切联络，拒绝司州方面的主动示好。萧衍虎视眈眈，对司州的敌意是明显的，他的目的就是要让萧诞意识到：你的危险已经很严重了，赶紧采取行动吧。

　　明帝大肆诛杀高、武旧臣，萧诞不可能不有所警觉。北魏方面当然不会放弃策反司州的机会，经过几次秘密交往，萧诞也的确有投奔北魏的打算，只是一直难下决心。现在，明帝又派萧衍领五千人马驻扎司州城外，萧诞意识到事态的严重，他知道，是到了下决心的时候了。司州与外界的一切联络均被萧衍切断，唯一没能被萧衍掌控的，就是通往北魏的那一条边卡通道了。

然而萧诞不会想到，萧衍在那条通道上同样布下陷阱，一双双警惕的眼睛正紧盯着通往边卡的各个要道路口，专等着耗子出洞。

这天夜里，耗子终于小心翼翼出洞了，几乎是刚一露头，专候在那洞口的猫儿一拥而上，将那只耗子逮了个正着。一直等拿到萧诞投奔北魏的确凿证据，萧衍这才松了口气，他在心里对萧诞说：萧诞老兄，在下对不住你了。

就在萧衍北上诛杀萧诞的同时，明帝又不失时机地把目标锁定了萧诞的兄弟萧谌。这一天，明帝在华林园举行宴会，商讨南郊祭天大事。宴会自始至终充满了欢声笑语，这顿饭一直吃到很晚。午夜时分，大臣们相继离去，明帝唯独留下了萧谌。明帝与萧谌谈了一些不相干的事，看看时候不早，萧谌要告退了。明帝不惜至尊之身，一直将萧谌送出华林阁，说声爱卿慢走，招招手就回去了。明帝刚一进华林阁，黑暗里几名羽林军就扑了上来，七手八脚就将萧谌捆了，一直押解到尚书省。萧谌似乎早就知道会有这一天，于是便面带微笑，对刽子手们说："当初我协助萧鸾诛杀萧昭业以及高、武两代诸王，罪孽深重，今天我死在萧鸾刀下，也是报应。"

王晏又一次从萧鸾的屠刀下逃脱，但是，却没能逃脱萧遥光鹰犬样的眼睛。王晏哪里知道，明帝的侄子萧遥光要除他，他就一定得死。他即使活过今天，也难逃过明日。

萧遥光买通的线人向萧鸾报告说，据可靠消息，王晏将在陛下南郊祭天时埋伏重兵，刺杀陛下。对这样的消息，萧鸾似信非信，偏偏这天晚上，萧鸾做了一个可怕的梦。梦中他被一只恶犬反复撕咬，梦醒之后，他忽然感到四肢疼痛，浑身不爽。天亮后，忽然有人来向他报告说，南郊祭天现场闯进一只恶虎，已被人打死。萧鸾意识到，这或许正是上天对自己恶行的警告，于是当即决定，祭天大典延期举行。

所有的大臣都遵命而行，唯独王晏一再上奏，说祭天大典是天大的事情，千万不能延期，否则会造成民心波动。王晏为什么一再坚持要自己去南郊祭天？想起曾有人密告王晏利用南郊祭天行刺的事，这一次，萧鸾终于提起笔，在王晏的名字上画了一个血红的钩钩。

王晏终于被杀，一同被杀的，除了他的两个儿子王德元、王德和，还有与王晏过从甚密的北中郎司马萧毅、台军队主刘明达以及王晏的弟弟广州刺史王诩等。

萧鸾在想，王晏死了，下一个该死的又是谁呢？他的手上早就沾满了高、武两代人的鲜血，他知道自己罪孽深重，但是，杀一个也是罪，杀一百个也是罪，那就将一切该杀的统统杀光吧。

## 世间绝音

　　早在当年认识慧超时，萧衍就开始学习坐禅。慧超告诉他说，坐禅并非死坐，坐禅的目的就是要让自己把万缘放下，把一切世俗的欲望抛弃，达到轻安自在的目的。慧超特别强调说，佛教中的戒、定、慧三法，戒是根本，一个人只有真的决定把万缘放下，把一切非分的欲念抛弃，他才能轻安自在。但这还是不够的，他还要在坐禅中让自己进入一种虚极的原始状态，在禅定中看到自己的本来面目。只有这样，才能生发出那未被开发的智慧潜能，才能让自己以智慧的眼光去看、去分析这纷繁复杂的世界。

　　这或许正是佛教向人类贡献出的一种智慧的修炼方法，成为很多佛教信徒们每日必修的一门功课。按照慧超的指点，在不长的时间内，萧衍的禅定功夫达到一定的境界。就像慧超说的，坐禅时，那一颗心看似寂然，但却是灵动的。人的思维，不可能进入一种绝对静止的状态，当杂念来时，千万不要抑制它。来就让它来吧，只是，来时，不作追究；去时，不再寻索。来过又去过，剩下的还会有什么呢？慧超说，能达到这样，一个人的禅坐功夫就算是纯熟了。

　　然而这些日子以来，每当他把双腿盘开，放松呼吸，开始禅坐时，他的面前总会亮起一道彩虹。他无法不去追究这道令人炫目的彩虹，无法不去寻索这彩虹的来处和去处。那彩虹像一道闪电，照亮了他三十多年寂然之心。他知道，谢采练的出现，已经让他再也无法在禅定中轻安自在了。

　　这天清晨，陈庆之刚刚打开门，就看到门前拴着一匹高头大马。那马浑身赤色，没有一根杂毛。"呵呵，这是谁家的马，多好的马啊。"陈庆之的叫声惊动了萧府的杂役，几个年轻人出于好奇，几次要接近那马，但不等那些人靠近，那马就一声嘶鸣，昂起头来，一副不容侵犯的架势。陈庆之自幼跟随萧衍，对马同样有着特殊的爱好，于是翻身上马，想先骑个痛快。然而那马腾起后蹄，纵身一跃，在空中打了一个旋，一下子就将冒犯它的人给掀翻在地，引得众人一阵大笑。

听到门口的骚动，萧衍走了出来。奇怪的是，那马见到萧衍，就像见到久别的亲人。马温驯地向萧衍靠近，用头在萧衍的身上亲昵地蹭着。萧衍发现马鬃上拴着一封信函，打开信函，见那上面写着："美女与马，是将军之所爱。美女暂不可得，宝马则如期而至，好马识途，良驹归主，将军尽管笑而纳之。愿此宝马能抚慰将军一时之失落。"萧衍将信匆匆收起，他知道，这是一个最能了解他心境的人。萧衍伸手在马背上抚摸着，马浑身皮毛缎子般油滑，心里便有几分爱意，但他随即说："庆之，将我的牛车赶来，我要上朝去了。"

陈庆之说："主公，这么好的马，不比你那破牛车强十倍？您骑着这匹马去上朝才叫威风呢。"

"叫你去，你就去吧。"萧衍有些不耐烦地说。

他的部将吕僧珍也说："主公，你看这马同你多亲，好像与您前世有缘。"

陈庆之生怕萧衍不肯收下，又说："马啊，你若真同我们主公前世有缘，就叫一声吧。"陈庆之话音刚落，那马便顿一顿四蹄，一声长啸，真正是宏音激越、声震四野。陈庆之说："主公你看，这马真通人性啊，吕爷说得不错，这马就是与您前世有缘。"

那马的确太好了，萧衍有心不去看那马，却又禁不住向马走去。那马似乎有些急不可耐，四蹄刨地，刨出一阵尘土，接着又一声长嘶，似久未出征的将士在等待出征的命令。

吕僧珍说："主公，多好的马啊。您就收下吧，别辜负了马主人的一片好心。"

萧衍被两位家人说动了心，于是翻身上马。那马腾起四蹄，又一声长啸，顺着那条大道飞奔而去。耳畔只有呼呼的风声，路边的景物纷纷向后倒去。迎着风声，萧衍禁不住吟起一首曹操的诗来：

驾六龙，乘风而行。

行四海，路下之八邦。

历登高山临溪谷，乘云而行。

行四海外，东到泰山。

仙人玉女，下来翱游。

骖驾六龙饮玉浆。

河水尽，不东流。

解愁腹，饮玉浆……

很久以来，萧衍都没有像这样放松心情了，他任那马载着他一直狂奔，没有目标，不知终点。不知什么时候，马载着他跑到一处郊外，一阵冷风吹来，萧衍顿时从狂热中冷静下来。他知道，今天的事，一定会有人报告到明帝那里，好事的人们总会因为某一件事而把他列入政敌的名单。他将马牵到市上，系在一块拴马石上，独自上朝去了。

临近中午，萧衍退朝回来，却不见了那马，陈庆之急了，问："主公，那马呢？"

"已经还给主人了。"

陈庆之急了，说："那马是仰慕您的人送与您的，您就是那马的主人，您怎么又把它还给人家了？"

吕僧珍也奇怪了，说："那信上并未写明主人是谁，主公怎么把马还给人家的呢？"

萧衍说："我已将马拴在闹市，主人自然会来牵走它。"

两位家人都显得十分失落，都抱怨萧衍为什么不肯收下这么好的一匹马。然而事情似乎并没有结束，第二天清晨，当陈庆之打开大门时，那马又如昨天一样等候在萧府门前。陈庆之高兴得疯了，说："主公，我说这马同你前世有缘，你看，它又回来了。"

萧衍并不相信这马与他前世有缘，但他似乎再也不好拒绝那未知姓名的朋友的一片深情。这马的主人说得对啊，美女与马，都是他所爱。这马，他收了，可是，谢采练的一颗芳心，他能收下吗？

萧衍收下那马，嘱人好好饲养，现在，他决定去采撷爱情，采撷谢采练的一颗芳心。于是，他向明帝请假，说要为父亲修葺陵寝。萧衍从建康城消失了。

半个月后，明帝萧鸾忽然想起多久没有见到萧衍了，于是派人打听萧衍的消息。不几日，有人向明帝报告说，在钟山脚下，有人见到萧衍。那里有几间茅草院落，坐北朝南，门前溪水潺潺，屋后小桥流水，远处是大片大片的油菜田。春三月里，正是油菜花开放的季节，钟山脚下一片金光灿灿。又说，萧衍每天只是读经、写诗、画画，每当清晨或是傍晚，他会乘坐一吱吱作响牛车，行进在乡间小路上，前往附近的华天寺与老僧慧超下棋，并学习坐禅。

有人说，萧衍是我南齐难得的青年才俊，怎可以放任他逍遥于山水之间，旷达于朝廷之外？明帝说："萧衍的境界非同一般，由他去吧。"萧鸾甚至还开了一个玩笑，说："萧衍虽然有济世之才，但说起来，他却是个做和尚的命。"这话当然很快就传到萧衍耳里，萧衍笑了。齐明帝萧鸾心胸狭窄，又极尽猜忌，朝中人臣随时都有被害被诛的危险，在这种情况下，萧衍要的就是这种效果。他就是要让萧鸾感觉，他不过是一个胸无大志，一心只求清闲自在的山野人物。

所有这一切，当然不会逃过张弘策的眼睛。但张弘策也发现，萧衍的性格的确发生了极大的变化。萧衍对下棋的兴趣大减，诗兴却是大发。这期间萧衍所写的诗多为乐府诗，与以往不同的是，这期间萧衍的诗中对青年男女私情直露而大胆，如"南有相思木，合影复同心。游女不可求，谁能息空阴"，"陌头征人去，闺中女下机。含情不能言，送别沾罗衣"，甚至有"纤腰袅袅不任衣，娇怨独立特为谁"这样两情相悦的诗句。除了写诗，更多的时候，萧衍总是独自凝神，有时候，他沉默得就像一块石头。萧衍是挥戈仗剑的丈夫，又是一个柔情似水的男人。张弘策知道，萧衍的心中一定藏有什么秘密了。他去问陈庆之，陈庆之却笑笑，什么也没说。张弘策说："主公心里有病，你要为他找一个最好的郎中。"

第二天，陈庆之在市面上为萧衍买来一架古琴，萧衍凝结的眉头终于有了一丝宽松。但他嫌那架琴质地不好，于是放倒了院子里的一棵桐树，费了一番功夫，亲手制作了一把琴。琴制好了，萧衍调试一下，似乎仍不满意，那架琴就搁在那里，再也没有被他动过。

没有人知道沉默的萧衍心里究竟藏着怎样的秘密，只有陈庆之知道，主公的心里装着一个放不下的人。但这毕竟不是在吴桥镇，陈庆之当然不敢将那个人的名字轻易说出。终于有一天，陈庆之说："主公，我想去一趟吴桥镇，还有一笔债务没有了结。"

萧衍知道他心里的事瞒不过这个精明的家童，当然也知道陈庆之所说的"没有了结的债务"究竟是什么债务，他却说："这件事，还是让我自己来处理吧，但现在还不是时候。"

现在，让我们来说说萧衍的家事。萧衍元配郗徽出身高贵，其父亲原为太子舍人，其母是宋文帝的女儿寻阳公主。在门第高于一切的时代，出身高

贵的郗徽自然成了王公贵族竞相追求的对象。郗徽幼小的时候，海陵王（萧鸾篡位后第二位废帝）曾想纳她为皇后，又有安陆王想娶她为妃，但都被郗家婉拒了。但是，这样一个高贵的公主，最后却嫁给了当时并不显贵的萧家，嫁给了萧衍，这一年，郗徽十四岁，萧衍十九岁。据说是在新婚之夜，郗徽在床头向萧衍约法三章：第一，不许纳妾；第二，不许纳妾；第三，还是不许纳妾。萧衍自知能娶到郗徽这样高贵门第的女儿是自己高攀了，于是就点头答应了。此后的许多年里，萧衍一直遵守着当初与妻子的约定，从未有过非分之想。十多年过去，郗徽一连给萧衍生下两个女儿，郗徽知道丈夫盼子心切，便安慰他说："我还不老，请相信我，我一定会为你生下一个儿子的。"郗徽说："我自己能做的事，就决不要别人代劳！"

吴桥镇上的谢采练就像一道闪电，突然间照亮了萧衍尘封了十年的心扉，十年来，萧衍第一次坚定地认为，谢采练是他此生不可多得的女人，不管妻子是否反对，他都要纳谢采练进门。那个年代的士大夫三妻四妾本来就是平常事，他只要一妻一妾，而且，总有可以说得过去的理由：他需要一个振兴萧家血脉的男丁。他对郗氏早就失去兴趣和耐心，他根本不相信郗氏的肚皮里还会再孕育出一个不同的品种。

带着鼓舞了很久的信心，萧衍决定与郗氏摊牌了。

萧衍回到家时，妻子郗徽正跪在佛堂里，萧衍有与妻子一同礼佛的习惯，于是也跪到另外一块蒲团上。

等回到房里，萧衍说："我要告诉你一件很重要的事情。"

郗徽神秘地说："我也正有一件很重要的事情要告诉你，我想让你先猜猜看是什么事情。"

萧衍顺着妻子的情绪，一连猜了几件事，妻子都摇头否定。萧衍说："你肚皮里的事，我哪里猜得出，我不想再猜了。"

"你已经猜对了，正是我肚皮里的事。"郗氏说，"我又有了，郎中说，这一次一准是个带把儿的。"

萧衍记得，同样的话郎中已说过两次了，两次都让他落空。

郗徽说："我知道你急匆匆地回来是要告诉我什么，但我要告诉你的是，这一次，我要是再不能为你生个儿子，你再把你要说的话告诉我也不迟。"

"太难为你了，你要保重。"

"你该记得我前年的一场病，那时郎中就说，如果再有身孕，只怕凶多吉少，所以这一次，我是冒死来为你怀这个儿子的。"

萧衍被妻子的话感动了，那些在他心里酝酿了很久的话，终于被他堵在了嗓子眼里。

"六弟说，他要把一个儿子过继给我。"萧衍说。

"我知道，同样的话他都说过不下十次了。他就是用这个来嘲弄我们。"

"六弟也是一番好心，你别误解了他。"

郗氏说："如果这一次我再生不出儿子，再过继他的儿子也不迟。"

那天晚上，萧衍在那架琴前坐了一夜。下半夜，他恍惚听到一阵熟悉的琴声。他有些兴奋，那分明就是谢采练的琴声。月下的空山如此宁静，谢采练在徐缓的弹奏中表达着一种难以名状的期待，颤动的泪珠终于夺眶而出。一阵滚动的尾音后是乐曲的大幅停顿，那是欲言又止的叹息，又是凄楚哀婉的倾诉。接着，舒缓的弹拨重新开始，乐曲忽然大疏大密、大起大落，让人振聋发聩。就在萧衍沉迷在这荡气回肠的乐曲中时，随着一声轰然巨响，所有的乐曲戛然而止。睁开眼来，却是一个虚玄之梦。月光下，那架古琴自拦腰处猝然断裂。

不等天亮，萧衍骑上那匹宝马，向吴桥镇急速而去。

在吴桥镇口，谢老员外神色黯然地站在那里，像是早就在等待他的到来。

"老人家，发生什么事了吗？"萧衍飞身下马，急切地询问着。

"将军，你来迟了，"谢老员外说，"你再也见不到小女采练了。"老员外说着，禁不住泪珠滚滚。

萧衍感到一阵头晕目眩，他勉强支撑住自己，问："到底发生了什么事？"

谢老员外说："此地不是说话处，将军请随我回家去吧。"

庭院里，那架古琴上落满了灰尘，其中的一根琴弦已经崩断。萧衍知道，他的确是来晚了。在谢老员外的引导下，萧衍第一次走进谢采练的卧房。谢采练躺在床榻上，微笑着，就像上次见到的一样，依然在向人发着天真的一问。萧衍难以支持自己，他伏到谢采练的床榻前，顿时泪流满面。

谢老员外怕萧衍过于伤心，连忙将他请到堂轩，说："老拙夫妇共有五个女儿，其他四个都先后嫁出去了，唯独这最小的采练心气太高，一直没许配合适的人家。小女说，如果没有一个懂得她琴音的人，她宁肯一辈子不嫁。

直到有一天，她得遇将军，她说，将军是这人世间唯一懂得她琴音的人，将军为她写的曲子，她当做珍宝一样收藏着，每天弹奏着。她知道她在弹那些曲子时，将军就坐在山坡上谛听着，她就每天为将军弹奏那些曲子。后来又发生了那次几个姐妹的游戏，小女却当真了。您要笑话了，小女是个没有什么心机的人，就像她弹的那些曲子，但越是这样的人，一旦心里有事，就越发不能自已。自从将军结束丁忧回到建康后，小女一直在等着萧将军的消息，可一直没有等到。但小女仍说，将军正在为她写新的曲子，将军一定会再来吴桥镇的，可将军一直没有到吴桥镇来，小女的病就越发地重了。小女临死之前说，她对将军没有别的请求，只请将军能为她弹奏一支新谱的曲子。"

眼泪仍在萧衍的眼眶里，终究没落下来。他知道谢采练心里有他，却没想到她竟是这样一个痴情的女子。说起来，是自己误杀了这个江南女子了。

萧衍再次走进谢采练的卧房，他仿佛听到谢采练说："将军为我谱新曲了吗？"

萧衍让人将那架古琴抬进屋，重新续好那根崩断的琴弦，轻轻地说："小姐，这首《东飞伯劳歌》就是为小姐写的，正好我又谱了曲，现在，我就为小姐弹奏这支曲子。"

东飞伯劳西飞燕，黄姑织女时相见。
谁家女儿对门居，开颜发艳照里间。
南窗北牖挂明光，罗帷绮帐脂粉香。
女儿年几十五六，窈窕无双颜如玉。
三春已暮花从风，空留可怜谁与同。

一曲终了，萧衍站起来，向谢采练的遗体深深鞠了一躬，说："对不起，小姐，今生有负，只待来世了。"

# 第二章

## 镇守石头城

　　谢采练的死，在萧衍的心里引起的伤痛是明显的。他忽然感到，尘世间的一切都是那样污浊不堪，唯有谢采练的琴声才是这世间最纯净最荡人心魄的声音。

　　第二天，陈庆之寻到吴桥镇，萧衍请陈庆之告诉夫人，这一阵他的心里很乱，他要在山里住一段时间。萧衍决定，他要为谢采练好好弹几个月古琴。他要用琴声，修补心里的创痛，也要用琴声来慰藉为他而死的谢采练。

　　这期间，萧衍拜访了久未谋面的慧超和尚。

　　慧超原先是个有名的相士，自幼熟悉"筮祝"和"鼓舞"之类的民间法术，据说每占一次，都能得到应验，信奉他的人很多。有一次他拿着镜子自言自语说："再过十天，当今皇上就要召见我。"一旁的人似信似疑，然而到了第十天头上，果然刘宋皇帝要召见他。皇上一定听人说到这位不凡的相士，因此才特别地召见了他。第一次召见他，皇上决定对他进行一番考察，于是让一名长相气质都很不一般的囚犯穿上官员的服装，请慧超为他相面。没想到的是，慧超一见此人，立即大惊失色，说："啊，你怎么从监狱中逃出来了？你如果不是一个越狱犯，就一定是个骗子，你本来就是一个下贱人，虽然你穿着高贵的衣服。"从此，无论是皇上，还是目睹这一场景的人，都对慧超信奉不已。于是，皇上将他留在身边，主持皇宫中的种种法术及当时普遍实行的超度法典。但慧超对这种工作并不热衷，不久便向皇上提出，他要出家

做和尚。皇上留不住他，不得不批准了他的请求，赐资让他在钟山脚下建一座寺庙普光寺，从此慧超就不再替人相面，只一心钻研佛事。

慧超似乎早就知道萧衍要来，特意早早站在丈室外迎候。

"将军别来无恙，老衲在这里等候将军多时了。"

慧超将萧衍迎进丈室，仍像萧衍每一次来一样，慧超坚持请萧衍坐到他平时说法的法座上。萧衍不肯，说："师父如此礼节，萧某岂敢接受，那一方法座，是我等俗人能坐的吗？"

慧超说："东晋慧远法师提倡沙门不敬王者，因为出家人是替佛说法，佛法僧，乃佛中三宝，因此，每次将军驾到，老衲都不曾顶礼。但君臣之分，还是要的。"

萧衍惊问："何来君臣之分？"

"将军第一次来本寺时，老衲就看出将军龙行虎步，有帝王之相，当时老衲曾说，将来的天下，必属于将军无疑。"

这些话，萧衍的确还记得。当时只觉得是和尚的疯言疯语，并没认真听进耳去。现在，当慧超旧话重提，就不能不让他有所警觉了。

"这世间的一切，都不过是稍纵即逝的一缕烟尘。"想起刚刚离世的谢采练，萧衍的内心充满了感伤。

"将军与谢采练的事，我也听说了。将军与谢采练前世的因缘，只可惜有缘无分。未来的几年，将军自会有一桩未了的因缘，将军切切不要放过。不过，大丈夫当立于天地之间，岂可为儿女情长所羁绊？这些道理，将军不是比老衲更明白吗？"

"法师，眼下我该怎样去做？"

"明年这时，建康会有大事，因了这件大事，天下将会大乱，在梁、楚、汉之间，将有一位英雄兴起。未来的江南天下，将归于这位英雄。"

"建康要出的，是什么样的大事？可以知道那位英雄是谁吗？"

"天机不可泄露，老衲可以告诉将军的是，那位英雄，将起于雍州，"慧超忽然又说，"将军为什么不觉得，那位英雄就在老衲的眼前呢？"

萧衍被慧超的话吓了一跳，他看了看四周，说："法师这种谶语千万不可乱说，小心你我脑袋搬家。"

"明年这时候，大街上会有童谣，将军要做的，就是不要违背那句童谣就是了。"慧超说着，做出了送客的架势。

第二天，萧衍结束了山里的生活，回到建康。

明帝萧鸾刚坐稳天下，忽然建康城里就传出明帝身染痼疾、四处求医的消息。流言还有根有据地说，太医正为明帝四处搜寻"书鱼"。"书鱼"是旧书页中生出的一种虫子，也是一味中药，用于利尿和清热。

听到这个消息。萧衍心里忽然一动：难道这就是慧超和尚所说的大事吗？如果明帝驾崩，刚刚建立的一代王朝又将换主，那的确是一件了不得的大事。然而萧衍并不知道，就在他回到建康的当天，奉天殿里一场关于他的任命引发的争论正在进行。

明帝说："朕想效法周、武，做一个受百姓拥戴的明君，朕的大政方针，需各位爱卿提出批评。朕今后要决定的事情，都要交你们讨论，你们说对的，朕就去做，你们说错的，朕就坚决改正。"明帝今天让大臣们讨论的，是关于萧衍是否应该升任司州刺史的问题。明帝不会忘记当初他对萧衍的许诺，现在萧诞被诛，司州刺史位置空缺，便决定破格擢升萧衍为司州刺史。

尚书令徐孝嗣说："萧衍原本为萧子隆谘议参军，一个小小的六品官员，不到一年，竟官至四品，这件事已经让人多有猜疑，现在让他去做司州刺史，只怕难让人心服。"

右仆射陈显达当然看出明帝的心思，说："萧衍前番出使寿阳，安抚了不自安的崔慧景，这一次贤首山一战立下头功，现在派他去做司州刺史，没有什么不妥。"

"萧将军固然有功劳，但毕竟年轻，擢升太快，势必会滋长骄慢，还望陛下三思。"

萧鸾走下御座，一直走到徐孝嗣身边，他扯起徐孝嗣的衣袍说："说到骄慢之心，朕想借此说一件事。你们在座的，谁不是穿绫着缎，而萧衍不论冬夏，总是棉麻。你们这些人哪个不是出门驾驾，奴仆成群，而萧衍出门，唯一书童，一独角牛车而已。你们这些人，哪个的家里不是金银满屯、珠宝成山，你们去萧衍家看看，除了一屋子的书，真正是家徒四壁。有人会说，这是萧衍故作姿态，有意为之，但朕要说，故作姿态一日也罢，一月也罢，而萧衍是长年如此，试问，你们中间谁能故作这样的姿态？"

皇上都把话说到这个地步了，其他的人还有什么话说？任萧衍为司州刺

史的事就这样定了。然而仅仅过了一天，萧鸾又改变主意，决定让萧衍去镇守石头城。

镇守石头城，或许是明帝为防备那些闲言碎语而采取的变通，但萧衍也似乎感受到萧鸾性格中的反复无常。他知道，他要进入明帝的权力中心，还需一段时日。

为了安抚萧衍，明帝在寝宫特意宴请了他。

"叔达，"明帝继续以萧衍过去的号称他，"石头城自古为虎踞之地，为京都建康第一御北屏障。现北魏正虎视眈眈，石头城在战略上意义重大，石头城派谁去镇守朕都不放心，只好委屈你了。"

"陛下的栽培，只会让臣惭愧，"萧衍说，"臣何德何能，竟受陛下如此恩宠？"

萧鸾又说："雍州刺史曹虎早有反志，朕会在恰当时机除掉他，到时，雍州一方就由你去治理。"

萧衍禁不住一阵热潮涌动，事情的发展，会按慧超的谶语而行吗？他按捺住内心的激动，说："臣无功而受禄，内心很是不安，镇守石头城，臣只会尽心尽责，请陛下放心。"

萧鸾牵了牵萧衍那件洗得发白的木棉上衣说："前天在朝廷上，朕就说到你的俭朴，你穿得如此简便，都让朕觉得对不住你了。"

萧衍说："陛下如此称赞臣，倒让臣无颜相对了。说到俭朴，臣是时时拿陛下作为榜样的。整个南齐朝廷，几代君王，论起俭朴，没有人能比得上陛下。陛下所食饭菜如有剩余，一定不让倒掉，而留作下餐再吃。陛下的御厨端午所做的粽子稍大，陛下一次吃不下，就让御厨切成三份。陛下洗衣的皂角只剩下很薄的一片，陛下仍叮嘱留待下次再用。微臣受陛下如此恩宠，唯有效忠朝廷，尽心竭力，不敢有一丝懈怠。"

夜已经很深了，萧鸾亲自将萧衍送出宫来，对着满天星斗，萧鸾忽然感叹说："时光真快，想当年你我同在卫将军王俭府下效力，那时候是多么的年轻，似乎是在一眨眼间，你还很年轻，朕却老了。"

"陛下为何发此感慨，陛下宏图大业，不是刚刚开始吗？"

萧鸾叹了口气说："朕继位这两年来，正遇到外忧内患，身心都感极度疲困，朕的身子也是一天不如一天。有时夜深人静，想起那一颗颗落地人头，总是感觉心生余悸。有天清晨朕临早朝，刚进入宫门，忽听到头顶上一声鸟鸣，接着，无数的鸟在朕的头顶鸣叫不停，朕忽然感觉，那是无数的冤魂在向朕呜呜哭泣。那一刻，朕忽然意识到，这座古老的宫殿，在它的每一块方砖地里，都埋葬着一个屈死的冤魂。"

萧衍忽然意识到，不久前建康城里关于明帝健康状况的流言并非空穴来风，萧鸾真的身患痼疾，他自己似乎也意识到将不久于人世，所以才发出鸟之将死、其鸣也哀的感叹。

萧衍说："平定中原，南北统一，任重而道远，陛下要多多保重。"

走出寿昌殿，萧衍忽然有了一种无以名状的悸动，他想起慧超的谶言，眼前顿时闪出一道霞光，然而他抑制住自己狂热的心跳，他知道，在这样的时刻，他更需要冷静，他需要韬光养晦，他需要将自己一切锋芒藏匿，就像一头狮子，在它出击之前，绝对不能让猎物发现丝毫的踪迹。

镇守石头城，对于萧衍来说，是一段相对平静的日子。这期间南齐境内无事，萧衍乐得清闲。他甚至写了一首《直石头》诗，诗中说："小臣何日归，顿辔从闲放。"让人觉得萧衍是如此悠闲，如此安适。他的从舅张弘策时常来石头城看望这位差不多年龄的外甥，两个人或是杀一盘棋，或是牵着那匹宝马在长江岸边散步。这天傍晚，萧衍与张弘策安步当车，一直走到石头城城墙之上。远处落日如盘，那一片江水便被映成一片血色。萧衍不禁又吟起曹孟德的诗来：对酒当歌，人生几何。曹孟德虽偶有人生短促之感叹，但他在一生中又何曾放弃过统领天下的追求？曹孟德到底没有完成他的宏图大业，充其量，只是一世枭雄。大丈夫立世，不为人杰，便为鬼雄，人生是短促的，又是漫长的，一个血性男儿，唯有在其短促而漫长的人生中做出一番惊天地、泣鬼神的伟业，才不枉在这人生走了一遭。

面对那一片开阔的江面，萧衍久久不语，然而张弘策似乎洞察到萧衍内心那股激荡的潮水。

"明公，你在想些什么？"

萧衍指着那片开阔的江面，说："弘策，你看到了吗？"

张弘策朝萧手指的方向看了看，他看到的是那片如血的江水以及远处一轮即将沉尽的落日。

"萧齐的天下就要尽了，就像这落日一样。"

张弘策吃了一惊,他环顾四周,幸好没有一个人影。张弘策说:"明公,你一定感觉到了什么。"

"在这广袤的江南大地,将会有一位盖世英雄,你就等着吧,他将会干出一番惊天地、泣鬼神的宏伟大业。"

张弘策已知萧衍心意,但他还是问:"敢问,那位英雄出自草莽,还是将帅之家?"

萧衍回过头来朝张弘策笑了笑说:"你难道不觉得这个英雄就是我吗?"

张弘策知道,这是东汉开国皇帝刘秀曾说过的话。当时刘秀与其姐夫以及其他一些人同去见蔡少公。蔡少公好占卜,精图谶,因见刘秀有大气,便当众说:"未来天下,有位叫刘秀的英雄可为天子。"当场有人并不明白少公的话,便说:"您说的是哪位刘秀呢?"一旁的刘秀于是说:"你难道不觉得这个刘秀就是我吗?"在座的人都大笑起来,以为妄言,唯有刘秀的姐夫邓晨心中暗喜。后来刘秀果然就做了东汉的开国皇帝,而他的姐夫邓晨也因功封侯。

张弘策说:"其实,我早就是那个邓晨。弘策愿随时为明公效劳,现在,就请定君臣的名分吧。"说着,就立即匍匐在地。萧衍将张弘策一把扶起,说:"今夜的谈话,你知我知,千万不要轻易向外透露。"

"请放心,这是改天换地的大事,岂是儿戏。"

在长江边,萧衍向张弘策分析了天下大势,虽然齐明帝萧鸾强打精神,但他已身患绝疾,而且活不过明年,这是只有萧衍才知道的事实。会稽太守王敬则早有引兵起事之心,不管他的引兵起事有果无果,但都会给南齐王朝带来不小的麻烦,而从北魏孝文帝迁都洛阳的决心分析,北魏最迟会在明年初再次对南齐发兵,以雪两年前围攻司州无功而返的羞耻。如果北魏南下,萧衍必将被派往北方抗敌,到时,他将手握重兵,据有实力。所有这一切,都给他在一场外忧内患的动乱中趁机起兵亡齐造成极为有利的条件。

## 鹰子山之战

两年前,北魏孝文帝拓跋宏亲率大军直抵南齐北方重镇寿阳,却又在一夜间突然撤兵,回到洛阳。洛阳,这座充满了汉文化气息的新都,让拓跋宏有着重回梦中故乡的感觉。在这里，拓跋宏继续他的汉化改革，不仅禁止鲜卑人穿世代相袭的鲜卑人的衣服，一律改穿汉人的服装，还禁止鲜卑人说鲜卑的语言。拓跋宏说，名不正，则言不顺，现在我们整个国家只有一种语言，那就是汉语。拓跋宏的决定遭到鲜卑上层社会的抵制。有人批评他说，我们的国土如此辽阔，各地有各地的方言，每一种方言都各有特点，何以见得哪种语言是纯正的语言，哪种语言是杂音？拓跋宏知道要在全国范围内推广汉语有些困难，就规定汉语作为工作语言，如有官员违犯，一律免除官职。拓跋宏对汉语的崇拜，简直达到疯狂的程度，索性又遵从汉人的姓氏，将自己的名字改为元宏。那么，从现在起，我们就称他元宏而非拓跋宏了。

然而在那些日子里，元宏没有一天不在想着他梦中的江南。江南就如同一个绝世美人，让元宏魂不守舍。江南太美，太值得人向往和期盼了，太值得人去亲近，去流连了。"池塘生春草，园柳变鸣禽"，单一个谢灵运已够让人着迷的了，居然还有一个小谢（谢朓），"绿草蔓如丝，杂树红英发"。为什么那么多诗人都集中在江南？集中了那么多诗人的江南到底是什么样子？江南，江南，元宏知道生命是有限的，于是他决定，拼尽此生，也要去江南看看。

正如萧衍与他的从舅张弘策所分析的那样，北魏太和二十一年（齐建武四年，公元497年），北魏孝文帝元宏趁着南齐的内乱，再次征调二十万强兵壮马，自洛阳出发，直下江南。元宏在南下宣言中称，这一次，他一直要打过长江去，饮马长江边。其实，元宏比谁都清楚，饮马长江边的确是一句大话，一句元宏式的牛烘烘。他盘点了一下自己的家底，知道自己目前完全没有一口吃下南齐的实力，但是，这并不妨碍他向正在国内大肆杀戮，消灭异己的萧鸾展示一下草原雄鹰铁甲雄师的威严。

九月，北魏大军以凶猛的攻势拿下南阳外城，齐南阳太守房伯玉只能退守内城死守。这一回，元宏将他的二十万大军在城外安营扎寨，真的做着长久踞扎的打算。

兵临城下，威猛而不乏浪漫的元宏向南阳房伯玉抛去一枚碧绿的橄榄枝，他希望能与房伯玉坐下来认真谈谈，谈谈这次大战，谈谈此时此刻各自的心境。房伯玉当然没那么书生气，一面派人向雍州刺史曹虎发去一封又一封求救的信件，一边命令南阳军民严阵以待，死守内城，坚持到最后一刻。元宏也不

着急，每日只是让自己的人向南阳守城士兵喊话，做攻心战术。终于有一天，浪漫的北魏皇帝与南齐的南阳守将房伯玉隔着护城河相见。元宏让人搬来一张椅子，就坐在城下与房伯玉聊起天来。元宏说："我此次南下，是做了充分准备的。决不会像过去一样，冬天来，春天走。现在，我北魏境内全民汉化，士气高涨，这一次南下，不打到建康，决不回洛阳。你这座南阳城拦住了我南下的道路，我必须先把你给拿下。"

元宏列举房伯玉三大罪状，其一，南齐高帝萧道成以及武帝萧赜对你房伯玉恩重如山，你房伯玉不但受恩不报，反而助纣为虐，在萧鸾对高、武子孙旧臣的血腥屠杀中充当帮凶，罪责难逃；其二，两年前我的大将薛真度奉命讨伐逆贼，你的军队连出阴招，让他死伤惨重，太对不起人了；其三，你明知朕銮驾亲征南阳城下，你不但不自缚跪降，反而拒城反抗，你胆子不小啊。元宏的这一番奇言怪语，让房伯玉禁不住笑出声来。元宏为北魏国君，想不到有时候却像一个任性的孩童。所举三罪，除了第一条让房伯玉稍稍脸红，其余两条，明明就是胡搅蛮缠嘛。

既然元宏习惯搞笑，那就也搞笑个来回吧。房伯玉不想跟他理论，便让人给元宏送去一封信，信的内容如下：

大驾南征，千里劲进，尘烟四起，劳苦功高啊！小臣卑微，竟得北主亲自骚扰，今又得当面教诲，三生有幸啊！虽不自量力，但忠于职守，是小臣本分，唯有死战，以谢朝廷，对不住了啊！说到贵国大将薛真度上回来扰一事，让他完命归魏，他运气不错了啊！薛将军如果斗胆再来，定当斩他于马下，不客气了啊！

战争是残酷的，但搞一搞笑，幽他一默，倒也减轻些压力，各自轻松了许多。元宏命北魏士兵切断南阳通往外界的一切水陆要道，得空就对城中军民小有骚扰。房伯玉也不含糊，不时派出精锐小分队，对北魏驻军来一个突然袭击，有一次甚至差点让元宏也虚惊一场。元宏是虔诚的佛教徒，南阳城外有一座寺庙，元宏得空就去寺庙敬佛。房伯玉安排了几名敢死队员，埋伏在一座通往寺庙的小桥下。元宏刚一走近，几名敢死队员突然冲出来，那一次如果不是元宏卫士护驾得力，堂堂北魏君主就真的被南齐的这几个敢死队员结果了性命。

这样坚持了三月之久，元宏料定南阳城中储备不多，便又心血来潮，留下他的亲弟咸阳王元禧继续围攻房伯玉，自己率主力南下新野，做围城打援战略。

元宏的轻松是真的，围围城、敬敬佛、诵诵汉诗，就当是出门做一趟旅游。但房伯玉的轻松却是假的。正如元宏所料，城中的储备捉襟见肘，雍州刺史曹虎与他素有过节，巴不得北魏人往死里整他，只是缩在襄阳（雍州首府）闭门不出。而建康方面对这场战争的反应越来越麻木，病入膏肓的萧鸾此刻正忙着为他的子孙们扫清最后一批障碍，根本无暇顾及南阳和这场窝心的战争。

与高祖萧道成以及齐武帝萧赜的早婚早育不同，萧鸾是中年得子，膝下共有十一子，长子萧宝义庶出，而且天生废疾，太子萧宝卷刚满十六，余下的都尚未成年。他不知道一旦自己死去，他的这些年幼的儿子们如何对付正当英年的高、武子孙。他的侄儿萧遥光把叔父的心思摸得透透的，便又给他递上一份屠杀黑名单。这些日子，萧遥光每天都在做着同一个梦：一旦明帝死去，他将立即行动，明帝的子孙自好对付，此刻，他要借明帝之手，将高、武旧臣一网打尽。叔侄二人各怀心思，相互利用。

一轮又一轮的屠杀，并没有让明帝轻松起来，他的病反而加重。萧衍与张弘策在石头城的一番谈话是在建武三年（公元496年）冬末，正如萧衍所分析的那样，第二年春天，明帝的病况被外界公开，整个建康城，包括明帝的儿子们，都在等着明帝驾崩的消息。

萧鸾来不及在屠杀中喘口气来，前线却传来一个又一个让他背气的消息：
齐建武五年（公元498年）正月，新野失守，守将刘思忌被元宏生擒；
二月初五，魏军攻陷南阳外城，南阳告急；
北魏八万大军直扑襄阳，雍州十万火急……

齐明帝萧鸾拼足力气，拆东墙补西墙，派裴叔业前往寿阳，接任崔慧景，而命崔慧景率一万余人马紧急开拔西南方向，去救襄阳之火。明帝许诺，如果崔慧景此次能击退魏军，就让他做五兵尚书。崔慧景正急着领功受赏，自然二话不说，即刻从寿阳领兵一路南下，向雍州方向而去。这时，明帝忽然想到了一人，此人在他心中盘桓已久，此时不用，更待何时？于是，他把萧衍找来，让他率六千精兵去与崔慧景会合。明帝在与萧衍的谈话中用意十分明确：御敌的任务交给崔慧景，而他此行是为监视雍州刺史曹虎，随时掌握

其动向，一有动静，即刻除之。萧衍知道，深受高、武二帝信任的旧臣曹虎已经被列入明帝的清除名单，就像上次对付司州的萧诞一样，明帝正要利用自己之手，拔掉曹虎这颗他认为碍眼的钉子。萧衍深知这是萧鸾的借刀杀人之计，自己如果真按萧鸾的意旨去做，将会给自己的人生留下极不光彩的一笔。但是，明帝许诺，如果除掉曹虎，将让萧衍代为雍州刺史。位居汉水上游的雍州，恰如一道咽喉，在军事上有控扼南北的重要作用。当年魏、蜀、吴三国为争夺天下，都曾为夺取襄阳付出过极大的代价；前秦苻坚南攻东晋时，也是将襄阳作为一处重要的后防基地；而刘宋王朝的开国之君刘裕在北伐南归后，第一件事就是让他的次子刘义真镇守雍州。雍州这块蛋糕太诱人了，它引得历史上无数英雄竞折腰。现在，萧衍同样需要雍州这个军事重镇，他需要从曹虎那里将雍州据于手中。

他决定见机行事。

然而事情并非像明帝所料。这一次，北魏孝文帝是铁了心了，他的目的只有一个：向南、向南，渡过长江，去看一看江南的风光。元宏同样知道雍州在战略上的意义，八万大军在不到一个月的时间内就先后占据雍州属下的五座城池，从而形成对雍州的合围之势，以逼迫雍州刺史曹虎签城下之盟。

三月，萧衍接受明帝命令率六千精兵日夜兼行，最终在邓城郊外的燕子沟与崔慧景的一万余大军会师。

此时的崔慧景营寨里一片炊烟，崔慧景正与他的部属坐在帐里猜拳行令。见到萧衍，崔大炮仍然不改往日的习性，一边邀萧衍一同进帐喝酒，一边亮明自己的观点，说："这年头，活着才是硬道理，留得青山在，不怕没柴烧。"

萧衍说："崔尚书此话差矣，养兵千日，用兵一时，朝廷恩宠，派你我来救雍州之急，你我都不能不豁出命去。刚刚得到消息，曹虎天亮前就要投敌，我们需在天黑之前赶到樊城，以切断曹虎与魏军之间的通道。"

"天要下雨，娘要嫁人，曹虎真要投敌也是被逼无奈。"崔慧景似乎对曹虎的投敌并不介意，他盘点了一下属下的人马，连同萧衍的六千精兵，总共不到二万人，若想击溃北魏的八万大军，谈何容易？

"目前敌我双方兵力悬殊，萧将军还是小心为好。"

萧衍说："北魏的八万人马分布在五座城池，我军各个击破，就没有不胜的道理。我的人马现在皆随崔将军去攻打离我们最近的樊城，这样，既可威胁北魏，又可钳制曹虎，正可谓一箭双雕。"

崔慧景知道，萧衍出山不久，立功心切，便以过来人口吻说："萧将军刚刚经过长途跋涉，人疲马乏，还是原地休息为好，攻打樊城的任务，就交给崔某吧。"

"一而鼓，再而衰，三而竭。我军士气正旺，攻打樊城，正是时候。"

崔慧景本无意樊城，偏偏一连几日阴雨，他更没有开拨的意愿，这样又耽搁了两天，天终于晴了。是日傍晚，崔慧景命令部队吃饱喝足，撤下营帐。一阵人喧马嘶，崔萧两支人马齐头并进，准备前往樊城。然而人算不如天算，傍晚时分，两支人马刚刚到达樊城附近的鹰子山时，忽然遭遇一群北魏骑兵。这支北魏骑兵来势凶猛，而且人数之多，远在南齐的军队之上，直把南齐的军队逼到鹰子山退守。

萧衍暗自叫苦，却也不好埋怨崔慧景，只得暗想对策，应对突然袭来的这支北魏骑兵。这时，西边天上最后一抹晚霞退去，天渐渐黑了，北魏的骑兵在山下叫喊着，人数越来越多。萧衍知道遇到强敌了。他之此行，本不为御敌，他手上的人马只有六千，如果硬拼下去，吃亏的只有自己。于是，便建议崔慧景趁着天色尚明，赶紧杀开一条血路，放弃前往樊城，转而往南前往襄阳，再做打算。但崔慧景却说："这支索虏子显然并非有备而来，或许他们只是路过，便见财起意了。骑兵只善于平地作战，我等驻守山上，索虏子奈何不了我们。"

萧衍说："我军的行动已被魏军知晓，一旦魏军增援部队赶到，我们就处于被动了。"

"放心吧，"崔慧景轻率地说，"我对北魏人再了解不过了，他们不惯夜战，天黑之后，必然退兵。"

天渐渐黑了，山下果然动静渐稀。借着熹微的星光，可以看到鹰子山下村火点点。有鸡犬之声从远处传来，整个世界都沉浸在一种少有的安谧之中。然而到了后半夜，星光退净，一轮弦月爬上鹰子山，崔慧景看了一眼山下，得意地说："你看，魏军已经走远了，我们下山去吧。"

萧衍说："崔将军万万不可轻率行动，北魏人马显然是有备而来，此一刻的安静，决非寻常，趁着北魏人马尚未行动，赶紧后撤到襄阳是为上策。"

崔慧景冷笑一声，说："萧将军前番执意攻敌，此刻北魏人真的来了，

却又畏葸不前,到底是何意图?你不敢跟我走的话,就留守山上吧,我这就前往樊城。"

萧衍说:"既然崔将军执意下山,那就请便吧。我的人马疲乏了,需要休息。明天一早,我们在樊城会师吧。"

二人拱手相别时,各自的脸上都露出微笑,但那笑容却各不相同。崔慧景带着他的人马下山去了,萧衍命令他的人马原地休息,但不许埋火做饭,只许吃随身所带的干粮充饥。

崔慧景说得没错,北魏人的确不惯夜战,然而天气晴好,北魏人算准了后半夜必会有月出。也正如崔慧景所说,先前的一支北魏骑兵的确是从这一带路过,他们是前往襄阳接应准备叛变的南齐刺史曹虎的,偏偏在这里与一支南齐的军队相遇。北魏人当然不肯放过这支救援的南齐军队,闻迅而来的魏军越来越多,他们存心要把这支南齐军队连皮带肉,整个吃掉。于是,数万魏兵悄悄埋伏在鹰子山下,人不喧,马不嘶,四野俱寂,恰如史前。崔慧景的大部队刚摸到山下,突然杀声震天,声震四野。那些自幼在马背上长大的魏军骑着战马,挥舞着大刀,砍起人来,完全不讲道理。面对那些横冲直撞的北魏骑兵,齐军只有仰起头来,才能看得清那骑在高头大马上的人是何面目。魏军的战刀划出一道道白光,带着夜晚寒冷的空气,在空中呼呼作响,他们大声呼喊着让南齐人听不懂的口号,像收割麦子一样收割着南齐士兵的人头。

毫无准备的崔慧景慌忙掉头向襄阳方向逃窜,结果在洒水岸边又遇到另一支魏军。南齐的士兵们踏着洒水,强渡对岸,淹死、冻死者无数。崔慧景在几名部属的护卫下,踏着士兵们的尸体渡过洒水,择一条小路仓皇逃命,再也顾不得他的那些哭爹叫娘的士兵们。北魏人乘胜追击,一支支箭矢呼啸着射向溃不成军的南齐士兵,一条洒水几乎被南齐士兵的尸体填满。

得到崔慧景战败的消息后,萧衍带着自己的人马从鹰子山的另一侧突围,面对黑压压的魏兵,强行杀开一条血路,天亮时终于退守到襄阳,六千人马,损失大半,只得暗自叫苦。不及处理伤口,赶紧回到京城,向齐明帝负荆请罪。然而萧鸾却亲自下殿,将萧衍一把扶起,说:"萧将军勿虑,此次鹰子山失利,崔慧景罪责难逃,且曹虎叛逃之心暴露无遗,也是好事。"

北魏军队在鹰子山打了胜仗,却并未能接手雍州。南北双方在雍州一带又相持了一月之久，孝文帝元宏眼看夺取雍州无望，便将他的主力东移，转而展开对司州的进攻，以挽回两年前司州失利的影响。北主元宏的意图十分明确，魏军要从东线打开一条通道，然后再沿江淮长驱直入，形成对南齐都城建康的直接威胁。元宏想，即使打不到兔子，遛遛鹰也是好的，起码能让病入膏肓的南齐皇帝萧鸾惊出一身冷汗来，让他早死早超生。元宏就是这么一个人，他总是凭着自己的激情行事，他似乎要的就是一种宣泄激情的过程，至于结果，并不重要。

由于北魏孝文帝将他的兵力转向南面，雍州的压力随之缓解。

鹰子山之战后，雍州刺史曹虎因闭城不出而被罢黜。曹虎抗敌数月之久，才使得北魏人无果而收，结果却做了这场战争的牺牲品。萧衍倒成了鹰子山之战最大的赢家，接任曹虎任雍州刺史。此时的萧衍，成为南齐朝廷一名重要的方镇大员。

张弘策在第一时间向萧衍送来祝贺，张弘策兴奋地说："所有的一切，都不出去年将军的预料啊，你能说这不是天意吗？"

二人分析了未来大势：病入膏肓的明帝将不久于人世，明帝死后，天下将会大乱。远离建康，驻守雍州，进可以等待时机，趁乱起事，作人生一搏；退，则坐镇西北，割据一方，从长计议。

## 皇子们的噩梦

萧鸾已经不能去奉天殿接见朝臣，但是，例行的庭训却照常进行。

正福殿里，站成一排的十一位皇子表情木讷，各怀心思。萧宝义是长子，既是庶出，又有废疾，因此从来就没想过有一天要去做皇上。他倒是希望父亲就这样活着，父皇多活一天，他乐得在亲王的位置上多享受一天清福。次子萧宝卷在萧鸾称帝不久即被立为太子，他巴不得父亲天黑前就死，他好在第二天一早就登上奉天殿。其他皇子没有一个不希望萧鸾早死，免得每天都这样规规矩矩地站在这里，听那该死的老头有气无力、千篇一律的训示。

"你们想过没有，朕要是死了，你们会怎么样？"萧鸾几乎每天都重复着这样的问话。

十一位皇子相互看看，谁都说不出什么话来。他们大概在想，死了就死了，

死了还会有怎样呢？

"朕死后，如果有人要篡位，会把你们的人头一个一个都砍下来的。"

皇子们又相互看看，接着就把目光投到太子萧宝卷身上。他们想，如果真有人篡位，首先杀掉的是太子，至少，自己会比太子后死。

萧鸾又说："朕已替你们扫清了许多障碍，可以确保你们百年无虞，你们再帮朕想想，还有谁在暗地里与朕作对，还有谁在想着谋逆称帝？"

皇子们又相互看看，再把目光投向萧宝卷。在他们看来，这样高深的问题还是应该由太子来考虑。反正自己不做皇帝，又何必去费那个脑筋，动那种心思？

萧宝义觉得自己毕竟年长些，总不能让父皇失望，于是便咿咿呀呀地启发兄弟们，让大家说说还有谁该杀的。

现场仍然一片沉默，皇子们谁都想不起还有什么人没有挨刀。看着这些年龄不一、性格不同的皇子，萧鸾忽然有了一股恻隐之心。他觉得自己平时对皇子们管束得太严厉了，皇子们见到他，就像老鼠见到猫。萧鸾将脸上的表情略为放松，说："你们都坐下吧，坐在朕的身边。"他想好好看看自己的儿子们，他所有的努力，难道不正是为了子子孙孙吗？皇子们像是得到大赦，一个个席地而坐，孩童的天性也一下子显露出来，十一位皇子你捣我一下，我捣你一下，平日里死气沉沉的正福殿立即就有了一丝生气。

第十位皇子萧宝嵩忽然听到从紧挨着的太子萧宝卷身上发出一种奇怪的声音，他想，该不会是这家伙把他平时玩的老鼠带到正福殿了吧。他捣了萧宝卷一下，萧宝卷就把一只毛茸茸的东西塞到他手里，萧宝嵩平时最怕鼠，他的手一接触到那东西，立即就像被蛇咬了一口，吓得大叫起来，那只老鼠仓皇逃窜，一下子就钻到第十一皇子萧宝贞的裤裆里。萧宝贞捂着裤裆，脸都吓白了，终于大哭起来。现场一片混乱，看着这难得的场面，萧鸾不仅没有生气，反而露出难得的笑容。

太监们七手八脚，终于将那只该死的老鼠拿下，正福殿又被一股沉闷的空气笼罩着。萧鸾说："阿贞，你连一只老鼠都怕，将来要是有人把刀架在你的脖子上怎么办？"

萧宝贞原本年幼，又经刚才的惊吓，他看着父亲，半天也回答不上话来。第三位皇子萧宝玄便代弟弟回答："为什么要杀他？他又不是太子。"

萧宝卷恶狠狠地说:"等着吧,不等叛军打进宫来,我第一个就杀了你。"

萧宝玄说:"你敢,到时候,说不定谁杀谁呢?"

两位皇子当着父亲的面一句一句争吵着,接着就扭在一起,厮打起来。萧宝义赶紧把他们拉开了。

萧鸾看着皇子们当着他的面争吵、撕扯着打架,不仅没有生气,脸上反而露出久违的笑容。萧鸾平时不苟言笑,他一笑,真比哭还难看。第九位皇子萧宝攸见兄弟们都不说话,便冒冒失失地说:"我看萧坦之该杀,有一次我在宫里遇到他,他竟然说,他要是有女儿,就招我为驸马。"

皇子们都笑起来,萧鸾哼了一声,笑声戛然而止。萧鸾说:"讲得好啊,阿攸将来能镇守一方。"

第八皇子萧宝融说:"我看徐孝嗣该杀,我看着那老头就是一副该杀的相。"

"沈文季阴阳怪气的,我看该杀。"

"王敬则该杀,王敬则早就想谋反了。"第十一位皇子萧宝贞终于从刚才的老鼠事件中走了出来。童言无忌,萧宝贞一开口,就让萧鸾吃了一惊。萧鸾赶紧制止其他皇子的七嘴八舌,说:"说说看,你怎么看出王敬则要谋反?"

萧宝贞摇了摇头说:"不知道。"

萧宝义示意兄弟们:不知道的事,就不要乱说。

萧宝贞说:"有一次做梦,梦里王敬则拿了把刀,一直抵到我的胸口。我吓醒了。"

"梦里的事,你也当真?"

"我也有过相同的梦,不过杀我的不是王敬则,而是沈文季。"

萧鸾说:"不说梦中的事,要说就说现实中的事。有知道王敬则情况的吗?"

萧宝夤说:"有一回王敬则喝醉了,吹他是异人异相,还说他生下来时头上有两鼓角,可惜不是龙角。他这不是想做皇帝吗?"

"我也听他吹过,他说他幼时有一次伏在草丛里打兔子,结果虫子爬满他一身,他说那样子就好像披了件龙袍。"

皇子们对王敬则的怀疑一箭中的,道出了萧鸾一贯的隐忧,王敬则看起来的确是草包一个,但他总记着当初萧衍说的话:一个草包能坐上大司马的交椅,应该不是一个平常人物。他记得萧衍还说,将来不管什么人代萧昭业行南齐大业,王敬则必然要给他寻些麻烦。萧鸾倒在枕头上,是啊,该杀的

太多了，这些该杀之人，一个个都像青面獠牙的恶魔，正伸开魔爪，向他的皇子们随时扑来。

不知哪位皇子叫着："萧遥光也该杀，他太猖狂了。"

恰在这时，萧遥光走进宫来，听到有人叫着要杀他，吓得腿一软，就摔倒在地。萧遥光叫着："萧遥光该杀，萧遥光的确该杀，可杀了萧遥光，谁来替皇子们保皇护驾？"

萧鸾向他的皇子们挥了挥手，说："你们都去吧，记住，不论干什么事情，千万不要落在人后。"

萧遥光是来向明帝递呈又一份诛杀旧臣的奏章。萧鸾在那奏章上瞄了一眼，排在第一位的居然就是王敬则，余下有徐孝嗣、崔慧景、沈文季等，连萧懿、萧衍兄弟都排在上面了。萧鸾知道，萧遥光绝对不是什么等闲角色。如果有人问，现在他最想除掉的是什么人，他会毫不犹豫地回答：萧遥光。但是，他知道他现在正需要萧遥光。萧遥光想篡政，要杀大臣；他要为儿孙们扫除障碍要杀大臣，在这个问题上，二人不谋而合。

皇子们来过，都离去了，萧遥光来过，也离去了。萧鸾孤独地躺在病榻上，胡乱地想着一些不着边际的事情。从宫里传来一阵隐隐的琴声，时断时续，随风而转。几乎每天傍晚，宫里总会飘来这样的琴声，只是他一般很少注意到，或者注意到了，却因为心情不好而将它忽略了。顺风飘过来的乐曲声凄清婉转，透出一种哀怨，让人陡生无奈和感伤。他忽然很想见见这个忧郁的琴师，他想问问那琴师，在这个春天，为什么也有如此之多的感伤？

琴师抱着那把焦尾琴，低着头，静静地站在那里等候皇上的训示。

"呵，你的琴弹得不错，它让人想起很久以前的事情。"

"陛下要卑职再弹一曲吗？"

"你刚才弹的，是什么曲子？"

"禀皇上，是卑职的即兴弹奏，让陛下见笑了。"

"很中听的一支曲子，只是，压抑了些。"

"卑职这就给陛下弹一支激昂的曲子。"琴师换了一支曲子，但萧鸾还是阻止了琴师的弹奏。萧鸾说："你的曲子总让人感到落寞和伤怀。你一定遇到什么不愉快的事情了吧？"

"回陛下，卑职自来到这个世界，就没有感觉到有什么愉快的事情。这个世界太闹了……"

"你叫什么名字？朕好像在哪里见过你。"

"陛下忘记了，卑职姓王，名仲雄。卑职手中的这把焦尾琴，还是陛下赐的呢。这可是一把难得的好琴。"说到这把琴，琴师的脸上这才有了难得的笑容。

他终于想起来，琴师是大司马王敬则的儿子。于是，他想起在一次八关斋戒大会，他一时高兴，就将宫中的一把焦尾琴赠给了这年轻的琴师。这些年，王敬则在会稽该吃时就吃，该玩时就玩，偶尔进京，即使是在奉天殿，他也无所顾忌地说着一个乡下老农才能说出的粗话和笑话，他让人感觉就是一个草包，一个无所用心的家伙。萧鸾称帝后，又加封他为大司马，但不论是王敬则还是其他人，都知道这其实又是一个有名无实的虚职，王敬则感激涕零，他让人感觉如果不好好做他的会稽太守，那就太对不起人了。尽管如此，萧鸾对王敬则一直保持着一种警惕，萧鸾比谁都明白，王敬则对高、武二帝的情感远远胜过与他之间的交往。

"想起来了，你是大司马的公子。令尊大人一向可好？"

"谈不上好，也谈不上不好，古稀之人，苟活而已。"

"呵，令尊的武功可是了得，当年跟随高帝南征北战，立下赫赫战功，朕正想让他带兵打仗，去抗击元宏呢。"

"陛下有所不知，家父当年的匹夫之勇早就荡然无存，又在酒色中过于沉湎，近年来越发糊涂了，什么都想不起来。当然，他总念着陛下的恩惠。"

"可有人却告诉朕说，大司马在会稽招兵买马，欲重振征东大将军之雄风，要与北魏大军决一死战呢。"

"还有人说，家父一餐能吃半只肥羊，一夜能御十个女人，这些，陛下能相信吗？"

萧鸾并没有因王仲雄说话唐突而发怒，他哼出一声笑来，说："也是啊，人言可畏。"

王仲雄抬头看了一下萧鸾说，"还是请让卑职为陛下弹奏一曲以解春困吧。这样的春天，这样的黄昏，正合着内心的郁结，陛下喜欢听什么曲子呢？"

"就请随你心意吧。"

王仲雄轻轻地拨弄了一下琴弦，随着一阵忧伤的乐曲，他用沙哑的声音

唱着：

> 常叹息人世间有太多的悲伤
> 没想到，情郎你就是那负心汉
> 你心怀忧戚，难有欢颜
> 只怪你将良心丢尽
> 心里面有太多的肮脏……

他似乎没注意到明帝脸上的表情在急骤变化，继续着自己悲伤的倾诉，直到琴弦一声断响。

"你弹得很好，改日朕再请你来弹吧，朕要忙公务了。"萧鸾似乎并没有听清乐师到底唱的是些什么，他只是不喜欢听乐师那过于沉闷的乐曲。在这场皇权和生命的双重虐杀中，他已经够沉闷的了，他不再想听沉闷的曲子，包括这张总是处在忧郁中的脸，他希望永远不再见它。

萧鸾即刻将萧遥光召进宫来，让他赶紧起草一份诏书：任命光禄大夫张瑰为平东将军，率一万精兵驻守吴郡（今江苏苏州）。萧鸾一向的行事准则是，不论什么事情，千万不要落在人后，现在，趁着王敬则在做着春梦，他要赶在王敬则前，在王敬则的身边安插下一根钉子。

萧鸾抬起头仰望着灰暗色的天空，他知道，一场新的风暴就要来到。王敬则死不足惜，只是，可惜了另外一个人。这个人就是王敬则的女婿，目前正在宣州任太守的才子诗人谢朓。

他希望谢朓能够躲过这场灾难。

## 诗人沉浮

建康城里的皇权大战惊心动魄，而地处江南山区的宣州（今安徽宣城）却是一派风和日丽。

建武五年（公元498年）正月十五，敬亭山下张灯结彩，整个宣州城沉浸在一片节日的欢庆之中。远在广州任刺史的范云利用回京述职的机会，特意绕道前来看望他的好友、宣州太守谢朓。南齐永明十一年的那场政变，致王融下狱赐死，萧子良不久也郁闷而亡，"竟陵八友"从此分崩离析。这是两位好友自那场政变后第一次会面。就在几天前，谢朓刚刚接到朝廷的任命，将去南徐州（今江苏镇江一带）晋安王萧宝义府任"镇北谘议"，因此，这也是谢朓在宣州度过的最后一个元宵节。

据说，当时萧鸾曾征求谢朓的意见，问他究竟有怎样的选择，谢朓就选择了宣州。从尚书中郎到宣州太守，由京官迁至地方官，有人说他赚了，有人说他亏了，但谢朓却觉得这是他求之不得的美差。宣州地处江南，山清水秀，正好实现了他"凌风翰""恣山泉"的愿望，又远离了是非中心建康，何乐而不为？

三年前，谢朓来宣州时，特意将他的府第筑在陵阳山上，站在这里，可以远眺对面的敬亭山，可以俯瞰山下的城池。谢朓就在这里一边写着诗，一边欣赏着山区一年四季变幻不定的景色。坐在陵阳山的那处"高斋"里，他把属于自己的山水诗写得激情飞扬，又将宣州治理得政通人和，宣州人感激他，于是称他"谢宣州"。

在那些日子里，他总爱站在陵阳山头注目沉思。余霞如绮，澄江如练，再加上碧绿如画的敬亭山，这正是谢朓爱之不尽的江南风光，他就是这样被宣州的山水一次又一次陶醉了。在宣州，他写下了人生中最为后人津津乐道的美妙文字，以至两百多年后的诗人李白每当站在敬亭山下时，总禁不住就要拿谢朓说事："解道澄江静如练，令人长忆谢玄晖……"

谢朓自然会时常想起在京城的那些日子，他与竟陵八友们的欢乐聚会，谈诗、醉酒、闲游、放达。在竟陵八友中，谢朓是性格最中和的一个人，他不像王融那样有强烈的政治抱负，也不像任昉那样有激烈的个性冲突，他比其他人更清楚自己，自己就是一个文人，除了写诗，别无他能，正所谓"百无一用是书生"。

"玄晖兄，我一直就想看看你的那些山水诗是怎样写出来的，现在，我终于明白了。"范云说。

"当初我选择到宣州时，也曾有过犹豫，有过彷徨，我不知道我要去的地方是否能接纳我，也不知道我是否能融入这片我早就向往的山水之中。"

"这从你刚来时写给我的诗中可以看出。你看，后人或许会说，谢朓与宣州，是历史几千年才有一次的最美妙的安排，谢朓的生命，与宣州的山水终于有了最巧妙的契合。"

谢朓说:"彦龙兄过奖了,那些诗都是不足道的,重要的是,宣州给了我做人的自信,苍天又格外垂青于我,这三年,除了去年的一场旱灾,宣州基本上算是风调雨顺,我也不敢有丝毫懈怠,因此,宣州的百姓才这样拥戴我。"

"玄晖兄还可以有更大的作为,可惜啊,你我都是生不逢时。"范云一想起早逝的文惠太子和竟陵王萧子良,就会禁不住连声叹息。

"我可不这样认为,"谢朓说,"充其量,我只是一个文人。你难道看不出吗,在我们这样一个时代,文人充其量就是一个时代的点缀,一个达官贵人家里华贵的摆设。"

范云不得不承认,谢朓说出了一个真相,士大夫们需要文人,犹如文人需要士大夫。"江南佳丽地,金陵帝王州",这样精美得让人落泪的颂歌,几千年也不见得有一行啊,但齐武帝萧赜就得到了,于是,齐武帝萧赜被人当做很不错的皇帝。萧鸾没有多少文化,当然更需要谢朓这样的文人,虽然他从不强求文人一定要为他写歌功颂德的诗文。

山脚下响起阵阵锣鼓声和震天的鞭炮声,逶迤的山道上,几十名傩人扭着古怪的舞蹈,一路向陵阳山走来。几名壮勇抬着一块巨大的匾额,匾额上覆盖着红绸,看样子,那是百姓们送给他们尊敬的父母官谢朓的。

"呵,这就是傩吗?"看得出,范云对第一次见到的傩很感兴趣。

"傩是驱邪的祭祀,又是迎新的庆典。去年,宣州百日无雨,为了祈雨,我曾让人在陵阳山上搭起一座高台,百姓们在高台下跳了三天三夜的傩舞,我也在那高台下跪了三天三夜。第四天头上,宣州上空忽然雷鸣电闪,大雨如注。"

浩浩荡荡的队伍已来到府前,谢朓邀他的好友范云一同出门迎接,他愿意让范先生看看,他这个太守究竟做得如何。

长者说:"请太守揭匾!"谢朓看了看他的好友,伸手揭开那块覆盖在匾额上的红绸,匾额上"看门太守"四个大字赫然在目。

谢朓将早就准备好的几封银钱以及糕点分别送给傩者,又取来米酒,请范云与长者共饮。傩者跳起古怪的舞蹈,一边叫着:"吼、吼、吼……"现场气氛异常热烈。

范云带着几分醉意说:"玄晖兄,我羡慕你,人生能得如此,是该满足了。"

"是啊，可我却要离去了，离开这个让我梦萦魂牵的所在，不得不去另一个地方。"

"你高升了，应当高兴才是。"

"可我怎么也高兴不起来。这几年一直是东奔西走，似乎是在一眨眼间，人就老了。"

"人生本来就是如此，就像一叶浮萍，随处飘零，永远都不知道自己的根究竟是在何处。"

"我并不是一个适合为官的人，我厌恶官场的险恶，却又没有勇气去做又一个陶渊明。"

"别想得太多，"范云说，"南徐州为建康北大门，是首都的一处重要门户，调兄去做镇北谘议，可见明帝对玄晖兄的器重。"

"今天，也许是我人生中最后一次与民同乐。南徐州地处要冲，越过长江，那边就是北魏的地域，江防任务十分严峻，晋安王萧宝义素有废疾，千斤重担，只压在我一人身上，我之此去，只怕再也写不出一首诗来了。"

范云不知该怎样劝慰这位当今最伟大的诗人，他素来不是一个惯于用假话安慰人的人。他本能地感觉，谢朓此一去，只能是凶多吉少。

齐明帝萧鸾病入膏肓，他杀了太多的人，作了太多的恶，上天报应他了。萧鸾开始安排后事。他招来在南徐州做晋安王的萧宝义，问他有何请求。萧宝义便向父皇提出，他需要一个"镇北谘议"。萧鸾问他看中了谁，萧宝义便比画出一个人的名字：谢朓。

萧鸾沉吟许久才说："你这个哑巴够奢侈啊，不过那要看人家答应不答应。"萧鸾知道，谢朓在宣州干得不错，又是当今顶尖的诗人，萧宝义觉得能把谢朓弄到手上，就好比穿上了一件金色的铠甲，既漂亮又管用。

应该说，这是齐明帝萧鸾对谢姓家族特有的礼遇，就像四年前他让谢朓去宣州任太守一样，他会事先征求一下他的意见。谢朓完全可以借各种理由推掉这个差事，譬如身体方面的原因，譬如母病，譬如……但是，谢朓还是禁不住"镇北谘议"的诱惑，实际上是萧宝义的全权代理——这是一个肥缺，一般人想都想不到的好差事。

谢朓是在当天夜里悄悄地离开宣州的，尽管如此，得到消息的宣州人听说自己最敬重的父母官即将离任，几百居民跪在路旁，哭声震天动地。但是，

宣州的百姓还是没能留住他们的谢宣州。谢朓或许同样流下不舍的泪水，他或许在最后的一刻动摇过，但是，他不能不去南徐州，就像他不能不经常地写一些违心的诗句一样。无论是范云还是谢朓都不会知道，谢朓将去赴任的南徐州将是诗人沉沙折戟的所在，一代诗人的悲剧，将在那里演绎出灰暗的篇章。越过两百余年的风雨，当生活在气象高阔、个性张扬的盛唐时代的诗人驾着敬亭的白绮，乘着澄江的云霭而与谢朓会晤时，李白难免不为他喜爱的谢朓掬一捧感伤之泪。

　　哑巴萧宝义乐得在纸醉金迷中享受着人生的欢宴，把南徐州的军政大权全部交到谢朓的手中。比起宣州太守，这是一个更能让人施展抱负的职守。谢朓也终于学着将宣州一点点淡忘，开始认真地做起这一份新的工作。

　　谢朓离开宣州不久的一个晚上，他的小舅子王幼隆前来看他，并带来父亲、会稽太守王敬则的问候。谢朓知道，他一直是岳父的骄傲，王敬则大字不识一箩筐。在很多场合，王敬则总是不失时机地将他的乘龙快婿谢朓当做炫耀的材料，即使是在谢朓面前，王敬则也是诚惶诚恐，好像高攀了这样盖世文才的女婿，实在是自己的罪过。

　　王敬则给人的感觉一直就是一个没有什么心思的老头，但谢朓知道，岳父就像一座冰冷的火山，内里却掩藏着一股随时喷发的炽热的岩火。王敬则最近的情绪很不好，老头儿经常整夜整夜睡不着觉，白天与一群仆役拼命赌钱，赌输了就喝酒，喝醉了就骂娘。这一切，皆因不久前明帝任命光禄大夫张瑰任平东将军，张瑰率领二万精兵驻守到吴郡，吴郡的东边就是会稽了。谁都知道，吴郡所在的扬州向来富裕，既无贼寇，又无外侵，明帝的意思再清楚不过了，所谓平东将军，其实就是用来监视和防范王敬则的。王敬则说，平东，平东，东边有什么呀，不就是平我嘛，何必要这样遮遮掩掩？王敬则甚至说，他萧鸾想让我端他的那只金杯（毒酒），休想。

　　谢朓当然也清楚小舅子深夜来访的目的，但他还是请小舅子转告岳父大人说："《论语》云，君子不为名牵，不为利役，便俯仰无愧，便坦荡自得。如此，岳父大人又何必在意平东还是平西呢？"

　　王幼隆说："姐夫虽是文人，但身在官场，对宫廷的险恶，也该有切身体会。明帝自继位以来，自知取之不义，一直心怀忧戚，猜疑心又极重，高、武诸王几被诛尽，高、武旧臣也是被他视为心腹之患。前有萧谌被杀，继又萧诞被诛，不久前大臣王晏又满门被斩，现在又平白无故地在会稽以北安插下一个平东将军，其司马昭之心，不是路人皆知吗？"

"萧谌因欲而生怨尤，萧诞有司州失守之过，王晏被诛，更是因其贪财无厌。岳父大人素来不谋私利，更无愧于朝廷之行迹，依我之见，明帝决无要对岳父大人动手的理由。"

"萧鸾现已病入膏肓，眼看将不久于世，皇太子又尚年幼，萧鸾必将在其有生之时为皇太子扫平障碍，一切高、武旧臣，都在被除之列。家父说得对啊，平东，平东，东边不就只剩下会稽，不就只剩下一个七十老儿王敬则了吗？"

"岳父大人的意思是……"

"家父粗放豪爽，但绝不是一个任人宰割的人。家父说，齐明帝无非是要让我乖乖喝他那壶让无数人喝过的毒酒，老子偏不尿他这一壶。"

谢朓说："五弟深夜登门，就是要告诉我这些吗？"

王幼隆说："昏君无道，杀人如麻，我一门父子已被逼走投无路，唯有揭竿而起，或可逃生，望姐夫鼎力……"

谢朓伸出手，一把堵住小舅子的嘴，心怦怦地跳着。他四下看看，自知这样的深夜，自己的宅上并无外人，然而仍禁不住浑身索索发抖。谢朓说："五弟请回，请转告岳父大人，好好颐养天年，此事万万不可再提，否则，杀身之祸即在当前。"

之后一段时间，谢朓一直没有听到来自会稽方面的消息。在这期间，他不敢打听关于岳父的任何消息，每当夫人问起，他总是说，岳父大人很自安，老人家知道怎样安享晚年。王幼隆与他商议的事情，谢朓压根也没敢告诉夫人，生怕夫人会为此而担惊受怕。虽然这段时间，会稽方面并无消息，建康方面也风平浪静，就像什么事也不曾发生一样，但他知道，该来的总会来的，这表面的风平浪静，或许正酝酿着一场剧烈的风暴。

果然，四月里的一天，会稽府正员将军徐岳受王幼隆之命前来南徐州，当面将一封绝密信件呈于谢朓，信袋中除了那封绝密信件，另有断金一截。谢朓将信和断金原封不动地放入信袋，向来人说："会稽方面的事，我无从过问。请转告王大人，颐养天年为要，千万不可惹生事端。"

"三公子仲雄前日于东宫无端受刑而死，昏君旨意，必在会稽。大司马让我转告谢太守，太守是大司马的女婿，打碎骨头连着筋，会稽的事，也是南徐州的事。是生，是死，错失一步，终生难悔。"

谢朓背过身子，以免让徐岳看到他脸上难以遏制的紧张和恐惧。王敬则或许真的被萧鸾逼得走投无路了，现在，自己也同样被王敬则逼到毫无退路。会稽方面显然已经有了动作，建康那边也一定早就做好了准备。在齐明帝与王敬则之间，他必须尽快作出选择，或者死，或者生，他知道，无论生还是死，都将让他付出毕生的代价。

天边响起滚滚雷声，一场暴风雨就要来临。谢朓看着窗外灰暗的天空，嘴里喃喃自语："该来的，还是来了啊。"

徐岳说："古人说，二人同心，其利断金，与其坐以待毙，不如揭竿而起。太守名为镇北谘议，实则军政大权尽在掌控之中，南徐州与建康咫尺之遥，直可朝发夕至。大司马拟三日后于会稽起兵，大公子黄门侍郎王元迁已约定在北徐州遥相呼应，如太守在南徐州协同，可形成扇形包围之势，攻取建康，可谓易如反掌。"

天空雷鸣电闪，室外暴雨如注，时间在令人难熬的等待中艰难逝去。忽然，谢朓转过身来，猛丁里一声大喝："来人哪，乱臣贼子就在眼前，还不快给我拿下。"

几名兵勇应声而入，三两下就将徐岳捆得像个粽子。徐岳似乎还未回过神来，一边挣扎着说："太守，这不会是开玩笑吧？"

谢朓并不理会徐岳，只是冷峻地吩咐属下："今晚暂且委屈将军一夜，明天一早单舟而上，直发建康，十万火急，不准拖延。"

徐岳这才明白发生了什么事，说："太守要大义灭亲吗？大司马一家性命将断送在太守手中，身为一代诗才，你愿意在身后留下无尽骂名吗？"

谢朓说："将军勿怪我。身为朝臣，忠义孝悌，我只能选择其一了。"

## 最后一枚钉子

会稽方面，王敬则自打发徐岳前往南徐州后，再也没有吃下一口安生饭，再也没有睡上一会儿安稳觉。从会稽到南徐州，快马往返，三天足矣。但一直到第四天头上，仍然不见南徐州的消息，王敬则有些沉不住气了。

为了度过这难熬的时光，王敬则与手下的人疯狂地掷骰子、赌钱。他手下的那些人并不知道发生了什么事情，但从王敬则魂不守舍的样子看来，都知道一定与前些日子流传的关于明帝要取大司马的脑袋一事有关。为了不惹他恼火，他们只能尽着力地输钱。王敬则面前的钱越堆越高，他就像疯了一样，他不住口地叫骂着，骂齐明帝萧鸾，骂他的女婿谢朓，更是将陪着他掷骰子的那些可怜的下属骂得狗血淋头。

作为局外人，王敬则的侄子、功曹军史王公林看得很清楚，王敬则与明帝萧鸾的这一场决斗还没开始，就已经分出胜负了。他向伯父献上一计，说："徐岳此去南徐州凶多吉少，眼下的形势，丢卒保车是为上策，只好将幼隆绑了，送往建康，或可保全一家人性命。"

王敬则思之再三，觉得侄儿的话有些道理，但他仍不甘心，还在继续等南徐州方面的回话。到了第五天头上，从建康方面传来了令王敬则喷血的消息，他已被女婿谢朓出卖，万事不落在人后的明帝已经将他在建康的二子王世雄、四子王季哲、五子王幼隆、六子王少安，以及正在北徐州抗击北魏大军的长子王元迁一并杀戮，包括在这之前被杀的三子王仲雄，王敬则所有的六子都惨死在萧鸾的屠刀之下。

王敬则暴跳如雷，下令将会稽州属下的官员全都召来，他要孤注一掷。

所有的地方官都被召来，王敬则光着膀子坐在府台大堂上，一把明晃晃的偃月大刀就横在他的腿上。官员们不知道发生了什么事，只是站在那里，大气也不敢出。

王敬则终于说话了，他一开口就是骂娘，骂齐明帝萧鸾的娘。他说："想当年老子出生入死，帮助高祖萧道成打下南齐的江山，可萧鸾这狗东西要篡位，于是用调虎离山计将我从荆州调到会稽，封我虚职，给我虚名，我屁都没放一个，就离开荆州来到会稽；萧鸾杀人，杀诸王，杀高、武旧臣，我仍然屁都没放一个。他好啊，接着又派那个狗日的张瑰来吴郡做什么平东将军。平东，平东，东边有什么啊，他萧鸾不就是要平我吗？可我王敬则是软柿子吗？老子偏不尿他萧鸾这一壶。几天前，萧鸾杀了我的三儿王仲雄，昨天，又将我所有的儿子全都杀了。老子本不想造他娘的反，可他萧鸾偏偏逼着老子造反。现在我把话挑明了，我王敬则要造反了，你们当中有种的愿意跟老子一同造反，等打到建康，割下萧鸾的头，在位的都不愁没有荣华富贵，万一被他萧鸾打败了，大丈夫砍下头颅碗大的疤。我的话说完了，大家都听明白了吧，有种的，就吭上一声，别屁都不放一个。"

当场有他的官阁（警卫）丁兴怀，长史（将军）王弄璋等表示愿意与他一起造反。这两人一开头，一些部属也表示愿意与大司马同生共死。王敬则很满意，又问山阴县令王询："老子说干就干，三天之内，你能为老子组织多少壮丁人马？"

王询不想送死，支支吾吾："这么短的时间，只怕壮丁难筹啊。"

他又问管理钱粮的官员祖愿："老子造反，三天之内，你能为老子筹集多少钱粮？"

祖愿说："去年收成不好，今年麦收刚刚开始，税收一时还很困难。"

王敬则气不打一处来，为了杀鸡儆猴，当即让人将这两位阳奉阴违的官员拉出去砍了。王敬则扯起反旗，会稽民众听说他要造萧鸾朝廷的反，纷纷前来响应。其实，不管什么人说要造反，也不管是造谁的反，都会有人群起响应。总有活得不耐烦的人，总有过得不舒坦的事，造反有理，造反总会有造反的道理。三天之后，王敬则终于凑集了十余万人马。然而王敬则底气不足，觉得应该有一位说得过去的辅臣。他瞄上了齐武帝萧赜时代的中书令、朝中上下德高望重的大儒何胤，但却遭到长史王弄璋反对。王弄璋说："何老先生年事已高，早已是出尘之人，你今去拉他做辅臣，他必不肯，他不肯，你必定会杀他。大事未举，先杀名士，多不吉利。"王敬则觉得有道理，但他还是觉得师出无名，又命人劫持了另外一个重要的人物，那是一个被废亲王、已故齐武帝的孙子南康王萧子恪。于是，王敬则就打着萧子恪的旗号，带领他的十余万人马从会稽出发了。

杀掉王敬则所有的儿子，明帝觉得，那个七十老儿再也成不了任何气候了。这是建武五年（公元498年）四月，萧鸾的病，已经到了最后时刻。萧鸾自知去日无多，决定更改年号，搜肠刮肚，萧鸾为余生所改的年号为"永泰"。他不想再杀人，也不想再让他的江山如此动荡下去了，他真的希望他的江山从此能永远安泰。

四月的最后一天，萧遥光终于将王敬则造反、而且是打着萧子恪旗号的消息报告给生命垂危的明帝。萧鸾更改了年号，本准备洗净双手，好去另一个世界，可听到这个消息，萧鸾再次动了杀戮之心，而且是他人生中一次最大的杀戮。杀一个也是杀，杀百个千个也是杀，不杀白不杀。当天晚上，他下诏让高、武两皇所有尚存的子孙七十余人不论长幼，一律集中到尚书省大院里，并命令御医熬制了两缸毒药，打造了七十余具棺材，定于三更时分将高、武两皇的子孙彻底斩草除根。萧鸾已经疯了，一个疯子，什么样的事做不出来？

中书省的大院里鬼哭狼嚎，那实在是一个极其悲惨的场面，妇女们抱着正在吃奶的婴儿早已哭干了眼泪，孩子们死命地扯着母亲的衣角哭叫着："妈妈，我不想死啊，妈妈，你为什么要生下我呢？""妈妈，你以前为什么没想到把我送到民间去做贫民家的孩子呢？""妈妈，我真的不想死啊。妈妈，救救我啊！"大人们绝望地仰望苍天，像孩子一样的不停发问：苍天，这到底是为什么？！

就在这生死一线的时刻，通往东宫的道路上正奔跑着一个人，这个人就是被王敬则劫持了的被废亲王萧子恪。萧子恪终于设法逃出了王敬则的裹胁，在最后时刻逃到建康。当这位才华横溢的过气亲王赤着脚，跌跌撞撞地来到东宫时，鼓楼上已打响二更。东宫的卫士们并不认识这位看上去像疯子一样的亲王，他们当然拦住他。无奈之下，亲王只得向卫士们作了自我介绍，并声称，他有重要情报要报告皇帝陛下。

卫士们不敢怠慢，连忙去向中书省官员汇报。时间在飞快地逝去，不一会儿，萧子恪就听到那催命的三更鼓声。负责监督今晚集体屠杀的中书舍人沈徽孚和单景隽正流着眼泪，准备去执行杀戮的任务。见到萧子恪，沈、单二人大吃一惊，两位好心人决定推迟杀戮时间，他们将萧子恪一直带到萧鸾的床榻前。

过气亲王跪在明帝的床榻前，哭泣着，陈述着他的心迹。萧子恪说："陛下明鉴，臣自从被废之后，没有哪一天不扪心自问内心的罪过，没有哪一天不在悉心忏悔祖先的罪行。臣自从被王敬则那厮劫持去后，没有哪一天不在想着逃出他的魔掌，回到京城，老老实实做陛下的臣民。臣从王敬则那里逃出后，原本可以逃到民间，打发余生，但臣知道臣的罪过或许再增添无数屈死的冤魂。因此臣冒死觐见陛下，陈明心迹，望陛下龙恩大发，饶恕高、武的那些无辜的子孙。"

这真是鸟之将死，其鸣也哀，人之将死，其言也善。听着这位蓬头垢面、形容枯槁的亲王（也是自己的侄孙）的哭诉，萧鸾竟流下同情的泪水，他拍着床榻说："好一个萧遥光，差点让朕又错杀人了。"他在心里说，萧遥光

啊萧遥光，你这小子差一点就让朕无颜去见高、武二帝了啊。（现在就有颜去见吗？）萧鸾随即下令，释放所有关押在中书省大院里的高、武子孙，并发给他们应有的食品和衣物，让他们过上起码的生活。这些一只脚已经迈进鬼门关的人啊，一个个像疯子一样哭泣着，用鼻涕和眼泪庆祝着自己的新生。

天明以后，萧鸾在他的病床前召开了最后一次会议，遣前军司马左兴盛、后军将军崔恭祖、辅国将军刘山阳、龙骧将军兼马军军主胡松等部在曲阿长冈（今江苏丹阳一带）修筑工事；右仆射沈文季持符节都督诸军，屯驻湖头，守备京口（今江苏镇江），以配合原先驻扎在吴郡的张瑰大军，全力以赴，击杀王敬则。

王敬则的丧钟敲响了。

## 萧宝卷闪亮登场

当王敬则的人头被人送到建康时，萧鸾感觉最后一颗钉子终于拔去，再也支持不住，倒在病榻上，从此再没有爬起来。

永泰元年（公元498年）七月的一个深夜，明帝萧鸾躺在病床上开始向他的亲信大臣们交代后事。这是萧鸾以政变的方式登上帝位的第五个年头。因为皇太子萧宝卷年纪尚幼，萧鸾的临终嘱咐就有点像当年奉节的刘备，有一点"托孤"的意味。

遐昌殿萧鸾的寝宫里，萧鸾躺在病榻上作最后的喘息。始安王萧遥光、尚书令徐孝嗣、右仆射江祐、右将军萧坦之、侍中江祀、卫尉刘暄等围绕在他的病榻前。

"朕，五年前为废昏立明，不想却阴错阳差，被推上帝位，其实这原非朕的本意。这五年来，南齐境内外忧内患，战乱连连，朕，已经尽力了，今朕不得不顺遂天意，去见列祖列宗，朕能够向他们交代了。"

萧鸾说着，喘了一口气，他看了看他的大臣们，接着又说："太子年幼，且天性顽劣，我逝之后，朝廷内外，事无巨细，均托付各位爱卿，望精心辅佐，勿使前朝覆亡之痛在我辈重演。"

说到萧宝卷，萧鸾似乎格外沉痛，他看了看跪在他身边的侄子萧遥光说："这些年来，我对太子管束甚严，每每威逼皇太子读书时，始安王总是说，读书是士大夫为寻求进阶所为，皇太子只需粗识文字即可。"

始安王萧遥光低下头来，一副痛悔莫及的样子，但他在心里说：不是你的纵容，皇太子何以会如此顽劣？现在倒怪罪起我来了啊。他斗鸡、遛狗，甚至在宫里捉鼠为戏，你还不是睁一只眼闭一只眼？你时常教导他，一个未来的天子要学会讲假话，要把假话说到连自己都相信才可，要把虚假的沉痛说到让自己流泪才算成功。你让萧宝卷上表，要大臣们一日两次上朝，以表勤政，结果你却以不利老臣健康为由不予诏许，还不是为赚老臣们的赞许？

萧鸾让大家都出殿，他要分别单独交代后事。——交代完毕，萧鸾说："太子，你过来。"

直到这时，人们才发现，明帝生命的最后一刻，太子萧宝卷竟不在场。

这是一个十六岁的少年。说他顽劣，但他平时在宫中却从来不惹是生非，见到老臣，未曾开口，脸就红了。像大多数这个年龄段的少年一样，他性格内向，总爱独处一隅，长久地沉思冥想，谁也不知道他在想些什么。忽然就莫名其妙地笑出声来，甚至笑得歇斯底里。因此总有人怀疑，太子先天人格分裂，以致后来他要造就一个混乱而胜过他父亲的滥杀时代。有时候，他骑上一匹烈马，在皇宫里横冲直撞，有时候却一连几个时辰蹲在一处，看地上的蚂蚁搬家，看墙角里的蟋蟀打架。他喜欢狗、喜欢猫，也喜欢鼠。有时候，他有意将猫和鼠放在一个笼子里，但是，当那只猫将要把鼠一口吞下时，他却又赶紧将那只鼠救下。他并不喜欢整日待在宫里的那种刻板的生活，因此，他总要趁宫中不备，带着几名阉宦打扮成平民，溜出宫门，游走于市井之中。他就像他喜欢的鼠一样，昼伏夜出，行踪不定，让四处寻找他的人失望而归。他在十三岁时，与一个姓王的贵妃成亲，虽然很快就生下一个儿子，但他似乎并不喜欢这位整天板着一副面孔、不苟言笑的贵妃。他也不太喜欢宫里的那些宫女们，于是，常常在深夜，他会带着他的嬖臣们深入到建康城里的一些深街陋巷，与那些烟花女子共度一个风流之夜，直到天快亮时，才匆匆溜回宫里。当大臣们开始上朝时，他却躺在床上，一直睡到傍晚。

弥留之际的萧鸾当然不会知道，此时皇太子萧宝卷正带着他的几个嬖臣逍遥在建康城最热闹的一处街市上。虽然已是深夜，但这条街道上仍然灯火通明。这似乎正适合这个夜游的少年，于是，他溜进一家最有名的妓院。萧宝卷来这里鬼混已经不是一次两次了。他知道自己就要做皇帝了，以后的日

子里，他将要设法管束住自己。因此，在这个炎热的夜晚，他要最后一次光临这个风流场，玩个痛快。

妓院的鸨母并不明白他的身份，但鸨母却掂量出这富家公子身上的黄金白银的重量，于是，鸨母说："哎呀，少爷您可来了，您怎么这么长时间也不来呀，想死我了。少爷呀，知道您要来，我特意给您留着一件稀世珍宝，这是我前不久刚得到的一件宝物。少爷您不知道，建康城里有多少富翁阔少听说这件稀世珍宝，开出天字第一号大价，我都没肯拿出来。少爷，我可是专门为您留着呢。"鸨母说："少爷，这可不是一般的珍宝，搜遍江南江北，也再觅不到比这更稀罕的珍宝了。少爷，您别看当今皇宫三千佳丽、八百嫔妃，要是拿来同我的这位姑娘一比，那可一下子就被比下去了。少爷，您可不知道我这件珍宝的真正来历，我要是说出来，保准会把您给吓出病来。"

鸨母知道她差不多已经吊足了这位阔少的胃口，于是向后拍了三声响掌，叫了声："俞尼子姑娘，还不来见见这位萧公子？"随着一抹灯光，一位二八姝丽迈着轻盈小步，梳着高高的绾发，在两位婢女的搀扶下，袅袅婷婷地走了出来。"少爷"的眼前现出一座金山，亮出一道彩虹，从见到这件稀世珍宝的一刻，"少爷"张开的嘴巴就再也合不拢了。

鸨母看在眼里，说："才子佳人，良辰美景，不可一刻耽误。时候不早了，公子请赶紧歇息去吧。"

这是一个激情的夜晚，也是一个令人销魂的夜晚，萧宝卷终于知道，他在这令人厌烦的世上苟活了十六年。他玩世不恭，视生命为草芥，甚至无数次想到要以自杀的方式来结束自己的生命，然而他却总是有所希冀，原来，他是在冥冥之中有所祈盼啊。

这一夜，萧宝卷拥着俞尼子一直不肯松开。他将太子印亮给女子看，俞尼子知道，她在这风尘中等了许多年，她无数次以死相拼，拒绝着一个个风流公子，乃至一掷千金的贵族富绅，原来就是为了这一刻的到来。俞尼子也知道，她人生的一页，终于可以重新开始了。

说起她的身世，俞尼子泪如雨下。原来俞尼子自幼家境贫寒，却生得天生丽质，后来被王敬则的夫人买到府上做了使唤丫头。王敬则谋反被满门抄斩后，她趁乱逃出，却被一名羽林军头领虏获。羽林军首领要霸占她，她以死相拼，恼羞成怒的羽林军首领向她捅了一刀，便将她抛进河里，没想到竟大难不死，俞尼子随河水漂流到一个浅滩，被一个渔人救起。走投无路之际，她不得不来到妓院。鸨母看出这是一件奇货，便收留了她。但无论鸨母威逼利诱，俞尼子拒不接客。鸨母打她、骂她，终究拗不过她，想着这是一件稀世珍宝，总有一天会卖出大价，便没再强逼她。现在，鸨母终于等到了这一天，在掂出萧宝卷的分量后，鸨母觉得，现在她可以将这件奇货出手了。

天亮时，二人还在缱绻销魂，小太监王宝孙急急慌慌地跑进来，说："太子，皇上要驾崩了，等不到你，不肯闭眼呢。"

萧宝卷十分扫兴，不得不对俞尼子说："你且先在这里暂避，等我做了皇帝，一定派人来接你。"

萧鸾只剩下最后一口气了，因久久等不到太子的到来，硬是不肯合眼。直到萧宝卷急急忙忙地赶来。终于见到太子，萧鸾忽然又有了气力。他示意大臣们暂退，要萧宝卷贴过耳来，说："这些人，各怀鬼胎，但你目前羽毛未丰，必得依仗他们一同辅佐。三年之内，我的余威尚在，不会有大事出现；过了这三年，他们必然起事，到时候，你要毫不手软地杀掉他们，不管他们是你的兄弟还是当年的功臣。记住，杀人要狠，下手要快……"

萧鸾拼足了最后的气力，说完这些，立即眼睛发直，现出死相。一阵阴风，竟然把萧鸾床前那一盏烛灯吹灭，殿内顿时一团漆黑。萧宝卷吓得大叫起来："来人啊，来人啊，父皇，你可不要吓我啊！"那些正在殿外打盹的大臣们知道明帝已经驾崩，连忙飞奔进殿。太监们重新点上烛灯，见萧宝卷吓得面如土灰，缩在一角，瑟瑟发抖，萧遥光说："皇上驾崩了，你要做皇帝了，赶紧哭几声吧。"萧宝卷说："吓都吓死了，哪还哭得出来，老东西死就死吧，还要装神弄鬼。"皇妃们听到这边闹哄哄一片，知道皇上已驾崩，便一路哭号着来到太极殿，整个皇宫顿时就有了一片哭声。

雪白的招魂幡在风中猎猎作响，皇后和贵妃们不得不脱下华贵的霓衫羽服，穿着白色的丧衣哭哭啼啼。就像当年齐武帝萧赜死时一样，虽然死者的遗体被用金丝楠木的棺椁层层装殓，但由于明帝的死期正是七月炎暑，几天后，太极殿里开始散发着一股驱之不去的尸臭。萧宝卷被人按着，穿着孝服，一直守在明帝的棺椁前。刺鼻的尸臭让他难以忍受，同时他又急着见那家妓院里的俞尼子，他问萧遥光："这样的活受罪要到哪天结束？"当被告之须三个月后，萧宝卷三两下就把那身丧服脱下来扔到地上说："同是皇子，为

什么偏要我在这里受罪？"萧遥光告诉他："你是太子，你是皇上，你必须坐在这里守孝，这是规矩。"萧宝卷说："三个月谁受得了啊，既然我是皇上，我说了算，一个月期满，多一天我情愿不做这个受罪的皇上。"

半个月过去了，萧宝卷实在忍受不住这样的折腾，一天傍晚突然口吐白沫，一头栽倒在先帝爷的棺椁旁。刚被人抬出太极殿，萧宝卷就立即带着他的嬖臣茹法珍从皇宫后门悄悄地溜了出去，直奔那家妓院。萧宝卷迫不及待地拥着俞尼子，自然又是一夜欢愉。他嘴里唤着："俞尼子、俞尼子，你要做皇后了，你要开心些啊。"俞尼子自然是开心的，于是便放出全身的妖娆，萧宝卷恨不得就化在俞尼子身上。

一个月后，整个皇宫弥漫着一种难以遏止的尸臭。娘娘们躲在自己的寝宫里，关闭了所有的门窗，大臣们不得不将一块棉绒趁人不备悄悄地塞在鼻子里，但仍然被阵阵尸臭熏得呕吐不止。这尸臭随风飘荡，整个建康城都被一股无法拂去的尸臭笼罩着。大臣们开始怪罪制作棺木的工匠敷衍塞责，但又无法将先帝的遗体重新装殓。盛怒的大臣们一连杀掉几个工匠，以发泄这一个月来被尸臭侵扰的愤懑。一个月终于过去了，直到将先帝的棺椁隆重下葬，东宫才恢复往日的平静。

埋葬了先帝，萧宝卷骑上匹高头大马在宫城狂奔，一边挥舞着马鞭，叫着含糊不清的句子："呵，呵……"他长到十六岁，第一次感到了自由的快乐。父皇的死，对于他是最大的解脱，如果老东西还在，他能这样自由快乐吗？当天晚上，萧宝卷带着他的嬖臣们在寝宫里笙歌狂舞，一直闹到第二天黎明。

从北魏太和十七年（公元493年）孝文帝拓跋宏（元宏）准备迁都洛阳到南齐建武五年（公元498年）齐明帝萧鸾死，淮河两岸的这一对生死冤家争城夺地的战争足足打了五年，可以说谁都没占什么便宜。当南方的建康城被一股血腥笼罩时，洛阳的宫城里同样也不太平。元宏出征时安排镇守洛阳的两位大臣李冲、李彪因争权夺利，相互内讧，闹到互不相容的地步。而最让元宏颜面扫地的是，在他出征前线时，他的冯皇后因耐不住寂寞，竟将一个宦官拉到自己的床上。这件宫廷丑闻在洛阳很快传开，民间流传着不同版本的黄段子。现在，南方的萧鸾死了，元宏开始意识到，这场旷日持久的战争不能再这么打下去了。萧鸾的死，倒是给他的撤兵提供了合理的台阶，于是元宏宣布"礼不伐丧"，命令北魏大军掉转马头，奔往回家的方向。经过五年的征战，无论是北魏士兵还是鲜卑贵族，都对孝文帝元宏的这一决定打心眼里拥护。淮河两岸的百姓终于可以松一口气了，战争结束了，百姓们就盼着能过上太平日子了。

然而南齐的新帝萧宝卷却不答应。萧宝卷刚刚上台，总得要烧三把火，他决定将自己的第一把火烧向同父亲拼了五年的北魏皇帝元宏。这个十六岁的少年天子此举分明是做给国内的那帮老家伙看的：老菜帮子们，别把你爷不当皇帝看啊。

永元元年（公元499年），萧宝卷派老将陈显达、平北将军崔慧景各率四万大军兵分两路，追着北撤的魏军屁股穷打猛追。正准备回家与亲人团聚的北魏士兵被惹恼了，北魏人整个被惹恼了。打就打吧，这年头谁怕谁啊。

但是，不想继续打仗的大有人在，这个人就是北魏皇帝元宏。五年来，三十多岁的元宏全靠着那股邪劲硬撑着，终于回到洛阳，回到自己的行宫，撤职查办了两位内讧的官员，处死那个斗胆睡上自己床榻的男人，将风骚的冯皇后打入冷宫，他忽然感到自己已经病得不轻了。偏偏萧宝卷追着他的屁股打过来，已明显感到力不从心的元宏只得派他的兄弟、彭城王元勰任大将军，掉转马头迎击萧宝卷的军队。毕竟放心不下，他又强打着精神从病榻上爬起来，咬着牙上了前线。

这是北魏孝文帝元宏人生中的最后一战，南北双方的军队在鹰子山（今河南淅川县老城镇北）一带遭遇，元宏坐镇指挥，前锋大将元勰亲自督战，被惹恼了的北魏士兵憋着一股气，而南齐这边的士兵却明显士气不足，再加上大将陈显达老了，鹰子山一战，南齐军队溃不成军，几天之内就损失三万多人马。前线统帅陈显达受了重伤，在他的军士们拼死护卫下才逃脱性命。而另一路的崔慧景听说陈显达逃了，哪里还敢恋战，逃命要紧。

萧宝卷不仅没有在辅臣面前赚足面子，反而被这场丢人现眼的战争弄得尴尬至极。萧宝卷把陈显达、崔慧景恨得半死，他在心里骂着这两个老不死的王八蛋，等着吧，总有你们好受的一天。

很快，萧宝卷就从这次的失意中得到平衡，北魏大军虽然打了胜仗，但北主元宏却没等回到他钟爱的洛阳，就在半路上死了。

元宏自五岁继位，二十三岁当政，一生致力于两件事：一是迁都洛阳，二是汉化改革。虽然遭到保守派的激烈反对，但这两件大事应该说他都成功了。

127

有人说，他连年对南齐发动战争，是因为他对汉文化爱得太深，就像他对文化古都洛阳情有独钟一样。爱之愈深，痛之愈切。但连年的南北战争，让他的身体连连透支，结束了原本年轻的生命。元宏死得太早了。南北朝是中国历史上一个最混乱的时期，南北朝的历史演进了一百七十年，值得称道的帝王实在是少之又少。元宏死了，南北朝的星空顿时暗淡了许多。

在萧宝卷看来，与北魏皇帝元宏的死相比，损失几万人马实在算不了什么。他知道，北魏那边正在进行一次新的大洗牌，南北双方短期内不会再有仗打，趁着这个间隙，玩个痛快吧。人生就是个乐，不乐白不乐，倒像他死鬼老子一样，整天板着个脸，吃剩的馒头还要用纸包了，留待下餐再吃，这样活着，还不如死。

与北朝相比，南朝的历史有太多荒唐，太多杀戮，杀戮如麻，荒唐到令人难以置信的程度。与荒唐帝王萧昭业相比，萧宝卷在荒唐之外又增加了残忍和杀戮。

萧宝卷记着父皇临终前的话：三年之内，父皇的余威还在，大臣们不会起事。于是，他要利用这三年时间好好地玩个够。他对劝他收敛的辅佐大臣们说："放心吧，要不了三年，你们将会看到我怎样治理这个国家。"

萧宝卷在皇宫里胡闹着，辅佐大臣们不停地向他发出警告，让他收敛，提醒他一国之君该如何如何，不该如何如何。萧宝卷唯唯诺诺，但大臣们前脚离去，他立刻就对那几个宠幸的阉臣们说："可恨啊那些古书，硬是把这些老家伙们害得没有一丝生气，人都像他们那样活着，不如死了的好。"他的那些嬖臣茹法珍、梅虫儿为了讨他的欢心，一个个都想着法子逗他开心，自己也乐得一同逍遥快乐。

自从做了皇帝，有辅佐大臣们的管束，萧宝卷就再也没有走出皇宫一步。憋闷的皇宫终于让他忍受不住，他竟然想出一个理由，说汉时的武帝不是还到泰山封禅吗，汉武帝是皇帝，我也是皇帝，汉武帝能够封禅，我为什么不能封禅？即使不能跑那么远，近处的山总是可以的吧。大臣们拿他没有办法，知道他就是要玩，只好答应他可以走出皇宫，到离建康不远的山里走走。萧宝卷把他的出巡日期选在六月里的一天，这是他做了皇上后第一次出宫，他开始为这次出巡做着精心的准备。五千人的武装仪仗队、三千人的马队、一千架马车、八百名宫女、五百名太监……

萧宝卷的出巡吸引了城里城外无数的百姓，人们从百里之外赶到这里，观看当今天子盛大的出巡大典，他们要看一看在威武的皇家卫队簇拥下，那位十六岁的少年天子到底是怎样的威风，人们要一睹美若天仙的贵妃到底是怎样的容颜。然而萧宝卷下令说，既然他是真命天子，就决不允许百姓们随便看他，更不允许人们用淫荡的目光从他的俞妃身上滑过。于是，官员们立即分头准备，他们在街道两旁拦起围帐，三步一岗，五步一哨，凡沿途居民有偷看皇上威仪者，一旦发现，当即处死。

不用说，这是一次完美的出巡。这一次的出巡让萧宝卷感受到无与伦比的快乐，埋藏在他心底十六年的郁闷得到最好的释放。以后每隔十天，他就要出巡一次。接受第一次队伍过于庞大，行动不便的教训，他决定每次只带少量随从。他在羽林军中挑选最精锐者五百人作为自己出巡的护卫。他不再穿着那样笨重的铠甲，也不再启用豪华的马车，他骑上那匹最心爱的枣红色大马，出巡的时间选择在半夜，直到第二天傍晚才疲倦地回到宫里。

萧宝卷的出巡行踪不定，即使是他的嬖臣们也无法事先知道此次出巡的线路。有时候，当行至半途，萧宝卷会心血来潮，突然间掉转马头，挥鞭策马，朝着另一条山路上狂奔而去。因此，居民因躲避不及而被送掉性命的事时有发生。

又是一次皇帝出巡日，萧宝卷带着他的一帮人马走到一处村落，忽然听到附近人家有喧闹之声。萧宝卷让梅虫儿去看看是何人如此大胆，明知道朕要出巡，竟然不加回避。梅虫儿向他报告说，是一个临产的妇人，因为难产，家人正请待产婆忙碌着呢。萧宝卷觉得新奇，他要看看女人是怎样将一个婴儿生下来。待产婆见到皇上，吓得扔下产妇就跑得无踪无影，屋子里只剩下这家的男人守在痛苦的妻子身边。萧宝卷指着那在床上挣扎的女人问："她为什么还不把孩子生下来？"那男人说："回陛下，在下的妻子因难产，所以才回避不及，冲撞了圣驾，请皇上恕罪。"萧宝卷又问："她肚子里是男还是女？"男人说："我先后有过五个女儿，这次妻子怀孕，接生婆说，一定是个儿子。"说话时，那产妇又因难忍的疼痛哼叫起来。萧宝卷说："不就是生孩子吗，何至如此？我替你把孩子生下来吧。"说着，就抽出剑来，随手在那产妇的肚上划了一下。一股鲜血喷涌而出，婴儿从母亲的肚子里滚落到地，却还连着脐带，那产妇早就昏死过去了。萧宝卷上前看了看，落在地上的仍是一个女婴。萧宝卷对着吓呆了的丈夫说："你看，接生婆骗你，你就等着做第六个女婿的老丈人吧。"

萧宝卷觉得还没有玩够，于是接着向一座深山奔去。那山里有一座寺庙，寺里的和尚们听说萧宝卷来了，除了大殿里的几尊菩萨，整个寺里空无一人。萧宝卷很扫兴，只得带着人退出寺庙。不远处，他看到草丛中有微微颤动，以为有猎物，便挽弓搭箭，要向那猎物射去。随从们说："启禀陛下，那不是猎物，而是一个人，一个秃头和尚。"萧宝卷的箭已经搭上去了，他呵斥道："明明是只麋鹿，怎么是个和尚，你们都站在那里干什么，都给我射呀。"于是，十几张弓同时向那草丛射去，那来不及逃走的和尚顿时成为一只刺猬。

## ▍女人如棋

明帝当政五年，没有任何政绩。现在，萧宝卷继承了父亲的衣钵，同样不想有任何作为，但在昏庸和杀戮上却毫不逊色于他的父亲。五年来，整个江南就像是处在一座巨大的火山口上，随时都有喷发的可能。而远在襄阳，坐拥雍州大地的萧衍却过着一段相对平静的日子。

这期间，他的好友沈约曾来襄阳看望他。沈约在东阳做太守，然而他这个太守做得极不舒畅。说不清沈约不舒畅的理由，似乎也不要什么理由。在当年的竟陵八友中，沈约与谢朓的成就最高，但两人都有同样的性格：悲观哀怨。顺也哀怨，逆也哀怨，晴也哀怨，阴也哀怨。总之，生命中的一切都只是一个"怨"，正应了人们习惯说的一句话：悲愤出诗人。作为东阳太守，沈约在那里也是做了一些事情的，譬如刚刚修建的玄畅楼。这玄畅楼坐北朝南，面临婺江，楼高数丈，前后四进，高耸于百余级石砌台基之上。登楼远眺，碧空万里，白云悠悠，南山连屏，双溪蜿蜒，尽收眼底。沈约将他为玄畅楼落成而写的诗歌《登玄畅楼》高声吟咏给他的好友萧衍听：

危峰带北阜，高顶出南岑。中有陵风榭，回望川之阴。岸险每增减，湍平互浅深。水流木三派，台高乃四临。上有离群客，客有慕归心。落晖映长浦，焕景烛中浔。云生岭乍黑，日下溪半阴。信美非吾土，何事不抽簪？

一如沈约此前的风格，这首《登玄畅楼》依然在清怨中透出一股清新之气，不失为一首优秀的山水诗篇。

而这些日子，萧衍所做的一件让后人对他大加赞赏的事，就是将流传于江汉一带的民歌进行了收集和整理，从而形成独特的地域风格。后世有研究诗歌者认为，流传于长江下游的吴歌与流传于江汉一带的西曲形成乐府诗的两大高峰，为唐代诗歌的发展奠定了基础。从这一点来说，萧衍功不可没。受此影响，萧衍这一时期的诗歌明显带有西曲的风格，如《江南弄》《西洲曲》等。让沈约惊叹不已的是，萧衍在雍州所写的诗歌中有大量描写爱情的内容，那种对爱情执着的追求，甚至对两情相悦的直白表露，不能不令读者怦然心动。沈约知道，他的好友萧衍坠入爱情之河了。

沈约的揣测没错，继谢采练之后，萧衍再一次坠入情网。这个让萧衍神魂颠倒的人就是十四岁的樊城少女丁令光。

认识丁令光，完全又是一次谢采练的翻版，但浪漫中又多了几分现实。

果然就如萧衍断言，他的妻子郗氏以自身的实践粉碎了那些阴阳师们的第三次伟大预言，继长女萧玉姚、次女萧玉婉之后，萧衍有了第三个女儿萧玉嬛。郗氏知道自己生儿无望，不得不接受六弟萧宏的建议，将他的儿子萧正德过继为子。

谢采练死后，萧衍重新又对下棋有了浓厚的兴趣。在雍州，萧衍很难遇上真正的棋手。有一次，他竟自己独坐城头，摆开棋盘，招揽棋友。他甚至别出心裁，雍州府招贤纳士的标准之一就是棋艺。于是，前来与刺史大人下棋的人络绎不绝，然而，那些人纷纷败在萧衍的手下。

直到有一天，一个少女坐到他的棋盘前。他打量了一下这少女，令他倍感震惊的是，这少女是如此酷似当年的谢采练，无论是那娇小的身姿，还是那种天然而未曾雕琢的性情。他心里涌出一丝悸动，于是，他开始让少女执白先行。棋盘旁围满了看热闹的人，大家都要看看一个十四五岁的少女将如何战胜赫赫有名的棋坛高手，而且是他们的刺史大人。那只嫩葱般玉白的小手在他的面前不时来回着，萧衍的心，竟然有些零乱。好几次，他竟然犯下大错，却正好被少女抓住战机。稍有胜局，少女抑制不住抬起头来，朝刺史大人狡黠地一笑，那笑，竟然让萧衍不得不举手缴械了。这盘棋，谁都看得出刺史大人心不在焉，输得不明不白。在周围人的鼓动下，少女与他接着又

下了一盘，出人意料的是，这一局萧衍依然败北。当然，观棋的人都看得出，这一局，刺史大人显然让着少女，以满足少女那特有的自尊。

那次棋局之后，萧衍竟然时常魂不守舍。他的家童陈庆之似乎看出主公的心思，于是说："主公的棋瘾又上来了吗？"萧衍说："可惜没有对手。"陈庆之说："要不要让我派人将那个叫丁令光的姑娘叫来陪你杀上一局？"萧衍知道什么也瞒不过陈庆之，于是便笑着说："只怕后院起火。"陈庆之说："夫人不是还在建康吗，将在外，军令有所不受。"双方的对话，再明白不过了，主仆双方都对接下来要做的事情心照不宣。于是，少女丁令光再次光临刺史府，双方的棋局一场接一场，那只嫩葱般玉白的小手在萧衍的面前来来回回，萧衍连连失误。这一次，丁令光似乎有所察觉，她从棋盘上抬起头来看着刺史大人，说："大人，你怎么了？"丁令光看到一对特别的眼神，那是深邃的，就像一汪深潭，又是澄澈的，透出一股明亮。丁令光的脸倏地红了。十四岁的少女不能不从刺史大人的眼里看到一种她久已渴望的内容，于是，她将一粒棋子放到棋盘上。这一次，她完全放错了位置，但是不要紧，接下来，刺史大人没有逮住战机乘胜追击，而是伸出手来，一把就抓住了这只纤细而温润的小手。

当他的从舅张弘策再次来到雍州时，他看到萧衍脸上洋溢着不一样的神情，他知道，对于孤身在外的萧衍，少女丁令光是上苍送给他的一份特别礼物。萧衍的胸中藏有千军万马，但他却又是孤独的，对于孤独中的萧衍，丁令光的到来，是多么重要！

张弘策说："红袖添香夜读书，明公真正是乐不思蜀了。"

"让弘策笑话了，"萧衍说，"我正要告诉你，我打算明媒正娶丁令光进门。"

"呵，你不怕后院起火吗？"

"真要起火，也由不得人了。"他一想起那个为他而死的谢采练，就从心底里涌出一股胆气和豪情。

张弘策知道，萧衍是一个铁血将军，又是一个柔肠百结、多情多义的男儿，他既然说出这种话来，可见丁令光在他的心里已经是不可替代了。

"明公内心的郁闷，也需要有人分担。"

"你总是把我看得透透的。"萧衍接着又问，"建康的形势如何？"说到建康的形势，萧衍的眉头又凝结成一串疙瘩。张弘策何尝看不出，萧衍表面的平静之下，其实难掩内心的忧愤，于是便将明帝死后，萧宝卷称帝，朝中"六要"专权，"八贵"横行的情况说了一遍："建康纷乱如麻，对天下大事，将军宜早日定夺。"

这么多年来，张弘策一直在萧衍的帐下任录事参军，他不仅是萧衍最知心的朋友，也是他最可信赖的军师和顾问。说起建康那边的局势，二人分析说，明帝死后，十六岁的荒唐小儿萧宝卷继位，萧宝卷早在做太子时就以轻浮、凶残和残暴闻名，他必然不会听命于明帝所托付的这六位辅佐大臣。六位辅佐大臣中，始安王萧遥光早就图谋不轨，却徒有小谋而无大智，而且此人心胸狭窄，只能成为一场夺权斗争的牺牲品；徐孝嗣虽然有长期从政的经历，但他老迈而昏庸，并没有实际才能，一旦遇事，即行退缩；江祐、江祀弟兄优柔寡断；刘暄头脑简单；萧坦之眼光短浅。这六位所谓辅佐大臣，都不是能够成就大事的人。而且他们各怀鬼胎，相互猜忌，时间久了，必然内讧，那时候，萧宝卷朝廷立即就会土崩瓦解，天下大乱的格局势必形成。

萧衍说："建康的乱局即将形成，现在需赶紧派人前往京城，将妻小接到雍州，还有四弟萧畅、五弟萧融，我都不放心他们。"

张弘策说："这个好办，我立即派人前往建康，将夫人及三位千金接到雍州来，四弟萧畅、五弟萧融也急速让他们动身，前来雍州。"

"这件事交吕僧珍去办吧。你来了正好，"萧衍切断张弘策的话题，"有件更重要的事只能拜托于你，你请速去郢州，听听我大哥萧懿对当前时局的分析。"

张弘策当然明白萧衍的意思。其实，还在萧懿在益州担任刺史时，萧衍即有联合大哥，对付朝廷之心。但益州地处川西山地，历来并非军事重地，萧懿名为益州刺史，手中的兵马不足三千。而现在，萧懿驻守郢州，郢州控扼长江中游，襟带中原，萧懿手中领兵近万，早已今非昔比。萧衍知道，在东晋南朝史上，一百多年来，屡有方镇拥兵，宗室起事，兴兵发难，图谋弑君的事件发生，却尚未有一次成功的先例。所有义士，不管他们当初是怎样的雄心勃勃，最后无不以流血失败而告终。萧衍知道，以自己目前的实力，还远不足以与萧宝卷朝廷抗衡，但如果能联合大哥萧懿，雍、郢二州并肩协同，就一定会形成对萧宝卷朝廷的强大威慑。

在吕僧珍前往建康，着手将所有家属及弟兄迁至雍州的同时，张弘策受

命来到益州,将萧衍的亲笔信呈上。萧衍在信上说:西晋时,庸主当政,诸王手握重兵,互相争权,从而酿成长达十六年之久的八王之乱,西晋也随之灭亡。当今朝廷之乱,与西晋犹过之而无不及,明帝的六位辅佐大臣各怀心思,都以一己之私,欲控制萧宝卷以独断专行。萧宝卷则既无令誉,又凶残无道,滥杀无辜,残暴凶狠,又岂肯听任"六贵"摆布?"六贵"以专权计,相互猜忌,必将会有一场内讧。如此,一旦内乱发生,南齐朝廷必将土崩瓦解。你我兄弟,虽有旷世之才,却惜逢乱世,报国无能。幸而你我镇守边陲,兄之郢州为战略要地,南控荆、湘二地,西注汉、沔二水;弟所在雍州,同样拥精兵数万。凡一切智者,皆应把握时机,及早准备,一展宏图,且莫坐失良机,后悔莫及。

萧懿看过三弟的信,却长久不语。张弘策看出萧懿内心的复杂和矛盾,于是说:"虎踞二州,参分天下,将军宜及早纠合义兵,为百姓请命,废昏立明,一旦起事,易如反掌。"萧懿仍是不语。

张弘策在荆州盘桓数日,但萧懿对萧衍联合起义一事一直未作任何表态,张弘策失望而归。萧衍知道,大哥自幼受父亲影响,忠君报国,至死不渝,即使朝廷拿刀子架在他的脖子上,大哥也不会说一个反字。既然雍、郢联合没有指望,就只凭自己的力量单独行动了。他相信,萧齐的时代大势已去,在辽阔而富饶的梁、楚、汉大地上,那未来收拾残局、重振河山的英雄究竟是谁?

萧衍盘点了一下自己的家底,这些年来,他的军中可谓藏龙卧虎,一批批将帅之才荟萃而至。江夏内史王茂、沔北大将曹景宗、旧属郑绍叔、后来被历史上称为"战神"的韦叡、部将吕僧珍、襄阳令柳庆远等,这些人都是正当盛年,而且一个个英勇善战,即使没有大哥萧懿的合作,他也有信心成就一番惊天伟业。

萧衍开始了认真的部署,他一边命人秘密打造武器,一边让张弘策在附近山里建造了上千间房屋以备起事时屯兵,又砍伐了大量木、竹沉入檀溪,以备起事时造船之用。

他想起慧超和尚的话,"未来那兴起于天下的英雄,安知不是将军吗?"他知道,一只"笼鸟"就要放飞,一只雍州虎就要出现了。

这一年八月,萧衍不顾夫人郗氏的反对,正式迎娶丁令光进门。萧衍对丁令光约法三章:第一,萧府上下,事无巨细,悉听郗氏安排,丁令光不得越权;

第二，若生下男丁，归郗氏抚养，只唤郗氏为娘；第三，我若今后贵为天子，丁令光只为贵嫔。对此约法三章，丁令光一一点头。

## 表兄外甥与阿舅

萧宝卷在建康玩疯了，他没有意识到，三年还未过去，父皇的余威却渐渐失去灵验。常常是在临近中午，当听到从清晨起就站在太极殿外等候上朝的大臣们失去耐性，发出抱怨声时，萧宝卷或许还没有意识到，危险正一步步向他逼近，一股推翻他的暗流开始涌动。

然而，萧宝卷还没有玩够，他的荒诞不经的游戏正做在兴头上，就像一匹狂奔的野马，他一时还无法收住缰来。

萧鸾在临死前的托孤大臣共六位，世称"六贵"，再加上左仆射沈文季、太尉陈显达，人称"八要"。这八人中，右仆射江祐和侍中江祀二兄弟是萧鸾的姑侄，萧宝卷的表兄，萧鸾生前也最信得过他们。萧宝卷当然不会知道，在父亲萧鸾临终前嘱他"三年后，他们必然起事，你就毫不手软地杀掉他们"之前，曾同样悄悄地附在二江兄弟的耳边说："太子若不成器，就废掉他。"

"废昏立明"是历史上辅佐大臣们的职责，二江兄弟自觉责任重大，但又觉得凭一己之力，恐难成功，于是便去找另一辅佐大臣，同时又是三朝元老萧坦之密议。姜当然还是老的辣，这弄不好要让全家人脑袋搬家的事，萧坦之当然不肯轻易表态。老家伙故作深思状，就是不肯吱声。二江再三逼他，萧坦之只好说："当年先帝发动宫廷政变，从萧昭业手中夺取皇位，遭天下人非议，前事不忘，后事之师，如今三年才过，如果再行废立之事，必然引起一场内乱。此等事，你们自作主张，好自为之，我不参与，也不反对便也罢了。"

二江知道，老家伙太滑头，看来指望不到他，但二江毕竟不甘心，过了不久，二江中的弟弟江祀与刘暄相遇，几杯酒下肚，江祀便把对萧宝卷的失望一一倾诉，没想到竟找到知音。刘暄对萧宝卷的不成器同样感同身受，二人知心话说了一箩筐。乘着酒意，江祀便把"废昏立明"的事大着胆子抖落出口，刘暄说他也早有此意。这真是英雄所见略同，剩下的，就是由谁来替代萧宝卷了。刘暄提出，废掉萧宝卷，禅代者只能在萧宝卷的几个弟弟之间选择。

萧氏兄弟的母亲是刘暄的姐姐，萧氏兄弟中任何一个做了皇帝，都不会改变刘暄国舅的身份，这是一笔怎么算都划得来的买卖。对此，江祀似乎也无异议，但他却提出一个令刘暄最不喜欢的人选，这个人就是萧宝卷的三弟萧宝玄。

几年前，年仅十二岁的萧宝玄被父亲派往郢州任刺史，刘暄被明帝派去做萧宝玄的录事参军，其实正是代理刺史的权力。当时府中有一名婢女名阿杏，年龄仅在十二三岁之间，却做了刘暄的爱妾。当时只以为萧宝玄尚未成年，刘暄对他没作任何防备，谁知有一次刘暄从外面回来，却看到萧宝玄与他的爱妾赤条条睡在一起。看到刘暄进门，萧宝玄并不遮掩，反而说："你整天对我指手画脚，如何这，如何那，这等好事，你却从不肯教我，不是阿杏，我哪知人世间有这等快乐。"气得刘暄几乎当场吐血。那个爱妾从此就被萧宝玄霸占去了。对这件事，刘暄一直记恨在心，因此，当江祀把立萧宝玄的话刚一说出来，就立即遭到刘暄的反对。江祀说："依你见，立谁为宜？"刘暄提出，不如立萧鸾的十一子、萧宝卷的另一个弟弟萧宝贞。没想江祀立即摇头，连说"不成，不成"。江祀认为萧宝贞年岁太小，刘暄要立这么小的孩子做皇帝，目的就是要把小皇帝控制在手里，身为老舅的他可随时准备取而代之。

关于"废昏立明"，萧宝卷的两位至亲第一次密议就无果而终。

然而事隔不久，刘暄又有意无意间把二江要"废昏立明"的建议透给了萧宝卷的堂兄萧遥光，希望萧遥光能支持自己立萧宝贞的建议。刘暄哪里知道萧遥光早有自己的如意算盘，萧遥光想做皇上都想疯了。萧遥光是萧宝卷的堂兄，也是萧宝卷这一辈中年龄最长的，而且当年在扶助萧鸾杀戮萧昭业家族时立过大功。他觉得如果废掉萧宝卷，只有自己更有资格取而代之，别的任何人都不合适。

萧遥光一夜未眠，睁着眼睛，做了一夜的皇帝梦。第二天，他提着礼品来到江祀的府上。江祀与他年龄相仿，两人私交原本不错，虽然萧遥光说话闪烁其词，江祀还是明白了他的意思，原来萧遥光要做皇帝，自己又不好开口，是要利用他带着发话，占据主动。萧遥光并且许诺，如果自己做了皇帝，就让江祀做尚书令。这对于江祀来说，是不小的诱惑，于是，江祀去找自己的兄长江祐，提出立萧遥光的理由一二三四等等。江祐拿不准主意，接着又去找刘暄，刘暄一听，立即反对，说："废掉萧宝卷，再怎么样也轮不到他萧遥光，一个瘸子，走路尚且要人搀扶，居然还想去做皇帝？"

这实在是一个有趣的现象，在废除萧宝卷的共同话题下，萧宝卷几位最至亲的"辅佐大臣"们这种走马灯似的绕来绕去。"废昏立明"的事变得越来越复杂，各人的心思也越来越不可捉摸。

然而二江仍不甘心，觉得"废昏立明"这样的大事必须拉一个笔杆子参加才好，思来想去，二江想到了当今的文豪谢朓。想来这二江兄弟也够糊涂，竟然忘了几年前王敬则欲揭竿而拉谢朓入伙，结果被谢朓告密，王氏父子尽被斩首的教训。谢朓当时因告密有功，被明帝连升三级，但谢朓自己觉得这官来得到底不够光明，明帝三次任命，他三次辞呈，不得已，还是接受了吏部尚书郎的职务。但几年来却只得夹着尾巴做人，连诗也写得少了。现在，二江找上门来，谢朓再也不敢搅这趟浑水，说："这种事你们千万不要找我，我谢朓只有一颗脑袋，还要留着它喝碗稀粥呢。"但二江认准了谢朓，非拉他加盟不可。江祐说："萧宝卷这小疯子、小魔王杀人如吹灯，总有一天，他的那把刀会架到你的脖子上，到时候，你想明哲保身都难。"谢朓一介文人，被江祐这么一吓唬，真的就软了。江祐觉得有戏，但他不想把谢朓逼得太紧，决定过几天再上门说。

盯上谢朓的不仅是江祐，萧遥光不知怎么也打上了谢朓的主意。江祐前脚刚走，萧遥光的说客后脚就上门了。如此这般，仍然是江祐曾经说过的话：国家社稷，百姓生灵。谢朓本来就对萧遥光不怎么感冒，见萧遥光要利用自己，十分恼火，便毫不客气地将萧遥光的说客撵出门了。萧遥光见这书呆子不配合，气得直瞪眼睛。

本来，事情如果到此为止，或许杀身之祸还不至于降临到这位谢诗人的头上。中国有句古话：世上本无事，庸人自扰之。萧遥光的人刚走，谢朓的眼皮就开始跳。他觉得今天的这件事并不那么简单，萧遥光绝不是什么好鸟，一旦东窗事发，萧遥光第一个就会拿他去顶缸。诗人思来想去，越想越害怕，直想得浑身冒冷汗，竟然一夜未眠。天亮后，他不及洗抹，立即就去了与他要好的一个朋友太子右卫左兴盛家里。左兴盛有权出入后宫，谢朓想把这件事告诉左兴盛，即使将来出事了，苍天作证，他可是事先就将这事告诉皇上身边的人了啊。

谢朓将有人打着"废昏立明"的旗号，要推翻萧宝卷，要另立他人的事详详细细地复述了一遍，最后说："老左啊，这件事，我可只跟你说了啊，第一，作为朋友，我希望你不要去搅这趟浑水；第二，你可千万不要把我告诉你的这些告诉别人啊。"

左兴盛说："诗人，你对我还不放心？这件事到我这里就算结束，我左兴盛决不将这件事向任何人透露分毫。"谢朓原意却并非如此，听左兴盛这么一说，却又表情复杂起来。左兴盛明白他的意思，便说："当然，方便时，我会给皇上提个醒。"谢朓觉得目的达到，顿时轻松了许多，终于满意地回家了。他决定从心里把这件事抹去，就像把一泡屎拉掉一样，从今往后，该怎样生活就怎样生活，再不管这些屁事。

如果谢朓真的将这件事在心里轻轻抹去，就像把一泡屎拉掉一样，或许他仍然能够与一场灾难擦身而过。事实上，那个叫左兴盛的人不仅没有把谢朓告诉他的这些向皇上提醒，也没有向其他任何人谈起。左兴盛不是一个多事的人，他知道，这年头，多一事不如少一事。

但在谢朓这里，轻松并不持久，就像一个写错的字，就像一句不合韵的诗，怎么看怎么别扭。那些日子里，谢朓整天就觉会有大祸临头，他茶不饮、饭不吃，他觉得必须要有另外的表现，否则，到时候真是跳进黄河也洗不清。鬼使神差的，谢朓竟然又去找刘暄。刘暄是当今皇上的亲舅，平时又与他处得不错，他觉得这件事必须向刘暄说清楚。他把在左兴盛处说过的话又说了一遍，刘暄同样告诉他说："老谢啊，你对我还不放心吗，这些话到我这里就算到头了。"

一个王敬则事件就够让谢朓在历史上难堪的了，现在又添上一个萧遥光事件，谢朓或许并不会想到，他的墓志铭上在赫然地刻着"南齐时代最伟大诗人"的同时，历史又将另一个最肮脏的名词刻在他的墓志铭上，这个名词就是：告密者。谢朓人生中的这两次告密事件，也必然为他的人生留下极不光彩的一笔。

谢朓的担心并非多余，他的直觉告诉他，大祸就要临头了。刘暄虽然与萧遥光不合，但在推翻萧宝卷问题上，刘暄却与萧遥光有着利益上的苟合。于是，刘暄将谢朓告诉他的话立即就告诉了萧遥光。刘暄对于谢朓的为人太清楚不过了，他知道，谢朓决不会把萧遥光谋反的事仅仅告诉他一人。他提醒萧遥光，谢诗人不仅不可靠，而且很危险，弄不好，你我都要步王敬则后尘。

萧遥光本来想利用谢朓这根笔杆子，却没想到谢朓会出卖自己。对于萧遥光来说，捏死个谢朓，就像捏死只臭虫一样容易。于是，趁着"告密者"尚未行动，萧遥光便在萧宝卷面前奏了一本：关于谢朓为人为事的种种……

直到谢朓被逮捕下狱，他仍然不明白，他到底犯在了谁的手里。可怜一代风骚，竟以三十六岁的年龄结束了自己才华横溢的一生。

谢朓死了，谢朓的名字很快就被萧宝卷忘记了。谢朓的死，并没有缓解表兄外甥老舅子之间皇权争夺大战。萧遥光接着又把仇恨结到刘暄的头上。他觉得是刘暄坏了自己的好事，如果不是刘暄，二江头脑简单，只要稍加利用，即可就范。现在偏偏有个刘暄在其中作梗，让事情变得如此复杂，如此纷乱如麻。于是，萧遥光决定除掉刘暄，以扫除自己禅代的障碍。

暗杀在一天早晨进行。那天清晨，正准备上朝的刘暄座驾刚刚启动，就听到轰隆一声巨响，车轴断了，马车被掀倒路边，刘暄和车夫同时被压在马车轮下。随即从路边蹿出四个蒙面汉子，手持快刀向这边直扑而来。刘暄索性装死，他的车夫却大叫："来人哪，有刺客！"黑灯瞎火，刺客辨不清主次，便用乱刀朝二人砍来，车夫一边奋起与刺客搏斗，一边仍大叫不止。刘府中人听到门外叫声，知道刘暄出事，一帮人赶紧扑来援救。刺客不敢恋战，割断一颗人头好去交差，接着就四散逃去。事后检查，那辆马车大轴被人事先做了手脚。

刘暄思前想后，认定干这事的没有别人，只有萧遥光。萧遥光要禅代萧宝卷来做皇上，因为他的反对，萧遥光加害于他。刘暄想，你不仁，就不要怪我不义，于是当天即求见萧宝卷，将萧遥光要谋反的事一一说出来。

但令刘暄意想不到的是，萧宝卷听完汇报，似乎并不当做什么大事，只是漫不经心地说："我知道了，你去吧。"刘暄吃了一颗冷山芋，心里堵得难受，不知道自己的告密到底是对还是错，于是整天提心吊胆，夜不能寐，竟憋出病来。

## 步步莲花

萧宝卷似乎还没有心思去对付那些叛逆的至亲。经过工匠们近两年时间的建造，神仙、永寿和玉寿三座宫殿终于落成。三座宫殿的墙壁上镶嵌着从

新疆运来的玛瑙，从波斯运来的翡翠，从东印度运来的钻石，每一块地面方砖上都用纯金镶有一朵巨大的莲花，萧宝卷说要让他的爱妃俞尼子能"步步莲花"。

一天萧宝卷头脑发热，忽然想起前朝宋文帝刘义隆有一个漂亮的妃子姓潘，于是就强行将这个俞尼子也改姓为潘。

潘贵妃新的宫殿造好后，正是她十八岁生日，潘妃提出，要回家省亲。萧宝卷于是立即为省亲再作准备。潘妃极爱花草，萧宝卷便让人在省亲的路上铺设花草树木。那边，潘妃的老家也在为贵妃的省亲作着最铺张的准备。为了让潘妃在老家有一个如同皇宫的居住环境，她的父亲便极力张罗，以国丈的名义派发请柬，凡送礼者，均发一黄色布条，上盖国舅印章，许诺今后凭此条可加官晋爵。终于等到省亲的一天，京城里又是一阵鸡飞狗跳，来不及躲避的人自然遭殃。从京城建康到潘妃的老家相距数百里地，沿途戒备森严，百姓一律回避。而到了潘妃的家乡，萧宝卷却脱下皇帝的龙袍，将自己打扮成一个乡村女婿，让他的媳妇骑坐在一只瘦毛驴上，自己牵着毛驴，一路走进村去。及至进了岳丈的家门，却又洒扫庭堂，前后忙碌，俨然一个孝顺女婿，吓得潘妃一家不知所措。

他终于玩够了，他记着父皇的遗言，不久收敛起他个性中顽劣的一面，将人性中的另一面逐渐展露在世人的面前。他要让那些仍将他当顽劣之徒的人知道，萧宝卷成熟了，就像他父亲教导他的那样，不管是什么人，哪怕是他的至亲，只要危及他的皇权，他会像杀掉一条狗一样杀掉他们，毫不手软。

谁也没想到，忽然就在某一个晚上，萧宝卷突然派人分别围堵住江祐、江祀兄弟俩的府第，以迅雷不及掩耳之势，将二江的全家斩尽杀绝。

萧宝卷杀掉二江兄弟，用的是敲山震虎的伎俩。接下来整个皇宫里平安无事，例行的盛大"派对"开始在新的皇宫进行，宫城内依然桃红柳绿，一派歌舞升平。依然像从前一样，每当宫廷"派对"时，他总会将他的舅舅刘暄以及堂兄萧遥光安排在最贴近自己座位的地方。酒喝到一定的份上，也就没有了君臣之分，萧宝卷时而会拍着刘暄的肩说上一个只有他们俩才听得懂的黄色笑话。刘暄不得不尴尬地笑着，心里却是七上八下，不知道萧宝卷葫芦里到底卖的什么药。而对于他的堂兄弟萧遥光，萧宝卷仍像从前那样"阿光、阿光"地叫着，显得特别亲热，毫无君臣之分。不久，甚至还任萧遥光为大司马。

最先憋不住气的是刘暄，他终于经受不住萧宝卷对他的这种精神折磨，开始装疯卖傻，大白天竟然脱得精赤条条，在皇宫来回狂奔，口里叫着含混不清的句子。萧宝卷站在远处看着他的阿舅，脸上露出一种耐人寻味的笑容。刘暄终于跑到他的跟前，嘴里叫着："呵，呵，我不曾谋反，我不曾谋反……"萧宝卷顺手扯下一个太监的上衣扔给刘暄，说："阿舅，老大不小的，就不怕人笑话？"接着又当着众人说："有人向我告发，说阿舅放着国舅不做，竟要谋反，你以为我会信吗，世上哪有舅舅谋杀亲外甥的？虽说当年我的父皇，也就是武帝的亲侄子谋反杀了萧昭业，那是萧昭业自作自受。我这么好的皇帝，对大臣，有恩必报；对百姓，亲民如子。世上哪有我这么好的皇帝，谋我的反，难道真疯了不成？"说得刘暄心惊肉跳。这一回，刘暄真的疯了，他吃粪、喝尿，满身污秽，将裸奔进行到建康城的大街小巷，弄得满大街的人躲避不及，似遇瘟神。

二江兄弟被杀，刘暄疯了后，萧遥光开始沉不住气了。他一边故作镇定，与萧宝卷虚与周旋，一边暗中派人与远在江陵当刺史的二弟萧遥欣联络，商议起事。兄弟俩开始在暗中招兵买马，秘密组织。经过近一年时间的准备，一切安排停当，商定由萧遥光首先占据东府城（建康三城之一，其他为石头城、台城）立地为王，萧遥欣由江陵带领兵马顺江而下。然后于永元元年（公元499年）八月初七里应外合，攻进台城，一举杀掉萧宝卷，再取而代之。

起事的日期一天天临近，萧遥光仍然觉得心里不踏实，便又去联络右将军萧坦之。萧坦之说："你要谋反，我不反对，此前我已回答过二江了，我不参与其中，也不反对。"萧遥光见萧坦之不予合作，又怕他暗中告密，于是便决定先杀了萧坦之再行起事。当夜，萧坦之光着膀子在家睡觉，忽然发现院墙外有了动静，透过窗户，他看到无数的兵器在星光下闪着寒光，一帮人正悄悄逼近他的住宅。萧坦之吓坏了，连忙光着身子跳窗而出，一路跌跌撞撞地向皇宫所在的台城方向逃窜。在台城城门口，萧坦之遇到了正在巡夜的士兵，士兵并不认识萧坦之，因见他赤着身子，惊慌失措，便将他扣押，送到卫队长颜瑞那里。颜瑞见到萧坦之如此狼狈，不知发生了什么事情，扯件衣服让萧坦之穿了，让他慢慢诉说。萧坦之惊魂未定，结结巴巴好不容易张开口来说："萧遥光，他……他……要谋反，快去报告皇上。"颜瑞说："不可能吧，萧遥光与皇上好得不得了，他怎么吃错了药，要谋反呢。"但颜瑞

还是亲自悄悄前往东府城打探消息。果然发现东府城内戒备森严，萧遥光的人马正在紧张集结，似乎有什么大动作。颜瑞知道，萧坦之的话没错，萧遥光果真是要造反。颜瑞连忙骑上快马，奔进皇宫，将萧遥光要谋反的事向萧宝卷一一禀报。

萧宝卷抱着美人睡得正酣，听到颜瑞的报告仍然不置可否。

而在萧遥光那边，部将们见萧坦之从刀下逃脱，料知他现在一定已逃到台城向萧宝卷报告，萧宝卷一旦得知萧遥光谋反，必定会派大军前来镇压，遂建议萧遥光立即动手起事，免得夜长梦多。然而萧遥光虽准备多时，却对决胜并无把握，他还在等待着，一是等待其弟萧遥欣前来接应，二是期待台城内官兵自举义旗，好里应外合，一举破城。

萧遥光的犹豫，倒是让萧宝卷赢得了时间。一直到第二天清晨，当萧宝卷从美人怀里脱身，忽然想起昨晚有人禀报萧遥光谋反事，立即召集大臣议论此事。萧坦之将他的所见所闻一一诉说。萧宝卷知道，萧遥光放下大司马不做，要谋反了。真的吃了豹子胆，萧宝卷骂了句粗话，当即进行紧急部署，派徐孝嗣带十万官兵守卫台城，另派萧坦之率十万兵马前去围剿东府城叛军。

一场皇亲国戚之间的交战正式拉开帷幕，这天是八月初七的清晨，占据了东府城的萧遥光久久不见二弟萧遥欣的人马前来接应，只好孤军奋战。萧坦之一连攻打数天，虽不奏效，却也并不着急。就在这时，萧遥光内部发生兵变，几名将领带兵出逃，投降官兵；接着，萧遥光又接到一个坏得不能再坏的消息，从江陵那边顺江而下的二弟萧遥欣在临近建康不远的采石矶（今安徽马鞍山）附近遭遇狂风，战船沉没无数，萧遥欣也不幸沉尸江底。萧遥光仰天长叹：天灭我也！东府城守军见萧遥光气数已尽，便轰隆一声打开城门，萧坦之率领大军一举攻进东府城，未经厮杀，萧遥光的叛军即溃不成军。当官兵扑来时，推车的士兵扔下萧遥光赶紧逃命，萧遥光腿有残疾，只得束手就擒。

至此，萧鸾临终前托付的六名辅佐大臣已先后死去四位。

发生在宗亲中的政变让萧宝卷意识到，所有的人都不可靠，所有的人都在暗地里积蓄力量，伺机推翻他。宗亲如此，何况远臣？父皇的话是不错的，对于一切有可能威胁到他皇位的人，只有一个字：杀。

他的嬖臣茹法珍说："萧坦之也不是什么好鸟，当初刘暄要造反，第一个就拉上他。现在萧遥光造反,又看上了他。这些人为什么偏偏要拉上他萧坦之?"于是,萧宝卷很快就把目标锁定了萧坦之。事先有人密告了萧坦之,劝他赶紧逃走。萧坦之说:"君要臣死,臣不得不死,我的一颗忠君之心,自有天鉴。"那天,当捕杀萧坦之的军士冲进萧府时,却只见萧坦之府上一片血流成河。原来萧坦之料到难逃活命,便先杀了全家,然后自己坐在厅堂,从容饮酒。面对萧坦之的从容坦然,刽子手们竟一个个难以下手。这时,萧坦之突然大笑一声,一股黑血从口中喷涌而出,随即倒地而死。

萧宝卷杀人要快,不要理由的风格,应该是继承了他父亲萧鸾的传统。现在,他把目标锁定了左仆射沈文季以及尚书令徐孝嗣这两位文职官员。沈文季的侄子沈昭略在宫中听到风声,连夜去通报叔叔,让他联合徐孝嗣,赶紧商议废昏立明之计。沈文季同样经历南齐三代君主,他处处小心、事事谨慎,因而躲过了一次又一次险机。萧宝卷称帝后,沈文季干脆托病在家,不问政事,他无论如何都不会相信萧宝卷会杀他。

沈昭略见叔叔冥顽不化,便又去找徐孝嗣,让他早做废昏立明之打算。徐孝嗣知道,此生死存亡之际,唯有放手一搏,或可绝处逢生。他去找沈文季商议对策。沈文季说:"通过政变取胜的可能性只在四成,但有一条妙计,成功的可能性可在七成。"沈文季的妙计就是趁萧宝卷出巡后关闭城门,再召集大臣们商议废昏立明良策。沈文季的所谓妙计实在是太小儿科了。沈昭略见两位老臣如此迂腐,便顿脚出门,说:"古人说,当断不断,必有祸乱,你们,就等着去送死吧。"然而,沈昭略自己也拿不出什么好办法来,只是在家里干着急。

徐、沈二人暗自联络的事很快就让萧宝卷知道,第二天一早,徐孝嗣就接到萧宝卷手谕,让他前往宫内议事。徐孝嗣知道,他的死期到了,慌得一时乱了阵脚,他的几个儿子说:"昏君把人逼到绝路上了,还是赶紧想办法吧。"徐孝嗣看着站在他面前的几个儿子,真是心如刀绞,想着大不了就是一死,忽然就冷静下来,说:"你们几个都给我在家好好待着,千万不要轻举妄动。我一人去死,或能保住全家。"几个儿子自幼受父亲影响,只管读书,却一个个手无缚鸡之力,手上更无一兵一卒,只好眼睁睁地看着父亲前去送死,府中哭成一团。

及至进宫,却见沈文季叔侄双双被押。这时,萧宝卷的阉党梅虫儿已端上毒酒，命三人喝下。沈文季见到毒酒，吓得面如土灰、浑身乱颤。徐孝嗣说："忠君受命，死而无憾，大丈夫视死如归，何足惧矣？"沈昭略对着叔叔和徐孝嗣大骂："当初先帝曾对我亲口而言，萧宝卷如不成器，可废掉他。你们身为辅国大臣，却优柔寡断，误国误民，今又搭上我一同送命。"

徐孝嗣善酒，连喝八碗才渐渐昏沉。沈文季无言，不得不流着泪将那碗毒酒喝下。沈昭略愤恨难平，他端起毒酒，口内仍骂声不绝："愚忠老朽，我沈昭略临死前要让你们做一个破面之鬼。"说着，便将那毒酒向叔叔和徐孝嗣的脸上泼去。二人的脸上立时被毒酒烧得面目全非。

## 烽烟四起

萧宝卷杀人杀疯了，这些被杀的，有该杀的，有不该杀的，但不管是该杀的还是不该杀的，都被他一刀剁了。父亲生前对他有过无数教诲，他大多左耳进、右耳出了，只有一句话他记得牢牢的：杀人要狠，下手要快。

"六贵"全被萧宝卷杀了，"八要"也死得差不离了。现在，又一份死亡名单摆在萧宝卷面前，那上面有一长串名字，排头的四个人的名字分别是：江州刺史陈显达、豫州刺史裴叔业、建康守军将军崔慧景、雍州刺史萧衍。萧宝卷在那份死亡名单上瞄了两眼，毫不犹豫地在前两个人的名字上画了勾。他想了一想，又提笔在第三个人的名字下面画了两条杠。当他的笔正要落在第四个名字上时，犹豫了一下，终于还是落下笔来，画了一条犹犹疑疑的杠杠。

这份死亡名单在京城不胫而走，很快，京城谣言四起，弄得人人自危，不知道萧宝卷那把快刀什么时候会突然斩到自己头上。现在，摆在他们面前的只有两条路，一条是死，一条是不死。不死，就得揭竿，就得造反，"造反有理"。

江州（今江西九江西南）刺史陈显达听说萧宝卷第一个目标就是自己，吓得再也不敢出门，整天躲在府内数着日子过，一边叮嘱自己的子孙："天下大乱，唯有明哲保身，千万不要惹祸，免得让朝廷抓到把柄，托以罪名。"陈显达出自寒门，早年凭读书进阶，能把官做到这个份上，太不容易了。他是个很本分的人，在官场上一向以清廉自许。当年明帝萧鸾开始滥杀旧臣时，陈显达就吓得夜夜噩梦，曾再三请求告老还乡，做一个贱民。萧鸾未答应他，也未杀他。后来萧宝卷继位,不仅没有杀他,还将他派到富庶之地江州任刺史,他既觉侥幸,又诚惶诚恐。现在,当流言传入他耳时,他排了排位置,在徐孝嗣后,的确轮到自己了。

陈显达的几个儿子可不像老子那样老实怕事,如其等着被满门抄斩,不如揭竿起义,拼个鱼死网破,或许就有一条生路。也是被儿子们逼急了,陈显达心一横:奶奶的,反了。陈显达真的造反了,造反前,陈显达拟了一份讨伐书,内容无非是指责萧宝卷滥杀无辜、昏庸误国等。同时又抬出皇室的另一位王子萧宝夤,以示正宗,无非都是当年王敬则玩过的老把戏。

陈显达说反就反,带领他的江州兵顺江而下,不到半个月时间就到达采石矶对面的江面上。

建康那边,听说陈显达已打到家门口了,萧宝卷对惊慌失措的心腹们说:"老棺材瓢子黄土都淹半截了,他这是找死!"萧宝卷虽这么说着,但还是没敢大意,当即派后军将军胡松以及左卫将军左兴盛前往采石矶拦截。

远在北边,豫州刺史裴叔业也心怀忐忑。同陈显达一样,裴叔业一开始还心存侥幸,寄希望于萧宝卷能网开一面。虽然他的部属都在做他的工作,希望他在北边易帜,呼应江州的陈显达,但裴叔业就是按兵不动,继续观望。裴叔业只看重一个人,如果这个人能够同时呼应,成功的把握或许更大些。这个人就是雍州刺史萧衍。裴叔业想探探萧衍的态度,于是修书一封,派人送到雍州。

派去雍州的人回来了,萧衍回了他八个字:"遣家还乡,自然无虞。"

萧衍都要告老还乡,真的还是假的?但不管怎么说,萧衍似乎并没有打算采取什么行动。萧衍那边没有动静,裴叔业对起义一事也就没有了信心。他哪里知道,这实在是萧衍为怕暴露自己而向他虚晃的一枪。直到有一天,裴叔业的两个侄子从建康仓皇出逃到寿阳城,侄儿们说:"叔啊,丢掉幻想,准备战斗,下一个就是你了啊。"然而,裴叔业掂量了一下自己的家底,知道自己区区方镇,不足二万人马,真打起来,绝不是官兵的对手。他在等待着,等待陈显达的结果,等待萧衍的动向。

裴叔业的举动,早就被萧宝卷看在眼里。萧宝卷一边忙着调郢州刺史萧懿率领重兵迎击打到采石矶的陈显达,一边派崔慧景火速开赴寿阳,以对付在北方随时易帜的裴叔业。

陈显达打到采石矶了，但是他的运气不佳，他选择的造反时间是在这一年的十一月，这时候正是天寒地冻的季节，陈显达的江州兵好不容易潜过江来，一个个很快就被冻成个冰凌儿了。刚爬上岸来，来不及换下又湿又冷的衣服，就遇萧懿的迎头痛击。陈显达带领他的江州兵左冲右突，混战中，陈显达手中的长槊折断，很快就被萧懿刺下马来。

这年冬天，江南的雪之大，百年未遇，年关将至，建康城头悬挂着一颗干枯的人头，像是昭示着一个嗜杀的年头又将开始。漫天风雪中，陈显达怒眼圆睁，想着他为南齐朝廷奋战了大半辈子，到头来却是这样的结局，真是死不瞑目啊。

陈显达的尸臭随风飘荡，一直飘至淮河边上的寿阳城，这股尸臭令豫州刺史裴叔业一连数天寝食不安。这天傍晚，裴叔业踱上寿阳城头。隔着一条淮河，对面就是北魏的领地。一个念头突然生起：逃过去，逃过淮河，就可逃脱小魔王萧宝卷的魔爪。他的部下似乎看出他内心的矛盾，便劝他说："大人，别再犹豫了，快做决定吧。"

萧懿刚刚斩杀了陈显达，萧宝卷再次降旨，命他急速前往寿阳。

裴叔业再次派人给萧衍送去一封信。萧衍在玩韬略，他裴叔业可没工夫与他摆龙门阵。裴叔业说："如果你萧大人再不协同起义，我将决计降魏。"这是裴叔业的杀手锏，他知道萧衍的心事，也知道萧衍不希望他降魏，所以就故意用此激将之法。果然，萧衍不再跟裴叔业玩韬略了。他给裴叔业回了一封信，说："裴大人，你需认清形势，如果一时糊涂，与北魏大军签城下之盟，你裴叔业最多只能做一个屈辱将领。何去何从，你看着办吧。"这番话，萧衍说了等于没说，心一横：一不做，二不休，向北、向北。这是一条屈辱之路，但却是目前唯一的活路，让后辈人去骂吧，现在，他真的别无选择了。

裴叔业并不知道，萧衍此时的心情比他还要激动，还要按捺不住。

此前，萧衍曾派从舅张弘策去游说大哥萧懿，希望能够兄弟联手，共成大业。他能与自己联手，一同推翻萧宝卷朝廷，但却一直未得到大哥的回应。现在，当萧懿镇压了陈显达，又将再次领兵前往寿阳镇压裴叔业时，张弘策再次被萧衍派往采石矶。

正要开往寿阳一线的萧懿似乎已经知道张弘策此来的意图，不及张弘策开口，就说："隔墙有耳，弘策无须多言。作为朝廷命官，国难当头，唯有效忠朝廷，死而后已。请转告三弟，嘱他在此乱世，好自为之。"

萧懿大军一步步逼近寿阳，裴叔业沉不住气了。于是，裴叔业向北魏方面举起白旗，宣布投诚。天上掉下馅饼了，北魏新皇宣武帝元恪高兴得差一点没手舞足蹈，没损一兵一卒将垂涎已久的南齐北方重镇寿阳收归名下。萧宝卷意识到他把事情玩大了，不得不再命崔慧景为平西将军前往淮河以北地区，联合此前开往寿阳一线的萧懿，收复寿阳，将北魏索虏赶到淮河以北。

萧宝卷调兵遣将，像他老子当年一样，拆东墙补西墙，南齐军队疲于奔命。而此时坐镇襄阳的萧衍却心静如水，只当这世界上什么事也没有发生一样。在此之前，八弟萧伟以及十一弟萧憺护送妻女家人均安全从建康撤到襄阳。在那些日子里，他只是每日与丁令光坐在围棋旁一黑一白，你来我往。有时候，甚至公开将丁令光抱在怀里，教她描红，手把手教她专心练帖。任夫人郗氏醋意大发，摔东掼西。然而，只有张弘策知道，萧衍那表面的平静之下，是一股正在潮涌的万顷波涛。

偏偏这时，萧府发生了一件大事。

自从萧衍违背当初诺言，将丁令光强娶进门后，郗氏一坛陈醋就泼洒得淋漓尽致。偏偏这个丁令光年幼无知，不知遮掩，因得了萧衍的宠爱，把所有的高兴都挂在脸上。郗氏看在脸上，那心里就像猫抓了一般，只是压抑着，整天就生活在煎熬当中。丁令光的年龄与郗氏的长女玉姚、次女玉婉不相上下，平日里丁令光就与这两个女孩子玩得昏天黑地，没上没下。两个女孩子都只管丁令光叫姐姐。郗氏终于发作了，说："这么没上没下，你现在做了玉婉、玉嬛的姐姐，我家主公岂不是犯下乱伦了？"这一年的正月十五，丁令光带着郗氏的三个女儿去襄阳街头逛灯会，无意中就将尚未成年的小女儿玉嬛弄丢了，结果动用了官兵上百人才将玉嬛找回家里。郗氏执意要罚丁令光，当夜命她舂米五斛，丁令光甘愿受罚。萧衍看不过去，半夜里爬起来，帮着舂米。郗氏又大闹了一场。郗氏的蛮横，反而让萧衍专宠于丁令光，从此再也没有进郗氏的房门。有时候，在丁令光的催促下，萧衍会偶尔进郗氏房里，却是敷衍了事，半夜时仍然再回到丁令光的房里。除了公务，大部分时间，他都与丁令光讨论棋局，然而棋又非棋。萧衍在棋盘上的议论，可涉及战场，可涉及人生，可涉及一切人与人之间的关系。于是，丁令光便将从萧衍那里学到的棋理用到对付郗氏的刁难蛮横上。她知道，在她与郗氏战略地位不同，兵力强弱悬殊的情况下，"若其苦战，未必能平"。她便转而"心战"，虚与周旋，寻求"不战而屈人之兵"之术。丈夫专宠于小妾，而丁令光依仗萧衍的专宠，暗中与郗氏叫板，郗氏气愤难平，终于在一天夜里投入院中的一口深井。郗氏以自己的死，结束了这场妻妾之间旷日持久的战争。

崔慧景是微笑着离开建康前往淮北的，那笑是意味深长的。萧宝卷当然不会想到，狗逼急了能够跳墙，人逼急了就要造反。这几年，朝中上下不断传着崔慧景"意犹反复"，传了很多年了，崔慧景一直没有"反复"。但是，在一颗颗滚落在地的人头面前，崔大炮这一回要动真格的了。崔慧景将他的部队开到扬州附近，突然驻扎不前。谁也不知道崔慧景葫芦里卖的是什么药，萧宝卷一天几道金牌，让崔慧景火速开往前线，否则就提人头来见他，崔慧景只是不理不睬。突然一天，崔慧景扯出一面大旗，上书斗大的一个"萧"字，从镇江掉转枪口，向建康直杀而来。崔慧景说："现在，老子真要造反了，皇帝轮流做，如今该轮到咱老崔家了。"后来人们知道，崔慧景大旗上的此"萧"非彼萧。就像此前所有要造反的人一样，崔慧景造反，打出的却是萧宝卷的另一个与之反目的弟弟萧宝玄的旗号。

萧衍与张弘策再次分析了当前局势。正如去年他们在石头城时分析的那样，齐明帝崩后，六贵专权，萧宝卷昏庸无道，滥杀大臣，造成天下大乱。陈显达起义已被镇压，崔慧景虽然目前势如破竹，节节胜利，但崔大炮有勇无谋，等待他的，必然是失败的下场。陈显达、崔慧景两次方镇起义，已让萧宝卷朝廷遭受南齐以来最严重的打击，再加上北魏不时骚扰，萧宝卷正疲于奔命，这些都为举兵起义创造了背景。但是，萧衍掂量了一下自己，以他目前的实力，还不足以与朝廷抗衡，而且从雍州发兵，路线太长，长江沿途，均有官兵守备，再加上还有北魏大兵压境。倘若贸然起义，必然腹背受敌，弄不好，就会遭到与陈显达同样的下场。

崔慧景一路向建康扑来，萧宝卷顾不得北方重镇寿阳了，天王老子，先保住建康要紧。于是又急命此前开拔寿阳一线的萧懿赶紧回撤，在长江对岸和县（今安徽和县）一带集结待命。当萧懿的三万政府军按照朝廷命令集结在小岘（今安徽含山附近）时，萧衍再也沉不住气了，他将张弘策请来，说："弘策，我如果再次请你去游说大哥，你会答应吗？"

张弘策把头摇得像拨浪鼓，说："你还是另派他人去吧。我不想再碰大哥的软钉子了。"

"南齐天下气数已尽，正是英雄有作为之时。大哥手握重兵，离建康已一步之遥，此时不发，更待何时？苍天，这该是最后一次机会了啊。"

萧衍知道，现在已到了箭在弦上，不得不发的时候了。张弘策再也不愿去吃萧懿的闭门羹，萧衍不得不派他的另一个门人余昌之前往和县。然而没等余昌之把话说完，萧懿立即就让人将余昌之绑了。萧懿说："萧衍三番五次派人前来说项，早就引起朝廷的注意，今我必须杀了你，以避外界嫌疑。余先生，请不要怨我。"

余昌之大叫："本是一母所生，竟有如此迥然不同的兄弟。将军今杀了我不要紧，但将军是否意识到，将军此举极有可能会把你的兄弟数人断送到昏君萧宝卷手里。"

萧懿说："君君，臣臣，父父，子子，其次才是兄弟，为了国家社稷，我顾不得许多了。"说着就命人将余昌之推出帐外，当众斩了。

当萧衍听说大哥斩杀了他的门人余昌之时，一声叹息，大叫一声："大哥，糊涂啊！"

举兵造反的崔慧景由镇江出发，一路向建康扑来，沿途不断搜罗人马，扩充队伍，不到十天时间，就攻克了建康附近的东府城、石头、白下、新亭等地，台城顿时便在叛军的层层包围之中。崔慧景以为，拿下建康，指日可待。

崔慧景的军部设在东府城里，附近有一座寺庙，名慧觉寺。崔慧景信奉佛教，一有闲暇，便去慧觉寺里与老僧解空谈禅论道，却对萧宝卷所占据的台城围而不攻。那天夜里，崔慧景梦见一条白龙凌空而降，一头扑进他的怀里。龙为天子之气，莫非自己真要做皇帝了吗？崔慧景觉得这是一个吉梦，便将此梦说与寺里的老僧解空。解空说："龙入将军衣锦，乃为'袭'字，将军目前面临两种选择，要么去袭他人，要么被人所袭，将军自当掂量。"崔慧景被眼前的胜利冲昏头脑，自己十万大军兵临城下，萧宝卷朝廷的垮台已是不争的事实，自然是袭击他人了，更认为那是一个好梦，于是想着将采取何种办法向萧宝卷作最后的袭击。有部将提议采用火攻，但很快被崔慧景否定了。他认为，台城内古迹寺庙众多，采用火攻，必然会对这些寺庙古迹造成破坏。崔慧景觉得，就这样围而不攻，萧宝卷士气必然受挫，而萧宝卷的昏庸杀戮早就让台城人心思乱，必然会有自发起义，到时候来个里应外合，台城不攻自破。

崔慧景每日只与寺里老僧谈禅论道，索解治国方略，准备着不久的一日登上龙庭，挥指天下，领受山呼万岁。

崔慧景在做皇帝梦，他的部属大将崔恭祖却在东府城结识了一个绝色歌妓，每日泡在色声场里。偏偏崔慧景之子崔觉也看上了这名歌妓，依仗着父亲崔慧景的势力，崔觉希望崔恭祖能将这名歌妓转让于他。但崔恭祖认为，歌妓先为自己所得，凭什么要让给你？于是，两位大将之间为这名歌妓争风吃醋，就此反目。

当萧懿的官兵从寿阳夜以继日开始南撤，即将抵达长江对岸的和县附近时，崔恭祖提醒崔慧景，让他立即在长江天险采石矶抢修防御工事，以阻挡有可能汹涌而来的萧懿大军。然而被胜利冲昏头脑的崔慧景并没有听从崔恭祖的建议。他认为，不等萧懿赶到采石矶，他已拿下建康，那时候，萧懿只能望洋兴叹，再无回天之力。

萧懿率领三万官兵在和县几乎未作停留，立即组织船只开始向长江南岸采石矶强行登岸。

崔慧景临时调派崔觉前往采石矶阻拦萧懿。双方在采石矶进行一番殊死决战，崔慧景部死伤三千多人，崔觉不得不趁乱拉上一匹战马仓皇逃窜，竟被部下杀死。萧懿就像一阵旋风，以迅雷不及掩耳之势由采石矶扑向东府城。

崔慧景意识到形势危急，连忙再派大将崔恭祖抵挡萧懿。因为那名歌妓，崔恭祖早就对崔慧景父子心怀不满，现在又见萧懿大军汹涌而来，便带着一名部将趁乱溜走。崔慧景部队官兵见大将临阵逃脱，不等与官军交手，很快溃不成军。

直到这时，崔慧景才想到那个梦，但已悔之莫及。仓皇中，崔慧景骑上一匹战马，向江北方向逃窜而去，却在混乱中被一支长槊刺下马来。倒在血泊中的崔慧景回头一看，那将一支长槊死死抵在他喉部的不是别人，正是镇北将军萧懿。崔慧景背部严重受伤，流血不止，他用双手本能地抓住那支要他性命的长槊，而那支长槊只是不即不离地抵在崔慧景的喉部，似在彷徨，似在犹豫。

崔慧景知道自己再无活路，他瞪着双眼，直视萧懿，叫着："萧将军，下手吧，还犹豫什么？"

"崔尚书曾是南齐功臣，今日却沦为朝廷叛将，今天你我狭路相逢，我只有取了崔尚书头颅去见皇上，崔将军不要怪我。"

崔慧景冷笑一声，说："萧宝卷昏庸无道，滥杀大臣，建康城里，人人思乱，今日我为反昏君而死，并不足惜。或许不久的一天，萧将军也会步我的后尘，到时候，萧将军又会去怪谁呢？"

萧懿说："我为朝廷，死得其所，倒是将军你，死则死矣，却留得一世骂名。"

崔慧景仰天大笑。萧懿说："崔将军死到临头了，笑有何益？"

"崔某至死才明白，有将军这样的愚忠之臣，才有萧宝卷这样的乱世昏君。愚臣与乱君，相得益彰，这样的朝廷，还会长久吗？"

崔慧景说完这番话，明显感觉萧懿那支顶住他喉咙的长槊力倒弱了。他知道，他或许有逃生的可能，但是他忽然觉得，活着，对于自己已失去一切意义。难道他还能东山再起吗？难道他还能继续玩味这譬如朝露般的人生吗？崔慧景向萧懿投去一抹嘲讽的微笑，拼足力气，将一直握在手中的枪尖猛一用力，狠狠刺向自己的喉头……

不到一年时间，三次叛乱都被镇压下去，萧宝卷的运气很不错啊。那死亡名单上的前三个人都相继有了结果，萧宝卷又锁定了一个新的目标。

## 雍州上空有条龙

萧昭业和萧宝卷都算得上那个时代的超级玩家，但萧宝卷不仅会玩，且能玩出手段来。他能在极短的时间内迅速将三次叛乱镇压下去，可见他并非一个玩物丧志的家伙。

萧懿平叛有功，萧宝卷任命他为尚书令、都督征讨水陆诸军事，成为南齐朝廷的一号大臣。他的几个兄弟也相继进了京城重要的部门。一家人都在弹冠相庆，却并不知道，这所有的一切，不过是萧宝卷赐给他的最后一碗醒魂酒。一份新的死亡名单再次报到萧宝卷的案前，这份死亡名单上赫然写着一个人的名字：萧懿。

有史家说萧家老大萧懿的才能胜过老三萧衍，果然如此否？萧衍在寿阳安抚崔慧景、贤首山之战、鹰子山之战后，立即遣散部曲，驾一辆独角牛车，将自己深深藏匿在钟山脚下，让人感觉他只想做一个村野陋夫，无意于官场仕途，因而赢得明帝的信任。而萧懿不仅对朝廷死忠，且对萧宝卷赐给的高官厚禄津津乐道，以致最后断送了自家性命，还搭上自己的两个兄弟。

十一月初，雍州府来了一个神秘的客人，这神秘的客人就是萧衍部属郑绍叔的堂弟郑绍植。郑绍植此行是负有特别使命的，原来郑绍植受萧宝卷派遣，前来雍州行刺萧衍。郑绍叔得知情报后，在第一时间向萧衍作了报告，郑绍叔说："我已将绍植羁押在府上，现在听候刺史大人发落。"

"绍叔多虑了，"萧衍说，"绍植虽受命而来，却并无付诸行动之心，否则，他就不会将此消息透露给你了。"

郑绍叔想想也有道理，便说："依大人，该怎么办？"

萧衍让郑绍叔赶紧把他堂弟放了，并让他一定要设宴款待客人，以示歉意。

第二天，郑绍叔果然就在自己府上摆下宴席，款待远道而来的堂弟。宴席刚刚开始，家人报告说："刺史大人到！"兄弟俩都大吃一惊，他们万万没有想到萧衍会找上门来。这是郑绍植第一次见到萧衍，只见眼前的汉子身材高大，两道剑眉斜成一个倒八字，显出特有的英气，郑绍植一下子就被震住了。萧衍应邀入席，大碗喝酒，大块吃肉，一派谈笑风生，连郑绍叔也被他的这股镇定自若折服了。

酒饮到一半，萧衍带着几分酒意说："听说将军此次襄阳之行负有特别使命，你看我萧衍今天未带一兵一卒，将军即可直取我的人头，回建康交差领赏。"

郑绍植哈哈大笑，说："今天只管喝酒，要取人头，明日不迟。"说完站起来给萧衍敬酒。直到都喝得差不多了，郑绍植才说："昏君的确命我前来行暗杀一事。但将军雄才大略，绍植早有耳闻，今日一见，对将军更是敬佩有加。将军放心，我回建康后，自有办法应付昏君。"

萧衍请郑绍植一同去观看他的军事布防。但见江岸边停泊着数百艘战船，一片杀声震天，数万士兵正在演练。

"真正是一支锐不可当之师，"郑绍植大发感慨，"以萧将军之威，朝廷百万大军也不能奈何。"

郑绍植终于向萧衍报告了一个令人悲痛的消息，此前不久，尚书令萧懿已被朝廷用毒酒杀害。同时被害的还有萧衍四弟萧畅、五弟萧融。

听到噩耗，萧衍禁不住痛声大哭，说："大哥一世忠良，没料到却遭如此下场。不推翻昏君朝廷,我萧衍誓不为人。"

郑绍植说,当萧宝卷的心腹得知萧宝卷将对萧懿下毒手时,曾冒死前来萧府通报消息。家人都劝萧懿或者起兵,或者逃走。但萧懿说:"世上岂有逃跑宰相?大丈夫为国尽忠,死而无憾。"

宦官梅虫儿将毒酒端到萧懿面前,问他还有何话要说。萧懿说:"我死不足惜,我三弟萧衍性情刚烈,只怕他得知我死,会兴兵起义,危害朝廷,令我深忧。"

正是萧懿的这句话,提醒了萧宝卷,于是就有了郑绍植前来雍州行刺一事。

萧懿兄弟三人先后被害是永元二年(公元500年)十月十三日,萧衍得到消息是在二十六天之后,即十一月初九。当天夜里,萧衍召集长史王茂、中兵吕僧珍、别驾柳庆远等幕僚于刺史府商议起义一事。

萧衍说:"萧宝卷昏庸残暴,残害无辜,连萧懿这样的忠良之臣也不肯放过。如此朝廷,可谓祸国殃民;如此昏君,留他何用。今我决心已定,自即日起,举兵起义,有愿意与我生死与共的,就请留下,有愿回家种田的,也请自便。"

将领们当即表示,誓与将军共存亡,同心协力,推翻昏政。

一年前,萧衍即派张弘策在附近山里秘密建造上千间房屋,以作将来屯兵之用。他又让人到山里大量伐木,沉于檀溪,以准备起义前造船之用。同时,萧衍大量招兵买马,网罗天下勇士,扩充实力,一旦时机成熟,即建牙起事。萧懿被害,郑绍植行刺,这一系列的事件更是坚定萧衍推翻南齐王朝的决心。萧衍命人从檀溪中取出大批竹木,纠集工匠建造船只;又收集金属,打制军械。襄阳百姓听说萧衍起义,纷纷响应,当时就征集战马千余匹、将士万余人,另有数百名工匠日夜赶制战船。

萧衍宣布起义的消息很快传到建康,萧宝卷意识到,萧衍不是陈显达,不是裴叔业,更不是崔慧景,萧衍极有可能是他称帝以来遇到的最危险的对手。萧宝卷开始集中全部力量,对付萧衍义军。他命巴西太守刘山阳率三千精兵直奔襄阳,以联合荆州代行州事的萧颖胄剿灭萧衍。萧宝卷许诺,平定萧衍叛军后,雍州刺史就是刘山阳的。刘山阳原本荆州土匪,后被朝廷招安,并委以重任,此次又受命带领重兵镇压萧衍叛军,自以为胜券在握。于是,他让妻妾家室尽数随行,准备在雍州安心地做他的富贵刺史。

刘山阳部率军很快到达荆州附近,他将与在荆州驻守的萧颖胄兄弟完成

集结,再联合包抄萧衍叛军。

这一天,萧衍正在府上与家童陈庆之下棋,家人报告说,门外有一客人求见。家人话音未落,那客人已如一阵风般飘然而至。萧衍从棋局上抬起头来,立即大呼小叫,迎上前去。原来这不速之客不是别人,正是他十多年前的好友、当代名道陶弘景。

"山中无所有,岭上多白云。通明兄不在茅山修道,跑到雍州来做什么?"

陶弘景说:"山中境界固然清幽,哪有人世间挥戈冲杀来得痛快?"

陶弘景是萧衍秣陵县同夏里的同乡,又是十多年前竟陵王府的同道好友。三十六岁时,陶弘景突然辞去官职,遍游名山,收集古代医书,寻找仙药,成为一名职业道士。从那以后,二人的交往就少了。萧衍打量着这位大他八岁的好友,见他唇红齿白、皮肤白皙,有如少年,便说:"还是你自在,逍遥于山水之间,优游在尘世之外,比起十几年前,你越发年轻了。"

陶弘景说:"我此去是应武当之邀,建白鹿道场,又听说宜都附近发现佛牙舍利,就过去看看,路过雍州。又闻得此处有一位叛臣逆子,正欲起事,我特意前来看看此叛臣逆子究竟是什么模样。"

萧衍哈哈大笑:"青面獠牙,吊睛白额,昼伏夜出,飞行变化,该叛臣逆子萧叔达是也。"

萧衍所在雍州离宜都并不太远,萧衍只听说被贬太守范缜在那里继续鼓吹他的神佛无有论,宜都附近有三公庙,香火向来旺盛。范缜去后,命人拆除庙宇,禁止香火,弄得那一带居民一片怨声,并没有听说有佛牙舍利一事。或许这位陶公正是特意去宜都看望失意的范缜,或者是听说他在雍州起事,专门前来给他打气的。

"通明兄是李耳的学生,怎么对释迦又感兴趣起来了?"

陶弘景说:"李耳、释迦,名殊实不殊。我是李耳的学生,也是释迦的弟子,我正想着,什么时候叔达能坐龙庭、登大宝,好赐我一座修佛的道场呢。"

"通明兄就不要取笑我了。我也是被昏君逼得无路可走,万不得已,才举起义旗,未知前景,安知祸福。"

"我在建康的大街上听到这样的童谣:'襄阳白铜蹄,反缚建康儿。'当襄阳的白铜马腾起四蹄时,建康城里那位纨绔小儿就当束手就擒了啊。"

"呵呵,会有这样的童谣?"

陶弘策一改刚才的戏谑，说："当今朝廷，其祸已极，南齐将倾，该有一位盖世英雄来收拾残局。此英雄须眼光长远，权谋机变，善巧决断，纵横捭阖。放眼当代，此英雄舍叔达兄其谁？"

萧衍知道，或许这正是陶弘景此来的意图。萧衍说："通明兄来得正好，我正需要你助我一臂之力，萧宝卷派刘山阳领三千精兵自建康而来，欲与荆州萧颖胄联合夹击雍州，我正不知该如何应对。"

陶弘景说："以你目前雍州兵力去对付萧宝卷的十万大兵，并无胜算的把握，更何况刘山阳攻其前，萧颖胄断其后，雍州兵一旦腹背受敌，就难办了。"

萧衍说："我欲趁刘山阳未到荆州，先拿下荆州，以断刘山阳后路，荆州虽有萧颖胄驻守，但历史上荆州从无战胜雍州先例。荆州人一提起我雍州兵就心怯胆寒，拿下荆州，并非难事。"

陶弘景说："荆、雍二州交相接壤，雍州以北有北魏屯兵，虽然民间有'荆州本畏雍州人'一说，但这两年萧颖胄兄弟在荆州厉兵秣马，广储粮草，荆州实力非昔日所比。而且荆州人擅长水战，真要交战，你的雍州未必能占上风。依我之见，如能联合荆州，二州兵马汇合而下，攻下建康，必将势如破竹。"

陶弘景所言，正是萧衍所担心之处。萧衍说："如何能让荆州归附于我呢？"

陶弘景说："《孙子兵法》上说：'用兵之道，攻心为上，攻城次之，心战为上，兵战次之。'叔达兄可不必忧虑，我自然有'不战而屈人之兵'之法。"

萧衍知道，陶弘景熟悉阴阳，通晓地理，且有呼风唤雨的雷公大法。如果要雍、荆联合，必得有陶弘景以其道术加以神助。

"通明兄来得正是时候。我当如何谢你？"

"政局混乱，满目疮痍，弘景虽为山林中人，终究也难无动于衷。叔达的事，也正是弘景的事，何谈谢字。"

萧衍让陈庆之准备酒菜，他与陶弘景畅叙友情。他知道陶弘景在茅山建有三层道观楼，自己居最上层，二层为其弟子，一层则为接待络绎而来的四方宾客，陶弘景虽然久居山林，但他对尘世间的风云变幻了如指掌。陶弘景来得太及时了。

萧衍说："通明兄虽为山林隐客，却耳听六路，眼观八方。最近又遇到什么高人，听到什么奇闻逸事，说来听听。"

陶弘景说："我刚送走一位西竺高僧。释迦灭后两百多年，该国有阿育

155

王以佛治国，以般若智慧化解人心，终建成不可一世之孔雀帝国。当今天下，兵革频生，刀光剑影无处不在，历代帝王均欲寻求治国良方，乱世之际，佛教的圆融或可一用。"

"我明白了，"萧衍说，"武力只可屠戮肉体，而欲让百姓俯首，天下归顺，还须慑服世道人心。"

"你且记住，无论是儒，是佛，是道，只能为我所用，不可沉迷不拔。否则，只能自断其臂，自陷其中。好了，现在我们该商讨雍、荆联合，共对刘山阳大计了。"

陶弘景临走前，萧衍又追问了一句："如果有一天我夺得天下，国号如何？"

陶弘景说："水丑木。"

"我明白了。"萧衍点着头说。

送走了陶弘景，萧衍立即召集军中将领商讨御敌大计。"雍、荆联合"一经提出，立即得到大部分人的拥护。参军王天虎主动请战，说："我与萧颖胄有桃园之谊，我愿前往荆州，游说萧颖胄，力促荆州联合起义。"

萧衍很高兴，当即派王天虎前往荆州。荆州名义上由十三岁的南康王萧宝融（萧宝卷八弟）担任刺史，实则由长史萧颖胄（萧子良儿子）代行州事。王天虎到荆州没几天，荆州市面上忽然流言四起，说当年的土匪刘山阳又打回来了，这次回来，刘山阳要血洗雍、荆二州。民众受这流言的蛊惑，一个个惊慌失措。接着，荆州的市面上又不知怎么出现大量传单，说雍州人就要攻进荆州城了，"荆州本畏襄阳人"，这一次，荆州要遭殃了。眼看着刘山阳在城门屯集着数千军队，雍州人又要打过来，荆州城内人心惶惶，不知道接下来荆州将会有着怎样的结局、怎样的灾难。

当然，这一切谣言乃至传单，都是王天虎制造出来的，王天虎的"宣传"工作做得不错，但王天虎的游说并没有取得实质性进展。萧颖胄自恃粮草丰足，又有刘山阳部外围救援，断然拒绝了萧衍的联合大计。萧颖胄一边鼓舞士气，一边继续做迎击雍州兵的准备。荆州人的情绪刚刚稳定，忽然又有新的传言。这次的传言更为稀奇，说雍州上空有条龙，十一月十五日荆州将有洪暴之灾。

对于这类传言，荆州人似乎并不相信，以荆州的地理气候，上百年来并无十一月洪暴的纪录。十一月十五日那天，整个白天晴好无雨，夜幕初降，天空一轮明月，将江陵大地照得如同白昼。然而，正当荆州人在笑谈中准备击碎"雍州上空有条龙"的传言时，从雍州方向突然卷过一堆乌云，远处传来几声闷雷。起初，人们以为是民间放鞭炮，随着一阵狂风，一道闪电划破天空，恰如一条白龙飘然而过。紧接着，瓢泼大雨骤然而下，传言中的洪暴终于来了。

好在那洪暴及时结束，但人们开始相信，雍州上空真的有一条龙。那条龙，就是准备举起义旗推翻萧宝卷朝廷的雍州刺史萧衍。

又过了几天，萧衍又派王天虎带着两封信函前往荆州，嘱他将信分别交予萧颖胄兄弟，这是王天虎在短短几天内第二次来到荆州。临行之前，萧衍特别召见王天虎说："刘山阳大兵逼近荆州，此次你出使荆州，十有八九，将有去无回，你愿为义军起事而不惜生命吗？"

王天虎说："天虎自跟随将军之日起，即将生死置之度外，为将军的天下大业，天虎愿死心塌地，毫不足惜。"

萧衍说："好，万一你被萧颖胄所杀，你的家属，我会加倍关照。"

王天虎来到荆州，将两封信函分别交给萧颖胄兄弟。萧颖胄兄弟二人拆开信，却只有五字：王天虎口述。然而王天虎并没有接受萧衍的什么口谕，当然也就无法向萧颖胄兄弟口述任何内容。萧氏兄弟各自将信函收起，似有不被对方所知秘密。一连数天，萧氏兄弟没有从王天虎那里得到任何信息，于是，兄弟俩相互猜疑，不知对方与萧衍在进行何种交易。而王天虎两次出使荆州，也让荆州人开始怀疑王天虎到底与萧氏兄弟达成了何种共识。王天虎与萧氏兄弟来往的消息很快就传到荆州城外刘山阳那里，刘山阳更是怀疑萧衍与萧氏兄弟一定在暗地里进行谈判，其中必有阴谋。为防止上当，刘山阳不敢贸然进城，只在城外数十里处集结。

刘山阳屯兵不进，而雍州那边集结号声声在耳，萧氏兄弟开始着急，连夜召开将领议事。

萧宝卷的倒行逆施本来已引起天下人共愤，即使是萧颖胄的将士们，也时常在公开或非公开场合大骂萧宝卷，并不真正愿意为朝廷卖力。这些天来，来自雍州的种种攻心战术更是在荆州军中产生精神作用。有人说："萧衍雄才大略，早有所闻，自坐镇雍州以来，日夜操练军队，锻造兵器，建造船只，将来必成大气候。"

"雍州的萧衍这几年一直在屯兵集结，历史上，我荆州从无战胜雍州先例，

'荆州本畏雍州人'在士兵心理根深蒂固，真要打起来，我荆州恐怕不是雍州的对手。"

又有将领说："朝廷昏庸，已非一日，连萧懿、萧坦之这样的忠臣都不放过，我等有幸镇守外邦才被幸免，如果是在建康，或许早也就被列入戮杀的名单了。这样的朝廷，实在没有为其卖力的必要。天下大势，现已一目了然，谁为人杰，似有定论。"

萧颖胄兄弟也早有反叛朝廷之心，今日见将士们同仇敌忾，大有气壮山河之势。于是，终于达成共识：诱杀刘山阳，与雍州共同起事，改朝换代，建一代霸业，立不世之功。

第二天，萧颖胄特别宴请王天虎。宴毕，萧颖胄说："我有一事须与将军商量，今我决定响应萧将军，与雍州共同起事，对抗朝廷。希望兄弟助我一臂之力。"

王天虎说："只要对雍、荆合作有利，天虎万难不辞。"

"今刘山阳在城外驻兵，不作任何动静，是怀疑你我暗中有何交易。现在，我想借兄弟人头一用，以诱杀刘山阳，好与萧将军共举大业。"

王天虎终于明白临行前萧衍对他所说的那一番话，于是坦然而说："我在萧将军面前已经承诺，雍、荆若能共举，天虎一颗人头又值几何？"

萧颖胄听了，倒反而下不得手。王天虎说："当年荆轲刺秦，曾借秦国叛将樊於期之首以诈秦王。荆轲刺秦，樊於期献身，青史留名，我今自取性命，不劳将军动手，以免给后人留下话柄。"王天虎说完，即拔出剑来，刎颈自尽。

萧颖胄含泪取下王天虎首级，命人将人头送至刘山阳手中。接着又招募兵勇，声言攻打襄阳。城外驻扎的刘山阳见到王天虎首级，又见萧氏兄弟将攻打襄阳萧衍义军，于是便不再对萧氏兄弟有任何怀疑，率领三千军队向荆州城进发。当抵达城外江津处时，刘山阳安顿好部队，只带数十名随从，前往萧氏兄弟处，以便商议攻打襄阳一事。谁知刘山阳刚一进城，就遭到萧氏兄弟的精兵伏击，刘山阳知道中计，掉转头来向城外奔逃，那里城门早已关闭，刘山阳只得奋力抵抗，终因寡不敌众，被萧氏兄弟的将士斩于马下。

刘山阳部归属萧颖胄兄弟。

## 雍州虎

萧衍只用了短短九天时间,就以智拿下荆州,实现了雍、荆联合作战第一步战略。用张弘策的话说,那叫"两封空函定一州"。

荆州百姓一听说萧颖胄要与雍州人联合反叛昏君,个个欢喜。不到三日,萧颖胄竟募得钱二十万、米一千斛、盐五百斛。荆州为古城,城内寺庙香火很旺,几天之内,城内各大小寺庙捐献黄金上百万两,萧颖胄在荆州威望大增。

雍、荆联合,让人们看到萧衍的真正实力,也看到萧宝卷朝廷的末日,四方猛士纷纷归顺。此前归附的江夏内史王茂从鄂州而来,襄阳令柳庆尽诚协助,北伐沔北的曹景宗也率部南下投附,旧属郑绍叔由豫州同道西奔,六十岁的齐兴太守韦叡率两千人马前来投奔,西邻的梁、南秦二州刺史柳忱,东面的华山太守康绚等也率众响应。

一个叫冯道根的布衣平民正在家中办理母亲丧事。听到萧衍起兵的消息,他对众亲戚说:"金革夺礼,古人不避。扬名后世,光宗耀祖,难道不是最大的孝行吗?"于是,率领一千乡人子弟奔赴襄阳,投奔萧衍。这些人后来都成为萧衍成就大业的鼎力大将。

宣布起义区区数日,人马便增至五万余人,萧衍当年曾嘱张弘策在沔水南岸秘密建造房屋千间,这时正好用以屯兵。早在一年前,中兵吕僧珍即领命秘密建造战船,船造好后,以茅草遮盖,无人发现。现在,这些大船突然出现在人们的视线内,一个个都称之为奇。萧衍于是命吕僧珍赶紧训练水军,以便尽快适应长江水战。

雍、荆二军原定于十一月底或十二月初即挥师南下,然而就在义军准备发兵南下时,占据沔水北郡的北魏军队开始在雍州边境进行小规模骚扰,似要探听雍州虚实。雍州所属为汉水以南的部分地盘,而雍州以北,即沔水五郡,均在北魏的控制之下。雍州军大部挥师南下后,万一魏军发觉动态,乘虚而入,占领雍州,后果将不堪设想。于是,萧衍一边做出大规模南下的姿态,一边侦探北魏的动向。直到次年,即永元三年(公元501年)一月底,萧衍才发兵。

发兵前,萧衍派八弟萧伟、十一弟萧憺镇守雍州,萧衍对两个弟弟说,此次南下,意在直取建康,改朝换代。雍州大营,就交给你们了,望你二位竭诚团结,万万不可掉以轻心。

大部队在二月初由襄阳出发，萧衍仍不敢大举南下，而是先在离雍州不远处屯兵达四十余日，以观察北魏动向。也是天助义军，在此期间，除了小部分北魏军队在雍北边境稍有骚扰，被萧伟、萧憺击溃后，一直未有北魏的大部队行动。

当雍军大部于二月上旬开赴竟陵以南杨口（今湖北潜江北）时，萧衍突然做出决定，雍军原地驻扎，这一住又是月余。郢城近在咫尺，大部队却久驻不进，对此，大部分将士都不解其意。只有张弘策知道，萧衍这样做，一方面，也是为了防备荆州方面中途变卦。虽然荆州军在王天虎的人头胁迫下共举义旗，但雍、荆联合并非坚如磐石，如果雍军过早进入长江防线，荆州萧颖胄部自上而下反戈一击，雍军必然会陷入首尾夹击的危险之中；另一方面，防备北魏军队乘虚占据雍州。

事实证明萧衍的顾虑并非多余，三月，在萧颖胄的掌控下，荆州方面迫不及待地另立中央，拥戴十三岁的萧宝融为和帝，组成"西部朝廷"。西部朝廷发布一系列任命诏书，却没有对萧衍的头衔有任何加封。

而北境，就在萧衍自襄阳发兵东下之际，北魏朝廷很快就得到襄阳城内部虚空的情报。北魏镇南将军元英立即上书北魏朝廷，主张乘机南下，占据襄阳，再顺江东下，进拔江陵。东豫州刺史田益宗则主张首先攻取司州，占据义阳（今河南信阳）。车骑大将军源怀则主张东西并举，趁着南齐的内乱，全面进攻。只是北魏宣武帝元恪刚刚登基称帝，再加上经过数年南北交战及迁都洛阳，北魏国力羸弱、民心不稳，这些上表或压而不发，或议而未决。这是北魏为萧衍的起兵东下间接地帮了一个大忙。

萧衍不急不躁，不管西部朝廷如何用心，讨萧宝卷檄文已经发布，雍、荆二州已是一根绳上的蚂蚱，谁也逃不了。而且，荆州兵的大部，毕竟都在萧衍的掌控之下，主动权在萧衍方面，而不在荆州。萧衍让王茂率领大部队缓慢南下，他自己却带着另一拨人马驻扎在沔水以南，以随时观望来自上游的荆州动向。

大部队缓慢南下，着急的不是萧衍，而是西部朝廷。萧颖胄还算聪明，知道他与萧衍已是一损俱损、一荣俱荣。不久，西部朝廷重新下诏，任萧衍为"征东大将军"，并授予萧衍持有最高生杀大权的黄钺（斧），全权指挥雍、荆大军。同时又派冠军将军邓元起率领留守的部分荆州兵增援萧衍，又派湘州土霸杨公则带着本部人马顺江南下与萧衍会合。

得到全权指挥雍、荆大军的权力，萧衍立即派人送信西部朝廷，表示拥护和帝萧宝融，并亲临前线，指挥作战。

长史王茂心下不解，私下里找到军师张弘策说："我等追随在萧将军身后，就是要推翻萧宝卷朝廷，一个朝廷还没推翻，又来了一个西部朝廷。南康王萧宝融是萧宝卷的亲弟，现在萧颖胄举着他的旗号，无非是效法当年的曹孟德，挟天子以令诸侯，这点野心谁还看不出来？"

张弘策一笑，说："一个南康王，不过是讨伐萧宝卷的权宜之计，萧宝融也不过是一个过渡性的人物，何必拘泥于此一个傀儡政府的名号？你且等着萧将军如何应对。"

萧衍命中兵参军张法安镇守竟陵城，命雍州长史王茂、竟陵太守曹景宗为先锋，雍、荆二路大军开始向郢城大规模进发。

郢城位于长江南岸，为萧衍义军南下必经之城。尽管萧衍数次派人前往郢城，晓之以理，动之以情，希望郢城刺史张冲能归顺义军。但张冲不仅怒杀来使，且与隔江相望的鲁山城守将房僧寄签订攻守同盟，誓死效忠朝廷，坚拒萧衍义军顺水南下。

长史王茂主张强攻，荆州军首领邓元起则提出，在全力攻打郢城的同时，可分兵两路，一路继续攻打郢城，一路强渡汉水，袭击西阳（今湖北黄冈东）和武昌（今湖北鄂城），占据这两座同样重要的城池，以胁迫张冲放弃郢城。

萧衍推出他的棋童陈庆之，说："庆之，你也不小了，这些年跟随我转战南北，该有些长进了。你说说，这一仗该怎么打。"

陈庆之被主公推到桌面上，小小少年脸红了一阵，终于不慌不忙，指着沙盘纵横捭阖："汉水宽不过一里，我军船行中流，敌军若夹岸射箭，其箭均可射中我船。强渡汉水是一着险棋。而郢城乃兵家必争之地，不到万不得已，南齐朝廷不会放弃。而且，城内兵力很强，又早有准备，强攻也不可取。"

陈庆之一番分析，同时否定了两员大将的作战方案。陈庆之说完，脸上现出少年郎的羞涩，只是不安地看着萧衍，不知道自己在这些身经百战的将军面前的造次是否得当。邓元起首先拍案叫绝，说此前自己的方案的确有失妥当，又说："想不到庆之如此年少，竟能将战势分析得如此透彻，将来必是一员天才大将。主公何愁不能取得天下？"

萧衍满意地笑笑，说："庆之所言，正是我心中所思，房僧寄重兵固守鲁山，与郢城隔江相望，互为掎角。我军若强攻郢城，房僧寄必然引军断我后路。那时我军必然腹背受敌，陷于被动。"

萧衍命王茂、萧颖达二人带领一支人马继续在郢城周围作不时攻击，同时，又在鲁山城下安营扎寨，做长久驻守的准备。又命令水军军主张惠绍、朱思远等率兵船游弋江中，以断绝郢、鲁二城的联络。

雍军大将王茂与荆军萧颖达奉命强渡长江，在距离郢城约十里地处安营扎寨，开始对郢城的长久围攻。偶尔，王茂会率领将士对郢城作一次攻打，稍有胜局，即刻回营。果如萧衍所料，郢城守军开始处于被动，再加上粮草供给日紧，城内居民怨言四起，刺史张冲开始感到极大压力。时至春夏之交，城内暴发瘟疫，城内居民死伤无数。而雍、荆大军粮草丰盈，士兵们每日在城下列阵操练，喊杀声传进城里，城内军民更是人人胆寒。

三月，郢州刺史张冲死于霍乱。消息传出，雍、荆义军似乎看到了希望，但郢城守军仍坚持不降，继续顽强抵抗萧衍义军。

五月下旬，远在建康的萧宝卷意识到郢城在战略上意义重大，立即派吴子阳、陈虎牙率两万官兵由建康西上，直逼西阳、武昌，形成对萧衍义军的直接威胁。

义军自一月底发兵，已四个月过去了，郢城仍久攻不下，西部朝廷不断来诏书，命萧衍放弃鲁山，急速南下，直捣建康。一些将士开始泄气，几乎每天都有士兵逃出兵营。

萧衍仍是不急不躁，该吃饭时吃饭，该下棋时下棋。傍晚，他会带着陈庆之，去附近的村庄闲逛。这一天，他在一条村路上迎面遇到一个穿着孝服的白发老者，双方凝神很久，终于相互认出。原来，又是一个当年竟陵王府时的好友，他的名字叫范缜。与陶弘景的面红齿白、优游清闲相比，比萧衍年轻三岁的范缜却未老先衰。这是自然的，逍遥者适意，忧愤之人却总是难经岁月。

一年前范缜老母病逝，范缜辞官还家，此时正是他的丁忧之期。

"我听说你在宜都大毁寺庙，禁绝香火，老佛爷没怎么样你吗？"见到当年的老友，萧衍心情大为舒畅，禁不住哈哈大笑。

"早就听说叔达替天行道，在雍州起事，一直想去看望老兄，无奈母亡，不能远出，今在此与兄不期而遇，该不是佛的安排吧。"

"长才（范缜字长才）兄不信佛，可佛却安排我今天在这里见到你。"不久前陶弘景来访，在此处又巧遇范缜，这冥冥中的奇遇，让萧衍又增添了一份欢喜，一份信心。

"萧宝卷祸国殃民，我兄萧懿及两个弟弟均惨遭毒手，我不得已而举起义旗，长才兄务必助我一臂之力。"

范缜说："义军屯兵鲁山虽已久矣，但攻克鲁山为全局成败攸关之举，叔达兄切不可急于南下，以免被人断后路。"

"呵，现在偏偏有人一道道圣命，让我放弃鲁山，急速南下，去和萧宝卷决一死战。你说，我该怎么办？"

范缜说："我记得叔达兄一篇关于围棋方面的文章中有云'痴无成术而好斗，非智者之所为'，叔达岂会是痴无成术而好斗者？鲁山为汉水之口，不仅通荆、雍二州，且能控引秦（今甘肃天水市）、梁（今陕西汉中）二州，可谓四通八达，而且粮运资储，十分便捷。驻守此地，雍、荆义军可全面控制长江、汉水以及湘水的所有水上运输，郢、鲁二城给养必不长久。现在，义军可兵分两路，一路驻守汉口新城，控制鲁山城，另一路渡过长江，进逼郢城。这样一来，既切断郢、鲁二城的联络，又可保证义军后方的粮草足、军队畅通无阻。义军兵多粮足，郢城、鲁山顿成孤城，到时，两城何愁不破？"

范缜是本地人，对本地的形势当然比别人更加熟悉，也更有发言权。范缜所说，正是萧衍所想，而范缜的分析，更增加了萧衍坚守鲁山，占领汉口的信心。萧衍指着长江以北的那一片开阔地带说："长才兄请看，那一片开阔地带对于我义军的后方是何等重要，我岂可轻易放弃？我正是意识到鲁山的重要，所以才坚守在此，拿下鲁山，攻取武昌，到时请看吧，我萧衍将直取建康，将萧宝卷巢穴烧个老底朝天。"

说起当年的"竟陵八友"，二人免不了一番歔欷。萧衍又问起沈约，范缜说："我也好久没见他了，据说年初即去了天台桐柏山，在金庭观做了道士。活见鬼了，逃遁世俗尚可理解，装神弄鬼天理不容。"

"世道昏愦，装神弄鬼也不失为一种逃遁世俗的方式。"

"以我对休文的了解，休文又岂是一个甘心逃遁世俗之人？"

萧衍说："要不了半年，他就会自己走出桐柏山的。"

范缜引路，萧衍来到范家，在范母灵位前恭敬跪拜。再看室内，仅有一床、

163

一灶，一屋零乱书籍。萧衍感慨："长才兄为官多年，竟家徒四壁，如此官员，得之其一，朝廷之幸，得之其十，国运绵长。长才兄，你且安心在家为伯母守灵，等我攻克建康，生擒了萧宝卷，再来找你。还有休文、彦龙、任昉、丘迟等，我不会让大家闲得头皮发胀的。"

范缜握住萧衍的手说："叔达雄才大略，范某盼你早成大业。"

急不可耐的西部朝廷又派来使以劳军之名，向萧衍口头转达了西部朝廷的意见：义军屯兵长江两岸，郢、鲁二城久攻不下，时间久了，必对我不利。今萧宝卷又派兵大举增援，起义一事有可能中途夭折，可否派人求救于北魏，令其南下援手，以为权宜之计？

对于西朝的意见，萧衍只当是吹来一阵风，全不把它当回事。但他还是说服西朝来使："现在郢城、鲁山两地兵力、粮草均已有限，还能坚持多久？以我正义之师、数州之众，诛除昏君佞臣，如同悬河注火，哪有不灭之理？现在求救于北魏，必将被天下人所不耻，更会失去民心，况且北魏未必可信，届时如不施援手，我军反而陷于被动。"

西朝来使理解了萧衍的意图。萧衍让来使转告西朝实际人物萧颖胄，我军粮运储足，郢城已陷最后绝境，破城之日即在眼前。

正如萧衍所分析的那样，自郢城刺史张冲病亡之后，继任守将薛元嗣虽然仍顽强抵抗，但却信心大挫。据从郢城逃出来的民众说，薛元嗣每日求神拜佛，祈求护佑，而城中粮草几近断绝，城里百姓不得不到长江边捕鱼为食。

时令已进入六月，江南的黄梅雨季将至，萧衍坚持封锁长江，并围城不懈。而此时，由吴子阳率领的救援官兵正沿西路向汉口一带扑来，准备西上，攻打驻扎在鲁山之下、汉口之滨的萧衍义军。萧衍看了看天象，兴奋地对部下们说："天将助我，破城之日，就在眼前。"

萧衍命人赶在吴子阳到来之前即在其必经之地渔湖、白阳等地修筑城垒，欲将围剿官兵堵在距郢城三十里的加湖（今武汉东北一带湖畔）一带。一切就像按萧衍部署的那样，吴子阳并没有意识到这个雨季对于他将意味着什么，竟下令依山傍水，在加湖岸边筑起营垒，伺机向萧衍义军发起总攻。

江南的雨季如期而至，似乎只是在一夜之间，加湖水位猛涨，吴子阳官兵营寨眨眼之间就被洪水浸泡在一片白茫茫之中。正当吴子阳官兵忙着从洪水中逃脱之际，萧衍的大将王茂率一支水军突然堵住被围在加湖的敌军。吴子阳官兵被杀及落水淹死者数以万计,吴子阳逃窜,副将陈虎牙不得不率残余部队仓皇逃到父亲陈伯之镇守的江州。

加湖大捷,前来救援的官兵遭受毁灭性打击,被围困了近半年的郢城顿时失去最后依靠。月底,郢城守军率先启开城门,宣布投降,对岸鲁山城见郢城已破,便也主动举起白旗,放弃抵抗。

萧衍终于长舒了一口气,而就在这时,从雍州赶来的张弘策向萧衍报告了另一个消息,丁令光已于半月前顺利产下一名男婴。丁令光请张弘策给萧衍捎信,请萧衍为这儿子取一个名字。

当张弘策来向萧衍报告这一喜讯时,萧衍的案前正铺着一幅军事地图,案桌的一旁,是萧衍刚刚写就的《子夜四时歌》:

其一
一年漏将尽,万里人未归。
君志固有在,妾躯乃无依。

其二
陌头征人去,闺中女下机。
含情不能言,送别沾罗衣。

张弘策知道,萧衍想家,想夫人丁令光了。再看那地图,先后有雍、荆、梁、湘、司、郢六州均被萧衍用朱笔圈定,在通往建康的道路上,现在只剩下江州、襄垣(今安徽芜湖)和姑孰(今安徽当涂)了。现在,萧衍举起的笔正落在通往建康的最后一座城池"江州"上。听到张弘策报告的喜讯,萧衍似乎并没有意料中的兴奋,他随手在一张纸上写下一个字:统。这就是萧衍长子、《昭明文选》的作者萧统的名字。

张弘策当然明白萧衍的意思,说:"郢城破后,我义军的实力更加强大,将士们纷纷请战,要求担当攻打江州的主将。江州,或许是建康路上最后一枚硬钉子了,等拿下江州,直取建康,整个江东,就尽在将军的一统之下了。"

萧衍放下笔走到帐外,他凝视着远处的江流,很久都没有出声。张弘策说:"叔达,你在想什么?"

"一切都像是梦一样啊！"江风梳理着萧衍的一头乌发，他贪婪地吸了几口从江面上吹来的清新空气，说，"一年前，我还想着什么时候回到江州去，听听采莲曲，做做诗词歌赋，一心沉醉于江南的山水……可一年后，我却不得不举兵起义，与昏君朝廷进行抗争，弘策，你说，这一切不会是一场梦吧？"

"江南，就要归于您的名下了，这绝对不是梦。叔达，你应该着手考虑怎样治理这个战乱频仍的江南天下了。江南百姓需要你。"

"现在说这些还早吧。"萧衍说，"你忘了，崔慧景已经打到台城根下了，还有陈显达，他们哪一个不是盖世英雄，可到最后都免不了功亏一篑、马革裹尸的命运。"

"叔达，"张弘策打断了他说，"你不是崔慧景，你也不是陈显达，你的智慧和谋略是那些草莽英雄所无法相比的。更重要的，你在雍州起事，一切都是顺天应人，夺取天下，即将成为现实。"张弘策为他分析了当前形势。齐王朝气数已尽，改朝换代是不可阻挡的历史潮流。正因为如此，才有了萧衍振臂一呼，天下归附的局面。而在北方，随着北孝文帝的死，北魏朝廷一时再也无法顾及南边的事情，这又为萧衍东进建康创造了条件。而目前萧衍所拥有的团队实力雄厚，前所未有。这个团队由三大集团组成：其一是以范云、沈约等旧友文人（包括张弘策）组成的谋士集团；其二是以王茂、邓元起、曹景宗、韦叡以及吕僧珍所组成的将帅集团；其三是以萧伟、萧憺等兄弟组成的家族集团。拥有这三大集团的萧衍，足以将江南的天下揽入怀中。

张弘策是萧衍的从舅，又是他不可多得的私人郎中，他总能根据萧衍的内心对他或补或泻。张弘策的一番话，让萧衍对即将到来的胜利充满了信心。

"建康离我们还远，且让萧宝卷再快活几天吧，眼下，我们需要对付的不是建康，而是江州。"

"是啊，江州是一根硬骨头，不好啃呢。"

"弘策，你还记得咸和二年（公元327年）发生的苏峻之乱吗？"

张弘策怎么会不记得发生在那一年的苏峻叛乱事件，那一年，历阳（今安徽和县）内史苏峻起兵，很快就攻进建康。战败的辅佐大臣庾亮不得不乘一艘小船逃到寻阳，与曾有前嫌的荆州刺史陶侃以及江州刺史温峤三相联合，组成一支强大的军队，再从江州出发，终于打进建康，平定叛乱。

萧衍说："寻阳地处江左，襟江带湖，控扼荆、湘，也是建康的最后一道水上咽喉,可退可攻。正如你刚才所说,拿下江州,对于下一步的战略十分重要。可是,江州刺史陈伯之可不是温峤,更不是陶侃,这个老狐狸狡猾着呢。"

萧衍的棋童陈庆之将一件斗篷披在萧衍身上,夜已很深,凉意正浓。张弘策催萧衍回到帐内。

萧衍打了一个哈欠,说:"弘策,你能猜得出,现在我们的对手江州刺史陈大人在干什么吗?"

"或许也正像你我一样,对着一张地图苦思冥想吧。"

陈庆之说:"或许,他儿子陈虎牙正在向他哭诉加湖失败的惨痛,老家伙正在陪着抹眼泪呢。"一句话说得大家都笑起来。

萧衍说:"那么,陈伯之下一步会有什么打算?"

张弘策似乎受到启发,说:"陈伯之首鼠两端,我们何不将对付荆州萧颖冑的办法,再对付他一次呢?"

萧衍说:"你说得对,征战未必全凭军事进攻,气势上先镇住对方更为重要。加湖之战,义军声威大振,陈伯之必然心有余悸,陈伯之之子陈虎牙在加湖之战中狼狈逃归,寻阳城内必定人心惶惶,在这种形势下,义军更可不战而屈人之兵。"

陈庆之说:"我在俘虏营中认识一个棋友,棋下得比我还好,我正打算将他引荐给主公。他原是陈伯之的一员部将,言谈中对我们主公十分崇敬。我明天就将他带来,主公何不让他回到江州,去做又一个王天虎呢?"

第二天,陈庆之果然就将一个人带到萧衍帐下。此人名叫苏隆之,来之前,陈庆之已经把意思向他说清了,所以此人一进帐立即就说:"我虽为江州军士,但却久仰征东大将军英名,愿意为将军效犬马之劳。"萧衍十分高兴,对苏隆之厚加赏赐,并让他转告陈伯之:如果陈伯之愿意归降义军,可让他继续做江州刺史,再任命他为安东大将军。

正如萧衍棋童陈庆之所料,寻阳城里,陈虎牙正向他老子陈伯之哭诉着加湖之战的惨痛。正在这时,从萧衍处回来的苏隆之请求会见。陈伯之二话没说,立即让人绑了苏隆之,命拉出去砍了,却被他儿子陈虎牙劝住了。陈虎牙说:"萧衍大军目前正势如破竹,我区区江州兵,岂是萧衍的对手?杀了苏隆之,等于正式向萧衍宣战。萧衍要是真的发起攻击,一座寻阳城如水

淹土城，你我父子逃都没法逃出去。"

苏隆之趁机转达萧衍的许诺，说："萧宝卷荒淫乱国，又何必再为他继续卖命？萧衍顺天应命，振臂一呼，天下响应。是战是和，望刺史大人自己把握。"

陈伯之一把年纪了，本来只想在富庶的江州过一过安稳日子，没想到萧宝卷将天下玩成这种模样。他知道南齐的劫数将尽，但他对萧衍也不太能吃得准，毕竟前有陈显达，后有崔慧景谋反的例子。陈伯之不想急于表态，他还要再看看，看准了再下筷子不迟。他听信了儿子的话，让苏隆之继续回到萧衍处转达口信："那就请转告萧将军，关于和谈之事，容再协商。"

然而一连几天，江州方面没有任何行动。萧衍知道，陈伯之这老家伙真正是不见棺材不落泪，不给他一点厉害瞧瞧，他是不会轻易打开江州大门的。萧衍派大将邓元起向离江州最近的城池柴桑（今江西九江城郊）发动猛攻，自己带大部人马殿后，形成对江州的灭杀之势。邓元起不到半天就拿下柴桑。柴桑失守，陈伯之知道，真正是兵临城下了，不得不打开城门，与萧衍义军作城下之盟。江州这最后一颗硬钉子，就这样轻易地被拔除了。

这是齐永元三年（公元501年）九月，萧衍义军自一月底从雍州发兵，至此已是半年有余，将士们已经够疲劳。有将士建议，可在江州作短暂休整。然而第二天，即发生一起强奸事件和另一起抢劫事件。而案犯恰恰就是荆州兵邓元起的一名部下。当那个被害人的老母哭诉着来到萧衍帐前，请求公正时，邓元起毫不手软地就手刃了他的这名爱将。那颗罪恶的人头就这样被悬挂在寻阳城头，一批批人前来萧衍帐下，请求加入萧衍义军。

萧衍不敢在江州久留，当即决定，第二天即顺江东下，扑向襄垣。然而萧颖胄那边又出事了，原来巴西（今四川绵阳）太守鲁休烈接到朝廷命令，起兵讨伐叛臣萧颖胄，几天之内就到了离荆州州府所在地江陵几十里处的上明（今湖北枝江），萧颖胄慌了手脚，火速派人向萧衍讨要救兵。萧衍让来人传话给萧颖胄，让他自行解决鲁休烈的事。此刻，萧衍倒是真希望那个鲁休烈能替他去狠狠收拾萧颖胄，江陵暂时失守又算得了什么？此时的萧衍眼里就只有一个建康，建康就像一个绝色美人，将他的一颗心死死套住。他的眼里再也没有别的，何况一个江陵、一个萧颖胄。

东征前，萧衍对各州府再作精心部署。萧衍命萧伟、萧憺守雍州，大将张法安守竟陵，韦叡镇郢州，郑绍叔守江州。萧衍说："世道昏愦，今我受和帝萧宝融之命，替天行道，挥师东征，讨伐独夫，以固皇基。各位务必备足粮草，随时接应东征义军，大局当前，胜利在望。如果这时发生郢城断后，江州不守或竟陵失据中的任何一种情况，就会导致东征大军粮运不济，援兵不至的严重后果，那么，整个局势将会在顷刻间逆转，迄今为止的所有努力都将付之东流。在此，萧衍拜托了。"

郑绍叔说："大将军只管挥师东征，有绍叔在，江州就在。"

老将韦叡说："当初大将军在雍州起事时，我即决定投奔大将军，我的两个犬子曾对此发出疑义。说这几年，先有陈显达起义，后有崔慧景起兵，均先后败于朝廷，父亲为何独独看好萧衍？我回答他们说，陈显达谨小慎微，本非济世之才，崔慧景缺少智慧，又优柔寡断，当然难成大业。在此乱世，唯有萧大将军能平定天下，成不世伟业。韦叡老矣，蒙大将军不弃，委以郢州大任，韦叡父子愿以死相报。"

张法安也当即立下军令状，愿与竟陵共存亡。萧衍眼中含着泪花，抱拳向大家一一致礼说："如此说来，诸位就是我的萧何、寇恂了。我等将士只要齐心协力，建康城即被我们踏在脚下。一个改朝换代的时刻就要到来！"

将士们举起拳头，大声呼喊："建康！建康！"

萧衍内心涌出一丝冲动。啊，建康，建康，这座有着二百多年历史，先后承载了四代王朝的都城在他的面前越来越清晰，也越来越亲切了。

## ▎京城陷落

如果萧宝卷不是年纪轻轻就被他父亲钦定而做了皇帝，如果这年轻皇帝不是皇制赋予他无所节制的生杀大权，萧宝卷也许是一个很讨人喜欢的人。而且，用现代人的观点，萧宝卷应该是一个很有女人缘的男人。因为，第一，史书上说他"膀大腰圆""臂力过人"，这样的男子，在身体条件上就占了上风。你看他在宫中当众玩起"顶杠"的杂耍时，脱掉上衣，露出一身的腱子肉，将长约三丈的粗大竹杠顶在肩上或是额上。那竹杠上缀有红幡和铜铃，随着众人的阵阵喝彩，萧宝卷扭着熊腰，迈着虎步，绕场一周。那竹杠上的红幡在风中猎猎作响，那铜铃更是发出阵阵悦耳之声。看着他的表演，不知道会

有多少男人对他由衷敬佩，不知道将有多少女人对他心生暗恋。第二，在平常的生活中，萧宝卷决不摆皇帝的架子，并不觉得自己是皇帝，就是一副"真龙天子"，因此，他决不假模假式。在东宫，萧宝卷与他的狐朋狗友们玩起来，常常不分尊卑。在他们的游戏中，萧宝卷甘愿把自己扮成一个小丑，只为博得众人一笑。第三，也是最重要的一条，萧宝卷对爱情专一。许多史料证明，萧宝卷只爱一个女人。为了潘妃，萧宝卷能够付出一切（包括偶尔跪踏板），在爱情泛滥的时代，这样的好男人难道不值得一个女孩子发疯般地追求吗？

为了潘妃，萧宝卷在台城建造了一座又一座皇家园林。就在萧衍雍州起义，并节节胜利，顺江而下时，巨大的皇家花园芳乐苑正在完成最后的修筑工程。这座芳乐苑连接皇宫，与三座新宫同时动工，由于占地面积太大，拆除了毗邻皇宫的民房数千间。这座皇家园林的新建，起源于他们原本漫不经心的一次谈话。他们终于厌倦了一次又一次的郊外巡游，潘妃说，郊外就是比皇宫好玩，要是能把郊外的山、郊外的水搬到皇宫里该有多好。萧宝卷说，你这个创意不错，我还想什么时候把建康城里最繁华的一条街道搬到宫里来呢。我们就先把郊外的山水搬到皇宫里吧，这样，我们就不用总是往郊外跑了，说不定哪一天等我们出巡时，那班混虫们把城门一关，我们进不去怎么办？于是，皇家园林芳乐苑就这样动工了。

芳乐苑的修建汇聚了国内最优秀的建筑师的智慧，这是一座皇家园林，但又浓缩了国内最著名的山水景观。浩大的人工湖占据了芳乐苑的大部分面积，数万名民工参与了人工湖的挖掘，挖掘出来的土堆积成山，于是山和水组成了芳乐苑建筑的最大看点。人工湖里有一座座岛屿和一处处亭台楼阁，山上植有各种珍稀的古树，亭台楼阁里装点有寿山石、太湖石，以及名贵的珊瑚和珍玩。在那段时间里，他的嬖臣梅虫儿、茹法珍以及小太监王宝孙专门往建康城一些有名的王公贵族家里钻，看到哪家有珍稀的山石就命人搬到皇家园林芳乐苑来。贵族们不得不一次次将家里的珍稀藏到最不起眼的地方，或者转移到一些平民家里。

现在，萧宝卷和他的爱姬潘妃再也无须往城外跑了，他们足不出户，就能够欣赏到西湖的美景、泰山的高拔、苏杭的清幽，以及乡野的宁静。至于萧衍，让他来好了，大不了，萧衍会是又一个陈显达，又一个崔慧景。

萧衍的义军踏着加湖之水，迅速占据江州，东宫的大佬们不得不把这消息告诉正玩得疯狂的萧宝卷。大佬们说,陛下,快想想办法吧,萧衍快打到家门口了,狼真的要来了。萧宝卷说,小样儿,一个萧衍就把你们吓成那样,你们忘了陈显达多厉害,他的人头不是被我像皮球一样挂到朱雀航的城门头上了吗?崔慧景来势汹汹,都打到台城的城墙根下了,结果呢?这几年来,萧宝卷不断地听到"狼来了",结果他没遇到一只真正的"狼"。萧宝卷说:"好好的,都在家里给朕待着,别整天这个那个的,吓不死朕,倒把你们自个儿给吓死了。"

盛大的皇家"派对"仍然是他们乐此不疲的活动,他们不再欣赏宫女们穿着羽裳衣翩跹而舞,他们仿照异族,让所有的人都脱光衣服,露出肚脐,在脸上涂上奇怪的油彩,在一种异族的音乐中跳一种狂放的舞蹈。有时候,萧宝卷兴之所至,也会脱掉衣服参与其中。

萧衍的舰队劈着风浪顺江而下,很快就逼近姑孰,站在朱雀航的城头上,似乎都能听到萧衍舰船上战旗猎猎之声。萧宝卷不敢大意,连夜又做了以下部署:一、临时征调青、冀二州刺史王珍国、南兖刺史张稷率三万精兵护卫台城;二、于京郊四镇京口、广陵、瓜步、姑孰加设防务;三、于宫城外围石头城、东府城、白下城屯兵拱卫;四、派李居士领羽林军驻新亭(今南京市南安德门附近)附近总督众军,构筑防线,以阻击沿江而下的萧衍义军。

除了以上布置,萧宝卷还为萧衍义军进攻建康至少设下了三道防线:驻扎于姑孰的辅国将军申胄的二万守军,布防于秦淮河南的王珍国的三万重兵,筑垒于新亭附近的李居士的一万羽林军。即使萧衍能够突破这三道防线,进入建康,萧衍还会遇到东府城、石头城两翼守军的联合夹击。而宫城台城内还有七万军民,如果运用得当,东宫所在的台城仍是固若金汤。

萧宝卷自认为这几道防线万无一失,萧衍根本无法打进都城,每天仍与他的潘妃在芳乐苑逍遥快活,只让茹法珍准备百日口粮,萧宝卷说:"百日后,萧衍不战自退。"

六月以来,萧衍义军逼近的消息首先让一些过气的王公贵族们看到了希望,他们开始蠢蠢欲动,准备推翻萧宝卷,进而禅代,从而恢复往日的荣誉、辉煌。于是,建康城里就有了一系列的热热闹闹。

当年竟陵王萧子良原本可以继位,结果却败于萧鸾的阴谋。虽然当年范云的一句话救了萧子良的子嗣,并让萧子良的儿子萧昭胄做了巴陵王,但萧

昭胄伺机禅代之心一直未亡。在崔慧景起事时，萧昭胄就曾积极响应，准备与崔慧景里应外合，推翻萧宝卷。不想崔慧景最后竟兵败如山倒，成了漏网之鱼的萧昭胄，一方面整日惶恐不安，总觉得萧宝卷会像杀掉其他大臣一样，突然在一个早晨将他们处死；另一方面又并不死心，仍然在等待着推翻萧宝卷的机会。现在，这样的机会来了，萧衍义军兵临城下，萧昭胄联络了父亲过去的旧友军副桑偃，打算制造一点什么动静。桑偃不忘旧主，愿拥立恩人萧子良的儿子登上帝位。桑偃倒不仅仅是嘴皮子上说说算的角色，他真的动作起来，又联络了巴西太守萧寅、军主胡松、建康守备张欣泰、直阁将军鸿选等十多人。一番密议，大家都很有信心，决定趁萧衍攻城之前一举击杀萧宝卷，做改朝换代的功臣。

他们计划，等萧宝卷出巡时，由桑偃率兵进入台城，并关闭城门，宣布废黜一事，同时拥立萧昭胄。萧宝卷进不了台城，有可能前去投奔巴西太守萧寅，到时萧寅即可以放他进门，来一个瓮中捉鳖（他们不知道，这些小儿科的手法当初早就有人向萧懿提出过）。他们一直等了一个多月，但萧宝卷自从芳乐苑建好之后，就再也不曾出巡，关闭城门的计划无法实施。桑偃担心日久生变，便想率军突袭台城，但萧昭胄却又提出，他认识一个叫王长沙的小太监，可以对他进行收买，直接在芳乐苑实施暗杀。萧昭胄找到王长沙，许诺事成后让他做太监总管，王长沙一口就答应了。然而王长沙虽守口如瓶，但是隔墙有耳，有另外的太监将王长沙的刺杀行动告发给了萧宝卷，事情因此彻底败露。萧宝卷毫不手软地就杀了萧昭胄、桑偃全家。军主胡松以及建康守备张欣泰等却未被告发。

七月，当郢城告急时，萧宝卷曾命中书舍人冯元嗣前往郢州实施救援，临行前，萧宝卷在中兴堂为冯元嗣饯行，参加作陪的有驻京各军事首领。张欣泰又与军主胡松以及直阁将军鸿选等十余人商议下一步的暗杀计划。

一天，萧宝卷在中兴堂宴请群臣，一支羽林军突然冲入中兴堂，目标直指萧宝卷。萧宝卷慌了手脚，躲到了桌子底下。冯元嗣等被当场杀死，李居士、茹法珍二位舍身护驾，指挥士兵与这支羽林军殊死搏斗，萧宝卷侥幸逃出。就在羽林军袭击中兴堂时，张欣泰及胡松兵分两路开始行动，一支由张欣泰带领的人马前往中兴堂接应在宫内担任刺杀任务的直阁将军鸿选，胡松则带着另一拨人马前往石头城迎接齐明帝六子、建安王萧宝夤（一切过气王子只有这时候才被派上用场），并散布谣言，说萧宝卷已被刺杀。建康百姓巴不得萧宝卷朝廷早一天垮台，听说萧宝卷已死，一个个奔走相告，大街上放起了鞭炮。后来才知道，那所谓萧宝卷已死的消息，是一个彻头彻尾的假新闻。

击败偷袭的羽林军后，李居士、茹法珍等人从俘获的羽林军士兵中审出此次政变的策划者即是建康守备张欣泰以及直阁将军鸿选，便张开大网，准备捉拿这两个正准备前来接应的家伙。鸿选眼见无法得手，跳墙逃走，而一路奔来，准备与鸿选会合的张欣泰刚一走进中兴堂，便被埋伏于宫门两旁的军士一拥而上，乱棍打死，随后赶来准备继位的萧宝寅当然也就被轻松俘获。

东宫里的热热闹闹就这样收场了。萧宝卷又有了新的玩法，他招来工匠，开始对他的寝宫进行大规模改造。一开始，谁也不知道他又要玩出什么新花样，渐渐地，他的土木工程渐现端倪，往日的寝宫阅武堂竟然被改造成一处热闹的街市。这宫廷街市仿照建康城一条最繁华的街道，每座建筑，每一处小巷，乃至每一条水沟、每一棵行道树都毕肖于那条真正的街道，就像今天我们在某座城市看到的所谓仿古影视城。和那真正的街市一样，这处宫廷街市同样有各种店铺、妓院、县衙等。他的阉臣及宫女们此时成了各种市井人物，他们分别扮成商贩或买主、官僚或贱民。萧宝卷在这街市中做了市魁，潘妃则做了市令。宫廷街市开市选在一个吉日进行，那一天街市上张灯结彩，鼓乐喧天，一时间叫卖声、讨价还价声以及各种吵闹声不绝于耳，引得大臣们纷纷前来观看。

或许是上天的预兆，这宫廷街市开业不到半个月就被一场大火烧毁，那场大火一直烧了三天三夜，共烧毁三千多间宫殿，来不及逃走的宫女们死伤无数。萧宝卷却没有丝毫沮丧，相反，他对几位嬖臣说，这么多年住着父皇住过的宫殿，一直觉得晦气得很，正好有理由建起一座更宏伟的宫殿。于是，他想仿照当年秦始皇时的阿房宫，重建一座新的宫殿。说干就干，萧宝卷开始大兴土木，并为建新的宫殿而向全国征税。

就在萧宝卷在他的街市中玩得昏天黑地时，狼，真的来了。

萧衍的舰队九月中旬自寻阳顺江而下，仅用十天就逼近姑孰。姑孰守军将领申胄实在太不经打，几乎刚一交手，就慌乱后撤。萧衍义军轻易占领江南重镇姑孰后，又命令老将曹景宗、萧颖达率军先遣北上，沿江挺进，占据建康西北大门江宁（今南京附近江宁镇），并在那里建立大本营。

九月底，曹景宗、萧颖达部来不及休整，立即朝距建康城三十华里处的江宁靠近。站在江宁的城头上，羽林军首领李居士眼看着那些经过长途行军的叛军们一个个神情疲惫，衣衫褴褛，便对部下说，萧衍派一批叫花子来向我们讨吃的来了，可别让他们把秽气带到我们江宁来，打发他们上路吧。李居士让部下一万人开城迎击，然而双方刚一交手，羽林军却根本不是那些叫花子们的对手，李居士不得不急忙退回新亭自守。于是，曹景宗、萧颖达又迅速占据板桥（今南京西板桥镇）。随后，新亭守将江道林率军来袭，一场激战，江道林被曹景宗生俘。于是，曹、萧大军在新林建立大本营，并在此屯兵待命，等候萧衍统领的大部队到来。

十月初，萧衍率大部队到达新林的大本营，开始部署新的作战方案。他派王茂进驻城南越城（今南京中华门外凤凰台），曹景宗进驻皂荚桥，邓元起进驻道士墩（今南京灵谷寺旁），陈伯之占据篱门。吕僧珍仍留驻江宁以北的白板桥，以对付随时扑来的新亭李居士的羽林军。这一部署的意图是，甩开李居士，在建康城东、西、南三面，形成对建康的紧密包围，造成先声夺人的气势。

吕僧珍留守兵力不多，他料定退守新亭的李居士一定会卷土重来，收复失去的江宁。吕僧珍嘱咐守城士兵务必不要轻易出击，须等李居士的人马近到城门时再箭矢侍候。他自己带领三千步兵悄悄潜于城外，绕到李居士后方，准备来一个内外夹击。果不出所料，退到新亭自守的李居士见萧衍大部分兵力涌向建康，便率领一万多兵力向吕僧珍扑来，企图重新拿下江宁，以断萧衍后路。李居士率军刚来到城下，城上矢石俱发，羽林军无法攻城，只得准备再次退回新亭，半路上却遭到吕僧珍突然袭击，吕僧珍的城中守军也开门杀出。李居士的羽林军丢盔弃甲，死伤无数，狼狈逃回新亭。为阻遏萧衍义军，李居士下令将秦淮河南岸的房屋全部烧毁，以准备与萧衍义军在此决一死战。

吕僧珍知道受到重挫的李居士只能缩在新亭自守，于是留下部分兵力守备江宁，自己则带着大部人马快速赶到建康城南，与先期到达这里的大将王茂、曹景宗等人汇合，从而完成了主力部队的集结，为接下来的攻城做最后的准备。此时，新亭附近，包括建康城外居民夹道欢迎萧衍义军，送款、送物者络绎不绝，一些达官贵人也或亲自，或托人前来向义军表示慰问。

陶弘景派他的一名弟子给萧衍送来两把刀，那两把刀带着一股寒气，闪着灼灼之光,刀上分别刻着"善胜""威胜"字样。萧衍知道,陶弘景在这时候让人给他送这两把刀来一定别有深意。陶弘景希望这位即将登上帝位的老朋友在未来的执政中以"善"和"威"两把刀认真治理自己的国家。

正如萧衍当初所预料的,老友沈约听说萧衍已打到江宁,他在桐柏山待不住了,连忙屁颠屁颠地跑到江宁。萧衍很高兴,便说,你不要走了,我现在正需要你,你现在就替我拟一份讨伐檄文,好让全国人知道,我萧衍起兵造反,一是拥戴和帝,二是匡扶大义。这正是沈约前来的意思,桐柏山的生活毕竟不适合他,他知道,天下易帜,即在当前,跟着萧衍,将来总会有自己一把不错的交椅。

在新亭,萧衍与藏匿在此的六弟萧宏、七弟萧秀、九弟萧恢见面。原来,当初长兄萧懿、四弟萧畅、五弟萧融先后被萧宝卷杀害之后,兄弟三人连夜逃出城外。他们或混迹于流民之中,或扮成商客,或寄寓于远亲家中。据几位弟弟说,萧衍几次派人前往大哥萧懿处游说,早就引起朝廷的注意,尤其是张弘策最后一次前往和县,更是引起朝廷的怀疑。最后的一刻,萧懿也并非没有逃往襄阳的意思,只是建康离襄阳路途遥远,而且一路均在萧宝卷的布控之下。他一逃走,必然殃及其他在京的兄弟,只好坐以待毙,好为几个弟兄的逃走拖延时间。

## 玩家末日

王朝的没落,是一个不易察觉的漫长过程,最后的灭亡是短暂的,如同一座大厦,最后的坍塌,却只是瞬间完成。

当萧衍的义军逼近建康时,这个死了都要玩的皇帝要换一种新的玩法:军演。他穿上戎装,手提长槊,大叫着:"朕要让你们看看,朕将怎样将萧衍斩落马下。"他将自己扮成守军的将领,而让一个小太监扮成攻城的萧衍。双方就这样在东宫你攻我守,杀声震天,引来潘妃以及一群太监们围而观之。小太监杀到他的面前,萧宝卷挨了一刀,大叫一声,立即倒地。于是,士兵们拖着他的"尸体"败回宫内。萧宝卷躺在地上,故意口吐白沫。没等那个小太监醒过事来,突然间,萧宝卷翻身而起,手握长槊,直刺向小太监的胸部。小太监死了,王宝孙与所有的太监们欢呼起来:"呵,呵,万岁,万岁!"

东宫从来都不缺乏快乐，也不缺乏昏庸。

很久都没有早朝了，因尚书令王亮等人的特别奏请，萧宝卷那天不得不打着哈欠前来临朝。然而刚一上朝，小太监王宝孙却把话题引到另一件事上："启禀陛下，三百根精杖都已按您的吩咐造好，芳乐苑金银御制也基本完工，等叛军退走，陛下即可出城狩猎了。只是，碧水苑工程至今未能完工，陛下龙威，望请降旨，再督派门下省大匠卿征调三千工匠前往。"

"准旨，万寿山工程也须尽早动工。"萧宝卷很高兴，在这个节骨眼上，他是多么希望能听到歌舞升平的报告啊。萧宝卷又打了个哈欠，说："没有什么事，就都退下吧，朕还有奏章一大捆待批呢。"

尚书令王亮说："目前还有比建碧水苑更危急之事，据传东府城徐元瑜意欲投敌，石头城朱僧勇也欲与萧衍叛军签城下之盟。这两座外城一旦失守，台城必将成为孤岛，萧衍叛军目前正在朱雀航以南大规模集结，必须加强朱雀航的防备能力。"

东宫舍人茹法珍说："尚书令危言耸听，陛下请明鉴，台城外有秦淮河这一天然屏障，台城有六道城门，只要我等关闭台城所有的城门，萧衍即使能生出一双翅膀，谅他也飞不进台城。东府城徐元瑜和石头城朱僧勇叛敌之说并不可靠，而萧衍内部也非铁板一块。陈伯之江州失守后不得不归顺叛军，但他心有反复，只要稍作抚慰，就会从萧衍腹部采取行动。萧衍一死，叛军必将发生内乱，一切都将土崩瓦解。"

台城守将、宁朔将军王珍国说："叛军几次进攻，我守军损失大半，必须抓紧补充兵源。"

萧宝卷看了看他的宠臣茹法珍。茹法珍说："这个好办，可从京城大狱中提取青壮年犯人作兵员的补充，只要听说能戴罪立功，就没有不卖力气的。"

尚书令王亮说："台城六道城门年久失修，朽毁严重，萧衍叛军一旦对台城发动强攻或火攻，后果将不堪设想。"

南兖州刺史张稷说："与萧衍叛军锐不可当相比，我官兵现士气低落，缺乏战斗力，望陛下能奖掖守城将士，以鼓舞士气。"

萧宝卷说："那你们说怎么办？"

一谈到钱，那几位嬖幸之臣一个个低着头，或环顾左右而无声，萧宝卷说："将士不卖力，杀他几个又何妨？可修城门要钱，奖掖将士也要钱，这钱从哪里来？"

　　王亮说："奖掖将士并不需要很多钱，望陛下从皇库中拨出少许即可。微臣见芳乐苑外墙下堆着不少木材，可作维修城门之用。"

　　一听说要他出钱出物，萧宝卷连连摇头说："不行，不行，那些木材好不容易从泰山运来，朕还要留着修碧水苑呢。你们怎么一个个就学会算计朕，莫非萧衍打进城来，就只杀朕一个，凭什么只要朕出钱出物？"

　　尚书令王亮无语，宁朔将军王珍国无语，其余文武大臣皆无语。还是茹法珍聪明，茹法珍说："臣以为，大敌当前，陛下应恩威并重，一是守城不力，消极抵抗者一律处死，以杀一儆百；二是要抓紧做陈伯之的策反工作，并且联络豫州刺史马仙琕、吴兴太守袁昂，让他们积蓄力量，准备里应外合，一举击退萧衍叛军。"

　　这种场合，小太监王宝孙本没有参与议事的权力，但他仗着是萧宝卷的嬖幸，这时便提出一个好办法，说："可拆除城门附近的房屋，用拆除下来的木料和砖石垒砌六道城门。"

　　所有的问题似乎都解决了，宦官梅虫儿连忙说："陛下连日操劳，累了，没有什么事，就退朝吧。"

　　在萧宝卷的欢歌声中，永元三年（公元501年）十月十三日，萧衍义军向驻守在朱雀航南的王珍国、张稷部队发起猛烈的进攻。

　　朱雀航是东宫所在的台城宣阳门外的一条重要水上通道，也是台城最前沿的一座浮动的舟桥。王珍国、张稷大军号称十余万，但其中不少是临时从监狱强征来的炮灰。萧宝卷对这支军队也不自信，便派王宝孙挥着白虎幡上阵督战。王宝孙倒是聪明，他将军队赶到桥南，自己却只在宣阳门下叫骂指挥。

　　义军像潮水般向朱雀航凶猛涌来。王珍国、张稷的这支军队本来就无心打仗，见义军来势凶猛，顿时慌了手脚。听到桥那边小太监王宝孙尖着嗓子大声叫骂："妈拉个巴子，都是些废料，养兵千日，现在派你们吃屎来了？"士兵们只得硬着头皮继续前冲。

　　萧衍大将王茂打起仗来向来是不怕死的，只见他挥舞着大刀左砍右杀，士兵们自然一个个也往死里拼杀。双方刚一交手，官兵的前线指挥直阁将军席豪就被王茂砍翻在地。前线总指挥被人砍倒，群龙无首的官兵顿时阵脚大乱，纷纷后撤。王宝孙虽不会打仗，却有手段，那朱雀航浮桥只是在一瞬间就被

他命人悉数撤除，断了后路的官兵不得不再回头继续抵抗。然而，当萧衍义军排山倒海般压过来时，官兵们唯一能够阻止义军前进的，就是自己的肉体了。在萧衍义军凌厉的攻势下，溃不成军的官兵们跳下冰冷的秦淮河，向宣阳门这边逃命要紧。义军们呼喊着，像一股恶浪，直向朱雀航扑压过来，淹死和被砍死的官兵填满了秦淮河，正好为萧衍义军强渡朱雀航筑起一道人肉桥梁。于是，义军们踏着官兵的尸体越过朱雀航，顺利进驻宣阳门。

王宝孙见外城不保，只得带领剩下的官兵逃进台城，关闭城门，哭泣着来见萧宝卷。

"陛下，挡不住，真的挡不住啊！王珍国的军队根本就不禁打，张稷那小子这几天躲得都不见影，台城，怕守不住啊！"

萧宝卷脊背上忽然有一丝寒意，但他随即镇定下来，问城内还有多少军队，报告说还有七万。七万，那是一个怎样的概念？加上城内居民，总共有二十万人，有这些人，他萧宝卷何愁击不退一个萧衍？他把曾经说过无数遍的话又说了一遍：陈显达厉害吧，人头被我像皮球一样挂到城头上了；崔慧景都打到我眼皮子底下了，结果怎样？还不是被我杀了。

萧宝卷还在他的芳乐苑里拥着潘妃做着美梦，他或许真的不知道，朱雀航失守，意味着他失去了最后的屏障，他的丧钟敲响了。

南齐朝廷大势已去，这对于萧宝卷王朝大佬们的冲击是巨大的，建康内外各据点守军相继投诚萧衍义军。率先投诚的是东府城守将徐元瑜，石头城守将朱僧勇知道大势已去，也打开城门，欢迎义军。东府城及石头城的归附义军，导致东宫所在地台城顿时成了一座孤岛。与此同时，曾与义军将领吕僧珍拼死交战的新亭羽林军首领李居士以及白下城守将张木也举起白旗，紧接着，拱卫京城的江南、江北要塞京口、广陵、瓜步等地守军也纷纷放弃抵抗。

十月廿三日，萧衍顺利进驻石头城。这天傍晚，从荆州传来西部朝廷实际人物萧颖胄死于痢疾的消息。这是继丁令光生子后第二个让萧衍兴奋异常的消息。萧颖胄的死，意味着萧衍时时提防的一颗软钉子被自动拔除，西部实际已归入自己的名下。萧衍立即命人捎信给荆州的八弟萧伟和十一弟萧憺，让他们务必做好襄阳以北的军事防务，以防北魏趁机骚扰，并火速派人将傀儡皇帝萧宝融秘密东下转移，以便适当时机做禅让的准备。萧衍开始相信有苍天神助，一个改朝换代的时刻就要到来。

或许是胜利在即，萧衍感到一丝倦意。他歪倒在案前，想稍稍睡一会儿。刚眯上眼睛，就做了一个梦，他梦见父亲萧顺之手握长槊，站在一座山峰上大叫一声：练儿醒来！他果然就从梦中醒来，大脑先是一片空白，继而又从未有过的清晰。他走出帐外，登上城头。夜已很深，一轮新月挂在天边，远处的大江，江岸的那片树林都在朦胧的月色中变得模糊不清。秋虫唧唧，夜空如此寂静，似乎在这里从未发生过一场殊死的决杀。远处，一堵灰色的城墙在秋天的雾霭中隐约可见，建康城真的近在咫尺了。那龙盘虎踞之地，那金陵帝王之都，自三国时的孙权在此建都，一代一代的王朝，一代一代的帝王，建康就像一方舞台，你方唱罢我登场。他们在这里进行了多少杀戮，演绎了多少悲欢，如今，他们都去了哪儿？那些不可一世的风流啊，如今又都归于何处？现在，一个新的人物将登上那方舞台，他将隆重登场。

　　不知什么时候，张弘策也跟着来到城墙上。

　　"明公，你该睡了，城墙上的风硬得很呢。"

　　萧衍说："弘策，你还记得几年前我们在这里的那次谈话吗？"

　　"当然记得。"张弘策说，"那时候，就在这城墙垛前，将军分析了天下大势，此后的一切，都按照那天的分析一步步变为现实。"

　　"我还记得，那天你就说你我要有君臣之分，现在，新主就在你面前，你还不赶紧下拜。"

　　萧衍虽然说的是玩笑话，张弘策却异常严肃地说："明公，现在就以君臣之分还为时尚早，虽然东府城、石头城相继投诚，但仍有豫州刺史马仙琕拒不归顺。马仙琕的军队近日不时在江面上袭击我义军船只，吴兴太守袁昂据说近期也有大的行动。而那些投诚的将领，陈伯之意有反复，其他多数也在观望之中，一旦有变，他们会立即掉转枪头向我义军杀个回马枪。明公忘了，在那面城墙下，崔慧景曾折戟沉沙，陈显达的人头被高高挂起。现在，台城内仍有七万官兵，萧宝卷驻守台城，台城之固，易守难攻，我义军稍有闪失，即会前功尽弃。"

　　一阵冷风吹来，萧衍顿时头脑清醒了许多，他连忙向张弘策拱手说："弘策诤言，何其及时！我现在终于明白方才梦中家父的提醒了。"

　　张弘策说："上午我义军刚进驻石头城，台城守军王珍国即派人送来明镜一只，以示心迹。王珍国他们如果能看准时机，刺杀萧宝卷成功，台城将

不攻自破。"

萧衍说："二人同心，力能折金。请替我回赠王珍国一截断金，并请转告王将军，如果台城得破，他将是建国的重要功臣。"

现在，东府城、石头城相继被萧衍占据，萧衍的几十万人马将一座台城团团围住，台城的失陷只是迟早的问题。然而萧宝卷却仍然沉浸在新的幻想之中。而他的嬖幸之臣茹法珍、王宝孙等人仍不断在他面前鼓吹台城坚不可破的神话，王宝孙为了推卸朱雀航督战不力的责任，将所有的责任都推到守军将领王珍国、张稷等人的身上。

时令到了十二月，茹法珍等人一份新的死亡名单正在拟定之时，王珍国、张稷密谋刺杀萧宝卷的计划也开始实施。

十二月初六晚，王珍国、张稷带领一批人马潜到东宫云龙门外。那边，早有内线悄悄地拔开门闩，王珍国、张稷等人顺利进入东宫。

这天是潘妃的生日，晚上，盛大的生日"派对"一直持续到半夜，潘妃才带着一丝倦意回到自己的寝宫休息。萧宝卷似乎意识到这样的快乐即将结束，无心睡眠，仍独自在含德殿吹笙解闷。不知什么时候，他感觉有些困了，和衣躺到床上，但他的眼皮不断地在跳着，心里想着是否会有祸事降临？又一想，是福不是祸，是祸躲不过，不就是一死吗，死又有什么可怕？这样一想，萧宝卷释然了，似乎把一切都放下了，终于沉沉睡去。

从寝宫外传来一阵嘈杂声，他本能地从睡梦中惊醒。烛光朦胧中，他看到有人影跳进了他的寝宫；隐约中，他看到有兵器在星夜中闪着刺目的寒光。

"来人啦，有人要刺杀朕！"萧宝卷跳下床来，欲逃往后宫。可是，清曜阁已被关闭，慌乱之中，一道寒光带着风声从他的耳畔划过，膝盖处一阵疼痛，他跌倒在地，还不等他叫出声来，一股冰冷的感觉贯穿他的胸部。

# 第三章

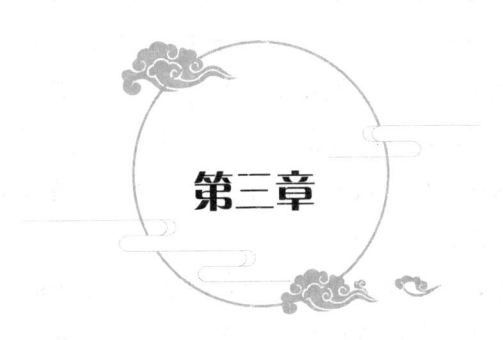

## 江山易主

　　永元三年（公元501年）十二月初六，宣阳门城头的旗杆上挂起一颗血淋淋的人头。历史有时很滑稽，一年前，陈显达的人头就是被萧宝卷像"皮球"一样挂在这根旗杆上。那时候萧宝卷大约不会想到，一年后，会有人将他的人头也像"皮球"一样挂在这同一根旗杆上。建康城里响起此起彼伏的鞭炮声，善良的百姓们在诅咒一个旧政的逝去，欢庆一个新朝廷的诞生，可是，这个新的朝廷究竟能给他们带来什么，他们暂时还不知道，也不想知道。然而，他们总是祈盼着，一代一代地祈盼着，祈盼着那理想中的新朝能给他们带来永久的安定和福祉。

　　这天清晨，封航了一个多月的朱雀航开始通航，秦淮河上二十四航全部开通，台城所有的六道城门大司马门、万春门、东华门、西华门、太阳门、承明门均一一打开。中午，东宫大佬王珍国、张稷、刘绘以及萧衍旧友范云、任昉、陆倕等一百多人来到石头城，恭请萧衍进驻台城。王珍国呈上一份拥戴萧衍的名单，萧衍只在头几行名单中扫了一眼，大佬们该在的差不多都在了，只是独独少了尚书令王亮。这个王亮或自恃清高，或真的忠于旧主且不管他，萧衍把名单重新交到王珍国手里，却当众做出一个让所有人都大感意外的举动。他脱下战袍，解下佩剑，说："我自去年十月拥戴和帝，在襄阳发兵，讨伐独夫萧宝卷，历时一年有余，现大功告成，我也算不辱使命。昨日，我已派王莹、柳晖二人前往江陵，迎接和帝回归建康，在和帝回归之前，朝中

政事不论大小,须奏请宣德太后。"

谁都听得出,这是萧衍为防人口舌而做出的姿态,却也不出前朝的先例。当年萧鸾篡政时,为遮人耳目,就是将齐武帝时代的活祖宗宣德太后请出前台作为过渡。在场人中只有一路跟随萧衍打杀过来的武夫王茂不知详情,以为萧衍真的要功成身退,当时就急了,说:"明公,你要去哪里?"

萧衍说;"泱泱大国,自有我萧衍立身之处。台城是我的伤心之地,我再也不想进台城一步了。"

在场人都知道,萧衍说的也不完全是假话。很多年前,萧衍的父亲萧顺之因陷入齐武帝父子之争抑郁而死,从而在萧衍内心播下对齐王朝仇恨的种子;数月前,萧衍的三位兄弟均被萧宝卷所害。台城,的确给他留下太多的回忆、太多的伤痛。

王珍国说:"萧宝卷朝廷已亡,台城已不再是过去的台城,百废待举,正需要明公替天行道,明公何出此语?"

张稷说:"我等冒死砍下萧宝卷首级,是为拥戴明公重整这被昏君搅乱的天下,现萧宝卷虽死,可建康形势尚未明朗,萧宝卷余党正在暗地里纠集力量,伺机反扑。明公今要隐退,废昏大举岂不前功尽弃,更要将我等断送到萧宝卷余党手里,于心何忍?"

文友范云毕竟是最了解萧衍的,知道这些话萧衍迟早是要说的,但他没料到萧衍会这么早就把这些话说出来。范云说:"明公是要解甲归田呢,还是要效法陶弘景,在茅山筑三间草屋,修身养性?既然这样,我们这几个旧友都跟了你去茅山吧。"

任昉也说:"既然这样,我又何必自作多情,前来依附明公,我还是回我的博昌老家种地自在去吧。"说着一甩袖子就往外走去,被范云一把拉住了。范云说:"明公的心界博大无比,只是,百废待兴之际,明公执意说要隐退,就不怕冷了弟兄们的心?就是建康城里的父老百姓,怕也不肯答应吧。"

所有的东宫大佬都跪到萧衍面前,恳请萧衍进驻东宫,执掌朝政,有的甚至以额贴地,哀泣涕零,演绎出一片至诚悲情。

萧衍自雍州宣布起义,至今快有一年了,其间郢城攻坚战花了数月时间,包围建康台城也用了一个多月的时间,但就整个过程而言,还是顺利的。这主要得力于萧宝卷的丧失人心和其过程中北魏大军的按兵不动,萧衍因势而发，就如他自己所说"因天从人"，遂使大功告成。他知道，他要禅代齐王朝，实现登基大业，还有两件大事需要完成。其一，西朝的齐和帝萧宝融以及众多皇室成员该如何处置。自去年以来，他公开打出的旗号是讨伐昏君萧宝卷，以巩固南齐皇基，现在，这一任务完成了，按照常理，他该及时迎接和帝返回建康，还权于南齐王朝。但是，现在实际操纵和帝的幕后人物萧颖胄已死，萧衍自可以随心所欲地对付那个十五岁的儿皇帝，不会再有任何障碍。其二，要完成禅让，必须效法齐明帝萧鸾，抬出另一个傀儡人物宣德太后临朝称制，以掩人耳目，等到恰当的时机，再以禅代的方式登上帝位。

饭要一口口地吃，事要一件件去做，看着面前齐刷刷跪着的文武旧臣，萧衍似乎有些感动。他叹了口气，说："大家如此诚意，萧衍岂敢再说隐退。可你们是否知道，这是要将我萧叔达往火坑里送啊！"

范云知道萧衍要借梯子下楼了，便赶紧说："地藏菩萨有言，我不入地狱谁入地狱，一切都是天意，为了天下社稷，这个火坑，也只有明公你去跳了。"

萧衍不好继续作态，当下便派他的从舅张弘策、心腹吕僧珍二人随同王珍国、张稷等一同进宫，封存宫中档案文书，将宫廷一切资产造册登记，谨防有人趁火打劫；严命进城将士秋毫无犯，有违者斩；又派大将王茂、曹景宗带领三万义军进驻台城，速速捉拿茹法珍、王宝孙等死党，全面控制建康局势，防止战后骚乱发生。留下范云、任昉以及陆倕等昔日文友与自己一同暂住石头城，共商建国大计。眼下，他需要一柄名正言顺的权印，一顶象征权力的桂冠。而这顶桂冠他不能自己给自己戴上，他需要有一个合适的人替他将那顶桂冠戴在头上，这个人就是宣德太后王宝明。

宣德太后是齐武帝时代太子萧长懋的王妃，已废郁林王萧昭业生母，也是齐武帝时代唯一健在的人物，代表着一个权威的朝代。无论是齐武帝还是其长子萧长懋，都给后人留下很好的口碑。当年萧鸾推翻萧昭业后，就曾请她出来。这一次，她将再次被请出，所不同的是，当年萧鸾抬出她来，是要废掉她儿子郁林王萧昭业，而现在萧衍抬出她来，则是要废掉她的仇家萧鸾的儿子萧宝卷。历史就是这样反反复复，却又不出某种轮回。对于宣德老太太来说，前后两次出山，心情自然有所不同。虽然她明知道自己仍然不过是个道具，是一只被别人控制在手的提线木偶，但这一次多少有着复仇的快意。

随后，宣德太后下达诏令，封萧衍为大司马、录尚书、骠骑大将军、扬

州刺史，晋爵建安郡公，食邑万户。这是萧衍称帝前的第一步。

宣德太后下达诏令不久，萧衍在范云以及张弘策等人的前呼后拥下正式进驻建康台城。这也是萧衍自起义以来，第一次回到这座他生活了三十多年的都城。一切还是与从前一样，一切又似乎都发生了极大的变化。建康，建康，这座有着两百多年历史的都城自孙吴建都以来，一直是江南富庶之地，其士女富逸，歌声舞节，炫服华妆，桃花绿水之间，秋月春风之下，曾吸引得无数人为之疯狂，为之殒命。自东晋偏安江南起，其间一百余年，权臣方镇拥兵起事，宗室王公图谋弑逆，屡屡兴兵发难，没有成功的先例。东晋初期有王敦、苏峻相继造反，齐末有王敬则、陈显达、崔慧景起事，这些草莽英雄一个个皆以失败而告终。王朝更迭，江山易主，而以方镇之力举兵成功者，仅他萧衍一人。现在，他将成为这江南佳丽地的又一任新主，成为这金陵帝王洲的新一代帝王。在这一刻，他忽然想起冤死的父亲，想起被萧宝卷所杀的兄长萧懿以及他的另两个兄弟，现在，他终于可以告慰父兄的在天之灵了。

东宫的六道大门为他打开，眼下，他的帝王大业尚未完成，但他俨然已是这东宫的主人。

这是萧衍三十八年人生中第一次以征服者的姿态进驻东宫。这座有着一百多年历史的皇宫，宫墙高构，雕梁画栋，金顶飞甍，瓦檐错叠，它富丽之极，极尽奢华。然而它的每一只洞开的窗户里都暗藏着一个阴谋，每一块方砖地上都浸透了殷红的血。自从永初元年（公元420年）宋武帝刘裕废晋恭帝自立，南朝宋、齐两代，更换了十几位君主，其中兵戈不休，篡弑相续，整个江南始终处于动荡不安之中。就在这座宫殿里，演绎了多少父子相残、兄弟残杀的惨剧。所有这一切，对于这座宫墙里的人来说，不能说不是一种苦难。

"明公，你在想什么？"陪同他的从舅张弘策说。

"呵呵，我什么也没想，我太累了，我需要好好睡一觉。"萧衍打着哈欠说。的确，他太累了，自从一月底他在雍州起兵，他几乎就没有好好睡过一场觉，现在，他真的感到累了。

萧衍进驻台城阅武堂，开始行使大司马的权力。建康刚刚平定，旧朝已去，立国在即，千头万绪，仅东宫中等待处理的事务都有几箩筐。张弘策递上一份报告：宫内现有宦官、仕女以及阉人一万五千人，这些人中，包括萧宝卷死党茹法珍、王宝孙等，对这些人，该如何处置？大理寺递上来的奏章称，已故明帝的侄子萧宝晊等人正暗地里聚集力量，密有反意；一名叫颜见远的高门大族决心效忠齐王朝，准备绝食抗议；豫州刺史马仙琕杀掉前去劝降的人，表示将以武力隔江对治，誓与萧衍决战到底……

萧衍推开这些奏议，他决定什么事也不做，给自己放一天假，他要好好睡一觉。

这天晚上，萧衍果真好好睡了一觉，然而天亮时他做了一个梦，做了一个让他梦醒之后回味无穷的香艳之梦。梦中他与一个女人缠绵悱恻，而他与那女人交合的惊心动魄，让他重新体验了二十年前新婚的快乐。那个在梦中与他交合的女人是萧宝卷最宠爱的嫔妃潘妃。让他百思不得其解的是，他从来就没有见过潘妃。

谁也不知道萧衍是怎样选择了阅武堂作为他进入东宫的第一站。这阅武堂，其实正是前任帝王萧宝卷的住所。阅武堂建筑精美绝伦，堂内的墙壁一律用白玉砌成，上镶波斯的绿宝石、印度的翡翠和高丽的珍珠，再配上淫荡的壁画。走进阅武堂，哪怕是一个最本分的人也会很快就生起原始的欲望。经历了将近一年战争的萧衍一走进阅武堂，就像走进一座传说中的天国。这天傍晚，萧衍忽然提出要去后宫看看。在一处处后宫，他看到一群被遗弃的彩女。看到这些彩女，萧衍这才意识到做皇帝的好处。一个帝王竟能堂而皇之地将天下美女尽罗于自己的帐下，成为自己合法的妻子。

浓烈的脂粉气熏得萧衍几乎睁不开眼来。他的眼睛开始迷离，几乎是在一刹那间，他被禁锢了很久的欲望开始苏醒。他这才知道，就像这些女人离开男人很久很久一样，他离开女人同样也很久很久了。他实在没有想到，那些被萧宝卷纳在后宫的女人竟一个个有着如此勾魂摄魄的魅力。

萧衍开始批阅一个个文件：茹法珍等死党四十一人作恶多端，死有余辜；阉人中年老的发给一定数量钱财，打发回乡养老，年轻而又愿意留在东宫的，可继续留用。只是，三千彩女的去留成为朝中争论的焦点。有人提出，按照旧制，三千彩女留在宫中并不为过；也有人提出，将这些彩女打发到民间，让她们各归其所。萧衍最后决定，将这三千彩女统统分配给军士作为妻室。军中一片山呼万岁之声。几天之内，昔日一座喧闹浮华的东宫，立即就显得空空荡荡了。这天傍晚，张弘策突然把几个女子带到萧衍面前，说："三千彩女尽已打发，只是这四位女子至死不肯离开东宫。明公，你看该如何处置她们？"

张弘策看着萧衍，脸上是意味深长的笑容。

萧衍的脸竟然一红，好像真的做了什么见不得人的事。他打量着这几个女子，忽然想起那个让他回味无穷的春梦。奇怪的是，其中的一个女子竟然就是曾与他在梦中交合的女人。

一旁的大将王茂说："这几个女人是萧宝卷的嫔妃，她们是真正的祸水，留下她们，必会招致天下人的议论。"

四位女子全都跪到萧衍面前，她们哭泣着，诉说着自己的不幸，她们希望用自己的泪水打动这位东宫的新主。这几个女子，一个比一个美貌，一个比一个妖媚。萧衍的眼睛开始迷离，说："她们是无罪的。"

王茂手按剑柄，怒气冲冲，说："明公，这些妖孽，难道比天下社稷更重要吗？"

张弘策看出萧衍的心思，便赶紧打圆场说："这个潘妃是萧宝卷亡国之物，万万不可留下。其他几位只是尽了女子的本分，并无过错，杀之无理。"

萧衍便命赐潘妃一条白绫。潘妃呼天抢地，但还是被人带出去了。其他三位如获重生，她们扑向萧衍，感谢萧衍的恩宠。她们围在萧衍的面前，各样的眼神像毒针一样刺向这位东宫新主，萧衍的眼神有些呆滞了。张弘策知道，美女是无罪的，爱美女同样无罪。对于离开襄阳将近一年的萧衍来说，目前有比天下社稷、比至尊帝位更迫切的东西，那就是女人。这天晚上，张弘策将萧宝卷的遗妃余氏、吴氏以及阮氏送到萧衍的大司马府，说："明公，你的确需要好好放松一下，你太累了。"

不等天黑，萧衍便迫不及待地将三个女人纳入帐下。萧衍这才知道，他是多么年轻，他有着怎样旺盛的精力。

## 头等大事

大司马府来了一位客人，这位客人，萧衍家人没有不认识他的。

沈约与他的一群文友在年轻时生逢齐永明那样一个政治稳定，经济、文化共同繁荣的年代，是他一生都引以为骄傲的事情。沈约曾追随文惠太子和竟陵王萧子良，成为当时最伟大的文人。然而，随着齐武帝时代的结束以及竟陵王萧子良的死去，被朝廷冷落的沈约自感前途暗淡，尤其是被放任东阳的三年，沈约更是感到心灰意冷。而这时沈约已经五十四岁。萧鸾篡位后，时局昏暗，眼看着自己的政治抱负再难实现，沈约曾上表朝廷，请求解职。意外的是，萧鸾默许了他，于是，他不得不来到天台桐柏山深处修道。但沈约终究耐不住寂寞，不久即再次返回建康，希望能继续为朝廷尽力。这一次，萧鸾授他五兵尚书、辅国将军。萧鸾死后，萧宝卷当政，把一个江南搅得像一潭烂泥。沈约不肯同流合污，遂又以母病为由，再次离开建康。萧衍起兵的消息传到他的家乡，这似乎又给他带来新的希望，但他一直在观望着。直到最近，当得知萧衍攻取建康，即将建立新政时，沈约知道机会来了，便又马不停蹄地赶到建康，来见旧友萧衍。

萧衍似乎早就料到沈约会来，此刻，他也正需要沈约，但是，他却有意要晾晾这位急于建功立业的旧友。沈约在萧衍寝宫外一直等到日升三竿，他等不及了。于是，他顾不得正在温柔乡里的萧衍，借着昔日的友情，擂响了萧衍寝宫的大门。直到沈约把手擂红了，萧衍这才慢腾腾地从床上起来，让人放沈约进门。

"美人绵眇在云堂，雕金镂竹眠玉床。"一屋的脂粉气，一床的凌乱，沈约知道自己惊扰了萧衍的好事，也就干脆不作道歉，插科打诨地吟咏了一句萧衍早年的诗。

萧衍说："听说你在桐柏山做道士，去年我在郢州遇见范缜，还问起过你。"

"道士早就不做了，只因老娘年老多病，这一年多，一直在家侍奉老母。这一次是护送老母到三弟处，路过建康，所以就看你来了。"

萧衍说："呵呵，一年多不得你的消息，我以为你在桐柏山得道成仙，羽化真阳，正要追随你的真迹寻你而去呢，不想你却不做道士了，可惜，可惜呀。"

"要做道士还不容易，陶弘景在茅山的道观越来越兴盛，前去参学的人都挤破头了。"

"该做道士的不去做道士，该做文人的不去做文人，这个世道整个颠倒了。"

几句玩笑话后，萧衍说起了正题："休文，你来得正好，我被人逼坐东宫，眼前的事千头万绪，凌乱如麻。我正需要你帮我拟定一些必要的文书，关于旧政时代的许多典籍，也需要重新审过。这些年来，朝代更迭，兵革连

年，再加上饥荒和瘟疫，老百姓真是苦不堪言啊！委屈你先做个骠骑司马怎样啊？"

沈约掂量了一下，先前来的几位旧时文友都分头领受不同的职位，范云是黄门侍郎，任昉为记室参军，他的这个骠骑司马并不在他们之下，而且，萧衍称帝，是迟早的事，现在为萧衍效力，将来就是立国功臣。沈约等了多少年了，终于等到这样的机会，岂能轻易错过？便爽快地答应了。

"我从吴兴来，你知道我一路上听到什么童谣了吗？"沈约兴冲冲地说着，便随口吟起一首民谣，"水丑木，梁王兴，行中水，做天子……"

对这些民谣，以及此前的一些谶语，萧衍似乎并不陌生，这所有的一切，正是他的另一位好友茅山道士陶弘景利用自己的名道身份有意所为。他岔开话题，说："东昏乱政，民不聊生，北魏又时而入境骚扰，一场接一场的战争，搅得我都忘了永明体，忘了该怎样诗韵合仄了。呵，真怀念在竟陵王府的日子。现在，范云来了，任昉、陆倕也来了，今天你又来了，可惜谢朓死了，要不然，竟陵八友都快齐了。过几天再把范缜找来，西邸文学集团又能重新开张了。"

沈约的兴奋点显然并不在文学上，他特意从吴兴赶来，绝不是为了要与萧衍重温当年西邸文学集团的辉煌。

"建康局势已经稳定，江南百姓正翘首以待行中之水。明公当顺天应人，早成大业，文学的事毕竟是小事。"

萧衍拉着沈约，一定要他陪着下一盘棋，一边说："管他什么大事小事，现在，你我厮杀一盘是再快意不过的事。"

沈约对棋从来就没什么兴趣，此刻却只得耐下性子陪着萧衍坐在棋枰前。只几个来回，沈约就败下阵来。沈约索性将面前的棋子一推，说："明公，听说您要在板桥一带建一座寺庙，以纪念那些阵亡的将士。等寺建好了，我可要好好写一篇碑记，记录明公的那场伟大的战役啊。"

"碑记的事，自然非你休文兄莫属。"一说到那场战役，萧衍心情忽然沉重起来，"休文啊，我总觉得自己是做和尚、做道士的命，可命运却逼得我拿起一柄长槊，沙场演兵，挥戈厮杀。一想到过去这一年的那一次次战场对决，一想到那无数阵亡的将士，我的内心就在不断流血。"

听着萧衍的这一番并非完全不是由衷的话，沈约便也受了感动，说："我有一种预感，江南近百年来的战乱就要在明公的朝代烟消云散了，江南的百姓终于有盼头了。"

"是的，江南需要稳定，百姓需要休养生息，这个天下，再也不该有战乱，再也不该有刀光剑影了。"

"真好，我要替江南的百姓谢谢你。替天下的百姓苍生谢谢你，"沈约脸上飞扬着激动的神采，"明公的话，倒让我想起一个建议，明公将立的帝号，就以武帝称之吧。"

萧衍说："好啊，止戈、止戈，止戈为武，在这一点上，你与陶弘景不谋而合。"

两天之后，沈约再次造访大司马府。这一次，沈约一见到萧衍便开门见山地说："建康城里到处都打出了梁字大旗，街中小儿处处传唱'水丑木，梁王兴，行中水，做天子'。明公，天意不可违呀！"

然而萧衍似乎又变了个人似的，他拉着沈约，让他看刚刚写就的一首诗。沈约将萧衍的诗篇快速地浏览了一遍，胡乱评点一番，便急切地说："明公，立国之事，究竟有何打算？"

萧衍故意装糊涂，说："什么立国之事？我不是早在几天前就还权于宣德太后了吗？我自去年雍州起兵讨伐萧宝卷，一是为巩固齐室皇基，二也是被昏君逼得走投无路。现大功告成，我岂能利用强权取而代之？如是这样，岂不世风败坏，纲常颠倒，我萧衍还有何颜面立于世间？"

沈约将萧衍的诗篇随手一扔，说："明公差矣。永明之后，南齐的劫数就已尽了，而早在去年你在雍州起兵，就有人在你的家乡看到飞龙，最近又有人在建康附近挖到一对玉麒麟，再看那满大街的梁字大旗以及随处可闻的童谣歌曲，这一切难道不正是上天垂意吗？明公或许真的没有取而代之之心，但跟随明公出生入死，征战无数的将士们难道就没有出相入仕的愿望吗？明公如果硬是守着所谓世风不变，只怕不知要冷落多少将士们的心。"

萧衍说："呵呵，休文之言不无道理呀。只是，这改朝换代是一件大事，还需慎重考虑，千万不可急于求成。"

沈约打断了萧衍说："我相信，明公当初在雍州高举义旗时，就已经考虑成熟了，现在天时、地利、人和皆备，明公还有什么可考虑的呢？和帝离建康只一步之遥，建康城里的那些士大夫们哪个不想攀龙附凤，只要能保住自己的既得利益，他们才不管是谁来坐龙庭。等到和帝回到建康，坐了奉天殿，

文武百官各就其位，那时候你若再想有所作为，只怕真要落得个乱臣贼子的罪名了。"

听沈约一说，萧衍似乎有些着急，说："休文所言果然有理，但是，我还要再听听其他人的意见。说到禅让，也是早有先例的。我想，禅让诏书的拟就非你莫属，禅让的各项工作也须及早筹备，我会让彦龙去准备一份内阁成员名单。"

沈约说："禅让诏书我在两天前就已让任昉拟定，我又重新一一校订，明日即可送您审议。宣德太后那里，可让她再发一道诏命，封您梁王，以应和街头民谣，再让她授你自行组阁的权力。"

沈约的一番话，倒真的让萧衍意识到某种危机的存在。现在，他必须趁热打铁，把改朝换代的事正式提到议事日程上来。沈约刚刚离去，萧衍就迫不及待地让人将范云请到了大司马府。不等萧衍开口，范云就说："和帝在姑孰已经等不及了，几次三番问及何时能够抵达建康。我已派人秘密联络姑孰那边，设法将和帝留驻姑孰。时间紧迫，明公当及早作即位的打算。"

萧衍内心有些慌乱，却又故作镇定，说："你和沈休文好像串通好了啊。既然如此，明天一早，就请你与休文一同过来议定立国大计如何？"

然而沈约并没有走远，等到范云走出大司马府，沈约立即追上去说："这么快就出来了？立国之事，如何议定的？"

范云说："放心吧，他让你我明天一早再去议定此事。休文兄，好好睡一觉，明天好运。"

第二天，范云早早来到大司马府，然而却被阻在阅武堂外的院子里，从堂内传来沈约的侃侃而谈，间或传来他与萧衍的开怀大笑。范云心急如焚，这真是莫道君行早，更有早行人，好一个沈休文，竟然抢在自己前面了。范云进不去阅武堂，急得在院子里来回踱步，只是不断地干咳。时间在一刻一刻地流去，终于，那边大门吱呀一声开了，沈约满面春风地走了出来。范云迫不及待地迎上去，他想说，好个沈休文，明明与我约好，今晨一同去见萧衍，结果却抢在自己前面了，这是什么行为啊？但他还是把要说的话打住了，说："休文兄，怎么样啊？"

沈约却装起糊涂，笑着说："什么怎么样啊？还不赶紧回家抱孙子去，老大不小了，还在这里磨蹭个什么！"

范云脸都急白了，说："怎么这样呢，到底怎么回事啊？"

沈约正要说话，那边萧衍的随从陈庆之牵着一匹马走了过来，陈庆之说："两位大人，这么早就过来了，还没吃早饭吧？"

沈约打着哈哈说："明公今天兴致很好，留过早茶了。"

这时，吕僧珍伸出头说："先生，主公请您进去议事呢。"

范云不知道是招呼谁，竟站在那里半天回不过神来。沈约朝范云示了示右手说："还待在这里干什么，给你这个，还不满意吗？"

范云朝沈约伸出的右手看了半天，他明白自己得到什么了，便放心地进了大司马府。

萧衍正在喝粥，一边低头在看一份文书，见到范云，便头也不抬地说："彦龙，你且先坐一会，待我把这份文书看完。沈休文文笔真是好啊，不过他对你赞不绝口，说你是江南第一辩才，极推你做右仆射。"

范云连忙说："休文是江南第一文豪，比起他来，我范彦龙又算得了什么？"

萧衍将组阁名单递给范云，范云看到自己的名字果然是在尚书右仆射的位置上，于是便把一颗心放到了实处。他继续往下看去，这份组阁名单是沈约最初的草拟，萧衍又做了修正，名单上点点圈圈，尽是萧衍的手迹。他注意到萧衍不仅将此前不肯在拥戴名册上签字的王亮，重新圈在尚书令的位置，更把目前尚拥兵不附，隔江对抗的豫州刺史马仙琕以及吴兴太守袁昂，圈在新的内阁名单上。这份名单上还包括一些京城的高门大户。争取一切可以争取的力量，稳定高、武子孙，让他们死心塌地拥戴即将建立的新朝政权。这是萧衍与历代帝王的不同之处，也是萧衍的过人之处。看着这份组阁名单，范云对萧衍更增了一份敬意。他想起那一年王融造事，萧衍默而不附；萧鸾篡政，萧衍却暗中支招儿，终于积蓄力量，一举夺得天下，现在看来，这一切也都不是偶然的。

萧衍三两下将碗中的粥喝尽，抹了一把嘴说："沈休文这人，过去我们在竟陵王府时并不觉得他有什么过人之处，今日才知他才智纵横，真正是国之栋梁，难得，难得呀。"

范云说："是啊，您对沈休文的了解，就跟沈休文对您的了解一样。"

萧衍又说："不过，论人品，我还是推崇你范彦龙。"

"我是一个直人，你过去说过，我是当今江南第一直人。"

萧衍笑起来，说："难得直人，彦龙啊，我若称帝，就授你为当今第一直臣。我如果有错，哪怕你指着我萧衍的鼻子大骂三天三夜，我绝不会怪罪于你。"

范云当即取过纸笔，当场让萧衍将"第一直臣"四字书写了，又郑重地揣进怀里，笑着对在一旁伺候茶水的陈庆之说："庆之，你可听清了啊，明公授我当今第一直臣，往后我要是因为骂他而被问罪，你可要为我作证啊。"

陈庆之说："先生哪里是骂人的人呢，先生如果开口骂了，主公一定也会格外高兴的。"

"庆之真会说话，小鬼头长大了。"范云说，"明公，还是让我现在就骂你三天三夜吧，等到你坐上皇位，就是真龙天子，到那时你就是借给我斗大的胆子，我也不敢冒犯龙颜。"

萧衍哈哈大笑，拉着范云又要下棋。陈庆之说："先生一早就来了，还没有吃早饭呢。"

范云看着萧衍，再过些时日，往日的萧叔达就成了当今皇上了，那时有了君臣之分，再也不能像当初在竟陵王府一样，一起讨论文学，一同刻烛限时作诗。那时彼此之间想说就说，想骂就骂，是何等痛快啊！想到这里，范云忽然就有了一丝落寞。

在萧衍的组阁名单上，最显目的名字就是沈约和范云，两人都在等着，等着做他的尚书左、右仆射。然而此后一连数天，萧衍足不出府，杜门谢客，再不理大门外聚集而来的文臣武将，再不管张弘策递交来的一摞摞文书。他似乎真的还政于宣德太后，乐得做一个逍遥的顺民，只沉浸在温柔乡里，不知有汉，无论魏晋了。

这天清晨，萧衍的大司马府外又聚集着十多人，他们都是这一年多来跟随萧衍起兵南下的将士，然而谁也没有胆量擂响那扇朱漆铜钉大门。远远地看见范云急急走来，大家便说："博士先生，大将军一连数日闭门不出，不知建国大计有何进展了？"

范云说："各位急于建功立业，等急了吧。明公这几日正忙着完成一件大事，虽说不比建国大业更为重要，但起码是当前的头等大事，等他忙完了，就一定会召见大家。"

大家都笑起来，都明白萧衍究竟在忙什么样的头等大事。工茂说："这件头等大事的确人人该做，明公当然该做，只是明公做得不是时候，更不该沉湎其中不可自拔。一旦和帝回到建康，不仅明公前功尽弃，就是我们，也将会跟着白忙了一场。"

范云扯过王茂说:"既然这样,王中军今天若有胆量,就随我一同敲开明公的这扇大门,将他从那头等大事中拉转出来。"说着,范云真的擂响了大门,王茂也跟着举起拳头在那门上拼命地擂着。一旁的将士们也跟着起哄,只当做一种娱乐。陈庆之终于打开半扇大门,探出头来,说:"主公昨夜看文书累了,还睡着呢,有什么事请明天再来吧。"

王茂说:"昨天让我们今天来,今天又让我们明天来,到底什么时候是个了啊?"

范云说:"庆之,你前日可听见了啊,明公授我当今第一直臣,容我骂他三天三夜。好在他还没做皇上,我今天就是来骂他的。你把门打开,我这就进去,好将他骂得一佛出世,二佛升天。"

陈庆之不敢放范云进门,正要转身,王茂一步跨上前去,死死地挤在那半边门里。陈庆之无奈,只得放他们俩进门。

萧衍内室依然显出床笫大战之后的一派凌乱,那位余氏脂粉残存、鬓发不整,正小鸟依人般地依偎在萧衍身旁。作为胜利者的萧衍接管了萧宝卷的一切权力,也接受了萧宝卷的三位遗妃。在这三位遗妃中,余氏才艺俱佳,不仅善画,且会唱吴歌、西曲,因而最受萧衍恩宠。萧衍在其三十八年人生中有过几次让他失魂落魄的爱情,他与谢采练的爱情缘于琴,与丁令光的爱情缘于棋。而现在,与这位余氏的相识,又激发了他的诗歌冲动,他忽然有一种找到红颜知己的感觉。

萧衍将一幅长卷递给范云,说:"彦龙兄,你来得正好,这是我刚刚草就的一组吴歌,你看是否合韵。"

范云接过长卷,见题为《子夜四时歌》,其中《春歌》四首:

其一
阶上香入怀,庭中花照眼。
春心一如此,情来不可限。

其二
兰叶始满地,梅花已落枝。
持此可怜意,摘以寄心知。

其三
朱日光素冰，朝花映白雪。
折梅待佳人，共迎阳春月。

其四
花坞蝶双飞，柳堤鸟百舌。
不见佳人来，徒劳心断绝。

另有夏歌、秋歌和冬歌，共十六首。《子夜四时歌》相传是晋时一位叫子夜的吴越女子所唱，歌中多含哀怨眷恋，饱含对青年男女情感的质朴宣泄，在江南一带流传甚广，也被后来很多诗家所模仿。萧衍的这一组吴歌继承了乐府诗的婉约和清丽，却少了同类诗歌中的轻俗和浮艳，给人一种清新之感。范云一读，就放不下了。

"此前读过明公的西曲，现在又诵明公的吴歌，晋以来的乐府诗，到了明公这里，可算是有了新的气象。"

"彦龙且慢过奖，我这里还有新东西，也不怕你笑话，一并抖搂出来吧。"萧衍说着，便对身边的余氏说，"彦龙兄是我的诗兄，更是当年竟陵八友中的老大，现在，就把你的才艺展示展示吧。"萧衍说着，就坐到那架古琴前，搓了搓手，熟练地弹出一个滑音。随着古琴轻快的弹拨，余氏轻移莲步，舞动水袖，放出迷人的歌喉，且歌且舞，顿时将在场的人们都带入一种曼妙的情境中。入曲的是萧衍的一首七言诗，题目是《河中之水》：

河中之水向东流，洛阳女儿名莫愁。
莫愁十三能织绮，十四采桑南陌头。
十五嫁为卢家妇，十六生儿字阿侯。
卢家兰室桂为梁，中有郁金苏合香。
头上金钗十二行，足下丝履五文章。
珊瑚挂镜烂生光，平头奴子擎履箱。
人生富贵何所望，恨不早嫁东家王。

余氏轻盈的舞姿,犹如一只乳燕在庭前翻飞;余氏婉转的歌喉,就像一只百灵在自由啼鸣。一曲终了,范老先生竟然面红耳赤,如痴如醉。一直等萧衍从古琴前站起,走到他的身旁,范云这才像是从酣睡中醒来,说:"好歌、好歌,余音绕梁,一叹三匝,轻歌曼舞,荡人魂魄啊!"终于意识到自己的失态,赶紧又说:"明公乐府诗中的江南女子一个比一个娇艳可爱。这首《河中之水》在叙事中兴叹,在兴叹中写意,亦庄亦谐,且朗朗上口,好诗,好诗啊!"他不能不认为,这是萧衍继《东飞伯劳歌》之后又一首七言佳作。

萧衍说:"完整的七言诗自魏文帝曹丕肇始,后来者效法的很多,只可惜没有一首能留传于世。只怕我这一首也是平庸之作吧。"

范云说:"魏文帝的《燕歌行》算是完整的七言诗的开山之作,此后鲍照、宝月等人也都写过七言诗,正如明公所言,这些诗一味在平仄上下功夫,多半却是空洞无物。明公的七言诗平仄互换、抑扬起伏,而且内容生动,直接表达民间女子的情感宣泄。可以说,七言诗到了明公这里,才算是见功夫了。"

萧衍说:"彦龙兄过奖了,写诗,我不如谢朓;作辞,我不如沈约;做人,我不如你范彦龙。"

范云仍然沉浸在余氏刚才的歌舞中,说:"明公的这首《河中之水》,应该是神来之笔吧。"

萧衍指着余氏说:"昨晚她给我讲了一夜的故事,唱了一夜的吴歌。"萧衍意犹未尽,又捧出余氏所画的仕女图让范云过目。范云仔细地端详着那幅仕女图,忽然想起当年同样也是才艺俱佳的汉成帝刘骜,后来偏偏遇到赵飞燕那样的才女。刘骜因沉湎于才色而朝政不修,以至于落得个暴毙的下场。他不希望眼前这位余氏是又一个赵飞燕,更不希望这位即将登上帝位的朋友再步刘骜的后尘。

萧衍等着范云称赞余氏的画,说:"彦龙兄觉得此女的才艺如何啊?"

"不错,不错。"范云应付着,一边想着怎样把要说的话表达出来。

"先生今天来见明公,就是要与明公谈诗论画吗?那又为什么拉着我这个老粗一同进来?"二人这才意识到,身旁还有一个人,这个人就是为萧衍打江山立下头功的长史王茂。

"呵呵,"范云嗫嚅着,说:"当然不是,当然不是。"

"有些话你既不肯说,我只好说了。"王茂说,"明公在雍州振臂一呼,

各路英豪都追随在明公的大旗之下，弟兄们出生入死，到底是为了什么？现大业将成，明公却成天闭门不出，忙着自己的头等大事，明公究竟要把弟兄们放在什么位置？"

王茂算是指着鼻子骂上门了，这让萧衍多少有些难堪，却又不好发作。他不得不把余氏的画卷起来，脸铁青的。那位余氏也只得悻悻地躲在萧衍的身后，偷眼去看这位黑脸将军。

萧衍说："萧宝卷宫内有三千粉黛，都被我一一打发，现在我这里只有这三个女人，我做得过分了吗？"

自从去年十一月雍州起兵以来，萧衍一直未曾接触过女人，他需要女人，需要女人的抚慰。但是，范云说："对于一个帝王来说，只要他有能耐，他可以同一百个，甚至一千个女人有床笫之欢。但作为一个想有一番大作为的帝王，却绝对不能在其中任何一个女人身上专注于感情。一个柔情似水的男人可以做一个好丈夫，却做不好一个帝王，这样的例子历史上多不胜举。明公不会忘记，纣王因妲己而亡国，萧宝卷因潘妃而亡身。一个肩负立国大任的七尺男儿，如果整日缠绵在女色当中，离误国亡身还有多远？"

萧衍被他骂得脸白一阵红一阵，知道自己的确该骂，便不好发作，只是尴尬地笑着，说："彦龙，你只管骂吧，我都替你记在账上，总有一天，我会连这个一起算的。"

萧衍这样一说，范云便不好继续骂他，于是又说："昔日沛公（刘邦）进关后，不贪财物，不近女色，这才使得范增等人敬畏他如同敬畏父母兄长。我希望你是今日之刘邦，而非当年之刘骜。"

现场的气氛开始缓和，王茂却反而沉默了。范云知道，就在刚才余氏放出迷人的身段载歌载舞时，不仅自己动了性情，看似铁血钢骨的王茂同样也被眼前的美色击倒。

"长史大人，这一刻你怎么又不说话了，是不是也在想着那件头等大事？"范云故意调侃着说。

王茂被他们说破了心事，脸略微一红，说："哪里，哪里，只是想着人世间竟有许多不公，譬如我王茂跟随明公出生入死，至今仍是孤身一人，明公却左偎右抱，这不免叫人……"

萧衍哈哈大笑，说："人世间的不公自古有之，是你王茂少见多怪罢了。"

范云替王茂把话挑明了，说："前日主公将后宫三千彩女分给军队作为家室，长史大人却未曾分得一人，所以这才叹世道不公。"

萧衍笑说："女人是祸水，王将军还是不沾为好。"

王茂说："明公是饱汉不知饿汉饥，今日王茂冒死打上门来，明公务必要赏赐末将一瓢祸水。"说得萧衍、范云都笑起来。范云趁机说："长史大人既然说了，明公何不顺水推舟，将你这里的女子任意打发一个给他吧。"

"我若将身边的祸水赐予王长史，王长史就不怕被祸水所乱吗？"

范云赶紧说："长史大人，你究竟看中这宫里哪位女子，就把话向明公挑明了吧。"

"是啊，只要你看上的，我一定拱手相让。"萧衍说。

"此话可当真？"

"君子一言，驷马难追。"

"那我可说了啊。"王茂红着脸说，"这宫里的女子，我王茂一个也看不上，我就看上刚才那位跳舞的女子。"王茂一言既毕，萧衍顿时满面怒容：这也太过分了吧，竟然打起自己床上人的主意了。他看了看范云，希望范云能替自己狠狠呵斥王茂。然而，范云却趁机推波助澜，说："天下美女如云，明公坐了帝位，尽可随意挑选，而像王长史这样的立国功臣不可多得，明公还有什么舍不得的吗？"

萧衍对余氏留恋难舍，但想着范云的话大有道理，便一狠心，将余氏叫到面前，说："王将军前途无量，你跟了他，只会有享不尽的荣华富贵。"余氏泪流满面，还想求情，但萧衍却掉转身子，朝王茂挥了挥手，让他赶紧带着余氏走人。余氏只得含着眼泪，一步三回头，跟随王茂一同出了东宫。

第二天，萧衍忽然再把范云和王茂召进宫来，当场赏给王茂一百万钱，并特别叮嘱说："这一百万中五十万作为你安家费用，另有五十万是对你跟随我出生入死的犒赏。那位余氏身世坎坷，你要好生待她，千万不要再有负于她。"

萧衍以范云不久前母丧为由，同样犒赏范云一百万钱。

然而几天后发生的一件事，让萧衍彻底从温柔乡里惊醒。

一天深夜，有军士在大司马府活捉一名奸细，当场搜出该奸细描画的大司马府路线图。经审问，这名奸细供出是受湘东王萧宝晊指令前来探营，以

便实施暗杀。萧宝晊是齐明帝萧鸾之弟萧缅的儿子，萧宝卷的堂兄弟。

齐中兴二年（公元502年）一月四日，萧衍以宣德太后的名义，以谋反罪诛杀萧宝卷堂兄弟萧宝晊、萧宝览、萧宝宏三人。

齐中兴二年（公元502年）一月，萧衍将宣德太后请入东宫临朝称制，行使皇权。同时他向外界表示，他已完成使命，自即日起，他将停止执掌一切朝政。对于萧衍来说，既然建康已有太后执政，和帝的存在便成了可有可无了。至于什么时候以禅让的方式完成帝业，那只是一个时间问题。随后，宣德皇太后下令，晋萧衍为大司马？都督中外诸军事，另有一系列特殊待遇，如：上殿可不必像其他官员一样必须脱下鞋子，可带佩剑上殿，可以不必跪拜、不必自报姓名等。

二月，宣德太后封萧衍为梁王。随后，宣德太后以萧宝晊谋反的罪名，将其赐死。

至此，萧衍的权力登峰造极，以禅让的方式改朝换代的序幕正式拉开。

## 禅让，禅让

禅让，禅让，禅让究竟是个什么？

据说尧年老时，四岳推举舜为继承人，尧对舜考核了三年，觉得舜能够胜任，便愉快地与众人一起完成了对舜的权力交接。舜逝后，用同样推举方式，传位于治水能人禹。

多么文明的权力交接，传位人与继承人彼此间是多么温良敬恭谦让！然而事实果真如此吗？直到三国时，魏文帝曹丕在接受当了多年傀儡的汉献帝刘协禅让后，忽然说了一句感慨万端的话："舜禹受禅，我今方知。"曹丕知道了什么，他没有说，但后人通过曹丕对傀儡皇帝汉献帝刘协的强权胁迫过程，似乎也就明白了他知道了什么，也知道所谓尧舜禅让的儒家神话到底是个什么。

禅让从来都只是一种借口，从来就没有传说中的那样温馨，那样充满了人情味儿。西汉时期的王莽在经过多年的权力角逐后，再也不能满足权臣的名分，开始步步紧逼，欲问鼎于汉室的最高权力。他先毒杀了自己的女婿平帝，立两岁的宗室子弟为帝，并将其名字改为孺子婴（想起鲁迅的"俯首甘为孺子牛"）。公元9年，王莽终于不再满足去做一个摄政王，于是废除自己建立的儿汉新政，自己取而代之。然而可笑的是，当禅让大典结束之后，王莽居然走下金殿，拉着那位孺子婴的手哭得一塌糊涂，说，我是多么想辅佐你到你能够亲政为止，无奈天命不可违呀，上天一定要我代汉而立，我实在是没有办法呀！

在长达几千年的中国历史中，禅让的把戏在一些人之间一演再演。东晋王朝在穷途末路中不得不偏安于江东，虽然在淝水之战后顶住了前秦人的南下攻势，但后来又几乎命丧于权臣的内乱。历史让一位叫刘裕的人来收拾残局，刘裕用武力击败了篡位的桓玄，虽然保住了晋王朝的暂时苟活，但东晋王朝也到了最后的时刻。刘裕是晋室的驱狼者，也成为晋室的掘墓人。权力顶峰上的刘裕当然不再满足于一人之下，万人之上的尴尬地位，他想跟前辈受禅的曹丕、司马炎学习，却又一时难以出口。有一天，他请部属们喝酒，先绕了一个很大的弯子，说自己如何逼退毁灭晋室的虎狼，成为再造晋室的第一功臣。接着他话锋一转，说依目前这样一人之下，万万人之上，但却位极人臣的现状恐怕并非好事，因此他是多么想辞去晋朝廷的一切爵位，到京师养老去啊。他的部属们终于明白了刘裕的意思，于是有人连夜带着起草好的禅位诏书去找晋恭帝司马德文。这个被刘裕捏在手掌里的晋末皇帝倒是一个爽快人，他没有像一些前辈一样在不得不交出权力时哭哭啼啼，他似乎早就明白会有这一天，于是不仅痛痛快快地在禅让诏书上签了字，并且还说了一通"早该如此"的漂亮话。永初元年（公元420年），刘裕遂了心愿，自立为帝，国号为宋，南朝从此开始。

历史就是这样周而复始，却总不出某种轮回。从南齐开国皇帝萧道成，到齐明帝萧鸾，虽然均是通过政变的方式推翻了前政权，却无一例外地打着禅让的旗号。

禅让是一件文明的外衣，它的好处就在于遮掩了政权交割过程中的一切血腥和暴力，一切被迫和无奈，而使这过程温情脉脉，充满了和平文明的中国味道。

让我们再回到对萧衍的叙述上来。齐中兴二年（公元502年）三月，齐和帝眼看着南齐劫数已尽，便不得不在那份早就被人拟好的禅让诏书上签字，表示愿将一切国之神器禅让于萧梁时代。十五岁的萧宝融含着泪在禅让诏书

上签完字后，仍特别给新主萧衍写了一封可怜巴巴的信，表示愿被贬为庶人，过一种普通的生活，从此不再过问朝事，并请求将姑孰作为他此生的栖息之地。

和帝的书信连同禅让诏书一并被人送达建康，萧衍读罢和帝的信，禁不住弹下几颗泪珠。在那一刻，他似乎真的生起一丝恻隐之心，他甚至打算将地处边陲的巴蜀之地作为萧宝融安养此生的最后领地，但随即遭到包括沈约在内的很多人的反对。

当萧衍征求他最信任的部下范云的意见时，范云却一直低头不语。无奈之下，萧衍只得提议通过掷骰子的方式来决定和帝的命运。这种类似儿童般的游戏，在当时却是唯一可以选择的方式。沈约自告奋勇地制作了骰子，小皇帝的"除"或"留"，就只有凭借萧衍那只天意之手了。

尽管很多人都在事后对沈约的骰子充满了怀疑，但和帝的生命还是就此结束在这一年的四月。当派去姑孰的人将一块生金呈于和帝时，十五岁的少年表现出从未有过的豪气，他说，我死不需要金，有酒即可。于是，他把自己灌得烂醉，然后便躺到床上，在昏迷不醒中让人结束了自己的生命。萧宝融的死，为一个朝代的结束画上一颤颤巍巍的句号。一个王朝结束了，历史还在继续。

听到和帝"急病"而死的消息，萧衍当众大哭。萧衍派出特别代表前往姑孰，对萧宝融的死表示最深切的悼念，下令给予最高规格的厚葬，并在登基大典结束后正式封他为"巴陵王"。

和帝死后，宣德太后下达了最后一道诏书，诏书说，齐和帝效法前代旧例，要把天下禅让给梁。发布诏书的当天，宣德太后派尚书令王亮等人带上皇帝的玉玺恭恭敬敬地送到萧衍的大司马府，算是正式完成了权力的交接。

当一切齐备之后，萧衍再一次郑重表示，他无论如何不能接受禅让，让他去做皇帝，无异于叫他去死。如果说刚进建康时萧衍曾表示过同样的姿态多少还有几分真诚的话，现在的姿态，则只是一种过场戏，是一代代禅让中必需的过场。于是，王元琳携八百多位大臣集体上书，表示拥戴。当然这又是一种形式，但形式是必需的。

齐中兴二年，也即是梁天监元年四月初八（公元502年），建康南郊，三十九岁的萧衍登上一方特意而建的祭坛上，举行神圣的登基大典，宣布他的帝国从此建立，改齐中兴二年为梁天监元年（取自《尚书》："天监厥德，用集大命"），国号为梁。去年的一个时候，当萧衍向他的方外密友陶弘景询问将来的帝国以何名为国号时，陶弘景于是就说了"水丑木"三个字，正合了民间"水丑木，作天子"的童谣。具有讽刺意味的是，当年萧道成灭刘宋王朝开国称帝时，一开始所定的国号即为"梁"，只是后来，萧道成听从了一个相士的"金刀利刃齐刘之"的话，遂改国号为齐。谁也不会想到，二十四年后，一个叫萧衍的人在历史的机遇中横空出世，而梁朝取代的，正是萧道成当年用鲜血打下的帝国。

萧衍宣布帝国诞生的这一天是佛教中释迦牟尼的降生日，他诞生的那一刻，天空布满了祥瑞的云彩。萧衍选择在这一天宣布他的帝国的诞生，似乎也有着特别的意义。

仿佛是对这新生帝国的某种纪念，从四月开始，一连数月滴雨未降的建康突然下起瓢泼大雨。大雨淹没了附近的秧田，冲毁了乡村的堤坝，遭成方圆百里的洪涝灾害。直到登基大典的前一天，大雨仍持续不停。无奈中，人们只好请来了山中道士陶弘景，陶弘景领着三百名道士在南郊作法。初八的清晨，一连下了八天的大雨终于住了，云隙中露出一方蓝天。惊喜的人们因此而对这位茅山道士奉若神明。

这天上午，整个南郊万头攒动，南梁的大旗在风中猎猎作响。一千名道士和一千名僧人分别为萧衍帝国的诞生举行盛大的祭天仪式。萧衍身穿特制的服装，服装上由四十八位工匠绣出一条金色的飞龙，在众人的山呼万岁声中，萧衍发表他的施政演讲。他说，"天命不于常，帝王非一族。唐谢虞受，汉替魏升，爰及晋宋，宪章在昔……"萧衍强调，皇天的授命不同，自古以来帝王就不是一家一族的专利。尧禅位给舜，汉被魏取代，后来晋、宋也都是照章办事，所以萧梁代齐不仅是顺天应人，也是遵从尧舜以来的一切古制。在论证了帝国的合法性之后，萧衍仍不忘对南朝以来频繁的朝代更迭，连年的南北战争以及萧齐王朝后期的荒淫和昏政予以谴责。他说，人民需要休养生息，国家需要长治久安。他将大赦天下，革除一切萧齐时代昏政，并立即着手改革选官制度，改变以往那种官员的大门只向贵族开放的旧弊。他要还政于民，让利于民，让萧梁王朝从战乱中恢复生机，让百姓休养生息。面对礼乐崩坏、人心不古的现实，他唯有从自身做起，勤于政事，俭于生活，努力去做一个好皇帝。

按照历代新生朝廷的惯例，萧衍追封被萧宝卷杀害的大哥萧懿为长沙王，谥"宣武"。追封父亲萧顺之为文皇帝，庙号太祖；追认母亲为献皇后；追认发妻郗氏为德皇后。对诸王的分封如下：六弟萧宏为临川王、扬州刺史；八弟萧伟为建安王，雍州刺史；七弟萧秀为安成王，南徐州刺史；九弟萧恢为鄱阳王，左卫将军；十一弟萧憺为始兴王，荆州刺史。在新的组阁名单中，原尚书令王亮保持不变，相国左长史王莹为中书监，领军将军王茂为镇军将军，吏部尚书沈约为尚书仆射，侍中范云为散骑常侍、吏部尚书。其他各州也根据亲疏做了相应的变动，为了便于控制各州郡，采取了更换异己，任用亲信，兼以讨伐的方针。此前拒而不附的马仙琕、袁昂二人都在新朝中担任了重要的职务。人们当然记得，就在一个月前，身为南齐豫州刺史的马仙琕不仅拒绝归顺萧衍，而且凭借长江天险与萧衍大军隔江对抗，马仙琕甚至当场杀掉萧衍派来劝降的使者。而吴兴太守袁昂也公然表示坚决不与叛军合作。直到萧衍派人前去剿杀，二人战败，并做了萧衍的俘虏。然而，当两人被士兵押解到萧衍大司马府时，萧衍不仅未加责罚，反而对二人的义行大加赞赏。萧衍亲手替二位解下被捆绑的绳索，说："萧宝卷要是再多几个像二位这样的义士，他还会亡国吗？"

让人大感意外的是，去年在义军围攻台城之际，亲手砍下萧宝卷人头的王珍国、张稷二人却被发派到遥远的边陲。

"万岁，万岁"的欢呼声此起彼伏，祭祀天地结束，萧衍出席在皇家礼堂"明堂"举行的庆祝酒会，接受文武百官的礼拜和朝贺。

最先前来敬酒的当然是他的旧友，此次在新朝中担任要职的沈约、范云二人。萧衍说："我举兵三年，赖天时地利及诸位功臣武将的齐心协力，但助我成就帝业的，却只有休文与彦龙二人。"萧衍说的都是实情，在萧衍立国这件大事上，两人不仅出谋划策，沈约还为萧衍拟写了包括《为梁武帝除东昏令》《封三舍人诏》等一系列诏令。范云更是在组阁及一些重大问题上做了大量具体事情。

萧衍六弟，刚刚被封为临川王的萧宏拉着他的另一个弟弟萧恢来给萧衍敬酒。萧宏向来被人认为是腹内无墨、口中无品的人，他站在三哥面前，只是傻笑着。萧衍说："六弟，九弟，朕今登基为帝，你二人有什么话要对朕讲吗？"

萧恢看了看萧宏说："六哥先讲。"

萧宏嗫嚅半天，憋得一脸通红，说："没什么好讲的，三哥做了皇上，你老弟我跟着沾光啦。多谢三哥，呵，多谢陛下。"众人哈哈大笑，萧衍也忍俊不禁。

萧衍将二人拉到沈约、范云面前，说："朕与范尚书和沈尚书少时即是亲密好友，范尚书长朕十三岁，沈尚书长朕二十三岁，朕对他二人敬于兄长。现为礼制所限，朕不能再与两位爱卿兄弟相称，你二人应代朕称二位为兄。"萧宏、萧恢二人连忙对着范云、沈约恭身下拜，说："两位兄长在上，受小弟一拜。"范云、沈约赶紧将萧氏兄弟一把扶起，连说："罪过，罪过了。"

马仙琕、袁昂是带着几分愧意前来敬酒的。对于一个月前的行为，当然也都记忆犹新。萧衍说："什么也不要再说，这个朝廷百废待兴，仍需两位爱卿鼎力相助。"

马仙琕打趣说："小人是一条失去旧主的狗，新主给我骨头，我自然会为新主卖命。"

萧衍哈哈一笑，说："那总比吃了主子赏赐的肉，却掉过头来咬主子一口的狗好啊。"

这话分明是说给一旁的王珍国、张稷听的。当初萧衍刚刚进驻石头城时，王珍国、张稷二人曾以明镜相许，萧衍也回赠断金，表示双方合作的诚心。当时萧衍曾许诺说，如果能在台城刺杀萧宝卷，为义军进入建康打开通道，二人就是建国的功臣。但在新朝的组阁中，王珍国、张稷却只分得一口残茶剩饭。带着一肚子牢骚，二人不得不来到萧衍座前。张稷借着酒意说："陛下想知道微臣近来所做的事情吗？微臣每天醒来第一件事就是啼哭。"

萧衍说："你究竟为谁而哭？为萧宝卷哭，已经迟了；为朕而哭，朕正活得好好的。"

张稷又说："小人是一条没有名分的狗，所以只能捡别人扔下的骨头啃。小人时常想，早知今日，何必当初。"

萧衍当场震怒："前有兄长杀掉吴郡太守以邀高祖之功，后有乃弟砍下萧宝卷人头降服义军，纵观天下王朝，卖主求荣者又何谈名分？"不仅指责张稷，连张稷家的老底也一并兜了出来。张稷也算得厉害角色，立即反唇相讥："微臣的没有名分，陛下不能以杀东昏侯萧宝卷一事来说项，就这件事上，

203

陛下也不好说微臣就没有一点功劳。如果不是萧宝卷的失德，陛下又何必一路南下征战讨伐，又何来陛下今日的江山？"

王珍国赶紧过来打圆场，说："昔日汤武革命，顺乎天而应乎人，陛下堪比汤武二帝，能得天下，其在必然。"

萧衍似乎对王珍国的类比并不领情，他板着脸说："朕既不是汤武，汤武也不是朕。汤武是圣人，而朕为凡人，因此，不可以朕比汤武。再者，汤武革命，君臣之分未绝，所以后来才有南巢、白旗之事；而独夫萧宝卷作乱于天下人，何况又枉杀朕兄萧懿及朕弟萧畅、萧融三人，朕与萧宝卷君臣之分已绝。朕于雍州起兵，是为扫独夫民贼，为万民除害。朕与汤武，又如何比得？"

直到这时，尚书令王亮仍然没有露面。萧衍想起此前以自杀的方式表示对萧宝卷朝廷忠诚的另一个南齐大臣颜见远，觉得这些士大夫实在是迂腐得可以。萧衍觉得，是到了必须对这位坚决不肯与时俱进，死抱着萧宝卷王朝大腿不放的尚书令结结实实敲打一次的时候了，于是便主动走到闷着头在一旁喝酒的王亮面前说："丞相觉得今日的酒味道如何？"

"换了一只新坛而已，微臣喝着，还是从前的滋味。"

"丞相对那只旧坛如此迷恋，当初何不多加维护？"

"天下没有不散的筵席，天下也没有不碎的坛子。天要下雨，娘要嫁人，微臣又能有什么办法？再说了，旧坛不破，哪来陛下今日的新坛？"

不等酒会结束，天空阴霾密布，继而电闪雷鸣，刚刚放晴的天空再次乌云翻滚，不一刻，大雨倾盆而下。庞大的车队在大雨中向台城艰难行进，在等候道路清理的过程中，萧衍特意请范云与他同车而行。这实在是一种很高的礼遇，谁都看得出，虽然萧衍说"助我成就帝业的，只有沈休文和范彦龙二人"，但真正的内阁大权还是掌握在范云手里，萧衍对范云的信任远远超过沈约。此后的很多年里，萧衍一直采取这样的政策，宁可让沈约享受极高的荣誉，却并不让他去做实际的事务。

雨打在车篷上，发出密密的响声，萧衍掀开辇窗看了看雨雾密布的郊野，说："老天爷不肯赏脸，这多少让人有些扫兴。"

"大雨下了半个多月，偏偏在陛下祭天登坛的那一刻停了，难道这不是上天垂意吗？"似乎并不习惯这样的君臣对话，范云又说："今日陛下登基为帝，你我之间已非昨日，只怕再也不能像从前一样亲近陛下了。"

"昨日者萧衍，今日者，依然萧衍，"萧衍说，"只是，昨日你我兄弟相称，今日，我却不得不将我字从口中除去，只用一个朕字代替，你也不得不用陛下来称呼我。一时还真不习惯。"

"但这是必需的。南朝的内乱，使得礼崩乐坏，制度失谨，君臣上下乱了规矩，这样的王朝怎能不加速衰败？"

萧衍说："朕还想封赐你侍中吏部尚书，由你领头，会同沈休文、王亮、王莹以及柳晖、许懋等人尽快制定一套新律，以废除萧宝卷时的酷刑和淫刑。关于礼曲，朕意不必一味寻求古乐，一是无法求得，二是将增纷纭。这件事，朕将亲自操刀，制造新声，自谱新曲，供百姓祭天地时吟唱。"

范云说："这事陛下还是请休文来做更好。"

萧衍说："沈休文才华出众，称他为当今文坛巨匠应当之无愧，只是他为人浮华，只怕难托重任。尤其是典掌枢密这样的大事，还是你做朕更放心些。"

"谢陛下栽培。"范云说，"关于建立《梁律》一事，我想向陛下再推荐二人，尚书省侍郎徐勉以及秘书省佐郎周舍。此二人均出身寒门，却极有学问，又为人谨慎，从无疏漏，而又年轻有为，将来可堪大任。"

"你看中的人，总不会有错。"萧衍说，"官以人清，岂限以士族？今后朝廷在用人方面一定要以能取士，唯才是举，切切不可让那些钻营投机之徒掌握要害。"

范云想起刚才在明堂里的事，说："刚才陛下对张稷的斥责，可谓一针见血，直陈要害啊。也直见陛下的品性。"

萧衍说："任何一个朝廷，多一些马仙琕、袁昂似的气节，少一点王珍国、张稷之流的投机钻营，朝廷或许会更安全一些。"

"再过两个月，休文的老母就是八十一岁生日了，老人家病魔缠身，只怕是最后一个生日了。"

范云这看似漫不经心的提醒，让萧衍意识到什么。萧衍说："你怕朕会冷淡了沈休文吗？放心，沈约是一代辞宗，文章大家，朕会让他风光无限的。"

雨越下越大，车队只得在路边一馆驿暂且避雨。范云抬头看了看天说："南方暴雨成灾，巴蜀却久旱不雨，今年怕又是个灾年。"

"北魏利用几年前内乱占据淮水以北，这是朕一大心病。萧梁刚刚立国，

却又遇上灾荒之年，而朝中仍有人屈而不附，外忧内患，风刀霜剑啊！"萧衍说着，指着那在淤泥中艰难行进的马车说，"这些日子，朕总会想起古人所说'懔乎若朽索之驭六马'这句话来，就像眼前的这辆六马之辇，而牵在我手上的，却是一根业已朽毁的绳索，道路如此泥泞，车身又是如此沉重，一旦驭索朽断，六马狂奔，后果不堪设想。"

范云说："陛下有此忧患，是我南梁帝国的大幸，南梁刚刚建立，什么难以预见的险厄都会发生。陛下务请将这种忧患保持始终，不论何时，切不可有一丝松懈。"

听了这样的肺腑之言，萧衍有了一丝感动，说："彦龙啊，大庭广众之下，你我不得不有君臣之分，而在私下的场合，你我仍要像当年在竟陵王府一样，只以兄弟相称。"

范云说："陛下恩宠，微臣感激涕零，但千万不可乱了君臣之分，否则，微臣将遭天打雷轰。"

话音刚落，天空猛然一声响雷，几匹受到惊吓的驭马失去控制，腾起四蹄一声咆哮，两人乘坐的辇车一个趔趄，两人都被掀翻在地。羽林军们一阵惊慌，以为出现刺客，立即围了上来。两人从泥地里爬起来，似乎都无大碍，但范云的额上还是被车擦出一块皮来，丝丝的血与泥涂了一脸。看着范云的狼狈相，萧衍忍不住哈哈大笑，说："累累若丧家之犬，狰狰如破面之鬼。"

萧衍的比喻，让周围的人都大吃一惊，范云赶紧说："陛下得了天下，执意亲近皇天后土，微臣能不随而趋之？"说完哈哈大笑。

## 朽索下的马车

祭天大典的欢呼声未歇，立国未稳的萧梁王朝即发生一系列极端事件，从而让萧衍关于"朽索六马"的譬如一语成谶。

五月的一天夜里，神虎门、东掖门突然同时燃起冲天大火，趁着羽林军救火的空隙，一批不明身份的骚乱者拿着武器径直朝萧衍的寝宫扑来。羽林军首领张弘策带领一支军队阻击着骚乱者的进攻，陈庆之、吕僧珍则带着另一批人死死守在萧衍的寝宫外。那边的动静越来越大，显然，羽林军的人数布置不足。混乱中，有人从背后朝张弘策刺了一刀，张弘策立即扑身倒地。

骚乱者喊着口号，向这边扑来。吕僧珍让陈庆之一步不离皇上身边，自己带领几十个羽林军向那边增援去了。

刚刚躺下的萧衍一边穿衣，一边问："发生什么事了？"

陈庆之说："好像有刺客。"

萧衍推开窗户看了看外面的大火，问："现在是什么时候？"

"三更刚过。"

"你立即登上谯楼，敲响四更之鼓。"

陈庆之放心不下萧衍，萧衍说："趁着夜深人静时动手，刺客人数一定不是很多，等你把四更鼓敲响，他们自会退走。"

陈庆之明白了，交代十几名羽林军，让他们以死护驾，自己转身向谯楼跑去。萧衍不顾羽林军阻挡，来到前殿坐下，开始批阅奏章，就像什么事也没有发生一样。这时，从谯楼果然传来四更鼓声，这鼓声让骚乱者产生错觉，以为天就要亮了，于是便不敢恋战。鼓声以及神虎门大火也让宫城外的领军将军王茂意识到宫里出大事了，王茂带着一队人马火速赶进宫来。不等天亮，骚乱即被平息，被俘的骚乱者竟有百人之众。经连夜突审，骚乱者供出，他们是受萧宝卷死党孙文明指使，天黑前趁着为宫里运送柴禾的机会夹带武器混进宫来，又策动部分羽林军，在深夜举行暴动，意在刺杀萧衍。

这场骚乱，萧衍失去了他的亲属以及最好的军师张弘策。神虎门事件给了萧衍当头一棒，萧衍决定用鲜血来警告齐皇室成员。于是连夜下达了诛杀令。这次被圈入诛杀名单中的除了此前赦免的孙文明等人，还包括三名前皇室成员，他们是齐明帝九子萧宝攸、十子萧宝嵩、十一子萧宝贞。

在诛杀这几名前皇室成员的同时，萧衍又下诏，特赦一批前皇室成员，其中有萧鸾长子萧宝义。萧宝义因有残疾，不仅逃过了诛杀，还被封巴陵郡（今湖南岳阳）王。萧衍还特许他有祭祀南齐王朝祖先的权力。萧衍在最高法院大理寺的一份报告上又做出批示："请大理寺尽早出台一份关于安抚旧朝遗属及议定赎罪的条例，此条文可依照周、汉两代律条，凡身居官位而犯有鞭杖之罪者，可以出赎金而停止惩罚。中央各直属机关（台、省），各州刺史的主要负责人，士兵如果犯有鞭杖罪，其愿意用钱赎罪者，也可依此条例实施。"

趁此机会，萧衍特别召见了萧子恪、萧子显等十六位高、武时代的旧朝子弟，这十六人，都是才学过人者。在此前的组阁中，萧子恪担任零陵内史，而他的兄弟、年仅十三岁的萧子显因尚未达到任职年龄，武帝嘱他好好读书，将来报效朝廷一定会大有用处。萧衍对所在旧朝的亲属说："今天在座的，都同姓一个萧字，虽然出了五服，但却是同宗同族的兄弟。想当年朕的父亲曾为辅佐你们父辈而出生入死，因此，我们也算得上是同甘共苦的一家人。当初明帝当政，高帝十九个儿子、武帝二十三个儿子全部被杀。萧宝卷当政，更是杀人如麻，朕的大哥萧懿以及朕的另两位兄弟都被他所杀。你们能有今天，也算幸运。朕自去年襄阳起兵，既为废昏立明，也为萧姓家族雪洗心耻。在朕取得建康后，有人建议朕按照惯例将你们斩尽杀绝。的确，朕要是那样做了，天下不会有人对朕说半个不字。朕之所以没有这样做，是因为知道，欲得天下，光凭借武力是不够的，得靠天命。你们兄弟如果没有天命，朕又何必费力去杀你们；如果有天命，非朕所能诛杀。东晋以来，禅代之际，相互屠杀之风盛行，殊不知屠杀后国祚又岂能长久？以杀制杀，只能使冤冤相报，无有尽期。从今往后，朕与你们仍是同宗兄弟，朕希望大家能坦诚相待、共生共荣。"

萧梁立国未稳，国内局势零乱如麻，萧衍暂时顾不上萧宝卷留给他的那几位国色天香的美人，每天批阅奏章到三更才歇。为了稳定新生的帝国，萧衍计划对各大军区进行一次大换防。他把他的计划同范云商量，却遭到范云的强烈反对。范云认为，帝国初建，人心不稳，此时急于换防，只会造成人为的恐慌，更有可能激化已经存在的矛盾。范云认为，对于新生的帝国来说，目前最需要的就是稳定，稳定是压倒一切的要务。但萧衍却认为，如其让虎伏在暗处伺机伤人，不如将虎引出山林，再一顿乱棒将其扑杀来得干脆。范云知道，萧衍目前最不放心的就是江州刺史陈伯之。陈伯之为人首鼠两端，那一次萧衍义军打到江州，陈伯之迫于压力率城投降；而当义军打到建康城下时，陈伯之又做起了小动作，结果被萧衍用计稳住了。陈伯之身边的几个谋士一个比一个刁钻，一个比一个奸滑，江州处于长江要塞、吴楚咽喉之地，江州一旦出事，那就不是一件小事。萧衍部分接受了范云的意见，放弃了大换防的计划，却把目标锁定在陈伯之一人身上。

五月中旬，一份新的任命下达江州，此次被派去江州的两名官员，一个文职，一个武职，都是在江州的要害部门。萧衍此举，明显是要触动陈伯之的神经，起到引虎出林的目的。

萧衍在江州掺沙子，当然地激怒了江州刺史陈伯之。他知道，刚刚上台的萧衍要对他下手了。陈伯之问计于身边的谋士，那几个谋士便趁机说，朝廷凭什么要撤换您的人，凭什么要在江州安插他萧衍的亲信？这不明摆着要架空您吗？

陈伯之来气了，说："他萧衍要架空我，我偏不尿他这一壶。"

那几个谋士要的就是陈伯之的这种情绪，于是进一步说，萧梁朝廷刚刚建立就遇到百年不遇的洪涝灾害，这是苍天对他的惩罚。现在建康城里国库空虚，粮食储备几乎为零。大人您没注意到这几天火星靠近南斗的位置吗？这多少年才出现一次的天象，说明又是一个改朝换代的时候到了，大人可不要错过这样难得的机会啊。

陈伯之犹豫着，说："我再向朝廷申诉一次，如果萧衍他执意要掺沙子，我就举旗造他娘的反。"

然而不等陈伯之的"申诉"到达京城，朝廷对于江州的第二批任职名单到了。陈伯之恼火透了，这不明显要架空我吗？这不明显逼老子造反吗？陈伯之的那两个字刚刚叫出口，他的那几个谋士立即附和，连连说好。江州是一个大州，陈伯之手里有三万人马。凭着这三万人马，陈伯之说不定真能改朝换代，真能做萧衍之后的又一代帝王。

陈伯之说干就干，他让他的一个儿子留守九江，他决定先吃掉靠得最近的南昌守将郑伯伦。郑伯伦是一员硬将，又受萧衍委派，其实就有暗地监视陈伯之的意思。陈伯之与郑伯伦打了一个多月，丝毫也没有占到便宜。这时，领军将军王茂带着两万人从建康一路赶来。陈伯之斗不过郑伯伦，知道自己更不是王茂的对手。现在，对于他来说，最要紧的是保存实力，他只能三十六计走为上计了。六月的一天，趁着月黑风高，陈伯之带着他的两个儿子陈虎牙、陈龙牙渡过长江，逃往北魏。

江州的陈伯之谋反刚刚平息，从遥远的益州又传来刺史刘季连谋反的消息。萧衍来不及调查刘季连起义的原因，立即派他的另一位建国功臣邓元起火速前往成都，剿杀叛臣刘季连。

不久后，萧衍发布诏书，令停止各郡县为后宫和东宫贡献珍贵的土特产，只允许各州和建康最近处的会稽郡可根据本地的具体情况制定贡品种类，如果不是当地出产，也不必远征上贡，以免劳民伤财。接着，他又发布一系列关于在用人方面的诏书：凡小县的县令如果有能力，就升到大县任县令，大县的县令有能力，可破格升任郡里做太守。正所谓"大臣用大人，小臣用小人"。

七月，梁武帝一连发布几道诏命，号召振兴纲纪，加强文治，并对诉讼、司法、用官制度以及倡导俭朴等方面作出大幅改革，在朝中引起极大震动。尤其是在俭朴方面，梁武帝决定从自己做起，即日起，开始缩减自己的日用开支。如果不是招待贵重来宾，决不上酒水，非要饮酒，也决不超过三盅。平时饮食，以素菜为主，宫中人员不论男女，一律不准穿高广大服，即使皇后，也不准涂脂抹粉。

建康局势刚刚稳定，萧衍又收到大臣王亮等十二人递交的一份奏章，此奏章以向萧衍建议新朝当以孝治为治国之本的名义，直陈了萧衍在孝亲问题上的种种不当。譬如他当年在父死后守丧上未能遵从严格的祖制，频繁担任各种官职；称帝后，在追荐亡亲上又先兄后父，等等，分明就是一封向新帝的讨檄文本。不久，他为纪念新林战役而建设的法王寺工程刚刚动工，就遭到一些人的批评。萧衍知道，这个王亮，是越来越拿他不当皇帝了。

八月，萧宝卷遗妃吴淑媛在东宫为萧衍顺利生下一子。这名婴儿的提前降生让外界对他的真正来历生出多种猜疑，但萧衍对这位皇子的降生还是感到满心的欢喜。他为他的次子取名"综"。十一月，萧衍宣布立长子萧统为太子。紧接着是他的三十九岁生日。尽管他自己并不主张做寿，但毕竟是萧梁立国后皇上的第一个生日，大臣们还是在明堂为他热热闹闹地举办了一次生日庆典。这天清晨，文武百官在寿昌阁向萧衍贺寿。萧衍注意到，所有的大臣们都到了，独独尚书令王亮称病未到。如果说当初萧衍对王亮不肯在表示拥戴的效忠信上签字的气节还有些欣赏，但现在，王亮的一再挑衅，就足以让他恼火了。偏偏几天后又传来前萧宝卷王朝的又一位儒臣因拒不合作而绝食身亡的消息，这是继颜见远绝食身亡后的又一次以绝食的方式抗议新政的事件，从而在建康引起舆论大哗。那天的早朝上，萧衍在太极殿公开发起牢骚说："萧宝卷朝廷腐朽没落，遭天谴人愤，朕建立南梁帝国，实在是顺天应人，这些士大夫们为什么就不能理解？"对于这些士大夫们的迂腐，萧衍实在是忍无可忍了。天监二年（公元503年）一月，萧衍颁布一项新的诏书：削去王亮一切爵位，将其贬为布衣。

## 天下者，天下人的天下

掌管枢密的大臣徐勉将三份卷宗分别放到皇上的案前醒目位置。徐勉是范云极力推荐的大臣，正如范云所说，徐勉为人谨慎，办事认真，又熟悉各种典章制度，萧衍对这位办公厅主任、高级秘书十分满意。现在，徐勉将三份卷宗放到他的案前，一定另有深意。

这三份卷宗，都是大理寺亟待处理的三宗大案要案。一份是关于益州地方官员张文休私放国库粮备被羁押在案的；一份是武康县令何远抗拒朝廷、拒交公粮被判死刑的；另一份是关于丹阳县令吉瑞勾结变民，妄图暴动，等待秋后问斩的。三份卷宗，三宗大案，定的全是死罪。萧衍仔细地看了这三宗大案的卷宗，第一个引起他注意的是张文休私放国库粮备一案。这是发生在去年九月的事，成都一个叫张文休的官员利用进京运送国库粮备的机会，竟然将国库粮食沿途分发给灾民，总数为一万担左右。张文休一到建康，御史台立即将他逮捕。张文休也对自己的行为供认不讳。但据他说，当他的运粮船每到一处时，目睹码头上聚集了成千上万的灾民，甚至有人吃人的现象发生，张文休于心不忍，便命手下将所运国库粮食熬成稀粥，向灾民赈施。张文休的案子证据确凿，事实清楚，被下到大狱，准备秋后问斩。

萧衍似乎并未多加斟酌，便在张文休案的卷宗上批道："我南梁朝廷难得有如此爱民如子之官员，若定死罪，天地不容。"事后，他还对徐勉说："如果朕是张文休，朕也会这么做的。"

张文休很快被从死囚大狱中放出，不久，又被破格提拔到司农卿任散骑常侍。

萧衍开始批阅第二份卷宗。萧梁初建，国库空虚，公粮储备就尤为重要。虽然去年以来各地均发生不同程度的洪涝灾害，但各地的公粮都已交足，唯独武康县令何远未交一粒米。何远甚至放出这样的话来：饿死一百个朝臣并不足惜，饿死一个百姓事关重大。对于何远这样公然对抗朝廷的地方官员，历朝历代，均是死罪。但是，徐勉却将这宗案件重新提起，并摆到皇上的案前，显然另有自己的观点。

萧衍当即批复："何远拒交公粮事实清楚，抗拒朝廷说法不确。"命发下重报。

事隔不久，廷尉卿蔡法度将何远一案重新向皇上报呈：何远的武康县未交公粮的确属实，但去年武康县发生历史上最大的洪涝灾害，全县粮食几乎绝收，武康县却没有一例灾民饿死的报道同样也是事实。报告称，何远拿出自己多年的积俸，又将夫人的陪嫁等悉数变卖，所得钱款托人到邻县购买粮食用以赈灾，并动员各中小地主将家中积粮全部献出，以解饥荒。

关于何远抗拒朝廷的报告，系根据吴兴太守王彬的陈述。原来去年秋天，王彬到各县巡视，其他各县都搭设了供帐，准备了丰富的食品接待上峰，而武康县只能拿出"糗水"（用炒熟的稻米磨成粉，做成粉汤）招待王彬。对于这样的接待，太守已大为不悦，而等太守离县时，何远所送供奉只是一斗酒、一只鹅而已。何远对这样的供奉似乎也略有愧意，他请求太守大人恕罪。王彬说："晋时有陆纳仅以一茶一果敬献丞相谢安，您的礼品已超过了陆纳，你就不必为自己的寒酸而惭愧了。"

听了徐勉的报告，萧衍禁不住动了真情，并落下一滴泪来。他当即在何远一案的文书上批道："如此清廉，何远何罪？"像张文休一样，何远不仅被从死囚中放出，不久，又被破格提升为宣州太守。

对于丹阳县令吉瑞勾结变民，妄图暴动一案，因事关重大，萧衍决定暂放一旁。

在一次早朝后，萧衍说："古人说，偏听偏信，独断的结果只能是专横。朕今后做的事情，有对的，大家支持，不对的，大家尽管批评。只有这样，朕才不至于像东晋时的司马伦，被人称为昏君，更不至于像萧宝卷一样，落得个身首异处。从今往后，凡天下百姓，有对国家有益的建议，也都可向朝廷提出。天下者，天下人的天下，而非帝王的天下。"

天监二年（公元503年）七月的一天，建康公车府门前出现两只大木箱子，一书"谤木"，一书"肺石"，吸引得建康市民一批批围来观看。

据说是在尧的时代，帝宫门前曾竖起一根丁字形木架，以吸纳天下人的意见，此木被称为"谤木"；而在舜的时代，百姓们可以站在帝宫门前的一块肺形巨石上鸣冤叫屈，其声音通过肺石的振动，一直传到宫里。谤木和肺石，意在一个朝廷对民主所敞开的大门，意在这个朝廷原始的亲民意识。

公车府门前谤木、肺石二木箱刚刚摆出，一个十四五岁的少年便在那肺石木箱旁一连几日地默然静坐。静坐的少年成了公车府前一道风景，引得一批批市民围来观看。终于了解到,少年名叫吉彦,父亲正是那位被下到死狱的丹阳县令吉瑞。少年称,父亲因秉公办案,得罪了州官,遭到陷害,被打入死狱。此前他已给公车府投书十多封,详述父亲遭人陷害的始末,但却一直没有回音。现在,他只想请求皇上允许他代父而死,以洗清父亲的罪名。十多天过去了,公车府的官员们出出进进,似乎谁也没有注意到那个静坐的少年。其实,并非公车府的官员们熟视无睹,而是都知道,吉瑞的案子已报到皇上那里,既然皇上都没发下重审,看来就已成铁案了。

直到有一天,公车府前发生一起不大不小的骚乱,吉瑞的案子才被重新提起。

那一天,恰逢尚书左仆射沈约来公车府调研,有两名操外地口音的少年拨开看热闹的人群,其中一人捡起一块石头,就朝那谤木、肺石砸去,口中骂骂咧咧,引得公车府人一涌而出,要拿他治罪。两名少年,一瘦一胖,那瘦的尤其激烈,说:"皇上英明,却被下面一帮子人糊弄着。不把事情闹大了,皇上又怎么知道下面的事情?"说着又要动粗。

公车府的官员说:"小小年纪,口出狂言,这谤木、肺石是朝廷用来听取百姓意见的,自设立以来,收到近千封投诉,公车府都分门别类地送到各相关部门,怎么就糊弄人了?"

瘦的少年说:"我们从丹阳来,吉县令的案子我们早就听说了,说他勾结变民妄图暴乱,变民是谁,捉到没有?如果捉到了,有口供没有?有勾结的证据没有?这些都不清楚,就将人下到死狱,这不是诬陷是什么?这不是草菅人命又是什么?奇怪的是,吉彦公子往这肺石木箱中投了十多封信,居然石沉大海,这谤木、肺石木箱岂不是摆设吗?既然这样,要它何益?"

公车府官员说:"吉瑞的案子复杂,连廷尉卿蔡大人都难以了断。今天沈尚书亲自过来,就是为这件案子。你二位还是少管闲事,该干什么就干什么去吧。"

两位少年相互狡黠地一笑,仍是那瘦个儿说:"拿人钱财,为人消灾,朝廷设立这些机构,拿着百姓的税收,却不替百姓办事。一个普普通通的案子,弄得如此复杂,要公车府何用,要大理寺何用,要吏部何用?都是一些饭桶机构,不如我们大家冲进去,一把火将这公车府烧个干净,免得糊弄人。"

人群越聚越多,有人开始往公车府涌去。眼看事态扩大,公车府的官员有些胆怯，便求那两个外地少年说："有话好好说，事情是你俩闹起来的，还是请你二位去把事态平息。事情闹大了，大家都没有好果子吃。"

瘦个儿说："除非沈尚书亲自出来，否则今天的事情就没有了结。"

事情闹到这个份上，尚书左仆射沈约终于露面了。及至问过姓名，沈约知道这两个少年大有来头。张率的祖父张永是刘宋时的右光禄大夫，朱异的父亲朱选之在南齐做过吴平县令。两人虽然年少，却因为诗文俱佳，在建康的知名度已经很高了。

"早就听说你们虽极具才情，却性情顽劣，果然就闹出这样的动静来。今天我沈约要是不出面，怕这公车府真要被你二位一把火烧个干净。"沈约说时，语气极其严厉。

直到这时，那矮胖的少年张率才开口说话："平原明山宾先生让我们前来建康拜访沈尚书，可沈尚书的家人总是不肯引见。"说着就呈上当代大儒明山宾的信。

沈约说："我明白了，你们是为了要见我，所以才制造出如此动静？"

朱异说："也不全是，吉瑞的案子，早就该结了，现在却仍然把人羁押在死囚牢里。这位吉公子在公车府前坐有十多天了，也没有人肯亲自过问一下，这难道不是公车府的失职吗？"

沈约将二人引进公车府，及至看过明山宾的信，语气才缓和下来。据沈约说，吉瑞的案子的确复杂，牵涉到尚书省的某位大人。但这个案子几天前还是由廷尉卿蔡法度大人呈报到皇上手里，自己就是皇上亲自差来公车府调查此案的，可见皇上对这起案子非常重视。

张率说："明山宾先生说，沈大人不仅是一代辞宗，更是极爱人才，所以才推荐我二人前来拜见沈大人。"

"张公子的诗，我早就读过，"沈约说着，便随口诵起张率的诗，"'夜寒湛湛夜未央，华灯空烂月悬光。从风衣起发芬香，为君起舞幸不忘'，还有'朝日照屋梁，夕月悬洞房'，都是过目成诵的佳句，这么优美的诗，老拙我也是日复有三啊。"

张率说："谢谢沈大人褒奖，我对沈大人早就高山仰止，今日得以一见，真是三生有幸啊！"

朱异说："我给沈大人说个笑话听。张率十六岁时就写了几千篇赋，当时送给一位老儒生看，老儒生不屑一顾，连称废文。张率一气之下就将所有的赋一把火烧了。后又觉得可惜，遂又将那些赋拆成分行诗，再送那位老儒生，说这是沈大人的诗。那位老儒生只读了几行，便连连说，好诗，好诗，并要留下收藏。张率哈哈大笑，老儒生知道受愚弄了，当时真恨不得有个地缝能钻进去。"

"呵呵，有这样的事，竟有这样的老儒生？"沈约呵呵地笑着，又说，"至于朱公子，我听说你年少时……"

"呵呵，是个危险人物，"朱异笑着说，"游手好闲，赌博成性，为害乡里，人神共愤。有一次我闯了大祸，我父亲将我用铁链绑住，要沉入钱塘江去，祖父以死相威胁，父亲才饶了我。"

"听说你祖父时常对别人说，我的孙子将来一定能把官做到五兵尚书的位置。"

"虽然我性情顽劣，祖父却一点也不怀疑我将来能成为一个有用之才。一直到祖父过世后，我忽然明白了许多，从此下决心改变自己。"

沈约又说："明山宾在推荐二位时，不惜用'器宇弘深，神表峰峻'这样的词语，可见明先生对二位公子的器重。现在天下初定，皇上正千方百计寻找经国之策，济世良才，你二人先在京城住下，自有你们报效朝廷的机会。"

吉瑞的案子终于有了着落，那位陷害吉瑞的州官被绳之以法，同时牵涉到尚书省官员何敬容的一位亲戚。案情大白后，何敬容主动请辞，萧衍批准。据说，萧衍在吉瑞一案水落石出后曾公开向大臣们作了检讨，说："朕一时的疏忽，差一点就让一颗无辜的人头落地，教训，教训啊！"萧衍亲自召见了少年吉彦，对他的孝行大加称赞，并要破格提拔吉彦到廷尉做官。吉彦却说："谢陛下，吉彦替父亲鸣冤，只是要洗清父亲身上的冤情，现在父亲冤情大白于天下，我也可以安心读书了。如果我因这事而破格做官，反被天下人耻笑，我也就失去了替父亲申冤的意义。"萧衍知道，这是一个不一般的少年，便又说："当代大儒明山宾等将在建康设立五馆，教授儒学，你可前去就学。朕拟设立考官制度，不论寒贵，均可以才能入仕，到时你也可前去应试。"少年说："那倒可以一试。如果我的才能达到国家录用的标准，我又何必自恃清高呢？"

然而张率、朱异很久都没有听到关于他们二人的任何消息，朱异有些急了，说："是不是沈大人把我们给忘了呢？"

张率说:"你没看出来吗,沈大人在皇上面前并不吃香,皇上宁可给他很高荣誉,却并不给他多少实权。沈大人的推荐,皇上并不一定当回事。看来我们还要寻找另外的机会。"

关于在建康设立五馆一事很快得到落实,不久,即有平原明山宾、吴兴沈峻、建平严植之、会稽贺蒨补等四人被诏为五经博士。朝廷命他们各举一馆,各馆根据导师的意愿自主招生学生百十人。与此同时,萧衍再次向大儒何胤发出邀请,依然遭拒。萧衍不罢不休,又向何胤请求选派学生上门受教。何胤却不过皇上的盛请,只得勉强答应。萧衍又宣布,今后皇室子弟,但凡到了读书求学的年龄,一律进五馆受教。

萧衍特地在文华殿召见了几位五经博士,萧衍说:"两汉时期的登贤入仕者,莫不通过儒学经术。儒学对于经国济世,影响深远。魏、晋以来,儒教衰败,礼崩乐坏。为此,朕才想到请诸位担任五经博士,让你们设立学馆,广招门徒,以培养华夏栋梁。"

直到这时,明山宾才有机会向皇上推荐朱异、张率等少年才俊。萧衍这才想起,这个朱异,此前曾被沈约提起过,今又被明山宾隆重推举。这个朱异,到底是个怎样的人物?及至见过,却是一个看上去有些放荡不羁的少年,当时便有些失望。朱异不失时机,大谈皇上的旧文《围棋赋》。萧衍被他说得棋瘾犯了,便让朱异陪着下了几盘。朱异在棋枰上着着引着皇上的意趣,着着却又让着皇上。萧衍当即便说:"过几日朕要去五馆亲授《礼记》和《易经》,你能替讲一课吗?"朱异说:"陛下如此信得过小生,小生一定要给陛下争气。"

到了开讲的那天,馆内坐满了黑压压的人群。面对座下数千听众,朱异旁征博引,侃侃而谈,从天文讲到地理,从开天辟地讲到如今。整整讲了一个上午,在场的人没有一人走动,没有一人出声。那是朱异人生中最为得意的一段日子,除了到五馆授课,朱异不时被皇上召进宫里下棋。到了下一次,当萧衍再次见到明山宾时便说:"你推荐的那个朱异,果然有异,你果然是有眼力啊!这个朱异,就让他留在宫里吧,朕也正需要一个通事舍人。"当然,同时被留在宫中的还有张率、臧盾、到沆等一批年轻人。这些人大都出自寒门,既没有高贵的门第,也没有显赫的背景。

梁武帝在宫里接待了这些即将调任的官员,并留他们在宫中用午餐。午餐前,这批年轻的官员得到允许参观皇宫,他们第一次见证了皇权的神圣,并目睹了皇上的生活起居，这才知道外界关于皇上俭朴的传言完全真实。皇上住在一间不到九尺见方的房子里，屋内仅有一床、一椅、一桌、一书架而已。当皇上带着他们在皇宫参观时，皇上见到扫地的仆役，立即给他们让路。皇上的谦恭，就如同他们熟悉的一位乡间儒生。

## 君臣之间

天下初定，萧衍自然不能忘记这些辅佐自己获得成功的文朋旧友。论起功来，萧衍认为首推范云和沈约二人。这二人中，萧衍最欣赏的还是敢于直言，而做起事来又以简约干练著称的范云。他让范云执掌吏部，让其成为一人之下、万人之上的朝廷重臣。虽然萧衍同样给予沈约极高的荣誉，授其尚书仆射一职，但沈约却并不掌握实际权力。对此，沈约虽不免心有怨尤，却也踌躇满志，一心要为沈氏门第干出一番惊天伟业来。

在齐、梁时代，文学仍是评定一个人优劣的根本。那些日子，沈约的府上常常是高朋满座，这些人都是当时极有影响的文学人，这些文学人围绕在沈约的左右，组成一个高级别的文学沙龙。在这个文学沙龙中，沈约无疑是真正的领袖。

任昉在年龄上属于范云、沈约的晚辈，但同样是齐、梁时期重要的文人之一。任昉曾与范云、沈约等人一同跻身于"竟陵八友"，与萧衍的个人交情也一直不错。齐明帝时代，任昉因接连上书，对明帝的昏政进行弹劾，一直被贬边远。任昉任义兴太守的期满后，沈约不失时机地向萧衍提出，应当把任昉召进京城，做自己的助手。萧衍当然立即点头，任他为记室参军，以协助沈约起草重要的朝廷文书。任昉又向沈约推荐了另一位青年才俊刘孺，沈约如获至宝，立即将刘孺召进府上任主簿一职。

对于任昉的进京，沈约是动了一点真情的。任昉为官一向清廉，所得俸禄多用来解危济困。齐明帝后期，沈约曾专门去义兴看望好友，目睹任昉生活的寒酸，沈约不禁潸然泪下。临走前，沈约将囊中积蓄全都留给了任昉，自己只留下必须的盘缠。任昉到京的那天，正好他的文学沙龙中另一个重要人物丘池往浙江永嘉出任太守，沈约特地备了家宴，为任昉接风，也为丘池饯行。

虽然并不知道任昉船到建康的确切时间，但沈约还是早早地让刘孺专候在码头上。按照沈约的安排，刘孺为任昉带去一套体面的衣袍，以避免寒酸的任昉在登上建康码头后被人误当做乞丐。果然正如沈约所料，任昉穿着一件补了又补的衣袍，偏偏刘孺跑错了码头，未能接上任昉。任昉刚一上岸，即被当做流民，险被巡查的官兵收容审查。而运载任昉全家到京的船上除了一船书籍，别无他有。

让沈约意想不到的是，正当他在府上为任昉接风，为丘池饯行之际，萧衍突然驾临沈府。这让沈约既十分不安，又受宠若惊，但随即便被一种强烈的兴奋所代替。就在那天的沈府家宴上，萧衍宣布一项朝廷分封，沈约被赐建昌侯，食邑千户。这是萧衍给予沈约最高的荣誉。按照惯例，沈约要谦让一番，此前他曾写过一篇《让仆射表》，面对皇上赐他如此巨大的光环，沈约调动了他全部的才情，当场口撰《谢封建昌侯表》，除了对自己被皇上加封的谦让和感激，称自己只是"徒荷日月之私，竟无蒸烛之用"，并对梁武帝建国以来的政绩以及萧衍本人大大颂扬了一番。文辞的华美，辞章中的蕴意，都堪称那一时期的优秀文学作品。萧衍接着又提出请沈约参与"五礼"的修订。沈约掂量了一下，觉得以自己的分量，"五礼"修订，其担纲者必自己无疑。而且，自天监以来，范云身体一直欠佳，一旦范云身体失去支撑，能有资格接替范云职务的，唯他沈约。对于皇上的信任，他谦让了一番之后，除"感恩领受"，并当场举荐张充、徐勉、周舍等人参与修订，萧衍也都一一允肯。

在那天的沈府家宴上，萧衍与他当年的文朋旧友们一同吟诗，一同作赋，君臣频频举杯，真正是其乐融融。这一切，后来都被沈约分别写到他的《谢赐甘露启》以及《怀恩家宴接圣驾赋》等诗文中。

然而沈约兴奋得太早了，他并不知道，萧衍不喜欢他把当今一些最优秀的文人搜罗在自己的帐下，成为他个人的藏品。萧衍虽然贵为天子，但在文学上同样当仁不让，因此，他不能容忍沈约以老大自居，俨然把自己当做文坛领袖。就在沈约被赐建昌侯不久，萧衍突然宣布了另一项任命，出身寒门的徐勉被调到范云身边，协助范云执掌储密，并主持"五礼"的修订。这件事意味着，将来有可能接替范云执掌大权的，就是这个出身寒门的徐勉了。这让沈约感到失落。而且还不止这些，任昉也很快被从沈约身边调走，升任御史中丞。这对任昉当然是一件好事，沈约却再次陷入更大的失落。然而沈约并没有意识到萧衍对他的不快，仍然隔三岔五地在他的府上举行文学集会。直到参加他的文学集会的人越来越少，他终于意识到，皇上在有意冷落自己。

萧衍对人才的渴望，几乎到了废寝忘食的地步。不久，五馆设立，当代大儒明山宾等人进入五馆正式授讲，前来求学的青年络绎不绝，一时之间，江南一片读书之声。这件事的成功，让萧衍一直处在兴奋之中。他不时抽空前往一馆，亲授一课。萧衍虽然对王亮等人在孝亲问题上对他的责难十分恼火，但还是接受了王亮以孝治天下的意见，计划在建康附近为亡父萧顺之建大智度寺一座，为亡母张尚柔建大爱敬寺一座，并决定将《孝经》列入五馆讲授课程。他将少年吉彦的孝行作为例子，结合《孝经》，向正在五馆里学习的学生们作一次全面的阐释。

不久，萧衍又专门派人前去看望三位前朝遗老何胤、何点兄弟以及谢朏，力请这三人出任副丞相，并主持编纂《梁律》。何胤、何点兄弟以及谢朏都为当代大儒，但这三人只埋头做自己的学问，本没有做官的愿望。对于萧衍的热情，何胤兄弟坚辞不就，谢朏一开始也做出清高的姿态，但不久却又坐着一只小船从会稽来到京城，神不知鬼不觉地出现在神虎门前。听说谢朏进宫，萧衍亲自迎到宫门外。谢朏戴一顶方巾小帽，一副乡民打扮，见了萧衍却并不跪拜。谢朏说："我的腿脚一直不好，就像陛下您所看到的，我是个半残疾之人，哪能为官？"但萧衍看出谢朏的心思，既然不肯为官，又何必亲自来到建康？萧衍请谢朏吃了一顿大餐，却自始至终不提请他做官的事。谢朏自己忍不住了，主动说："既然陛下这么看得起我，我若再辞，就是大不恭了。"萧衍说："你终于想通了啊！"但谢朏却又提出，他需回一趟老家，接老娘一同来京。萧衍明白他的意思，当即拨出一笔专款，对谢朏在建康的一处旧宅扩建改造。皇上对谢朏如此看重，京城那些趋炎附势者岂肯放过这样的机会。谢朏接老娘来京的当天，早就有一大批人迎候在码头上，于是扛行李的扛行李，递红包的递红包，那种热闹场景，让做惯了学问的谢朏真是受宠若惊。

一天，执掌内阁大权的范云突然病倒。

听说范云病重，萧衍特意带着宫里最好的太医前去看望。明知范云已病入膏肓，但太医还是开了几剂药方，无非是对病人和病人家属的某种安慰。太医嘱咐完，就退出去了，室内只留下萧衍与范云二人。萧衍拉着范云的手，知道这是诀别，二人均相对流泪。萧衍称帝以来，二人极少如此坦诚相对，

仿佛又回到称帝之前。这一刻，萧衍再不顾上君臣之分，竟然泣不成声。

范云的病，一半是宿疾，一半也是近年的劳累。范云喘着气说："彦龙与陛下有此一场因缘，也是彦龙前世的福报。彦龙一去，再也不能做陛下的直臣，还望陛下以天下社稷为重，万万保重龙体。"

萧衍说："彦龙兄何能忍心离朕而去？你若一去，朕的江山社稷还有谁能相与佐命？"

范云说："南齐以来朝廷昏庸，内乱不断，致使礼崩乐坏，陛下大业刚刚有成，必须振兴朝纲，加强文治。蔡法度主持修订的《梁律》关涉朝廷立法制度，是为大事。五礼的修撰也势在必行。我去之后，徐勉、周舍二人办事干练，又精力充沛，可堪大任。此外，柳恽、王莹、傅昭、许懋等人也都忠贞可信，陛下可大胆任用。"萧衍注意到，范云并没有一句提及他的老友沈约，或许在范云看来，友情归友情，责任是责任。范云对沈约的认同，也正如萧衍对沈约的认同。虽然不论什么时候，沈约都是当代一位最伟大的诗人和辞家，但对于治国，沈约却并非理想之臣。

范云握着萧衍的手迟迟不肯放松，嘴里说："陛下身旁再无直臣，无论何时，陛下都要多听直言，勿信谗媚……"萧衍只是含泪点头。

萧衍走后第三天，传来范云病逝的消息。范云的死，对萧衍的打击是明显的。此前，他的从舅、也是他最信任的谋士张弘策在神虎门事件中被害，现在，他最知心的朋友范云又离他而去，这对于他不能不又是一次人生的大痛。

范云受着萧衍如此信任，担任了三个极为重要的职务：侍中、散骑常侍、吏部尚书，却过早地离开人世，也是一种缺憾。范云一死，这空缺下来的三个要职由谁来继任是朝中人所关心的事。一般人都认为，除了范云，沈约是萧衍的另一位建国功臣，而且二人的交情似乎可以追溯到更久。然而不久，萧衍即任命了两位新人分别接任了因范云之死而留下的空缺，这二人一名徐勉，一名周舍。萧衍的决定让所有的人都大感意外。虽然如此，萧衍并没有冷落他的好友沈约。

六月十六日，是沈约八十一岁老母的生日。正如范云所说，老人家在病床上躺了很久了，只怕是她人生中最后一个生日了，再加上沈约在建康北郊的新居刚刚落成，沈约决定，要给老母的八十一岁寿辰好好庆祝一番。就在老母亲寿辰的前一天，梁武帝又封沈约母亲为建昌国太夫人。这算得上是萧衍称帝以来对一个臣子的最高褒奖。南朝以来的上层社会一直是北方侨姓的天下（包括齐梁萧姓，也由北方迁徙而来），在奉行士族门第的南朝，生于本土的吴越士族一直处在被排挤打压的境地，连当仆射的资格都被取消了。现在，生于本土的沈氏家族有此荣誉，就不仅仅是沈约一门的喜庆了。

沈约的故居原先在建康城内都里亭的一条巷道内。这是当年宋武帝刘裕赐给沈约祖父沈林子的一处旧宅。沈林子曾跟随刘裕转战南北，立下不小的功劳，刘裕称帝后就将此宅赠予沈林子。宅本不大，很多年过去了，禁不住长久的风侵雨蚀，这座深巷内的故宅就显得破旧而逼仄了。沈约渐近晚年后，便有心要找一处地方重新建宅。而他看中的，正是建康北郊钟山脚下一个叫东田的地方。此处地处北郊，钟山脚下，依山傍水，景色十分优美，又不失田园野趣。当年文惠太子萧长懋就在这里建有避暑山庄，文惠太子喜爱文学，于是也经常邀请文学才俊来他的山庄饮酒作诗。沈约也就是自那时起，就有心在将来的什么时候也来这一带建一座私宅，这个愿望终于在萧梁建国之初实现了。

沈约老母寿辰当日，也正是梁武帝对其母亲奉策进封的这一天，子荣母贵，家族荣耀。再加上梁武帝的册封，朝野上下引为大事，六十几位阁中同僚以及当年的文中诗友一齐来到沈约郊区别宅庆贺，更有趋炎附势者络绎不绝，那条往日冷清幽静的北郊小道被无数车盖拥塞，一时道路受阻，交通不畅。

沈约的这处住宅完全称不上豪华，但却坐北朝南，依山面水。站在宅前的空地上，放眼之内几百亩稻田尽在眼中，让人有赏心悦目的快意。沈约将迄今以来他所欣赏的文人诗句用墨笔写在墙上，其中有前期文人刘显的《上朝诗》、何思澄的《游庐山诗》，有同期文杰王筠专门为他的别宅贺写的《草木十咏》以及他自己所写的吟咏山水之美的诗文，从而让他的这一处别宅充满了人文气息和浓郁的文学色彩。

为了这处别宅，沈约精心写了一篇《郊居赋》，他在这篇赋中对自己建造这栋郊区别宅的用意以及他晚年的生活都一一作了说明。他说自己并非至人，而只是一个中智之人，包括自己在内的所有万事万物，都有其特有的本性。因此，过一个自在的生活是他晚年生活的方向。他说，没有什么政治才略的自己将避开繁华而喧嚣的都市，归隐于这片荒郊野外。

这实在是一件具有讽刺意味的事情，沈约因梁武帝的奉策赏赐而举行这样的庆祝仪式，却反过来因为这次的庆祝仪式得罪了梁武帝。当梁武帝得知沈约《郊居赋》的内容时，十分恼火。他问徐勉说："听说沈休文在一篇文章中发朕的牢骚，你知道这事吗？"

徐勉说："哪有的事？现在士大夫都在传诵这篇《郊居赋》，都认为是当代文坛的传世之作，臣都会背上几句呢？"于是，徐勉摇头晃脑，背诵起其中的句子来："惟以天地之恩不报，书事之官靡述；徒重于高门之地，不载于良史之笔。长太息其何言，羌愧心之非一……"

梁武帝冷笑一声说："什么长太息其何言，羌愧心之非一，还有什么徒重于高门之地，不载于良史之笔，他沈休文要隐居乡里，也不必将自己打扮成屈原高士吧？他沈休文是屈原高士，朕不就是楚怀王了吗？"

徐勉吃惊地说："啊，不是陛下点拨，微臣还真没有读出沈尚书笔中的意思。不过，沈尚书对陛下的感恩之情还是难掩笔端，而且是至诚至切的。"

沈约六月刚刚因一篇《郊居赋》得罪了梁武帝，十一月，他的老母就与世长辞。就在沈母辞世的第二天，萧衍悄悄来到沈约的别宅，吊唁沈母。沈约大约没有想到萧衍会来到家里给他的老母吊唁，联想到前些日子自己与萧衍之间发生的纠结，无限的委屈涌上心头，顿时放声大哭。或许是沈约的哭，让萧衍看到沈约难得真诚的一面，竟然受到感动。当时前来为沈母吊唁的人络绎不绝，作为孝子，每一个吊唁的人来，无论长幼，沈约都必须向对方下跪。吊唁者有哭灵的习惯，每当来人哭泣，必引起沈约的伤母之痛。最后，几天下来，沈约连站立都困难了。萧衍得知这一情形，立即派吕僧珍带一帮人拦在沈宅门前的那条路上，控制吊唁人数，不准高声大哭，以免沈约过分伤痛而危及健康。

一天，萧衍带着太子萧统去钟山脚下的东田看望正丁忧期的沈约。太子虽然年幼，却天性聪慧，似乎知道父亲带他来见沈先生的目的，一见到沈约，便立即伏地叩拜，连呼"先生、先生"。萧衍之所以带着太子来看沈约，一是为抚慰刚刚丧母的老友，二是带太子萧统前来拜师。君臣寒暄过后，萧衍直说其意。沈约受宠若惊，连忙拜辞，说自己才疏学浅，怎敢受此重任，只怕误了太子。太子见先生推辞，以为先生嫌他不够聪明，便立即用并不清爽的童音背了一首先生的《高松赋》："郁彼高松，栖根得地。托北园于上邸，依平台而养翠。若夫蟠株耸干之懿，含星漏月之奇。经千霜而得拱，仰百仞而方枝……"

萧衍故去的发妻郗氏一生只给萧衍生下三个女儿,萧衍任雍州刺史期间,认识了十四岁的才女丁令光,于是就不顾一切地娶进门。当时因郗氏酷妒,萧衍与丁令光并没有多少幽会的机会,直到郗氏死后,丁令光才为他生下这个儿子。萧衍三十八岁得子,他有着与获得帝位一样的大喜。知道这位太子将来的地位,在场的人都不惜将最人世间最美的词语争相送给这位高贵的太子。于是,围绕这位刚满两岁的太子,一屋皆是惊叹,一屋皆是赞许,萧衍也觉得无比受用。当下萧衍让陈庆之拿出拜师礼,萧统太子再次给沈约行拜师大礼,师生之分就算确立。

说到范云的离世,二人均难掩伤痛之情。萧衍说:"故人已去,不再复生,彦龙去前一再向朕提及休文的才学无人可及,对休文的敬佩之情溢于言表。朕还有一事相求,等你丁忧过后,朕想把修撰五礼的大事交你主持,这也是彦龙临终前的意思。"这虽然是萧衍对沈约器重的又一表现,但到底不合沈约的心意。范云死后,很多人都揣测,皇上会让沈约接替范云来掌管机密,成为当今朝廷第一重臣,但萧衍自始至终都没有提及此事。沈约知道,萧衍到底还是不信任他。

"臣已过了花甲之年,臣不才,能为陛下做些文字上的事情,真正是三生有幸。五礼的编纂,关系到君臣之礼,长幼之分,乃至人伦纲常。这样大的事情,臣只怕难负重任。"就像历次朝廷加封一样,沈约照例要推辞一番,当然都是些谦让之辞。但沈约这一次的推辞,却多少有着真切的成分。沈约接着话锋一转,说:"为了陛下的宏图大业,臣万死不辞,陛下只管放心。"

"这样朕就放心了。"萧衍说,"刚才的礼品中有长白山五百年人参一支,丁忧期内饮食素洁,不要熬坏了身子。"

沈约至诚谢过,又说:"臣听说陛下每日通宵达旦批阅奏章,饮食上则以豆麦为粮,日食两餐,甚至很少食肉,陛下的俭朴令人感动。只是,陛下大业刚刚开始,为江山社稷,陛下务必保重龙体,切切不可劳累过度。"

"豆麦未必不是滋养身体、调理肠胃的最佳食品,"萧衍说,"朕年轻时曾于桐柏山结识一些道士,依道家养生之说,豆麦蔬果可使体内病毒不侵,更具营养。若再运用吐纳来调理气脉,使周身血脉贯通,于长寿延年大有裨益。"

"陛下言之有理,臣去年在茅山见到陶弘景时,见他面白如玉,状若少年,据说是服食他自己炼出的一种丹药。此丹药陶弘景不肯轻易予人，臣曾向他索要一颗，服后果然有身轻如燕的感觉，据说久服之，必能延年益寿。"

萧衍说："陶弘景对当今天下大势倒有几分把握，但他未必真能炼出长寿丹来。"

"陛下求贤若渴，正是急需人才之时，陛下何不将陶弘景请来，让他为陛下炼长寿之丹，朝廷多了一名术士岂不更好。"

萧衍笑了笑，依他对陶弘景的了解，在目前情况下，在茅山优哉游哉的陶弘景决不会轻易下山去蹚建康的这湾浑水，于是说："他在茅山自在着呢。"

君臣二人以陶弘景结束了这一天的会见，无论是萧衍还是沈约，都觉得这是两人交往史上最愉快的一天。

回到宫里，萧衍心血来潮，当即给陶弘景写了一信，一者向陶弘景表达在他起义过程中能出面相助的感激之情，二者向他述及当前朝廷人才匮乏、求贤若渴的现状。信让陈庆之送到山中，过了几天，陈庆之从茅山回来，带回陶弘景一封信件。拆开信件，内有一诗："山川之美，古来共谈。高峰入云，清流见底。两岸石壁，五色交辉。青林翠竹，四时俱备。晓雾将歇，猿鸟乱鸣；夕日欲颓，沉鳞竞跃……"陶弘景津津乐道于茅山之美，沉浸在他的世外桃源。萧衍知道，陶弘景只钟情于世外山林，而对做官毫无兴趣。便命人拨给陶弘景五千钱，让他在茅山建正阳宫一座。

## ▌山中日月

天监年初，一个奇怪的和尚出现在首都建康的大街上。这和尚衣衫褴褛，头发蓬乱，行为古怪。他赤着脚，背着一只禅杖，禅杖上挂着一把剪刀和一面镜子。很多的时候，这个和尚都是酒气熏天，而且疯疯癫癫，嘴里说些古里古怪的话，类似谶语，但没有人能听得懂那些谶语所表达的意思。譬如有人丢给他几个钱，问他："请问大师，我的这一趟生意会是什么结果？"和尚会说："下雨了，死人了。"人们不知道他说这话是什么意思，但等到后来银钱像雨一样落进自家的口袋里，那折了本钱的对方恨不得跳楼自杀时，这才明白和尚当初所说的谶语。有一次，一个人去问这疯和尚："和尚，你愿意同我去做一趟买卖吗？"和尚立即像躲瘟神一样躲开了，嘴里大叫："杀头了，剖腹了！"过没多久，那人果然因为窃取一只官船，被官府捉去，杀头、剖腹。

有年纪大的人知道，这个疯和尚最早出现在建康的大街上时是在齐武帝时期，名字叫宝志。而年纪更长的人则回忆说，疯和尚宝志最早是在京城的一座寺院里，那时候他并不疯，就像其他和尚一样，早上上殿，中午过堂，晚上坐香，从不出寺门一步。但后来这和尚突然从寺院里消失了，直到几年后，人们在建康的大街上重新看到了他。他不再像从前那样规规矩矩地坐在寺院里上殿、过堂、坐香，而是整天游走在建康的大街上，说些让人捉摸不定的话。奇怪的是，人们像信奉神灵一样信奉着这个疯和尚，都把他说的每一句话咀嚼来咀嚼去，有的就真的咀嚼出什么滋味来了，有的却什么也咀嚼不出。

那时齐武帝的时代刚刚开始，对于这样一个疯疯癫癫的和尚，齐武觉得是不祥之物，于是便派军士将他抓到京城的一座监狱里。然而当时竟陵王萧子良正迷恋着佛教，听说官府将一个和尚（而且是一个有神通的和尚）抓进了监狱，便每天派人前去给和尚送饭。奇怪的是，送饭的人还没到，疯和尚宝志就对狱卒说："去，把牢门打开，外面有人给我送饭来了，用的是金碗玉盏，装的是山珍海味。"狱卒不相信，可过了一会儿，真的有人用金碗玉盏给和尚送饭来了。更让人百思不得其解的是，疯和尚宝志明明是被关押在大牢里，却有人在某一条大街上看到他的身影。看守的狱卒以为自己失职，但回来一看，宝志仍躺在狱牢的草铺上睡觉。齐武帝终于知道，这是一个不可蔑视的人，一个有神通的和尚。

疯和尚宝志在建康消失很多年了，最近不知怎么又重新出现在首都的大街上。疯和尚宝志的出现一开始并没有引起萧衍太多的注意，直到有一天，疯和尚宝志不顾东宫卫士们的阻拦，一直闯到宫城。

"皇上有疾，召我进宫，你敢拦我？"拦也拦不住他，这边卫士们将一柄柄长槊架成十字连环，眨眼间，那疯和尚已经进神虎门了。

疯和尚宝志一直闯进了奉天殿，然后一屁股就坐到皇上的龙椅上。卫士们的脸都给吓白了，说："你真是疯了，你不怕杀头吗？"赶紧上前拉他下来，然而哪里又能拉得动他。疯和尚宝志说，这张破椅子我坐过的，这椅子的后背上有一只虫眼，还是我让人给补起来的。人们看时，果然那龙椅的后背上有被补过的痕迹。宝志又说，那时候什么什么，说的都是刘宋元嘉年间的事情，

过去快一百年了啊！人们便开始怀疑，这个宝志或许真是当年刘宋文帝转世。但是，怎么就转成一个和尚，而且是疯和尚呢？

奉天殿的动静传到皇上那里，皇上立刻就赶过来了。宝志见到皇上，仍然在那龙椅上坐着，卫士们叫着："皇上来了，还不赶紧下拜！"

宝志仍在那龙椅上坐着，说："皇上是现在的佛，我是过去的佛，岂有过去的佛给现在的佛下拜的理？"卫士们又要去拉他，被萧衍阻止了。萧衍让人端来一方椅子，就这样坐在宝志的一侧，说："大师前来，有什么特别的指示吗？"

"皇上有疾。"疯和尚说起话来总是这么短短的四个字，多一个字也没有。

萧衍说："大师看出朕是得的什么病呢？"

"杀障欲障。"

萧衍大吃一惊，疯和尚果然是来给他看病的。他分明指出，他的病有二，也就是佛教戒律中所说的"杀害障"和"欲恶障"。

萧衍说："朕自立国以来，非不得已，不再杀戮，朕还让人在刑律中废除酷刑，何来杀害？萧梁天下，尽归朕所有，但朕的居室不过丈余，室内仅一床、一桌、一椅，何来欲恶？"

"戒荤戒腥。"

"朕自天监三年（公元504年）即自行素食，何来荤腥？"

"断房室，戒女人。"这一次却是三个字了。

萧衍忽然想起，很久没去看望钟山脚下的慧超了。萧衍心情较之去年显得悠闲，他决定趁着这一刻的悠闲去钟山脚下普光寺看看慧超和尚。萧衍去前，特意让人给慧超制作一件紫衣袈裟，另有钱五千。像过去一样，他去普光寺时并没有声张，只是带着太子萧统以及陈庆之、吕僧珍，还有十几个卫士，临走前又叫上六弟萧宏的儿子萧正德。他似乎觉得，对于这个侄儿，应该多一份怀柔。

就像过去萧衍每次去普光寺一样，慧超早早地迎候在山门前。当年萧衍尚未出山时，慧超即说他"龙行虎步，有帝王之相"。慧超还在萧衍精神低潮时给他指点迷津，为他分析天下大势，预言萧鸾将死，萧鸾死后，必将天下大乱，在梁、楚、汉之间，将有一位英雄兴起。这一切，都不出慧超的预料。

慧超在方丈室接待了萧衍，仍让萧衍坐在他过去坐过的位置上，自己则侧坐一旁。那时候，萧衍不解其意，慧超就说，虽说自东晋以来的"沙门不敬王者论"一直争论不休，但君臣之分还是要有的。现在，果然就有君臣之分了。

萧衍说："法师几年前的指点迷津，让朕得以拨云见日，今朕特意来向法师表示谢意。"

"这是陛下多少万劫以来的因果造化，"慧超说，"说到谢字，应该是臣衲感谢陛下。臣衲寺内有大弥勒殿一座，又曾发愿修弥勒金像一尊，现独缺五千钱，陛下今天就给臣衲送来了。陛下又见臣衲袈裟旧了，特意又让人缝制一件紫衣袈裟，臣衲还不该感谢陛下吗？"

同来的人顿时都惊住了，皇上此来携带紫衣袈裟一件，钱五千，事先并未张扬，此前也无人来打头阵，慧超竟然有这样的感知，可见慧超的确非同常人。萧正德以前听人说过普光寺里的慧超有大神通，所以今天他特意跟着三伯一同来到普光寺。现在知道，慧超果然是一个高人，就不知他能否预测未来，方便时再问问他，将来自己能否接替三伯做一任皇帝。

萧正德刚这么想，慧超对他的监院和尚说："王爷想问未来祸福，你可陪王爷到隔壁香堂抽一卦签，就知分明了。"

萧正德看了看伯父，萧衍说："你们去吧，朕要向法师请教些问题。"

萧正德巴不得伯父发话让他出去，他觉得这个和尚太可怕了，他能把别人的心思看得透透的。在此期间，三岁的太子萧统始终像大人一样正襟危坐在父皇的一侧，认真地谛听着父皇与慧超师父的谈话。萧正德出了客堂，便在监院和尚的陪同下去香堂抽签。他对抽签不是很相信，便漫不经心地摇了摇竹筒，抽出一支签来，结果却是一支空签。接连三次，皆是如此。萧正德心里有些发慌，只得认真地在蒲团上跪下，磕了三个头，这才抽出一支签来。那签上写着："霹雳一声天地响，各路英雄争四方。但等急雨倾盆下，尔曹功名尽笑谈。"萧正德不解签上的内容，也不想去解，出了大殿，远远地看到几个乳娘牵着太子往大殿一侧的观音殿走去。萧正德便说："我有点困了，给我找个地方休息休息。"

监院和尚连忙将他带到一间雅致的客房。萧正德刚倒在床上，就听到有人喊他，他出门一看，那叫他的不是别人，乃是他父亲萧宏。萧宏说："趁着现在寺里没有几个卫士，还不赶紧想办法结果了那个夺去你太子爵位的小

东西！"萧正德心里怦怦地跳着，他父亲又说："你还在犹豫什么，你不是一直想要做皇帝吗？要知道做皇帝就必须心狠手辣，否则你只能位居人下，一辈子没有出头之日。"

萧正德觉得父亲的话很有道理，于是便壮了壮胆，起身来到观音殿。殿内乳娘替太子点了根香，太子接过了，便跪倒在观音座下的蒲团上，低着头，似在默祷着什么。萧正德四下看看，除了几个乳娘，殿内没有其他人，于是便操起一只铜香炉，猛力朝太子的头上砸去。随着一声锐响，血光刺得他睁不开眼来。他大叫一声，睁开眼来，仍是睡在客房的那张床上，浑身都被汗湿透了。萧正德心里仍在怦怦跳着，不敢再睡，便爬起来，继续向客堂走去。忽然又止住步子，因不知道那和尚是否知道他刚才的梦，心里虚虚的，便又回到刚才的客房，干等着皇上与那个和尚谈话结束。这时，太子被乳娘牵着，已从观音殿出来，看着阳光下太子欢快活泼的样子，萧正德恨得牙都快咬出血了。

这边客房里，萧衍与慧超的谈话刚刚开始，萧衍说："朕少时学周孔，弱冠又穷读六经，对儒、释、道三教都略知一二，不知法师对三教如何评断？"

慧超哈哈一笑说："三教中，儒教讲入世，道家讲超升，佛家却只讲一个空字，纵观三教，各有利弊。但相比起来，儒、道都是人天小果，有漏之因；治国平天下也好，得道成仙也罢，都只是转生善道的小果报，但却为来世的人生种下烦恼的因子，这些都不是究竟之法。"

"那么，什么是究竟之法呢？"

"返照心源，洞悟自性，证得无上菩提之果，达到佛的涅槃境界，最终不生不灭，无障无碍，这才是究竟之法。入官做丞，大富大贵，做到头来还是个了，就是成仙飞升了，将来还是要在六道中轮回不断，受无尽之苦。"

萧衍并不同意慧超对儒、道二教认识，说："朕明白法师的意思，当今天下战乱频仍，人心不古，道德沦丧，既需要治国平天下的能人，也需要虚无和空有的化解，若能三教总摄，三管齐下，或对治理天下大有裨益。"

慧超说："陛下的想法倒有新意，但陛下应知人的欲望无有止境，这才是一切苦难的渊薮。自无始以来，人在欲望的驱使下不断造业，因果相报，业业流转，无有出期。无论尧汤周武，汉武夺兵，即便明君出世，四海之内，依然战争不断，普天之下，从来就没有安定过一天。上至国王，下至庶民，是穷是富，是贱是贵，人人皆受烦恼滋扰，个个皆在苦海之中。唯有佛教才能让人熄灭贪嗔痴欲望，也唯有熄灭欲望，才能得到内心的平静，如此，方能出离生死之期，免受六道轮回之苦。佛灭度后二百五十多年，印度国之阿育王以佛治国，引导世人生起彼岸的追求，印度国内始有一段时间的长治久安。陛下的想法固然不错，但三教总摄，总有一个统领，就像三军作战，必得有一位指挥全局的将帅。"

"法师的意思，唯有释氏佛教才能充当这三军统帅吗？"

"说起来，释迦是老子的老师，孔子是佛的学生。"

这时候，陈庆之在一旁忍不住插话："按照年代，释迦牟尼应该比老子小，比孔子大，他们倒算得上是同一时代的人，但老子和孔子何时到北印度去做释迦牟尼的学生呢？"

"佛法无处不在，佛法无时不在，释迦牟尼的教义，是普遍的教义，普遍的教义是不能以时间的先后来认定的。"

萧衍说："呵，朕懂了。"

慧超又说："陛下以帝王之身，如能在南梁境内推广佛教，或可像阿育王一样，创立一个长久的王朝。陛下虽为帝王，却是一位难得的菩萨皇帝，同样能为佛教在东土的弘扬起立定生死的作用。"

萧衍说："朕身为白衣居士，何来菩萨一说？"

慧超转身从藏经阁中取出一部经书名《维摩诘经》，说："陛下一定熟悉维摩诘居士的事法，维摩诘虽为一名白衣，其成就不仅超过大阿罗汉，其智慧和无碍辩才也胜过很多菩萨。他即常常召开无遮大会，向十万信众讲解佛法，前去听讲的不仅有帝王，更有很多菩萨。陛下虽为白衣居士，但以陛下的帝王身份，却能比维摩诘更有方便之力教化在六道中不断轮回的苦难众生，也会使陛下的社稷江山遐昌万年。"

午间，慧超留斋，斋毕，萧衍说："前朝昏政，生灵涂炭，朕不得不于永元三年一月底于雍州举兵南下，一路征战，血流成灾。尤以朱雀航一战，更是死伤无数，朕每每夜半不寐，似总听到无数冤魂的哭泣之声。朕有意将在同夏里的旧宅建光宅寺一座，并在板桥建法王寺一座，等寺建成，想请法师大驾随缘驻锡，不知法师意下如何。"

慧超说："臣衲乃一山僧，一向久住山中，惯了。不过，陛下的二寺如建成，

臣衲会带上五百僧人前往寺里做一场法会，为亡灵超度，方便中再给信士讲几堂《金刚经》。"

萧衍在不到一个月的时间里再次来到普光寺，第二次来时，萧衍将几个朝中大臣以及几个在京的弟弟全都带来，太子和他的几个叔叔正式皈依佛门，成为在家居士。

## 佛道之争

天监二年（公元503年）春天，萧衍带着自己的两个兄弟萧宏、萧恢以及吕僧珍、陈庆之等人前往南郊籍田看春播的情况。这是萧衍沿袭历代帝王征用民力耕种田地的传统，每到春耕或是秋收，帝王和诸侯们不管多忙，都会亲自来到籍田，哪怕是做做样子，也表示对稼穑之事的尊重，也是让子孙不忘农业之本。籍田里早就准备了一副雕有龙的图案，漆有金粉的犁，萧衍在侍从的搀扶下扶起犁在籍田里走了几步。接下来，跟随的诸王也须照着样子在籍田走上几步。所有的皇亲都走过一遍后，代替耕作的农人们献上一捧五谷，表示一年的劳作已获丰收。这时，鞭炮齐鸣，山呼万岁之声此起彼伏，一切仪式也就算完成了。

从籍田回来，萧衍情绪不错，他让人拐到了朱雀航外。朱雀航外是建康的城乡结合带，也是建康城有名的集市贸易地。正常的年份里，每当清晨，这里总是人山人海，叫卖之声不绝于耳。一年前，萧衍大军在朱雀航与萧宝卷的政府军展开生死激战，终于攻进建康，萧宝卷朝廷宣告灭亡。一年过去，大战的硝烟已经散尽，然而去年的大饥荒却让这里人烟杂芜，一派萧条。城墙根下杂乱地搭起一些简易窝棚，居住着一些流浪的乡民。萧衍的到来，立即引起这些流浪乡民的注意。他们并不知道来者是当今皇上，但从他不凡的气度以及他被人前呼后拥的阵势，知道这是个有来头的大人物。一老者端只瓢走过来说："老爷是来施粥的吗，我们都在这里等了一早上了，怎么还不见粥车的影子？"老者话毕，从那些棚子里涌出一个个衣衫褴褛的难民，眼巴巴地看着这一干人。原来自从去年大旱后，一批批灾民涌到建康，便有一些乐善好施者每天载着大锅到这里为灾民施粥。天气渐渐回暖，灾民也一批批离去了，但仍有一些灾民留在这里，等待施粥。

萧衍说:"你们是从哪儿来的,为什么不回家去,倒情愿在这儿流浪?"

老者说:"现在还有什么家?家早没了。"

另一老者说:"这年头,哪儿有一口吃的,哪儿就是家。"

吕僧珍说:"眼下正是春种时节,你们应该回家种田地去啊,再不回去,这一年就全完了。"

一个中年汉子说:"你这位官人站着说话不腰疼,有田地我们还不去种,哪个天生是出门做叫花子的命?"

吕僧珍又问:"你们的田地呢?"

围过来的人越来越多,一个年轻人说:"田都在中小地主手里,他们要给你种就给你种,要不给你种就不给你种。"

吕僧珍问:"那是什么道理?"

一个胆大的中年人说:"这些年金銮殿里不停换主,每换一次主,都要出笼一些新花招。去年萧衍坐了江山,实行屯田屯兵,田地都被官府征去了。你想,官府拿的是朝廷的银两,他们给出的租钱比我们的要高,地主们当然情愿把田给官府种了,只将小块的山田分给农民。山田本来就种不出什么粮食来,去年又遇上那样的大旱,颗粒无收,这不就出门流浪了吗?"

又有人说:"什么屯田戍边,我们那儿离北魏几百里地,分明是官府盘剥百姓,所以才支出些着着来。可那些田地仍然空着,官府里没有一个好人,就晓得欺负老百姓。"

萧衍说:"你们讲的情况属实吗?官府占着田地,却没人耕种,你们收不到粮食,他们也收不到租,那不是官府与百姓都得不到好处,反而让田地撂荒吗?"

那个年轻人说:"我们讲的,句句属实。老爷不信,就去我们那里看看。朝廷屯田是按田亩下拨的田金,田种与不种,官府照样从朝廷拿到银两。官府就拿这些朝廷的钱放高利贷,开赌馆、妓馆,哪里还管百姓的死活?到头来吃亏的还是农民。"

吕僧珍说:"当然还有朝廷。"

"是这话呢。"那人说,"可皇帝老儿坐在金銮殿里,他哪晓得这些情况?"

萧衍像是自语,又像是问他身边的人说:"官府如此贪赃枉法,为什么派出去的典签不负责上报?"

"典签顶个屁用，说是朝廷派来下监督诸侯的，其实是得了好处，早就与那些混账王爷穿着同一条裤子，有的就与那些王爷一起为非作歹，只瞒着皇帝老儿一人。"

一旁的萧宏听不过去，说："大胆刁民，皇帝陛下是你们这样称呼的吗？"

萧衍阻止了六弟，说："骂得好呢，你们都听到了，各路诸侯为非作歹，官府也是拿着朝廷的俸禄，却干着欺瞒朝廷，危害百姓的勾当。皇上坐在深宫里听着赞歌自我陶醉，这样的朝廷，还不该被老百姓骂吗？"

这一年八月，梁武帝发布诏命，在继续扩大屯田屯兵的同时，下令流落他乡的农民一律回乡种田，恢复原有的田宅，除官府确实在垦者外，全部都拿来分给农民。

经过天监元年的天灾，上天终于垂顺萧梁。天监二年，整个江南天遂人意，其他各州郡也都风调雨顺。由于朝廷鼓励屯田，多数农民回归乡野，农民有了土地，年成又好，干起来就特别卖力。这一年秋天，萧梁境内粮食全面丰收，而在江南的一些地区，由于土地肥沃，更是获得高产。

八月中旬，萧衍下诏对建康附近的同泰寺进行维修改造。意外的是，工匠们在一处废墟挖出一些晶莹剔透的圆珠以及一丈余长的金色毛发。根据慧超的鉴定，这正是佛的骨舍利和毛发舍利。这实在是一件让萧衍兴奋无比的事情。为了这一千年不遇的发现，萧衍决定在修复一新的同泰寺设一场佛教四众的无遮大会，让所有的佛教信众都能瞻仰这一伟大的发现。萧衍让人将佛的骨舍利置放于一只金钵内，舍利在钵内放出耀眼的光芒，在场的四众弟子一个个惊叹不已。萧衍向前来观看佛舍利的慧超说："佛陀涅槃数百年了吧，没想到佛的舍利会现身在我的南梁帝国，这真是一件不可思议的事情啊。"

慧超平静地说："佛的法身本来就是常住不坏的，它得因缘而生，这也正是陛下的帝国将会佛法大兴的兆头。"萧衍命人在同泰寺建造金塔和银塔各一座，每尊塔高约丈余，用以供奉佛的骨舍利和毛发舍利。

秋收时节，萧衍再次带着他的几位王爷，去朱雀航外的籍田看望收割。年初他去籍田看望播种时，朱雀航外到处是临时搭就的窝棚，到处是饥饿的浪民。而此时萧衍来时，朱雀航外却又成了一片热闹的交易市场。萧衍有意让人放慢车速，好看看沿途的风光。忽然，前方出现骚乱，他的辇车被人拦住。卫士正将一个老者从大路上野蛮架走，老者叫着："我要见皇上，我有话要向皇上说!"

萧衍让人传话过去,带那个老者过来。老者被带过来,跪在辇车前说:"皇上还认得贱民吗?"

萧衍掀开辇帷,认出老者就是春天窝在一间破旧的棚子里,等待放粥的老者,于是说:"你怎么还在这里,还没回家吗?"

"回家了,今天是来朱雀航卖粮食的。皇上,今年收成好啊,我的田一亩打到二十斛啊。我拦住皇上的辇车,就是要告诉皇上这些啊。"老者说时,脸上有着挂不住的笑。

萧衍抑制不住内心的高兴,说:"今年到底打了多少粮食,能卖到多少钱?"

老者说:"老拙从地主手里租了六亩地,总共打了一百二十斛粮食,再交上赋税,所剩也就无几了,不敢多卖啊,卖多了,年底一家人又得饿肚子了。"

远远的,有很多人围在那里看热闹,萧衍向远处的人群招了招手,示意他们再派几个代表过来。立刻,又有几名百姓被带到这边。萧衍向一个看样子是下级官员的人问道:"你是管税收的吗,今年税收怎样呢?"

那位下级官员也跪到辇车前,说:"启禀皇上,农民在这里交易,我们到现场收税,仅这一天,就收到税款八千钱。"

萧衍说:"很好。这些年,萧宝卷昏政,致使国库空虚,现在就指望你们的税收了。"

"皇上尽管放心,为皇上的宏图大业,臣等肝脑涂地,在所不辞。"

然而老者插话说:"皇上,粮食增产了,卖不出价来,赋税却还是按田亩数来收,农民日子还是不好过啊。"

那位官员立即呵斥他说:"不要胡说,税收是按往年惯例来收的。"

皇上亲民,百姓胆子就大了,人群中有人说:"这样的赋税只会对士族有好处,农民是按田亩收税,士族却只按卖出去的粮食数量收税,这样的赋税不公平。"

老者说:"皇上,你当朝以来,农民能够喘口气了,可你要是把对士族的政策与对农民的政策对调一下,农民日子就好过了。小民今天斗胆再向皇上说一句话,皇上制定的刑律废除酷刑,以一家犯罪,连坐处之,但却又规定可以以金粟等物资抵罪,只会对士族有利啊。那些高门大户的子弟,多横行乡里,为非作歹,犯了罪,就可以用钱来抵消罪行。而老百姓犯罪,不仅无钱抵罪，还要受到几家连坐，这样的刑律，有失偏颇。我的皇上、万岁爷呀，这才是小民今天冒死拦辇要说的话啊！"

卫士们驱散了围观的百姓，皇上的辇车继续前行。虽然老者最后要说的那些话让萧衍有些不快，但总的说来，萧衍感到心情不错。真是难得听到这些下层百姓的话啊。在籍田，萧衍甚至真的在侍卫们的搀扶下走到田里，他用手抓了一把黄灿灿的稻子，从中拣出一颗送到嘴里嚼着，他嚼出一股新鲜的米香。

除了年成好，这一年萧衍还迎来两大喜事，其一是他继次子萧综降生后，丁贵妃又为他生下三子萧纲；其二是由蔡法度等人主持的《梁律》二十卷、《梁科》四十卷、《梁令》三十卷修订完成。这实在是两件值得萧衍好好庆祝的大事，尤其是三部律例的修订成功，不仅是南朝以来最大的立法活动，也成为南朝历史上最完备的法律。这三部大律，对讼诉、用刑及犯罪的判决都作了详细的规定。几年之后，萧衍接受老者的建议，针对《梁律》中关于以金代罚，即重刑犯可以财物减轻罪行一条又进行逐步修改。

为了庆祝这两大喜事，萧衍在大成殿举行了一次大型祭孔活动，活动持续一个月之久，其间由他本人主讲《孝经》一部，派去会稽向何胤求学的几位学者也都学成归来，开始在大成殿讲《论语》及《孟子》。祭孔大典上所唱、所奏的礼曲，是萧衍亲自写词，亲自谱曲。

天监三年（504年）正月，萧衍重新授沈约镇军将军、丹阳尹。这是沈约自母亲逝世解职守孝后的再次任职，萧衍要为他举行一次庆祝酒会。萧衍求贤若渴，忽然想起那位反佛斗士范缜在晋安太守任上已干了三年，便决定将他调来京城待命。

那一年萧衍在雍州起兵南下途径郢州时，范缜不顾为母守丧的旧制，专门来看望萧衍，并为萧衍攻打郢州出谋划策。当时萧衍就曾许诺，如果自己成就帝业，一定不会忘记范缜。萧衍果不食言，就在他登基不久，即任命范缜为晋安太守。现在，因王亮等人的拒不合作而被免职，萧衍深感人才的缺失，于是又一纸诏书，将范缜调到京城待命。这对于范缜来说，是很大的恩宠了。范缜自然有志得意满的快慰。在他从晋安来京的途中，正好路过不久前被免职的原尚书令王亮的住地，于是便顺道前去看望。看到王亮目前处境凄凉，范缜顿生同情。王亮一生为官，现告老还乡，却过着连一般老农都不如的生活。

于是，范缜便把自己随身所带的财产悉数留给了一生清廉，回乡后又未得到朝廷任何赏赐的王亮。

范缜去看王亮，这件事很快就传到萧衍那里。萧衍虽然心中不悦，但却并未表现出来。萧衍为沈约的再次任职举行庆祝酒会，当然也有为范缜接风的意思。

酒会是在一种社会复兴的大背景下举行的，无论是酒会的主办者萧衍，还是应邀出席酒会的大臣们，都带着极其轻松的心情前来参加。皇家乐队奏起由萧衍作曲的礼宾曲，萧衍频频举杯，大臣们开怀畅饮。

萧衍的心情如此之好，真是极少看到，于是人们一边作诗，一边竞相向皇上敬酒。萧衍已不再饮酒，只以茶相代。酒会进行到尾声，萧衍忽然说："朕自坐政以来，所闻者，多为谄媚之言，今日难得群臣聚会，望各位就朕问政以来得失，畅所欲言。"

沈约等人立即发言，对萧衍称帝以来的政策大加赞扬，总结起来有以下几条：一、振兴纲纪，加强文治，其中又有制作礼乐，尊儒贵教，倡俭慎刑等；二、优借士族，重用寒流……所有"畅所欲言"，全是所得，并无所失。

范缜在官场上一直就是另类，最看不惯的就是沈约之流的拍马溜须。趁着几份酒意，范缜站起来说："陛下要臣等畅所欲言，尽说得失，但大家刚才发言，只有得，没有失，这就有失公允，也不符合陛下的圣意。"

在场人都大吃一惊，他当年的文友御史中丞任昉更是向他抛着眼风，示意他不要因自己的憨直而坏了这难得的君臣相聚的和谐气氛。然而范缜偏偏就是那种不附大流的个性，就决定趁着酒意，来个竹筒倒豆子。

"陛下革除昏政，振兴纲纪，尊儒贵学，倡导俭朴，的确在南朝帝王中绝无仅有，但陛下在用人方面仍有臣百思而不得其解处。谢朏只会埋头书斋做死学问，却从无学术建树，更没有什么实际才能。但陛下却三请四邀，委以重任，规格之高，前所未有，致使一些趋炎附势者趋之若鹜。王亮为官清廉，为人正直，但陛下在任他尚书令不久即再将其免职，免职后，朝廷对他既无赏赐，也无追封，不免让人心寒。王亮究竟有何大错，竟遭陛下如此冷遇？不就是因为陛下寿辰那天没像其他大臣一样对陛下礼敬吗？陛下对一位大臣的处置，不是带着太多的个人恩怨了吗？"

现场的气氛陡然紧张起来。范缜所说的谢朏，其人生性懒散，做学问有

一套，做官却是外行。几年前，萧衍三请四邀，谢朏终于做了一名副丞相，几年过去，谢朏不事政务，府上门庭冷落，成为建康城里的一段政治笑话。现在，范缜重新把这件事挑起来，差不多就是当众羞辱萧衍了。

萧衍果然脸上挂不住，他闷着头将杯中的茶一饮而尽，终于说："范太守，你要对自己的言论负责任。"大殿上此时鸦雀无声，萧衍又指着范缜说："你可以在朕驳斥你之前收回你刚才的言论。"这明显是希望范缜在大庭广众之下承认刚才的错误，给自己挽回一点面子，同时也给范缜一个可下的台阶。范缜意识到自己触怒了萧衍，但在大庭广众之下，范缜绝无收回自己言论的可能。他看了看四周，人们都低着头，没有一人肯站出来支持他，他只得稍稍缓和刚才的语气，说："臣愿意听到陛下关于对这二人冰火不同的道理。"

萧衍清了清嗓子，却撇开谢朏，专提王亮："那好，朕且先列出王亮的十大罪状，也请在场各位以正视听。其一，王亮身为前朝尚书令，未能对萧宝卷的倒行逆施予以阻止，有失尚书令职责；其二，萧宝卷滥杀无辜，凡当朝重臣几乎尽被诛杀，王亮竟能出任尚书令，可见其是与萧宝卷沆瀣一气；其三，王珍国、张稷等人以杀昏君的方式拥戴我义军入城，算得上一项义举，事后王珍国等人邀群臣对此行共担责任，王亮拒不签字，可见他与萧宝卷感情之深，往来之密切；其四，对我义军进驻建康，王亮一直态度消极……"萧衍一口气竟真的罗列出王亮的十大罪状，然后拂袖而去，庆祝酒会不欢而散。

本来是一场君臣相聚的欢乐场面，却被范缜给搅散了，在场的大臣都表示对范缜极大的不满，纷纷指责范缜，并表示要上表弹劾。范缜既做了，当然也敢于承担，说："身为皇上，如果对臣子的诤言如此不悦，今后又如何问政？如何在细微处革除昏政？该弹劾的是你们，你们身为大臣，只一味拍马溜须，让皇上偏听偏信，只会促使皇上昏庸，我范某人决不与你们同流合污。"说完也学着萧衍拂袖而去。

京城士大夫掀起一股对范缜围攻的狂潮，与此同时，一份弹劾范缜的奏章递到萧衍手中。奏章中同样列举范缜十大罪状，其中一条即是范缜与被贬前尚书令王亮的私下交往，被认为是一场暗地里的阴谋云云。萧衍批准了大臣们的弹劾，不久，范缜被贬广州。当首都建康在浑浊的波涛中渐渐远去时，站在船头上的范缜像是对建康，又像是对自己说：你等着，要不了几年，我会再回来的。

四月初八,是佛教中释迦牟尼的诞辰日。这天清晨,萧衍悄悄来到光宅寺,完成了一个帝王在释迦像下的皈依大礼。也就在这一天,萧衍正式向外界宣布,他将"舍事道法,皈依佛教"。这件事在朝野的震动之大,可用"天崩地裂"加以形容。因为此前,虽然自东晋以来历代帝王都对佛教特别尊崇,但没有一个帝王会公开宣布以个人的名义皈依佛教。萧衍的皈依佛教,意味着自东晋以来关于出家僧人是否应该向皇帝礼拜的漫长争论显得多余。

四月十一日,萧衍又发布敕文,再次对自己的皈依佛教一事作了更深层次的阐述。他认为,在所有儒、释、道三教中,唯有佛法是正道,其他皆是邪道,他之所以皈依佛教,即表示从此以后"舍邪归正"。虽然萧衍对自己的皈依佛教解释为纯个人行为,但他却要求公卿王侯、文武大臣也能够舍邪归正。

位于东宫附近的华林园是三国时期吴国修建的一所大型园林,内有舞厅,备有大型编钟,供皇上及其亲属们娱乐。齐武帝时期,即对华林园进行改造,将这里辟为一处佛教道场。萧衍对华林园再进行改造,撤除编钟,禁止一切游乐,他决定每年腾出时间,请一些高僧在华林园举行讲经活动。与此同时,板桥附近法王寺建成,萧衍又请慧超担任法王寺住持,慧超却推荐他的兄弟慧云前往。不久,萧衍又提出请慧超担任管理全国僧尼的大僧正,慧超仍然提议让慧云担任。皇上对佛教的爱好和推崇,让原本有着浓厚佛教信仰气氛的江南,一时间兴起信佛的狂潮。

舍道事佛诏文发布不久,第一个站出来支持萧衍的不是别人,正是从道教世家出身的沈约。沈约先为萧衍写了《佛记序》、《应诏进佛记序启》,接着,又以个人名义写了《忏悔文》。他在该文中先叙述了自己由道信佛的过程,并以真诚的忏悔之心承认自己前世和今生所犯下的种种罪孽,表示今后要"兴此愧悔""永息来缘"。由这一系列文章来看,沈约虽然曾经是一个坚定的道教信仰者,但现在俨然就是一个虔诚的佛教徒了。

还没等沈约在忏悔中醒过事来,朝廷迎来一位珍贵的客人,这个客人就是茅山道士陶弘景。陶弘景此来,向萧衍献出他炼了十多年的丹药十余颗。萧衍当即服之,果然就像沈约此前所说,有"身轻如燕"之感。陶弘景在建康住了十多天,临走时,萧衍赠他黄金一百斤、白银二百斤、朱砂若干,助陶弘景继续炼丹。不仅如此,萧衍又拨出一笔重资,让陶弘景在茅山重修道观,并印道经一百部。而这年年底,萧衍又做出一项重大决定,凡在皇家大学"五馆"学习的人，只要读通一部儒家经典，即可由朝廷任职为中央或地方官员。

陶弘景的到来发生在萧衍"舍道事佛"的几个月后，仿佛给外界一个信号，萧衍的所谓"佛法是正道，其他皆是邪道"只不过是他个人信仰的一种表态，并不代表萧衍对儒、道的舍弃。这样一来，匆匆忙忙以虔诚的佛教信仰者的姿态发表一系列扬佛文章的沈约反而显得特别被动了。自以为极能揣度萧衍内心的沈约不知道萧衍的葫芦里到底卖的是什么药，他觉得做了皇帝的萧衍的行为越来越让人难以理解了，自己有一种被耍了的感觉。

虽然萧衍宣布"舍道事佛"并没有触及茅山名道陶弘景的根本利益，但陶弘景却对沈约在信仰方面的朝令夕改大为恼火。沈约出生在一个道教信仰的家庭，其本人在年轻时也是一位道教信仰者。但到了齐永明年间，因为齐武帝等皇室集团对佛教的推崇，沈约也不得不热衷于佛教。而到了齐明帝和萧宝卷时期，因为这两代帝王都信仰道教，沈约又回到道教的立场上来，甚至一度跑到七十二洞天的桐柏山，专事修道。现在，当萧衍宣布"舍道事佛"，沈约再次成为虔诚的佛教信仰者。陶弘景在紧张炼丹的同时，开始撰文对沈约的重要崇佛文章《均圣论》进行接二连三的批驳。陶弘景认为，佛教是外来宗教，而道教才是本土的宗教，为什么要弃本土而信外来？沈约当然给予回应，他认为，佛法自古有之，只是此前在中土未得兴盛，直到武帝兴佛时，中土的百姓才有幸聆听佛的教诲。陶弘景则反唇相讥，如此说来，生在当下的中土百姓真是太幸运了啊！

## ▌赤脚的不怕穿鞋的

天监五年（公元506年），江南又是一片赤地千里。人们抬着龙王，敲着锣鼓，对天祈雨。然而一连数月，老天爷仍是滴雨未下。

这个时候，萧衍忽然想到那个疯和尚宝志。正要派人去找宝志，宝志突然出现在他的奉天殿里。

"承蒙大师上次替朕把脉，朕已明白杀障欲障乃人生的大病。现在老天有病，该如何诊治呢？"

"胜鬘、胜鬘。"宝志说完这句，掉头就走。

"朕明白了，"萧衍追上去说，"过几天就是观世音菩萨的圣诞，朕这就去请慧超在光宅寺讲七天《胜鬘经》可吗？"

"可、可，未可、未可。"

虽然不明白究竟是"可"还是"未可"，但萧衍还是请慧超在光宅寺讲了七日《胜鬘经》。慧超讲经圆满的那天，宝志来了。萧衍连忙迎上去说："老天爷病得不轻，大师还有另外的治法吗？"

宝志抬头看了看天，又趴在地上听了听，说："刀覆盆水。"

萧衍让人准备了一盆水，然后再将一把刀搁在水盆上。奇迹发生了。从天边忽然传来隐隐雷声，刚才还烈焰腾空，立刻就乌云翻滚，不等人们省过事来，大雨倾盆而下，一直下了几个时辰。人们在大雨里载歌载舞，萧衍激动得泪流满面，说："这个宝志虽然处身在尘垢的世界，但他的精神却优游于静寂的太空。他是我们当今世界真正的圣人。"

道教领袖与文坛霸主之间关于"崇佛"还是"崇道"的争论终于结束，陶弘景收起他的乩尺，拿着皇上赠他的黄金、白银和朱砂回到茅山，开炉炼丹去了。他觉得，或许再过几年，当皇上宣布"舍佛事道"时，沈约又会写出大量关于道教正统的文章来。而对于他来说，最重要的是趁着皇上对道教的兴趣未减，赶紧炼出一炉好丹来。作为一个职业道士，一切的嘴上功夫都是假的，炼出丹来才是硬道理。

建康刚刚平静，大僧正慧云忽然又向皇上报告说："范缜自从被贬广州后，一点儿也没有消沉，他将十九年前的那本小册子《神灭论》删繁就简，做了重新修改，在士大夫中间广为散发，其矛头直指皇上的以佛治国之道。"

萧衍终于想起，已经很久没有听到范缜的消息了。

"好久没听到那个范先生的危言高论了，不知道他在广州过得怎样啊。"

沈约说："听说他过得不错，他在郊区买了一栋旧居，每天就在那里读书、写文章，当然，还有钓鱼和带孙子。"

"难得他过得如此悠闲，这倒不像他的性格。"

早在永明年间，竟陵王萧子良在西邸开办盛大的文学沙龙，吸引了无数文学发烧友前往。在那些文学发烧友中，当然不乏饱学之士以及"八友"那样的文学才俊，但更多的是一些附庸风雅者。这些人多出身士族，文学既是他们的爱好，也是他们进阶的阶梯。范缜出身寒门，六岁时，他的父亲就死了，母亲含辛茹苦将他送到私塾念书。虽然他赤着脚，穿着打了补丁的衣服，

但他在那些公子哥儿面前一点也没有自卑的感觉。相反，那些富家子弟常常因为他的危言高论而对他五体投地。由于范缜出身寒微，直到三十岁时，他的才华才被朝廷看中。然而，他的一身傲骨以及他的另类个性，总是让他官场不顺。一次次的打击，并没有让他从此消沉，相反，他在寂寞中不断磨砺自己的剑锋，然后在他认为必要时猛然出击。他吼出的每一嗓子，都成为那个时代不和谐的音符。

萧衍不仅欣赏范缜独树一帜的学识，更欣赏他的桀骜不驯，在当年的竟陵王府，两人很快就成了铁杆哥们。

萧子良经常会请一些京城高僧来西邸举办讲经活动，当那些懵懂的文学发烧友们被几位高僧的佛世界弄得神魂颠倒、六神无主时，范缜却在一天跳起来，大声地说："在我们这个世界外，绝没有另外的世界，也没有什么神佛。"范缜吼出的这一嗓子，也让他从此在人们的眼里成了另类，一个与当下的潮流格格不入者。最不能接受这种另类议论的当然是西邸文学集团的首领萧子良，萧子良说："你怎么能说世上无佛，你不承认有佛，也就是不承认有因果存在，你不承认有因果，我请问你，为什么这世上有人生来富贵，有人生来贫贱？"

范缜原以为萧子良会用些稍微高深些的理论来驳击他，没想到却是这样一些鄙夫陋妇般的腔调，顿时哈哈大笑，说："贫贱富贵，原是偶然，就像同样的种子，随风飘落，那落到肥沃之地者必然肥硕，那落在贫瘠之地者必将贫瘠，又与因果有什么关系？"

范缜性格外向，极具张扬，越是面对众多的敌手，越是能刺激他的论辩神经，让他处在极度的兴奋状态。人们把他看作一个斗士，一个反佛斗士，或者就是一个疯子。他的友好王融看不过去了，王融知道，范缜对抗的不仅仅是一个竟陵王，而是一股潮流。而对抗潮流的人，最终是一定会被这股潮流淹没的。他劝范缜说："老朋友，你为什么不把你的精力向别处转移？以你的才干，何愁不能把官做到中书郎的位置，你又何必要与竟陵王大唱反调？"范缜哈哈大笑，说："如果我范某人出卖自己的观点去换官做，又何止于中书郎？尚书令都做上了。"

听到范缜在广州的消息，萧衍忽然就有些想念那个不修边幅、一身傲骨、不附潮流、不慕权贵的老朋友了。想到自己依仗皇上的权威，为了一丁点事情，就将人家贬到边远的广州，多少有些不够厚道。好多次，他都想把范缜再召到京城来，给他一个虚职，将他养起来。他知道，范缜会在心里蔑视他，甚至会怀疑和嘲笑他作为帝王该有的胸襟。陶弘景与沈约之间的论战刚刚结束，寂寞的宫城又恢复了往日的寂寞。随着他帝位的稳固，人们围在他的身边，唱着同一首歌曲，说着同一种话语，这样的学术气氛，是他所不乐意见到的。趁着慧云攒足的火药味，他决定再拿范缜的《神灭论》说事。就像当年萧子良的西邸文学一样，来点儿胡椒面加大葱，或许并不是什么坏事。

然而，当萧衍读完范缜重新修改的《神灭论》后，就再也轻松不起来了。这本《神灭论》，是范缜对魏晋以来所有神灭理论的综合与发展，又结合中国几千年来传统的自然与名理进行论辩的方法，说神灭的根本即是佛灭。几年前，作为朋友的萧衍曾在私下里向范缜指出神灭论立论上的空虚以及文字上的漏洞，范缜接受了他的这一批评。慧云说得没错，被贬广州的范缜并没有在钓鱼和带孙子这两件事中消磨时光，他接受了萧衍的意见，在《神灭论》上重新下了一番功夫。现在，这部另类著作终于以较为完备的理论再度问世，但接受了萧衍意见后修改的《神灭论》，正好砸到正欲推行佛化治国的萧衍的脚了。正应了一句成语：搬起石头砸自己的脚。

天监六年（公元 507 年），萧衍作《敕答臣下神灭论》，正式拉开一场关于神灭还是神有的大辩论的序幕。

慧云立即将皇上的这篇文章印成册子，散发于士大夫及僧侣中间。借着皇上的权势，慧云号召诸王、尚书令、中书令、卫尉、吏部尚书、常侍、侍中、太子詹事、太常卿、黄门侍郎、石卫将军等王公、朝廷大臣、武将以及地方长官、长吏（如丹阳尹、建康令、扬州别驾）等，还有五经博士、司徒祭酒等学官群起响应，撰写批判文章，形成对于范缜"神灭"危言的舆论声讨。皇上都在批判神灭论了，臣下就没理由不跟着起哄的。短短时间内，即有数十篇针对神灭论的批判文章问世，从而形成对范缜的群体攻势。萧衍把这数十篇文章逐个看过，他不能不承认：这六十四篇文章无论是在观点还是在文字上，都难能与被批判的对象站在同一高度。虽然士大夫们争相建寺、造佛，但若要问他们对来自西域的佛究竟了解多少，却没有一个人能说出子丑寅卯。

批判的武器不能代替武器的批判。就在萧衍陷入困境时，沈约求见皇上。萧衍知道，沈约虽然在他的《郊居赋》中将自己说成比晋时的陶渊明还陶渊明，但沈约从来就不会甘于寂寞,在刚刚结束的佛道之争中的沈约并未能占上风,在这场批判范缜的大论战中,沈约是一定会有上乘表现的。

沈约呈示给皇上的三篇文章分别是《形神论》《神不灭论》和《难范缜"神灭论"》。到底是文坛领袖,果然出手不凡。萧衍认为,沈约的三篇文章虽然不能将范缜彻底击溃,但至少能让范缜意识到,在这个世界上,他还是有对手的。

然而远在广州的范缜读到沈约的三篇批判文章后,在第一时间里就作出回应。他写信向皇上说,作为另类个体,不日他将买舟东上,与沈约为代表的政府集团军进行论战,"就请皇上洗净耳朵,再听臣下的危言高论吧"!范缜的回应正触到萧衍的兴奋点上,萧衍当即决定:等范缜来京,立即在奉天殿举行一场关于神灭还是神有的辩论,双方各自亮剑,一定胜负高低。

范缜临来京时,他的妻子特意给他准备了一件体面的衣服,又给他穿上一双她连夜赶制的布鞋。范缜就是穿着他妻子为他准备的衣和鞋走到皇宫的。想着那一年他离开建康时曾说,要不了多久,我范缜还会再来的,现在,自己终于来了。他踏上岸来,建康一切依旧,只是在他的眼里,建康的一切都充满了火药味。远远的,他看到奉天殿里黑压压站满了曾写文批判他的人,正中的龙位上坐着他昔日的文友、当今皇上梁武帝。此刻,奉天殿里鸦雀无声,所有的人都用一种冷得像刀刃一般的目光朝他这边刺来。这一刻,他忽然想起七岁那一年他第一次到私塾上学时的情形。那天,他穿着母亲给他准备的一件干净的衣服,脚上是母亲给他赶制的布鞋。他一连走了十几里路,当他走到私塾门口时,他看到那些穿着时鲜衣服的纨绔子弟们正堵在私塾的大门口。他忽然心疼母亲做的那双布鞋,于是脱下鞋,将两只鞋猛力拍打了几下,就这样赤着脚,一直往前走去。

现在,他仿佛又回到他的童年时代,还是那句老话:赤脚的不怕穿鞋的,于是,他沿着一级级汉白玉台阶,向奉天殿走去,就像七岁那年坦然地走进私塾一样……

## 北伐,北伐

天监元年(公元502年)二月的一个深夜,一支军队包围了南齐鄱阳王萧宝夤的王府。

当萧衍攻入建康后,作为明帝的第六个儿子、萧宝卷的同母兄弟,萧宝夤一直就做着被诛的准备。然而,当那天晚上萧衍派来的军队冲进鄱阳王府时,士兵们把鄱阳王府翻了个底朝天,也不见萧宝夤的影子。于是,萧衍的军队封锁了整个建康城,他们搜查了城内的每一个驿站,每一处码头,但仍然没有发现萧宝夤。

事实上,早在半个月前,萧宝夤就已经做好逃走的准备,那些日子里,萧宝夤夜夜像土拨鼠一样缩在他事先挖好的一个地洞里。那个地洞连接着一个通向鄱阳府外的通道,一有风吹草动,他就会沿着那条通道赶紧逃生。

萧宝夤从那条秘密通道逃出王府后,知道城内到处都是搜捕他的军队,他不敢冒险出城,就藏在附近一只巨大的粪坑中。他忍受着粪便的恶臭及阵阵袭来的寒冷,直到风声稍停之后,才从粪坑中爬出,趁着月黑风高,悄悄溜到长江边。他在长江里洗净了身体,杀死了一个渔人,换上渔人的衣服,驾着渔人的小船开始向长江西岸艰难行驶。然而风实在是太大了,身为王爷的他又全然没有驾船的经验,他的小船差一点被风浪掀翻。直到天亮,他发觉自己仍然在建康的控制区内。而就在这时,一支巡逻队开到江边,远远的,他们看到一只渔船在风浪中游弋,于是便向那渔船大声叫着:"那渔船上人听着,看到一个王爷模样的人从这江边经过吗?"吓得半死的萧宝夤从士兵的愚蠢中获得启示,他知道,以他的智慧,完全能够从这些人的视线中逃脱。于是,他拾起渔人的渔具,装模作样地摆弄着,一边头也不回地说:"王爷要到这里买鱼吗?这么大的风浪,我干了一早上,还没打到一条鱼呢。"那几个士兵半信半疑地朝渔船上看看,很快就离开了。

萧宝夤对天祈祷:苍天啊,如果我萧宝夤命不该绝,请助我一臂之力,让我逃离这座血腥的魔城。说来也奇怪,萧宝夤祈祷毕,江面上突然生起一阵弥天大雾,风向也立时大变,于是,他的船顺着风浪,一路向对岸漂去。也就在这时,那队巡逻的士兵觉得有异,当他们掉转队伍再次扑向这只渔船时,却只能眼巴巴地看着小船一路顺风顺水,向对岸漂去。

不知什么时候,船漂到对岸,他仓皇地爬上江岸,饥饿和寒冷让他几乎昏倒在江堤上。等他醒来时,雾已散了。他向一个渔民打听,知道这是到了北徐州的地域,仍然是萧衍控制的区域。他不敢往人多的地方走,只好等到

天黑，才就近找到一个酒馆，把肚子填饱了，继续向北边走去。在一个村口，他看到贴有他画像的告示，赶紧把草帽压低，以遮住自己的颜面。

就在他胆战心惊地走走停停、停停走走时，忽然有人在背后拍了他肩膀一下，说："王爷，您怎么在这儿啊？"他吓了一跳，回过头来，认出那是他过去手下的一名部将，名叫华文荣。几年前，华文荣因酒醉而闹出一桩人命案来，被萧宝夤保了下来。华文荣不敢再在建康居留，只得回到老家，在一个县衙当差。

"王爷，您不能这样走，到处都张贴着悬赏捉拿您的告示，太危险了。"

他实在走不动了，说："我走不了了，你得帮帮我。"

华文荣说："您等着，我替你找一头驴子来。"

华文荣走后，萧宝夤并不放心，万一华文荣去通知官府前来捉拿他，那他不是死定了吗？他躲到附近的一个坟地里，趴在一只坟丘后观看动静。不一会儿，他看到华文荣果真牵着一头驴子走过来，于是他从坟地里走出来。华文荣让他骑在驴子上，然后一直将他带到家里。萧宝夤在华文荣的家里一直住了半个多月，外面风声稍息，那些张贴的告示也多被风雨打糊了，萧宝夤决定出门。

"王爷，您要去哪里？"华文荣问。

"事到如今，我还能去哪里？"

华文荣说："王爷一个人走文荣不放心，文荣冒死陪着王爷。"

萧宝夤感激地说："将来我成了大事，一定不会忘了你。"说着，仍骑着那头驴子，二人装成生意人，一路向北边走去。

三月，建康城内外已是柳絮纷飞，而在北魏都城洛阳，却仍是寒风料峭。沿着广袤的北方平原走了大半年的萧宝夤出现在洛阳城外时，所有见到他的人都把他当做一个从死人堆中爬出来的家伙。他衣衫褴褛，浑身酸臭，眼眶里却射出一道逼人的光芒。没有人知道他究竟是什么人，也没有人知道他从哪里来。萧宝夤沿着洛阳的城墙一直向城里走去，这一刻，他忽然想起死去的父亲齐明帝萧鸾，想起被父亲推翻的萧昭业，想起那个一直想踏平北方大地的齐武帝萧赜。那一代代的帝王做梦都想着北伐，北伐，在梦里都想着亲自踏上北方的大地，去看看洛阳的白马寺。现在，他却真的走在洛阳城的街道上，然而却是另一种心境。

在洛阳城，萧宝夤没有选择跳楼，也没有选择跳桥，而是选择在皇宫对面的广场上铺了一块草席，然后就不分白天黑夜地坐在那冰冷的草席上。他忍受着北方大地刺骨的寒冷，像一个囚犯一样坐在他自己划定的囚牢里寸步不离。他就是这样坐在那里，面对着洛阳人好奇或戏谑的目光，脸上是那种与这冰冷的大地一样冰冷的刚毅和执着。他冰冷的身体再也不能融化那些纷飞的雪花，雪在他的身上铺了一层又一层，他成了一座雪人。

一个月后，他终于引起北魏朝廷的注意，当得知他的身份后，北魏宣武帝元恪立即指示，要按最高的礼遇来接待这位从建康逃来的前王爷。然而元恪并没有答应萧宝夤立即派兵攻打建康的请求。自从北魏孝文帝元宏死去后，北方的天空顿时暗淡了许多。又经过一番激烈的政治斗争，少年天子元恪坐上了皇位，然而这个十九岁的北魏皇帝既少年气盛，又天性怯弱。这几十年来，南北战争打了一场又一场，但谁都不能说自己是真正的赢家。他知道在他的手里，北魏王朝与那个南方"岛夷"一定还会有一场恶战，但是，就像以往的那几十次战争一样，他的北魏王朝绝无取胜的把握。

或许是同龄人之间有着更多的沟通，对于萧宝夤的遭遇，元恪深表同情，他让人专门给萧宝夤在皇宫附近腾出一处豪华的院落，又让人给萧宝夤送去一个年轻美貌的北方姑娘。然而萧宝夤只是像一座塑像，依然静静地坐在那片草席上，始终一言不发。

这一年的六月，在江州宣布武装叛乱的刺史陈伯之终于兵败而逃。八月，陈伯之在洛阳看到萧宝夤像雕像一样坐在那片草席上时，哭了。

元恪并没有给陈伯之送去一座豪华的住所，也没有给陈伯之送去一个抚慰受伤心灵的北方姑娘，但元恪还是在宫里接见了陈伯之。元恪在听完陈伯之的痛述后说："前番背南齐而降萧衍，今又背萧衍投我北魏，朝秦暮楚，反反复复，如此奸佞小人，我若留你，此后必是祸害。推出去，斩了。"元恪话毕，陈伯之即被人捆得像一只粽子。陈伯之一声大笑，说："南北之间打了几十年，我现在终于明白为什么被我南朝人称作'索虏'的北魏总是胜少负多了，原来北主都是如陛下一样鼠目寸光，视黑为白，视良为恶。"

元恪说："你以为用这种方式辱骂朕，朕就能饶了你吗？"

陈伯之正要被人推走，一旁的中山王元英附在元恪耳边说："陛下可暂饶了他，萧梁朝廷立足未稳，昨有萧宝夤请求发兵，今又有陈伯之自请伐梁，

就凭这两人对萧梁的仇恨，足可抵挡十万梁军。"

梁天监二年（公元503年）四月，北魏皇帝元恪派出七万大军分三条线路发动又一轮南北战争。一线分东西两翼向南推进，其中东翼由南齐逃亡而来的鄱阳王萧宝夤领军一万驻屯东城（今安徽定远东南），西翼由萧梁投诚而来的陈伯之领兵一万驻扎阳石（今安徽霍邱东南），两支人马很快推进到长江以北沿岸。二线由中山王元英亲自领兵三万，迅速占领南梁北方重镇义阳，再由义阳南下，将梁军逼到江汉一带。三线由另一魏将邢峦率部两万由汉中出发，迅速占领巴中（今四川绵阳），其目标是攻取益州（今四川成都）。

北魏三线大军像三股汹涌洪水，迅速向南境扑来，其攻势之猛，让猝不及防的萧梁王朝面临自东晋以来最严重的军事威胁。仅仅一年有余，梁境内沔北、淮南、汉中大片领土丢失。萧衍意识到，战况不容乐观，北魏人的节节胜利，让刚刚建国的萧梁王朝陷入空前被动。

然而正如俗话所说，手中有粮，心中不慌。萧梁建国后，除当年全境洪涝灾害，此后的几年几乎年年风调雨顺，粮食增产，再加上萧衍一系列拨乱反正的举措赢得人心，梁境内士气高涨。梁天监四年（公元505年），萧衍在料理内政初见成效后，决定大举北伐。来而不往非礼也。萧衍对此次北伐所提出的口号是：踏平"索虏"，统一南北。这一年十月，萧衍亲撰《北伐诏》，在这份诏书中，萧衍分析了当前的形势，痛斥了北魏"索虏"的行径，指出，若我再不奋起反抗，就将有亡朝之虞。他告诉全境百姓，接连几年的粮食增产，为我萧梁的北伐奠定了胜利的基础，既然对方要打仗，我们只得奉陪。仗既然打了，我们的目标就不仅是收复失地，而是恢复中原，直捣洛阳，统一南北。

萧衍的这份诏书写得慷慨激昂，极具号召力。萧衍也为这次北伐准备了数倍于北魏的兵力，而器械之精良，装备之齐全，军容之整齐，是自有南朝以来，从未有过的强盛之师。

## 洛口溃败

萧衍的《北伐诏》发布于梁天监四年（公元505年）十月，至第二年五月，萧衍派出六十五万大军，浩浩荡荡，渡过长江，向北挺进。

此次北伐，萧衍亲自部署，同样分三步战略：一，东部挺进。萧衍命卫尉杨公则率他的羽林军迅速挺进至北魏指挥中心寿阳以东洛口，以向北魏示威；二，西部骚扰。领军将军王茂于西翼率部进至沔北一线进行骚扰，以牵制北魏守军，阻止其兵力调往东线支援；三，中部夺取。萧衍派出最善于作战的右军将军韦叡、曹景宗两支部队由中路攻城拔寨，这才是萧衍北伐的主战场。完成此三路作战，大部队进驻洛口，一举攻取北魏指挥中心、北方重镇寿阳。

然而，当各路将士按照部署一一到位，即将开拔时，萧衍却突然宣布：担任此次北伐前线总指挥的是他的六弟、临川王萧宏。萧衍的这一决定，就像在热油中泼下一瓢冷水，立即在全军中炸开锅了。谁不知道萧六爷是什么人啊，妻妾成群，儿女上百，纸醉金迷，荒淫无度，唯独没有做对过一件正当事情。皇上吃错药了吗，竟然派这样的人担任前线总指挥？各路将士议论纷纷，最后推举皇上的亲信、也是大家最信得过的步兵校尉吕僧珍代表大家去见皇上，请皇上在这样重大的问题上千万不要掺杂兄弟亲情。吕僧珍不好推托，只好硬着头皮去见皇上。谁知吕僧珍刚一进门，萧衍立即就说："僧珍，我知道你为什么而来。"吕僧珍便直说了："是啊，前线总指挥一职，陛下是否能再作考虑？"萧衍露出一脸的无奈，说："僧珍，你不知道，这一次是临川王自己找上门来，自担重任，朕看在兄弟情分上，就决定给他一次机会。其实，朕何尝不知道临川王胸无点墨，更遑论沙场点兵？正因为如此，此次北伐，朕才派出南梁最强大的阵容，以确保万无一失。"吕僧珍知道，在所有的兄弟中，萧衍唯独对这个六弟特别垂爱。吕僧珍说："陛下，我可是受大家委托前来见您的啊。"萧衍说："你来得正好，朕也正要找你。朕打算派你担任临川王的作战参谋。这几十年来，你先后跟随我们萧家父子两代人，大小战役也经历过无数，这一次就看看朕这六弟到底是个什么材料吧。"吕僧珍还要说什么，萧衍却很快将话题支开，说："朕听说令堂大人不久前过世，你怎么一点风也不肯透啊？你自幼在萧家长大，无论是家父还是朕，一直就把你当做自家亲人。朕已让人将十万钱备足，不日将送到府上聊表抚慰。你放心，这是朕的私人积蓄，朕从不拿国库的钱乱做人情。"

北伐大军浩浩荡荡，韦叡率领他的先头部队很快就拿下北魏的前沿阵地小岘，接着，又乘胜前进，支持先期到达合肥外围的梁将胡景略。胡景略在

合肥城外驻扎有一个多月了，合肥的北魏守军并不是很多，但他们凭借着合肥城高而坚固的城墙，以及城墙外既深且宽的护城河，顽强地坚守在城里，任萧梁的攻城部队一次次做着徒劳的努力。

合肥久攻不下，胡景略有些沉不住气了。就在这时，韦叡来了。

韦叡后来与萧梁的另一位大将陈庆之被人称为"一代军神"，然而这位"军神"却身高不及五尺，且腿有残疾，行动不便，作战时只能骑在战马上，或让人推着一辆小车，他坐在小车上指挥战斗。韦叡让人推着他的小车沿着合肥城转了一圈，他一拍大腿说，我有办法了。第二天，他一面命人赶造船只，一面命人在合肥城外做起水利工程。一开始，无论是他的部下还是守城的北魏人都不知道他究竟要干什么，但过了一段时间，当合肥的护城河外出现一道长长的围堰时，守城的北魏人开始恐慌了。

韦叡的水利工程完工了，他用一副沙哑的嗓子叫喊着："给我挖开淝河，引淝河之水进入护城河！"护城河里的水迅速上涨，水面高及城墙。与此同时，韦叡的战船也造好了。守城的北魏人开始惊慌失措，一旦南梁人的战船靠近城墙，他们的士兵只需从船头纵身一跃，就跳到合肥的城墙上。十万火急，合肥告急！北魏人急忙向远在寿阳的北魏总部请求救兵。

韦叡的数十条战船正要下水，北魏自寿阳发来的援兵到了。这批增援的北魏人很快占领韦叡临时筑起的那道城池，杀死数百名韦叡的士兵。韦叡的部下开始惊慌，说："现在我们的兵力不及北魏救兵的一半，如果硬拼，只怕要吃亏，赶紧向驻洛口总部请求援助吧。"韦叡却坐在指挥车上哈哈大笑，说："多好啊，本来是一场战役，现在变成了两场战役，本来只能立功一次，现在变成两次立功，北方索虏给我们送大餐来了啊。"韦叡向他的士兵们说："合肥城就在我们的眼皮子底下了，这即将到口的美食我们能放弃吗？那边北魏的救兵到了，是死，是战，大家任选其一吧。"士兵们说："战！战死算！"韦叡挥起战刀，指挥作战。士兵们个个奋勇争先，英勇拼杀，外围声援的北魏人或倒在韦叡的士兵的刀口下，或落入护城河淹死，而合肥城内的魏军苦于水淹城墙，只能眼睁睁地看着围堰外的韦叡军队与他们的寿阳援军生死拼杀。韦叡大军英勇无敌，半天之内解决战斗。这时，韦叡再命将士们登上战船，开始登城。那守城的北魏人本来就不是韦叡的对手，又亲眼见到韦叡将前来救援的部队在极短的时间内杀得片甲不留，便纷纷弃城而退。

这是萧衍计划中路夺取的最痛快的一次战斗，韦叡部队剿灭北魏一万余人，缴获战车及数百匹战马。

对于萧梁军队来说，寿阳之外，就只剩下最后一颗拦路石梁城了。梁城的守将不是别人，正是前一年叛逃到北魏的原南梁江州刺史陈伯之。陈伯之狠狠地教训了给他带来伤痛的母国，南梁大将昌义之在陈伯之的城墙下丢下二千多具士兵的尸体。

摆在萧宏面前的战局是，不拿下梁城，夺取寿阳就成一句空话。萧宏召开军事会议，大家有说火攻，有说水攻，有说继续正面进攻，各种意见莫衷一是。这时，一个人站起来说："对付陈伯之，我自有办法。"

说话的人名丘迟，一年前因渎职而在永嘉太守任上遭御史台弹劾，于是投靠到临川王萧宏门下。萧六爷看中了他的一支笔，让他做了记室参军。丘迟从政不行，打仗当然更不行，大家问他有什么办法，丘迟说："我已给陈伯之写了一信，可保我军不费一兵一卒，攻下梁城。"萧宏哈哈大笑，说："陈伯之扁担大一字都不识一个，凡疏章之类，都是他的左右或儿子陈虎牙代为撰写，你给他写信，岂不是瞎子点灯白费蜡？"丘迟说："不一定，越是武夫，越是比一般人更有儿女情长。陈伯之当初投奔北魏，实属无奈，他的妻小均在江州，他对南梁，必然不会像萧宝寅那样有刻骨之仇。信我已写好，我现在就读给大家听，如果你们被感动了，陈伯之必然会被感动，如果你们无动于衷，我就当众烧了此信。"说着，丘迟就开始朗读他的劝降信：

迟顿首：陈将军足下无恙，幸甚。将军勇冠三军，才为世出。弃（燕鸟）雀之小志，慕鸿鹄以高翔。昔因机变化，遭逢明主，立功立事，开国承家，朱轮华毂，拥旄万里，何其壮也！如何一旦为奔亡之虏，闻鸣镝而股战，对穹庐以屈膝，又何劣耶？

丘迟在信中说，追根寻源，当初将军弃梁降魏也算不得什么大错。主上更念陈大人当年之功，常潸然泪下。如今将军家园中松柏常青，却无人修剪；将军的妻妾尚在，却因思念将军而整日以泪洗面。大雁尚且南飞，更何况将军乎？

随着丘迟的朗读，在场人都屏气凝神，细心谛听。丘迟继续念道：

怀黄佩紫，赞帷幄之谋；乘轺建节，奉疆埸之任。并刑马作誓，传之子孙。将军独腼颜借命，驱驰异域，宁不哀哉！

在场已有人开始低泣，丘迟也哽咽难语。他调整了一下自己的思绪，继续读道：

暮春三月，江南草长，杂花生树，群莺乱飞。见故国之旗鼓，感平生于畴日，抚弦登陴，岂不怆恨。所以廉公之思赵将，吴子之泣西河，人之情也。将军独无情哉！想早励良图，自求多福。

当今皇帝盛明，天下安乐。白环西献，楛矢东来。夜郎滇池，解辫请职；朝鲜昌海，蹶角受化。唯北狄野心，掘强沙塞之间，欲延岁月之命耳。中军临川殿下，明德茂亲，总兹戎重。吊民洛汭，伐罪秦中。若遂不改，方思仆言。聊布往怀，君其详之。丘迟顿首。

丘迟读完信，已是泣不成声，在场人等，包括萧宏，都垂首低泣。

丘迟应该感谢这场北伐，如果不是这场北伐，像丘迟这样的二流文人在南北朝注定默默无闻，但是，丘迟凭着一封《与陈伯之书》而流传后世，历史由此记住了一个叫丘迟的文人。

果然正如丘迟所分析的，当他的儿子陈虎牙将丘迟的信读给父亲听时，陈伯之立即伤痛落泪。更禁不住儿子陈虎牙在一旁劝慰，陈伯之终于再次"反复"。当初他带着他的三千江州兵投奔北魏，现在，他又带着他的八千人马投奔萧梁，梁城不攻自破，昌义之带着他的人马进驻梁城。南梁另外两路大军由曹景宗、王茂率领，同样所向披靡，萧梁部队迅速拿下被北魏占领的羊石、霍邱等地。九月，几路大军于洛口会合，套用一句十九世纪英国诗人的名言：梁城已经攻下，寿阳还会远吗？

眼看着城池一个个被南梁人攻破，北魏皇帝元恪急忙调兵遣将，总指挥中山王元英亲自率军，并将正在攻取西线益州的大部队撤至南下，在徐州境内汇合，以解梁城之急、寿阳之危。元英大部队倒也凶猛，一路上过关斩将，阴陵（今安徽亳州附近）一仗，击败萧梁徐州刺史王伯敖，梁军损失五千余人。

元英一路反扑而来，吓坏了一个人，这个人就是萧衍北伐主帅萧宏。这天晚上，萧宏召集军事会议。萧宏说："在本帅的亲自指挥下，北伐取得阶段性的胜利,现在北魏大军全面反扑,我军已损失五千余人,万一再被那厮反扑成功,这次北伐岂不前功尽弃?我的意见是,见好就收,赶紧撤兵。"

北伐将军们本来就看不起这位草包亲王。此次北伐,各路将帅英勇杀敌,取得节节胜利,北魏大军正全线反击,正是需要全军将士振奋精神,继续迎敌,却说什么见好就收?

南齐时代多次出征淮南战场、与北魏交手无数次的韦叡从未见过如此懦弱的主帅,气得大声说道:"大战在即,王爷为何自坏士气?"

北伐副总指挥柳惔说:"我军自北伐以来,拔小岘,攻合肥,又能利用陈伯之投诚,攻拔梁城,逼近寿阳北魏指挥中心,可谓所向披靡。阴陵之战虽小有损失,但无碍大局,怎能因畏惧而马上退兵呢?"

老将裴邃说:"此次北伐,皇上的旨意是为踏平索虏,统一南北,现在撤兵,对得起皇上吗?"

面对将军们的责问,萧宏只是低头不语。

韦叡把眼光投向萧宏的作战参谋吕僧珍,吕僧珍看了看大家,说:"正如主帅所说,北伐已经取得阶段性胜利,现在元英、邢峦率军支援淮南,战略形势发生变化。元英先败徐州刺史王伯敖于阴陵,我军损失五千余人。目前,敌锋甚锐,我军难以抵抗。不如知难而退,尚可全军而还。"韦叡不相信自己的耳朵了,在这关键时刻,吕僧珍竟然站到萧宏一边,萧宏没吃错药原本就是这样的阿六,你吕僧珍是吃错药了吗?

会议不欢而散,刚走出帐外,大将王茂便猛地朝吕僧珍脸上啐了一口,骂道:"皇上派你担任主帅的作战参谋,你不鼓励主帅奋勇作战,反而为主帅的畏战情绪制造理论,看你还有没有脸再面对皇上!"

吕僧珍成了大家攻击的对象,真正是有苦难言。"你们哪里理解我内心的苦衷,我这样做,是为了大部队的安全,"吕僧珍终于说,"我被皇上派做临川王的作战参谋以后,先后与临川王谈过几次话,我是想了解他对这次北伐到底有怎样的计划,他对带兵打仗到底懂得多少。遗憾的是,几次谈话,我发觉他完全外行,他所感兴趣的就是喝酒,就是哪个女人漂亮、风骚。这样的主帅,能指望他打胜仗吗?我说得没错啊,靠着大家的指挥有力,也靠着众多将士的浴血奋战。北伐至此已取得阶段性胜利,教训一下索虏子就行了,你们还真的指望像皇上《北伐诏》中所说的,踏平索虏,统一南北吗?"

这时，从敌营中传来一阵歌声："萧娘原本无骨气，却遇吕姥相与佐，送尔一件红盖头，送尔一件红兜肚……"

王茂哈哈大笑，说："吕姥，你听到歌声了吗？带着魏人送你的这两样东西，回家抱孙子去吧。"

吕僧珍恨不得找个地缝钻进去。夜已深了，大家打着哈欠，各自回营睡觉。

这天晚上，萧宏迟迟不敢睡觉。就在刚才散会不久，又接到情报，当日下午，北魏另一位大将邢峦在缩豫（今江苏宿迁东南）又吃掉梁军三千余人。北魏来势凶猛，战局变化太快了呀。萧宏独自喝了会儿闷酒，心怦怦地跳着，眼皮也跟着不停地跳着。他想起民间所说的"左跳财，右跳祸"事来，而他现在正是右眼皮在止不住地跳着，难道真会有什么祸事来吗？

萧宏让吕僧珍给他又增加了一层护卫，这才打着哈欠和衣上床，眼皮仍是不断地跳着。这时，外面刮起了大风。立秋早就过去了，北方的大地开始进入冬季，干烈的风在北方的天空呼啸着。萧宏刚刚合眼，忽然外面狂风大作，夹杂着阵阵暴雨，暴雨冲刷着营帐周围的土地，四野尽是轰隆轰隆的声音。一声炸雷，萧宏的帐篷忽然倒塌。倾盆大雨顿时将萧宏浇得透湿。朦胧中，他好像听到有人叫着："索虏来了，快跑啊！"

萧宏急了，叫着："人哪，都死光了吗？"一声炸雷淹没了他的叫声。此刻，士兵们都在睡觉，没有人能听到他的叫声。萧宏在慌乱中牵上一匹马，那几个护卫他的士兵见主帅牵着马，一副惊魂失魄的样子，便问发生了什么事，萧宏说："索虏来了，还不快跑！"说着就爬上马背，黑暗中不辨东西，凭着记忆向一个方向跑去。那几个士兵也赶紧跟着萧宏在大雨中飞奔而去。

士兵们一听说索虏来了，都不知所措，然而三军统帅早就不知去向。一时间梁营中大乱，士兵们牵着马，提着刀枪，在帐内像无头的苍蝇，四处乱转。那边寿阳的北魏驻军半夜里听到梁营中大乱，顿时大喜，于是冲出城来，从四面八方扑向萧宏大本营。梁营中丢盔弃甲，乱作一团。老将韦叡让吕僧珍等人带着将士向外撤退，自己带着一部分人马断后，以掩护大部队撤兵。魏军扑过来时，黑暗中听到一声大叫："索虏听着，你韦爷爷在此，韦老虎在此，不怕死的就过来吧。"一道闪电划过，魏军看到一辆马车上坐着一个威严的将军。吕僧珍带着大部队一路冲杀，突出重围。

慌乱中，萧宏带着十几名士兵沿着一条小路狂奔，终于到达羊石。羊石守将是他的侄子、萧懿之子萧渊猷。听到城外叫门声，萧渊猷登上城头，看到城下狼狈至极的六叔，知道发生什么事了。萧渊猷说："六叔，您的北伐就这样收场了吗？"

萧宏说："你把城门打开，北魏人追过来了。"

萧渊猷说："羊石地处要冲，大敌当前，守城将士早有纪律，不到万不得已，不得开启城门，六叔需先说明情况，再决定是否开启城门。"萧宏哭着说："洛口完了，北伐完了。"萧渊猷在城头长叹一声说："百万大军，竟遭此损失，你有何颜面去见皇上？"说完竟不顾城门外苦苦求情的六叔，扬长而去。

刚刚占据梁城的昌义之听到洛口溃败的消息，知道北魏人下一个目标就是这座刚刚落在南梁人手中的梁城了。昌义之清楚，凭着自己的三千人马无法与北魏人相争，只得连夜带着自己的人马撤出梁城。

丘迟一信定梁城，还不等梁城在萧梁大军的手中焐热，很快就又丢弃了。

## 钟离大捷

洛口大捷，魏军乘胜追击梁军至马头镇梁军粮食基地，将这里的粮食悉数卷尽，接着掉头向淮北撤去。

听到洛口兵溃的消息，萧衍似乎也不意外。不管怎么说，北伐一年多，虽然洛口因主帅的软弱而遭溃败，但魏军北撤了，现在总算可以松口气了。歇歇吧，太多的杀戮，太多的人头落地，打仗真不是一件好玩的事啊。于是各回各家，韦叡驻防刚刚拿到的合肥，曹景宗撤回建康当城防司令，昌义之去驻守北方另一座重镇钟离（今安徽凤阳东北）。然而刚刚松一口气，萧衍突然大叫一声：钟离危在旦夕！萧衍说，魏军向淮北撤去，一为转移粮食，二为麻痹我们，他们必将南下，下一个目标是我们的北方重镇钟离。

在紧急召开的朝廷内阁会议上，萧衍指着一挂地图分析了当前的形势。

"早在刘宋时，南方朝廷就失去了淮北重镇彭城，从而也丧失了争夺中原的主动权。从那以后，为抵御魏军进一步南下，南方朝廷只能在淮南一带进行布防。正如大家所看到的，几个重要据点由西向东分别是义阳、寿阳、钟离和淮阴四座重镇。永元二年（公元500年）正月，萧宝卷在一连杀掉几员大臣后，下一个目标即是御守寿阳的南齐豫州刺史裴叔业，裴叔业在不得

253

已中降魏，北魏轻而易举地得到淮南重镇寿阳以及相邻的另一重镇合肥。而义阳也在几个月前的交战中因守城将领蔡道恭病逝而失守。现在，我萧梁抗击北魏的北方据点就只剩下淮阴和钟离了。钟离一旦丢失，淮阴孤掌难鸣，这两座重镇如果丢失，我南方朝廷将彻底失去抵御北魏进攻的据点，就只有退守到长江以南被动防御了。"

现在的情况是，钟离守将昌义之手里只有区区三千人马，而魏军如决定进攻钟离，就不会是一个小部队。而且又是刚刚在洛口捡了萧宏的一个大便宜，魏军正在兴奋劲上。如此看来，昌义之的钟离城真正是十万火急。

萧衍任命曹景宗为右卫将军，率二十万大军进驻钟离以东的一座小岛道人洲集结待命，等待即将从合肥赶来的豫州刺史韦叡，以便形成夹击之势，一举歼灭南下魏军主力的阵势，保卫钟离，趁势击溃魏军，挽救洛口溃败的战局。临行前，萧衍将一把扣环刀送给曹景宗，说："这把刀可代替朕做前线指挥，你务必要与老将韦叡同心协力，合歼索虏，切不可单独行动，以免遭敌伏击。"

正如萧衍所料，北魏的下一个目标就是萧梁的另一个北方据点钟离，北魏人决心乘胜将其拔掉。然而被派往钟离的北魏将领邢峦却有不同的意见，他认为，梁军虽野战略输我军，但守城却是一绝。时值冬季，粮运困难，我军已连续作战两年，亟须修整，不如暂时撤兵，休养生息，再伺机南下。

元恪年轻气盛，刚刚取得洛口大捷，哪里听得进不同意见。一气之下，撤去邢峦职务，仍用洛口功勋元英充当前线总指挥，并派萧宝寅协同作战。养兵千日，用兵一时，这一次，萧宝寅被派上用场了。北魏皇帝元恪授萧宝寅镇东将军、东扬州刺史、齐王等一系列头衔，其实都不过是些空头支票，元恪并没有发给他一兵一卒，萧宝寅空欢喜了一场。

钟离城位于淮水南岸，淮水中有两个沙洲，一名邵阳洲，一名道人洲。魏军在邵阳洲建起一座浮桥，连接淮水两岸，元英据南岸指挥攻城，北魏大将杨大眼则在北岸筑起土城。两支魏军对钟离发动一次又一次猛烈进攻，他们一边用箭矢雨点般射向城头士兵，一边以排山倒海般的阵势强力攻城。昌义之领着他的三千守军据城抵抗，魏军刚顺着云梯爬到城墙头，就被昌义之的士兵砍下城墙。城墙下堆满魏军的尸体，血水让护城河里流水凝固，魏军踏着自己人的尸体，接着又向城墙上冲去。魏军又调来飞墙冲车，妄图将城墙冲垮。钟离百姓也加入到守城的队伍，魏军的冲车刚把城墙撞开一道裂口，那边就有百姓用泥土将被撞裂的口子堵上。被撞开的城墙裂口越来越大，加入运土的百姓也越来越多。时值大雨，人们在大雨中来回运土，一车车土向城墙裂口处倾泻，一些人跌倒，来不及爬起来，就被土方埋进城墙，钟离百姓硬是用身体建起一道坚固的城墙。善良的百姓们只有一个世世代代的信念：为了保卫自己的家园，他们宁可去死。

　　元英站在城墙下望城兴叹，想起邢峦那个老滑头的话：梁军虽野战略输我军，但守城却是一绝。这个老滑头啊，到底是比自己多吃了几斤盐。

　　钟离久攻不下，漫长的雨季对这些北方士兵的确是一种极大的考验。魏军中不少人因不耐阴湿，生起病来。而这时北魏方面发来命令，让元英立即带领部队北撤到寿阳一线。元英求战心切，哪里肯撤？他给魏主元恪发去一信，说二月雨季即将过去，一旦天晴，拿下钟离，志在必夺。

　　然而雨季并没有像预期的那样随着二月的结束而结束，雨仍在下着，钟离城依然在昌义之的守卫之下。得知曹景宗正火速赶来，被这场攻城仗打得心急火燎的元英决定利用自己善打野战的特点，伏击前来增援的曹景宗。搂草不成，顺带着打只兔子，也不枉白忙一场。

　　奉命进驻道人洲的曹景宗只想独贪其功，不顾萧衍指令，星夜兼程。萧衍在建康听到曹景宗日行三百里的消息，顿时气得捶胸顿足，大骂曹景宗混账。然而当夜突然狂风大作，肆虐的狂风让曹景宗部寸步难行，淮河一人多高的巨浪不断扑上岸来，将曹景宗部疾行的士兵卷入河中，当即淹死无数。曹景宗知道一切都是天意，只得退避道人洲。当萧衍听到曹景宗部退回道人洲时，又转怒为喜，说："天助曹景宗，天助我也。"

　　元英在那个山口等了一天一夜，也不见曹景宗的影子，这时有士兵向他报告，西南方向有一支军队正向这边移动。元英心里一惊，不敢再伺候曹景宗了，赶紧连夜掉头回自己的大本营。雨还在下着，天空电闪雷鸣。元英一夜不敢合眼，天亮时，下了很久的雨却突然住了。刚蒙眬入睡，又被士兵叫醒：在营地不远处出现一片庞大的营寨，却不知是哪支军队。元英揉了揉惺忪的眼睛登上瞭望台，只见那从天而降的营寨里一面面"韦"字大旗在晨风中飘扬，元英顿时仰天长叹："韦老虎，你是从地底下钻出来的吗？"再回头时，不远处又一支人马裹着雨幕急急地向这边奔来，那正是曹景宗的部队。

淮水猛涨，几乎贴近元英好不容易建起来的浮桥。

这时，从钟离城头传来昌义之士兵们的歌唱声："说凤阳，道凤阳，凤阳本是个好地方……"歌声此起彼落，夹杂着士兵们的欢呼声以及戏谑的叫喊声。这情形，颇像当年楚霸王最后一仗时的四面楚歌，元英眼前一黑，险些栽下瞭望台。

元英命杨大眼去拔掉在一夜间建在眼皮子底下的韦叡营寨，自己再去迎战长途行军、来不及休息的曹景宗。

这是天监六年（公元507年）四月的一个清晨，久雨过后，天气依然阴冷，南北双方一场决战开始了。

魏军一方的将领为被人称作"杨老虎"的杨大眼，而梁军的将领同样是被人称作"韦老虎"的韦叡。但杨大眼是真正的老虎，他人高马大，力能搏虎。而韦叡却身高不过五尺，且腿有残疾，行动不便，只能坐在一辆战车中指挥作战。杨老虎用的是一千骑兵，而韦老虎似乎早有准备，几百辆战车连成一线，以阻挡杨老虎汹涌的骑兵。韦老虎的士兵们放出雨一般密集的箭矢，那些来自北方草原的战马在泥泞的中原大地上无法施展开它们狂野的四蹄，一匹匹马被韦叡的箭矢射中，倒在泥泞中，却怎么也冲不垮韦叡的铁甲之师。

曹景宗来不及休息，就得到萧衍从建康发来的指令：立即火攻敌方浮桥，摧毁魏军的后方防线。曹景宗立即从附近调来船只，在船上装满柴草，再浇上油脂。一声令下，那些装满柴草、油脂的船向浮桥驶去，等挨近浮桥，"嘭"的一声火起，顿时烈焰滚滚，柴船连同浮桥都在刹那间被大火吞噬。韦叡、曹景宗两支部队迅速登上邵阳洲，与魏军展开激烈肉搏。元英知道大势已去，连忙趁乱逃去，杨大眼也火烧营寨，夺路而逃。

钟离一战，曹、韦大军同心协力，杀死魏军十万余人，淮水被无数尸体堵塞，因此断流。梁军又乘胜追击，俘获魏军五万余人，战车几百辆。

元英独自逃到洛阳，北魏皇帝元恪将他贬为庶民，杨大眼则被免官为兵。

钟离一战，大告全胜，所有武将论功行赏，加官晋爵。曹景宗为领军将军，加封竟陵公；韦叡为右卫将军，加封永昌侯；昌义之为征虏将军，移督青、冀二州军事，兼领刺史。

# 一朝文武，皆是诗人

梁天监六年（公元 507 年），由当代大儒贺玚等人历时六年修订的《五礼》中的《嘉礼仪注》及《宾礼仪注》共二百四十九条修成，而由明山宾等人修订的另外三礼《军礼仪注》《吉礼仪注》和《凶礼仪注》也即将完成初稿。恰好从前线又传来北伐官兵取得钟离大捷的消息。这两件大事让梁武帝萧衍喜不自禁，他决定要好好庆祝一番。

五月，建康文华殿笙歌曼舞，一派喜庆，萧衍在这里举行盛大酒会，庆祝钟离大捷。

这是自北伐以来，萧衍最开心的一天，他的脸上难得地露出轻松的笑容。他甚至把五岁的三子萧纲也带到文华殿，这对于萧衍来说，是异乎寻常的事情。人们不明白他为什么没有把太子萧统带来，而只带了三子萧纲来。萧纲懵懂未开，正是好动且又对一切充满好奇的年龄。他一会儿跑到一位老臣面前，伸手去拔人家下巴上的胡须，一会儿又趁人不备，抓一把桌上的果子，然后又迅速跑开。他在殿里穿梭来往，就像一只活泼的松鼠，又像一只飞来飞去的燕子，文华殿里的气氛异常热烈。

出席这次酒会的人分为两大阵营，一是文人，一为武将。进入天监之后，虽然时有南北征战，但南梁总体仍处在和平的环境，加上萧衍的极力推崇，文学成了品评人物的重要内容，那些驰骋疆场的军人们便自然退到次要的位置。文华殿里这样的宴会进行过多次，文人们尽可以发挥自己的才能，作出一首首赴宴诗以取悦于皇上，那些在立国和北伐中立下赫赫战功的将军们多少显得有些失落、有些寂寞。这一刻，他们只得自斟自酌，发些无关痛痒的牢骚，也没多少人在意他们。

文人的阵营又分两个层次，一是由齐入梁，以当年鸡笼山西邸文学集团为中坚的旧友故交，如沈约、任昉、萧琛、王僧孺、陆倕等；一是新人，如萧介、刘孝绰、张率、刘孺、臧盾、到沆、何逊、王筠、朱异等。这是一个庞大的文人集团，这一集团的组成，预示着一个前所未有的文学潮流将汹涌而来。看着文华殿里黑压压的人头攒动，萧衍的兴奋甚至超过了刚刚获得的钟离大捷。这些人有些萧衍是熟悉的，有些人则是只知其文，不知其人。于是，任昉在一旁一一指着那些攒动的人头，向萧衍介绍：那个人是谁，他写过哪

些诗，作过哪些文；那个那个又是谁，他是哪位名门之后，他们有过哪些恃才傲物的典故，有过怎样的风流韵事。他指着那个高个儿的年轻人说："那就是王融的外甥刘孝绰，据说当年王融曾不止一次夸奖当时还是黄口小儿的这个外甥，说天下的诗才，除了我王融，就是我的外甥阿士了。"萧衍说："外甥像舅，这真叫有什么样的舅舅，就有什么样的外甥了。不过朕读过刘孝绰的赋，的确有大家之气，难得，难得。"任昉又指着坐在刘孝绰身旁的瘦瘦的年轻人说："那就是当年卫将军王俭的侄子王筠，这人现在是在太子府做记室参军。"萧衍又说："王筠的《芍药赋》写得很有文才，只是太压抑了些。这可能与他的家庭境遇有关吧。"任昉又指着一个胖胖的有些秃顶的年轻人说："那就是曾与范云诗酬往来，如同父子的何逊了。"萧衍点点头，说："知道了。那时候，范彦龙有六十了吧，而何逊不过是个十四岁的少年，以文会友，忘年之交，难得，难得呀。"说着，就诵起范云的诗句："昔去雪如花，今来花似雪。"任昉立刻就续上何逊的和诗："蒙蒙夕烟起，奄奄残晖灭。"这正是当年范云与何逊相和的诗句，现在诵起来，仍别有一番滋味。萧衍说："可惜呀，范彦龙过世了，否则，他今天该是多么高兴呀。"提起旧日的老友，萧衍免不了有些伤感。任昉立即将话题转移，说："刘孝绰天监初卷入一桩贿赂案中，其实是代人受过，何逊也是丁忧期刚满，目前还没有合适的事情可做。太子有志于编纂文选，是否将刘孝绰和何逊二人召入东宫，以协助太子编纂文选？"萧衍立即就说："好啊，这事就交给你去办吧。"

萧衍的视线落到坐在角落里的两个闷头喝酒的少年，问："那两个少年郎在哪里见过，他们那样喝酒，只怕要醉。"顺着萧衍的手指看去，任昉说："那个大一点的就是人们所说的日作一诗的吴郡张率；小的叫刘孺，刘孝绰的堂弟。"萧衍立即说："想起来了，那年刘孺到士林馆应试，沈约对他极其赏识，一定要朕亲自召见他。当时曾命他以李为物，即席作文，他当场口诵《李赋》一篇，没有一句停顿，四座皆称为奇才。"

任昉给萧衍介绍着在场的每一位老臣和新人，赞赏着他们的诗名，如数家珍地数落着他们的轶闻典故。萧衍兴奋得难以自禁，说："五百年来最优秀的文人们，都集中在朕的文华殿了吧。北伐已经结束，短期内不会再有仗打，我希望开创一个文治的时代。"任昉说："臣相信，五百年后，后世人能够记住的，就是刘宋的武功、陛下的文治了。"

曼妙的江南音乐奏起，随着轻快的节奏，窈窕的宫女们一边歌唱，一边跳起欢快的舞蹈。萧衍兴之所至，他离开座席，踱到那弹奏古琴的乐手身边。乐手低着头退了出去，萧衍坐到那架古琴前。他调整了一下思绪，在他的眼前，是三月的江南，是采莲的女子，是曼妙的春歌，是欢快的人群。他轻轻地拨动琴弦，随着一阵抒情的慢板，乐曲的节奏开始加快，变成一阵轻松的快板。所有的文武大臣都熟悉这段乐曲，那正是皇上根据自己的诗歌谱曲的《采莲曲》，于是，文武大臣们击着掌，随着皇上的琴声，欢快地唱了起来：

　　游戏五湖采莲归，发花田叶芳袭衣。
　　为君艳歌世所希，世所希。
　　有如玉，江南弄，采莲曲。

此刻，萧衍的眼前是那片草地，是谢家姐妹爽朗的笑声，是谢采练活泼而欢快的琴声。萧衍已完全沉浸在那首乐曲里，他的眼里闪动着泪花，一滴泪珠落到琴弦上，在颤动的琴弦上溅发开来。没有一个人能知道他内心的冲动，那种酸涩而甜蜜的冲动，只有萧衍自己能够品咂出其中的滋味。终于，他在古琴上结束了最后一个滑音，双手放落到膝上，回到眼前的现实中来。

激动的文武大臣们大声地呼喊着："万岁！""万岁！""万岁！"

御宴的一个节目结束，按照以往惯例，接下来，将要以酒作诗。就像以往每一次一样，沈约成为这场节目的主持人。沈约走到人群中央，说："战争结束了，然而我们不能忘记英明的皇帝陛下亲自指挥的这次北伐，不能忘记在北伐中英勇献身的南梁将士们。为此，我草拟一首小诗，以抛砖引玉。"于是，沈约挥舞着双手，用他的吴侬方言吟咏起一首《从军行》：

　　浮天出鲲海，束马渡交河。云萦九折嶝，风卷万里波。维舟
　　无夕岛，秣骥乏平莎。凌涛富惊沫，援木阙垂萝。江飓鸣叠屿，
　　流云照层阿。玄埃晦朔马，白日照吴戈。寝兴动征怨，寤寐起还歌。

沈约的诗，获得一片喝彩。萧衍说："沈尚书的《从军行》写得极有气魄，是难得的一首征战诗。朕也有诗一首，在此不揣冒昧，还请各位爱卿评点。"

说着，就咏出一诗：

止杀心自详，胜残道未遍。四主渐怀音，九夷稍革面。世治非去兵，国安岂忘战。钓台闻史籍，岐阳书记传。

沈约立即说："是以杀止杀，还是以心制杀，英明的皇帝陛下给了我们最好的回答。受皇上刚才这首诗的启发，臣还有一首《乐未央》献之。"

沈约的《乐未央》如下：

亿舜日，万尧年。咏湛露，歌采莲。愿杂百和气，宛转金炉前……

萧衍对沈约的这首《乐未央》同样给予极高的评价，说："'愿杂百和气，宛转金炉前'好。朕的天下，就是要糅杂百和之气，熔炼出万世不变的治世箴言。"

沈约知道自己的诗正好写出欲调和儒、释、道三家之术，建立一个安定繁荣的南梁天下的萧衍的心思，顿时就有几分得意。但他还是谦虚地说："论起诗名和诗品，陛下在当年的竟陵王府就拔居鳌头，陛下的诗是干将莫邪，臣的诗是浮叶草露。"

萧衍说："沈尚书对诗韵颇有研究，又有四声音韵学，以四声定韵，音律调和，平仄分明。今天文华殿里诗人云集，不能只是朕与沈尚书唱双簧戏。朕建议，请沈尚书从他的名作中分出诗韵，在座各位可依沈尚书分发的诗韵作诗一首，依前例，作得好的，有赏，作不出的，罚酒。"

沈约说："皇上的建议甚好，这样，今天的御宴就不致冷清了。"

现场气氛热烈起来。于是，沈约要来纸笔，将他的名诗《高山赋》分出诗韵，做成纸阄，然后由大家自由抓阄，再依纸阄上的音韵现场作诗。

五岁的萧纲觉得这玩法很新鲜，于是就抢着第一个夫抓纸阄，结果那上面写着"古、浮"。有人成心起哄，便逗萧纲说："既然皇子第一个抓到，那就请皇子第一个作诗。"

萧纲回头看了看父亲，小眼珠转了转，随即吟出一诗：

> 池萍生已合，林花发稍稠。
> 风入花枝动，日映水光浮。

五岁小儿的诗，自然博得一片叫好之声，萧纲有些得意，只是看着父亲，希望父亲能给他嘉奖。萧衍说："此诗空洞无物，且不合韵，但萧纲新近刚学会作诗，能写到这样，很不错了，还要努力。"

第二个抓到纸阄的是吴兴太守柳恽，他分到的诗韵是"苹、人"，柳恽的诗用笔写出，诗名为《江南曲》，是为萧衍旧诗《采莲曲》之和曲：

> 汀洲采白苹，日暖江南春。
> 洞庭有归客，潇湘逢故人。

又有奉朝请（官员名）吴均按照所得的诗韵"日、出"吟出《山中杂诗》：

> 山际见来烟，竹中窥落日。
> 鸟向檐上飞，云从窗里出。

又引来一片赞扬声。都说这首诗四句写景，自成一格，写出山中幽静和山居的闲适，不失为一首好诗。

又有中山大夫王籍根据分到的诗韵"幽、游"入诗：

> 蝉噪林逾静，鸟鸣山更幽。
> 此地动归念，长年悲倦游。

又有何逊的《梅花诗》以及徐勉的《夜宴乐》等。这边文人们掂文捏句，那边一帮武将们却只能干愣在那里喝着闷酒，自然有一种被冷落的感觉。王茂就开始发起牢骚来，说："我们这一干人现在倒成了夜壶，用过就用过，撂在一旁无人过问了啊。陛下重文轻武，什么时候北魏索虏来犯，就让这帮书呆子们去带兵打仗。"

曹景宗说："想我年轻时与一群乡人快马如飞，射猎于泽野，饥食獐鹿，渴饮其血，又与索虏打仗，横刀立马，何等快慰。现在却看着这群酸臭文人掐文捏字，真怕要被憋死。"

韦叡也说："嗨，真怀念那快马如飞，的卢飞奔，驰骋千里的日子啊！没仗打了，我们这些老家伙还有什么用吗？"

曹景宗说："写诗有什么难的，不就是平平仄仄吗？我不写便罢，我若写诗，定能盖过这些酸臭文人。"

有人起哄，说，看不出，曹将军也会作诗？那就当场作一首，给我们这些武夫们露露脸吧。

曹景宗果然就当众叫着："今日皇上御宴，在座的文人都分一诗韵作诗，沈尚书为何不分给我们诗韵？"

王茂也附和说："是啊，欺负我们这些舞刀弄枪的胸无点墨吗？"

有人出面打圆场，说："老将军在前线出生入死，立下赫赫战功，又何必计较于诗？"

曹景宗火冒三丈，他一拍桌子，说："什么话，怕我作不出诗出丑吗？真是岂有此理。"曹景宗是立国功臣，又在刚刚结束的北伐中立下战功，萧衍爱他的武功，对他的无礼也是睁一眼闭一眼，便向沈约说："既然老将军执意要作诗，就请尚书令分他一韵吧。"

沈约看看手中的纸阄，就只剩下"竞、病"二字了，于是就将那张纸阄递给了曹景宗。曹景宗展开纸阄只看了看，便要过纸笔，很快在那纸上写了几句诗，又将那诗交与五岁的萧纲，说："皇子请替老臣给大家念念，保准哪一句都是好诗。"

萧纲于是就用他童稚的声音念了起来："去时儿女悲，归来笳鼓竞。借问行路人，何如霍去病？"

文华殿里顿时一片惊叹，谁也不会料到，一介武夫，竟然写出这样的好诗来。想来这一晚上的酒会，一晚上的诗，要么附和皇上，要么无病呻吟，离题太远。唯有曹景宗的诗不仅符合所分诗韵，更是切题。汉时的霍去病为驱赶匈奴，在一片悲泣之声中远行征战，归来时却是一片胜利的笳鼓，此情此景与刚刚结束的北伐何等相似。

曹景宗的诗，将文华殿的气氛推向高潮，韦叡、马仙琕、袁昂等再也不甘寂寞，都有好诗诵出。只有王茂站在那里，嘴张了张，却只是抓着头皮，没憋出一句诗来，只好认罚酒三杯。

文华殿里欢歌笑语，一些大臣醉了，索性要一醉方休。那边老臣萧介举着酒杯，正在激情朗诵他的一首新赋《题文华殿御宴赋》，虽然也是即席而成，却没有一丝停顿，可见其文思如泉。录事参军臧盾以诗文而著名，此刻却因醉酒而作不出任何一句诗来，一帮人正拿他起哄，罚他喝酒三杯。朱异与臧盾交情不错，两人经常在一起喝酒，知道臧盾的酒量，便说："录事参军素来即口成诵，今日却无一句，必须重罚。"于是有人抱来酒坛，要罚臧盾一坛。臧盾也不推辞，抱起那坛，一饮而尽，依然面不改色。文华殿里又是一阵笑闹之声。

朱异自从做了通事舍人，就成了皇上的高级秘书，这时说："大臣们太闹了，陛下要不要暂避休息？"萧衍说："臧盾之饮，萧介之文，即席之美也。朕何须暂避？"

看着这些文武兼备的大臣们，萧衍的内心充满了难以抑制的快乐。他知道，无论多少年后，当人们提起这些优秀的诗人和文人，当吟咏起这一首首脍炙人口的诗词歌赋来，一定会记起这个以文治而闻名时代，而这个时代是由他亲自开创的。他依然是以茶代酒，走下座来，与大臣们一个个碰杯，相互敬酒。此刻，他不再是皇上，那些与他举杯相庆的，也不再是他的臣子，他似乎又回到了当年的竟陵王府，回到鸡笼山的西邸文学集团。

在一个角落，歪着两个醉汉，地上一滩污物。这两个醉汉正是刚才萧衍担心要喝醉的天才少年张率、刘孺。两人不知是不胜酒力，还是怯于这样前辈云集的场面，竟真的醉得不省人事。萧衍伸手在张率的头上拍拍，张率醉眼蒙眬，嘴里含混不清："你是谁，你要同我喝酒吗？"朱异呵斥："喝成这样，没认出这是皇上吗？"萧衍向他摆了摆手，说："呵，你就是日作一首的张率吗？你的酒量可比你爷爷张永差多了啊，还有你老爹张瑰，既能酒，又风流。不过，你的诗写得比他们都好。"歪倒在一旁的刘孺看见皇上就在自己面前，吓得尿都出来了。他努力要站起来，却脚下不稳，竟一头栽倒在萧衍的怀里，被朱异一把扯开了。萧衍哈哈大笑，说："你这个刘孺，那一年当着朕的面即口诵出的《李赋》，朕可是烂熟于心啊。"对于两人的失态，朱异坚持要按宫内的规矩处罚，萧衍说："要罚，一定要罚，就罚他们每人作诗百首吧。"二人仍在云里雾里，哪里还能诵出一字？萧衍在两位天才少

年的头上拍拍，即口诵出一首打油诗："张率东南美，刘孺洛阳才。揽笔便应就，何事久迟回？"

献诗的当然献诗，喝酒的自然喝酒，而一些永明间的老臣似乎并不屑于与一些年轻人喝酒和诗，始终保持着一种矜持，御史中丞萧琛就是一个。见皇上走向这边，萧琛竟假装酒醉，趴在桌上呼呼大睡。萧衍随手将附近桌上的一枚红枣向萧琛投去。红枣打到萧琛的脸上，萧琛抬起头，却见萧衍若无其事地将头扭向一边。萧琛也捡起桌上一枚核桃报以还手。那枚核桃不偏不倚，正好打在萧衍的额上，疼痛让萧衍有些恼火，却也不好发作。他抚着痛处，说："分管礼仪的官员就在一旁，御史中丞你要对刚才的无礼负责。"萧衍说这话时，表情是严肃的，气氛有点紧张。萧琛也意识到，自己的行为有些出轨，却也并不过分，而皇上的生气也不像是真的生气，便说："陛下以赤心对臣，臣当然也要以实心对之。"萧衍笑起来，说："你呀，你呀！"大家都笑起来。

不久，萧衍着手编纂一系列大型典籍，他敕命到洽、张率、刘杳等人编撰《寿光书苑》二百卷；徐勉、何思澄、顾协、王子云等编撰《华林遍略》七百卷等。一百多年来，战乱连连的江南社会终于结束了战乱，回归和平，他要让人们看到一个社会稳定、经济昌盛、文化繁荣的南朝在他的统治下稳步发展，他要让文化荒芜的北魏人看到有着几千年文明的江南社会有着怎样巨大的文化魅力。

## ▎腐败就这样开始了

天监七年（公元 508 年），一件惊动朝野的案子让御史中丞任昉不得不进入一次复杂的调查之中。

这一年十一月，益州刺史邓元起与他的搭档萧渊藻在一次醉酒中发生斗殴，邓元起被萧渊藻当场刺死。由于死者邓元起是佐梁功臣，而凶手萧渊藻是武帝的侄儿、前朝尚书令萧懿的儿子，这件事在整个南梁的影响，说有多大就有多大。萧衍对这件事十分重视，萧渊藻立即被召回京城。但是，对于邓元起的死，萧渊藻只是说没有什么可解释的，说当时两个人都喝醉了，因语言不合动起手来，邓元起被他失手刺死。

既然是酒醉而误杀，萧衍只能狠狠训斥了侄儿一顿。萧衍指出，萧宝卷杀害了你的父亲，作为建国功臣，邓元起替你报了杀父之仇，你现在却杀了替父报仇的人。这是以仇报仇，是为不孝，不孝，又何以忠？萧衍削去萧渊藻的职务，亲自前往邓元起家，抚慰了邓元起家属。但事隔不久，萧渊藻再次回到益州，顶替了邓元起任益州刺史，这件官员之间的火并事件就此结束。

然而不久，一份新的材料被送到尚书省，送到御史中丞任昉的手里。

邓元起被杀事件显然并没有像先前人们所掌握的那样简单，那么，邓元起的死，究竟掩藏着怎样的秘密呢？萧渊藻到底因为什么而杀害邓元起呢？这一切，都引起任昉强烈的兴趣。任昉决定不惊动任何人，独自前往益州进行调查。

任昉在成都待了一个多月，邓元起到底因何而被萧渊藻所杀，这件凶杀案到底是酒后误杀还是早有预谋？这一切都因当事人已死而无从查考，但任昉却了解到两任刺史大量非法财产的证据。邓元起天监初年奉命到益州任刺史一职，至今不过数年，已在益州有房上千间，家里的金银财宝堆积如山。金玉珍宝为一室，名为"内藏"，绫罗绸缎为一室，名为"外府"。短短数年，邓元起何以能聚集起如此之多的财产，他的钱又是哪里来的？据查，身为益州郡守的萧渊藻同样"崇于聚敛，财货山积"。短短几年间，邓元起与萧渊藻利用朝廷天监初颁布的九品十八班的官吏制度大量设置郡县机构，从中谋利一事，在益州已是公开的秘密。很多求官者花了冤枉钱，最后却连自己任职的郡县究竟在哪里都不清楚。而且，这样的荒唐事不仅在益州，就是在整个南梁，也绝对不在少数。

从益州回来，任昉控制不住自己，立即去见皇上。这一次，他向皇上递交了一份弹劾，题目是《弹劾萧渊藻》。

其实，在萧渊藻事件之前，御史中丞任昉的手里就积压了一批卷宗材料。这些卷宗材料无一例外地涉及官员贪赃枉法、徇私舞弊以及种种腐败，内容如下。

其一，官员方面：

右卫将军曹景宗大笔财产来历不明案；
给事黄门侍郎萧颖达利用主办生鱼典税与渔民争利，吸纳巨额财产案；

中书令吕僧珍巨额财产不明案；

其二，武帝宗亲方面：

武帝堂弟萧昌滥杀无辜案；
武帝六弟萧宏非法集存财产案；
武帝八弟萧伟贪财好色，逼死人命案；
……

任昉根据这些调查材料，决定对这些官员及武帝宗亲（也是官员）进行弹劾，目前已拟好几份弹劾材料有：

《弹劾萧颖达》
《弹劾曹景宗》
《弹劾吕僧珍》
《弹劾萧宏》
《弹劾萧伟》
《弹劾萧昌》
……

任昉拟好一大批弹劾官员名单及弹劾内容，他正在考虑，是把这些弹劾一并交给武帝，还是一件件交给武帝。他知道，这一系列弹劾一旦送出去，就像一枚枚重磅炸弹，必然会在朝廷上下引起巨大的震动。

作为御史中丞，调查并核实各种检举材料，并根据这些材料进行弹劾，是任昉的职责。

当年，任昉被萧衍从宜兴太守任上调到京城建康后，先是担任记室参军，后又提任御史中丞一职。当时，任昉就向他的昔日文友武帝萧衍提出，既然陛下让我做这份得罪人的差事，就不要指望我会温文尔雅，我将成为陛下的另一双眼睛，将一切有可能在官员中间出现的徇私舞弊、贪赃枉法和腐败暴露在光天化日之下。萧衍说，朕要的就是你这样的铁面无私，为了天下社稷，你应该那样做，否则你就是失职。

任昉在官场上可谓几上几下，几经反复。他政治生涯的开始是在竟陵王萧子良府做记室参军，这是一个相当于总理府秘书之类的角色。那时候，本身是文人的萧子良是把他同样当做一个文人来看待的，他也就以这样的身份，为竟陵王草拟过大量文书材料、奏章等。齐武帝死后，萧鸾通过政变扶萧昭业上台，并将那场政变的失败者王融下狱，任昉不畏受株连的风险，上书《上萧太傅固辞夺礼启》。任昉明确表示不与萧鸾合作的态度惹恼了萧鸾，可当时因萧鸾急需用人，还是强行征任昉为东宫书记（相当于政府秘书长）。然而任昉并不买萧鸾的这笔人情，他上任不久，即在一份《为齐明帝让宣城郡公表》中，直议萧鸾应直接承担萧昭业"获罪宣法"的责任，指出萧鸾在萧昭业一事中负有不可推卸的责任。不过，萧鸾并不理睬他。萧梁王朝宣布成立后，萧衍极力网罗他过去的文朋诗友，任昉便被萧衍从宜兴召到建康听候任职。

任昉离开宜兴时，当地百姓扶老携幼，来为他送行。沈约听说任昉来京，立即让人给任昉送去一套像样的衣服，以便他能够走在建康的大街上不至于被人当做乞丐或流浪汉。

任昉刚到任御史中丞不久即接到关于武帝六弟临川王萧宏利用职权大肆收受贿赂的举报。萧衍称帝不久，即对自己所有的宗亲进行分封。在所有的兄弟中，萧衍给这个六弟的待遇最为丰厚，特地派他去做扬州刺史。扬州位于长江三角洲中心地带，这一地区土地肥沃、物产丰富，又是都城建康的东南门户，自然有得天独厚的优越条件。举报说，萧宏在建康、扬州两处有房五百间，其中商铺百余间，多集中在繁华市区。这些商铺多为萧宏利用职权或是强取，或是豪夺，因他是武帝的六弟，没有人不让着他，怕着他。依着这些店铺，萧宏富可敌国，短短几年间合法子女百余人，可见其妻妾成群。

天监七年（公元508年）十二月，任昉去求见萧衍。听完任昉的汇报，萧衍竟笑了起来，说："这个阿六，倒很会过日子。"

萧衍说，在所有的兄弟中，他对阿六最为同情。当年父亲萧顺之在发妻张尚柔后，又接连娶了两房妾。阿六萧宏、阿八萧伟都是父亲的妾陈氏所生。萧衍生母张尚柔死于萧衍七岁时，而父亲的另一个妾李氏也在生下五弟萧融后不久死去，于是，陈氏就成了家中所有兄弟的母亲。萧宏刚一生下时，就

被认为有痴呆症，当时的兄弟们都爱欺负他，只有萧衍处处护着他，成为阿六的保护神。陈氏死时，萧宏不到六岁，而萧衍已到了成家立业的年龄。临死前，陈氏拉着萧衍的手说，阿六大脑不太灵便，将来定难立足于世，练儿，看在我的面上，万望给予怜恤。因而，萧衍对六弟萧宏也就多了一份关照。

萧衍有意留任昉在宫中住了一天，因此，任昉目睹了皇上萧衍所有的生活内容。

萧衍四更起床，来不及洗漱就开始工作。天亮后，萧衍已将大部分奏章批阅完毕，匆匆地喝了碗粥，接着又开始办公。这天中午，萧衍请任昉与其共进午餐，萧衍的午餐简单到令人难以置信，一碗油煎豆腐煮粉条，一碗水煮菠菜，主食则是一碗粗糙的麦米红豆饭。皇上用的碗是在随便一个百姓家里都能见到的土窑烧制的陶碗，皇上就端着这样的陶碗大口大口地吃着普通的饭食，感觉他就在吃什么山珍海味。下午是萧衍写作的时间，北伐之前，萧衍已完成了包括《周易讲疏》《春秋答问》《孔子正言》在内的八十余卷著作。自从认识京城几位高僧后，萧衍开始过午不食，掌灯时分，粒米未进的皇帝接着办公。这天晚上，皇上室内的油灯一直亮到二更时分。

任昉第二天离开皇宫，当然，关于萧宏贪赃枉法一事，二人没有继续再谈。

早在前一年（天监六年），任昉就已经将《弹劾萧颖达》递交萧衍。这是任昉任御史中丞以来递交给皇上的第一份弹劾议案。

萧颖达在萧宝卷朝廷担任荆州长史。萧衍雍州起义前，自感力量单薄，于是便希望联合荆州一同起兵。萧颖达积极协助萧衍，诱杀朝廷援兵首领刘山阳，迫使其兄、荆州刺史萧颖胄在雍荆联合声明上签字，雍荆联合取得成功。此后，萧颖达在随萧衍义军南下的多次战役中建立功勋。萧衍称帝后，萧颖达受任会稽太守。

会稽濒临东南沿海，那里是有名的盐业集散地，并且以渔业而发达。萧颖达一到会稽，立即就在沿海设置盐局和鱼局，以便控制盐、鱼的税收。萧颖达规定，盐民和渔民只能将盐、鱼卖给官府所设的盐局和鱼局，不准私自卖给他人。从那以后，盐民卖盐，渔民卖鱼，都只剩下一个渠道了。而且，萧颖达将盐、鱼价格一压再压，这不仅打击了盐商和渔商的利益，也使得盐民和渔民的收入大大降低。久而久之，盐民、渔民怨声载道，民怨沸腾。

后来，萧颖达又作了变通，盐商、渔商可以直接从盐民、渔民手中收购，但必须经过官方许可，并由官方直接授权。这种变通的措施，其实就是萧颖达向盐商、渔商伸出的一只黑手，萧颖达因此"年获五十万"也就并不奇怪了。

天监六年（公元507年）七月，因萧颖达安插在鱼局的亲信在执法中打死了一个渔民，死者家属将死者的遗体抬到鱼局讨要说法。萧颖达的亲信溜之大吉，死者的遗体在鱼局停了四天三夜，以致尸体腐烂，无法收尸，激起当地渔民集体愤怒。渔民们砸烂了当地鱼局，打死了一名鱼局官员，在当地掀起轩然大波。

八月，任昉将弹劾萧颖达的议案连同另一份关于右卫将军曹景宗贪色敛财，侍妾上百的材料一并送到萧衍手中。

萧衍似乎早就知道任昉此来的目的，因此在一见到任昉时就笑着说："终于要动议弹劾提案了吗？"

"是的，必须弹劾，"任昉说，"这样的官员，只能给陛下的朝廷抹黑。"

读完那份提案，萧衍似乎有些沉重，说："这些家伙，哪一个日子过得都比朕好。"萧衍指着他的居室向任昉说："你都看到了，整个萧梁的天下都是朕的，可朕却只有这一间居室。"这是一间宽约一丈，长约一丈五尺见方的居室，萧衍就住在这样的居室里，室内仅有一床、一桌、一椅及一排书架，室内没有任何装饰，简单到像一个穷酸的儒生。任昉记得，那顶蚊帐是上次他来时挂在那儿的，现在萧衍挂的，仍是那顶蚊帐，只是蚊帐上添了几个补丁，而萧衍身上的那件木棉外衣已经浆洗到几乎看不出原来的颜色。

萧衍陪任昉在皇宫内散步。皇上穿着粗布衣服，赤脚穿着布鞋，能让人一眼就看到那吊得很高的脚腕上因寒冷皲裂的皮肤，皮肤上渗出一道道血印子，而皇帝的手，粗糙得就像一个老农。在宫中，他向随便一个侍从点头微笑，他给劳役者让路，他帮忙将载重的车子推上坡道……

任昉说："陛下为什么要这样苦苦折磨自己？要知道陛下一年里节省下来的钱财，还不够他们一顿饭钱。"他告诉皇上，萧颖达家的碗都是用玛瑙做的，一顿饭要吃三个时辰，萧颖达家有奴仆六百人，每天倒掉的饭菜有十车之多。

听着任昉的报告，萧衍似乎有些不相信自己的听觉，但他确信任昉的报告是真实的。于是他叹了口气，说："因果是各人自己的，造业的是他们自己。但朕相信朕的节俭足可以影响天下人，包括朕的臣子们。"

任昉注意到，萧衍正在写作的是一部关于佛教方面的文疏，自从宣布舍

道事佛后，皇上开始习惯将一切观点引申到佛教的理论上。

任昉说："制度如果不申，政令如果不严，如同病树，未治根本，其叶部的光洁，是无法阻止其死亡颓势的。"

"除了萧颖达，你还打算弹劾什么人？"看得出，皇上有些不耐烦了。

任昉于是将他的第二份弹劾议案拿了出来，这份弹劾议案的对象是萧梁的头号建国功臣曹景宗。

萧衍起兵前，曹景宗为竟陵太守。萧衍雍州起兵后，曹景宗率部前来响应。此后，在长达一年多的南下建康的战役中，曹景宗与韦叡、王茂等大将们破郢城，攻江州，夺姑孰，争战朱雀航，几位大将是将头提在手上为萧衍奋力拼杀的。可以说，没有这几位将领的浴血奋战，就没有萧梁今日的江山。而在此前不久的北伐中，曹景宗与韦叡更是同心协力，这才有了对于萧梁朝廷来说至关重要的钟离大捷。

任昉说："曹景宗建国有功，而且在北伐中屡建奇功，但功过不抵，是陛下制定的法令。天监三年（公元504年），北魏大军在接连攻破梁军的几座城池后，开始包围淮南重镇义阳。义阳刺史蔡道恭带领五千将士开始艰苦保卫战，而近在咫尺的司州刺史曹景宗却像没事儿一样在城里逍遥自在。曹景宗与蔡道恭素来不合，此刻正可隔岸观火。直到陛下命令曹景宗急速前往援救义阳时，曹景宗仍迟迟不肯出兵。义阳守将蔡道恭劳累过度，病死城头。北魏中山王元英本来见义阳久攻不下正欲撤兵，见蔡道恭已死，便又调转屁股扑向义阳。陛下再派韦叡前往救急，结果却中了元英的半路埋伏，兵败而回，致使我淮南重要据点义阳失守。对此，曹景宗犯有不可推卸的责任。此其一。其二，北伐之后，陛下赐曹景宗领军将军，食邑千户，不久，陛下又赏韦叡、曹景宗钱各五百万。陛下赏赐不可谓不丰。韦叡除赏赐将士外，又用此钱修筑堤坝，造福于民。而曹景宗却分别在建康和扬州建别宅上百间，自建康城南起，长堤以东，夏口以南，开街列门，东西绵延数里，搜罗美女一百余名，每日笙歌狂舞，通宵达旦，仅一坛美酒，就价值十万。"

萧衍说："曹景宗老了，他还能挥霍荒唐多少年？"

"曹景宗手下有江兴举、陈元兴、马守禄、魏则臣四人，分别被人号为江千万、陈五百、马新车、魏大宅。曹景宗的儿子们都在各州郡做官，依仗着父亲的权势，他们为非作歹、横行乡里、贪赃枉法，甚至草菅人命，百姓们敢怒而不敢言。"

任昉从皇上铁青色的脸上意识到，这些弹劾议案对于皇上究竟意味着什么，终于打住。

## 帝王后院

萧衍被任昉一份份弹劾弄得神疲心躁，而在他的家里，因为天监元年（公元502年）立萧统为太子，萧正德还本一事而引发的家庭地震的余波也久久未平。

早在雍州期间，当萧衍发妻郗氏生下第三个女儿萧玉嬛后不久，萧宏即向萧衍提出，要将一个儿子过继给他。眼看着生子无望，萧衍便接受了萧宏的好意，将萧正德过继门下。此后是丁令光进门，郗氏因妒而死。

天监元年四月，萧梁宣告立国。十一月，萧衍立长子萧统为太子，萧正德还本。为了表示抚慰，萧衍将萧正德封为西丰侯。

由于萧统的降生，萧正德的身份一落千丈。萧正德哭泣、抗议、骂娘，他用拳头拼命地击打着自己的脑袋，他恨造化弄人，为什么偏偏有了一个丁令光，为什么丁令光偏偏要生出一个萧统来。但是，一切"既生瑜，何生亮"的慨叹都无济于事，萧正德不得不接受这眼前的事实，在兄弟们一片嘲弄声中回到本府。

萧正德斗鸡、遛狗，开始整日与京城阔少们厮混在一起，以发泄心中的郁闷。体内过剩的荷尔蒙让这些京城阔少们出入于妓院、赌馆，他们无所不作，无所不为。为了安慰这个被命运遗弃的儿子，萧宏也尽着一切供他挥霍，让他在失落中沉醉。直到萧正德弄出一桩人命案来。

按理说，王爷的儿子调戏女子，弄出个把人命案来又是个什么事？但这桩人命案非同小可，那个在一次郊游中被萧正德看上，于是便百般调戏，最后不得不以死抗争的女子偏偏是在建康享有极高声誉的当代大儒沈麟士的外孙女。

当时，京城中关于佛道之争甚嚣尘上，因此才没有引起多少人对这件王爷调戏妇女案的关注。人们只知道，当那位当代大儒故去时，萧衍异乎寻常地亲自来到沈麟士的家里吊唁。也许是这件事感动了沈麟士的家人，人死不能复生，况且对于沈麟士的家人来说，名声重于一切。于是，萧正德的这桩人命案才得以悄然平息。

对于萧正德的这件糗事，萧衍真是气不打一处来，但他也只得把萧正德叫来，当面狠狠地教训了一顿，并削去他西丰侯的爵位，改封为轻车将军。南朝时的官名千奇百怪，我们只能知道，萧正德贬值了，但他也不得不接受这铁定的现实，只是把仇恨埋在心里，等待一个合适的机会再像火山一样骤然迸发。

围绕着太子的降生，萧衍家众多女人之间的矛盾也开始变得复杂起来。在这个家里，除了太子的生母丁令光，没有一个人对这个将要顶天立地的男婴的降生表示真正的热情。虽然打发了萧宝卷的三千粉黛，但身为帝王的萧衍眠床上还是有了一个又一个女人，这些女人一个比一个年轻，一个比一个美丽，与这些年轻而貌美的女人共度良宵，是正当盛年的萧衍繁忙的帝业之余一大快乐。短短几年间，萧衍的后宫里不断传来男婴坚勇的啼哭之声。这每一次的男婴啼哭，都预示着这个萧梁第一家庭中又埋下一团不安因素的火种。事实上，在这个第一家庭，即使没有萧正德，诅咒太子萧统死亡的也大有人在。其中就有萧衍的长女、永兴公主萧玉姚。丁令光来到萧衍家的时候，萧玉姚正处在懵懂的少女时期。丁令光与萧玉姚年龄不相上下，幼时的她曾经与丁令光有着很好的友情，萧玉姚是将丁令光当做姐姐来看待的。忽然某一天，人们从院子里的一口水井中捞出失踪多日的母亲。一开始玉姚并不知道母亲的死因。一天晚上，她做了一个梦，在梦中，院子里那口水井里突然冒出一股浓浓的烟雾，接着就飞出一条白龙。正当她吓得半死时，那白龙竟又变成母亲。母亲说，记住，我是被你父亲的那个妾逼死的。你父亲是一个没良心的家伙，他在与我成亲时信誓旦旦，说此生决不娶妾，但他却被那条狐狸精给迷住了，既然这样，我就不能不死。

此后，萧玉姚从零星的街谈中得到证明，母亲的死，的确是因为丁令光的存在。

萧玉姚终于意识到，母亲的死，丁令光是直接原因。于是，她把丁令光当做杀害母亲的凶手，对丁令光的愤恨，几乎伴着萧玉姚此后成长的每一天。因为对丁令光的愤恨，必然导致对那个同父异母弟弟萧统的愤恨。有一次，萧玉姚抱着弟弟，做出逗弟弟玩的样子，趁人不备，一个趔趄，弟弟被摔出很远的地方。乳娘们慌了，赶紧抱起那个口吐白沫的男婴，急得脸都白了。但萧玉姚的这次加害并没有成功，那个男婴又重新发出坚强的啼哭声。萧玉姚以后又试图重演前次的阴谋，但丁令光接受这次的教训，从此与儿子寸步不离。

萧玉姚渐渐长大，萧衍称帝后，家族中的成员都得到分封，郗氏被追封为皇后。而且萧衍表示，从此不再封皇后，丁令光只能封为贵嫔，其他姜妃分别被封为淑媛、淑仪、充华和修容。作为长女，萧玉姚则被人称作永兴公主。

玉姚很小的时候，萧衍即与襄阳另一个高门大户殷家结下儿女亲家。那时候的女子都是早熟的，不知什么时候，萧玉姚发觉自己只对比自己年长很多或年幼很多的男人有兴趣，越是年龄差距很大的异性，越是能够引起她内心的狂热和悸动。直到有一天，玉姚发觉自己偷偷地爱上家里的一个年长的厨工。这个厨工的年龄足以能做她的父亲。这个厨工身材魁梧、人高马大，称得上一个美男子。只可惜做了厨工，因身份的卑微，一直没有娶到合适的女人为妻。有一段时间，玉姚总是热衷于厨事，她总是不厌其烦地向那年长的厨工学习烹饪手艺，但渐渐地，连厨工也发觉，萧玉姚对厨艺的兴趣永远都停留在理论阶段。对于玉姚的频繁进入厨房，她的父亲并没有发觉有任何异常，但少女的热情却瞒不过差不多年龄的丁令光。有一天，丁令光在枕头上将她的发现悄悄地告诉了萧衍，终于引起萧衍的注意。不久，萧衍打发了那位至今仍蒙在鼓里的厨工，而萧玉姚对丁令光的仇恨已是无以复加。

这一切，都被萧正德看在眼里，这个小小少年虽然还不到追风逐月的年纪，但却学会了巴结女人，尤其是有几分姿色的女人。他一下子就看出这个姐姐在这个家庭中的特殊地位，于是便千方百计地讨好姐姐萧玉姚，给她献小殷勤，只要有她在场，他总是要尽力做出一些惹人发笑的举动，以引起萧玉姚的注意。渐渐地，萧玉姚发觉自己从暗恋厨工的痛苦中走了出来，而对眼前这风流倜傥的公子哥儿有了新的兴趣，虽然她们的年龄相差很多，而且有着亲密的血缘关系。然而还不等萧玉姚将这一次新的"恋情"付诸实施，萧正德就被还本出户，回到他自己的家里去了。于是，萧玉姚又陷入新的失落当中。

萧玉姚不想让这一次的"恋情"付之东流，她开始频繁地去看望失落的弟弟。然而萧正德却对这个姐姐不再有一点兴趣。萧玉姚的热情，丝毫也没有感动那个像他的父亲萧宏一样人高马大的弟弟。

侄女的频繁来往，倒是引起了萧宏的注意，萧宏并不知道侄女玉姚频繁探访的目的。他只是觉得，这个侄女，越发生得标致动人了。

郗氏的非正常死亡，在萧府引起的震动是长久的，丁令光当然也成了众人议论的焦点。但是，丁令光的品行无可指责，她在郗氏死前的忍辱负重，她对家庭中每一个成员，乃至仆役的温熙和谦和，都不能不让人们对她发出由衷的赞叹。

在这样一个大家庭中，萧玉姚很早就学会了与其他女性的钩心斗角，并善于在这种家庭战争中寻找合适的同盟军。在父亲众多的姜妃中，萧玉姚很快物色到一个人，这个人就是当年萧宝卷的遗妃，后来又被父亲罗入帐下而被封为"淑媛"的吴氏。吴氏在与萧衍上床后七个月生下的儿子萧综虽然也被分封为王，但这个儿子的血统却成了人们暗地里议论的话题。在萧衍有了更多女人后，吴氏便成了可有可无的人物，她的失落并不在萧正德之下。

虽然人们在背地里对萧综这件产品的来源品头论足，但萧衍或者是根本就不知道人们在背后的议论，或者他明明知道，却装糊涂。对于那个性格古怪的次子，他所给予的关爱与其他儿子并没有太大的差别。但是，随着年龄的增长，萧综终于从人们嘲弄的目光中感觉到了什么。有一天，他去问他的母亲吴淑媛，他说："母亲，有一个秘密，你必须告诉我，我的父亲究竟是谁？"吴淑媛猛然听到儿子的诘问有些吃惊，她避开儿子逼过来的目光说："你何必要知道你真正的父亲是谁？你只要能够享受一个王爷应该享受的荣誉也就行了。"萧综觉得，这样的回答已经够了，于是这个少年的眼里射出一种冰冷的光，他咬着牙说："我要杀掉他。"吴淑媛吓坏了，她一把抱住儿子，赶紧用手捂住儿子的嘴，说："你疯了，你知道什么？"萧综说："你什么都不要说了，你是一个下贱的女人。"说着，就飞快地跑了。

在这个家里，萧玉姚很快找到了同盟军，她与吴氏竟到了无话不谈的地步。在长久的喋喋不休中，丁令光必然成为她们共同攻击的对象。她们无休止地讨论着有关丁令光的话题，丁令光的出身成为她们的笑谈，丁令光走路的姿态，吃饭时所发出的声音，都会成为她们茶余饭后嘲弄的内容。明明知道萧综来路不明，但她们却总爱拿萧综与萧统相比较，得出的结论当然是无论长相还是才智，身为太子的萧统都远远不及吴氏所生下的儿子萧综。

在一次次这样的交谈之后，二人同时想到民间流行的桐人的把戏。于是她们托人在建康城里找到一个年长的女人,然而当那个老女人听说让她以扎桐人的手段诅咒太子早夭时,吓得半天回不过气来。但这位女巫到底经不住钱的诱惑,还是依照对方的吩咐如法炮制起来。在桐人身上扎针的办法似乎并不灵验,太子的笑声依然在后宫中每日响起。同时,太子不仅百病不侵,而且有着超常的智慧,同样大的孩子刚学会咿呀学语,太子却开始背诵五经了。

后来,她们不知从哪里又听到用面人代替桐人的方法,将这个面人用油炸了,再吃进肚去,那被诅咒的人一定不会善终。两个女人为得到这新的秘方而高兴了一个晚上,第二天,她们决定如法炮制,她们忙活了半天,将那被油炸得焦黄的面人嘻嘻哈哈地吃下去。

有一天,太子向他的母亲丁贵妃说:"母亲,你为什么成天愁眉苦脸,是儿臣惹你不高兴了吗?"

丁令光说:"看到太子能背诵五经,写诗了,母亲心里开心得很。"

"母亲没有说实话,"太子说,"母亲看上去很开心,但内心里并不开心。我知道母亲为什么不开心,我知道,都是因为我,我知道淑媛和淑仪们都不喜欢我,还有永兴公主,她们总是用很奇怪的眼光远远地盯着我,这种眼光让我害怕得很。可我并没有惹她们不高兴啊。"

丁令光知道什么也瞒不过这个天性聪慧的太子,说:"儿子,因你是太子,将来要接替父皇去做皇上,所以她们都不高兴这件事成为事实。"

"母亲,儿臣为什么要接替父皇去做皇上?我并不喜欢做皇上,让弟弟们去做太子好了,我不要做这太子。"太子倔强地说。

丁令光听着太子这样说,心里真是异常难过,但她忍住悲痛,说:"太子,我的儿,这件事不是你所能决定的,也不是父皇决定的,这是天命,天命是不可违的。"

"既是天命,为何她们不遵天命,反而不高兴呢?"

"儿子,这是不能用一句话说得清的,等你长大了,你就知道了。"

太子忽然向母亲透露一个秘密,说:"儿臣有一件事总想告诉母亲,但又不知道是否该告诉母亲,万一母亲知道了,又徒生烦恼,那就是儿臣的罪过了。"

丁令光说:"母亲知道太子不是一般的孩子,太子觉得该告诉母亲的就告诉母亲,太子觉得不该告诉母亲的,就不要告诉母亲。"

太子犹豫了一会儿,但还是挨近母亲,小声地说:"玉姚姐姐说,她要

跟六叔结婚。"

丁令光吓了一跳，她看了看四周，很快捂住太子的口，很生气地说："你在哪里学来的下流语言，这是一个太子应该说的吗？去，跪到佛堂去，你应该在佛前忏悔。"

太子委屈地走到佛堂里，乖顺地跪在佛前。丁令光知道太子决不会无端地说出那句"下流话"来，不等太子忏悔完，就又问："向母亲承认，刚才的那句话是你自己编造的。"

太子的眼泪流下来了，说："母亲，我没有编造谎言来欺骗母亲。那的确是我听玉姚姐姐说的。那天我在园里玩耍，当我路过一座假山时，看到六叔正与玉姚姐姐躲在那里悄悄地说话，当时玉姚姐姐是偎在六叔的怀里说了那句话的。我还听见六叔说，要同他结婚，除非等皇上驾崩以后。当他们发现我时，就立即停止了谈话，他们一再问我是否听到他们在说什么，并且说，如果我要是把听到的话告诉了母亲，他们会要了我的命的。"

丁令光一把将太子抱到怀里，好像一不小心，她的太子就会被人夺走。与此同时，一种从未有过的恐惧让她浑身颤抖着，半天也说不出一句话来。太子吓坏了，他偎在母亲的怀里哭起来，说："这件事，我只告诉了母亲，母亲千万不要告诉父皇，否则，他们真会要了我的命的。"

这天晚上，很久没有前来临幸的萧衍来到丁令光的寝居，几乎是在刚躺下不久，萧衍就发觉他的丁贵嫔心不在焉，萧衍说："你有什么心思瞒着朕。"但是，一直到天亮，丁令光也没有把要说的话告诉萧衍，她只是说："妾妃好像又有孕了，一直在想着是告诉陛下好，还是不告诉陛下好。"

"你还是告诉朕了。"萧衍高兴地将丁令光拥进怀里，说，"朕希望你再给朕生个皇子，朕要你们给朕生几十个儿子，几百个儿子，到那时，真正是四海之内，莫非王土了。"

## 飞升之梦

进入天监年中，萧衍越来越感到身体的力不从心。嫔妃们私下难免议论，但最为担心的还是满朝文武。皇上身体的每况愈下，大臣们归结为他的劳累。皇上每夜都要工作到深夜，而且，自舍道事佛后，皇上一直坚持素食，营养跟不上，铁打的身体也会累垮的。于是，由尚书令沈约、吏部尚书徐勉等一批大臣上表，请求皇上摒弃素食，而代之更有营养的肉食。

其实，萧衍的素食并不完全是因为对佛教的信仰。释迦牟尼初转法轮时期，他与他的僧团常常是以托钵行乞的方式来维持自己的肉体生命，也以这样的方式接触民众，并随时教化。虽然印度直到现在仍是世界上最大的素食国家，但在下层社会，肉食仍普遍存在。释迦牟尼的弘法，多在下层人之间。因此，对于释迦牟尼和他的僧团来说，饮食的习惯只能随信众的供养，绝没有选择的条件。原始佛教中也没有绝对禁止肉食，而是主张吃"三净肉"，即所食之肉，只要是不为自己所杀，不见所杀场面，不闻所杀动物的惨叫之声，尽可食之。

萧衍的素食开始于天监初年，据说这是接受了慧超的建议。慧超建议皇上素食，并不是从佛教戒杀的角度，而是一次萧衍无意中问到慧超为什么年近百岁而身轻如燕时，慧超说：素食。慧超说，一切牲畜在被宰杀时都会因为发出怨怒之气而产生毒素，这种毒素会随着人的大快朵颐而进入人的身体，人岂有不病之理。当时慧超好像也暗示过他在淫欲方面的节制，但萧衍只接受了前者。

大臣们开始四处奔波，为皇上延请名医。天监初年，萧衍的宫内曾来过两位高人，一位刘澄之，一位姚菩提，据说，这二人都是远近闻名的大医家。刘澄之、姚菩提对萧衍进行了联合诊治。刘澄之得出的结论是食之甘肥。萧衍立即不屑，并反驳说，朕过的是布衣生活，日常所食，不过豆麦果蔬，哪来的甘，哪来的肥？刘澄之仍坚持自己的看法，说这是素食前体内积下的毒素作祟。只有姚菩提在一旁发笑，他知道刘澄之并没有把皇上的病说准。皇上的病，其实正是房事过多，精气神过度消耗，心肾不交而导致血脉不畅。

虽然萧衍认为两位大医家并没有说准他的病，但他还是接受了两人提供的药方。刘澄之、姚菩提向萧衍提供的无非就是一些壮阳强身的药丸以及所谓采阴补阳之类的道家养生秘法。但是，无论是壮阳的药丸还是采阴的秘法，不仅未能使萧衍强壮起来，反而摧毁了萧衍原本不错的身体。那两个骗子最终不知所终，即使未被萧衍杀掉，也应是以一种并不体面的方式离开了皇宫。而随后发生的一系列事情：北伐、官员们越来越滋生的腐败以及御史中丞任昉的一份份弹劾官员的议案，哪一件事都让萧衍伤透脑筋。萧衍的身体，也

就是从那时起每况愈下了。

天监七年（公元508年），萧衍大病了一场。病愈之后，他忽然就想到，很久没见到陶弘景了，不知陶弘景的丹炼得怎样了。

萧衍与陶弘景的交情可追溯到很久以前，那时候，陶弘景在朝廷做官，既是同乡，又有相同的文学爱好，陶弘景与萧衍很自然地走到了一起。后来，陶弘景终于对现实的社会产生厌倦，成了一名职业道士。陶弘景是一个追求完美的人，不论做什么，都要做好，做得尽善尽美。陶弘景在茅山很快就声名远播，并成为一名道教领袖。虽然逍遥于世俗之外，但陶弘景骨子里的济世情结并没有完全泯灭。因此，当萧衍举兵南下时，陶弘景立即前往雍州，表达了他对萧衍大义的明确支持。萧衍称帝后，曾有意邀陶弘景协助他打理朝事，但遭到陶弘景的婉拒。陶弘景清高出世的性格既已形成，怎么可能会再去蹚红尘的浑水？他更知道，以自己隐逸的身份偶尔出世，或许要比直接浸润其中更给人一种神秘感。萧衍又是何人，萧衍岂会真的接受别人的指手画脚？于是陶弘景用诸如拟国号、解图谶、占吉日等方面给萧衍添点儿神秘色彩，造一点虚玄的气氛，其实都是一些虚招，信不信都由你。而且，他知道，萧衍也好，沈约也罢，他们何尝不知道道教神秘的背后究竟有几斤几两。

陶弘景对萧衍的支持，也为他在江湖上赚足了名声。那段时间里，陶弘景居然就有"山中丞相"之称。陶弘景知道，他该见好就收了。

果不其然，随着萧梁王朝的逐渐稳定，萧衍借助陶弘景的必要性也就渐渐消解。而对于陶弘景在江湖上名声日增，萧衍开始不自在起来。天监初年的那次聚会，陶弘景与萧衍之间其实就已有了明显的裂痕。萧衍的意思是，你竟然顺着竿子往上爬起来了，你把朕放在什么位置？陶弘景说，你为什么总是派人一次一次往茅山跑呢？你的人一次一次往茅山跑，那些趋炎附势的士大夫们当然对茅山趋之若鹜，这又是我所能左右的？萧衍终于给陶弘景出了一道难题：你不是一直说你要炼一种飞丹吗？朕现在就给你提供足够的条件，你去炼丹吧，别再招摇过市。

据说是在同一个晚上，萧衍做了一个梦，在梦中，一位天人指示他必须为陶弘景的炼丹提供必要的条件。第二天，当萧衍将这个梦告诉陶弘景时，陶弘景说他昨天夜里也做了同样的梦。两人在炼丹问题上的不谋而合，让他们的友谊有重新开始的征兆。然而在炼丹这一问题上两人却是各怀心思。陶弘景既然不想做帝师，同样也不想做皇帝的臣仆，他希望以炼丹为由，以摆脱皇上对自己的约束。萧衍以梦境来说服陶弘景炼丹，其实正是让陶弘景服从天意，别再招摇过市。而所谓"天意"，即是萧衍自己的意思。

但不管怎么说，陶弘景真的开始炼起丹来。然而陶弘景在做此决定时，内心是相当复杂的。这将意味着，他在接受炼丹的同时，也在接受着自己盛名之下的一种检验。丹是否炼成，决定着陶弘景今后是否能在江湖立足。

道家的修炼，可分为内炼和外炼两种。内炼，其实正相当于现在所说的气功，而外炼，就是能让人服食的丹药了。作为一名职业道士，陶弘景熟读过大量关于道家炼丹方面的书籍。他知道，有一种飞丹，只要运用得当，材料俱成，是可以炼成的。炼成后的飞丹人服下之后，即可飞升上天，成为仙人。但是，陶弘景至今的修炼，还只是处在内炼上，一直没有在外炼上真正下功夫。怀着一种复杂的心情，陶弘景带着几名弟子，真的来到茅山深处一个叫金岭东的地方。此地水流朝东，极为隐蔽，绝对受不到来自外界的干扰，是理想的炼丹之地。陶弘景与几名弟子在这里开辟了一块地方，安置了自己的家园，于是就开始了炼丹的工作。

茅山深处并不缺乏名贵药材，再加上萧衍所提供的朱砂、硫磺和白银，凭着这些材料，陶弘景开始有了信心。他严格地按照道经上的要求一道道做来，从选材料到材料的配制，再到火候的掌握，一道道工序，决不马虎。

天监五年（公元506年）六月，陶弘景的第一炉丹即将封火。这对于陶弘景来说，是极为神圣的一刻。丹还没有服下，陶弘景的心就开始飞升了。火熄灭三天后，陶弘景打开炉盖，炉灰里果然躺着几粒赤黄色的砂丸。他对照书上的标准检查后，不得不痛苦地向徒弟们宣布：失败了。陶弘景说，古人炼丹，没有一次就成功的，不要紧，我们再来。陶弘景把失败归结为炼丹材料的不纯，这一次，他对炼丹的材料进行了严格的筛选，有一点瑕疵，绝不选用。从炉火升起的那一日起，陶弘景就亲自把守在丹房里，一边念经，防止山神鬼怪的入侵，一边控制着炉子的火候。这一炉丹陶弘景又炼了足足半年。直到次年的八月，陶弘景的第二炉丹终于开炉了。按照书上的标准，这一炉丹"飞精九色，流光焕明"，陶弘景的弟子们认为，这一炉应该算是成功了。然而陶弘景仍然不十分自信，但他却无法确定丹是成功了还是失败了。

丹是否炼成，是需要实践检验的，飞丹是否真的能让人飞升九天，是要

经过服食后才能知道的。陶弘景决定以身试丹，但却遭到徒弟们坚决反对。徒弟们说，万一师父有个三长两短，上清派今后怎么办？当时有徒弟主张用山中的猕猴来做试验，但这种外行话立即遭到其他弟子的讥讽。因为猕猴与人的灵性是不一样的，猴毕竟不是人，人也不是猴。那实在是一个令人感动的场面，为了确定这炉丹是否成功，陶弘景的几个徒弟争着要服食这炉丹药。经过一再讨论，陶弘景的大弟子周经决定服食这第一炉飞丹。周经说，我若飞升，上清派即可以道教的正法来示于外界；我若"尸解"，也算为上清派作出了贡献。

就像人生有多种选择一样，事物的发展，往往并不朝着"非此即彼"的定律前进。周经通过努力，争得了服食飞丹的试验权，但周经却既没有飞升，也没有"尸解"。周经服食飞丹后一连拉了几次稀，仍是原先的周经。

陶弘景在茅山炼丹的消息不胫而走，很快，几乎全国的人都知道道教领袖陶弘景炼丹的消息。于是，一批批人来到茅山，可惜当时并没有开展旅游活动，陶弘景的广告效应不仅未能给任何商家带来利益，反而让陶弘景烦不胜烦。恰恰就在这时，萧衍派人前来茅山询问飞丹的情况。陶弘景只得给萧衍写了一封信，说炼丹需要极为安静的环境，现在茅山每天游人不断，其中有不信神者的毁谤，破坏了丹药的炼制。他请求萧衍能允许他离开茅山，选择一个更适合炼丹的所在。他并且告诉萧衍，他在一天晚上做了个梦，梦中一位老人写给他八个字：欲求丹成，三永之间。他理解为，仙人是在指示他，浙江永嘉、永宁、永康之间是理想的炼丹之地。

对于陶弘景的成就，萧衍已是不屑一顾，他当即给陶弘景复了一信，对他的托辞极尽讥讽，但还是同意了陶弘景易地再炼。陶弘景怀着一腔愤懑，终于在"三永"之地选择了一块更为僻静的所在，重新开始了他的炼丹工作。直到天监八年（公元509年），陶弘景意识到他的炼丹神话再也不能继续下去了，终于向萧衍承认，事实上，人是不可能飞升的。

陶弘景把要说的话说出来后，就像把一泡因便秘而塞在肚子里的屎终于拉下一样，顿时觉得一身轻松。于是，他不等萧衍新的敕书下达，立即孤身一人前往南岳，开始了他新的人生修炼。

陶弘景从人们的视线中真的消失了，谁也不知道他到了哪里。外界开始传言，陶弘景已经"羽化"成仙。陶弘景奉命为皇上炼丹，丹成后，陶弘景并未献给皇上，而是独自吞食了。关于陶弘景的传说一个又一个，直到天监十年（公元511年），陶弘景突然出现在建康。萧衍立即召见了他，并问他这几年的情况。萧衍绝口不提炼丹的事，只是告诉他，这几年他接受了慧超的"戒淫欲"的劝告，几位嫔妃分别被他打发到诸王的藩镇之地，身边只留下丁令光一人随侍。他说自从"戒淫欲"之后，果然感到神清气明，身体大有好转。

陶弘景则向皇上述说这几年来他的著作情况。陶弘景向萧衍说，他在南岳遇见观世音菩萨，观世音菩萨给他摩顶受戒，他已正式皈依佛教。从今往后，他将决定"道佛双修"。

萧衍听说陶弘景皈依了佛教，立即向陶弘景表示祝贺，并称他是一位难得的"胜力菩萨"。

## 一座大坝的垮塌

天监十年（公元511年），南梁的军队与北魏大军在朐山（今江苏连云港市西南）进行了自钟离战役以后的又一场恶战。

这一年三月，青州境内有暴民起事，北魏的一支军队趁着朐山内乱，迅速占据了这座海滨城市。其实，朐山只是巴掌大的一块海边小城，但就是这巴掌大的地盘，对于南梁却有着重要的战略意义。朐山失守，意味着青、冀二州的危在旦夕，而青、冀二州一旦丢失，南梁军队无论是北上还是东进，都将处于不利的局面。因此，萧衍宁可折损几员大将，也要将朐山重新夺回手中。但是，萧衍盘点了一下自己的家当，他的手中已没有多少可以拿得出手的战将了。邓元起在与萧渊藻的内讧中被杀，曹景宗在酒色中过早地耗尽了身体的能量，韦叡和王茂都老了。这一次，他只能派出唯一的作战能手马仙琕前往朐山。

萧衍手中无大将，北魏家里更是无人，这是一个弱智的时代，无怪乎有人说，南北朝时期是中国最黑暗而又最昏庸的朝代。北魏皇帝精挑细选，结果却把守卫朐山的任务交给了一位书生卢昶。明知道卢昶只会做文章，并不会打仗，北魏皇帝便派给他数倍于南梁的军队，希望他能用人海战术为他的帝国打赢这一场战斗。然而双方还未交手，卢昶就像南梁的另一位逃跑将军萧宏一样，吓得屁滚尿流。马仙琕凭着丰富的作战经验，指挥着他远道而来

的士兵，硬是在冰天雪地里与北魏大军进行了一场殊死较量，很快击溃了数倍于自己的北魏大军，朐山重新回到南梁的手中。

朐山大捷，让急于收复淮南、统一南北的萧衍又一次尝到胜利的甜头，但他仍然高兴不起来。直到现在，寿阳，这块南梁最重要的前沿阵地仍然被控制在北魏手中，那是他的一块心病。寿阳就像一颗钉子，死死地钉在萧衍的意识里。次年正月，萧衍否定了一些大臣们关于前往浙江会稽山举行封禅大典的奏议，只是在建康南郊举行一场简短的祭天地仪式。祭天地仪式结束后，萧衍向他的大臣们说："总有一天，朕会带着你们，浩浩荡荡，气贯长虹地前往位于山东的泰山之巅举行一场盛大的、史无前例的封禅大典，而不是会稽。"

五月，淮南境内接连的暴雨引发洪灾，濒临淮水的北方重镇寿阳城被漫天大水铁桶般团团围困，大水透过城墙渗进城内，寿阳城内的民房很快就被泡在汪洋之中。城中居民纷纷驾船逃避到城南的八公山上，然而守城的北魏豫州刺史李崇决心与寿阳城共生死，决不离开寿阳城半步。李崇驾着一只小船，沿着寿阳城墙日夜巡视，唯恐不测。雨没日没夜地下着，在狂风中翻滚的浊浪已经触摸到寿阳的城墙垛了。站在寿阳城墙上，目睹寿阳城在风浪中不停地抖动，那远处的水面上漂浮着一具具人或动物的尸体，守城的将士开始动摇。当年随叔爹裴叔业一同叛逃北魏的守将裴绚一直后悔不该背离祖宗居住的江南之地而在索虏的地盘上忍辱偷生。裴绚一直在寻找着随时叛逃回梁的机会，眼看着一城居民就要做水中之鬼，裴绚暗中派人与南梁大将马仙琕取得联络，让马仙琕趁着这场大水前来攻打寿阳，自己好与马仙琕里应外合，一举将寿阳拿下，作为归梁的一份重礼。

裴绚将自己的部队带到寿阳城南，这里集结着几千名士兵和逃难的百姓。看着这些士兵和百姓，裴绚突然宣布，李崇已经逃离寿阳，从现在起，我就是豫州刺史，我就是你们的领袖，我要带着你们奔活路而去，不想死的，就跟我干吧。大水即将漫进寿阳，李崇却弃城逃离，不想死的又有几人？当时跟随裴绚的就有上千人之众。裴绚一边整治这支临时的部队，一边等待前来接应的南梁振远将军马仙琕。然而不等马仙琕到来，当得知裴绚叛变的消息后，真正的豫州刺史李崇立即带着一支人马乘着船舰前来讨伐。先前表示要跟着裴绚一同奔活路的人当见到李崇并没有逃离时，便又立即掉转枪口，不等战斗打响，裴绚就被部下生擒活捉。裴绚明知再无活路，便乘人不备，跳进深水，以一死谢罪朝廷。

大水很快退落，北魏人因守将李崇的顽强坚守依然将寿阳牢牢地控制在自己的手里。似乎是受这场大水的启发，萧衍想任何一场大水，都能够将这座低洼的城池陷入灭顶之灾，何不在淮河下游筑一道长堰，以提升淮河水位，倒灌寿阳，逼北魏人退到淮河以北？这实在是一个极好的创意，被这一创意激动的萧衍一连失眠了几个夜晚。水淹、火攻，只要有用，即可拿来，这就是战争。他觉得奇怪，此前为什么就没有人想到这些呢？然而工程技术人员对淮河的勘察报告让萧衍大失所望：淮河含沙量太多，河床流动性太大，难以承受筑堰的压力。但是，被这宏伟计划刺激得夜不能寐的萧衍再也无法冷静下来，寿阳是一个情结，它让萧衍梦魂萦绕，也让南梁朝廷众多大臣们梦魂萦绕。君臣间形成一股难以抗拒的洪流，期待着有一天淮水猛涨，将一座寿阳城变成汪洋泽国，从而逼退北魏索虏，让寿阳城重新回到南梁人的手中。

筑堰、筑堰，在那么些日子里，筑堰成了萧衍以及南梁朝臣们日思夜想的话题，终于形成决议。筑堰淮水的地点选在寿阳下游，钟离城东，这一段淮河南有浮山，北有巉石山，是理想的筑堰位置。天监十三年（公元514年），浮山堰工程动工，萧衍发布诏书，令沿淮两岸每二十户人家抽调五名民工，总共约二十万人之众，并命太子右卫康绚主持修堰之事。

这是又一座万里长城，当年秦始皇为抵御匈奴外侵时曾在民间抽调几十万人修筑万里长城，几千年过去，虽然秦始皇早就在历史的烟云中灰飞烟灭，但万里长城却依然雄固。不管后世人对秦始皇的暴行如何评价，但那座逶迤千里的长城却向人们证明了秦始皇时代的威武雄风。不知萧衍在筑浮山堰时是否会想到秦始皇，可惜的是，萧衍不是秦始皇，他既没有秦始皇那样的雄才大略，偏偏他又选择了一个错误的地点去做他错误的工程。筑浮山堰，最终成为萧衍被后人指责的最致命的错误，成为一桩历史笑话。

南梁在淮河浮山段修筑拦河大坝的消息很快传到北魏，寿阳太重要了，北魏人同样不肯丢失。当时掌管北魏大权的胡太后立即委派大将元澄率十万人马前往寿阳一带进行征战，以破坏南梁的筑堰计划。北魏的一位文官大臣上表说，对于南梁在浮山筑堰一事，大可不必过于紧张，在那条河上修筑大坝，其实不过是萧衍的突发奇想，那条河上根本就筑不成任何大坝。后来，

当浮山堰溃决，南梁的几十万军民随着溃破的大坝在汹涌的洪水中葬身鱼腹，胡太后重赏了这位有先见之明的文官大臣。

天监十五年（公元516年）九月，费时两年的浮山堰在建成不久即轰然倒塌。史书上说浮山堰溃决时"其声如雷，闻三百里"。呜呼，那沿淮居民还没等省过事来，就在睡梦中做了水中之鬼，据说死伤人数在三十五万之众。而浮山堰的失败所造成的南梁人口锐减以及生态的破坏、经济的巨大亏损，却是一时难以估量的。

其实，历史早有定数，就在浮山堰大坝即将建成的那一年冬天，深受萧衍喜爱的疯和尚宝志忽然闯进梁武帝刚刚兴建的太极殿里。就像往常一样，宝志大大咧咧地坐在那尊只有皇上才能入座的龙椅上打了一会儿瞌睡，瞌睡醒后，宝志忽然提起大殿里一尊重达五百斤的金刚像就向外走去。卫士们谁也不敢上前阻拦他。宝志将那尊金刚像一直提到太极殿外的空旷地带，一掌推倒了金刚像，然后就在金刚像上默然长坐，直到萧衍的到来。萧衍向宝志躬身合十说："法师有什么教诲吗？"宝志说："菩萨要迁化了。"萧衍知道，宝志要死了，他流着泪说："菩萨迁化了，弟子怎么办？"宝志说："各有因缘。"萧衍知道，该走的，总是要走的，世上没有不散的筵席，于是又说："圣僧，能知道朕的国祚几何吗？"宝志说："元嘉、元嘉。"元嘉是南朝宋文帝元嘉的年号，宋文帝在位三十年，两个元嘉，合起来就是六十年。萧衍满足地笑了，说："不少，不少了。"萧衍又接着追问说："法师还有什么教诲吗？"宝志朝他瞪了瞪眼睛，他不解其意，宝志又用双手死死掐住自己的喉咙，作出垂死挣扎的样子。萧衍仍是不解，宝志不再流连，于是扬长而去。看着宝志的背影，萧衍忽然就有了一种不祥的预感，不是为宝志，而是为自己，为自己这个刚刚建立起来的萧梁帝国。

十天之后，传来宝志示寂的消息。萧衍大哭不已，并在钟山独龙阜为宝志举行了隆重的下葬仪式。不久，他又下令在宝志安葬的独龙阜建造一座寺庙，这座寺庙建成后被命名为"开善寺"。他特地请来高僧智藏入住开善寺，并在入住的当天向佛教四众弟子三千人讲授《大般涅槃经》一部。

宝志的死，让萧衍在突然间失去了方向，葬埋了宝志不久，光宅寺里的一口大钟突然在一天夜里轰然坠地。他有一种预感，他的帝国将会面临一场灾难……

天监十四年(公元515年)，萧衍三子、十二岁的萧纲奉命前往江州任刺史。临行前，他的长兄、十四岁的太子萧统为他饯行。太子早在八岁时即纳高门大户蔡撙之女为妃，现在，他已是一个孩子的父亲。而萧纲在其七岁时领受"去麈将军"，镇石头城，两年前，纳前丞相王骞之女为妃。也是在这时，萧纲开始对女人及宫体诗有了浓厚兴趣。虽然兄弟俩无论是在人格和诗歌的风格上都有着极大的差异，但却并不影响二人之间血浓于水的情怀。江州地处遥远，想着那山高水长，更有仕途险恶，太子不禁流下难舍的泪水，于是作《示云麾弟》一首，以表达自己对这位同胞兄弟的关切之情。萧纲则安慰哥哥说，《文选》的编撰，才是你人生的大事，别对后宫里的飞流短长太在意。"至于我，"萧纲说，"要不了几年，你会看到我在文学上的惊人成就。"而这恰恰是他的哥哥萧统所担心的。他一直认为，萎靡的宫体诗最终会毁了弟弟的意志和前程。与萧纲一同前往江州的，除了他的侍读徐摛，还有庾肩吾、刘孝仪、刘孝威等一批少壮派文人。徐摛是当时著名的宫体诗人，萧纲对他的诗简直崇拜得五体投地。

　　萧统的《示云麾弟》得到父亲萧衍的大力推崇。萧衍甚至认为，这首离别诗是萧统诗歌中最优秀的作品。早在天监初年，萧统即被立为太子。但是，很多年里，萧衍在许多场合都公开表现出对太子的失望情绪。然而这首诗却改变了萧衍对长子的看法。随后，萧衍在刚刚建成的太极殿为太子萧统举行冠礼。太子的过于早熟，让萧衍一直有着隐隐的担忧。萧统五岁能读"五经"，六岁能够作诗，这个性格内向的少年很少臧否人物，但往往短短数语，即能一语中的。萧统自幼对文学有着极强的判断能力，十二岁后，他向父皇提出，给他时间，他要编一套历史上最优秀的文选。萧衍默许了太子的要求，并给他的工作提供了极其优越的条件。现在，即将入主东宫的太子又向父亲提出，他需要一个文人团队。父亲说，我南梁集中了一大批当今最优秀的人才，你尽可挑选吧。于是，似早有准备的太子向父亲递交了一份名单，这份名单是：陆倕、张率、谢举、王规、王筠、刘孝绰、到洽、张缅、张缵、王锡，共十人。这十人，既有当今的饱学之士，又有风流文坛的青年才俊。看着这份名单，萧衍开心地笑了，他用手点着太子说："你啊，你啊，小小年纪，竟如此贪心。也难得你有如此眼光。好，我依了你了。"又说："除了这十人，今后你若看上谁了，都可以让他们进入东宫。"但太子说，他不要了，人尽其用，十人可抵百人。后来，这十人被人称为"东宫十学士"。

在太子的冠礼结束之后，萧衍与太子作了一次长谈。他说："我从萧宝卷手中夺得皇权，建立目前这样一个强大的帝国，几乎没有费什么力气。所有这一切，除了上天对我的特别惠顾外，主要是萧宝卷的倒行逆施帮了我的大忙。当一个帝王把百姓当做他的奴才，当一个帝王用他百姓的血汗钱来装点他豪华的居室，他离垮台也就已经不远了。"

武帝的居室里占据最大面积的是一排排高大的书架，那些书架上堆满了武帝这些年来所写的著作。这些著作，除少部分是他人代笔，大部分是武帝亲手所著。一个帝王能够在其一生中有如此丰厚的著作，在历代帝王中实属罕见。武帝的居室本来不大，现在，被一排又一排书架包围着，就显得格外狭小。这些年来，武帝几乎手不释卷，即使是在严冬，武帝也都是在四更即起床，然后就开始写作或批阅堆积如山的奏章，手冻得开裂了也不休息。进入晚年，武帝日食一餐，仅豆蔬而已，有时太忙，顾不得吃饭，就随便喝一碗稀粥。武帝床上的帐子是五年前制的，由于一次次浆洗，已经破损，破损处由丁贵嫔用一些碎布补上。武帝的帽子还是两年前制的，而他常年穿在身上的那件袍子也已经洗得失去原来的颜色。

看着父亲那双因不间断工作而粗糙得像老树根般的双手，看着父亲那简单得和普通百姓没有两样的居室，太子禁不住流下泪来，说："父皇，你要爱惜自己的身体……"萧衍说："世间的一切，包括我们的色身肉体，都是四大假合，都是无常，不必太在意它，只有我们的一颗心，才是永恒不坏的。"太子知道，父亲在天监初即断除酒肉，只食谷蔬。几年前，当父亲还不到五十岁时，就又断了房室。他打发嫔妃们随诸王各自在分封地安住，他的内室绝不允许任何女人出入，这在历代帝王中是少有的。萧衍又说："过了这个年，我就是一个五十二岁的老人了，从现在起，你要学着做一个帝王，我也要把一些国事交你处理。"武帝又说："你要接受晋以来皇室内乱而导致政权颠覆的教训，你可以杀掉一千个暴民，却不可以得罪任何一个皇室成员。"

# 第四章

## 君臣交恶

一代辞宗沈约死了，死在他七十三岁这一年冬天。在当时的社会，七十三岁算得上极品之寿了，但沈约的死，却与萧衍有着直接的关系。因此，他的死就带有更多的悲剧色彩。

萧衍与沈约的交往，可以追溯到当年竟陵王萧子良开西邸时。那时候，他们都曾位列"八友"。沈约出身于南方士族，其祖上是依靠军功而起家，这在南方士族中是被人不屑的。沈约的曾祖父和祖父都曾因裹胁于政治而被诛杀。正因为有这一段经历，沈约幼时即发愤读书，希望能以文才而获取南方士族的尊敬。据说他幼时的目标就是要把官做到丞相之位，但在南齐时代，属于南方士族的沈约一直不被朝廷重用。直到萧衍以方镇之力举兵起义获胜之后，当年包括沈约、范云在内的一批文友这才聚集到萧衍的身边。而沈约与范云在萧衍立国这件大事上有着特别的功劳。因此，萧衍立国之后，很快就将沈约、范云提到左右仆射的位置，沈约很得意了一阵。但是，就像两个人的婚姻，当蜜月期过去之后，婚姻的双方立即就发现自己并不适合对方，只是为了一种利益，不得不勉强凑合在一起。

整个南朝时代，皇室与南方高门士族之间形成一种奇怪的关系，最高统治者既需利用高门士族这一重要的社会基础以维系自己的统治，却又尽可能限制他们在政治上的发展。当权者可以将一顶顶象征高贵的桂冠戴到士族的头上，但却并不给予他们真正的权力。事实上，从宋文帝时代开始，真正在朝廷掌握实权的，都是一些所谓"寒士"，这就是《颜氏家训》中所说的皇室"爱小人而疏士大夫"的道理。南方朝廷这样做的结果是，在整个南朝时代，历代皇室牢牢地控制着皇权，南方高门士族始终没能形成对皇室的威胁。萧衍执政以来，虽然极力优厚士族，并且频繁与京城的高门大士缔结儿女亲家。但在用人问题上却是不拘一格，其中备受亲信和被他破格录用的多是他的亲属以及雍州起义时期的一批旧人，而不是沈约这样的南方士族的代表。萧衍可以不断为沈约加官晋爵，甚至让沈约在外界造成风光无限的假象，但却一直限制着沈约权力的发展。这是沈约个人的悲剧，也是整个南方士族的悲剧。

当然，两人从疏淡而至交恶，不仅有士族利益的冲突，更有性格上的不合。立国以后，沈约在政治上一直没有新的建树，再加上他一味顺从，善于阿谀，而不是像范云那样心直口快，总会不时提出建设性的意见，因而萧衍一直不待见他。天监初年，掌握中央实权的范云一病不起，当时很多人认为，范云留下的权印，最有资格接掌的当是沈约。但出人意料的是，萧衍却起用了名不见经传的两名"寒士"徐勉和周舍。这样的结果，当然是沈约不希望见到的，因此，沈约感到十分失落。趁着母逝，沈约第一次有归隐之念。他把郊区的一处旧宅认真修葺了，并写了《郊居赋》一篇，抒发自己向往田园的心意。此后，沈约又写了《咏鹿葱》以及《君子行》等诗文，表达不被朝廷重用的幽怨，结果被一些小人——从其中寻章捉句，罗织一起起罪名。虽然萧衍并没有加罪于沈约，但却对沈约更加疏远了。

东晋以后，上达皇室，下至百姓，整个社会更多地将兴趣集中在文学上。上流社会品评人物的重要标准也往往看这个人物在文学上的建树，一时间，文学才能成为衡量个人才能和能否进阶的重要尺度。一切士大夫，无不想跻身于文学的行列。一代代帝王们不仅礼遇文士，并且亲手写作诗文，在文学成就上决不甘于文士之后。正是这种整个社会对文学的崇尚风气，才形成南朝文学大繁荣的局面。

萧衍以军功起家而成为帝王，却同样不甘于在文学上位列人后。当时的文人如鲍照等摸准了萧衍的脉络，但凡呈请皇上的文疏，往往只露七分文才，甚至不惜自污，故意留下别字或病句，为的是让萧衍有修改的余地。而另有一些文人如何逊、吴均等，偏偏不买皇帝老儿的账。那位为《世说新语》作注的刘峻，更是拿皇上不当回事，但凡作文，总是极尽文才，这让萧衍极没面子。因此，萧衍就不止一次地批评何逊、吴均说"何逊不逊，吴均不均"。这两个人虽有文才，却一直得不到重用，而那个桀骜不驯的刘峻，萧衍连见都不愿见他。沈约被称为"一代辞宗"，被公认为文坛领袖，虽然在萧衍面前表面阿谀，但在文学上却总是抢在风头之先，这让萧衍一直有着隐隐的不快。

一次皇上赐宴，文华殿里瓜果满盈，酒香四溢。沈约拾起一粒栗子说："啊呀呀，陛下英明，海内升平，瓜果也是知人意的呀。这么大的栗子，微臣还是第一次见到。"

萧衍拣起一粒栗子，那栗子果然生得硕大，每一粒径长都在寸余。萧衍将那栗子仔仔细细研究了一番，说："这栗子果然生得奇特呀。不过，关于栗子的典故，大家又知道多少呢？"

满朝文武都知道，萧衍又要卖弄学问了。大家都摸准了萧衍在文学上当仁不让的脾气，宁可引自己之短，推萧衍之长，以满足皇上的自尊心。现在，当萧衍问到"栗子的典故有多少"时，文华殿里竟没有一人应声。唯有沈约不肯怯才，说："栗又称干果，医家称有养胃、健脾、补肾、壮腰、强筋、活血、止血、散瘀、消肿等功效。《战国策》有'北有枣栗之利，民虽不田作，枣栗之实，足食于民矣。此所谓天府也。'《史记》更有：'燕秦千树栗，其人与千户侯等'描述……"

萧衍打断了沈约，说："尚书令是当今世上最博学的人，朕愿意就栗子的典故与尚书令作一番策对如何？"

策对，是自南齐丞相王俭时开始的一种酒会娱乐方式。文士们酒酣耳热，于是就一件事或一个物体当场比赛，看谁对其来历和掌故了解最多，胜者自然会得到一份奖励。这是一种游戏，也是一种知识和学问的比试。一帮好热闹的年轻人开始起哄，而另一些老臣们也存心要看沈约的笑话，便一齐鼓捣沈约与皇上策对，看谁能说出更多关于栗子的典故。不等沈约作出反应，最高执行官吏部尚书徐勉就把准备好的纸笔分给了皇上和尚书令沈约。沈约这才意识到自己一时冒失，后悔也来不及了，于是便硬着头皮在纸上写了起来。写了约十数条便匆忙交卷。见沈约放下纸笔，萧衍也把写好的那张纸交给徐勉。徐勉当场宣读，皇上写了十八条，沈约写了十九条，但沈约的其中两条只能算是栗子的药用价值，而不能算是典故。这样算起来，萧衍比沈约多写了一条。沈约便当场认输，说："陛下的博学，无人能及，更况微臣乎？臣要想赶上陛下的学问，怕还要埋头苦读十年书。"

萧衍便又故作谦虚，说："多知道几条栗子的典故也不算什么，要论诗名，尚书令还是当今第一。"

酒会一直进行到午夜时分，走出文华殿，沈约被几个年轻人围住了，说，尚书令今日与皇上比赛，感觉如何？沈约自觉丢人，却又不服这口气，当场就又列举四五条关于栗子的典故，列举毕，说："一代诗才江淹进入南梁就不再有诗，世人都说江郎才尽，其实正是江淹老儿有意自污；刘峻露才，被这老头儿一直晾到今天，只怕永世不得翻身。还有，你们知道那老头儿为什么要说'吴均不均'吗，还不是吴均私撰《齐春秋》，将那老头儿当年助齐明帝萧鸾篡政夺权的事情一字不漏地写了进去。那老头儿向来只愿听恭维的话，不愿听相反的话，我若不让着他几条，他岂不羞死？"沈约口若悬河，一口气讲了许多，忽然觉得不太对劲，赶紧刹车，却已经迟了。偏偏不知道是哪个爱打小报告的家伙，掉转屁股就把沈约的话报告给了皇上。萧衍大怒，立即就要治沈约的罪，被徐勉劝住了。但从此以后，萧衍对沈约就更加冷落了。

尽管如此，天监九年（公元510年），萧衍还是让沈约加爵左光禄大夫，这是类似于顾问委员之类的闲职。虽则荣耀，却只是一个闲职。沈约意识到大势已去，便心灰意冷，不作妄想。这一年，萧衍为自己及范云等一批建国功臣在同泰寺塑立铜像，其中即有沈约。沈约得了这样的荣誉，当然乐不可支。于是借梯子上爬，希望萧衍能将司徒、司空、太尉中的任何一个无职，却有名的爵位赐他，萧衍未予理睬。沈约不肯罢休，他拐弯抹角地给执掌朝廷大印的吏部尚书、也是他一向交好的朋友徐勉写了一封信，他在信中一边把自己描绘成一副又老又可怜的模样，他说从外表看，他还有个人形，但人却瘦得一小把把了。每到冬天，总是上身热、下身冷，倒在床上，整个骨头架子都在噼啪作响，只怕不能久留于人世了。一边又大谈自己的凌云之志，希望能为朝廷作更大的贡献云云。

徐勉读出沈约信中的意思，立即向皇上上表，请求能赐予在官场上拼扎了几十年的沈约一个开府同仪三司的荣誉（相当于副总理）职务，却仍然遭到萧衍的拒绝。沈约眼睁睁地看着他梦寐以求的"三公"的冠冕被皇帝的六弟，那个既不善文，又不能武，且因洛口一战而落得个"逃跑将军"的临川王萧宏轻而易举地戴到了头上。失望至极的沈约于是便直接给皇上上书，请求外派去当刺史。萧衍说，你倒想得美啊，你那见不得人的心思以为我不知道？你要去外派当刺史，不就是要让外界将一顶大材小用的帽子戴到朕的头上吗？沈约这才感觉到彻底的失望，他模仿当年的屈原，写下《伤美人赋》一篇，将自己比作美人，但却得不到君王的赏识。这篇赋很快被传到萧衍那里，萧衍看了，就越发不能忍受。

天监十二年（公元513年），从青、冀二州传来刺史张稷抑郁而死的消息。当年张稷在萧衍大军攻打建康时，与另一大臣王珍国割下昏君萧宝卷的人头挂在建康城头的旗杆上，从而为萧衍立国建了大功。但事后萧衍却并不加功于这两位功臣，原本在旧朝廷担任尚书仆射的张稷竟被外任到青、冀二州担任刺史。听到张稷的死讯，萧衍忽然觉得在良心上有所愧疚，也是凑巧，当时正好沈约侍宴在侧，萧衍便与沈约谈起张稷，希望沈约能理解当初他对张稷的安排并非挟私人之见。没想到沈约却不耐烦地说："一个尚书仆射被外派到边境担任刺史，本身就够滑稽的了。这事过去很久了，现在张稷人已死，说这个还有什么意思？"这分明是给皇上脸色看，萧衍当即勃然大怒，说："你要是忠臣，就应该站在朝廷的立场上说话，而不该只向着你的亲家。你对我说出这种无礼的话来，究竟是什么意思？"说着，立即拂袖而去。看着萧衍愤然离去的背影，沈约意识到自己的一时失态。这一次是真的激怒皇上了，顿时大脑处在一片空白之中，竟然半天回不过事来。

沈约被人送到家里时，仍然处在半昏迷状态。他知道自己这一次真的闯下大祸了，便要立即去向皇上赔罪。然而他站立不稳，一头倒地，头撞到床角，顿时鲜血淋漓。沈约就这样病了，而且一病不起。

这天夜里，沈约做了一个可怕的梦。在梦里，那个被毒酒赐死的和帝萧宝融忽然满身是血地向他走来，说："你这老狗，一片巧舌如簧，只为讨好萧衍，好爬上高官之位。萧衍叛乱，窃取皇位，本没有要置我于死地的意愿，是你向他献计，将我毒杀而死，我岂能饶你？我不要你的性命，我只要割下你的舌头。"说着，就拔出一把利刃，杀气腾腾地向他扑来。他吓得一声惊叫，从梦中醒来。然而一连数天，和帝那血淋淋的影子却总是拂之不去，让他夜夜惊梦。沈约的病，也一天比一天重了。

事有凑巧，当年他在茅山静养修道时的一个职业道士路过建康，听说他病了，特意来看他。当看到他病得不成人样时，便惊讶地说："尚书令中邪魔之气，那个邪魔不是别人，正是当年被皇上赐死的和帝萧宝融。"沈约听道士这样一说，更加惊恐不已。于是便说出那个可怕的梦，又哭着说："其实，萧衍改朝换代要杀和帝，与我并无相干啊，要毒杀和帝，也不是我出的主意，现在和帝怎么只找我来报仇呢？"道士说："你说的这些，和帝怎么知道呢？你需向上天呈奏赤章，以表心意才好。"当下沈约勉强支起身子，就在道士准备的一幅红布上写下如上所言，表明当初改朝换代与己无干，毒杀和帝，也并非自己出的主意云云。道士当场作法，屋子里一片阴森鬼气。作法毕，道士又将那块红布在院子里烧了。这一切，恰恰被一个人看见，这个人就是被萧衍派来探病的中书舍人朱异。朱异目睹了尚书令家里发生的一切，也不探病了，立即回到宫里，将在沈约家看到的一切一五一十地汇报了。

听说沈约在梦中遇齐和帝萧宝融持刀割舌，萧衍在座位上发呆了很长时间。接着，当他听说沈约与那个混账道士书写赤章，将当年毒杀齐和帝萧宝融的事推得干干净净时，萧衍禁不住大怒。依他当时的气愤，立即就要赶到沈府，当面斥责沈约的小人行为。一个男子汉，做了，却又不敢承当，甚至把所有的责任都推在别人的身上，这是个什么事嘛。事实上，当初萧衍接受禅让，预备登基时，对于要不要杀掉那个十四岁的小皇帝，他的确相当犹豫。那个小孩儿本不当死，正是听从了沈约的意见，他才坚定了毒杀齐宝融的决心。现在，沈约竟然将所有的责任都推到他的头上，这的确让萧衍忍无可忍。

萧衍便立即写下一信，命人前往沈府，当面交给沈约。那信上当然不会有好话，沈约见了信，病更加重一层。他想亲自前往宫里向萧衍说清原委，只是他病入膏肓，人整个动弹不得，连说话的力气也没有了。然而萧衍仍不解气，接连几天派侍者前来探病，其实是来转弯抹角地骂了沈约一顿又一顿。沈约又气又怕，几天后就一命呜呼了。

得到沈约的死讯，萧衍似乎松了一口气，却又有着一丝莫名的失落。他亲自前往沈府吊唁，沈约的葬礼按照当时官员的最高等级进行。萧衍对沈约亲属进行了格外的抚慰，丧葬款额也比任何一个死亡官员拨付得多。因此，沈约也算得上是备极哀荣。不久，吏部商定给沈约定一个谥号，根据死者生前在文学上的成就，决定给他定的谥号为"文"。然而报呈到萧衍那里，却被萧衍拦下。萧衍想起沈约被人热烈追捧的所谓"四声八病"，便故意问他的中书舍人朱异："你知道什么叫四声吗？"朱异知道皇上对沈约仍耿耿于怀，便调侃说:"天子万福。"萧衍笑了,说:"我偏要说'天子寿考'。"又说:"沈约这个人心理太阴暗,他心里究竟隐藏着多少秘密,只有他自己知道,赐他一个'隐'字最为合适。"

## 兄弟情分

临川王萧宏萧六爷最近一些日子有点烦。

自从洛口溃败以来,他的日子一直不怎么好过。洛口之战,让他从此留下笑柄,并得到一个"逃跑将军"的诨名,更有士兵在背后称他"萧娘"。

幸好有了之后的钟离大捷。钟离大捷与萧六爷无干,而兴奋的萧衍却没因洛口的溃败而对他的六弟作任何责罚,甚至那次北伐不久,竟然又把一代辞宗沈约想了一辈子的三公之位轻易地就给了他,老哥皇上够意思了吧?但是,萧宏的内心却总有一丝隐忧,他总担心老哥萧衍有一天会死掉,或者被另外的人取而代之。如果这样,他所背靠的这棵大树就会轰然倒塌,他所有的前程乃至到手的荣华富贵就付之东流了。

萧衍兄弟九人,在所有的兄弟中,老三萧衍对这个六弟最亲。人和人就是一种缘分,兄弟之间无不如此。萧六爷觉得,他与三哥萧衍就是一种前世的缘分。有时候,他也说不清这个同父异母的三哥为什么总是向着他,总是不顾一切地提携他。有时候,提携得都让他不好意思了。萧宏自幼失去生母,他记得母亲临死前拉着三哥的手说:"练儿,看在我的分上,你要好好照顾阿六。"

御史中丞任昉早就拟好了一份弹劾名单,其名单上头一个就是临川王萧宏的名字。任昉的弹劾材料上列举了他诸如"聚敛无厌,欺行霸市""荒淫无度,妻妾成群"等一系列罪名。甚至还有"私藏武器,图谋不轨"。这些罪名,有些是真的,有些是假的。说句心里话,三哥对自己这么好,何必要"图谋不轨"呢?活腻了吧。说他"妻妾成群"倒是不错,他目前拥有正式的妻子十六位,当然还不包括那些私养的娼妇以及明占或暗合的女人。至于他与三哥的长女永兴公主萧玉姚的私情,早已是公开的秘密,只是瞒着三哥一人。

早在雍州时期,萧衍周围集中了一群文友,其中有一个叫殷睿的人颇负才名,于是,萧衍就与殷睿缔结了儿女亲家。不久,殷睿因卷入一桩宫廷谋

杀案而被朝廷杀头，萧衍依然肯定女儿与殷钧的婚姻。萧玉姚十一岁那一年，正式过门殷家。殷钧写得一笔好字，他的隶书书法让京城很多人争相效仿。殷钧虽一手墨香，却其貌不扬，五短的身材、厚厚的嘴唇，看起来就是一个庄稼汉。这样的丈夫如果是娶了一般人家的女儿，或许会有一生的幸福。但不幸的是，殷钧却娶了一个性格另类的女孩子，而且这个女孩子后来又成了皇帝的公主。对于嫁给这样一个丈夫，萧玉姚自然有着无限的委屈，她只怪自己的老爹乱点鸳鸯，将她这一朵好花插到了牛粪上。由于自幼受父亲冤案的影响，殷钧一直性格内向。而自从萧玉姚成了永兴公主后，在高傲的妻子面前，殷钧的自卑越发强烈。男人的自卑，必然会影响到他的性生活上。在永兴公主面前，他不再是丈夫，而只是一个臣子。对于一个臣子来说，他在永兴公主面前是不可随便的，包括性生活。只有在永兴公主需要的时候，他才被临幸，却往往是乘兴而来，败兴而归。

随着永兴公主的移情别恋，殷钧成了这个家里可有可无的人物。

某一天，殷钧被安排与妻子见面，走进公主的寝宫，殷钧一眼就看到满墙尽是萧玉姚的书法。只是，那满墙的书法只写着同一个名字：殷睿、殷睿、殷睿……

那是殷钧老父亲的名字，这孝顺的儿子万万没有想到，父亲含冤死去多年了，儿媳竟不肯避讳，将公公的大名随便地涂鸦在一面墙壁上。殷钧再也没有与妻子相见的情趣，气愤之下，他只得去向岳丈投诉。萧玉姚遭到家法的惩治，从那以后，她对殷钧更加仇恨，恨不得一刀就结果了这个丑陋丈夫的性命。

后来萧玉姚偷偷地看上了家里一个年长的厨子，那个厨子足可以做她的父亲。萧玉姚的单相思未能瞒过丁令光的眼睛，找了一个理由，萧衍将那个厨子打发了。为这件事，萧玉姚恨不得要把丁令光生吞活剥了。萧玉姚后来不知怎么又移情别恋到六叔萧宏的头上。六叔原本就是一个见到漂亮女人立即就要脱裤子的人，叔侄二人眉来眼去，哪管什么人伦情怀，几下往来，就做成一处了。这桩不伦之恋就像包在纸里的火，明知道总有发作的一天，但两个人却是欲罢不能，偷欢一次是一次，苟且一日是一日。

最近的市面上流传着一些关于萧六爷的段子，但凡建康的市面上有群体性骚动，甚或有流氓闹事，乃至小偷小摸，都只说是萧宏的人。这些段子有真有假，这些年来，萧宏依仗着皇帝就是自己的亲哥，官也做得越来越大，财产自然越积越多。建康市面上单是属于他名下的房产就有五百来间，店铺一百多处。这些房产和店铺，多数是他纠结地痞不择手段占为己有的。那些地痞流氓也利用萧六爷这个后台，在建康城里为非作歹，百姓们只有叫苦的分儿。

对于六弟萧宏的这一系列恶行，萧衍并非不闻，只是每当有人将这些事奏到他那里，他都一带而过。有时候，兄弟相聚，萧衍也曾当面锣对面鼓地训斥阿六几句。但这个阿六却总是叫着"冤枉冤枉，天大的冤枉"，甚至痛哭涕零，萧衍也就不再过问。在萧衍看来，一个王爷，贪恋钱财并不是什么大不了的事情，只要不搞政变就好。历史上远的不说，单就刘宋以来，皇室间兄弟阋墙、骨肉相残而造成宫廷政变、朝代更迭的例子实在是太多了。血的教训让萧衍认识到，只要兄弟们维护自己的皇权统治，不犯上作乱，贪就贪点吧。

天监十七年（公元518年）年六月，建康城里发生了一件凶杀案。被杀者是一个扬州绸缎商人，死者被发现时，是在他寄居的一家客栈里，死者的所有财物被抢劫一尽。据现场报告，死者是饮酒过量而死，但经过建康警察部门御史台的缜密侦查，死者的呕吐物中有一种特别的气味，那种气味，就是剧毒药物砒霜。案件似乎并不难侦破，据客栈老板提供的线索，死者生前曾与一个叫吴法寿的京城地痞有过频繁交往，而就在案情发生的前一夜，有人还看到那个叫吴法寿的地痞曾出现在那家客栈里。

这个吴法寿不是别人，正是临川王萧宏一个小老婆的弟弟。这件案子很快在京城引起轰动，临川王的小舅子为了抢夺扬州商人的财物而不惜杀人。或许正是因为临川王府的人长期以来一直横行霸道惯了，这才引起建康人的公愤。一些民众自发地聚集到御史台的门前，要求必须惩办杀人凶犯，还首都建康一片安宁。吴法寿早就逃无踪影，御史台命人描画了吴法寿的画像在建康城大街小巷四处张贴。很快，御史台得到消息，吴法寿果然就于案件发生当晚躲进了临川王府他姐夫的家里。

吴法寿到底要不要抓，御史台的人决无胆量闯进临川王府去抓人。不得已中，御史台将案情报到东宫，直接呈递到萧衍的手里。萧衍似乎未加犹豫，当即派人通知六弟萧宏，命他立即交出杀人凶犯。迫于压力，罪犯吴法寿当天就主动投案自首，而且很快就被法办。杀人偿命，天经地义。但大批群众再次聚集到御史台门前，要求一并惩罚窝藏杀人凶手的临川王萧宏。这一下，御史台为难了，但也不得不将一份关于吴法寿杀人越货，又畏罪潜逃进临川王府而引起公愤的案情报告呈送到最高权力机构，请求免除萧宏的职务，以平息首都民众公愤。直到十天之后，萧衍终于在那份案情报告中签字，免除萧宏一切职务，听候处理。

事情似乎并没有结束，就在萧宏被免职不久，御史中丞任昉再一次将一份弹劾递交到萧衍的手里。那份弹劾涉及萧宏的内容已不再是简单的私生活方面，而是八个可怕的字眼"私藏武器，图谋不轨"，这就不能不让萧衍有足够的警惕了。他似乎并不相信那份弹劾材料所公布的事实，他甚至觉得任昉这位昔日的文友在没事找事。就他对自己这位阿六兄弟的了解，就是借他个胆子，他也不敢"图谋不轨"。但任昉的公正廉明是在朝廷里出了名的，他弹劾的内容，包括曹景宗的，包括邓元起的，甚至包括吕僧珍的，多半都是事实。

耳听为虚，眼见为实，他决定亲往阿六的府上作一番调查。

他让陈庆之提着一只食盒，突然闯到了临川王府。萧宏家人看到皇上驾到，吓得一个个不知所措。萧衍与陈庆之径直朝王府的深处走去，一间间院落、一处处花园、一栋栋宫殿，这里俨然就是一座皇帝的行宫。看得陈庆之目瞪口呆，看得萧衍连连咋舌。正在同一帮人赌钱的萧宏听说皇上驾到，吓得半天回不过神来。那几个玩家连忙作鸟兽散了，萧宏未及整理衣裳，那边萧衍已经带着陈庆之快步流星地往润泽堂走来。他赶紧披上一件外套，跌跌撞撞地迎到阶下，伏地跪下，叫着："陛下驾到，未及远迎，罪过，罪过。"

萧衍说："兄弟间多时不见了，朕今天特地让御厨做了几样好菜，你我兄弟正好叙叙旧吧。"说着就让陈庆之打开食盒，不过是几样简单素食，极其平常的菜肴。萧宏心里越发十五只吊桶打水，七上八下，不知道萧衍突然闯来，到底这葫芦里装着什么样的药。于是便连忙唤来家奴，让他们搬一坛好酒，做几道大菜，却被萧衍拦住了，说："阿六难道不知道朕戒荤腥已经多年了吗？兄弟相聚，只在亲情，不在口欲。"

萧宏还是让人搬来一坛好酒，就着那几样简单的素食，萧衍破例喝了一盅，这才将话拉到正题："阿六啊，你我兄弟自幼亲密无间，朕实在不忍心因为你的过失而责罚你。但是，为了帝国尊严的法律，朕又不得不做出免除你职务的决定，希望你能够谅解。"

"当然，当然，其实……"

萧衍并不想再就那件再清楚明白不过的案件与萧宏纠缠下去，便立即将话题轻轻移过，说："阿六，你这临川王府究竟有多少进院子？刚才朕和庆之走得晕头转向，你这王府比起我的皇宫丝毫也不逊色呀。"

萧宏张口结舌，说："启禀皇上，中间的二十六进是原先萧宝义的旧王府，天监三年（公元504年）我住进来时改造了。后来家里人口逐渐增多，又增加了二十九进，就成了现在这个样子。"

"朕听说你现在有子女百十人，人多了，没有这么多房子也确实不够住呀。"

"皇兄明鉴，有些话，是当不得真的"

"一个王爷，有个三妻四妾，也属正常。阿六儿女成群，萧家子孙绵延，也是好事。"

萧宏不知道萧衍是赞他还是讥讽他，心下发虚，只是小心地拣着字眼，说："都是仰仗陛下恩德，兄弟才有这样的福分。"

萧衍又说："你有多少间库房？"

萧宏说："这个，库房倒是有十来间，只是……"嘴里说着，脸上的汗就噗的一下全下来了。

萧衍看了看六弟，知道他心里有鬼，便放下筷子，说："朕想看看你的库房，行吗？"

萧宏哪敢说不行，但却不肯起身，他看着萧衍，说："呵，呵，库房里乱得很，而且气流不畅，兄弟怕薰坏了陛下的龙体……"

萧衍越发起了疑心，便从座位上站起来说："看看又何妨，外面传言临川王府家财万贯，朕倒要看看是怎样的家财万贯。"说着就不顾萧宏，径直朝后院走去。

萧宏只得陪着萧衍一处处看着他的院子，一处处查看他的库房。这是一座庞大的王府，外人走进这里，就像走进一座迷宫。萧衍在萧宏的王府走了大半天时间，仍不过走了一半不到的地方。他又让人打开一间间库房，但见那库房门口贴着标签：金银库、玉器库、玛瑙库、珍宝库，另有绸缎库、蚕丝库、棉花库、油漆库……真正是琳琅满目，应有尽有。这些财物，一部分是南齐时代的积蓄，但大部分是在这短短十几年间他搜刮的民脂民膏所得。

虽然一下午所见不及他全部财产的十分之一，但却也够让人触目惊心的了。他知道，这一下他全完了，他只等着皇上发落了。

萧衍似乎意犹未尽，并不急着回宫，却又再次回到萧宏的润泽堂。这一次，萧衍主动提出要阿六再让厨子多弄几个菜，再搬一坛好酒来，他说要与兄弟畅饮一番。萧衍又回过头来与陈庆之说："庆之，你刚才数过没有，临川王的家私到底是多少呢？"

陈庆之说："不包括那些金银、玉器、珍宝、玛瑙，单就钱币，黄榜写明每库千万，计三十库，总计三亿万。"

萧衍向他的老弟竖起拇指说："阿六，你的日子过得不错啊。"

萧宏脸都吓白了，只等着皇上的训斥，然而他却听到萧衍说："一个王爷，有三亿万钱也不能算多吧，同建康的那些高门大户比起来，阿六还是小巫见大巫。"于是起身，吩咐陈庆之备辇。走到门口，萧衍突然又回过头来说："朕免除你的职务，也只是让你接受教训，人非圣贤，孰能无过，有了过，改了就好。朕决定明天就下旨，恢复你的一切职务。"

直到送走了萧衍，萧宏这才发现，他浑身的衣服全都被汗湿透了。

事情似乎并没有结束，关于萧宏私藏武器，密谋不轨的传言越来越多，越来越真切，大理寺的人甚至窃取了一份萧宏预备刺杀皇上的计划书呈于萧衍。连吏部尚书徐勉也不得不提醒皇上，让他多一份心眼。四月初八是传统的浴佛节，这天萧衍一大早就轻车简从，准备前往同夏里故居改建的家庙光宅寺为太子佛行浴礼。这天清晨大雾迷漫，能见度不足三丈。从皇宫前往同夏里，必经过秦淮河上一道桥梁，桥梁不远处，就是萧宏的王府。看着那迷雾中的临川王府，萧衍忽然多了一份心眼。他让车队继续前进，自己却悄悄换乘另外一辆辇车改道而行。越是怕鬼，越听鬼叫，当侍卫们驾着皇上的辇车经过那道桥梁时，桥突然塌陷，那辆空荡荡的御辇随着塌陷的桥面一下子落进秦淮河里。几十名事先埋伏在四周的刺客趁着迷雾蜂拥而上，与皇家侍卫展开一场生死搏击。当发现那辆御辇中并没有皇上时，那几名刺客立即仓皇逃窜，皇家侍卫队奋勇追击，终于抓住了两名刺客。这样愚蠢的刺杀，也只有萧宏那样弱智的谋杀者才会设计得出，抓获的刺客未经审问，就立即供出幕后的指使者。

事情败露后，据说惊魂未定的萧宏打算连夜逃出建康，再渡江北上，投奔北魏，但到底还是未能成行。他的谋士们告诉他说，逃往北魏未必是上策，虽然洛口之战他几乎吓掉了魂，但毕竟与北魏有过正面交锋。况且他是南梁最重要的一位王爷，北魏人也未必能宽待他。在谋士们的策划下，萧宏最终选择了一个苦肉计，他把自己绑了，亲自来到皇宫，向萧衍请罪，表示自己真的是一时糊涂，这才做下愚蠢至极的事情。万万请陛下看在死去母亲的面上，饶自己一回。萧六爷到底是摸透了三哥的性子，他的这一着果然打动了皇上。面对痛哭涕零的阿六，萧衍也只能指着阿六的鼻子痛骂了一顿。骂过后，气也就消了，萧衍说："你杀了我，你就能做一国之君吗？你知道管理国家需要怎样的大智慧吗？你知道怎样运筹帷幄吗？你知道一个国君一天要批阅多少奏章吗？你知道面对北魏的威胁如何沙场点兵吗？依朕超过你阿六十倍的智慧，尚且每日如履薄冰，更何况阿六你这样的智力不全者。依你这些年来所犯下的过错，杀你十次也不为过，朕不是不能杀你，实在是念及你的生母当年对朕的嘱托。朕饶你不死，但必须贬你为庶民，你带着你足够的家产，到南郊筑几间房屋，过你的自在日子去吧。"

然而不等萧六爷走出皇宫，萧衍自己倒对刚才的命令后悔起来。几天之后，萧衍收回先前的口谕，萧六爷官复原职，兄弟和好如初。

## 叛逃的王爷

北魏孝昌元年（公元525年），镇守彭城（今江苏徐州）的北魏刺史元法僧叛魏降梁，并自愿献出北方军事重镇彭城，这件突如其来的事件在南梁皇帝萧衍刚刚平静的心里再次掀起一阵波澜。

前一年十一月，中书舍人张文伯受北魏朝廷的派遣，前往北方重镇彭城视察城防。彭城刺史元法僧带着下级官员谄媚的笑脸，陪同张文伯视察彭城的每一处街巷、每一座营房。在接下来的视察中，这位傲慢的朝廷命官对元法僧的工作大为不满，横加指责，他指责元法僧没有按照朝廷的防卫标准严密布防，指责元法僧对士兵管理不力，指责元法僧对朝廷怀有二心。元法僧一开始还耐心地听着这位朝廷命官的训示，后来他再也没有耐心了，于是与这位上级发生了争吵，最后双方动起手来。元法僧终于挥起刀来，还没等那位高高在上的大员做出反应，一颗带血的人头就滚落在地。身首异处的朝廷

命官终于闭上他那张令人憎恶的嘴，元法僧也在一瞬间的震惊中做出一个决定：投奔南梁。

在得到彭城刺史元法僧挑杀了张文伯后，北魏朝廷几乎是在第一时间里做出反应，派第二位大员前来彭城了解事件的真相，并决定对元法僧撤职查办。铁了心的元法僧在一见到这第二位朝廷大员时就把话直接挑明了，他说："我已经无法再回到洛阳，现在，摆在我面前的就只有一条路，投奔南梁，请问您要不要同我一起带着士兵们渡水南下？"元法僧的叛变行为当然地遭到北魏朝廷大员的严厉斥责。元法僧是豁出去了，于是，早有准备的他手起刀落，毫不手软地削去第二位朝廷大员的脑袋。

接下来的时间里，元法僧所做的事情就是设法与南梁的官员取得联系，让他们火速派人前来，接收南梁这些年来朝思暮想的北方重镇彭城以及他的两千人马。

元法僧执意降梁的消息传到建康，整个南梁朝廷都被这突如其来的消息兴奋得难以自禁。包括萧衍在内的所有人或许都不止一次梦想过要夺回北方的另一个重镇寿阳，但却从来没想过要把坐落在北魏心脏附近的彭城纳入南梁的版图。彭城一旦易帜，南北统一的梦想就真的接近现实了。

一场新的北伐就将开始，萧衍从泛黄的经卷中抬起头来，他亲自来到白下城视察三军，并鼓励士兵们在即将到来的北伐中英勇杀敌，立功受勋。与此同时，萧衍认真盘点起自己的家底。这些年来，由于他的重文轻武，他的军事力量已大不如天监初年。曹景宗早就死了，韦叡也死了，连一直年轻力壮、气吞山河的王茂也臃肿得路都走不动了。现在，他似乎再也找不出一个可以拿出手的人物来充当此次北伐的前线指挥。也就在这时，他的次子萧综向他提出，愿意担任此次北伐的总指挥，请父皇拨给他五千人马，前往彭城。

萧衍看着这个膀大腰圆的次子，他答应了。萧衍说："你此次担任北伐总指挥，也是你第一次亲临前线，一是要将元法僧接回建康，二是要接管北方重镇彭城，你要接受天监年间洛口战役中你六叔萧宏的教训，千万不要落得个让后人耻笑的下场。"然而，他并不放心这个性格怪僻的儿子，萧综的大部队刚刚出发，萧衍即将在自己身边长大的中书舍人陈庆之找来。萧衍说："庆之，你今年有四十二了吧？你自幼跟随我，虽然从没有亲自指挥战斗，但也目睹大小战役多起，现在，是你立功受勋的时候了。"萧衍拨给陈庆之二千精兵，命他为此次北伐副总指挥，以接应刚刚出发的萧综。

从八岁开始，陈庆之就做了萧府的家童，事实上，在这几十年内，陈庆之所扮演的角色就是萧衍的一个忠实的棋友。多少年来，不论什么时候，只要萧衍的棋瘾犯了，陈庆之随叫随到，他的棋艺在无数次博弈中得到提升的同时，他也跟着萧衍学到了战场上博弈的本领。他所缺少的，就是战场实战的机会。现在，这个机会终于来了。萧衍说："我现授你黄铜符节，虽然萧综是此次北伐的总指挥，但在必要时，你可自行行动，不受萧综调遣。"

北魏朝廷当然不甘心彭城落入南梁之手，专权的胡太后派她的两位亲王元延明、元彧率领两万人马兵分两路，一是阻截萧综部队前进的步伐，二是以最快的速度赶在梁军之前占领彭城。北魏和南梁的军队从南北方向同时向彭城进军，现在，双方比的就是速度，谁先到达彭城，谁就占据了主动权。

萧综的五千人马从建康出发，不到三天即到达离彭城五十里处的平山。眼看着彭城就在眼皮子底下了，萧综却突然将大部队在平山驻扎下来。随后而来的陈庆之与萧综在平山相遇，陈庆之问："彭城即在眼前，王爷为什么大部队裹足不前？"萧综说："元彧的大部队正向我们扑来，以我的五千之师与元彧的一万人马相拼，岂不是以卵击石吗？"陈庆之说："两军相遇，勇者胜，元法僧降梁的决心已定，现在我军如果不立即前去增援，彭城失守是小，更要将元法僧送入北魏虎口。这样的事一旦发生，我南梁将从此失信于天下，更被人唾骂千年。"

而事实上，决心降梁的元法僧眼见着北魏大军步步逼近，而南梁接应的军队却迟迟不前，料到事态有变，不得不率领自己的二千守城士兵弃城而逃，彭城实际变成一座空城。

萧综与陈庆之素来不合，此时便一意孤行，说："我是此次北伐总指挥，谁敢不听我的命令，军法从之。"陈庆之于是亮出皇上的符节，说："我有符节在身，皇上交代，必要时我可不听调遣，自行行动。"说着，便带领他的两千人马向彭城进发。刚出发不久，即与元彧相遇。陈庆之带领军队勇猛杀敌，以摧枯拉朽之势撕开敌人的防线，逼近彭城脚下。刚刚弃城而逃的元法僧见南梁军队占据彭城，便又杀了个回马枪，在彭城与陈庆之会合，彭城终于被南梁占领。

陈庆之一面派人护送元法僧前往建康，一面迎请萧综进城。萧综见彭城

终于被陈庆之拿下，便也大摇大摆地进驻彭城。彭城被南梁军队占领的消息传到建康，大喜过望的萧衍以最隆重的仪式欢迎元法僧的到来，不仅亲授元法僧最高监察长司空及始安王，元法僧的两个儿子也被分别安排了显要的官职。同时，萧衍也对初次出战即大获全胜的陈庆之作了破格嘉奖，授他为威猛将军。

然而在彭城，这天晚上，有一个人却夜不能寐，这个人就是南梁北伐前线总指挥、豫章王萧综。

就如人们此前看到的，在抢占彭城的道路上，萧综脚下每前进一步，都充满了犹疑和矛盾。除了他自己，没有一个人能窥探出他复杂的内心。

那一年，当他从母亲吴淑媛处得知自己的确是七个月生下的孩子时，他悄悄来到地处丹阳的萧宝卷的墓地，在一个深夜偷偷地挖开坟墓，割破自己的手臂，将鲜血滴在萧宝卷的遗骨上。就像民间所说的一样，他殷红的血很快渗进了那具遗骨，他这才确信，这具白骨与他有着怎样的血缘关系。那天夜里，在那个荒凉的墓地，萧综对着苍天号啕大哭，他发誓，一定要积蓄仇恨，除掉杀父篡位的仇人。

从那以后，萧综的性格大变，变得更加内向、更加深沉。常常是在半夜里，当王府里所有的人都熟睡以后，他却披散着头发，独自在孤灯下深思。他在镜子里看到自己那双被复仇的欲望燃烧得发红的双眼，他对自己说，从现在起，我要做卧薪尝胆的勾践，要做隐姓埋名的荆轲。他在屋子里铺上粗糙的沙子，他就那样每天赤着脚在沙子上奔跑着。每年萧宝卷的祭日，萧综都要来到丹阳的萧宝卷墓园祭拜。他又偷偷派人与早在天监初年即逃亡到北边去的萧宝夤取得联系，他在信中称萧宝夤为"叔父大人"。虽然他从来没有收到过萧宝夤的回信，但他相信萧宝夤迟早会接纳他的。他要让天下人都知道，他将是齐皇室最后一个复仇者。

北魏朝廷当然不会甘心自己的失败，决心要从南梁人手中将丢失的军事重镇彭城重新夺回来。北魏人在彭城四周安营扎寨，驻扎足足有四万大军，他们相信，以他们数倍于南梁的兵力，将彭城重新据入手中应该并不是一件困难的事情。

直到这时，萧衍才意识到事态的严重，此前他和他的朝廷都被彭城这块从天而降的大蛋糕砸昏了头，却没有想到彭城距建康遥至千里。彭城对于北魏人就好比是一颗不小心掉在嘴角的饭粒，只要他们稍稍伸一下舌头，就能随时将那颗饭粒重新舔到嘴里。现在，彭城成了南梁人手中一颗烫手的山芋，弄不好还会让它烫出一手的泡来。于是，萧衍下令从彭城撤兵。

一心准备叛魏的萧综意识到，现在，他离自己的愿望只一步之遥了，他只要一伸腿，就能迈到北魏的大营。这天晚上，萧综派一名亲信悄悄地来到北魏大营，当面递交了他的投诚文书。读着这份投诚文书，北魏人简直不相信自己的眼睛。两军交战，大敌当前，敌方的总指挥却派人送来投诚文书，谁能相信这不是南梁前线总指挥萧综的一个诈敌计谋呢？但也不是没有人相信萧综叛逃的诚心。一位名叫鹿悆的谋士自告奋勇地说："我们似乎没有理由怀疑萧综的这封文书，如果他真有诚心，我们何不同他订立一份盟约，这将免去无数人牺牲生命。如果是一场骗局，牺牲我一人也未尝不可。"是夜，鹿悆赤手空拳，大摇大摆地来到彭城的城墙下，向城楼上的南梁士兵大声叫喊说："你们的前沿大帅命我来商量一宗大买卖，这个买卖做成了，对于我们双方都有好处，快放我进城去吧。"士兵将信将疑，当即向总部作了汇报，萧综立即说："不错，那个人是我请来的，我们孤守彭城肯定不会有很好的结果，谈判或许是解决当前战事的最好办法。"

鹿悆顺利地进了城门，萧综秘密地会见了这位北魏的使者。南梁的士兵们，包括他们的副总指挥陈庆之，谁也不知道他们会谈的内容。第二天，彭城城门再次打开，南梁的士兵们将鹿悆送出彭城。鹿悆回头看了看高大而坚固的城门，忽然说了一句意味深长的话："再见，要不了多久，我就会回来的。"有南梁士兵问鹿悆："你说这话有意思吗，你们那边到底驻扎了多少人马啊？"鹿悆说："十万之众。"南梁士兵说："你这个牛皮吹得太大了点吧？"鹿悆说："是不是牛皮，明天会见分晓。"南梁的士兵哪里知道，这个说大话的鹿悆果真与南梁的统帅萧综签订了一宗大买卖。只是，从这宗买卖中获取利益的不是南梁，而是北魏。

第二天清晨，北魏的军营里吹起了号角，彭城门外，黑压压的北魏士兵举着兵器，发出震耳欲聋的呐喊。城头上的南梁士兵忽然发现北魏人如此阵势，顿时就有些吃惊。只听北魏的士兵喊着："南蛮子，打开城门，赶紧投降吧，你们的总指挥萧大将军都已经归顺强大的北魏帝国了。"南梁士兵说："你们北魏人除了吹牛和说瞎话，还剩下什么呢？"北魏人说："赶紧回去看看，你们的总指挥萧综是否还在你们的前线指挥所里。"那边南梁的士兵就有人报告说，北魏人这一次说的是真的，豫章王萧综果然不在军营里。他们这才知道，就在昨天夜里，萧综与那个叫鹿愈的北魏人签订完"买卖"之后，神不知、鬼不觉地秘密溜出彭城城门。凭着他多年在家里的沙地上练就的铁脚板，硬是徒步进入魏军大营。

听说总指挥叛逃北魏，南梁的士兵顿时军心大乱，整个彭城一片惊慌，北魏人趁机向彭城发起最猛烈的攻击。

眼看着彭城即将失守，陈庆之指挥着自己的人马赶紧杀开一条血路，在北魏人的追杀声中逃回建康。

萧综的叛逃北魏，在建康城里成为一桩长久的笑话。

## 菩萨皇帝

早在东晋年间，佛教就开始盛行于江南一带。而到了齐武帝萧赜的时代，在皇室成员的热衷下，佛教深入到社会的各个领域，兴佛和信佛成了江南民众，尤其是高门士族的一种时尚的生活方式。

萧梁立国不久，梁武帝萧衍即开始试行以佛治国。皇帝要减肥，臣子瘦断腰，在萧衍身体力行的推动下，士大夫阶层纷纷响应，一时间立寺造像成风。短短几年间，江南遍地寺庙，建康处处僧尼。就像他们相互斗富一样，兴佛，也成了士大夫们相互比赛的内容。你建像五尺，我一定要建像八尺，你造一寺，我必造十寺。寺庙越建越大，越建越豪华，士大夫们并不真正懂得佛教的真谛，而将世俗的生活引进佛教。京城的一些寺庙开始成为士大夫淫乱的场所，成为士大夫们骄奢淫逸的聚地。士大夫们滥养僧尼，一批批年轻人竞相涌进寺庙，华贵的寺庙里，生活设施一应俱全，僧尼们不用劳作，却过着比一般百姓优越得多的生活。这种现象，引起一些上层人士的深深忧虑，于是便有郭祖深上书梁武帝，对佛教的滥觞提出一系列疑问。郭祖深在上书梁武帝的奏章中特别提到京城短短几年间寺庙发展到五百余所，僧尼过万的现象。郭祖深指出，陛下以佛教治国，这对于一个刚刚从战乱中走出的国家，是十分有益的。在灾难和饥饿中走出的民众，需要有一种平衡心理的精神机制，骄奢淫逸的士大夫们，需要一种提升境界的文化抚慰。但是，世上万物，物极必反，依佛教目前发展的态势，几年之后，必然会人人争当僧尼，尺土皆建寺庙。长此以往，国家将如何发展，百姓该如何生计？

梁武帝萧衍对郭祖深的奏章给以极高的评价，认为这是一篇革除昏政，倡导节俭之风的有力檄文。武帝似乎也认识到佛教发展的不正常现象，由于戒律的松弛，导致僧尼违背佛教原旨的现象越来越严重。尤其是当他偶然在一些寺庙里发现大量酒器和妇女时，他开始意识到，必须有一个人去充当僧正，用国家的法律去管理这些寺庙，用佛教的戒律去约束这些僧尼。这个僧正的职务，慧超做不了，慧云做不了，智藏也做不了，能够做得了这个僧正的，那就是一国之君自己了。虽然佛教史上的僧正多是出家人，但是，为了整治开始扭曲的佛教，他要做一个未曾出家的白衣僧正。

萧衍把自己的想法告诉慧超，得到慧超的赞赏。慧超说，当年在古老的印度，即有阿育王以一国之君成为白衣僧正。在阿育王的统治下，印度国内佛教大盛，人民享受长期的和平和稳定，陛下何不为佛忘躯，做一个白衣僧正呢？慧超并引《仁王般若经》中的说法，凡五浊恶世中一切比丘、比丘尼、沙弥、沙弥尼，乃至天龙八部，一切神王、大臣、太子、王子，当有破灭佛法戒律的，可由国王设立的白衣僧官以戒律约束之。慧超说，酒，是造就人胆大妄为的根源，而杀生，从佛教来说，是断灭大悲种子的最恶劣的行为。慧超问他："欲正人，必先正己，完全断除酒肉，陛下目前做到了吗？"萧衍说："朕做到了，朕在天监初年即只食谷蔬，不食荤腥。"慧超又说："断灭色欲，陛下做到了吗？"萧衍说："朕做到了，朕不到五十即拒绝与女人共处一室，这是历史上的帝王少有的。"慧超点点头说："陛下虽为白衣，却是一位真正的菩萨，一位皇帝菩萨。"于是慧超建议说，陛下可先向天下发布断酒肉文，号召一切僧尼，包括信佛居士等，严守戒律，首先从断食酒肉开始。

对于很多士大夫来说，就像文学一样，兴佛只是一种时尚，可以抬高自己的身份和地位，真正身体力行地奉持佛法，并以佛法的戒律来约束自己的人却并不是很多。佛教的戒行是任何一个肉体凡夫所难以接受的。其最基本的戒条即是"五戒"，即"杀、盗、淫、妄、酒"。士大夫们可以做到不杀、不盗；但却难以做到不淫、不酒；至于不妄，即不说假话，那只有天知道了。当时有两位士大夫，一名何胤，拒不纳妻但却食肉，一名周颙，坚不食肉，

但却有妻，以致民间讥为"周妻何肉"。

梁普通三年（公元522年）正月，梁武帝萧衍于华林园召集千人参加的佛教四众无遮大会，他特地请来光宅寺慧超和尚讲解记载有断灭酒肉的佛教大乘经典《大般涅槃经》"四相品"。虽然此经上说明在印度的条件下，做到以下三条，僧尼即可食肉，即不为自己而杀，不见杀景，不闻杀声，但慧超特别强调，佛陀在此经中另有"究竟说"，即"断一切肉"。

慧超讲经毕，梁武帝萧衍当着佛教四众弟子发表了著名的《断酒肉文》，内容如下：从今天起，弟子萧衍于十方诸佛前，于十方一切尊法前，于十方一切圣僧前，与在座的僧尼们共同誓约，从现在起，僧众们还归本寺后，必须约束自己的私欲，遵从佛教的戒律，断除一切酒肉。凡不依照戒律，依然饮酒食肉，并以皇帝的权威作为赌注者，本人将以皇帝的身份予以惩治。梁武帝萧衍还说："饮酒食肉以及不如法守戒的僧尼，不仅枉为僧尼，而如盗贼无异。在座僧尼，同时也是这个国家的公民，既是公民，就有义务接受国家法律的约束，本人作为皇帝，也有权以皇帝的权威对不守戒条者加以惩治。"

梁武帝的《断酒肉文》发布之后，中国的僧尼们从此便将断灭酒肉作为行持的根本之戒，中国的寺庙中也开始有了素食的戒行。

这一年三月，僧佑等僧人向武帝提交一份议案，请求在建康周围禁止一切捕杀渔猎，以保护各类动物。这是一件大事，梁武帝萧衍不敢擅自施行，于是将这份议案提交内阁讨论，包括徐勉、周舍以及朱异等大臣对这件提案表示赞同，然而却遭到另一些大臣的强烈反对。反对者的理由是，渔猎，皆为民生之一种，如果禁止一切渔猎，渔人将何以生存？猎人将何以为生？

武帝认为这些大臣们的意见颇有道理，于是对这份议案作了变通，今后一律不准用动物入药，宗庙祭祀，一律不准以动物作为供品。梁武帝此项法令刚一公布，就在全国范围内引起争论。宗庙祭祀及供奉祖先，历代均用牛羊作为供品，现在供奉和祭祀中除去这些，是对宗庙及祖宗的大不敬，也与武帝一向所奉行的孝道相违背。面对如此激烈的批评，梁武帝萧衍似乎有些招架不住了，他向几位近臣征求变通的意见。中书舍人朱异毕竟头脑灵活，他向武帝提议，可以用面形动物代替之。武帝先是觉得此法可行，但僧佑等人决不妥协，认为还是违背了佛教中的戒律，即"意杀"。于是，武帝不顾全国的反对，坚决发布命令，杜绝宗庙祭祀及供奉祖先活动中将动物及一切面形动物作为供品。

过了几天，梁武帝发布诏书：自即日起，一切布帛刺绣，不准出现神仙、飞鸟、走兽等形状。因为那些布帛是有可能被裁剪的，那些形象的神仙、飞鸟及走兽在裁剪过程中一定会受到剪刀的伤害。

四月初八，佛教中释迦牟尼圣诞日。萧衍在光宅寺举行完太子佛浴佛大礼，立即宣布全国大赦，提前释放各类人犯两千余人，并拨出一亿钱，命司农卿张文休专门在集市购买鸟及龟鱼之类进行放生。

《断酒肉文》发布之后的梁普通三年（公元522年）六月，梁武帝萧衍于华林园重云殿受慧超亲受菩萨戒，法名"冠达"。从此，他有了一个新的名号，人称"皇帝菩萨"。至此，梁武帝萧衍开始认为，他可以担当一名管理寺庙、约束僧尼的白衣僧正了。

武帝希望担当白衣僧正的想法首先受到僧人智藏的反对。这个叫智藏的僧人是谁，他怎么会有如此胆量公然对抗一国之君的这一决定？

当年最受萧衍喜爱的僧人宝志死后，就葬在建康附近钟山独龙阜上。为了纪念这位神异的僧人，萧衍在钟山宝志墓旁建立一座庞大的寺庙开善寺，当时主持该寺的僧人就是智藏。智藏出身贵族，属于吴兴高门，出家后，智藏在佛法上极有造诣，逐渐取得京城名僧的地位。梁武帝萧衍也将对宝志的怀念之情转移到智藏的身上，当年宝志可以不经请奏，随时出入于东宫太极殿，甚至可以随便地坐到皇帝的龙位上。现在，智藏竟也获得同样的权利。

六月十九，观音菩萨圣诞日，梁武帝萧衍于华林园召集僧尼大众一千多人，讨论白衣僧正一事。对于梁武帝萧衍自任白衣僧正，并制定相关法律，约束僧尼行为的请求，在场人无一表态。既无一表态，武帝便以为通过，然而场内突然一声吼叫："佛法大海，非俗人所知！"在场人无不惊得目瞪口呆。武帝抬头看去，那吼叫的不是别人，正是他宠爱的开善寺僧人智藏。

武帝很快从震惊中镇定下来，说："当前僧尼多不读佛教经典，因此也不守戒律，而当今统理僧尼的僧正同样不理解佛教的戒律，如此现状，又何以统理全国僧尼？因此，朕不得不亲自担任僧正，统理佛法，依照佛法来制定律条以约束僧尼，有何不可？"

智藏说："既然说到佛法戒律，请问戒律中有哪一条说在家的白衣可以担任僧正来统理僧尼的？"

武帝便搬出《仁王般若经》，其中即有"国王大臣等俗人为统理僧尼，可以设立僧官，制定法律，约束僧尼"一说。但智藏却强调说，《仁王般若经》是一部伪经。

武帝又说，浩浩经藏，是历代佛典翻译者为佛教能在中国社会生存，才不得不采取的变通体例。你能说三藏十二部，哪部是当初释迦牟尼所说，哪句话是后人的伪造吗？当然不能。

智藏当场征求僧尼的意见："有谁同意皇帝陛下为白衣僧正，并重新制定法律来约束僧尼行为的？"既然有智藏带头，在场的僧尼就不再顾忌，于是纷纷发表意见，归结为一句话：根据佛教的戒律，不论国王还是大臣，只要是未出家的白衣，就无权担任僧正，无权重新制定法律约束僧尼的行为。

直到这时，武帝这才意识到，僧尼已成为这个国家不可抗拒的潮流。他也才意识到，郭祖深的上书是何等及时。

## 亲人何以成仇家

与当初萧宝夤投魏的情形大不相同的是，北魏上层对萧综的到来给予极高的礼遇。北魏皇帝元诩亲自召见了他，任命他为司空，封高平郡公、丹阳王。北魏上层对萧综的待遇，完全按照一个藩王的级别。萧综索性把名字都改了，改为萧赞。他来到那套北魏皇帝奖励他的豪华的花园别墅，忽然痛声大哭。谁也不清楚他复杂的内心，因此谁也不知道他究竟为何而哭。萧综随即为萧宝卷设立灵堂，进行公开祭拜。北魏的很多上层人物，包括胡太后都相继来到萧综为萧宝卷设立的灵堂，为那位死去二十多年的南齐末代皇帝举行公祭。要说是出于政治的目的，但在今天的人们看来的确是可笑至极。就像当年萧宝夤一样，萧综向北魏朝廷请求立即派他十万大军，他要杀回南方，杀到建康，替父亲萧宝卷报仇。

由于萧综的投敌，一度到手的彭城再度落入北魏之手，梁武帝萧衍这一次输大了，"偷鸡不成反蚀一把米"，萧综此前所带领的五千兵马几乎全部被杀或被俘。只有陈庆之带着他的人完整回到了建康。

许多年来，南北双方就像发了疯似的你打过来，我打过去，打了多少年，也不见有真正的赢家。南梁或北魏，说着同一种语言，承继着同一种文化，同属于一个中华版图，然而在当时，国家的概念相当模糊，这样的好处是，当被现实政治逼急了，就可以投奔另一个国家集团，谁给我最大的利益，谁就是我的君主，何必要在一棵树上吊死？当初南梁江州刺史陈伯之是如此，现在的北魏彭城守将元法僧也是如此。只有极少数人坚持忠君的士大夫气质，宁可死，也不事二主。在当时萧综帐下的两位文职官员，一个叫祖恒之，一个叫江革。当萧综投奔北魏，北魏大军攻进彭城，萧综的五千军队溃不成军时，祖恒之和江革不幸都做了北魏人的俘虏。听说祖恒之的文笔不错，于是他被分配到北魏安丰王元延明的帐下做了秘书长之类的角色。江革第一次见元延明便说："真是对不起，我的腿脚不怎么好使，恕我不能下拜。"元延明倒也开通，既然腿脚不好，那就不拜吧。但是，京城一位有名的工匠给我制作了一把很名贵的铜壶，你们两位，谁替我作一个铭文刻在上面呢？江革王顾左右而言他，于是这个任务就落到祖恒之的名下。祖恒之觉得很光荣，因为那个铜壶十分名贵，而刻在上面的铭文是可以传世的。元延明走后，江革立即朝祖恒之啐了一大口，说："无耻啊，你受南梁朝廷的大恩，现在不幸而做了俘虏，不觉羞耻，反而要替索虏撰写铭文，还想着流传后世。我看你如果真的写了，传给后世的，就只有骂名了。"祖恒之觉得江革骂得有道理，便不再写。元延明听到报告后不能理解，于是便命令江革必须替他写一篇关于彭城的创始者彭祖老人的纪念文章。江革坚决不肯提笔。元延明大为愤怒，他命令士兵将这个老头儿绑起来吊打二十军棍。江革面带微笑说，我江革活了快六十岁了（当时六十岁算是长寿了），即使今天能死，又有何惜？元延明看着这个倔强的老头，摇了摇头走了。

说完被俘北魏的两个南梁文化人，再说说被南梁俘虏的北魏一位大将的事。早在几年前，北魏大将元略就在一次战役中被南梁俘获。与江革的遭遇不同，元略在南梁受到的待遇一点也不比他在北边的差，就是为了报答这个，元略着实为南梁打了几次胜仗。注意了，元略受南梁派遣去打的是自家的军队，这支军队过去曾经被元略统率过。元略为南梁打了胜仗，梁武帝萧衍就让做更大的官，给予更高的赏赐。但元略终究思乡心切，每日只是啼哭，就像人们所说的"如丧考妣"。梁武帝萧衍实在舍不得放走他，等到江革与祖恒之被北魏俘虏后，梁武帝就派人与北边谈判：用你们的元略大将军换我们的江革和祖恒之如何？北魏居然同意了，没等元略回到洛阳，胡太后就赶紧发布

309

诏书，任命元略为司空大将军，并封他为义阳王，决不计较元略曾经被俘且替南梁人打仗的经历。相比起来，北方游牧民族对于忠君和爱国的理解与南梁的确有很大的不同，北边的认人，南边的认事。这或许就是南北文化的差异所在。

萧综的叛变投魏，在南梁引起的震动不亚于一场地震，吏部立即奏请取消萧综的藩王资格，将他的名字永远从皇家的名簿上剔除，并且将萧综留在建康的儿子萧直改名为"悖"，以提示人们，这一宗的先人曾有过可耻的叛变悖德行为。萧衍阴沉着脸一言不发，但他还是提起笔来，在吏部的奏请上作了批复。这实在是一个奇耻大辱，一个别人的儿子，而且是一个被推翻的前朝皇帝的儿子，现在的皇帝竟然将其当做儿子养育了二十多年。梁武帝萧衍将所有的耻辱都发泄到那个早就被冷落的吴淑媛的身上，立即就将她逐出东宫，还本民女。但过了十天，梁武帝萧衍忽然又有所悟，不仅将吴淑媛重新召进宫内，恢复了萧综的一切被除掉的藩号，而且还将萧综不到十岁的儿子封作永新侯。萧衍这样做的目的是明显的，他想以此来挽回自己的名誉：那所有的一切都不是真的，萧综就是他的儿子。他也想以此感动一时糊涂，远投北魏的萧综，让他重新回到南梁的怀抱。

萧综并没有回到南梁的怀抱，另一个人却极其狼狈地回来了，这个先前逃到北魏请求政治避难，却又不得不回到建康来的人就是萧六爷的儿子萧正德。萧正德在北魏极尽表演，他先是拜见萧宝夤，但却被萧宝夤轰出大门，他接着又去找北魏皇帝元诩，元诩倒想留下他。但萧宝夤却挑拨说，一个南梁皇帝的侄儿，因为失去太子的地位而投奔北朝，这样的小人值得信赖吗？于是他被元诩轰出了宫廷。据说他在气急败坏之际，杀了一个无家可归的野小孩，然后将这个野孩子的尸体扛到北魏的宫殿外，说这个孩子是他的儿子，并企图以此感动北魏朝廷。谁也不知道他为什么要杀掉那个可怜的野孩子，也不知道他为什么要演出这样一场苦肉计。大约他在想，我连亲生的儿子都不要了，你们还不接纳我吗？南北朝就是一个荒唐的时期，荒唐的人自然层出不穷，而荒唐人的思维方式是所有正常人无法理解的。

总之，虽然萧综没有回来，萧正德总算回来了。失去了个儿子，总算捡回来一个侄儿。梁武帝萧衍对萧正德的归来表示了发自内心的感动，他哭着，将这不争气的侄儿痛骂了一顿，然后恢复他原有的王爷藩号，一切又从头再来。

然而萧正德仍然是萧正德，这个经历了一番北逃和南归的王爷仍然不惜降尊纡贵，与建康街头一帮地痞流氓们搅混在一起，竟然干起打家劫舍的勾当。

对于这个儿子的胡作非为，萧六爷看在眼里，待管不管。而且这么多年来，他的心思完全不在这个儿子身上。就在不久前，他与侄女萧玉姚的不伦之恋被人密报到武帝那里。他原以为三哥会立即就要了他的命的，但是，在一次兄弟之间难得的相见时，萧衍只是不动声色地警告了他的六弟几句，而且绝不提那件丑闻。然而越是这样，萧六爷越是胆战心惊。就像现代相声中的"摔靴子"，当第一只靴子摔下地后，那第二只靴子越是迟迟未曾摔下，越是让人心惊胆战、彻夜不眠。

倒是那个玉姚公主似乎沉不住气了，现在，她已经被这桩不被任何人看好，也不被任何亲人接受的恋情折磨得痛苦难忍。古人视男人为阳，女人为阴。女人向来被认为是阴柔而善良的，但是，当一个女人被激荡的爱情（哪怕是不伦之恋）折磨得难以自已时，这个女人会有火山爆发般的能量，会做出让人吃惊的举动。

有一天，很久没有见到父亲的萧玉姚忽然让人捎信给尊敬的父皇，说她实在是太想念父皇大人了，而且，她现在病了，她希望父亲能垂怜于一个自幼失去母亲的女儿，父皇大人可怜的女儿现在斗胆请求父亲能前来看她。

天下的父亲，没有不疼爱自己的亲生儿女的，尤其是像梁武帝萧衍这样一个以慈爱作为自己人格修养的父亲，虽然他是一位皇上。看到长女永兴公主的信，萧衍甚至在一时间有些惭愧。对于这个自幼失去母爱的长女，他一直很少关心。现在，当生病的永兴公主提出要见父亲时，作为父亲，他实在没有理由拒绝。然而细心的丁贵嫔却多了一个心眼，当萧衍离开东宫前往永兴公主的寝宫时，丁贵嫔立即进行了严密的布置。

那天的情形的确让渐近晚年的萧衍伤痛至极，他怎么也不会想到，他亲生的女儿永兴公主，因为一桩不伦之恋，竟然要将父亲送入死地。就在萧衍沉浸在父女团聚的快乐之中，在他专心地倾听着永兴公主诉说着婚后的寂寞和对亡母的思念时，装扮成宫女的杀手拔出了刀子。这时，那事先受丁贵嫔安排而埋伏在四周的侍卫们一拥而上，双方的搏斗并不对等，只几个回合，杀手被制伏了。永兴公主知道恶行败露，慌忙跪倒在地，请求父皇饶她不死。当萧衍得知他的亲生女儿之所以要以愚蠢的方法杀掉他，只是要让她的六叔

取而代之时，他对人间的情愫真正是绝望了。

很多年后，当萧衍被一个叫侯景的人困在禁宫内，当他在饥饿和寒冷中回首往事时，他实在不能明白，以仁慈和大悲作为自己立身根本和治国方略的他，怎么会落到所有的亲人都变成仇家的地步，难道这就是佛教中所说的因果吗？

萧玉姚死了，这个性格泼辣、娇淫专横的公主在某一天清晨用一根白绫自挂梁上，结束了自己的生命。宫中很少有人知道她自寻短见的原因，人们只是说，公主太压抑了，她贵为公主，却活得并不愉快。她自幼失去母爱，又从来没有自己的爱情，她在与叔父萧宏的不伦之恋中尝到的不是快乐，而是苦果。她一直生活在一种巨大的心理压迫之下，她必须死，死是她唯一的选择和结局。

梁武帝萧衍为他的长女选择的墓地就在他的发妻郗氏的坟墓附近。在葬埋萧玉姚的过程中，萧衍一直铁青着脸坐在那片山头上，远远地，他看着丧葬工们在挖穴、安葬。那一刻，他或许又想到他的发妻郗氏。他知道，萧玉姚对他仇恨的种子，是早在她的母亲死后不久就种下的。萧玉姚未遂的谋杀，是母女两代人仇恨的结果。直到那口棺材缓缓地落到墓穴，武帝忽然说了一句话："现在，她们母女可以团聚了。"

几天之后，传来临川王萧宏病危的消息。萧衍立即放下手中的经卷，带着法王寺的慧云以及六十名僧人一同赶到临川王府。他拉着垂死的六弟的手，顿时泪流满面。他说："老六，原谅你三哥，下辈子，还是好兄弟啊。"萧宏无论如何也不会想到武帝会在这时候前来看他，更不会想到武帝会说出这句话来。他一时失去了记忆，竟真的觉得眼前的这个人有太多对不住自己的地方，于是他挣扎着，从嘴里吐出一句并不完整的话来："下辈子，我要……"一口痰堵住他的喉咙，他一急，一口气缓不过来，眼睛开始发直，因此谁也不知道萧六爷下辈子到底要怎样。这一辈子他要的太多了，财产、女人，还有一桩桩罪恶，一个邪恶的灵魂应有的，他都有了，那么，他还要什么呢？

武帝丢开那只渐渐冰冷的手，吩咐慧云为萧宏超度。六十名僧人为萧宏念起《往生咒》，随着婉转缭绕的"阿弥陀佛"圣号，萧宏终于闭上了那双邪恶的眼睛。

## 嬉皮士

天监七年（公元 508 年）的一个炎炎夏日，武帝萧衍带着他的家人前往南郊的籍田视察夏收。就像往年一样，皇上照例要走下田去，扶一下犁，插一把秧。耕种籍田的老农不知是有心，还是无意，这一次竟然将他的最小的女儿带到籍田。远远的，那个少女落入皇上的视线，她裤腿高挽，一双沾满泥巴的天足，像是刚刚起泥的莲藕。一阵风起，掀动少女的衣襟，少女半边初隆起的乳胸一下子暴露在皇上的面前。执意亲民的皇上打发了家人，只留下一些羽林军陪伴着他。家人走后，兴致正浓的皇上真的脱下鞋子，走下泥田，割了一畦黄灿灿的稻谷，又在农人的搀扶下，犁了一趟田。这天中午，皇上决定在籍田用膳。在一方草棚中，农人的家酿让皇上兴趣大增，他不禁喝了一碗又一碗，最后只能烂醉如泥。羽林军们在草棚周围搭上布幔，为皇上临时安排了一张御席。皇上喝退左右，只允许那个农家少女单独伺候。

那一次的籍田耕种，萧衍获得双重丰收。不久，那个农家少女腆着大肚子走进皇宫，成为萧衍继丁令光后的第四位嫔妃，她也姓丁，位列充华。第二年的某个时候，第六位皇子降生，萧衍为这第六位皇子取名萧纶。

武帝的几个儿子大都在五六岁前后就学会背诵五经，能写出一首首诗歌，唯独萧纶到了这个年龄，竟连发音都不完整。再加上萧纶的母亲在后宫地位最低，于是他自幼就饱尝兄长们的不屑。他们总是一次次嘲笑他说话的样子，嘲笑他走路的姿态，他们总是在游戏中将他打得鼻青脸肿。于是他发誓，等他长大了，一定要报复他的这几个兄长，让他们同样尝尝被人欺负的滋味。

就像其他兄弟一样，萧纶大约在他八岁时，即被分封为王，他的属地是在南徐州（今江苏镇江一带）。那时候，他的母亲丁氏还相当年轻，但父亲自从不近女人后，父亲原先的嫔妃们就只能随各自的王子前往分封地。一同前往的还有一个名叫高义的长史。而实际上，代理南徐州政府事务的，就是这位叫高义的人。是在一个深夜，他发现了母亲与高义之间的秘密。他还发现，在半夜三更进出母亲闺闱的男人总是在不停地变换着，而到了白天，母亲又是一副淑仪的面容。他很想杀掉那个长史，杀掉一切进入母亲闺闱的男人。他也曾想过把母亲的秘密告诉父亲，他要亲眼看到父亲是怎样将母亲以及那些进入母亲闺闱的男人一个个杀掉，但他随即知道，父亲的那些嫔妃全都是

一样。事实上，每个王府都有太多的丑恶、太多的淫乱，只是那些丑恶和淫乱被一种仁义和道德掩盖着。每个男人表面看来都像一个君子，每一个女人看上去都是淑女。

当他明白这一点后，他似乎真的长大了。

他的身边总是聚集着一些阔少，这些阔少们留着古怪的发型，穿着花哨的衣服，他们花钱阔绰，一掷千金；他们逗鸡、遛狗、玩蟋蟀；他们在稀奇古怪的行为中寻找感官的刺激，制造着属于他们的欢乐。他们知道他是一个王爷，于是就千方百计地巴结他，他们将他带到赌场，带到妓院，将人世间的声色犬马都一一展现在他的面前。他这才觉得，同他们在一起，要比同自己的那些兄长们在一起开心得多。比起看上去温文尔雅，内里却奸诈无比的士大夫们，这些人要真实得多，也可爱得多。

他的荒唐，他的不务正业，总是会遭到父皇及兄长们的严厉斥责。有一次，因为他把一个前来视察的京城大员扔进了粪窖淹得半死，武帝在一气之下削去了他邵陵王的藩号，并且让人将他用铁链锁了三天。后来父皇又把他叫到身边，痛哭流涕地教训了他一番，又恢复了他的藩王地位。

随着年龄的增长，他无法再容忍母亲频繁地与那些长史们轮番上床，于是他打发了那些太不把他当回事的长史，开始独自处理一些百姓找上门来的官司。后来他发觉，找他打官司的人渐渐少了，他很高兴，他觉得他已经在南徐州建立了自己的威望。只是他不知道，他的所谓威望其实是建立在凶蛮和粗暴的基础之上。南徐州的百姓知道他们的州长是一个喜欢恶作剧的家伙，他们宁愿躲开他，就像躲避一个瘟神。

有一次他决定来一次微服私访，他带着几名下属走到渔市视察。他问一个卖鳝鱼的小贩，你知道你们的刺史大人吗，他是怎样的一个人啊？那个卖鳝鱼的小贩张口就说，你是说萧纶吗？那家伙仗着他老子是当今皇上，其实他就是一个恶棍。萧纶属下说，大胆。但萧纶阻止了属下的发怒，问道，我听说他上次办的几件案子很得民心啊，你难道不知道吗？那个小贩大声地叫着说，如果那也叫办案子，白痴也能当刺史了。萧纶再也忍耐不住小贩这样的当面辱骂，他让属下将那个可怜的小贩按在地上，硬是将一条活的鳝鱼塞进小贩嘴里。那条鳝鱼顺着小贩的喉管一直钻到腹腔里。那个小贩很快口吐鲜血，倒地身亡。

不久，他再次微服私访，这一次他有了奇怪的发现，市面上的人都不肯与陌生人说话，无论你问他什么，他们都一律以摇手或摇头代替，然后很快走开。他觉得这样很好啊，再也不会有人敢在背地里说他的坏话了，他要的就是这种效果。

萧纶对这样的微服私访开始有了特别的兴趣，他总是一次次走到街头，寻找着新的发泄目标，也为了寻找新的刺激。那一天大街上走来一队送葬的人，孝子们披麻戴孝，乐师们吹吹打打。他被这样的场面吸引了，忽然有了新的灵感，于是他强迫一个孝子脱下丧服，让他穿上。他学着那个孝子，跟在棺材后痛哭哀号，引起市民们一阵阵哄笑。他觉得这玩法新鲜，只是不怎么过瘾。过了几天，他让人特意制作了一口很大的棺材，将他的一个下属装了进去，然后就让人抬着那口棺材一路上吹吹打打招摇过市。他的恶作剧越闹越凶，以至成为南徐州市民闲暇时一个个开心逗乐的段子。这些段子传到建康，传到武帝那里。武帝命人将这个不肖之子召进京城，再次免除他的职务，命他待在宫里，一步也不准离开。东宫里的深墙大院又如何关得住一个性情顽劣的萧纶，萧纶在宫里憋得久了，终于设法逃出来，逃到热闹的大街上。他要报复父亲，他要用意念狠狠地惩罚那个可恶的老头儿。他在大街上物色到一个形象酷似他父亲的老者，于是将那老者带到宫里，命他戴上皇帝的冠冕，让那老头儿坐在高高的堂上，自己则趴在地上磕头如倒蒜，口中叫着："父皇大人饶命啊，儿臣再也不敢了。"那老头儿吓得尿都出来了，不知道接下来这位皇子还会怎样捉弄他。萧纶磕完头，立即换了一副凶恶的面孔，大声地骂着："狗日的萧衍，你敢用铁链捆我，你敢削去我的刺史官职，老子现在就让你尝尝皮鞭的滋味。"说着，就立即扒下那老头儿的衣服，抡起皮鞭，将那可怜的老头儿抽得皮开肉绽。

这一次，武帝痛下决心，不再饶恕这个不肖之子。他赐他一条白绫，让他自己结束生命。没有一个人前来劝阻，也没有一个人肯为这个孽子说一句求情的话，他们中间没有人不了解武帝的性格，他们倒是要看看武帝这一次到底会怎样惩罚这个忤逆的儿子。就在武帝骑虎难下的时候，他的太子萧统得到消息立即赶来了。萧纶见到哥哥，立即叫着："哥哥你要是阻止这老头儿你就不是人。"但太子是宽宏的，他绝不计较弟弟的顽劣，萧统伏在地上苦苦为弟弟求情。武帝由此借梯子下楼，他把皮球踢给太子，说："你是太子，朕已将国事都交给你处理了，如何处置这恶棍，你看着办吧。"说完掉头而去。

## 一个叫达摩的洋和尚

大约是在梁普通年间，一个叫达摩的外国僧人出现在萧梁首都建康的大街上。这僧人头顶光秃，四周围着一圈卷曲的头发，下巴上留着同样卷曲的胡子。建康的市民们见过很多外国的僧人，但这位面貌凶恶、长相古怪的僧人却从来没有见过。有人围在他的身后，想看看他到底是从哪一国而来，来到建康究竟要做什么。孩子们总是赶热闹的，于是，他的周围就总是聚集着一些顽皮的孩子。他从口袋里掏出花生或者糖果，让孩子们帮他捉身上的虱子。他把孩子抛到空中，再双手接住，逗得孩子们哇哇大叫。孩子们不再怕他，他们爬到他的肩上，向同伴们炫耀："你看我什么都不怕啊，我竟敢爬到他的肩上，爬到这个外国和尚的肩上。"这个叫达摩的外国僧人虽然对说中国话并不十分在行，但也不至于妨碍他与建康市民们的交流。有人问他："请问大师来自何方？"他指了指西边说："很远的地方，西竺，知道西竺吗？"有人摇了摇头，但也有人说："知道，知道，前几年有一位叫菩提法兰的僧人就来自西竺，的确很远啊，十万八千里吧。"僧人笑了笑，说："我只是打了个盹，就到建康了。"

有人问他："大师到我们这里，要建寺还是造佛？"达摩摇了摇头说："不建寺，也不造佛。"有人说："那你还算出家人吗，出家人就是要建寺，就是要造佛的，你来到底要干什么呢？"达摩笑了笑说："建寺造佛，那是皇帝和工匠们的事，并不是出家人的本分。"有人接着问他："大师既不建寺，也不造佛，大师有何作为呢？"达摩说："无所作为。"人们说："无所作为，你活着做什么？"他又说："不做什么。"这一下，人们对他不再感兴趣了。一个既不建寺，也不造佛的僧人，还算是僧人吗？当然不是，连他自己都说了：无所作为。

就像当初对圣僧宝志一样，当武帝萧衍得知有一个叫达摩的外国僧人出现在建康街头的消息后，立即派人将达摩请到宫里。达摩见到武帝既不礼拜，也不请安，只是用一双深邃的眼睛怔怔地看着这位南梁皇帝。萧衍首先打破了沉默，说："大师吉祥，敢问上下名号？"僧人说："既无上，何来下？

所谓上下，不过是人的妄想执着。"武帝说："总有个方便的名号吧。"达摩说："人们称我达摩。但是，达摩又是谁呢？"

接下来的谈话并不连贯，多半是武帝问一句，达摩答一句。武帝对这名叫达摩的西竺僧人从最初的敬畏开始疏淡，武帝说："大师是第一次到建康来吧，参观完建康的寺庙和佛塔，感觉如何呢？"

然而达摩却说："陛下，为什么要建那么多寺庙，为什么要立那么高的佛像？"

萧衍奇怪了，说："弟子的这一切，都是按照佛教的传统来做的啊。大师来自佛的故乡，难道在遥远的西竺，佛法有什么不同吗？"

达摩说："佛不在像，更不在寺，建寺造像，与佛无关。请问，陛下对建寺造佛如此热衷，究竟何为？"

"为了功德。"

达摩笑了笑，说："功德是什么？"

萧衍回避了达摩的问话，说："在大师看来，弟子在江南建寺造佛，就真的没有一点功德吗？"

"是的，没有功德。"

萧衍与西竺僧人的谈话的确是新鲜的，闻所未闻。刚刚接掌内务部的大臣朱异说："我朝皇帝建寺造像，功德无量，大师怎敢说没有功德？"

"真正的佛法，是圆融无碍的智慧，是究竟圆满的解脱。"

"弟子该怎样做才能算是有功德呢？"

"无自无他，无修无证，舍伪归真，凝息壁观。"达摩的言论，不仅与京城高僧们的言论完全不同，就是同此前来过的所有外国僧人的言论也有极大的不同。萧衍觉得，这个外国僧人的一套，并不适合中国的佛教，更不适合中国的国情。于是武帝说："大师在建康要住多久呢？"

"人在此，心即彼。不曾来，也不曾去。"

以上梁武帝与西竺僧人达摩的谈话，被印成各种版本，因此有人据此怀疑这段故事的真实性。但是，唐代道宣律师的《续高僧传》中明白地记载了这段谈话。道宣是严肃的传记大师，他的记载应该具有相当的可信性。而且，《洛阳伽蓝记》的作者杨衒之在这篇美丽的文本中记录了他于北魏永安年间（公元525—530年）在洛阳见过达摩本人的事实，我们没有理由怀疑梁武帝与达摩这段谈话的真实性。

　　据说当失望的达摩因与梁武帝谈话的"不契"而迅速离开江南，前往洛阳不久，慧超来了。听到达摩与皇上的那场论争，慧超连忙说："陛下，您遇到了一位真正的高僧。"萧衍这才意识到，与自己失之交臂的，的确是一位最伟大的僧人。但是，他并不后悔。达摩的观点或许是对的，但却不符合中国精神。作为一个帝王，他所需要的是一个能服务于当下社会，能为他的南梁王朝带来安宁和稳定的佛教，而不是"壁观"或"凝息"。

　　或许真像智藏所说："佛法大海，非俗人所知。"十几年过去了，如果当初武帝萧衍是想以孝治与佛治这把双刃剑来治理这个饱经战乱的国家，而现在，他觉得自己对佛教的态度已从当初的拿来主义变成个人的修持——他已然成为一个最虔诚的佛教徒，而不仅仅是一个帝王。

　　他一直认为他的国家是成功的，在经历了东晋以来朝廷频繁更迭、内乱频繁发生后，他的萧梁帝国能实现几十年"江表无事"就是最有力的证明。

　　梁普通八年（公元527年）正月，梁武帝萧衍来到南郊祭祀天地，并且再次实行大赦。接着，他又分别来到大爱敬寺和大智度寺为父母举行超度。回到皇宫，他回想起这些年来，那些建国功臣一个个相继离去，范云、沈约、曹景宗、韦叡、王茂。他们一个个都死了，而他却好好地活着，而且，他知道他还会活很久很久。有时候，当夜深人静，他偶尔会回忆起那些逝去的人和事，感觉那一件件往事就像是梦一般迷惘而遥远，却又一件件如此清晰。每当这时，他会因感觉人生虚妄而万念俱灰。什么江表无事，什么南北统一，其实，都不过是人的妄想执着。世界混沌一片，何曾有南，何曾有北，这混沌的世界何时分裂过，又何时统一过？

　　这一年的二月，位于台城以南的同泰寺扩建成功。同泰寺集合了当时寺庙建筑的最完美的智慧，内有七层宝塔，几十里路外就能看到塔刹的金顶，能听到塔铎在风中发出的美妙之音。同泰寺与皇宫之间有长长的走廊加以连接，因此那道连接同泰寺的宫门被命名为大通门。武帝建造这座寺庙，就是为了每日一早一晚去寺里方便。现在，他是把同泰寺当做他的另一处家园，另一座皇宫了。

　　公元527年，武帝改年号为"大通"，这一年为大通元年。

　　三月，在为庆祝同泰寺的落成而举行一万人参加的佛教无遮大会上，武帝再次为太子、大臣、僧人、尼姑及信众讲《大般涅槃经》一部。最后一天，他又临时加讲《金光明最胜王经》一部。他说道，在无量劫前，在遥远的印度境内，一个年轻的国王摩诃罗陀的幼子摩诃萨埵在山崖下看到一群嗷嗷待哺的幼虎和一只骨瘦如柴的母虎。太子知道，一旦母虎死去，那一群幼虎将会相继死去。于是，太子生起大悲之心，舍身跳下山崖，以自己的肉体去喂养那只饥饿的母虎……

武帝讲到这里，竟被太子的舍身感动得哭了。讲经结束，武帝当众做出决定，他要舍身同泰寺，做一个任人劳役的苦行僧。武帝的决定让在场的太子、大臣以及一万多信众感动得热泪盈眶。

## 一个女人统治下的帝国

晋王朝时的王恺与石崇相互斗富，石崇去王恺家做客，王恺向他展示一尊二尺高的珊瑚树。石崇不屑一顾，随手拾起一旁的铁棍朝那珊瑚树击去，在王恺惊叫声中，珊瑚树化为齑末。王恺大怒，石崇却笑了笑说："这有什么呀，我赔你就是了。"于是，他让人从家里搬来比这高得多的珊瑚树，不是一尊，而是六七尊。王恺自以为财富天下无以匹敌，他用当时特别贵重的麦糖洗锅。而石崇说，用麦糖洗锅有什么呀，我家一般是用石蜡当做柴火来烧的。王恺不甘示弱，用紫纱步障四十里，石崇则用织锦步障五十里。石崇用一种叫椒的涂料涂饰房屋，王恺就用红色的石脂盖过他。

现在，让我们把目光转向淮河以北，看看那个强大的北魏王朝到底处在怎样一种状况。

依靠独特的地理优势，北魏王朝一边与西域各国进行着从无间断的丝绸贸易，接受那些小国的进贡，一边又同南方的贵族们进行着粮食和玉器的交易，经过多少年的贸易积累，逐渐发展成为一个富裕强大的帝国。晋王朝时王恺与石崇斗富的故事早已是小巫见大巫。河间王元琛养有骏马十余匹，马槽都是以银铸成，元琛家门窗上雕有口衔铜铃的玉凤和口吐旌旗的金龙。一次，元琛宴请诸王，席上酒器均用水晶和玛瑙制成。宴会结束，他又带着诸王逐一参观他家的仓库及钱庄。在王爷们惊羡的目光中，元琛说："我并不恨没有见到那个有着四五尺高珊瑚树的石崇，只恨他不能见到我。"一位叫元融的王爷在参观完元琛的豪宅之后,心里不是滋味,嫉妒得回家就病倒在床。他的好朋友、另一位王爷元继前来探病,当得知元融生病的原委后便说:"你的财富并不少于他啊,怎么会难过成这样呢?"当着好朋友的面,元融终于道出内心,说:"我原来以为京城比我有钱的就只有高阳王,想不到现在又出了个河间王。"元继呵呵一笑说:"你好像那个盘踞一方的袁术,却不见这世上还有刘备。"元融这才哈哈大笑,从此知道,在这个世上,像元琛那样的有钱人多着呢。

公元515年,北魏帝国皇帝元恪病逝于洛阳,元恪刚刚六岁的儿子元诩不得不在大人们的导演之下匆忙继位,做了一名儿皇帝。围绕着这个六岁的孩子,两宫太后相互格杀。其结果是元恪皇帝的小老婆、现任儿皇帝元诩的生母胡太后战胜了高皇后,高皇后被赐死。胡太后做了这个国家的摄政王,成为南北朝时期一个不可一世的人物。

北魏帝国的富裕,让贵族们享尽了荣华富贵。皇室的财富多得让所有的库房显得太小。有一天,专权的胡太后带着她的亲王和公卿们视察皇库。当看到数百间库房堆满了绸缎,而库房外的绸缎仍然源源不断地运来时,便突发奇想,她指着那些光彩夺目的绸缎说:"你们谁愿意将那些绸缎扛回家去?现在,我允许你们尽自己的力气,将这些绸缎搬进你们的府上,能搬多少是多少。"胡太后话音刚落,亲王和公卿们蜂拥而上。他们似乎再也不顾惜自己养尊处优的身体,胖大的王爷们气喘吁吁,瘦弱的公主们香汗淋漓。他们肩扛手提,一趟一趟地将那些绸缎从皇库中搬出来,竟有王爷因不堪沉重,扭伤了腰,公卿们因来回不断的奔跑而晕倒在地。

如果说南梁皇帝萧衍在崇佛的路上刚刚起步,而在北魏,佛教已经发展到了疯狂的地步。专权的胡太后笃信佛教,一国的青年男子都把出家为僧当做自己的人生追求,以致一时间国内人口骤减,引起一批大臣们的恐慌。梁普通年间特意从天竺千里迢迢前来江南,想一睹江南佛教风采的僧人达摩在与梁武帝萧衍意见不合,渡水北上到达洛阳时,这位禅宗的创造者竟然被眼前的景象惊呆了。他在皇宫旁看到金碧辉煌的永宁寺内有高达一丈八尺的金佛一尊,与普通人等高的金佛十尊,丈八玉佛两座,九层佛塔高达九十丈,佛塔顶部的塔刹又高达十丈。当夜深人静,风吹动佛塔内的铜铃,十里之外都能听到那铜铃所发出的悦耳声音。达摩还看到,那些中国和尚们完全违背了佛教中苦行的教义，成千上万的僧人们住在豪华的寺舍里，过着比普通百姓优越十倍的生活。南方如此，北方同样如此。失望的达摩不得不离开喧嚣的都城，来到洛阳东南的嵩山，一头扎进一座冷幽幽的山洞里，一待就是九年。

贵族们一边竞相建寺造佛，一边用贪婪的痴心在财物的追求上永无止境。为了财富，他们贪赃枉法，他们草菅人命，他们在疯狂的酒宴上纸醉金迷，他们在歌女的娇吟声中夜夜春梦。然而他们却并不知道，他们在集体奏响一支"亡国进行曲"，帝国衰亡的种子，就在这样繁荣的大背景里种下了。

据说胡太后非常聪明，她的领悟力极强，而且她喜爱读书，能写诗作文，又能骑马射箭，百步穿杨。这样的女人即使是在今天，也并不多见。胡太后自信即使她的儿子元诩永远都长不大，她一样能让强大的北魏更加强大。这个三十来岁的女人天生丽质，虽然丈夫刚刚过世，但她却总是把自己打扮得花枝招展，因此遭到一些大臣的非议。元怿的兄弟元顺就曾当着许多人的面批评她说："一个女人如果死去丈夫，在中国被称作未亡人。那么，她只能为丈夫谨慎守节，而不应该在头上插上美丽的玉瓒，更不应该往脸上涂上厚厚的脂粉。更何况她是一位摄政王，而且整个国家上至王公大臣，下至黎民百姓，都是把她当做帝王来尊敬的。这样的帝王，怎么能在国民前面赢得威望呢？"胡太后气得脸色发青，回到后宫，她大声地斥责元顺，说："当初你被奸臣元义贬为庶民时是多么无奈，现在我看你是一个人才，所以才将你重新请进宫内，难道我请你来是为了让你当着众人羞辱我的吗？"元顺说："陛下不怕天下人的笑话，为什么却怕臣下的一句话呢？"胡太后将元顺的话咀嚼了半天，终于咀嚼出一些味来，于是立即转怒成喜。从这一点来说，胡太后要比南梁的皇帝萧衍大度。萧衍后来的失败，在很大程度上是因为听不得别人的哪怕最温和、最善意的批评。胡太后则不然。

后来，胡太后还是把这个刚直的元顺勾引到自己的床上，成为她众多的情夫之一。三十几岁的胡太后正是如狼似虎的年龄，却又过早地失去丈夫。虽然她知道一个摄政王肩上的担子有多重，但她年轻的身体内不断滋生出来的荷尔蒙却让她不能不把一个年轻美貌女人的情欲及时地发泄出来。

胡太后后来的失败不在于她太过强盛的性欲，而在于她的专权。在中国，权力这东西的确太可爱了，胡太后由一个后宫嫔妃而成为一国的帝王。她尝到了权力的快乐。为了专权，她杀掉一个又一个大臣，甚至后来不惜毒杀对她的权力有所威胁的儿子、现任皇帝元诩。而在这结果公布之前，必然会有一次又一次内乱的发生。各路人马陆续亮相，各种人物相继登场，从而演出一场让后人嗟叹不已又精彩绝伦的历史活剧。从元恪逝世的公元515年到胡太后母子被阴谋家尔朱荣扔进黄河的公元528年，短短十三年间，北魏境内仅大大小小的变民暴动就多达一百多起。北魏的军队一边要防备随时来犯的南梁大军，一边不断抽调兵力，去对付那些杀人越货，祸乱朝纲的少数民族首领。而在朝廷内部，诸王和大臣之间的相互残杀从来就没有停止过。胡太后如果没有坚强的神经，早就在一次又一次的宫廷政变中猝然倒下了。

北魏神龟二年（公元519年）的某一天，一千多名羽林军集结在中央政府尚书省大门前。他们呼喊口号，并用砖头和石块攻打尚书省大门。他们冲进中央政府的尚书省，将他们认为可恶的官员拉出来饱施拳脚，直到毙命。他们似乎还不解气，又放火焚烧房屋，声称必须推翻反动的政府机构，恢复他们原本的权力和自由。这次由军人与文官们利益引发的矛盾在历史上被称为"洛阳暴动"。胡太后以铁的手腕镇压了这次暴动，她下令逮捕并诛杀了八名暴动的首领，其余人皆不追究。有人认为，这是这位专权的女人一生中唯一一次最正确、最有智慧的处理措施。洛阳暴动为北魏帝国敲响了丧钟，人们知道，强大的北魏帝国衰亡的步伐将不可阻止了。

就像长江南岸的那个强大帝国一样，虽然北魏帝国的大厦看上去依然壮观，依然充满了华彩，但它的梁柱却开始朽烂，慢慢倾斜了。

## 河阴屠杀

就在南梁的皇帝萧衍沉浸在同泰寺浓郁的佛教气氛里如痴如醉时，在黄河以北，一个曾经不可一世的强大帝国却经历着一场血与火的考验。

胡太后的专权，让北魏帝国祸乱四起。北魏朝廷一方面要防止不断北侵、攻城拔寨的南梁军队，又要抽调大批军队去对付风云四起的变民暴动。一时间国库出现严重空缺，不得不向国内人民提前征召六年的田赋捐税。这仍不够开支，又下令取消官员们的酒肉招待费。百姓苦不堪言，官员忍气吞声，思乱之心人皆有之。

这是一个真正的乱世，歌谣里唱道："乱世英雄起四方……"北魏就出现一个个乱世英雄,其中即有天监初年逃到洛阳的前王朝藩王萧宝夤。萧宝夤这几年在北魏的日子一直不怎么好过。他先是被北魏朝廷授扬州刺史,其实却是一个空头支票,因为扬州是在南梁的控制之下。这就意味着,你这个落魄王爷只有凭着自己的能力打回老家去,并控制建康局势,你才能做一个扬州刺史。萧宝夤随着北魏的军队先后与南梁打了几次大仗,都没有什么出色的表现。但北魏皇帝元恪还是将自己的一个女儿嫁给了萧宝夤。当北魏变民四起,局势如麻时,萧宝夤被派去当剿匪司令,然而几乎没有一次打胜仗的机会,有一次甚至因为将北魏朝廷派给他的十万人马丢失一尽,差一点被北魏皇帝砍下头颅。萧宝夤一直生活在一种极度压抑的状态之下。后来他想通了,我原本就是南齐的王爷,如果不是那个萧衍,或许我也早就做了南朝的皇帝,现在何必在索虏的下巴上捡饭粒吃?这样一想,萧宝夤头脑活了,于是他趁着在河南山区剿匪的机会,另立朝廷,宣布称帝。

这个自称皇帝的人注定没有任何成就,我们暂时撇开他,还是继续去说北魏的另一个乱世英雄,他的名字叫尔朱荣。这个有着凶残血性的匈奴后裔借助乱世,很快形成一支强大的地方割据阵营,又被朝廷招安为车骑大将军、大都督。大权在握,重兵在手,尔朱荣一边在暗中积蓄着力量,一边寻找着合适的时机,准备大干一场。

发生在神龟二年(公元519年)的洛阳军人暴动,已经使北魏大厦摇摇欲坠。然而胡太后仍然忙着在她的后宫将一个又一个男人拉上自己的床榻,而将一切对她的权力稍有威胁的人毫不手软地处以死刑。随着年龄的增长,她的儿子、现任皇帝元诩对母亲的淫乱极其反感。这个十九岁的青年自幼即有相当严重的恋母情结,他也因此一直在暗中寻找着,希望寻找到一个能够阻止母亲的淫乱,而又让国家走出危机的人。

元诩很快就锁定了尔朱荣,元诩需要尔朱荣,就像尔朱荣需要元诩一样。两个人怀着不同的目的,却能在同一前提下缔结联盟。狡猾的胡太后很快就捕捉到蛛丝马迹,她在众多情夫的协助下,用一碗毒酒亲自将她的亲生儿子送上了西天。胡太后在宣布元诩的死亡公告之后,随即又发诏书,匆匆忙忙将一个三岁的王族儿童元钊推上帝位。一个不幸的小生命就要结束了。

得到元诩死亡的消息,尔朱荣立即宣布起义。尔朱荣在他的军队中掀起一股倒胡的宣传攻势,并且向全国发布讨胡檄文。这份文告文字极其粗劣,但却有相当的鼓动作用。文告说，皇上十九岁，胡太后却还说他是幼主，而今竟将一个三岁的娃娃推到帝位。这样的朝廷，我们对它还有什么指望吗？胡太后专权已非一日，自从这个歹毒的女人专权之后，强大的北魏就开始一天天走向衰亡，人民就一天天陷入苦难的深渊。现在，我要带着我的军队打到洛阳，查明皇上死亡的真相，清除祸乱朝廷的奸臣逆贼。

　　尔朱荣的讨胡檄文很快得到全国的响应。于是，尔朱荣一边联络同盟军，一边做着登上极位的美梦。按照匈奴人的习俗，他为自己铸了一尊铜像，看自己到底是不是上天赐命的皇帝，没想那铜像怎么也铸不成功。他接着在北魏的旧亲王中挑出几人，分别为他们铸上铜像，结果只有已故彭城王元勰的长子元子攸的铜像铸造成功。于是，尔朱荣暂时锁定元子攸为新的北魏皇帝。

　　洛阳方面，当胡太后听说尔朱荣联络地方势力，即将渡过黄河，一路向洛阳扑来时，慌得乱了阵脚。这个意识到末日将至的女人立即召集大臣们议事，商讨对付尔朱荣的办法。会议进行了很长时间，却没有一个大臣肯发表自己的意见。大家都在暗地里幸灾乐祸，巴不得这个腐朽的朝廷早点完蛋。只有胡太后的情夫之一徐纥说："尔朱荣是个什么东西，他不过是一个土匪，一个匈奴部落的小首领，就凭他那一身匪气也能造事？"徐纥的话让胡太后吃了定心丸。胡太后这才从慌乱中稍稍镇定下来，开始布置洛阳防卫计划。

　　徐纥说得不错，尔朱荣的确是一个靠土匪起家的混世魔王，一个匈奴部落的小首领。但是，从理论上来说，南梁的萧衍在南齐永元年间不费多少力气就推翻了萧宝卷的王朝。尔朱荣为什么就不能推翻大厦将倾的北魏？一个朝代的更迭，一个王朝的兴亡，有时候并不依靠军事力量，也不全凭起义者的军事才能。当一座大厦已经摇摇欲坠，随时而来的一阵风就足可以让这座大厦轰然倒塌。

　　于是，这个匈奴部落的小首领尔朱荣决定试试自己的运气。

　　尔朱荣带领着他的一万匈奴武装很快渡过黄河，进驻河内（今河南沁阳市）。

　　而此时洛阳城内居民民心思变，巴不得尔朱荣能早一天打进城来。一些王公大臣们知道胡太后朝廷已至末日。有的举家逃出洛阳，有的投降南梁，有的关起门来，静观时变。在这种时候，就是胡太后的情夫们也顾不得那个淫荡的女人了，只顾自己逃命要紧。徐纥假传圣旨，夜晚打开宫门，牵出御马十余匹,带着家人逃命而去。胡太后的另一个情人郑俨也连夜逃回开封老家。胡太后知道大势已去,连夜召集元诩的遗孀以及宫女们开会,命她们剃光头发,集体出家。宫城里哭声一片,可怜的宫女们怀着一百个理想走进宫城,但却没有一个理想是去做青灯古佛下的尼姑。

　　尔朱荣的先遣部队毫无抵抗地进了洛阳城。那些躲在家里的文武百官纷纷走向街头,庆祝尔朱荣的胜利,表达归附的决心。胡太后来不及逃出城去,就在皇宫内被尔朱荣的先遣部队捕获。那时候,胡太后身穿尼姑的道袍,一头乌黑的头发被裹在一顶灰色的圆帽下。但士兵们还是一眼就认出了她。后来那捕获她的士兵说,胡太后太美了,虽然是在一群同样打扮的女人中间。但她的气质、她的美貌,却能让人一眼就认出她就是胡太后。胡太后请求召见尔朱荣。她特别强调说,自己是合法的天子,权力可以交接,但她有权获得赦免。政变军队将胡太后以及三岁的小皇帝元钊用一根绳子拴了,一直带到河内。胡太后仍然不肯放下架子,命令士兵带尔朱荣,她要召见他。尔朱荣本来还想看看这个不可一世的女人到底是什么样子。听到士兵汇报,尔朱荣对这个女人一点兴趣也没有了,立即很不耐烦地下令将胡太后以及元钊扔进黄河。一个不可一世的女人,就这样结束了自己还很年轻的人生,那个无辜的三岁孩子,成了这场政治斗争的牺牲品。

　　尔朱荣这样的乱世英雄凭借着嗜杀成性,很快由"匈奴部落的小首领"而成为称霸一方的枭雄。在整个起义的过程中,他的马连汗都没有出,就这样轻而易举地将不可一世的胡太后扔进了黄河。他的胜利来得太容易了。然而他毕竟不是萧衍,他骨子里的"匈奴部落小首领"的气质是不能改变的。他没有萧衍的政治智慧,没有萧衍早期的雄才大略,他所拥有的,就是嗜杀成性,却又野心勃勃。几乎从一开始,他就想着登上皇帝的宝座,过一过乱世皇帝的瘾。这就决定了他成不了事,注定了他的失败在所难免。

　　洛阳已成一座空城,尔朱荣打点进城,准备正式接手一个曾经强大的帝国。这时他的一个谋士向他献计说:"将军的军队不足一万人,将军的胜利并非军事的胜利。因此将军完全没有战胜者的威望和霸气,一旦京城的王公大臣们知道你不过区区一万人,他们会打骨子里瞧不起你。"这位谋士的话虽然挫伤了尔朱荣的自尊,但他却不得不承认谋士的话大有道理。他问:"依你之见,我该怎么办呢?"谋士说:"不如趁着王公大臣们迎接新皇到来的机会,

将那些骄纵的王公大臣一网打尽。"他的谋士说着,就随手做了一个砍头的动作。

尔朱荣觉得谋士的话很有道理,但他毕竟吃不准,又去征求另一个谋士的意见,没想到那个谋士却说出完全相反的话来。这位谋士说:"胡太后骄奢淫逸,北魏上下民不聊生,所以才给了你获胜的机会。如果你学着历史上那些野心家,在为国除害的同时,夹杂着个人的私心,而且不分善恶地大肆杀戮。只会像胡太后一样,让上天失望,让百姓哭泣,其结果也不会出胡太后下场。"然而这时的尔朱荣已经被一种巨大的成功兴奋得难以自已。他按照第一个谋士的意见,决定大开杀戒,将那些王公大臣一网打尽。尔朱荣要制造一场惨绝人寰的大屠杀。

果然不出所料,洛阳的王公大臣们全体出动,齐集在洛阳城外,等候一个枭雄的到来。他们打着旗帜,喊着口号。他们不顾烈日的暴晒,脸上淌着油汗,每个人都是一脸兴奋。但他们并不知道,一场大屠杀就要开始了。尔朱荣让王公大臣们集中到一块空地上。很快,早有准备的骑兵杀气腾腾,将这些王公大臣们团团围住,场面有些尴尬。一位王爷代表所有的旧臣发表感言,对尔朱荣的胜利表示祝贺。尔朱荣突然讲话,他说:"天下大乱,元诩皇帝死于非命,所有这一切,你们这些王公大臣们难道能够逃得了干系吗?长期以来,你们这些人过着荒淫的生活,利用你们手中的权力无情盘剥百姓。你们每一个人都罪恶无边,每一个人都死有余辜。"

这实在是一个意想不到的结果,现场的气氛立刻大变。有精明的王公大臣已经从飞扬的尘土中闻到了血腥气,他们开始挤出人群,竞相逃命。早有准备的士兵们挥舞着大刀在人群中任意砍杀,一时间鬼哭狼嚎,带血的头颅滚落在黄土地上,空气中充满了一种呛人的血气。这场杀戮一直进行到天黑时分,清点战果,倒在空地上的尸体总共有两千八百多具。

将要做傀儡皇帝的元子攸被事先秘密转移到一个地方,那场大屠杀结束后,尔朱荣才将元子攸请进了帐篷。面对这个杀人恶魔,二十二岁的元子攸吓得瑟瑟发抖。他请求尔朱荣说:"帝国的大业需不断有人继承,现在北魏王朝已土崩瓦解,将军奋勇起兵,一路上所向无敌,这实在是上天的旨意。我今得将军恩典,只求保住一条小命,实在没有其他非分之想。将军还是顺天应人,自登其位吧。"

元子攸不想做皇帝，尔朱荣求之不得。他正想自己取而代之，但他自己又开不了这个口，于是征求属下的意见。有人极力鼓捣尔朱荣登基，自成帝业。但也有人斗胆放言，说如果将军不顾天意，强行登位，必将遭到天下人的共谴。尔朱荣不敢造次，于是再命工匠为他铸像，一连铸了三次，一次都没有铸成。尔朱荣这才相信，一切都是天意，当即跪倒在元子攸面前，请求陛下赐自己一死。元子攸吓得魂不附体，连忙走下座来，将尔朱荣扶起，说："将军请起，朕绝没有猜疑将军的意思。"

　　新皇的登基大典在四月的一天举行，元子攸在别别扭扭中做了北魏又一任皇帝，其实不过是一个傀儡。他就像一个木偶，他的头脑，他的四肢乃至双脚，都被牵上一根根绳子，任由别人操纵着，去演出迫不得已的闹剧。就像任何一个新的王朝上台一样，接下来由新皇宣布谁做亲王，谁做大臣。总之一帮皇室旧主仍然称王，祭祀的仍然是原来的祖先，这个所谓新朝只是换汤不换药。而最重要的是，在这个新王朝中，尔朱荣由原来的"匈奴部落小首领"摇身一变，成为一名一人之下，万人之上的专制主义者。

　　洛阳的白色恐怖，让北魏的亲王、贵族以及官员们意识到世界末日的来临。在死亡的威胁下，他们唯一可做的就是卷家潜逃，投奔建康。这期间，先有南荆州刺史李志领兵归顺，后有太山太守羊侃率军投降。而最让梁武帝兴奋不已的是北海王元颢、临淮王元彧、汝南王元悦这几位北魏重量级的人物相继逃亡建康，寻求政治庇护。这些人物的降梁，让梁武帝有一种巨大的成就感和自豪感。他似乎忘了，这样的叛逃，同样出现在他的萧梁帝国，忘了他日夜思念的次子萧综在洛阳把自己的名字都改了，堂上供着萧宝卷的画像。对于这些从北魏奔逃而来的亲王或官员，梁武帝不仅委以相等的爵位，在赏赐上同样出手大方。梁武帝知道，总有一天，这些过气的亲王会派上用场。

## 天才战神

　　河阴屠杀的血腥气久久弥漫在北方大地。北海王元颢逃走了，临淮王元彧逃走了，汝南王元悦也逃走了，士大夫们能逃走的都逃走了。他们逃到萧梁的首都建康，向南梁皇帝萧衍寻求政治庇护。昔日仕女云集、商贾如流、

车喧马闹的洛阳呈现出死一般的寂静。这种寂静就连杀人如麻的尔朱荣也觉得心里发毛，他甚至夜夜听到成群的冤魂在他的居所上空惊悸号叫。他对属下说："洛阳真不是人待的地方。哪儿有我的老家河内舒服？"于是，他带着傀儡皇帝元子攸撤出洛阳，迁都河内。

洛阳成了空城，强大的北魏日薄西山。北魏的现状，让那些过气亲王看到新的希望。最先觉醒的是北海王元颢，终于有一天，他向梁武帝提出："呵呵，尊敬的陛下，我想家了，想我的北方大地，想我仍留在北方的亲人。"说时，元颢泪流满面，泣不成声。梁武帝何尝不清楚元颢最想的到底是什么。其实，他早就想着要让元颢回到北方，南北战争打了多少年了，谁也没有占上风。与其这样无休止地打下去，不如寻找另外的途径。他忽然想起一句话：堡垒都是从内部攻破的，培养一个傀儡皇帝未必不是一个最好的办法。武帝的决定，遭到萧梁朝廷多数大臣的反对。柳津说："北魏的这些亲王都是一些养不家的狗，他们在穷途末路中投奔建康。但他们内心中没有哪一天不在梦想着他们的北魏帝国，送他们回归，无异于放虎归山。"

郭祖深说："北魏虽然遭受洛阳之变和河阴屠杀，但目前尚有六十万军队掌握在枭雄尔朱荣手里。尔朱荣统治着整个北魏朝廷，正伺机取代傀儡元子攸，断不会放任元颢坐拥洛阳，他们必然会用重兵阻止元颢的回归。"

就连一向极少在公开场合发表意见的尚书令徐勉也放弃了中立的立场，劝武帝说："护送元颢的事，陛下还是三思而后行。"

萧衍只得放弃护送元颢回归北魏的打算。

不久后，北魏太山太守羊侃拒绝接受北魏朝廷骠骑大将军的任命，带领属下一万余人，战马二千匹，突破北魏大军的重重防线，投奔自己的出生地萧梁。这件事似乎又重新鼓舞起武帝萧衍的信心。于是，他将护送元颢北归，让其充当傀儡皇帝的意见再次提起，但仍然受到朝廷上下的反对。萧衍的高级秘书朱异这几年出入于皇上左右，正大有替代徐勉、成为武帝最得力的心腹大臣之势。他看准了萧衍好人佞己的习性，便极力说："天监以来，我萧梁以文治之功，已有长达二十八年的稳固统治，远远超过南朝历史上的元嘉之治。现天下向梁，四海归心。而北魏连年内乱，正分崩离析，兵书云'不战而屈人之兵'。臣以为，送元颢归北，不失为南北通和之上策。"

柳津依然充当反对派的角色："送元颢归北，必然又将掀起一场新的战争。陛下这些年来重文轻武，再加上一批立国功臣相继去世，南梁军队青黄不接，并不构成绝杀北魏的实力。"

"胡说。"武帝开始发怒了。萧衍最看不得有人灭自己志气，长北魏威风，当时就拉下脸来说："韦叡死了，曹景宗死了，王茂也死了，这是事实。但是，陈庆之不是在涡阳以八千之师击溃北魏五万人马，创造了南北战争史上一段神话吗？"

武帝发怒，朝廷上下谁也不敢继续说话。武帝所说，也是事实。一年前的涡阳之战人们仍记忆犹新，在那场战役中，年轻将领陈庆之的确让人们看到他过人的胆识和指挥若定的军事才能。

当时，涡阳（今安徽淮北蒙城一带）守将王纬降北，涡阳很快落入北魏手中。陈庆之接到命令，很快与从九江赶来的江州刺史韦放在涡阳以南会师。两支军队刚刚落脚，就接到报告，北魏元昭的五万人马正火速向涡阳推进，其先头部队已到达距涡阳四十里处。韦放是韦叡的儿子，但他却没有上一代人的英勇，也没有上一代人的智谋。遇到这种情况，韦放一时失去了主见，说："怎么办，敌军五万，而我军不足八千，是撤还是进？"陈庆之说："涡阳非拿下不可。现在，趁着元昭的先头部队长途行军，立脚未稳，杀他一个下马威，先挫挫敌军的士气。"韦放还在犹豫，陈庆之便说："你留守大营，听候动静，我带领两百骑兵突袭敌营。天亮后，你就等着我的消息吧。"

那支北魏军队经长途行军，已是十分疲劳。当陈庆之的这支骑兵突然袭来时，这支魏军的先头部队正在睡梦中。他们做梦也不会想到会在半夜里遭到一支不明身份的部队的攻击，只听北魏大营里到处是战马嘶鸣，到处是喊杀之声。慌乱中的北魏人在夜色中四处逃窜，一颗颗人头纷纷落地。陈庆之目的达到，并不求全胜。趁着天色未明，立即带着自己的人马撤出敌营，返回营地。这次夜袭，不仅让北魏增援涡阳的军队遭到致命的打击，也大大地挫伤了魏军的士气。此后的日子里，陈庆之与韦放的军队就驻守在涡阳以北二十里之处，与北魏大军相互对峙，双方你来我往，大小战役上百次，各有胜负。

转眼到了冬季，因涡阳久攻不下，南梁军队士气低落，而朝廷的增援部队却久久不到。北魏人马开始在陈庆之驻地四周筑下十三座城垒，形成一个密不透风的包围圈。韦放再次提出，涡阳久攻不下，眼下已到冬季，南方的士兵必然耐不住北方的寒冷。只怕时间久了，士气会更加低落，不如就此撤军。陈庆之说："虽然涡阳仍在北魏人手中，但我们的八千军人却顶住了北魏五万人的进攻，这难道不是巨大的胜利吗？眼下敌军也是远距离作战，同样疲劳，同样士气低落。如果我们在这时候撤军，这大半年的坚守就前功尽弃，又如何向朝廷交代？"

坚持撤军的人占了大多数。陈庆之手持皇帝的符节，跳上一座高台，大声地说："涡阳虽然目前仍在北魏手中，但这大半年的相互交战，已大大挫败了敌军的士气。《孙子兵法》上说，必须置之死地而后生，越是在这个时候，谁能坚持到最后，最后的胜利就将归于谁。我有皇上的符节在此，谁要是再提撤退的话，我将以皇命处之。"

陈庆之认为，敌军在我们周围筑下十三座城垒，这实在是给我们取胜创造了极好的机会。大兵团作战，以弱小的兵力未必能够战胜他们。现在，敌军分散屯集，我军正可以各个击破，一个一个地收拾他们。陈庆之开始调整战略，变大规模进攻为小部队突袭。当天夜里，陈庆之率骑兵数百人，突然杀进敌营。接连的几天，陈庆之一连攻下四座敌军营垒。在那段日子里，魏军每到夜里就惊恐万状，谁也不敢睡觉，生怕在睡梦中就糊里糊涂地掉了脑袋。

北魏的增援部队无法接近涡阳，涡阳却不断遭到陈庆之部队的一次次进攻。这一年十一月，涡阳守将王纬终于向南梁军队举起白旗。陈庆之的军队登上涡阳城，"梁"字大旗在涡阳城头迎风招展。北魏军队知道大势已去，便纷纷收拔大营，准备北撤。陈庆之将斩获的敌军头颅挂在阵前，开始向敌军大营发起总攻。北魏五万大军顿时土崩瓦解，溃不成军。陈庆之乘胜追击，那场战役，北魏人的尸体塞满了涡水。

想着那年雍州起义攻打郢城时，小小少年陈庆之站在沙盘旁纵横捭阖，语惊四座；想着这几年来陈庆之的一次又一次以极少的兵力战胜数倍于敌的骄人战绩，萧衍从心里为这个自幼在身旁长大的年轻将军感到自豪。萧衍不顾众臣的反对，执意封元颢为魏王，并派年轻将领陈庆之领七千人马护送元颢，一路向北。

陈庆之精心挑选了七千人马，又向武帝请求三个月之后执行护送元颢归北的任务。陈庆之知道，护元颢归北无疑是一趟极其冒险的行动。此去洛阳，孤军深入，不仅路途遥远，且要闯过敌军数道防线。自己这七千人马，必须是精锐之师，无敌之师。三个月后，陈庆之向武帝表示：陛下，现在请允许我护送元颢前往洛阳吧。萧衍知道，经过三个月的训练，陈庆之的这七千人足可抵挡北魏人的十万大军。他嘱陈庆之说："此一路北进，你须静观时变，如遇不测，就杀掉元颢，迅速南撤，务必完师回梁。"

陈庆之临行前，萧衍又特别交给他一样东西，那是几年前叛逃北魏的萧综幼时的一包衣物。萧衍说："如果看到朕的不肖子萧综，请把这个交给他。"萧衍说着，眼里流下一行泪来。虽然萧综早在洛阳的居处对着萧宝卷的肖像晨昏礼拜，但萧衍却依然将他当做自己的亲生儿子。闻着那包衣物上隐隐的奶香，陈庆之似乎看到一颗慈父的拳拳之心。陈庆之被萧衍的怜子之情深深打动了。

陈庆之护送元颢渡水北上，意外的是，一路上却并未受到北魏人的正面阻击。北魏朝廷正面临着多重压力，一方面是国内的变民暴动风起云涌，其中以变民邢杲的势力最为强大。北魏政府拆西墙补东墙，哪里有精力对付正一路北上的陈庆之？陈庆之很快占领了北魏的第一座城池铚城（今安徽宿州西南）。

元颢的皇帝梦做得太久了，刚刚占领铚城，就迫不及待地宣布登基称帝。他知道自己是一个傀儡皇帝，而且他手下并没有多少人马，于是便将一顶顶桂冠戴到陈庆之的头上，什么卫将军、徐州刺史等。总之，陈庆之成了眼下这位傀儡皇帝的救命稻草，他只有抱住陈庆之，才能将他的皇帝梦做得更长久些。

陈庆之不敢懈怠，沿途又攻下北魏的另几座城池，在睢阳却遭到睢阳守将丘大千的阻挡。丘大千当年曾败在陈庆之手下。现在，依仗着他在乱世中握有的七万人马，决定狠狠教训一下陈庆之，以报当年的一箭之仇。丘大千在睢阳城外连筑九道联营，企图阻挡陈庆之的北进。这是一场并不对等的战斗，陈庆之以七千远征军迎战早有准备的丘大千七万人马。然而这场战斗从开始到结束只用了不到一天的时间。陈庆之的进攻从上午开始，未及太阳落山，战斗全部结束。陈庆之一鼓作气攻下丘大千九座联营中的其中三座。丘大千知道，陈庆之是一位天才战神，是攻无不克的，任何人都无法战胜他，不得不率领剩下的人马缴械投降。接着，陈庆之又遭到驻守考城（今河南民权东北）北魏征东将军、济阴王元晖业率领的两万羽林军的阻击。陈庆之在水上发动

331

进攻，火攻考城，逼使元晖业不得不为自己的北上让开一条道路。终于在公元529年五月护送元颢顺利到达洛阳。

在洛阳，陈庆之与萧综的会见有些尴尬。当陈庆之如实转述了他父亲萧衍的思子之痛，并将那一包萧综幼时的衣物交给萧综时，萧综看都没看，就将那一包东西扔进了火炉。对于萧综的行为，陈庆之似乎并不在意。他知道，萧综的一颗心，早就死了。

陈庆之一面派先前降梁的安丰王元延明以及元颢之子元冠受坚守洛阳，一边带领他的七千人马，去收复离洛阳不远处的另一座城池荥阳。

陈庆之的到来，让北方领土上的乱世英雄们一时乱了阵脚。他们纷纷归附在枭雄尔朱荣的名下，结成一支强大的军事同盟，准备同陈庆之决一死战。睢阳战败，洛阳丢失，陈庆之神话般的胜利，让尔朱荣大跌面子。尔朱荣怎么也咽不下这口恶气，于是他调动二十万兵马，决定把那位白袍小将陈庆之像捏一只臭虫一样捏死。

这二十万大军，分别由骁将元天穆、尔朱吐没儿、鲁安等人率领，就像一股凶猛的洪水，一下子扑到荥阳城下。而此时的陈庆之手中不过只有七千人马，以二十万对七千，尔朱荣料定这一次陈庆之是死定了。

面对如此强敌，陈庆之向将士们发表战前动员："半年前，我军从建康出发，凭着区区七千人马，攻涡阳，取睢阳，一路过关斩将，锐不可当。现在，洛阳又被掌握在我南梁之手。眼下，我们必须扫清最后一道障碍荥阳城。胜利在即，但尔朱荣却调集了他的二十万人马向我们扑来。以我们的七千人马对阵尔朱荣的二十万大军，我们正处在极为不利的局面。但是，只要我们攻下荥阳，尔朱荣不要说二十万，就是二百万，也奈何不了我们。反之，天黑之前如果拿不下荥阳，我们或许就真的死定了。是死，是生，只在这最后一战。现在，是为朝廷立功的时候，大家是愿意战死，还是班师建康，授勋嘉奖？"将士们挥舞着武器，喊着震耳欲聋的口号：战、战、战！陈庆之知道，大敌当前，唯有士气，士气是决定战争胜负的一切，兵力多寡是其次的。

远处的地平线上，尘土飞扬，吼声如潮，尔朱荣的二十万大军正快速向荥阳推进。陈庆之擂起战鼓，发起对荥阳的新一轮进攻。将士用自己的身躯搭起人梯，攀上荥阳城头，一批将士倒下，又一批将士踏着同伴的尸体爬上去。

天黑前，尔朱荣的二十万大军终于扑到荥阳城下。然而，荥阳城门紧闭，荥阳城头，一面"梁"字大旗在寒风中猎猎作响。尔朱荣终于知道，陈庆之是不可战胜的，这是一位天才战神，在这个天底下，没有人能够战胜陈庆之。

尔朱荣知道在陈庆之身上占不到便宜，他斗不过陈庆之，对付傀儡皇帝元颢却是绰绰有余。于是，尔朱荣掉转马头，向洛阳扑去。他要夺回洛阳这座都城，决不让傀儡皇帝元颢在洛阳安享清福。夺不回洛阳，在这片北方领土上，他尔朱荣或许就真的名声扫地了。

陈庆之此次北上历半年之久，攻城三十二座，大小战役四十七次，共歼灭睢阳守将丘大千七万人马；北魏征东将军、济阴王元晖业兵两万；荥阳守将杨昱七万等。当年的棋童，终于成长为一位骁勇战将。从此以后，北方大地上遍传民谣：名师大将莫自牢，千兵万马避白袍。这白袍将军，就是南梁年轻的将领陈庆之。

当尔朱荣的二十万人马掉转枪头向洛阳扑去时，陈庆之一方面做着下一轮大战的准备，一方面派人向建康发信，恳请朝廷火速派大军前来增援。陈庆之的求援信刚刚发出，刚在龙椅上坐下的元颢却向建康送去另一封关于洛阳固若金汤的报告。元颢在给南梁皇帝萧衍的信中说："洛阳现在歌舞升平，各路诸侯纷纷归顺，唯只剩尔朱荣负隅顽抗，正在被消灭之中，望陛下安心，不必再派军队南下，以免扰乱刚刚平定的北方局势。"元颢并不想做一个傀儡皇帝，更不想总是生活在南梁军队的保护之下，以陈庆之的区区七千人马就够他对付的了。如果南梁继续派大军北上，他将完全成为南梁的儿皇帝。

接到元颢的信，武帝萧衍十分高兴，他向臣下说："看看，这一着棋，朕走对了。"他将刚刚派出的部队再次撤回。然而他却未曾料到，白袍战将陈庆之处境是何等险恶。

六月，尔朱荣绕开陈庆之，首先击溃元颢的儿子元冠受的大营，生擒元冠受。归顺萧梁的安丰王元延明听到元冠受溃败的消息，未经交战，就立即向尔朱荣缴械投降。尔朱荣提着战刀，正一路向洛阳扑来，他的下一个目标就是割下元颢的人头，挂到洛阳城头的旗杆上。元颢见大势不妙，立即率侍从武士数百人从东门逃出洛阳城。

洛阳失守，陈庆之失去了北方最后一个根据地。尔朱荣正虎视眈眈地向他扑来。他记着武帝萧衍临行前让他静观时变的话，不得不丢弃洛阳，带领他的七千人马强渡黄河，开始南撤。尔朱荣一看陈庆之要溜，邪劲又上来了，

于是，又派出十万人马尾随陈庆之。其实，尔朱荣不过是虚张声势，在外界造成一个扑灭陈庆之的架势。洛阳已经到手，他当然还是见好就收。接下来的战役大有意思，陈庆之从容不迫地退却，尔朱荣不紧不慢地追击；双方走走停停，停停走走，倒像是一次难舍难分的离别。无论是尔朱荣还是尔朱荣的士兵们，他们都知道，天才战神陈庆之是不可战胜的。

陈庆之带着他的几千骑兵沿嵩洛方向向南撤去。似乎真是天意，当陈庆之的七千骑兵退到嵩洛山区时，恰逢山洪暴发。陈庆之的骑兵被山洪淹死无数，陈庆之幸而逃脱，不得不装扮成僧人，从小路穿过豫州，返回建康。

对于陈庆之的独自南归，萧衍大为欣慰。虽然在北魏树立傀儡皇帝的计划告以失败，但一代战神陈庆之却在这次的北上途中历练得更加成熟。武帝对前来请罪的陈庆之百般抚慰，任命陈庆之为右卫将军，封永兴县侯，食邑一千户。

## 乱世英雄（一）

早在赶走萧梁天才战将陈庆之，杀掉还没来得及把皇位焐热的元颢之前，尔朱荣就向他手中的玩偶元子攸说：“你安心待在宫里，现在，我要去打一只兔子来。”

元子攸知道，尔朱荣要去的地方是北方六镇。那里的六镇变民已闹了很多年了，最近，一个叫葛荣的人统领了大大小小各种变民武装，号称百万之众。现在，他们趁着洛阳的战乱，正一路南下，逼近邺城。这个叫葛荣的人或许正想着，洛阳皇宫里的那把龙椅，为什么他就不能来坐一坐呢？元子攸知道，尔朱荣不是去打一只兔子，而是去打一只狼，一只凶残的来自北方的狼。

尔朱荣要去北方打狼，元子攸的心理是相当矛盾的。他既希望尔朱荣能把那只狼一口吞掉，又希望那只狼将尔朱荣吃掉。对于元子攸来说，那个鲜卑人葛荣是一匹狼，尔朱荣何尝不是一匹更为凶恶的狼。这种与狼共舞的日子，他真是一天也过不下去啊！

尔朱荣决定前往北方打狼，抑或像他自己说的，是去打兔子了。而那只兔子（抑或是狼），此时正带着他的号称百万人马踏着北方草原上苍莽的野草，一路向这边扑来。他们气势汹汹，先是占领了北魏的北方重镇邺城，接着就一步步逼近洛阳。尔朱荣将他刚刚从葛荣部虏获的一个羯族人侯景叫到帐下，向他寻求剿灭葛荣的方法。尔朱荣已经摸透了这个人的脾气，他知道只要给他好处，这个叫侯景的人眼下一定会为他死命卖力。

"打仗，不在兵多将广，而在于智谋。"这个矮个子的羯族人在一见到尔朱荣时就说。

"葛荣手头现有百万人马，要想对付他，该不是一件轻松的事吧？"

"葛荣虽号称百万，这支鲜卑人的部队纯属散兵游勇，不仅缺乏起码的训练，重要的是，这些鲜卑人全都长着一颗白痴的脑袋，对付他们，七千骑兵足矣。"

"以七千对付一百万，你说得太轻巧了吧？你以为是去对付一盘烤肉吗？"

"事实就是这样，将军难道不是这样想的吗？"侯景说，"将军总不能将葛荣的百万士兵尽数杀了吧，那该要多少时间，那该要多少人力？这是一群野狼，先驱散他们，再将他们各个击破。"

尔朱荣不能不对这个矮个子的羯族人刮目相看。

"不错，杀人总有限。如果让你当急先锋，你将怎样驱赶这些野蛮人类？"

"对付狼，最有效的武器不是刀，而是棒，让士兵们每个配备一根木棒足矣。"

尔朱荣不再怀疑他对这个矮个子羯族人的判断，他让侯景带领一千人马，担当此次剿灭葛荣的先锋。并且答应，此次剿灭葛荣后，一定让他做定州刺史。

侯景何许人也？他身材矮小，其貌不扬，额宽颧高，面红发疏。他平时说话声音暗沉，但发怒起来却嗓音尖锐，被人称之为"豺狼之声"。而且，侯景左腿长，右腿短，是一个天生的瘸子。派他担任前锋，尔朱荣真是吃错药了吗？面对部属的疑问，尔朱荣说："你们注意到这个矮个子的羯族人酷似什么动物？"部属们明白了，侯景的形象，就是一头狼，一头凶残的狼。尔朱荣又说："你们知道，什么样的狼能做狼中之王吗？"不等他的部属回答，尔朱荣说："跛足之狼。"人们终于知道，那个其貌不扬的家伙，其实正是一只"跛足狼王"。用跛足狼王去对付一群狼，这一仗能不打赢吗？

尔朱荣又把不久前收拢来的另一个叫高欢的人叫来。也许高欢的形象太过猥琐，当初尔朱荣一见他并不感冒，只是派给他一个养马的角色，就像大

闹天宫的孙行者一样。偏偏当时尔朱荣养有一匹烈马，非一般人能够驯顺。尔朱荣说："这是一匹好马，可马鬃太长了，只是无人能够靠近它，你能将马鬃修剪一下吗？"高欢向那马走去，奇迹发生了，那曾经将无数人摔得鼻青脸肿的马竟然乖顺得像一只绵羊。紧接着，高欢干净利落地将那乱蓬蓬的马鬃修剪得顺顺当当。高欢干完了这一切，便对尔朱荣说："对付恶人，应该就像对付这匹马一样。"尔朱荣不得不对这个看似猥琐的家伙别样看待了。

现在，尔朱荣终于委高欢以重任，让他打入敌人内部，去瓦解敌方堡垒。不是有句话说：堡垒是从内部攻破的吗？尔朱荣答应，一旦剿灭了葛荣，就让高欢担任大都督。

一切布置停当，尔朱荣让他的七千骑兵每人配备两匹战马，以便日夜兼程。尔朱荣把他的队伍分成三路，由侯景的一千骑兵为先头部队，沿着太行山脉，悄悄进入河北平原。

当正在喝酒的葛荣得知尔朱荣带着七千骑兵向他扑来时，葛荣说："尔朱荣的十万人奈何不了陈庆之的七千南蛮子，现在，却以七千骑兵与我的百万人马较劲，他这不是送死来了吗？"他让他的士兵每人只需准备一根绳子就行，到时候，谁能缚住尔朱荣，就让谁做骠骑大将军。远远的，可以听到尔朱荣的战马嘶鸣之声。葛荣一甩酒杯，站起来说："现在，我们就去将尔朱荣捆绑着，去喂狼吧。"然而葛荣这一次却运用了最蠢的战术，他让他的百万人马一字儿排开，士兵们端着武器，就这样一路迎着尔朱荣走了过去。

尔朱荣的大部队悄悄潜入葛荣背后的山谷地带，等待侯景先行打响。侯景让他的骑兵每三人一组，每组六匹战马，开始从正面向葛荣的部队冲杀而去。侯景的士兵呼叫着，合着两千匹战马的嘶鸣，北方平原上腾起的烟尘遮天蔽日，让人感觉有千军万马冲杀而来。侯景的骑兵很快就将葛荣的一字军冲散，连葛荣自己也无法联络上自己的部队了。侯景这边刚刚打响，尔朱荣的大部队便从山谷中冲杀而出。他们挥舞着大棒，左右冲杀，葛荣的百万大军顿时就成了无头苍蝇，只有四处乱窜的分。而先前打入葛荣内部的高欢属下早已策动了一万多人马，这一万多人马便开始从内部反击，葛荣的百万大军很快都做了尔朱荣的俘虏。葛荣见大势已去，便只身骑上一匹战马，仓皇逃窜，却被他的一名士兵砍断了马腿，跌下马来。葛荣身负重伤，忍着疼痛，一步步向山谷中逃去，猛然听到背后一声狼嚎，回过头来，却见他的旧属侯景正带着几名士兵向他追来。

"你是一头恶狼。"葛荣恶狠狠地说。

"你说对了,狼,总是要喝血的,你那里早就没多少血让我喝了。"

"你忘了,狼能食人,也能被人所食。"

"你说得不错,但是,那一天或许还早。"

这时候,葛荣看到尔朱荣骑在一匹大马上正威风凛凛地朝他走来。他知道自己这一次是死定了,于是拔出剑来,狠狠地刺向自己的心脏。

尔朱荣让人抬着葛荣的尸体高声叫着:"你们的头目葛荣已死,还不赶快投降吗?"

于是,一百万人马,就这样做了七千人的俘虏。现在的问题是,如何处理这近百万俘虏。侯景又把曾经说过的话再说了一遍:"将军不能将这将近一百万人全部杀死,不如让他们各自归乡吧。"

尔朱荣觉得侯景的话说得在理,这将近一百万的变民,要杀死他们,该要多少的人力,该费去多少时间?即使收编了他们,也不是一件容易的事啊,谁能保证他们不集体反水呢?但他似乎又不甘心让这些俘虏各自散去。侯景似乎看透了尔朱荣的心思,又附在他的耳畔悄悄耳语一番。此时,尔朱荣对这个跛足狼王就不仅仅是佩服了。于是,尔朱荣向俘虏们喊话:"现在,你们有愿意留下的,就请留下,有想回家与妻小团聚的,就自行散去吧。"果然,留下的都留下了,但绝大多数人还是愿意回家与妻子团聚,打仗毕竟不是一件好玩的事,弄不好就脑袋搬家了。这年头,谁愿意去送死呢?

鲜卑人开始四散奔去,他们要回自己的故乡,要回到自己虽然四壁萧条,但却温暖的家去。他们来自四面八方,他们要回到四面八方去。然而,让他们谁都没有料到的是,当他们四散而去,化整为零之后,尔朱荣的部队仿佛神兵天降,再次在不同的地方将他们团团围住。这一次,他们不再是一百万的部队,而是几百,甚至只是几十人的部队。于是,葛荣死后留下的这一百万人马被化整为零到尔朱荣的各个部队中去了。

这一次战斗结束后,尔朱荣不食前言,果然就让侯景做了定州刺史,并封为大行台、濮阳公,任高欢为大都督。

## 乱世英雄（二）

　　尔朱荣在北方打完兔子后，突然提出，要将女儿尔朱英娥嫁给元子攸，元子攸吓坏了。尔朱荣的女儿尔朱英娥虽然生得美艳无比，但她早在几年前就做了北魏孝明帝元诩的妃子。虽然元诩被胡太后毒杀了，尔朱英娥目前在守寡中。但论起辈分，元子攸是元诩的堂叔，堂叔岂能娶堂侄的妻子？那不是乱伦是什么？因此，对这桩送上门的婚姻，元子攸怎么也不肯答应。但元子攸的近臣、黄门侍郎祖莹却劝元子攸答应这门亲事。祖莹引经据典说，春秋时期晋国国公姬重耳在秦国时，就曾被迫与他侄媳怀嬴结为夫妻。祖莹说："为了某种政治利益，这种看似乱伦的婚姻关系是必需的，在当前情况下，也是不能拒绝的。"元子攸只好答应了尔朱荣，认乱世枭雄尔朱荣做了老丈人。从此以后，尔朱荣在元子攸面前就更加放肆，更加颐指气使了。

　　尔朱荣虽然外派做了太原王、正一品天柱大将军，但却实际控制了整个北魏朝廷。他将自己的亲信元天穆安插在朝廷做了一名正二品大员，皇上元子攸的一举一动，都逃不过他的耳目，也都在他的掌控之中。元子攸虽然感觉做这个皇帝一点儿乐趣也没有，但他还是认真地做起来。他亲自审理案件，清查冤狱，对官员的任用也开始严格把关，不符合自己心意的人，一定不能让其轻易得逞。他开始向尔朱荣叫板，尔朱荣安排的几个州官，元子攸都先后否定了，这惹得尔朱荣很不高兴。他在太原说，这个元子攸，翅膀越来越硬了啊。有一次，尔朱荣想要安排一个老乡担任河内刺史，元子攸照样否定。元天穆说："尔朱荣大将军亲自将您推上皇位，为北魏王朝立下大功。作为帝国的丞相，他应该有无上的权力，难道连任命一个小小刺史的权力也没有吗？"元子攸毫不客气地回敬元天穆说："天柱大将军如果亲自做了皇上，他可以撤换包括朕在内的一切官员。但他现在既还是丞相，就应该承认北魏的官员都只能由朕来亲自任命，而不是他老人家。"

　　再说嫁给元子攸做了皇后的尔朱英娥也不是一个省事的主，元子攸年轻，又是皇上，身边不缺少年轻漂亮的女人。这惹得尔朱英娥极不称心，醋意大发的皇后当着很多人就说："他这个皇位是我父亲让他做的，现在他做了皇帝，就真的觉得自己是万世之尊了。说不定什么时候，我父亲一高兴，就自己来做这个皇帝了，到时候哪还有他一口水喝？"这些话时常传到元子攸的耳里，元子攸既受一个父亲的掌控，又受一个女儿的指三道四，心里那种愤懑真是难以言表。他只能在心里说，总有一天，我要除掉这个乱世枭雄，做一个真正的帝王。

唯一让元子攸开心的是，在辽阔的北方领土上，总有着一次又一次的变民暴动。他们总想像尔朱荣一样，做一个乱世枭雄。于是，他们总是凭借手中几样简单的武器祸害四方，给这个新的北魏朝廷制造种种麻烦。严格地说，是在给尔朱荣制造麻烦，而不是元子攸。尔朱荣不得不腾出精力和时间，用以对付那些不老实的变民。然而尔朱荣毕竟是尔朱荣，他能够把胡太后扔进黄河，就更能将那些大大小小的变民暴动一次次镇压。终于有一天，尔朱荣幸福地告诉元子攸说："现在，盘踞在黄河以南地区的变民暴动都被我扑灭了，我有足够的时间来陪陛下去山里打猎，去跳我们匈奴民族的舞蹈了。"元子攸表示祝贺，但他脸上的表情却比哭还要难看。尔朱荣又说："昨天，有人建议我接受皇上的九锡之尊，享受帝国至高无上的荣誉。我对这样的建议十分反感，已将提此建议的人免除职务了。"元子攸知道，是尔朱荣自己想要这个九锡之尊，只好借用别人的嘴说出来。元子攸故意糊涂，对尔朱荣的谦虚大大赞叹了一番，表示完全同意尔朱荣的意见。

过了几天，尔朱荣真的拉了元子攸去山里打猎，这对于匈奴出身的尔朱荣来说，的确是一件痛快的事情。但对于自幼娇生惯养的元子攸，却是痛苦不堪。尔朱荣哪里是在打猎，分明是在组织一支运动化部队全线推进。他让所有的士兵将一座山头包围了，就像一只口袋，然后开始收缩口袋，直到将猎物捕获一尽。尔朱荣对老虎有着特别的兴趣，如果猎场里出现一只老虎，尔朱荣更是兴奋得手舞足蹈。他下令只准活捉，不准射杀。如果发现有士兵面对老虎现出恐惧的表情，他会立即斩掉这个士兵的脑袋，然后用这颗带血的脑袋去喂那只饿极了的老虎。先前劝元子攸娶了尔朱荣女儿的黄门侍郎祖莹也忍受不了这样的血腥，利用一次喝酒的场合，委婉地对尔朱荣说："将军怎么会对这样血腥的打猎方式如此热衷？难道您不觉得这是在伤害天地之气吗？"尔朱荣说："我是匈奴的后裔，难道还怕什么血腥吗？再说，现在所有的变民暴动都被镇压了，与南方也没有什么仗打，长期下去，我的士兵岂不一个个成了吃喝拉撒的机器？利用这样的打猎方式，正可以培养士兵的嗜杀之气，让我的军队永远保持旺盛的斗志。"祖莹把尔朱荣的用意告诉元

子攸，元子攸吓得脸都白了。他真怕这个嗜血成性的家伙忽然在某一天心血来潮，就像对待那些可怜的士兵一样，将他扔给那些饿极的老虎当做午餐。

对于尔朱荣的专横跋扈，元子攸的几名近臣都同样有度日如年的感觉，私下里，他们都在商量着除掉尔朱荣的办法。有人说，趁着他醉酒时，一刀割下他的脑袋；有的说，先干掉他的亲信，立即向全国宣布大赦，再将大赦后的人员集中起来，组成一支武装，公开向尔朱荣宣战。然而商量来商量去，都觉得没有一个最好、最稳妥的办法，最后只有以唉声叹气结束。

日子就这样慢慢地过下去，那位尔朱皇后终于怀孕了。根据助产婆的观察，这一次尔朱皇后腹中的婴儿一定是位太子，这让元子攸有了一丝即将做父亲的激动。但是随后这一丝兴奋也化为泡影，尔朱荣派人给皇上送信说："眼下太原那一带十分安定，我决定前来洛阳长住，正好可以照顾怀孕的女儿。"洛阳的士大夫们听说尔朱荣要来洛阳，都集体感觉世界末日的降临。士大夫们对去年的河阴惨案记忆犹新，于是纷纷拖家带口，逃离洛阳，到山里居住。元子攸于是急忙召集近臣，再次商议除掉尔朱荣的办法，遗憾的是，仍然没有结果。

除掉尔朱荣的办法悬而未决，尔朱荣真的来了。八月的一天，尔朱荣带着五千人马进驻洛阳，洛阳城内一时就成了一座空城。但士大夫们的担忧是多余的，尔朱荣将他的五千人马安顿在洛阳城外，只带着少数人进了洛阳城门。元子攸一伙人要除掉尔朱荣的消息早就走漏风声，尔朱荣安插的那几个亲信让他一定多加小心。尔朱荣完全不相信元子攸会有杀他的勇气和胆量，他轻蔑地笑着说："借他十个胆子吧，只怕到最后他错把自己给杀了。"听说尔朱荣只带了几名随从向皇宫走来，元子攸的几个近臣又建议元子攸趁这个机会把尔朱荣给干了，但元子攸仍然下不了决心。一说到要除掉尔朱荣，元子攸的心脏就会剧烈地跳动，脸上的汗也就下雨一般洒下来。

翁婿双方在皇宫见面，尔朱荣行臣子的跪拜礼。元子攸连忙离座将其扶起，说："岳丈大人驾到，小婿有失远迎，望请恕罪。"尔朱荣开门见山地说："听说陛下要除掉我，有这事吗？"元子攸的脸立即就变色了，但他故作镇定地说："朕也听说将军要杀掉朕，朕从来也不曾信过。"尔朱荣说："世界上哪有岳丈要杀姑爷的，哪有姑爷要杀岳丈的？"元子攸说："是啊是啊。"

元子攸为尔朱荣接风，尔朱荣喝得酩酊大醉，倒在座位上就睡了。元子攸的近臣们相互使着眼神，示意元子攸：我的陛下，现在正是天赐良机啊！元子攸离开座位，但他只走了几步，就腿脚一软，再也迈不开步了。他让人将睡死了的尔朱荣连同座位一同抬到尔朱荣下榻的地方。尔朱荣醒来后回忆刚才的一切，更加看不起元子攸。他对身边的人说："我说过吧，借他十个胆子，他也不敢动我一根汗毛。"

　　尔朱荣在洛阳安静了一阵子，很快就恢复了他匈奴后裔的本性。稍有不快，就砍掉一个人的脑袋。他的儿子看中了一个士大夫家里的山石，让人前去搬来，士大夫不从，尔朱荣就让人将那士大夫一家全杀了。尔朱荣的暴行让京城的士大夫们每日都处在惊魂不定之中，他们都不知道哪一天就是自己的末日。元子攸的几个近臣再次向元子攸提出，如果不赶紧想出除掉尔朱荣的办法，他们也要拖家带口奔往山里了。

　　还是那个黄门侍郎祖莹提议说："尔朱荣几次进宫，都只带几名亲信，而且一律不携带武器。我们所缺少的，就是将尔朱荣像掐一只虱子一样掐死的勇气，而不是办法。"祖莹建议，可以皇后生了太子为名，将尔朱荣召进宫里，再伺机下手。元子攸说："皇后怀孕刚刚九个月啊，哪里就会生下太子呢？"祖莹说："早产的多着呢，皇后为什么就不能早产？"那几个近臣也胁迫元子攸早下决心，尔朱荣不除，洛阳百姓说不定哪一天就全都做了尔朱荣的刀下之鬼。

　　元子攸也知道，祖莹说得不错。对于他来说，现在所缺少的就是勇气和胆量，而不是办法。就像有了羊肉，还怕没有烹调的办法吗？

　　这一天，尔朱荣正和他的部下在下一盘棋。那盘棋，尔朱荣输了。忽然，尔朱荣叹了口气说："棋盘上的生死可以重来，人的生死却无法再来。"他的下属说："大将军何以发出如此感叹？"尔朱荣说："最近眼皮总是发跳，不知是不是不测的先兆。"又说："我死之后，谁能取而代之？"下属说："当然是您的弟弟尔朱兆了。"尔朱荣摇了摇头说："尔朱兆只能统领三千兵马，人多了，他就乱套了。"下属说："依大将军意，大将军百年之后，谁能取而代之呢？"尔朱荣立即就说："高欢。"

　　正在这时，元子攸派人前来通知尔朱荣，说皇后早产，生下一名太子。尔朱荣得到消息，立即将棋盘推开，摘下帽子抛向空中，高兴地叫着："呵，我有小外孙喽！"他的左右说："将军还是要多加小心，起码，您得带上一

把刀子。"尔朱荣说："难道我要让我的小外孙一睁开眼就看到闪光的刀子杀人的武器吗？"尔朱荣杀人杀了一辈子，但最后却说了一句感人至深的话，足可见即使是一只野兽，也会在偶尔中闪烁人性的光辉。然而当野兽真的露出人性的一面时，它却被它的同类吃了。

尔朱荣一行五六人骑着马很快进了皇宫。远远地，他看到元子攸心事重重地坐在龙椅上，耷拉着脑袋。尔朱荣一惊，他知道女儿有早产的毛病，以前几次早产，太子都没能保住，难道这一次又出问题了吗？

尔朱荣刚走进明光殿，就遭到事先埋伏在四周的杀手们的突然袭击。尔朱荣以飞快的速度奔到元子攸身边，元子攸不知从哪里涌上来的勇气，提起早就横在膝上的那把刀子，猛力朝尔朱荣挥去。第一刀他砍空了，尔朱荣一脚踢开元子攸手中的刀子，不等他的反击成功，一名杀手从背后朝他刺来。那把长槊从尔朱荣的背部捅进去，从尔朱荣的前胸穿出来。尔朱荣倒在血泊中，又被另一名杀手扑上，一刀就砍下他的脑袋，就这么简单。尔朱荣临死前还在叫着："外孙……"一同被杀害的，除了尔朱荣的几名亲信，还有尔朱荣的一个小儿子。

在清理现场时，人们发现元子攸也倒在血泊中不省人事。人们慌忙将他扶起。结果发现，这位终于有了血性的北魏皇帝除了身上的血，没有发现一处伤口。元子攸是吓昏了啊。

尔朱荣死了，孝庄帝元子攸真正地做了一回男子汉，然而他的快乐并不长久。当得知尔朱荣被元子攸杀害之后，愤怒的尔朱家族的血腥男儿们自发集结起来，他们拿着武器，将元子攸的皇宫包围了三天三夜。最后，他们冲进皇宫，将吓得面如土色的孝庄帝活活吊死在一棵树上，连他刚刚降生的皇子也没能放过。接下来，复仇的尔朱家族所做的事情就像历史上任何一个入侵者一样，他们烧杀淫掠，洛阳城里浓烈的血腥气久久都不能消散。

## 立储风波

尔朱荣死了，元子攸也死了，历史还在继续。在这个乱世，新的乱世英雄将会接着产生。

现在，让我们再回过头来说说长江南岸建康城里的事情。

五年前，萧衍最贴心的妃子丁贵嫔因病死去。由于萧衍、萧统父子在处理丁贵妃丧事问题上产生分歧，原本对太子并不看好的萧衍对他的长子有了更深的成见。

此后不久，武帝忽然将他的三子晋安王萧纲从他的分封地召回建康，委以扬州刺史、骠骑大将军并都督南（徐州）扬（州）二州军事，以填补萧宏逝后的空缺。这一看似正常的官员调动，在太子看来却非同寻常。扬州与京都紧相毗连，扬州刺史一职历来是由武帝最信任的人来担任，骠骑大将军更是轻易不会授予他人。现在，武帝将这一重要的职位授给萧纲，又是在这样一个特定的时刻，是否意味着武帝有重立太子的意愿？

自从因母亲的丧葬一事与父亲产生分歧后，太子一直希望与父亲有一个直接沟通的机会。然而自从五岁离开父母移居东宫后，他与父亲见面的机会日渐稀少，父子之间的鸿沟自然形成。每当见到父亲，那埋在心里的话却又戛然而止。长久的郁闷，让他的身体每况愈下。现在，武帝又把萧纲从分封地召到京畿重地。他忽然觉得，他在父亲心中的地位日落千丈，萧统的精神彻底垮了。他把编纂文选的事完全交给了他的太子舍人刘孝绰和到溉两人。他的病，也一天天加重了。

武帝是在太子生命的最后一刻才来到太子的寝宫的。他握住太子骨瘦如柴的手，那双手上染满了永远也洗不尽的墨汁。看着这双手，武帝的心里有了一丝感动。萧统积一生心血编成一部诗文总集，称为《昭明文选》。昭明，是太子的谥号。

萧统死后不久，武帝立即将萧统的长子萧欢从他的分封地南徐州召到京城。外界知道，武帝将按照法统，正式立萧欢为皇太孙了。萧欢的府上也开始燃放鞭炮，大加庆祝。然而过了不久，武帝却做出一件让萧欢及其追随者们大感意外的事情。在一次南郊的祭祀后，武帝突然宣布，封萧欢为豫章王。武帝的这一决定刚刚宣布，萧欢府上一片哗然。万分失落的萧欢分别前往他的另两个弟弟萧誉、萧詧的府上游说，希望得到他的两个弟弟的支持，但两位弟弟却反应平淡。萧欢扬言，如果皇爷爷不改变诏命，他将辞去一切职务，以示抗议。

然而萧欢毕竟没有勇气辞去职务，这位十四岁的孩子从父亲萧统那里承继了少年诗才，却同样少有血性。萧欢只好去找尚书令袁昂，当着这个长

辈的面，萧欢痛哭涕零。萧欢的眼泪感动了袁昂，当天下午，袁昂给武帝写了一封长信，表达他对立储一事的看法。袁昂在信中特别强调，法统，就像宗庙的祭祀一样，是不应该被随便更改、破坏的。按照法统，太子逝后，即应由太子的长子萧欢继任皇太孙，而不应该是其他人。武帝并没有对袁昂的批评作出回应，他对他的心腹之臣朱异说："袁昂是个爱管闲事的家伙，他竟然管起别人的家事来。"朱异立即附和说："陛下放弃皇孙是一项英明的决策，前车之鉴，历历在目。陛下的深思远虑，一般人又哪能理解呢？"

武帝最终放弃立萧统的儿子萧欢为皇位继承人，很自然地让人想起当年齐武帝弃次子萧子良而立皇孙萧昭业导致亡国的事件。前车之鉴固然沉痛，但武帝更多的是想到自己年近古稀。现在，他是多么希望能有一个人尽快接替他的皇位，以协助他打理这个庞大帝国的所有政务，十四岁的孩童萧欢无论如何都不能担当此任。他得承认，自从沉迷于同泰寺的香火之后，他对这尘世间的一切，都看得极为清淡。世上没有常住不坏的事物，包括他的色身肉体，乃至他强大的帝国，一切都将随时间的推移烟消云散。正如佛经上所说，成、住、坏、空，一切都是必然，一定都有定数。

武帝宣布封萧欢为豫章王的同时，也给外界留下一个最大的悬念：武帝心目中的继承人究竟是谁？既然长孙萧欢没戏，有戏的就是武帝的几个儿子了。按照长亡、次立的原则，排行老二的萧综本应当成为新的太子。但萧综目前逃亡北魏，堂上供着萧宝卷的灵位，根本就不承认自己是萧衍的儿子。接下来，不久前就任扬州刺史，并被授骠骑大将军的武帝三子萧纲成了人们热衷谈论的话题。

虽然在立国当年萧衍即将长子萧统立为太子，但是，随着萧纲降临人世的一声啼哭，萧衍把情感和希望逐渐转移到这个才情非凡的三子身上。这是一个天性聪慧的孩子，他继承了父亲在文学上的天分，四岁即能写出让很多成年人都惊叹不已的诗作。萧衍及其儿子萧统、萧纲、萧绎被后来的人们称为"南梁四萧"。"四萧"是南北朝时独特的文学现象，"四萧"的诗作直接影响着后世的文学创作。在流传下来的五百余首"四萧"诗作中，萧纲在其数量上即占一半以上，这实在是一个不可小觑的数字，可见萧纲在萧氏父子文学中所处的位置。进入成年世界后，萧纲对宫体诗一直有着不衰的兴致。这与他所处的皇室后宫生活有着极大的关联。但是，萧纲诗歌中对女性身体之美的细腻描写，包括那些露骨的两性相悦的诗句，一直遭到士大夫们的强烈批评。尽管皇室们在两性生活中有着特殊的自由和条件，但那一切，是做得说不得的。对于这些批评，萧衍却一直不以为然。可见萧衍对萧纲的偏爱。

现在，皇上要违背法统，弃太孙而立三子，当然会遭到朝廷中一些书呆子们的反对。

崇尚文治的南梁帝国总不缺乏书呆子，袁昂算一个，已逝军机大臣周舍的儿子、司仪侍郎周弘正也算一个。袁昂给皇上写了一封信，仗着自己曾在萧纲的晋安王府当过主簿，周弘正就给萧纲写了一封信。周弘正在信中引经据典，劝萧纲效仿古代的贤人，做到像孟子所说的，抛弃皇位，就像抛弃一只破鞋一样，别让已经败坏的世风继续败坏下去。

读着周弘正的信，萧纲酸得直要掉牙。萧纲认为，在所有的兄弟之间，自己才是最有资格继承太子之位的人。萧纲开始四处奔波，营造气氛，为即将到来的太子之位大造舆论。

就在萧纲府上一片忙碌，准备继任太子的时候，一天深夜，一伙蒙面人突然翻越院墙，闯进萧纲的住处实施暗杀。然而萧纲早有布置，那伙蒙面歹徒的暗杀未能成功。虽然萧纲的卫士们未能抓住歹徒，获取活供，但从迹象表明，这一切都是他的另一个同父异母兄弟、丹阳尹萧纶所为。萧纲一面加强警卫，一边利用身边的一群文人，写诗作文，对萧纶进行大肆抨击。萧纶也不甘示弱，立即以牙还牙。

萧纲、萧纶相互揭短，这让武帝的其他子嗣看到了希望。湘东王萧绎从遥远的湖南突然回到京城，游说在兄弟之间，又拉上他自以为同盟军的另一个同父异母兄弟萧续，将自己的计划和盘托出。萧绎承诺，如果他做了太子，将来继承皇位，就让萧续做大司马。萧绎的梦想无意中搅活了萧续原本平静的一潭死水。萧续觉得，既然萧绎都有可能继承皇位，同样是皇上的儿子，自己为什么就不可能？萧续把争夺太子的敌手锁定在这个湘东王身上。萧绎从湖南回到京城时，竟然将一个歌女李桃儿带回府上，这件有伤风化的事情发生在一个藩王身上，是极其严重的错误。萧续立即将这一事向最高法院大理寺举报了。经过调查，萧绎私带歌女回宫确有其事。大理寺不敢瞒报，立即奏请武帝，请求对萧绎进行处理。武帝将萧绎叫进宫里训斥了一顿，萧绎的太子之梦彻底告吹。当他得知告密者竟是他自以为同盟军的兄弟萧续时，

从此与萧续结怨。

立储一事悬而未决,萧纲兄弟之间为争夺太子之位的火并也越来越激烈。终于有一个人耐不住寂寞,这个人就是已故临川王萧宏的儿子西丰侯萧正德。萧正德原本过继给萧衍为子,后来因为有了萧统,他被还本,儿子成了侄儿,太子变成西丰侯。为了这件事,萧正德这几十年一直憋着一口气。现在,萧统死了,他似乎又看到了希望。他想直接去找皇上。但一想到那一年因他叛逃北魏的事受到皇上严厉训斥,好多次,他要去觐见皇上,都吃了闭门羹,于是又没了信心。

思来想去,萧正德决定去一趟乌衣巷。

沿着建康南郊清溪河畔一直走去,依次走过朱雀航、渡过秦淮河,前面就是乌衣巷了。巷的尽头,有一座庞大的庄园,站在庄园的大门口,可以看到对面不远处华林园高大的寺塔,能听到寺塔上的铎铃在微风中发出的悦耳之声。这条乌衣巷是东晋时王导和谢安两大家族居住地。很多年过去了,随着东晋王朝的逝去,乌衣巷成了寻常百姓之家。然而乌衣巷的飞花落叶并不能掩盖当年的王导、谢安的王者之气,乌衣巷就像一个落魄的贵族,哪怕只穿了一件普通的长衫,但那眼神中依然有一种让人肃然起敬的高贵气质。朱异进入南梁内阁后,拒绝了很多贵族的献地,偏偏选中了乌衣巷作为自家的住宅。朱异出身寒门,凭着才学及善于钻营而成为建康新贵。他觉得,只有居住在乌衣巷这样的地方,才能显示出他目前的尊贵。英雄不问出处,乌衣巷就是一处证明。朱异出巨资从谢安的后人手中买下谢安当时的旧宅,再加以改造,旧日的王谢之地,就成了朱异目前的新家。

在南梁朝廷,随着周舍的死去和徐勉的老迈,现在,能够辅助武帝处理国事的只有何敬容、朱异二人了。晋、宋以来,在朝中担任重要职务者,都以文才出众而得到皇上的信任。何敬容并没有多少文才,整天只是忙碌于各种事务,手不释卷地将各种文件分门别类。为皇上的批阅提供方便,朝中大臣对何敬容多有不屑,但这样的人对武帝来说,却也是不可或缺的人才。与何敬容的朴实不同,朱异才思敏捷,为人纤巧圆滑。不论什么样的文疏或是诏书,只要皇上口述大意,他立即就能一笔挥就,其内容的充实、文字的华美,都让一生以文才自恃的武帝格外赏识。再加上朱异善于揣摩武帝的心意,总是顺着武帝的心意去说话办事,闲时陪着酷爱棋艺的武帝下下棋,自然就得到武帝特别的信任。偏偏一年前，何敬容因为卷入亲戚的一桩贿赂案而遭弹劾，武帝不得不忍痛削去何敬容的职务。现在，朱异几乎统理了朝廷内外一切大事，也成了晚年的武帝一刻也离不开的宠臣。

## 同泰寺的钟声

立储一事拖了很久，直到三个月之后，武帝这才在太极殿召见文武大臣，宣布他将正式立二十九岁的三子萧纲为皇太子。至此，历时三个月之久的立储纠纷宣告结束。

梁中大通四年（公元532年）正月初一，武帝为太子萧纲在太极殿举行了盛大的即位典礼。在此之前，武帝忽然想起当年陶弘景送给他的那两把刀，他想把这两把刀作为传继的信物交给萧纲，结果只找到"善胜"一刀，"威胜"却不知去向，于是不得不取消了这一念头。

太子即位大典结束后，武帝萧衍像往年一样前往南郊祭祀天地。按照惯例，这天上午，武帝要在太极殿宣布新的人事任命。皇亲和官员们都在等待着，等待这个一年一度的升迁机会。果然，这天上午，武帝任命他的同父异母兄弟萧伟为大司马。这是武帝送给他年迈弟弟最后的荣誉，萧伟的年龄比武帝小了一轮。但身体一直不好，过了这个年，谁也不知道他是否还能再过第二个年；任命曾主动献出彭城的原北魏徐州刺史元法僧为太尉。其余对皇室的分封如下：除了已封萧统长子萧欢为豫章王以外，又封萧统次子萧誉为河东王，萧统三子萧詧为岳阳王。人们知道，由于武帝在立储问题上的违背法统，朝野一直意见很大，已逝太子的三个儿子私下里也颇多微词。此次三位皇孙的分封地都是最富庶的所在，这样的分封，也算是对三位皇孙最好的抚慰。

朝野在武帝立储问题上的非议渐渐平息，萧纲正式住进东宫。

与武帝沉迷于佛不同，太子萧纲则热衷于道。这期间，萧纲不断地请建康一些著名的道士在东宫开讲道经，又请朱异去讲《老子义》，全然不顾天监初年他老爹的《敕舍道事佛》文。萧纲虽然向往老庄的虚无，却也一点不影响他写出大量香艳浓烈的宫体诗。如著名的《咏内人昼眠》："梦笑开娇靥，眠鬟角压落花。簟文生玉腕，香汗浸红纱"；又有《美人晨妆》："轻花鬓边堕，微汗粉中光"，描写美人出妆后的吁吁轻喘，柔弱怜爱，充满了浓艳的色彩。

这些诗受到当时一些年轻诗人的热烈追捧，成为时尚。萧纲于是将当时最有影响的宫体诗领袖徐摛请入东宫做他的顾问，又吸纳了包括年轻诗人庾信在内的当时京城一大批宫体诗诗人，就像当年的萧子良一样，在他的东宫形成一个庞大的文人集团。

这种宫体诗虽然成为当时极为时尚的一种流派，但却不被正统的文学所接受。评论界认为，徐先生一派的文学轻佻肤浅，缺少风骨，且不乏色情，应当批判。所有这一切，都由朱异传到武帝的耳里。后来，连武帝最信任的丞相徐勉也写起宫体诗来，终于引起武帝极大的不快。他命人将徐摛召来，他要像当年讥讽沈约一样，狠狠讥讽这位宫体诗的领袖人物。然而当他与这位徐先生一番交谈之后，竟立即就改变了对徐先生的看法。他开始认为，有时候感觉是错误的，就好比这位徐摛，虽然他写过许多与他的年龄极不相称的香艳诗歌，但他的人却是极其正派，见解又是极其深刻，对儒、佛或是道，都有很深的研究，于是就让徐先生出入于太子宫和皇宫之间。周舍死了，徐勉老了，何敬容遭人弹劾，武帝的身边，现在就只有朱异一人。随着晚境的渐渐到来，武帝需要有更多的人来代替他打理朝政，好让他有更多的时间去研读佛理，撰写经疏。这种结果，却不是朱异所愿意看到的。徐摛的存在，必将形成对朱异的威胁，而徐摛引起武帝的注意，始作俑者又是自己，朱异真是后悔莫及。

好在后来的事情又急转直下，这位徐先生又与天监初年的那个谢朏一样，是一个性情中人，并不善于处理具体的事务。武帝在失望之余，渐渐又多了些嗔怪的语言。朱异便趁机说："徐先生老了，又爱山水，其实他最希望的是陛下能让他到一个山水俱佳的地方去做郡守。"武帝想都没想，说："那就让他去新安郡（今浙江淳安县一带）做太守去吧。只是要劝他，一把年纪了，多念念佛，别再写那些肉麻的宫体诗了。"

徐先生对做官本来就没有太大的兴趣，皇上既然要派他到山水俱佳的新安郡去做太守，对于他真是求之不得。老先生带着他的侍妾，乐得屁颠屁颠地到新安郡去过他的逍遥日子去了。

这一年七月七日，武帝在南郊祭坛为萧纲完成太子册封大典。做完了这件事，武帝感到身心疲惫。现在，他就想着哪天再去同泰寺舍身为寺奴，做几天太平和尚，让自己渐近衰老的身心得到哪怕片刻的休息。武帝准备入寺前，朱异将最后一份奏章递给他，请他批阅。那是一份对武帝颂扬的奏章，读着奏章，武帝脸上现出难得的笑意，说："现在外界对立储还会有什么意见吗？"

朱异说："陛下英明，四海称颂。太子德才兼备，三位皇孙各有分封，这件事也让天下人看到陛下的心胸就像大海一样宽广。"

这样的话，正中晚年武帝的心怀，武帝笑了笑说："这叫做一碗水端平嘛。"

朱异吞吞吐吐，说："只是西丰侯萧正德……"

"你不要提他，你一提他朕就来气。"的确，一想到那个包藏祸心、阴狠歹毒的侄儿，武帝气就不打一处来。

朱异果然就不再提萧正德，但武帝却又忍不住问："萧正德怎么了？"

朱异又递上一份奏章，那是一份关于萧正德在京城纠结一群地痞为非作歹、杀人越货的报告。朱异不敢不报，也不能不报。萧正德的这些糗事，武帝似乎早有耳闻。他只在奏章上扫了一眼，就将奏章扔到一边，一天的好心情顿时就没了。

"陛下日理万机，但对于萧正德，陛下还是需要正视才好。"这些年来，朱异把武帝看得透透的。他知道，随着武帝年岁渐老以及他对佛的皈依，武帝最大的软肋就是担心他的那些子侄给他添麻烦。而他的那些子侄们也同朱异一样把武帝看得透透的，他们需从武帝那里得到什么，只会去闹事，而决不去求他。他们知道，把事情闹大了，武帝自然会满足他们。武帝对于他们所采取的政策就是分封、加爵、怀柔、绥靖。

"你不要提他，你一提他朕就来气。"武帝又说，但口气已完全不同于刚才。

"陛下恐怕也只是刀子嘴、豆腐心吧，陛下向来慈悲，对罪犯尚且如此，何况陛下的亲侄？"朱异知道，他受萧正德之托，虽然无法将萧正德推到太子的位置，但也算是尽了责任了。

八月初四，武帝正式加封萧正德为临贺王，萧正德终于官复原职。萧正德官复原职后，朱异特意去了一趟临贺王府。他不仅退还了萧正德此前送给他的一切礼物，另又加送一车锦缎和三坛美酒。朱异觉得，对于这个京城恶棍，他也算是"一碗水端平"了。

武帝将朝廷巨细统统交给太子萧纲和他的办公厅主任朱异，然后就一头扎进了同泰寺。

这次武帝前往同泰寺，原只是说"小住"，到了第三天，大臣一百余人

前来同泰寺，准备接驾回宫。然而武帝却突然宣布，他要舍身同泰寺，做一个真正的僧人。大臣们面面相觑，知道拗不过这位皇帝菩萨，只好由他去过几天和尚瘾。

这是他继大通元年（公元527年）舍身同泰寺后第二次做出舍身的决定。与前一次舍身不同，这一次萧衍的舍身比上一次更彻底、更干净。他脱掉了皇帝的龙袍，披上僧人的袈裟，摘掉帝王的冠冕，剃掉头上花发，完全地现出一名僧相。他与寺里的僧人一同上殿，一同过堂吃饭，一同为居士做超度法会，一起在法堂聆听住持慧云和尚的法语开示。他卷起袖子到斋堂帮忙扫地、抹桌子，帮菜头将装满蔬菜的轮车推上坡道。在寺里，武帝总是谦恭地低着头，匆匆从斋堂走到大殿，再从大殿走到寮房。遇到年长的僧人，他会双手合十，侧身路边，念一声"阿弥陀佛"。他不允许别人称他"陛下"，而只准叫他的法名"冠达"。在这期间，他为大臣、王室成员以及和尚、尼姑、善男信女们讲解《涅槃经》，听众最多时达两万五千人，同泰寺香火之盛前所未有。七天之后，"冠达"终于将一部《涅槃经》讲解完毕，文武大臣一百余人齐集同泰寺，准备接驾回宫。然而武帝却怎么也不肯走出寺门。大臣们只好集体上书，请求英明的皇上为黎民苍生计，回到皇宫，处理纷乱如麻的一国事务。武帝干脆不再露面，大臣们在寺前的广场上长跪不起，苦苦哀求。直到天黑，武帝仍然不为所动，但他让慧云传出一信，信中表达他舍身同泰寺的决心，请求大臣们能够宽解。信末有"冠达顿首"字样，表现出从未有过的谦恭。

就在武帝舍身同泰寺的第六天，建康城里发生一起震惊全国的官员被害案件。被害官员为尚书省一名负责宫廷采购的少府丞何智通，他是在回家的路上遭到暗杀的。凶手在作案时极其凶狠，一柄长槊从何智通的胸部刺过，刀刃一直穿透死者的后背。这起凶杀案发生时是傍晚，又是在一条偏僻的小巷内，因此没有人发现凶手的任何线索。

廷尉在调查这起凶杀案时，还是发现了蛛丝马迹，何智通乘坐的车壁上依稀用鲜血写下未及完成的"邵陵"二字。根据分析，"邵陵"，就是邵陵王、武帝的荒唐六子萧纶。由此判断，这起凶杀案与萧纶有直接关系。接下来的调查发现，不久前，由于邵陵王萧纶一个小老婆的兄弟要开绸缎庄，向姐夫借用本钱。萧纶便指使一帮打手在建康市面绸缎庄强行采购，却分文不付，引起建康绸缎商们的众愤，不得不纷纷关门歇业，以示抗议。恰好宫廷采购

350

师何智通急需为宫里采购一批布匹,当得知绸缎商们关门歇业的原因后,何智通立即向武帝举报了此事。武帝大怒,将萧纶叫进宫狠狠训斥了一顿,命他卸了宫职,回家待业,听候处理。萧纶很快就打听到向武帝举报的不是别人,就是那个宫廷采购师何智通。萧纶用他习惯性的语言向他的亲信打手们发出指令:灭了他!

何智通在长椠穿身时一定认出其中的杀手是邵陵王府的人,于是就拼尽最后力气,用自身的鲜血在车壁上写下"邵陵"二字,从而为破案留下线索。

何智通被杀,而且是被武帝的六子萧纶所杀,这件事所造成的影响一点也不亚于前些年的萧正德投敌,萧综的叛逃。文武大臣三百余人来到同泰寺,迎请皇帝陛下回宫。"冠达"仍然没有作出回应。这次武帝的舍身,是他一生中四次舍身中时间最久的一次,前后三十七天。文武大臣五百余人再次来到同泰寺,大臣们向寺方表示,愿意以一亿万钱,向同泰寺赎回他们不可多得的皇上回朝执政。寺方接受了文武大臣们提出的条件,同意他们以这种方式赎回他们的"皇帝菩萨"。

廷尉将萧纶贪赃枉法,强买强卖,甚至杀人灭口的材料报到最高权力机构。御史中丞贺琛决定对萧纶动用弹劾。武帝看到弹劾材料,气得差一点吐血,当即宣布解除萧纶一切职务,但却向御台司申请家法处置。贺琛不准,据理抗争,要求一定要绳之以法。武帝不好再说什么,于是,萧纶被关进了大牢,等待处置。

就在这天晚上,萧纶的母亲丁充华哭着来到帝宫,请求萧衍放了她唯一的儿子。萧衍到底禁不住丁氏的纠缠,不得不由朱异出面,让人释放了萧纶。萧纶一回到宫里,武帝就让人将他用铁链锁在一间黑屋里。萧纶被铁链锁在那间黑屋里,屋外却有一个人一直陪坐在那里,这个人就是萧纶的母亲丁充华。屋子里,萧纶的骂声不绝,屋子外,丁充华的哭声不断。母子俩的骂声和哭声扰得武帝再也不能安静地读经,不得不再由朱异出面,放了萧纶。然而萧纶在走出黑屋时说的第一句话就是:灭了他!

又是一个同泰寺的日子,那天清晨,萧衍像往常一样去大殿参加早课。刚走出寮房,一名刺客趁着天色未明,从埋伏处冲过来,一柄匕首带着寒光向他刺来。萧衍毕竟行伍出身,虽年逾古稀,仍身手矫健。他躲过匕首,大叫一声:来人啦,有刺客!凶手接着又挥起一把长刀,迅速向他刺来。萧衍

一把抓住长刀，任凭双手被锋利的长刀割得鲜血淋漓，仍与歹徒拼死抵抗，直到有僧侣闻声赶来。刺客见不能成功，便夺路而逃，却被闻声赶来的僧人一把逮住。当僧人向武帝请求如何处理这名刺客时，武帝却挥了挥手说："赦免了他吧。"

就是从那天起，武帝病了，然而他仍然像过去一样，四更起床，批阅积压成堆的奏章，书写佛教经疏，直到有一天昏厥倒地，很久都不被发现。

武帝不大生病，这一病，就病了不少时间，而且病情越来越重，很久都没有露面。军机大臣朱异封锁了一切消息，对外只说皇上到同泰寺闭关，暂不见人。但武帝病重的消息还是走漏了风声。听说武帝不久人世，他所有的子侄们都兴高采烈、弹冠相庆。太子萧纲虽然一直守候在父亲身边，但他却巴不得父亲早点死去，自己好登基称帝。萧纶是出了一口恶气，从此没有人再管束他了。萧正德则暗中窥视，等待篡权的时机。

让那些觊觎皇位的皇子们大失所望的是，这位年迈的皇帝又奇迹般地从病床上爬了起来。武帝从病床上爬起来所做的第一件事就是向同泰寺捐赠一亿万钱，用以建造佛舍利塔。

## 向皇上叫板

公元535年，南梁皇帝萧衍改年号大同。这一年即是大同元年。

这几年，武帝萧衍不停地更改年号，由天监而普通，由普通而大通，再改为中大通。现在，是第五次改年号了。或许这位年迈的南梁皇帝觉得他在位时间太长了，长得有些让人极不耐烦，于是，他便以这种频繁更改年号的游戏让自己对他的帝国始终保持一份新鲜。

无法考察武帝的这些年号的典故，我们只能从字面上去理解这些带着浓厚佛教色彩的名号所象征的意义。虽然武帝在同泰寺的佛号声中日渐沉迷，但在他的心中，谋求南北统一，追求中华大同，没有哪一天不是他为之梦想的内容。

就在南梁皇帝萧衍为他的国运长久，创晋、宋以来历史之最而自我陶醉时，在北方的大地上，那个叫北魏的国家就像一截面团，在一个又一个政治家狂野的揉捏下，终于分成两半，史称东魏和西魏。历史证明，每一次的大分裂，无不以人民的血肉之躯作为代价，无论是东魏还是西魏，他们都以正统自居，并随时做好吞并对方的准备。于是，说不定是在什么时候，又将会有新的血肉之躯去为铺平通往帝座的道路而做出新的牺牲。好在无论是东魏还是西魏，都开始意识到自己的今不如昔，在强大的南梁帝国面前，再也不能横刀立马，便不得不一次次派出使者前来建康，谋求通和。这让本来就十分自负的南梁皇帝萧衍更有一种成就感，也更加相信他的以佛治国是一条成功之路。

大同元年（公元 535 年）十一月，南梁帝国尚书仆射徐勉病死于他的府宅，享年七十七岁。徐勉是继范云之后南梁帝国又一位重要的守门人。徐勉虽办事稳妥，对朝廷忠心耿耿，但在品德和才学上都不及范云，也缺乏范云那样的骨鲠正直。临死前，武帝前来与他作最后的道别，徐勉忽然想起当年范云对他的教诲，让他在一些重大问题上一定要坚持自己的立场，千万不要随顺皇上。徐勉从床侧取出当年范云交给他的武帝亲笔书写"第一直臣"四字，顿时泪流满面，虽然他已不能言语，但武帝还是能够明白徐勉此时的心境。

几个月后，沉迷在同泰寺香火中的南梁皇帝萧衍得到他昔日好友、著名的茅山道士陶弘景故去的消息。陶弘景与萧衍，这两个不同的人物曾经因为同一种爱好走到一起，后来，却又分道扬镳。一生沉醉于道教的陶弘景死了，死在他八十一岁这一年。按照道信徒们的理解，陶弘景是飞升上天了，但直到临死前，陶弘景都没有放下这个现实世界的芸芸苍生。他留给他昔日好友萧衍的绝笔信是一首意味深长的诗："王衍任散诞，何晏坐论空。岂悟昭阳殿，遂作单于宫。"陶弘景的这首绝笔诗很少有人能够读懂，连他的昔日好友萧衍也似懂非懂。陶弘景毕竟是出世的，只有出世的人才能从出世的角度更加深刻地认识到这个所谓太平盛世的危机所在。面对这个太平盛世中士大夫们清谈成风、不务实际的现状，陶弘景预感到一场危机即将爆发。

事实上，能够从太平盛世中看到危机的不可避免者，并不仅仅陶弘景一人。早在梁普通三年（公元 522 年），就有郭祖深上书一事。当时，郭祖深曾在上书中列举南梁朝政的种种弊端，共有十九条内容。在这些内容中，郭祖深特别指出朝廷在对待百姓与对待士大夫问题上两种截然不同的做法，"急于黎庶"而"缓于权贵"，对生活在下层的百姓是如此苛刻，对上流社会的士大夫们是如此宽宏。虽然郭祖深在上书中同时指出佛教滥觞所带来的社会矛盾将不可避免，但就整个上书而言，这只是十九条中的其中一条。或许是

因为郭祖深上书的言辞并不激烈，萧衍对郭祖深的上书采取了宽容的态度。

大同二年（公元536年），又有江子四上书，指出朝廷在政治上的一系列失误，其中谨慎提到武帝将太多时间耗费在同泰寺的香火中，以致某些地方民不聊生的社会现实。武帝萧衍虽然对江子四的上书略有不快，但他对上书的内容基本认同。他甚至在江子四的上书后批道："屋顶漏雨，屋底下的人应先知道；朕居于屋顶之上，看不到屋顶下的漏雨，希望大家替朕多看着点啊，以免有一天大厦将倾。"武帝虽然是这样说，但熟悉他的大臣们都知道，随着晚境渐至，武帝越来越好人佞己。他只愿意听赞歌，并不愿意听反调。这或许是很多老人的通病，于是，任凭屋顶漏雨，大家淋着就淋着点吧，别给自己惹上什么麻烦才好。然而总有人不肯淋这个冷雨，总有人当看到屋顶漏雨，大厦将倾，会不由自主发出自己另类的声音。

大同三年（公元537年），一名叫荀济的大臣再次上书朝廷，与以往上书者的内容不同，这次荀济上书的内容只有一个：佛教误国，僧尼妖孽。同时，荀济批评武帝一味沉迷于佛教，造成南梁大厦将倾的严重后果。武帝一反过去对郭祖深、江子四上书的宽容，对荀济的上书大动肝火，当众表示要破杀戒，对荀济治以死罪，吓得荀济连夜逃往东魏。

随着这一年的逝去，萧衍已是一个七十三岁的老人了。这一年正月，当武帝在南郊完成了他每年一次的祭祀天地后，御史中丞贺琛忽然越过中书舍人朱异，将一封奏章直接递交到武帝的手里。贺琛的举动让在场的所有人都大吃一惊。

武帝似乎知道贺琛上书的内容，他展开贺琛的奏本，只是在那上面浏览了几眼，就清了清嗓子说："你终于耐不住寂寞，终于忍不住发话了，多么好啊。现在，就请你把这封精心炮制的上书当着大家的面念一遍吧。"

所有的文武大臣，包括太子、诸王等，都知道那是一封怎样的奏章了。有人开始为贺琛捏起一把汗。就在一年前，荀济的上书曾让皇上勃然大怒，荀济如果不是逃得快，或许早就命丧黄泉了。现在，贺琛居然又将一封令武帝不快的奏章直接递交给皇上，贺琛真是不要命了。

皇家祖殿明堂里一片沉寂，似乎能听到武帝衰老的心脏激越的跳动声。贺琛接过奏章，他知道，现在，他只有豁出去了。于是他清了清嗓子，开始说道："尊敬的陛下，在我发表以下意见之前，请原谅微臣的大不敬。但微臣要说的，并非微臣一人之言，而是大家之言。"

贺琛开始对他的奏章照本宣科："在英明的吾皇陛下的统治下，我南梁帝国日渐强大，令北方的敌国东魏臣服。为此，我强大的帝国应该适时让百姓休养生息，国家正可以利用这大好时机积蓄财力，以应对新的战争和各种危机。但国家苛捐杂税太多，各级官府只知横征暴敛，不顾民生危艰。百姓苦不堪言，不得不流离失所，境内户口严重减少的事实有目共睹。政府大员时常到郡、县出访，每次出访，前呼后拥，百姓不敢说话，官员满载而归。事实上，每下去一位官员，百姓就受到一次骚扰。下级官员们垂手听从上级官员的盘剥，又借这一名目对更下一级官员加重盘剥，盘剥到最后，只有百姓遭殃。这样的结果是，虽然朝廷年年降旨要人民恢复生产，多次下令减免赋税，而百姓的负担却越来越重，不得不四处流浪。"

贺琛已经豁出去了，他索性丢掉奏章，放开直言："当今社会，奢靡之风盛行。一些官员利用婚丧嫁娶大操大办，同级官员竞相攀比，每次宴会，必是酒池肉林，果品堆积如山，纵有百两黄金，仍不够一次酒宴的费用。这些钱，他们是哪里来的？是他们俸薪所得吗？当然不是。不仅如此，现在的官员骄奢淫逸，蓄养妓女成风，有的甚至姬妾成群，儿女上百，这些都需要巨额资金。一些官员离任后才觉得钱不够花，于是那些在任的官员便加倍敛财。因为短暂的荒淫之后，钱像水一般流逝，方恨所敛之少，便再继续利用职务收受贿赂，盘剥聚敛。这种现象非一人、一地，而成全国趋势。官员贪污贿赂成风，百姓对国家失去信任，各地暴民起义风起云涌。长持下去，国之大厦必遭倾覆。"

有人开始阻止贺琛的继续发言，武帝却挥挥手说："让他把话说完，否则他会憋死。"

于是贺琛又继续说道："自从范云逝后，陛下身边只有阿谀，没有直臣。阿谀小人又测得陛下内心，只报喜，不报忧，以骗取陛下信任。这些人因陛下的信任而大权在握，利用这些权力，他们铲除异己，结党营私，贪污腐化，恶贯满盈。长期的南北战争，给人民带来深重灾难，现在战争结束，南北通和刚刚开始，朝廷却开始了永远也完成不了的各种工程，人民在结束战争恐惧之后，接着又是日渐加重的徭役负担。再加上帝国政府机构愈加庞大，各级官员愈加臃肿，落实到百姓头上的各种摊派越来越多，以致民不聊生，民怨沸腾，犯罪率居高不下，社会矛盾日渐突出。"

贺琛又说:"英明的陛下,古人说,一叶以障目。当前人们只看到一派盛世,歌舞升平,却看不到在这盛世之下掩藏的社会矛盾,有的士大夫明明看到,却不肯放言直陈,这是十分可怕的事情。"在此期间,武帝一直闭着眼睛,似听非听。一直等到贺琛陈词结束,武帝终于睁开眼睛,说:"你讲完了吗?呵,今天,你终于把自己积蓄很久的话讲完了,你也就痛快了。古人说,来而不往非礼也,现在,就请允许朕就您的奏章作几点回答。其实,你上书的内容并不新鲜,早在天监时期,朕就在公车府设立谤木、肺石二木箱,听取各方意见。朕执政以来,公车府送来的每一条意见我都认真地看、认真地听。只是苦于时间有限,不能一一回复。你不必说自己是何等卑微,其实,你是早有预谋。今天,你终于将你积蓄已久的愤懑一并发泄。刚才你在发言时,朕就在想,如果你只是希望增加知名度,你只要站在大路上,向路上行人炫耀说:'我敢直接向皇上上书,我是一个很了不起的人'就行了。你所列举的案例并不具体,你要说清是哪一位刺史横征暴敛,是哪一位太守贪婪残暴,是哪一位尚书、兰台奸诈狡猾,又是哪一位钦差鱼肉百姓?这些人夺取了谁的物品?你应该明确地说出来,好让朕对他们或杀头或罢免。说到士大夫的婚丧嫁娶,你认为宴请过度奢华,假若加以严禁,该怎么禁?难道说让政府执法人员到他们的密室,挨家挨户地搜查吗?如此一来,恐怕到时候像你这样的人又会在朕的头上增加一项骚扰百姓的罪名。你既然没有指出具体人名,看来你指的是朝廷,或者就是朕本人了。众所周知,早在天监初年,朕即下令禁用牛、羊、猪三牲作为祭祀用品,你可调查清楚,建康城很久没有屠宰牲畜的现象了。朝廷如有宴请,也只是一些蔬菜瓜果,你不能要求朕连一些蔬菜瓜果也禁用了吧。如果这样,朕就成了一日就死的蟋蟀了。如果你认为供佛过于奢侈,但朕要告诉你,那些供品都是朕自家菜园里的东西,是朕亲自种植的。即使如此,为了节约,朕还是下令把一种瓜改做几十个品种,把一种菜改做几十种味道,因此才有供桌上的多种花样。显然,所谓奢侈浪费与你所反映的事实并不相符。平常的日子里,如果不是出席国宴,朕从不吃国家的酒食,这种自我约束朕已坚持很多年了。说到寺院的建筑,那些请来的工匠或建筑寺院所用的材料,都是朕自己的多年积蓄,绝没有动用国库一分一厘,这些都是有账可查,有根可据。你所说的骄奢淫逸,也与事实不符。众所周知,朕断房室三十余年,朕的居室一丈见方,只能安置几排书架和一张床榻。朕一冠三年，朕的木棉蚊帐是十年前所制，如今仍是补补连连。过去皇帝的衣服从来不洗，换过就扔，朕的衣服却已经洗得失去原来的颜色，这些大家都是有目共睹。朕每天三更就起床公务，事情少时，午前即可结束，事情多时，仅日中一食。如有更忙，直到傍晚才能够喝上一碗稀粥。朕以前腰围超过十围，如今只有两尺余，旧的腰带仍在宫中，你有兴趣可以去看。"

　　明堂里开始有了不断的低泣，在场人们被武帝的陈述深深感动了。这些年来，武帝就像一个真正的苦行僧人，他在宫中的生活，甚至够不上一个普通百姓的生活标准。这样的皇上，难道还有什么可以指责的吗？

　　武帝看了看那些受感动的大臣们，稍作停顿，继续说道："你说朕周围多是奸佞小人，可否请你说出姓名？如果你认为哪位官员不适合在朕身边工作，你可否为朕推荐一个更为合适的人？这么多年来，朕一直记住古人的教诲，专听一面之词，就会产生奸佞小人；独任一方，必生祸殃。当初秦二世把国家大事委托给赵高，汉元帝的皇后把一切托付给了王莽，结果造成赵高指鹿为马，王莽颠倒是非，朕当然不能去效仿他们。你说朝廷各大机构宏大，工作人员臃肿，现在诸官署衙门、各王府官邸、各驻京办事机构等，你说哪些机构应该革除，哪些人员应该精简？你说现在工程太多，你说哪些工程可以停建？哪些赋税可以减轻？休养生息绝非一句空话，治理国家也并非若若空谈。朕愿意听你的继续陈言，倾听你重新奏报，并会重新审查，并请尚书省向全国颁布，让改革维新的美誉能再现当今。但假若你所列举的事实仍不具体，朕则认为你有哗众取宠之嫌。"

　　在这过程中，贺琛早已大汗淋漓。武帝言毕，朝中大臣相继发言，对贺琛的狂放言论进行批驳。批判的调子越来越高，态度越来越激烈，最后竟上升到敌视朝廷、目无纲纪的高度。贺琛只得跪伏在地，表示要收回自己的言论，痛改前非，重新做人。大臣们激动地挥舞着手臂，喊着口号，现场的气氛越来越激烈。

## 第五章

### 吉 梦

公元384年，一个刘姓匈奴商人因暴病横死路旁。家人得信后迅速将他运回家乡，在准备收殓时，家人发现死者的胸口仍有微热，便等待奇迹的发生。七天之后，匈奴人终于醒来。据他说，在他被人用铁链拴住前往一个阴暗世界时，天空陡然明亮，祥云中出现传说中的观世音菩萨。菩萨说，你尘缘未尽，命不该绝，仍将复活。但你复活后一定要出家为僧，否则你仍将不得善终。菩萨说，在洛阳、丹阳、会稽、建康，到处都有阿育王塔，内供佛陀舍利，礼拜佛舍利有无量功德，等你尘缘尽了，即可往生西方极乐。

复活后的匈奴人果然落发为僧，得法名慧达。按照梦中观世音菩萨的指点，慧达沿着长安一直向南走去，他走到洛阳，渡过黄河，到达江南。那天夜里，慧达登上建康城楼，发现在东面长干里方向有奇异之光。他循着那奇异之光一直向前走去，进入一片废墟。问人，知道这即是一百多年前阿育王塔遗址。匈奴人便在阿育王塔废墟搭一座茅棚，晨昏诵读《观世音菩萨普门品》。是夜，一道灵光透过废墟冲过昏暗，直射天穹。匈奴人便请来工匠，在废墟上向地表深挖，得一巨大石涵，一丈见方，内有铁盒，八尺见方，内又有银盒，银盒内又有金盒，打开金盒，得佛舍利三颗：一颗白色、一颗金色、一颗橙黄，三颗佛舍利均放射异光。另有佛发一撮，长约丈余，佛指甲一枚，雪白如银。慧达终于知道梦中观世音菩萨指点真实不虚，便四处化缘，在阿育王塔遗址建阿育王寺一座，供养佛舍利。很多年后，慧达在睡梦中吉祥化去，世寿一百二十八岁。

这天夜里，南梁皇帝萧衍也得一梦，梦中有观世音菩萨告诉他说，东长干里阿育王寺废弃已久，你可加以修葺，其废墟下佛舍利保存依旧。

这是梁大同八年（公元542年），武帝已是一个七十九岁的老人了。梦醒之后，武帝将他的梦告诉他的高级秘书、中书舍人朱异。朱异说，这是一个吉祥之梦，昭示着我们的南梁帝国会有新的辉煌，陛下应该按照观世音菩萨的指点去做。

武帝当即拨出专款，命令修葺阿育王寺。工匠们刚开始动工，就像一百多年前的那个匈奴人慧达一样，巨大的石涵中一切如旧，佛舍利、佛发以及佛指甲都依然保存完好。

这件事在建康引起的巨大轰动持续半年之久，江南士大夫们共向阿育王寺捐赠黄金一万两、钱一亿万。两年之后，阿育王寺建成，八十一岁的武帝萧衍在阿育王寺讲解《心经》及《观世音菩萨普门品》七日，前来听讲的士大夫、僧尼以及信众达一万六千人。

结束了阿育王寺的讲经活动，这一年二月，武帝带领皇子皇孙们来到皇家籍田，亲自举行耕田典礼，以示对稼穑的尊重。做完了这些，武帝忽然向太子提出，他要回老家兰陵省亲。太子知道，父亲真的老了，父亲的生命或许已到了最后时期，心情复杂的太子只得随驾而行。随同陪驾的还有年已九旬的光宅寺住持慧超。在兰陵，武帝先祭拜了先母张尚柔的墓园，在先母的墓园，武帝长跪不起，痛哭不止，被大臣们再三劝起。祭拜完亡母，武帝又在随从大臣们的陪同下来到亡妻郗氏的墓园。他指着郗氏隔壁的一块空地向随从大臣说："记住，朕死后就葬在这里。"武帝游兴正浓，他好久都没有这样轻松、这样自在过了。当路过京口（今镇江）时，他提出要去北固楼看看。

北固楼坐落在临江的一座小山上，武帝在众人的簇拥下沿着一条小道登上山顶。山顶有一木楼，是当年东晋大将蔡谟镇守京口时用以屯集军火所建。站在北固楼上北望长江，那一脉浩瀚的江流在眼前横贯而过，万里长江尽收眼底。遥想当年，孙权曾借此与强敌曹操抗衡；一代枭雄刘裕曾据此北伐，先后灭掉南燕，建立刘宋帝国。而在那座甘露寺里，刘玄德曾在那里演绎过一段风流故事。那些历史人物今在何处？他们都化作一缕烟云，随着滚滚江流一去不返了。然而这北固山依旧，这北固楼一如当年。

站在这北固楼上，武帝陡然生出一丝悲凉。

"呵呵，世人都渴望登上绝顶，殊不知登上绝顶之后，便会突然觉得无趣和无聊。"他要来纸笔，即兴写下一首诗《登北固楼》：

歇驾止行警，回舆暂游识。
清道巡丘壑，缓步肆登陟。
雁行上差池，羊肠转相逼。
历览穷天步，瞩瞩尽地域。
南城连地险，北顾临水侧。
深潭下无底，高岸长不测。
旧屿石若构，新洲花如织。

按照以往惯例，太子萧纲也奉上一首《奉和登北固楼》。但是，太子在女人和香艳的宫体诗中泡得太久了，就像一根原本硬朗的骨头，从里到外，都泡得疏松而绵软。与父亲的诗相比，这首和诗既看不到北固楼原本的气势，更难以看到太子自少年时期即显露的才情。武帝不悦，却也没有把这种不悦说出口来。

"京口实乃壮观，但此岭已不足固守。"武帝要来纸笔，将"北固楼"中"固"字改为"顾"。

下山的路上，慧超忽然问："陛下站在北顾楼上，究竟看到了什么？"

"生命如此短促，人生如此虚无，唯有那不变的江流依然如故。师父也有所悟吗？"

慧超说："老衲所悟，不知该不该说。"

"师父但说无妨。"

"不知陛下看到了没有，那长江北边有一团阴气，若干年后，那里将有一场暴乱，或可造成陛下骨肉相残的惨剧。"

武帝吃了一惊，神情立即为之颓然。

三月初二，武帝在兰陵老家设宴宴请乡里故旧老少两千余人，并对参加宴会的六十岁以上老人每人赏钱两千。

三月末，武帝刚从兰陵回到建康，就听到不好的消息：变民首领李贲在交阯（今越南北部）公然登基称帝，国号"万春"，设立文武百官，自立年号"天德"。

　　李贲的变民暴动，要从几年前的一件事情说起。当时，一个名叫并韶的交州人自以为很有才学，便来到建康，希望能谋到一官半职。没想到的是，在吏部，并韶吃了闭门羹。吏部的人很看不起这个从南方来的又矮又黑的汉子，认为蛮夷地区从来就没有出过有才能的人，但因收了人家的贿赂，只得将这个并韶安排到一个部门去做门卫之类的工作。并韶自认为才学并不逊于其他人，吏部的安排对于他是奇耻大辱。回到交州，并韶向同乡人李贲倾诉内心愤懑。李贲此前也有同样的遭遇，但他还是忍辱负重，在一个不起眼的任上一干就是三年。因工作并不出色，屡被上司、交州刺史萧谘斥责，心里早有愤愤不平。两个人说起相同的遭遇，更是义愤填膺，当下就决定："反了"。很快，二人就联络各路英雄豪杰揭竿起义。他们举着刀棒，迅速包围了交州刺史府，扬言要先杀掉刺史萧谘，再杀到建康，踏平东宫。萧谘是萧恢的儿子，武帝萧衍的侄儿。这个人本没有什么才能，又缺少祖先应有的血性，见李贲、并韶二人揭竿起义，杀到府衙大门口，胆都吓破了。萧谘一边让人关紧大门，一边让人给李贲、并韶送去两千两黄金，只求他们解除武装，撤出对刺史府的包围。李贲等变民虽然收了黄金，但仍将州府围得水泄不通。萧谘只得跳墙逃走，连夜逃到州府所在地番禺（今广州）。

　　武帝得到李贲造反的消息，立即命令萧谘联络高州太守孙迥、新州太守卢子雄率军讨伐。当时春季来临，南方瘴气严重，士兵多数患病。孙迥、卢子雄等便向番禺刺史萧映请求将征讨时间改在秋季，萧映、萧谘二人不准。孙迥、卢子雄二人只得勉强向变民李贲驻扎地交州进军。走不多久，士兵就因瘴气而死亡大半，不等交战，官兵随即溃败。孙迥、卢子雄二人狼狈逃回。萧谘、萧映二人便向朝廷指控孙迥、卢子雄二人投降变节。武帝当即下令：将孙、卢二人捉拿归案，处以死刑。孙、卢二人眼看被逼上梁山，连夜逃走，投靠变民领袖李贲，正式走上与朝廷对抗的道路。

　　对于李贲、并韶的变民暴动，武帝不敢轻视。他似乎意识到不能再依靠他的那两个无能的侄儿，火速调动西江督护陈霸先（这个人将在萧梁时代结束后上演一场精彩活剧）率三千人马，对交州的变民进行扑杀。不久后，传来陈霸先大破李贲、并韶变民暴动，活捉变民集团首领多人的捷报。武帝在建康听到陈霸先建功立业的消息，当即擢升陈霸先为直阁将军，命他继续追剿李贲变民集团，将李贲、并韶二人捉拿归案。与此同时，武帝发布大赦令，同时下诏：一切罪犯，除非大逆不道者，其父母及祖父母不受连坐。

大同十二年（公元546年）四月初八，释迦牟尼圣诞日，武帝萧衍再次来到同泰寺为太子佛行沐浴礼。行完沐浴礼，武帝突然改变计划，决定留在寺内为信众讲《三慧经》。分六天讲毕，武帝再改年号为中大同，这一年即是中大同元年。四月十四，武帝刚回到皇宫，当夜同泰寺大火，刚建不久的七层佛塔被毁于一炬。消息传来，武帝面向西方，泪流满面。第二天清晨，面对文武大臣，武帝露出一脸的刚毅，说："昨晚的大火，是妖孽所为，当年释迦佛在菩提树下成道时，无数外道发誓，将来要毁道，而且是永无休止。"武帝说，现在进入像法社会（佛教分正法、像法、末法三个时期），释迦佛的威德仍然坚存。道高一尺，魔高一丈，朕决定再拨资于同泰寺建九层佛塔。

塔还没有建成，武帝却得到一个惊人的喜讯，从北方传来消息，地处东魏的二十州、郡集体派人前来朝贡，朝贡的礼品不是别的，而是属下全部领土。这些领土，合起来占东魏领土三分之一还要多。年迈的武帝顿时被这突如其来的消息惊得目瞪口呆。要知道，这可是武帝，不，武帝以前历代南朝皇帝梦寐以求的大片土地啊！武帝不敢相信这是真的，他怀疑这一切只是自己做的一个荒唐的梦，他掐了掐自己的大腿，大腿上有着真实的痛感。而且，武帝的睡眠一向很好，也一向少有梦境。但他仍然不相信这是事实，他一边流着泪，一边让人叫来朱异，语不成句地问朱异："这是真的吗？该不是东魏的又一个阴谋吧？怎么可能呢？是的，我知道，这不过是一个梦，一个荒唐的梦境，一个空屁罢了，朕怎么会相信呢？"然而朱异似乎也被这喜讯激动得难以自已，朱异就像疯子一样挥舞着手，歇斯底里大叫着说："陛下啊，您的圣威庇及天下，这小小的东魏又算得了什么？等着吧，包括东魏、西魏，整个北方领土，都将归降于我南梁，天下大统，一统天下，即在眼前啊！哈哈！万岁！万岁！"从宫外传来阵阵鞭炮声和欢呼声，武帝在朱异的搀扶下登上城楼，只见满城上下张灯结彩，建康城内一派狂欢。百姓们看到自己的圣上登上城楼，顿时发出海浪般的欢呼声："万岁！万岁！"

然而，一泡可恶的老尿，还是让年迈的武帝回到现实中。他下床把那泡老尿处理掉，继续躺到床上，一遍一遍地回忆着那个激动人心的梦境，直至每一个细节。这天早上，武帝破例接受侍者要为他洗脚的申请。

朱异见到武帝脸上挂着难得的笑容，便问他说："陛下今日满面红光、光彩照人，一定是陈大将军活捉变民李贲了吧？"

武帝要卖一卖关子，说："变民作乱，于朕的帝国真有那么严重吗？"

二十多年来追随在武帝身旁的经验，朱异早就学会了揣摩武帝的心意，于是便说："微臣知道了，陛下昨夜一定又有吉梦了，就像上次梦见阿育王寺的舍利出土一样。"

武帝说："被你猜对了。"于是便将东魏二十州、郡集体献出占东魏领土三分之一还要多的土地的梦境告诉了朱异。不等朱异作出反应，武帝又说："朕一向少梦，凡有梦境，必成现实。"

"是啊，"朱异也高兴地说，"上次的梦不是实现了吗？微臣要祝贺陛下昨夜的吉梦了，陛下的宏图大业一定即将完成。"

武帝说："你这个人呀，别人讨厌你是因为你这张嘴，我喜欢你也是因为你这张嘴。怎么同样的一张嘴，就有人喜欢，有人厌呢？"

"陛下，人和人不一样。不，陛下不是人，陛下是天子，是人中至人。"

"你呀，你呀……"武帝笑了，笑得下巴上黏黏地拖了一长串哈喇子，朱异赶紧找块帕子，替武帝把那一绺玩意擦了。

朱异又摆出棋枰，他知道，对于老迈的武帝来说，现在最开心不过的事情就是在这一方纹枰上称量天下了。

## 天上掉下馅饼来

大同二年（公元536年），曾一同效力于乱世英雄尔朱荣的侯景向权相高欢请求说："请给我三万人马，我可南渡长江，打到建康，俘获萧衍老儿，命他来当邺城太平寺住持。"侯景人不过五尺，且腿有残疾，对弯弓射箭、骑马杀敌都不擅长。但他老谋深算，为人奸诈，自参加葛荣农民起义军而发迹。当乱世英雄尔朱荣发动河阴之变，北上讨伐葛荣起义军时，侯景一下子就投靠到尔朱荣帐下，为扑灭起义军立了大功。尔朱荣被北魏皇帝元子攸杀死后，侯景又与高欢结成联盟，迅速成为一个领兵数十万的地方枭雄。高欢给他七万人马，侯景首战即占领南梁楚州，俘虏楚州刺史桓和。侯景乘胜沿

363

淮河一路向南推进，在河南义阳遭到陈庆之的迎头痛击。侯景大败，不得不收拾残兵败将，北逃而归。南梁皇帝萧衍发动全国总动员，开始又一轮大规模北伐，双方在黄河流域交战数十次，虽各有胜负，却并未占领对方寸土寸地。这一年六月，东魏主动派使者前往建康，意求通和。南梁皇帝萧衍因考虑连年战争，并未能占领北方一寸土地，遂同意双方和解。

梁大同五年（公元539年），荧惑星（即火星）窜到南斗星的位置上，引起民间一片恐慌。民间有歌谣：荧惑移南斗，天子跣步走。民间的恐慌传到皇宫，皇宫里也人心浮涌。武帝听到这句民谣，便真的脱下鞋子，光着大脚丫子在他的金銮殿走了一遍又一遍，尔后笑嘻嘻地说："赤脚赤脚，荧惑回角；下殿下殿，灾难不牵。"

这一年五月，一代战神陈庆之去世，时年五十六岁。对于陈庆之的英年早逝，武帝大为惋惜。这位天才战将，自八岁做了他的家童，几乎就是在他的棋枰上长大的，终于成长为一代骁勇战将。在他的短短一生，曾指挥大小战役无数次，每一次都以智以勇战胜数倍于自己的敌军，创造了战争史上一次又一次神话。武帝追赠陈庆之为散骑常侍、左卫将军，谥号"武"，并诏令陈庆之的故乡义兴郡发五百人为其会丧。

公元546年底，东、西二魏再次交战，东魏权臣高欢七万将士命丧黄泉，从此一病不起，便将权力移交其子高澄。重病在床的高欢见儿子满脸忧色，便说："我大病在身，可你的脸色比我还要难看，你到底担心什么呢？"

"目前邺城寺庙、道坛太多，假和尚、假道士也开始泛滥成灾，父亲是否决定拆掉一些寺庙和道坛，将它们作为贵族的宅居呢？"

"你一脸的忧色，不会仅仅是要向我提出这个过时的建议吧。"

二十六岁的高澄说："父亲是否意识到，目前东魏最大的威胁不是南梁，也不是西魏，而是据兵十万，占据河南十三州的那个矮个子的羯族人。"

高欢看了看这个人高马大的儿子，说："那件事过去很多年了，你至今仍耿耿于怀。"

很多年前，十三岁的高澄第一次把一个女人带回家过夜，恰巧被父亲发现了。第二天，当着很多人的面，高欢把那个羯族女人赏赐给他的高级幕僚侯景为妻。一旁的高澄几乎是在第一时间就拔出了腰刀，这时他听到父亲说："等你身体下面的那个东西长熟了再说吧。当然，也包括你身体上面的那个东西。"虽然不久父亲还是让人把另一个汉族女人送进他的卧室,但高澄却从此有着一个抑制不住的念头,那就是要亲手杀掉侯景。

"父亲说出这种话,该不会是因为你的生命真的到了最后时刻了吧?"

高澄的谋士司马子晨说:"王爷的担心不无道理。当初我在侯景帐下时,侯景曾亲口对我说,现在高王在世,我且会收敛自己,高王百年后,我决不与那鲜卑小娃共事。"

"好吧,"高欢说,"我现在就把他召来,怎么处置这个矮个子的羯族人,那可就是你的事了。"

高澄连忙拿来纸笔,然而高欢已经捏不动那一支笔了。尽管如此,他还是拼着最后的力气,给侯景写了一封信,信毕,仍不忘在信的右下角描上一朵梅花狼印,这是只有他与侯景两人知道的辨别信件真伪的秘密。

高欢病危的消息侯景早有耳闻,各方面传来的信息证明,高欢离死期已不远了,但是,现在高欢却突然给自己来信,让他前往邺城晤面,这信里究竟藏着怎样的玄机和秘密呢?侯景的谋士王伟捏着高欢的信仔细地研究着,王伟说:"高欢要死了。"

"不错,在他临死前,他要灭了我,好为他的那个小狼崽子扫清障碍。"

帐内"啊"的一声,像是炸开了锅。然而侯景对自己的判断并不自信,于是派他的一名亲信前往邺城探听虚实。不久,亲信回来说:"邺城像过节一样,高澄那小狼崽子正与一群侍者在皇宫醉酒高歌,跳舞行乐。"

"高欢老儿已经死了,"侯景说,"那小匈奴秘不发丧,却故意以唱歌跳舞来掩盖真相,又岂能掩得了我?"

侯景的亲信们急了,说:"将军,咱们可怎么办啊?"

一连几天,侯景都在喝着闷酒,他似乎在等待着,等待着更加确切的消息。就这样,半个月后,他等到高澄的一封任命:任侯景为豫州刺史,封河南王。然而,几乎同时,一支来历不明的部队正向侯景占据的颍川一带悄悄移动。几天之后的一天深夜,尚在睡梦中的侯景遭到东魏大将元柱的夜间伏击。这次的伏击,让侯景损失惨重。侯景知道,让高澄一同成熟的,已不仅仅是他身体下面的那个东西了,那小狼崽子已经长成一头凶残的恶狼了。他不得不对他的属下说:"现在,摆在咱们面前的,就只有两条路了,或投奔南梁,或西奔长安。"虽然这两条路都极有可能是死路,但是,绝处逢生,也不是

没有可能。现在，侯景决定拼死一搏。

侯景的谋士王伟说："将军何不两条腿并步而行呢？"王伟说着，就真的在帐内迈起双腿，走起了八字步。

侯景仍然拿不定主意，但几乎是在一瞬间，数十万东魏大军迅速包围了颍川，形势之急，令人难以想象。侯景终于做出决断，以属下控制的十三州为诱饵，派出两路使者，一路前往长安，与西魏丞相宇文泰取得联系，一路前往建康，探听萧衍的虚实。

武帝沉迷在同泰寺的香火中，只将朝中一切事务交给朱异。太清元年（公元547年）二月，朱异在自家的花园里会见了侯景的使者丁和。丁和原是南梁人，与朱异也算旧交，后来投奔北魏，做了侯景的门人。这位几十年来一直侍从于侯景，却从无建树的门人毫不掩饰他对朱家花园的无比惊羡。他问朱异，这些年来，你是怎样获得南梁皇帝萧衍的如此信任，这其中究竟有何种秘诀？朱异笑了笑说："没有什么秘诀，只是皇上年纪老了，喜欢奉承，不爱逆言。作为臣子，又何必说些无谓的话来刺激他呢？"他带着丁和参观他豪华的住宅，一一指着堂上摆放的手工织就的金缕屏风、架上的珊瑚钿、玉柄尘尾拂尘、七宝净瓶、靠椅上的沉香镂枕说："这些皇家最珍贵的收藏，现在都成了我家的平常物件。"朱异又说："其实，每个人身上都有一根接受恭维的神经，皇上更不例外。而且，随着一个人权位的提升和年龄的递增，当其他神经都相继萎缩之后，那根接受恭维的神经反而更加敏感。作为臣子，你只要愿意把自己最好听的语言奉献给皇上，你就能得到一切，包括荣耀，也包括地位。"

丁和不辱使命，献过侯景让他带来的黄金和珠宝，将侯景目前的处境及可能做到的一切向他的老朋友朱异坦诚相告。朱异不敢怠慢，立即就将丁和带进皇宫。

武帝在他的陋室接见了丁和，当听到侯景愿意献出东魏十三州的土地时，这个八十四岁的老人竟然禁不住内心的激动泪花盈盈。

送走了丁和，武帝仍难掩激动，却又不肯相信这就是事实，说："侯景奸佞，又老谋深算，这会是真的吗？"

朱异说："陛下的英明，我南梁近五十年发展稳定，致使天下归心，侯景归顺。这是千载难逢的机会，陛下不应该有任何怀疑。"

武帝当即召集文武大臣就侯景降梁这一大事进行商讨。武帝兴奋地说：

"南北之间自南朝宋永初元年开始交战,打了一百二十多年,大小战役上百次,至今没有任何结果。朕今垂垂老矣,自知去日无多,唯梦寐以求的是恢复中原,南北统一。现在,侯将军愿以东魏十三州土地归降南梁,这样的好事,如果不是上天感应,怎么可能会真的出现?"

散骑常侍柳津说:"十数年来,我南梁与东魏使者来往密切,通和的局面日渐形成。如果在这时接受东魏叛将侯景降梁,伤了与东魏的和气是小,我南梁更被人视为背信弃义小人。"

中卫将军射萧渊藻说:"南北媾和,大势所趋,无论是战,还是和,只要对我南梁有利的,皆可采纳而不拒形式才好。"

安北将军羊侃说:"侯景为人奸诈,首鼠两端,没有真正的主子,谁对他有利,他就投靠谁,谁对他构成威胁,他就背叛谁。此人最先投靠葛荣起义起家,后又协助尔朱荣扑杀葛荣,为世人所不屑。尔朱荣被诛后,继又投靠权臣高欢。今高欢刚死,又说要降梁,谁知道他的葫芦里装的什么药?还是警惕为好。"

军机大臣朱异说:"侯景依据实力,控扼东魏十三州。现东魏权相高欢已死,形势对侯景十分有利。侯景如果除掉高澄,取而代之,可以说易如反掌,他却以十三州之地主动降梁,这难道还会有什么阴谋吗?"

尚书仆射谢举说:"近年来,虽然东、西二魏时有摩擦,但双方经贸往来十分频繁。二魏边境相安无事,无须重兵把守,但侯景却利用高欢生病之机,屯兵十万于西魏连接处,其险心可见。此前又在高欢面前口出狂言,领兵三万,打到建康,活捉我皇帝陛下,令其做太平寺住持。这样的阴险小人,绝不足信。"

武帝把目光投向太子萧纲,萧纲说:"侯景降梁的背景还需进一步调查,在此之前,还是不盲目做出决定为好。"

当天的议事无果而终。第二天,武帝一早便在宫城散步,朱异见武帝双眼深陷,一脸沉郁。可以想见,这天上突然掉下的一块大馅饼将这位八十四岁的老人砸晕了。面对那块香喷喷的大馅饼,武帝真是吃也不是,弃也不是。

朱异便凑上去说:"陛下昨夜睡得踏实吗?侯将军的使者丁和已经走了,他说只因高澄要谋杀侯将军,侯将军主动降梁,实属无奈。现在我南梁拒绝了侯将军,只怕侯将军会在万不得已时投靠西魏。如果真是这样,西魏就成

我南梁第一强敌。这样的形势，对我南梁就太不利了。"

武帝站在那里，脸色更加发青，自言自语地说："我南梁就像一只金盆，没有一点缺口，没有一点伤痕，现在突然要接受北方十三州土地，岂是小事？"

"陛下英明，四海归心，如果拒绝了侯景，只怕伤了感情的不仅仅是侯景，而是更多意欲归附而尚未行动的人啊。"

其实，丁和并没有回到魏地，而只是住在朱异的家里等待消息。就在丁和焦急等待准备北返的第三天，武帝终于做出决定，接受侯景降梁，并任命侯景为南梁大将军，河南大都督，封河南王。武帝的任命刚刚发布，朝廷上下一片恐慌。通事舍人周弘正善观天象，据说他几年前曾预言建康将有祸灾。当听到朝廷决定接受侯景降梁后，周弘正说，建康的灾难已经开始了。

几天后，天空出现日食。日食将大半个太阳吞没，一时间建康城里谣言四起，纷纷传说武帝要取人心肝以喂天狗，又说江南将有人灾。建康居民又是一阵恐慌。

三月初二，武帝萧衍再次前往同泰寺讲经，讲经毕，武帝又一次舍身同泰寺。好在这一次武帝舍身时间只有七天，依照第二次舍身的条件，文武大臣以两亿钱为皇帝菩萨赎身。

## 灾难已经开始了

侯景决定叛魏南下时，他的老娘及一家妻小均在邺城。高澄来信说："如果你回来，可保证你老娘及妻小不死。"侯景一下子就识破了高澄的伎俩，复信高澄说："我侯景依靠自己的实力起家，也以自己的战绩建功立业，岂是靠你这黄口小儿的赏赐过活？我现在联络南梁和西魏两大帝国，你高澄的死期已经不远了。至于说到我的老娘和妻小，从前项羽以囚禁刘邦老父并用火烹锅煮相威胁，刘邦对着阵前的项羽大声地说，等你烹调了我的老父，别忘了分我一碗汤喝。现在，你也以这样的疯话威胁我，可见你也与项羽一样，是一个快要完蛋的猪料了。如果你觉得杀了我的老娘和妻小对你有用，你就请动手吧。不过我要警告你，等我活捉你的那一天，我要将你九族灭尽。"

南梁皇帝萧衍老了，而西魏的权臣宇文泰却正当年轻。宇文泰一眼就看穿了侯景拨拉出来的小算盘是几斤几两。侯景的十万人马在悬瓠一线终于遭到东魏高澄的正面围剿，他很快就割让出与西魏邻近的四州向西魏求援。宇文泰并不领情，一面绥靖，召他西入长安"从长计议"，一面在长安周围布下重兵，准备捕杀侯景。侯景知道，宇文泰这个老狐狸太狡猾了，于是只得再向南梁求援。

  结束了同泰寺的舍身，武帝接到侯景在悬瓠派人发来的求援急信。武帝立即发出指示说："做人不能太宇文泰了，侯将军正当危难之时，我们不帮他，谁帮他？"立即派司州刺史羊鸦仁统军三万，运送粮草五十五万担前往悬瓠支援侯景。与此同时，武帝派他的侄儿萧范率军两万前往雍州开辟北方战场。东线又命另一侄儿南豫州刺史萧渊明率十万大军开赴北方重镇彭城以西，并命骠骑将军羊侃在淮水筑寒山堰，准备等待汛期倒灌彭城。南梁在与东魏十多年通和的情况下，突然调动十五万大军向东魏发动进攻，一场声势浩大的北伐又重新开始了。武帝相信，有了侯景的北方十三州作为基地，这场新的北伐一定能够取胜。

  面对南梁的背信弃义，东魏立即就作出积极回应。东魏权臣高澄立即派出大将军慕容绍宗率领十万大军南下彭城，以抵御南梁军队的大规模进攻。慕容绍宗在南下宣言中说，此次南下，意在"踏平建康，活捉萧衍"。

  奉命先期到达彭城以西的羊侃在淮水寒山段筑堰，二十天即筑成。六月，淮水暴涨，羊侃向东线统领萧渊明建议，现在，正是利用寒山堰水倒灌彭城，逼迫彭城守将弃城投降的好时机，千万不可错失。羊侃的建议得到大部分将领的认可，但萧渊明这个皇帝的亲侄只会吃喝玩乐，对打仗既不内行也不热衷。事实上，不仅仅是萧渊明，南梁十多年专以文治，失去武功，将士多不练兵，早就失去战斗力。人们都还记得洛口之战中逃跑将军萧宏的事，现在，萧渊明竟效法他的六叔，做了又一个萧六爷。彭城虽然就在不远处，但萧渊明却每日与部属猜拳行令，赌博玩耍。九月，汛期已过，淮水退去，寒山堰失去倒灌彭城的功能，羊侃也只得眼睁睁地看着萧渊藻失去一次取胜的机会。

  十一月，东魏大将军慕容绍宗的十万大军开始逼近彭城。羊侃再次向萧渊明建议，趁着慕容绍宗长途跋涉、立足未稳疲劳之际，迅速向慕容绍宗发动正面进攻，却再一次遭到萧渊明拒绝。羊侃对天长叹，败局已定，我奈何可？于是，他带着自己的部属屯兵堰坝，准备见机行事。

  十一月初，慕容绍宗的部队在离彭城十余里地作短暂休整后，于一天深

夜突然向萧渊明的营地发起猛烈进攻。两军交战，南梁军队一击即溃，一夜损失三万余人。当慕容绍宗的士兵将烂醉如泥的萧渊明捕获捆绑时，萧渊明居然大声呵斥："我是东线大将军，不准胡来。"

对于东魏来说，萧渊明是一张不小的筹码。因为萧渊明不是别人，萧渊明是南梁皇帝萧衍的亲侄，已故前长沙王萧懿的儿子。捕获了萧渊明，初战告捷的慕容绍宗继续领兵由彭城一路南下，准备前往悬瓠围剿叛将侯景。侯景闻知，慌忙退守涡阳。站在涡阳城头，侯景看到随之而来的慕容绍宗的人马将涡阳像铁桶般围得严严实实，侯景的脊梁禁不住沁出阵阵冷汗。他捏着嗓子，向这位昔日的同僚抱一抱拳，说："将军此来是为送客，还是要决一死战？"

慕容绍宗并不搭话，手一挥，只听"嗖"的一声锐响，不等侯景省过事来，侯景头上的帽盔应声而落。侯景吓得面如土色，赶紧下了城头，对他的士兵们说："你们跟着我背叛朝廷，你们的家属全都被高澄那小子集体屠杀了。"说着就大哭。那边城墙下，传来东魏士兵的喊话声："你们都是被侯景胁迫，朝廷决不追究责任，所有家属安然无恙。"侯景士兵士气衰落，军心大乱，将士们纷纷弃城逃窜，慕容绍宗趁机攻城。

涡阳一战，侯景几乎全军覆没，侯景不得不带着他的残部八百余人逃到淮北蒙城的一个小城。城上的人看到侯景的乱军到来，便在城上指着侯景骂道："瘸子，你来这里干什么？"侯景说："是要杀你的。"于是一拥而进，杀掉那个骂他的人，占据这座小城。这时，慕容绍宗赶到。侯景眼看大势已去，便关闭城门，站在城头上对慕容绍宗说："当年曹操遇华容道，眼看着就是死路一条，但关羽识得曹操是一条好汉，遂放他一条生路。我侯景是一个十足小人，偏偏今日撞在将军的手里，将军何必逼人太甚？今就算将军把我杀了，你这个盖世英雄难道不怕天下人笑话吗？将军，留下那支箭，去射落萧衍老儿的圆顶小帽（和尚帽）去吧。"

慕容绍宗挽弓搭箭，奇怪的是，那支箭他久久没有射出去。终于，慕容绍宗放下手中的弓，一挥手，带着自己的人马掉头而去。

彭城战败，萧渊明被俘，涡阳失守，侯景不知行踪。这对于萧梁来说，的确是再坏不过的消息了。当朱异将这两个坏消息报告武帝萧衍时，正在读经的武帝差一点从座位上跌落下来。此时的武帝似乎已经意识到南梁的颓势已定，他开始相信，侯景的所谓十三州之地只是一个美丽的梦境，一个空屁。现在，当梦境破灭、空屁放过之后，东魏大军长驱直入，一路南下时，势如破竹的慕容绍宗南下宣言中所说"踏平建康，活捉萧衍"的口号也许并不是一句大话。

接连取得彭城、涡阳两场战役的胜利，慕容绍宗领兵向西推进，将正在北上途中的南梁司州刺史羊鸦仁狠狠地收拾了一顿。羊鸦仁那原先准备援助侯景的五十五万担粮草一并被慕容绍宗缴获。不知为什么，慕容绍宗并没有继续南下南渡淮河，就像他此前所说的"踏平建康"，这使得南梁皇帝萧衍得以松了一口气。但接着传来消息说，被南梁皇帝萧衍封为河南王的侯景全军覆没，侯景也战败身亡。

就在武帝萧衍准备为侯景做七七道场，以纪念这位为南梁而战死的盖世英雄时，侯景的亲信丁和突然再次出现在建康，武帝这才知道，侯景仍然活着。原来涡阳一战，侯景带着残部八百余人，先逃到蒙城，后窜逃到寿阳城下。寿阳守将为当年南梁第一大将韦叡的小儿子韦黯。韦黯见侯景败兵到此，便拒开城门，并且斥责说："将军受朝廷大任，却败兵至此，还有何脸面进我寿阳城？"

侯景说："我是朝廷任命的河南王，即便暂时打了败仗，你也不应该拒开城门。慕容绍宗的追兵就在不远处，我如果被他们杀死，你小子离死还会远吗？"

韦黯毕竟不是他老子韦叡，被侯景几句话唬过，只得打开城门。侯景一进城就将韦黯杀了，寿阳落到侯景的手中。有了寿阳这座根据地，侯景再派他的亲信丁和前往建康。侯景向武帝报告了战败消息，请求朝廷赐他一死。武帝请丁和转达对侯景的抚慰，丁和便又把侯景请求南梁朝廷的粮草援助的信呈上。侯景向武帝表示，他一定能够东山再起，为南梁的统一大业作出贡献。

朝中大臣都知道，要粮、要钱，这才是丁和前来的目的。柳津说："如果侯景已死，这是南梁之幸，现在侯景仍然活着，南梁的灾难还将继续。"武帝听了，十分生气，便不理柳津。柳津不得不去找太子萧纲，而此时萧纲却正在宫内向他的部属大讲老庄，柳津打消了劝萧纲阻止武帝援助侯景的念头。从萧纲处出来，正好遇到怀着同样的目的前来找太子的尚书仆射谢举。听说太子正大谈老庄，谢举便也放弃进宫的打算。二人摇头叹息：帝国遭遇

如此重创，身为太子，却还在家里作如此清谈，帝国的灭亡还会远吗？

接连遭到彭城、涡阳两大战役的失败，萧渊明更是做了东魏的俘虏，老迈的武帝似乎再也经受不住这样的打击，他终于病倒在榻。几天来，萧渊明的家人不断来向武帝哭诉，请求武帝想尽一切办法，救萧渊明回到建康。

武帝最看不得亲人的眼泪，一想到侄儿萧渊明仍在东魏人的手里，武帝就觉得对不起死去的大哥萧懿。经过一夜思考，武帝不顾大臣们的反对，秘密派人前往东魏，提出和谈的请求。其中最主要的一条就是释放萧渊明，其他都可商量。南梁使者很快就回到建康，使者并且带来了萧渊明的亲笔信，说东魏权相高澄同意和谈，所提出的条件是：以叛贼侯景交换梁将萧渊明。

看到侄儿萧渊明的亲笔信，病榻上的武帝顿时老泪纵横，又立即召集文武大臣商议交换萧渊明一事。朱异知道武帝痛惜侄儿心切，表示可以接受条件。但谢举却坚决反对。谢举认为，侯景固然该杀，但不应该以遣返侯景作为交换萧渊明的条件，谢举说："此举太过下作，恐被后人笑为不耻。"但武帝此时的心里只有他的爱侄萧渊明，哪里还有什么下作上作，当场亲笔书写八个字："渊明旦至，侯景夕返。"命使者继续前往东魏与高澄和谈，一面让侯景的使者于子悦向侯景传达朝廷答应继续粮草援助的意见，命他在河南继续集结，等待新的北伐时机。武帝在信中说："你我君臣大义已定，朕为一国之君，决不失信于将军。"

柳津在得知武帝做出这一决定后，对他的儿子柳仲礼说："那个老东西不仅下作，而且虚伪。南梁离灭亡已经不远了。"柳津要求他的儿子们"身处乱世，好自为之"。

南梁使者再次带着武帝的亲笔信前往东魏时，途中遭到盘踞寿阳的侯景的劫获。当侯景得知武帝要以他为人质交换萧渊明时，恶狠狠地说："总有一天，老子要剥了那老贼的皮，抽了那老贼的筋。"侯景杀掉南梁的使者，却让他的亲信丁和再次前往建康，将他的一封亲笔信请朱异转呈武帝萧衍。侯景在信中信誓旦旦地表示，虽然涡阳战败，但他并不缺少战斗力，只要适当添补给养，就能重振精神，恢复中原，实现陛下南北统一的愿望已经不远。望陛下不要往死里逼我，更不要将我作为人质，以作为与东魏和谈的条件。

丁和带了侯景的信以及侯景奉送朱异的三百两黄金，火速赶到建康，再次在朱异的花园里见到朱异。不等听完丁和的陈述，朱异就已料定，侯景已是一个传说，一段过时的神话，无论对于南梁还是对于他朱异本人，侯景都再无任何实际意义。朱异收下黄金，丁和刚一转身，他就立即将侯景的信丢入火炉。

## 过河的卒子

当得知武帝萧衍要与东魏和谈，并以自己作为人质，交换他的侄儿萧渊明时，侯景意识到自己已到孤立无援的境地。他问他的谋士王伟怎么办，王伟说："将军确已到穷途末路，如今坐以待毙是死，反也是死，不如反了，或许还有一线生机。"

侯景不语，但他脸上的表情却写得清清楚楚。现在，他只有王伟所说的那一条路可走了。

因久久得不到南梁回复的信件，东魏开始继续调兵遣将，准备与南梁进行长期较量。而建康这边，武帝却仍在苦苦地等着东魏释放萧渊明的消息。武帝当然不知道他写给高澄的信中途被侯景劫获。不久，当南梁得知高澄在长安正式为父亲高欢举办隆重葬礼时，立即派出代表团前往东魏首都邺城，却遭到东魏的拒绝，代表团灰溜溜地回到建康。萧衍不解，他问朱异："到底发生了什么事？"他不明白，双方的通和谈得好好的，怎么就突然这样了呢？

朱异是何等聪明之人，他明明知道发生了什么事，但却安慰武帝说："误会是一时的，误会总会消除的，陛下不必过虑。"

武帝继续派人与东魏联系交换人质的事。侯景则开始在寿阳招兵买马，将南梁送来的布匹、绸缎用来笼络人心。而这一切，全然没逃过奉命驻扎于近在咫尺的合肥的鄱阳王萧范的眼睛。萧范火速派人将侯景的动向报告朝廷，敦促朝廷及早对侯景采取行动，免生后患。直到很久之后，朱异才将萧范的信报呈武帝。武帝只在那信上扫了一眼，说："萧范一派胡言，侯景眼下就如同一条落水之狗，他有力气爬上岸来咬人吗？"

几乎每隔几天，侯景就要派人向武帝送来一信，或者要布匹，或者要粮食，武帝照单签发。又特别嘱咐朱异说："侯将军归附我南梁不久，又吃了败仗，情绪低落，以后他有什么请求，要尽量满足他，这才是泱泱大国待客的风度。"

萧范又接连写来几信，都被朱异一一压下。萧范不得不亲自前来建康，要求面见武帝。武帝拒不接见。萧范向朱异发脾气，朱异说："皇上对侯将军奉为上宾，鄱阳王为什么一味同皇上过不去呢？"

侯景不断向朝廷要钱要粮，武帝都一一满足。侯景又有一信，说他好歹也算一个王，他要娶一个建康王、谢高门贵族的女儿为妻。武帝说，你虽然劳苦功高，毕竟门第太低，高门贵族看不上你，不妨在朱、张以下门第的人家物色一个女儿为妻吧。侯景得到这样的答复，气得暴跳如雷，说："总有一天，我要把建康王、谢高门贵族的女儿全分配给我的家奴。"

南梁太清二年（公元548年）二月，在南梁皇帝萧衍的一再请求下，新一轮南北和谈正式生效。东魏与南梁互派使者前往对方首都访问，只是交换人质一事仍未落实。武帝心情依然沉重，常常一天只喝一餐稀粥，想着仍在东魏被当做人质的侄儿萧渊明，总不免潸然泪下。偏偏这天晚上，武帝在睡梦中又见到了死去的大哥萧懿，大哥在梦中斥责他说：当年我正是要以自己一死，来保护我的兄弟子侄们，现在，你连我的儿子都保护不了，将来你有何面目见我？武帝哭着向大哥表示，他一定要不惜一切，把萧渊明从敌寇手里救出来。

武帝的痛苦，只有朱异看得最为清楚，于是每天陪侍在武帝左右，给武帝读他喜欢的楚辞，陪武帝下棋，给他说些开心的事情。武帝说："朕已至耄耋，说起来子孙满堂，但到了晚年，愿意陪伴朕左右的，也就是朱异了。"说着就滴下泪来。朱异连忙搬过棋枰，要与武帝黑白一番。朱异知道，对于这位孤独的老人来说，棋，是抚慰他受伤心灵的一帖最好的药剂。

这一年三月，盘踞在交州（今越南北方）一带的变民首领李贲被官兵捕获斩首，为时六年之久的南方骚乱终于平息。听到这个消息，正在早朝的武帝因过于激动而当场昏厥。武帝这一躺下，就是不短的时间，一时建康纷纷谣传武帝已经驾崩，朝廷上下也引起一番政治地震。太子萧纲接受前番的教训，临时在自己居住的东宫四门加派了岗哨，以防不测。

然而不久，八十五岁的武帝再次从死神手中逃过追劫，重新从床上爬起来。大病刚愈，武帝却一头扎进了同泰寺，向王公大臣及僧尼信众们讲解《般若波罗蜜多心经》："舍利子，色不异空，空不异色，色即是空……"。

侯景就像一条被人打残的狗，四处碰壁。他承认自己眼下的确是一条落水狗。现在，他这条落水狗需想尽一切办法爬上岸来，抖搂下身上的水滴，拣一颗最软的柿子，狠狠地捏下去，捏出汁水来滋养自己。只有这样，他才有重新获得生机的可能。东魏的高澄继承了他老子高欢的衣钵，侯景斗不过他；西魏的宇文泰是一只老狐狸，侯景咳嗽一声，宇文泰就知道他嗓子里有没有血丝。现在，他只有拣南梁这只软柿子捏了。人生就是一搏，不搏，就只能学那些没出息的老农，娶一房妻子，回他的老家种几亩山核桃去。

六月，因受到太多投诉而被武帝削掉一切职务赋闲在家的萧正德忽然收到一封来自江北的密信，萧正德怎么也不会想到，给他写信的人正是被朝廷上下每天热议的落水狗侯景。侯景在信中说，对于萧正德的处境深表同情。一个原本的太子，皇位的继承人，眼下却只能低着头做人，这是何等的悲哀。现萧衍已垂垂老矣，又沉迷于同泰寺。南梁外有东西二魏虎视眈眈，内有奸臣扰乱朝纲，太子萧纲却只擅清谈，不专国事，南梁天下已成百足之虫死而不僵。只有临贺王能够重振河山，建盖世功业。如临贺王不弃，侯某愿竭尽全力，助临贺王成就帝业。

萧正德再笨，也能看出侯景眼下正需要他。因为需要他，所以才利用他。人和人就是一个利用，侯景利用他，他为什么就不能利用侯景？萧正德当下就给侯景复去一信，表示只要时机一到，愿意里应外合，共成大业，一旦成功，就封侯景为大丞相。

那段时间里，南梁的很多大臣都收到侯景的信。这些信的内容大同小异，都是关于反叛朝廷的。这些收到信的大臣有的一把火将信烧了，有的则小心翼翼地收藏着，说不出会有什么用处。总之，世道如此，多给自己留一条路总比少一条路好。只有老将羊侃揣着这封信闯到宫里，吵着要见武帝。羊侃说："侯景谋反，证据确凿，请陛下立即发兵，讨伐侯景。"

读着那封信，武帝将信将疑，他问朱异："这会是侯景干的事吗？"

朱异不说是，也不说不是。朱异说："陛下不是说侯景是一条落水狗吗，落水狗发几声狂叫，能当真吗？侯景十万大军，如今只剩下八百散兵游勇。他不发几句牢骚，说几句怪话，岂不郁闷而死？"

武帝立即赞同，说："侯景现在是一个嗷嗷待哺的婴儿，仰仗我南梁的救济过活，说他要谋反，那不是天大的笑话吗？"

侯景得知羊侃告密，当即主动反击。他给武帝写去一信，说："如果我造反是事实，那就请朝廷来人将我绑了，送给我的仇家高澄，如果说我谋反只是小人的诬告，就请陛下定羊侃的诬告之罪。否则，说不定真有哪一天我侯景带着几个散兵游勇打过江去，在陛下的金銮殿放马也不是没有可能。陛下善棋，应该懂得卒子过河万军难挡的道理。"

侯景的信其实很有几分挑战的意味，但武帝不知是老了，还是被侯景目前的处境迷惑了。他立即给侯景复去一信，说："真是惭愧之至，有钱人家养十个八个客人也不为多，朕只有你这样一个客人，朕的家人却无容忍之心。将军千万勿要怪罪。"武帝当即又派人往寿阳送去粮食和猪肉等各样赏赐，以表抚慰。侯景得到武帝的赏赐，真是开心至极。他一边嚼着粉条炖猪肉，一边同部属调侃着武帝，说："你能相信这个老头就是当年那个在贤首山大败魏军，又一路南下，横扫天下的雍州虎吗？人啊，还是不要活得太久才好。"

侯景与他的部属分析说，南梁这棵大树表面看起来仍枝繁叶茂，但却从根部烂了。南梁已不再是天监年间的南梁，萧衍也不再是当年的萧衍。萧衍老了，他沉浸在同泰寺的香火里不知日月星辰的变化。他活得太久了，他的心智、他的勇气都随着年龄的增加而日渐弱化。范云之后，他的身边再也没有敢于向他直谏的大臣，只有朱异之流的阿谀之辈。他的那些坚勇无敌的大将们，包括后起之秀陈庆之，都一个个抢在他们尊敬的陛下之先死了。现在，南梁派往各州、郡的守将几乎都是萧衍的子侄心腹，这些腰肥体胖的纨绔子弟们胸无点墨，却一个个傲慢自负。这些人从肉体到精神全都垮了，推倒南梁这棵大树，不需要太多的力气。

侯景说："别看我侯景目前只有八百来人，但老子很快就会有八千人、八万人、八十万人。我侯景要打到建康去，将萧衍的老窝搅得个地覆天翻。"

然而侯景毕竟没有绝对取胜的把握，他决定先试试自己的运气。就像他的亲信谋士王伟所分析的那样，坐以待毙是死，反也是死，不如拼他个鱼死网破，置之死地而后生。

八月的一个月黑风高的夜晚，侯景带着他的八百人悄悄摸出寿阳城，接着就马不停蹄地来到谯州（今安徽滁州）城下。让他万万没有想到的是，谯州守将、武帝侄儿丰城侯萧泰未经几个回合就做了他的祭刀鬼。侯景连汗都没出，谯州便归于他的名下。离此不远就是南梁的另一座城池历阳（今安徽和县），搂草打兔子，顺带也是顺带。结果历阳太守更不禁打，侯景气都没怎么喘，就收拢了又一座城池。侯景胆子更大了，他决定不急，他要稳扎稳打，以寿阳为根据地，等待合适的时机就打过长江去。

从江北不断传来侯景攻克一座座城池的消息，萧范再次向朝廷报告，侯景的目的已十分明确，以寿阳为中心，进一步占据江淮，扩充实力，再伺机强渡长江，意在建康。武帝开始相信，侯景或许真的活得不耐烦了，或者侯景被东、西二魏逼急了，逼疯了。于是就说些过头话，做些过火的事情。但他认为，说侯景过江，如果不是耸人听闻，就是别有用心。他一边与朱异下棋，一边说："大白天的，说侯景要过江，这不是自己吓唬自己吗？"

朱异说："杞人无事忧天倾。"

"侯景要是敢过江，朕用鞭子狠狠抽他。"武帝说着，就将一粒棋子狠狠地砸到一个位置上。想着侯景吃了他的，用了他的，结果却如此不安分，武帝的确有点气不打一处来。但他打死也无法相信，侯景会在某一天真的打过江来。武帝对向他报告侯景过江消息的大臣说："朕老了，希望你能给朕多报告些让朕高兴的事情，别总拿那些没厘头的消息吓唬朕。朕自天监元年坐镇建康以来，朕的南梁帝国近五十年平安无事。侯景眼下就是一条落水狗，他要折腾，朕折一根树枝就能将他抽死。"大臣们再也不敢说什么了。

侯景经过几次实战，摸清了建康的底气，也扩充了自己的实力。于是就在这一年九月廿五日以讨伐建康乱臣逆贼朱异的名义，正式宣布起义。侯景真的反了，这消息传到建康，传到同泰寺里，萧衍吃了一惊。但他接着便说："朕说过了，侯景要真敢到建康来，朕要狠狠地用鞭子抽他，让他把吃了朕的吐出来，把穿了朕的脱下来。"

武帝虽然嘴里这样说，毕竟不敢怠慢。他开始调兵布阵，命合肥守将萧范、徐州刺史萧正表、司州刺史柳仲礼、钟离刺史裴之高分别由东、南、西、北四个方向开赴寿阳，拉开一只口袋，对侯景进行包抄。他要瓮中捉鳖，将反贼侯景捉拿归案。武帝问朱异谁可担当此次平叛总指挥，朱异沉吟不语。武帝于是提到他的侄儿鄱阳王萧范。朱异与萧范素来不合，于是说："萧范桀骜不驯，又屡屡对陛下的大政方针提出异议。陛下忘了，那次在北固楼，慧超曾说北边有一团阴气，只怕将来陛下会有骨肉相残的惨剧发生，陛下千万不可大意。"武帝又问羊侃可否，朱异又说："羊侃老矣，尚能饭否？"武帝思来想去，就提出让他的六子萧纶担任平叛总指挥。朱异说："陛下已经得到理想的人选。"

377

让萧纶担任平叛总指挥是萧衍高兴的事，就像那次洛口战役一样，武帝做梦都想着他的子侄们能为帝国的北伐立下战功。没想到老将羊侃坚决请战，武帝安慰羊侃说："建康防务同样重要，老将军任重道远。"

萧纶临危受命，很有几分得意。自从那次刺杀何智通受到处罚后，萧纶也的确收敛了不少。不蒸包子争口气，这一次，他要让朝中大臣从此对他刮目相看，也让老家伙临死前开心一把。萧纶带着两万人马从建康出发，加上其他四路大军，合计八万人。如果这几路大军真的能够按照武帝的部署对寿阳实行全面包抄，侯景或许就真的死定了。然而奇怪的是，一心要争口气的萧纶不知哪根筋错乱，竟然将他的指挥所设在离寿阳两百里地的钟离，而东部的裴之高糊里糊涂走错了方向，将他的部队带到离寿阳更远处的南梁西部偏远城镇晋熙（今安徽潜山）。武帝的口袋阵形同虚设。

当得知南梁将十倍于自己的兵力从四面八方向寿阳扑来时，侯景问计于他的谋士王伟。王伟说："眼下的形势对于将军既是威胁，也是机会。南梁的大部分军队几乎都开到淮南，势必造成建康守备的空虚，沿江防御的薄弱。这难道不是萧衍为将军的进攻建康所施的调虎离山之计吗，你该感谢萧衍才是。"而接下来的消息更证明王伟分析的正确，南梁的部队因进军路线的错误为侯景的南下带来网开一面的机会。眼下侯景必须迅速南下，强渡长江，江南那边有萧正德作为内应，踏平建康，没有十成的把握，有七八成也就够了。

政府军淮南前线包抄失利，侯景甩开政府军的四路围攻，很快就迂回到长江北岸。江北告急，武帝清点了一下手中的大将，这些年来，他专以文治，轻于武功。现在，他的身边真正能够带兵打仗的，似乎就只有一个老将羊侃了。他把羊侃找来，向他讨治抵抗侯景的办法。羊侃说："第一，陛下必须增强采石的防御能力，将侯景阻止在长江天险；第二，趁着侯景南下，寿阳空虚之际，命令萧纶以最快的速度由北路攻袭寿阳，以断其后路。这样，可使侯景陷于腹背受敌。"

对于羊侃的建议，武帝久久没有反应，朝廷上下居然也集体沉默。羊侃叹息说："我南梁帝国，已危在旦夕了。"

一直过了十多天，武帝终于作出反应。这次被派临危受命的，却是已在暗中与侯景签订盟约的临贺王萧正德。萧正德被授予平北将军，武帝命他据守江防，不惜一切阻止侯景过江。萧正德暗中欢喜，于是连夜制作士兵服装，所有服装内黑外蓝，以便随时与侯景乌鸦军统一着装。又以防御长江为由，派出十余艘战船，日夜在长江游弋，准备伺机接应侯景渡江。武帝到底对萧正德不太放心，又将据守采石的江防司令王质调回建康担任警戒，另派云旗将军陈昕换防采石。然而王质、陈昕交接不畅，王质未等陈昕前来，就自行离开采石回到建康，而这时陈昕竟还在与人猜拳行令。当江那边的侯景得知采石竟处于无人防守的真空状态，高兴得手舞足蹈，对他的部属说："老爷子这么铁着心帮我，我若不打到建康去，真不好向他老人家交代了。"

采石既无一兵一卒，江面上又有萧正德替他站岗，侯景的八千人马不费吹灰之力就从采石过江。直到抵达南岸，才遭遇匆匆赶来的陈昕的正面阻击。陈昕是当年威震敌胆的军神陈庆之的儿子，但他却全无父辈的血气和刚勇。陈昕人在战场上，心却仍在刚才的赌场上，他的三千人马很快就败在侯景阵前，自己则做了侯景的俘虏。侯景一口气就打到了江宁。建康，就只在一步之遥了。

侯景过江，并很快占据江宁的消息，让整个建康城顿时处于一片混乱之中。市民们涌上街头抢购物资，以备战乱，盗贼趁机抢劫商店，杀人放火。一时间建康家家大门紧闭，大街上空无一人。太子萧纲见事态严重，赶紧从他的老庄中抽身而出，问他父亲怎样才能打退侯景的进攻。武帝说："你是太子，大敌当前，正是考验你的时候，该如何布阵抗敌，你自己看着办，何必问我。"

萧纲哪里知道萧正德已经叛变，他曾无数次听说当年他的老爹推翻萧宝卷时，正是从东门朱雀航攻入建康内城的。于是急命萧正德加强朱雀航的军事防御，又派他的两个儿子一个驻守新亭，另一个驻防京城六道城门，阻止侯景攻城；又临时释放京郊附近各采石场、冶炼厂劳工及罪犯，让他们充当兵役。萧纲的这一套布阵，完全依照当年萧宝卷的做法，但他却不会想到，萧宝卷朝廷当年是怎样被他的老爹萧衍掀了个底朝天的。

十月廿三日，侯景大军抵达京郊板桥。侯景不急于攻城，派他的亲信徐思玉进入建康，探听城中虚实。武帝在净居殿接见了徐思玉。徐思玉态度傲慢，既不肯下拜，又口必称侯丞相，完全不把武帝放在眼里。武帝问徐思玉："朕对侯景恩重如山，侯景为什么要叛乱朝廷？"徐思玉说："侯将军之所以打到建康，是要替陛下清除朝廷的奸佞，并没有要做皇帝的意思。"武帝说："如果这样，甚好。"武帝便命他的文书贺季、郭宝亮二人带着牛羊等随徐思玉进入侯景大营，表示慰问。贺季到了侯景处，当面问侯景采取这样大规模的军事行动究竟有何打算，侯景大笑，说："你何不问问天监初年萧衍从雍州发兵，一路南下，驻扎我现在所处的位置时是什么打算？"侯景放郭宝亮回宫，却将书呆子贺季扣下。

就在武帝慰劳侯景的第二天，侯景大军抵达朱雀航以南。太子萧纲命临贺王萧正德把守建康南大门宣阳门，又命太子宫大学士庾信率一千余人在朱雀航北扎营，以防侯景通过朱雀航进入建康。这时，侯景的乌鸦军黑压压一片，以排山倒海般的阵势向朱雀航扑来，萧正德却不知去向。萧纲命庾信赶紧拆除朱雀航所有活动桥梁，将侯景阻止在朱雀航外。桥刚拆了一半，侯景的人马潮水般扑过来，庾信赶紧弃了朱雀航回头逃命。庾信刚刚逃走，萧正德来了，萧正德让人把拆除一半的桥修复，与顺利过河的侯景大军胜利会师。萧正德让他的士兵翻穿衣服，露出里面的黑色，于是与侯景的乌鸦军会合一处，大摇大摆地领着侯景进入建康。建康民众见侯景大军进城，纷纷逃往台城，台城一下子涌进十万民众。

萧正德引着侯景叛军由朱雀航攻进建康。太子萧纲见大势已去，连夜带着姬妾趁乱逃进台城。侯景则以东宫作为叛军的指挥中心，将宫中来不及逃走的宫女数百人分配给士兵。他的部将宋子仙则占据公车府，另一名部将范桃棒进驻同泰寺，士兵们冲进大殿及藏经阁，将寺内的古玩珍品一扫而空。萧正德则占据左卫府，做着随时听命于侯景，准备登基称帝。这一天是南梁太清二年（公元548年）十月廿五日，侯景自这一年九月廿五日从寿阳发兵，至今日攻进建康，前后仅一个月时间。

## 最后的防线

现在，建康面临的形势与四十七年前完全一样。只是，历史翻了个个儿。四十七年前，当萧衍义军兵临城下，逼近台城时，南齐萧宝卷只能龟缩在东宫内，等待历史的最后判决。现在，老迈的武帝萧衍就像当年被他推翻的萧宝卷一样，在同一个舞台上，演绎着同一个剧目。

侯景将京郊采石场和冶铁厂的苦工们全部编入自己的军队，并发给他们军饷。侯景对这些被释放的苦工们说："同样是人，为什么那些王公贵族们穿金戴银，而你们却只能像畜生一样在这地洞里爬着？王公贵族们既不劳作，也不耕种，却住着亭台楼阁，而你们却像狗一样窝在这些低矮的茅棚里，这是为什么？现在，你们跟着我侯景打进城去，立功受励的，都将成为将相王侯。"那些苦工们全都激动地说："愿为大王效力！""大王万岁！"

侯景骑上一头大马，由他的前导举着侯字大旗绕城一周。侯景对他的亲信王伟说："我这人一生最喜欢的事情就是打猎，你知道什么叫搂草打兔子吗？本来我只想在东魏做个丞相，现在却有人逼着我来做南梁皇帝，不想当都不行。"王伟说："将军捡到的不是兔子，而是一只肥羊。"

王伟制作了无数传单，让士兵将这些传单用箭射到台城内。那些传单上说，长期以来，南梁王朝皇帝昏庸，奸臣当道。京城内到处亭台楼阁，皆是皇室们骄奢淫逸的所在。皇亲国戚们哪一个不是妻妾成群，儿女上百，包括那些僧人尼姑，也一个个过着穷奢极欲的生活。他们既不耕耘，也不纺织，却娇妻美妾，穿金戴银。他们的钱哪儿来的，还不是靠对穷苦百姓的无穷盘剥？侯将军前来，并不为倾覆国家，而是为推翻昏政，诛杀奸佞。一个月前，侯将军自寿阳发兵，只有八千人马，现在侯将军拥有八万精兵。当年曹操、曹丕都望之兴叹的长江天险，侯将军不费一兵一卒，居然顺利渡过。所有这些，如果不是上天安排，人心所向，侯将军又怎能一一攻克？

侯景的传单刚刚散发，就有官兵将领率军投降。侯景让这些投降的官兵一律平升三级，并发给银票，许诺台城破后，将重重奖赏。

宣传攻势谁不会？萧纲让人用箭向城外射出赏格：有砍下侯景首级者，侯景现在所有的爵位全部赏赐给立功者。

廿七日，据守石头城的守将向侯景投降。廿八日，侯景开始向台城发动猛烈攻势。侯景让人制作数百木马木驴，装上火油，火攻台城。老将羊侃站在城头指挥灭火，打退侯景一次次进攻。侯景攻城不下，不得不暂时退兵，作长期围城的打算。侯景说："光脚的不怕穿鞋的，就这么耗着吧，看谁能耗掉谁。"

侯景继续玩他的宣传攻势，历数武帝的昏庸及奸臣朱异玩弄权术、上瞒下欺的事实。朝廷官员意识到南梁败局已定，纷纷指责朱异先是引侯景诈降，继又隐瞒侯景叛变事实，导致今日侯景大军南下，建康危在旦夕。大臣们要求朝廷诛杀朱异，以解民恨。朱异既羞又怕，似乎良心发现，要求给他一千精兵，他冲出城外，与侯景拼个你死我活。萧纲竟然同意了。老将羊侃说，

侯景将几座城门死死包围，现在出击极为不利。出击者少，不足以与敌军抗衡，出击者众，万一战场失利，城门狭窄，吊桥太小，反而退守不及。朱异请战决心坚定，萧纲体谅他以身殉国的决心，决定成全他，于是命他率领一千余人出城。果然不出羊侃所料，朱异的一千官兵不等与侯景交手，就立即溃不成军。败退的士兵们拥塞在吊桥上，吊桥断裂，士兵被挤进护城河里淹死无数，羊侃的儿子羊耽被侯景生擒。

儿子被俘，羊侃仍每日带着官兵在城上构筑工事。大雨倾盆，刚筑的工事很快就被大水冲塌，羊侃继续筑土夯城，连太子萧纲也加入到运土的行列。王室成员不敢懈怠，也都竞相加入。当侯景大军逼近时，城上流石如雨点般砸向侯景的军队。侯景对羊侃又气又恨，命人将羊侃的儿子羊耽押到城下，对城上的羊侃高喊："羊将军，你的公子已做了侯将军的俘虏，侯将军即将将他斩首，你还在替萧衍老儿负隅顽抗吗？"

羊侃说："为了国家，我羊侃牺牲全家也在所不惜。你要杀他，尽可自便。"

侯景的士兵对羊耽用尽了折磨，羊耽苦不堪言，苦苦呼喊："父亲救我！"羊侃忍住眼泪，手搭弓箭，"嗖"的一声，那箭正射在羊耽的心脏，羊耽立即倒地身亡。侯景的士兵吓得面如土色，赶紧退回本营向侯景禀报。

萧纲召集内阁会议，商量退兵对策。羊侃说，大批官兵前往淮南围剿侯景巢穴寿阳，目前城中兵力空虚，必须赶紧与萧纶大部以及各勤王取得联系，让他们火速领兵南下，解台城之危。然而侯景的数万人马将台城围得水泄不通，与四方勤王的联系完全断绝。有人建议，可用风筝将信放飞出城外，风筝上写明，如有人捡到此风筝，通知各勤王，日后凭此风筝可获得重赏。

太子萧纲命人在一天之内制作风筝上百只，风筝上绑上信件，向天空放飞而去。侯景突然看到天空满是风筝飘飞，不知萧衍又施什么伎俩。风筝落到建康郊外，也落到侯景的军营。侯景知道，万一萧衍的四方勤王领兵扑来，他将处在既不能攻城，又不能退却的境地，加之粮草将尽，不利长期围困台城。侯景让一部分人马继续围困台城，而将他的大部队退守到钟山一侧，又命他的士兵抢夺附近百姓的粮食，补充部队给养。侯景的军队吃饱喝足，突然转向进攻建康三城之一的东府城，东府城很快陷落。自此，建康三城，就只剩下台城这一座孤岛了。

东府城守将江子一孤身逃出，又设法潜进台城，在武帝面前长跪不起，痛哭失声，遭到武帝的斥责。武帝说："身为大将，却弃城而逃，你有何面目见我？"

尚书仆射谢举说："江子一是战到最后一刻才孤身一人逃出来的，如果陛下的其他将领都能像江子一一样战到最后一刻，建康想必也不会落到这种境地。"

武帝无言，朝廷上下全都无言。

江子一请求太子萧纲拨给他一千人马，他要杀出城去，与侯景决一死战。萧纲批准了他。江子一正要出城，他的兄弟江子四说："国家危难，我怎能苟且偷生，要死，我兄弟死在一起吧。"于是兄弟俩带着这一千人马突入侯景大营，左冲右杀，杀死侯景数百将士，终因寡不敌众，兄弟二人双双战死。武帝急火攻心，再次病倒。城中谣言四起，纷纷传言武帝已经驾崩。城中居民不知真假，更加人心惶惶。直到第三天，武帝在太子萧纲的搀扶下在城墙上走了一圈，台城居民才知道，武帝并没有驾崩。但是，人们要问，那个弱不禁风、老迈昏庸的武帝还能给人们带来什么呢？

其实，那些风筝还是发挥了作用，此前带兵攻打寿阳侯景的萧纶，倒是在得到建康陷落消息后的第一时间就带着他的两万人马回撤南下。这一次，这位当年有名的嬉皮士王爷动作还算够快。然而他的命运不济，在渡过长江时，却遇到狂风巨浪，战船倾覆，士兵淹死无数。活着的士兵觉得，这是一个恶兆，南梁的天下，怕真的要完了。士气首先就衰落了。萧纶的人马刚登上南岸，却又遇大雾迷漫，大部队走错了路，绕行二十多里。这才进驻到钟山脚下，却又突降大雪。刚刚驻足未稳，就遭遇早有准备的侯景叛军的迎头伏击。萧纶指挥将士匆忙迎敌，很快就溃不成军。当下损失一万多人马，其子萧大春、萧大成等都做了侯景的俘虏。萧纶带着残兵败将进入附近的天保寺。侯景让人在天保寺放了一把火，萧纶不得不带着几个亲随趁乱再逃，竟再无消息。侯景打扫战场，收获大量辎重武器。而将擒获的萧大春等人押到台城脚下，向城内喊话："你们的邵陵王萧纶已被我们打死了，现在皇孙都做了俘虏，萧衍老儿的末日到了！"台城内一片惊慌。现在，对于武帝父子来说，那唯一的希望就是柳仲礼的四方联军了。

柳仲礼手里现握有十万大军，这十万大军如果能心聚一力，用以对付侯景叛军仍然游刃有余。柳仲礼计划先夺回被侯景占据的石头城，并以石头城

作为指挥中心，再向东南推进，解救建康和台城。柳仲礼派他手下大将、韦叡的孙子韦粲趁着天黑迅速占领通往石头城的青塘镇。这些富二代、富三代们在和平的环境中长大，父辈们的英勇，父辈们的坚韧在他们身上早就荡然无存。韦粲畏葸不前，柳仲礼要以军法处置。韦粲只好说："军令如此，我哪能不从。"勉强带着两千人马上阵。

偏偏韦粲同样运气不好，夜里遇到大雾，能见度不足两丈，好不容易在天亮前摸到青塘，就遭遇伏兵的攻击。原来侯景早就预计到柳仲礼要夺回石头城，就亲自带着两千人在青塘附近作了埋伏。不等韦粲逼近青塘，侯景带人猛然出现在韦粲面前，措手不及的韦粲只得带着他的士兵拼死抵抗。

天亮后，正在吃早饭的柳仲礼听到韦粲在青塘被围，立即放下饭碗，披甲握矛，率领一千骑兵前往救助。双方在青塘展开一场惨烈拼杀，柳仲礼与侯景正面相遇，几个回合，侯景差一点被柳仲礼一枪刺中。侯景的大将支伯仁从背后一刀砍来，柳仲礼肩部受伤，跌下马来，幸被他的大将拼死救出，杀出重围。

柳仲礼带着剩余的人马回到大桁的大本营。想着父亲此前曾告诫他的"身处乱世，好自为之"的庭训，再也不敢出兵迎战侯景。

而远在河南的湘东王萧绎听说建康告急后，也曾带着十万担粮食顺着长江一路而下。但在采石附近，当萧绎听说台城陷落，父亲和哥哥乃至一朝文武皆都做了侯景的俘虏后，立即掉转船头往他的分封地而去。他当然更不会知道，四方勤王的人马其实都已经集结在建康的附近。这些人马，合起来总计有二十余万。这二十余万人马如果同心协力，对付侯景的叛军，实在是轻而易举。然而，这二十余万军队就这样静静地驻扎在建康周围，眼睁睁地看着一个王朝在这个冬天的霏霏冷雨中悄然毁灭。

十一月初一，困守台城的萧纲忽然听到从不远的东宫传来鼓乐钟声。他攀上城头向东宫遥望，只见那边正举行一场盛大的仪式，却不知是什么内容。终于打听到，原来萧正德在侯景的导演下，正在举行一场登基大典。萧正德在向外界发布的即位诏书中说说："近二十年来，萧衍年迈昏庸、沉迷佛教。朝廷内奸臣当道，太子萧纲不问政事，整个江南民不聊生。现在，台城即将陷落，在侯景大将军的支持下，我自行登基，年号正平，即日起实行大赦。"萧正德并依照前例，分封诸王，他的长子萧见理被封为皇太子，其他子女各有封赐，一切都弄得煞有介事，就像一场十分正规的戏剧。

昔日的东宫成了贼窝，成了萧正德逍遥狂妄的所在。萧纲哪里咽得下这口气，便立即命人潜入东宫后殿，要一把火烧了东宫，烧死萧正德这个狗娘养的东西。不一刻，东宫那边果然大火燃起，火借着风势，很快将东宫后殿化为灰烬。萧正德并没有被烧死，而藏在东宫后殿的上万册图片典籍及无数珍宝均在大火中化作灰烬。萧正德不服这口气，放火谁还不会，于是也命人潜入台城。东宫的大火刚刚熄灭，台城的祝融又呈威风，萧纲少不得又慌忙命人运水扑救。大火足足烧了三天三夜，台城的上林馆、太府寺等建筑从此消失于大火之中。

侯景继续围城，准备打持久战，台城的粮食原本储存有限，现在一下子涌进十万居民，粮食供给开始告急，而四方勤王的军队却了无消息。就在台城的人们陷入绝望之际，从敌营中传来一个好消息，原来当初采石守将陈昕被俘后，被关押在同泰寺，而驻守同泰寺的正是原先从南梁出逃到北魏的部将范桃棒。范桃棒知道陈昕是昔日被称为一代战神的陈庆之的儿子，对陈昕的被俘十分同情。陈昕便趁机做范桃棒的工作，让他趁着这时归顺南梁，为朝廷建立功勋。范桃棒的家人均在台城，本来身在曹营心在汉，经不住陈昕的策反，就答应先杀掉侯景亲信王伟等人，带领三千人归顺南梁，到时请官兵打开城门，放他的三千人马进城归附。

在范桃棒的帮助下，陈昕顺利逃出敌营，潜入台城。陈昕带来的消息，似乎给困守台城的武帝带来一线生的希望。如果范桃棒真能从内部反戈一击，既可动摇侯景的军心，又能为四方勤王军队的救援赢得时间，应当支持。但太子萧纲却持不同意见，认为范桃棒在这时候投降，并不可信。万一这又是侯景奸计，打开的城门只怕就难以关闭了。武帝动怒，呵斥太子说："优柔寡断，必将贻误战机。"太子安慰父亲说："依靠范桃棒归降改变局面把握不大，等四方勤王的二十余万军队一举扑来，不怕侯景不自行退兵。"

武帝冷笑一声说："精良的军队不经战斗，就能夺得战争的胜利；颓萎之军哪怕有千军万马，也难以抵抗敌国的追兵。"一朝文武都相互发愣，都在咀嚼武帝这句耐人寻味的话到底是什么意思。

那个范桃棒是铁了心要归降朝廷。消息已经走漏，范桃棒心急如焚，便又差人送信说，如果朝廷担心我的三千人马会趁机攻城，我只带三五随从进城可否？萧纲见范桃棒言语如此恳切，对范桃棒更加怀疑。左也是疑，右也是疑，范桃棒可惜错误地估计了形势，错误地做出了归降的决定。消息走漏，他只有死这一条出路了。直到死，他也不能明白，为什么朝廷不能认可他的忠心。

直到次年三月，台城仍在侯景叛军的围困之下。当初侯景打进建康后，建康民众纷纷逃入台城，台城一下子拥有民众十余万人，城中粮食稀少，蔬菜完全断绝，无论政府军还是叛军，都面临着饥饿的威胁。而偏偏这时，又传来大将羊侃病死的消息。听说羊侃已死，侯景向他的谋士王伟说："现在，台城内的萧衍老儿不是无菜，而是无酱（将）。你就看我怎样慢慢地整死萧衍老儿吧。"

三月末，侯景忽然派他的使者于子悦来到城下喊话，要求和平谈判撤军问题。太子萧纲连忙去报告武帝，武帝说："签城下之盟，真正是奇耻大辱。"

太子说："台城被侯景围困已久，城外的四方联军却相互观望，按兵不动，现在就只有和谈这一条路了。"

武帝不耐烦地挥了挥手说："朕说过了，这是你自己的事，是谈是战，你自己定吧。"

萧纲派出的谈判代表很快就回来报告说，侯景要求割让江右四州，他即可退回寿阳。萧纲答应了侯景，同意割让江右四州。但侯景又提出，要太子的儿子宣城王萧大器亲自护送他们西渡长江。萧纲犹豫了，说："国家到了这个份上，割让四州尚可接受。但他要求宣城王萧大器当做人质护送他离开建康，大器毕竟是皇上的孙子，这要求是不是太过分了？"

大臣们都不发表意见，太子萧纲看了看他父亲。武帝半躺在椅子上，微闭着双眼，似有无限的倦意。萧纲只得忍痛让他的儿子萧大器当做人质，护送侯景西渡长江。对于南梁王朝来说，退走叛军，解城下之危才是眼下最最要紧的事情。

然而萧大器被当做人质送出城后，侯景却一点也没有退走的意思。过了很多天，侯景再次提出，因驻扎在寿阳的南梁将领萧正表投降东魏，寿阳被东魏占据。他已失去最后根据地，要求武帝再把广陵、谯州二地供他驻扎人马。萧纲向父亲请求，却见父亲的腮边滚下几行老泪。萧纲仿佛能猜出父亲内心的伤痛。侯景献出十三州土地就像梦一样破碎了，而南梁的州郡却不得不一块一块的被割让给侯景。那究竟是怎样的一个梦啊！

南梁王朝割让大片土地，原以为侯景即可退兵，没想到侯景仍无退兵的迹象。萧纲派出使者与侯景谈判，侯景又说："你的人马切断我退回谯州的道路，我从哪里退兵？"萧纲立刻又命令驻守白下的萧会理让出道路，容侯景军队敞开通行。萧会理是萧绩的儿子，武帝的孙子。萧会理坚决不肯撤出白下，并向朝廷声言，朝廷粮草储存在白下，白下一旦丢失，台城将彻底失去粮草供应。萧纲命人前往白下，并吩咐说："如果萧会理不肯撤出白下，就取他的人头来见我。"萧会理只得忍痛退避，然而侯景的军队路过白下就再也不肯离开，白下的粮食仓库均被侯景占据一空。

## 西洲曲

这天晚上，武帝又在噩梦中度过一个可怕的夜晚。

进入晚境以来，武帝总是不断地做着各种梦，这些梦有吉有恶。尽管他知道佛经上说一切"颠倒梦想"，皆是虚妄。但是，他却总是禁不住对那些梦特别在意，很多时候，他就是凭着那些颠倒之梦来判断朝廷事务和未来祸福的。梦境一次次破灭，希望一次次渺茫，但他还是期待着这些梦，就像期待着他那些让他一次次失望的儿侄一样。

这天晚上走进他梦中的是他的妻子郗氏。郗氏是那么年轻，她梳着高高的发髻，发髻上插着的银簪、银钗闪闪发光。她穿着那套她喜爱的粉红色的裙衫，生动而又流畅。她裙衫的下摆一直拖到地上，从而遮住了她盈握一勾的小脚。她迈着婀娜的步子款款向他走来，裙子上的环佩叮当作响。他似乎第一次发觉妻子是这样美丽，这样落落大方。他说："好久不见你了啊，你还是那么年轻、漂亮，可我却老了。呵，你一向都在什么地方？"

妻子说："我在哪里你能不清楚吗？"

他的确不清楚，他只是奇怪，他好久都不见妻子了。其实，他不见他的其他妻妾也已很久了，包括贵嫔丁令光，包括其他嫔妃吴淑仪、丁充华以及那个阮氏和葛氏。自从那一年他宣布不近女色以后，他所有的妻妾都被禁止进入他的卧室。

"你来了正好，我要送给你一样好东西。"说完，他却茫然，他根本不

知道他有什么东西要送给郗氏。他的帝国即将崩溃，他现在已是一无所有，他实在拿不出什么东西来送给久未谋面的发妻。但不管怎么说，意外见到郗氏，他的情绪变得特别的好。

"我恨你，这么多年了，一直恨你。是你逼死了我。"郗氏在说这些话时，一直微笑着，那种高门大族的女子所特有的矜持而甜甜的微笑，那种曾经让他摄魂落魄的微笑。

他说："我封你做了皇后，你总该满足了吧。"

"你以为我会稀罕吗？我嫁了你，一点儿也不快乐，真不如嫁给一个乡间的老农。"

"你不该这么说，世上的妻子千千万，但皇后只有一个。"

"我不在乎这些，我只在乎平常人的幸福。可是，你却不能给我，因此我恨你。这么多年来，我只有一个愿望，那就是杀了你。"

"一个女人的疯话。"就像宽恕他的任何一个亲人一样，他同样能够宽恕郗氏。他说："你应该为我而感到骄傲，我统治下的帝国维持了四十八年之久，这在东晋以来的历史上是没有的。"

"这些和我又有什么关系？我就是要杀了你。"

"你是一个被嫉妒折磨得无以复加的女人，你嫉妒我有了其他的女人，因为你年老色衰；你嫉妒我有了众多的儿子，因为你只会生下一个又一个女儿。你杀了我，她们还有我众多的儿子们，他们肯定饶不了你的。"

郗氏冷笑着，说："你以为她们会感激你吗？包括你的那些儿子们，他们同我一样，哪一个都在想着有一天把你杀掉。"

"你胡说，"他说，"作为皇上，我爱惜我的人民，我让他们享受近五十年的安乐和太平；我是一个好父亲，我对每一个儿女都充满了仁爱和宽容，他们没有理由恨我。"

"你以你的仁爱杀了他们，你也以你的仁爱杀了你众多的国民。"

"你胡说，"武帝有些生气了，他不能不生气，"他们只会感激我，我是这两百年来最好的帝王。"

这时，从四野传来一阵喊杀之声，郗氏说："你看，找你索命的人来了。"

那些人迅速扑到眼前，那队伍中有他的初恋谢采练，有陪伴他走过艰难时光的丁令光，还有他的太子萧统、长女萧玉姚，以及他死去很多年的大哥萧懿。在他们的背后，是无数面目不清的人们。所有的人都举着刀子，喊着一个模糊不清的口号向他扑来。他们将明晃晃的刀子对准了他，对准了他的脑袋。他实在不懂，这些亲人，这些他至亲至爱的亲人啊，他们为什么一个个视他为仇敌，一个个都要置他于死地。

他大叫一声，从噩梦中醒来。

似乎听到宫城内外有噼噼啪啪的爆炸声渐至传来，忽然想到很久没有去南郊祭祀天地祖宗了，即刻起床，命人取过他祭祀天地祖宗时所穿的正式礼服。他伸出手，等待左右侍者们将衣服递给他。然而他伸出的双臂僵直在那里，左右侍者垂着头，一个个脸上露出痛切的表情。

"今天不是正月初一吗，为什么不准备祭祀天地？"

左右侍从说："回陛下，今天是太清三年（公元549年）三月十三。年早就过去了。"

宫城内弥漫着一股刺鼻的气味。他问这是什么气味，侍从们告诉他说，这是侯景在焚烧战死者的尸体，已经烧了整整十天了。他这才意识到，他现在正被侯景叛军像铁桶般包围在台城内。他在昏昏沉沉中度过了正月初一，度过了二月，他也无法再按照惯例去南郊祭祀天地祖宗了。

腹响如鼓，他已经几天没吃什么东西了，饥饿让他慵懒乏力，感觉浑身的骨头就像要散架一样。武帝颓然地躺到床上，瘦弱的身体摆成一个大字，坍塌的肚皮几乎与脊背紧紧相贴。他看了看四周，没有蔬菜，没有谷麦，也没有豆饼，他的床边只摆着几枚煮熟的鸡蛋。城中粮食早就断绝，蔬菜也完全停止供应，太子萧纲不知从哪里弄来几枚鸡蛋，被他呵斥了一顿。鸡蛋被人拿走了，现在又重新回到他的床边。他已数十年坚持素食，戒决荤腥，不与女人同居一室，严守净戒。他已经八十六岁了，即使现在就死，他也不想在临死前破戒而被打下地狱。

想想过去，他一直是日食二餐，像一个真正的苦行僧。过午不食，而遇到忙时，他一天只喝一碗稀粥，但从来都没感觉到饥饿，为什么现在却感到如此饥饿难忍？

台城被困快五个月了，太子萧纲苦苦等待的四方勤王的军队一直不见踪影，而柳仲礼率领他的十万官兵却驻扎在大桁一带按兵不动。他早就对那个柳仲礼不抱指望，而柳津却一再信誓旦旦地在他面前说，请相信，臣下的儿

子柳仲礼一定会杀退侯景，解建康之危于水火之中。他同样没指望他的四方勤王的军队会在这时候前来救他，这些吃里爬外的家伙。

现在，武帝只是平静地躺着，等待着一个时刻的到来。

不知过了多久，有人来向他报告说："陛下，侯丞相请求召见。"

武帝看着来人，一时有些茫然，问："哪个侯丞相？"

对方回答："您亲自敕封的河南王、大丞相侯景。"

这时候，文德殿外人声潮动，一支人马气势汹汹地正向这边走来。宫女们惊叫着，太监们慌乱地奔跑着，整个宫城一片惊恐。武帝不知道发生了什么事情，他努力地回忆着近段日子以来在他周围发生的一切，终于链接上记忆的密码：侯景过江，朱雀航攻破，台城陷落……他也终于意识到，他的帝国，真的完了。

最先走进文德殿的是他的孙子萧确，萧确哭着说："南梁，完了。"而柳津的儿子柳仲礼也神情沮丧地走进文德殿。柳仲礼在他父亲柳津的面前跪下，请求父亲饶恕他不得不投降侯景的行为。柳津看都不看他一眼，说："我没有你这个儿子。"他听到柳仲礼小声地说："儿子正是听从父亲大人'身处乱世，好自为之'的教导，才这样做的。"

武帝似乎并不相信眼前的一切，他问身边的大臣："我的南梁，真的完了吗？"大臣们一个个垂着脑袋，不肯言语。他又问柳津，柳津没好气地说："陛下有萧纶，微臣有柳仲礼，不忠不孝集于一朝，国岂有不败之理？"

武帝忽然想起那一年他问宝志国祚如何，宝志说：元嘉、元嘉。当时他就很满足，元嘉是南朝宋文帝的年号，宋文帝在位三十年。那就是说，他的南梁是两个元嘉，合起来是六十年，不短了啊。武帝笑了笑说："我自创立，又自失去，有何可惜？一切都是因果。"

接着进来的是他的宝贝侄儿萧正德。萧正德的皇位还没有焐热，台城就陷落了，攻进台城的侯景不再承认他这位正平皇帝，只封他一个侍中、大司马的职位。萧正德这才知道他被侯景耍了，说到底，他就是一只夜壶，被侯景尿过一泡，就撂到一边去了。萧正德跪在武帝面前，伤痛地哭着，谁也不明白他为什么痛哭。

"陛下，侄儿对不住您。"

他很想像过去无数次训斥他一样再狠狠训斥这个恶棍一顿，但却一时找不到合适的语言，他只是说："哭，哭，你就好好地哭吧。总有你哭的。"

武帝穿好衣服，在侍从们的搀扶下来到前殿，说："宣侯丞相上殿。"

这时候，只见一个矮个的中年人瘸着腿一步一步地向他走来。他知道，这个人就是侯景了。侯景在典仪官的引导下，在殿下向武帝礼拜，然后就在三公的位置坐下。武帝认真地打量了一下这个毁灭他朝廷的家伙，微笑着说："你就是侯景吗？"

"在下就是。"侯景谦卑地说。这一对生死冤家虽然是在这样一个特殊的时刻，特殊的地方第一次相见。但其实在很久以前，都各自在心里无数次想象着对方的形象。此刻，当双方真的距离这么近的时候，似乎都觉得对方比自己原先的想象要差很多，至于差在哪里，却并不是很清楚。侯景坐在那里，如坐针毡，极不自在。不知为什么，他的心怦怦地跳着。在这一生里，他见过无数英雄，不管是杀人如麻的尔朱荣，还是权臣高欢，侯景从来不曾有过一丝胆怯。但不知为什么，当他与这位南梁天子如此近距离地相向而坐时，竟然禁不住阵阵冷汗从他的脊背直往下流。

这时他听到武帝问他："你转战沙场很久了，一定很辛苦吧。"

"是的，"侯景回答说，"我在梦里都盼着回家与老母、妻小团聚。"

"你的老母和妻小在哪里呢？"

"回陛下，我的妻儿老小一家人都被高欢杀了，那里只有他们的坟茔。我是在迫不得已中才投靠陛下，陛下却不容我。"

武帝换了一个话题，又问："你离开寿阳多久了？"

"回陛下，我离开寿阳快七个月了。"

"你离开寿阳时是多少人？"

"回陛下，那时候只有八千来人。"

"渡过长江呢？"

"已经有了八万人。"

武帝伸出手指掐了掐，又说："现在呢？"

侯景心绪渐渐平静，便又回答说："整个江南江北，国境之内，现在都是我的人马。"

武帝不再说话，他垂下头，似在思索。过了一会儿，他抬起头说："我自天监继位，前后共四十八年，是自东晋江南建都以来在位时间最久的一位，

如此说来，我也就满足了。现在败在你手里，一切都是天意。你的名字叫景，拆开来看，就是百日小主。希望你能在这百日内体恤百姓，对你的士兵严加管束，让他们勿再扰民。"

　　武帝的污辱，深深地刺痛了侯景的自尊。侯景忽然觉得，眼前的这个老头，自己实在没必要对他有丝毫惧意，这个老迈的皇帝，就像是一只褪去皮毛的狮子，早就失去昔日的威猛。现在，他就是自己的俘虏，他只要愿意，就随时可以像掐一只臭虫一样掐死他，连气都不喘一下。但就是这样一个囚徒，却仍然端着皇帝的架子，做出一副爱民如子的姿态。他必须杀杀他的霸气，灭灭他的威风，让他知道他是怎样从一个叱咤风云的人物变成眼下的这副做派的。

　　侯景坐直了身子，清了清嗓子，大声地说："我听说曾有一些大臣对陛下放胆直言，结果都遭到陛下的斥责，陛下爱听荒唐谗言，厌恶真情实语。所以才有朱异之流专权于朝廷，从而隔断陛下与大臣们的一切联系。我虽也是陛下的臣子，但我却敢对陛下冒昧直言。这些年来，陛下置天理于不顾，视妖孽为祥瑞。陛下像后汉王莽一样鄙视儒家经典，却只专心于佛经；在陛下的王朝，地痞流氓都能穿上上等的官服，而穿上官服的权贵们不为百姓办事，却只是一味收受贿赂，贪赃枉法，与民为敌。这与那最丑恶的刘玄、司马伦统治时期有什么不同？你滥用人民的资产建寺造佛，与笮融、姚兴如出一辙。在你的都城，那些豪华的宫殿都属于士大夫所有，连和尚尼姑都一个个过着上等人的生活。你的太子萧纲醉心于美色，只会写一些香艳诗词逗女人欢心；邵陵王萧纶言行荒唐，草菅人命，所到之处，人人四散逃离，如避瘟神；湘东王萧绎爱财如命，他手下的人没有一个不是人间蠹虫；你的政策急于黎庶，却缓于权贵，京城所以才有朱异三蠹，萧氏四害，所以才有江千万、陈五百、马新车、魏大宅。你将亲情用于国家利益，视国为家，结果却众叛亲离，豫章王萧综认贼作父，却与他的父亲势不两立，邵陵王萧纶在他父亲尚在人世时就披上孝服。这一切，难道不是你的王朝灭亡前的征兆吗？可你就是视而不见。或者你明明看出来了，却以你狂妄的自尊故意视而不见。你的王朝看起来集市繁华，歌舞升平，其实却是沙土之塔，一触即崩。我侯景自寿阳起事，不过八百余人，但却轻而易举地渡过长江。我兵临城下，也只有八万人马，却击溃你二十余万四方联军。是我的将谋兵勇吗？当然不是。是我侯景有帝王之策吗？也不是。其实陛下与我一样明白，一座失去根基的大厦，任何一阵风都能轻易将其吹倒。陛下或许还能再活五百年，或许明天就会死去，但我希望陛下一息尚存，好好想想其中的道理。"

侯景说完这些，就最后地看了这个垂死的南梁皇帝一眼，带着十分的快意，踏着殿下的台阶扬长而去。

侯景的话似乎并没有多少新鲜内容。这些话，他听过无数遍了，但没有一次能像现在这样令他刻骨铭心。在那一刻，武帝似乎想起了很多人，很多事：被他戏称为南梁第一直臣的范云、郭祖深、贺琛、那个差一点被他杀掉的荀济，还有公车府前的谤木、肺石……现在，这一切都像过眼烟云，随风而逝了，只有侯景的背影是那样清晰地印在他的记忆里，抹都抹不去的记忆啊……

侯景再也没有来过文德殿，但自侯景走后，文德殿所有的侍卫被撤去，他的一切供应都被停止，包括饮水。因此，他已经好多天没有吃饭、没有喝水了。现在，在他的面前就只剩下这两枚鸡蛋了。他试着去碰那两枚鸡蛋，不经意间，其中的一只鸡蛋在桌子上滚动着，掉到地上，一声脆响。他赶紧伸手抓住了另一枚鸡蛋，并且迫不及待地将鸡蛋在床磴上碰了两下，蛋壳碎了，他触到一团软而滑腻的东西。他禁不住那软而滑腻的诱惑，终于将滑腻和柔软很快就塞进嘴里。与此同时，几行浑浊的老泪顺着他干枯的脸颊流下来，一直流到他的嘴里，咸咸的。

他在昏昏然中不知过了多久，一抹阳光透过布满灰尘和蛛网的窗棂照进来，照到临窗的那一排巨大的书架上。那是这些年来由他亲自编撰的大部分著作，总共约一千二百余卷，六千八百万字之巨。

看着这些掺和着他心血和汗水的著作，他笑了。这时，从遥远的天际传来一阵歌声，那是他熟悉的《西洲曲》：

> 忆梅下西洲，折梅寄江北。
> 单衫杏子红，双鬓鸦雏色。
> 西洲在何处？两桨桥头渡。
> 日暮伯劳飞，风吹乌臼树。
> 树下即门前，门中露翠钿。
> 开门郎不至，出门采红莲。

> 采莲南塘秋，莲花过人头。
> 低头弄莲子，莲子青如水。
> 置莲怀袖中，莲心彻底红。
> 忆郎郎不至，仰首望飞鸿。
> 鸿飞满西洲，望郎上青楼。
> 楼高望不见，尽日栏杆头。
> 栏杆十二曲，垂手明如玉。
> 卷帘天自高，海水摇空绿。
> 海水梦悠悠，君愁我亦愁。
> 南风知我意，吹梦到西洲。

一支莲叶摇曳着身姿向他移来，莲叶上颤动着晶亮的水珠。他的眼前是一片摇曳的莲叶，铺天盖地，一阵风起，夹带着莲花和莲叶的清香扑面而来。啊，西洲！他叫着，和着那首熟悉的西洲曲，他轻轻地唱着，并且用手击打着床面，一字一拍。西洲的天是蓝的，水是绿的，西洲采莲的姑娘是曼妙的。现在，他终于又回到了西洲，回到他的童年时光。他哼着他熟悉的西洲曲，感觉身体一点点轻起来，轻起来，就像一瓣荷花，融入那片绿，融入西洲曼妙的歌声……

# 后 记

将这本书画上最后一个句号,我终于长长地舒了一口气。虽然已是深夜,但我却没有一丝睡意。我悄悄走进厨房,给自己倒了半杯葡萄酒,我要为自己庆祝一下。我来到阳台上,当时的月亮正是一年中最圆的时候,对着满天清辉,我举起了那半杯葡萄酒,慢慢地品尝着,惬意无比。城市的夜,永远都是在骚动之中,楼下马路上的车来来往往,即使是在这样的深夜,人们都还在忙碌着,我也在忙碌着,只是各有不同的内容。我知道,我又完成了一部对于我来说至关重要的著作,现在,我可以好好睡一觉了。

就像我的前一部长篇小说《红兜肚》中的人物朱子尚一样,这个叫萧衍的南梁皇帝,几年来一直就鲜活地站在我的面前,如此清晰,如此亲切,又如此令人为他扼腕叹息。事实上,从写作这部历史小说开始,这个人就一直同我生活在一起,他陪伴着我走过一段令我冲动而又疲倦的日月,就像我的亲人。

南北朝实在是中国的一个非常特别的时期,无论是在黄河以北的北朝,还是在长江南岸的南朝,都处在一个极其混乱的时期。一方面,士大夫们在纸醉金迷中消度着日月;另一方面,下层百姓在饥饿和战乱中苦不堪言,社会矛盾极其激烈,整个社会始终像是处在一个巨大的火药桶里。自南朝宋永初元年(公元420年)至南朝陈祯明三年(公元589年)的160年间,南北朝各国间相互争夺、兼并的战争多达一百余起。无论是北朝还是南朝,几乎每一两年即有一位新人通过政变的方式登上帝位。公元494年,南齐一年中甚至三改年号,两位帝王先后被杀。真正是"乱哄哄,你方唱罢我登场",而每一次新人登场,都有无数的人头纷纷落地。相比起来,梁武帝的南梁王

朝维系了四十八年的统治，几乎占整个南朝历史的三分之一。在南北朝那样一个大动乱的时期，这不能不是一个奇迹。

在中国历代帝王中，梁武帝也算得上一个长寿皇帝，他活了八十六岁，仅次于八十九岁的清乾隆帝。

借助于南齐朝廷的昏庸残暴，萧衍以方镇之力举兵起义，很快获得成功，于公元502年建立他的南梁帝国。夺取政权及建国之初的梁武帝用"雄才大略"来形容一点也不为过。且不说他在夺取政权的整个过程中所表现出来的大智大勇，而在建国之后，梁武帝杂糅儒、释、道三教，维持了江南近五十年的相对稳定，为江南经济、文化的发展创造了良好的发展空间，也给长期遭受战乱的江南人民带来休养生息的机会，这不能不说是他的成功。梁武帝是中国历史上少数才学俱佳的帝王之一，他在儒、释、道方面均有很深的研究，而且在音乐、诗歌、书法和围棋上都有很高的造诣，他在繁忙的朝政之余手不释卷，一生著述惊人，各类著作上千卷，即使是在今天，也让很多用电脑敲字的畅销书作家望尘莫及。

梁武帝在生活上极其俭朴，他穿的衣服洗了又洗，直至辨不出原来的颜色，一床被子盖三年，一顶帽子戴五年，他的蚊帐缝缝补补，非到重大宴会决不饮酒，即使饮酒，也决不过三杯，他的居室里没有任何装饰，只有一床、一桌、一书架而已。他自中年后就开始素食，不到五十岁就不近女人。他即使是在冬天也都是在五更即起床办公，而到忙时，连饭都顾不上吃。这些生活习惯他一直保持了五十年之久，这在奢靡之风盛行的南北朝时期，的确难能可贵。

梁武帝对每一个亲人都仁爱有加，甚至对时时要谋杀他的人也只是痛哭流涕地训斥一顿而已。因为他的仁慈，致使朝廷上下贪污盛行、腐败蔓延，从而为王朝的覆灭埋下祸乱的种子。而到了晚年，在身边奸佞的左右下，更是在一些重大问题上连出昏着，从而导致历史上有名的"侯景之乱"，灭国亡身。梁武帝是中国历史上唯一自己打下江山，又亲手丢失江山的帝王。梁武帝的一生，为他自己留下太多太多的遗憾，也为中国历史留下太多太多的教训。正如很多历史学家们所分析的那样，一个王朝的兴盛和衰亡，是依靠它所建立的政治制度所决定的，而与帝王的个人品质并无直接关系。

梁武帝从成功走向失败，从建国到误国，其间的教训被后人总结来总结去，其中指责最多的是"以佛误国"。梁武帝从一开始的"以佛治国"发展成为一个彻头彻尾的佛教信徒，其间的过程常人难以理解。而到了晚年，他索性丢掉国事，沉醉于同泰寺的香火中，甚至四次舍身寺庙，被人称为"菩萨皇帝"。这对于他个人，或许是一种解脱，但作为帝王，作为他统治下的国民，却不能不是一种灾难。

2008年11月初，我在美丽的花亭湖畔正式开始了这本书的写作。在此之前，已有作家二月河的清王朝系列掀起一股历史小说热，而当年明月的《明朝那些事儿》更是以一种颠覆性的文字让当代读者在苦闷的阅读中寻找到一片绿地。我在写作这部历史小说时，不能不受他们的影响，致使我一开始的写作不知所以，我开始迷惘并怀疑自己。2009年初，我在博客上贴出开始的几个章节后，有热心的朋友给我指出：你不是二月河，也不是当年明月，你就是你。这位朋友的留言给了我极大的启发。的确，我就是我，我必须以我自己的语言、自己的角度去塑造一个属于我的"梁武帝"。当年明月不是二月河，我也不是当年明月。

这些年来，失眠一直成为我写作的天敌，尤其进入写作的兴奋期，常常彻夜不眠，这不仅严重损害了我的健康，也让我的写作始终处于断断续续的状态。写，还是不写，的确是一个两难的问题。然而梁武帝已成为我的一个情结，写，是肉体上的痛苦；不写，是精神上的痛苦。就像人们习惯说的：一切都是命。我从少年时代就热爱文学，几十年过去了，不管社会发生怎样的变化，也不论个人的处境有着怎样的变迁，文学以外的内容从来不曾影响我，我对文学的热爱也从无改变。一个人在几十年间对自己挚爱的对象始终不渝，我相信不是所有的人都能做到，但我做到了，从这一点来说，我对自己的人生感到满意。

我要特别感谢安徽文艺出版社的徐海燕及汪爱武两位女士，她们从我写作这本书的一开始就对这本书给予极大的关注。汪爱武编辑几乎是从头到尾地跟踪着这部小说的写作，并提出不少中肯的意见。她们的支持给了我鼓励，给了我动力，因此，当这本书终于与读者见面时，我应该向她们表示最衷心的感谢。

黄复彩<br>2010年4月28日